MARTHA SOPHIE MARCUS

Salz und Asche

Buch

Lüneburg, 1656: Die Bevölkerung kämpft mit den Folgen des Dreißigjährigen Krieges und einer schweren Krise des Salzhandels. Die siebzehnjährige Susanne Büttner, Tochter eines angesehenen Salzfassmachers, führt seit dem Tod ihrer Mutter den Haushalt der Familie. Die Zeiten sind hart, und Susanne hat eine ebenso anstrengende wie verantwortungsvolle Aufgabe übernommen, trotzdem verläuft ihr Leben in relativ ruhigen Bahnen. Doch dann lernt sie den jungen Schmiedegesellen Jan Niehus kennen. Obwohl es Gerüchte gibt, er wäre früher mit Banditen umhergezogen, geht von ihm eine Anziehung aus, der sich Susanne nicht entziehen kann. Aber Susanne traut sich nicht, Jan ihre Gefühle zu zeigen, und verhält sich abweisend, wodurch der junge Bursche abgeschreckt wird.

Kurz darauf passiert eine Katastrophe: Die Stiefeltern des Schmiedelehrlings Albert kommen unter mysteriösen Umständen ums Leben, und seine Stiefgeschwister verschwinden. Als Albert der Taten beschuldigt wird, werden Jan und Susanne in die Aufklärung des Verbrechens verwickelt. Die unangenehme Situation hat allerdings einen positiven Nebeneffekt, denn Jan und Susanne kommen sich nun schnell näher und gestehen sich bald ihre Leidenschaft. Zur gleichen Zeit beginnt jedoch Lenhardt, der Sohn der wohlhabenden Familie Lossius, Susanne den Hof zu machen. Susanne muss sich nun entscheiden, ob sie Lenhardt heiraten und ihr Leben in den sicheren Grenzen der althergebrachten Ordnung verbringen will oder ob sie gegen die gesellschaftlichen Normen verstoßen und mit Jan den Aufbruch in eine ungewisse Zukunft wagen soll.

Autorin

Martha Sophie Marcus, geboren 1972 im Landkreis Schaumburg, studierte Germanistik, Soziologie und Pädagogik und verbrachte anschließend zwei Jahre in Cambridge. Heute lebt sie mit ihrem Mann und zwei Kindern in Lüneburg. Mit »Herrin wider Willen«, ihrem ersten Roman, feierte sie ein grandioses Debüt. Weitere historische Romane der Autorin sind bei Goldmann in Vorbereitung.

Von Martha Sophie Marcus außerdem bei Goldmann lieferbar:

Herrin wider Willen. Roman (47184)

Martha Sophie Marcus

Salz und Asche

Roman

GOLDMANN

FSC
Mix
Produktgruppe aus vorbildlich
bewirtschafteten Wäldern und
anderen kontrollierten Herkünften

Zert.-Nr. SGS-COC-001940
www.fsc.org
© 1996 Forest Stewardship Council

Verlagsgruppe Random House FSC-DEU-0100
Das FSC-zertifizierte Papier *München Super* für dieses Buch
liefert Arctic Paper Mochenwangen GmbH.

1. Auflage
Originalausgabe November 2010

Die Veröffentlichung dieses Werkes erfolgt auf Vermittlung
der Autoren- und Verlagsagentur Peter Molden, Köln.
Umschlaggestaltung: Uno Werbeagentur München
Umschlagfoto: Fine PIC
Redaktion: Eva Wagner
BH · Herstellung: Str.
Satz: DTP Service Apel, Hannover
Druck und Bindung: GGP Media GmbH, Pößneck
Printed in Germany
ISBN: 978-3-442-47216-1

www.goldmann-verlag.de

1

Die Tote im Fluss

Hexenkind! Totes Mädchen, Wiedergänger!«

Die Gassengören konnten es wieder einmal nicht lassen. Susanne Büttner bückte sich, hob eine vertrocknete Rübe aus dem Straßendreck auf und warf sie nach den aufkreischenden Kindern. »Wartet, ich helf euch, Lumpengesindel!«

Die meisten von ihnen liefen lachend davon, aber die drei größten Jungen gingen rückwärts und machten rüde Gesten.

Susanne schlüpfte aus ihren Holzpantinen, ließ ihr Bündel auf den Boden fallen und raffte den Rock, um loszulaufen. Das genügte, um auch die letzten Plagegeister in die Flucht zu schlagen. Sie konnte ihre Schuhe wieder anziehen.

Ihre große Schwester stand wie immer mit glühenden Wangen und gesenktem Kopf da. Regine wehrte sich nie selbst, obwohl der Spott ihr galt.

Susanne streckte die Hand nach ihr aus. »Komm weiter, Gine. Die kommen nicht zurück.«

Seit sieben Jahren trieben die Kinder es so. Man hätte meinen sollen, der Reiz hätte im Laufe der Zeit nachgelassen, doch so, wie immer neue Kinder heranwuchsen, wuchs auch die Spottlust nach. Susanne war jederzeit auf einen kleinen Kampf gefasst, wenn sie mit Regine ausging. Dabei waren sie beide inzwischen erwachsen, und zu handgreiflichen Auseinandersetzungen war es schon seit langer Zeit nicht mehr gekommen.

Sie gingen an der Ratsapotheke vorbei bis zum Haus des Scherenschleifers. Susanne hatte eine Schere, ein Messer und eine Abziehklinge für Fassgauben im Bündel.

Der Scherenschleifer hatte Zeit, die Arbeit sofort zu tun. Susanne hätte gern gewartet, um zuzusehen, wie er das Werkzeug schärfte. Regine jedoch zog es zum Wasser, wie es sie immer zum Wasser zog, als hätte diese Anziehung nicht schon genug Schaden angerichtet.

Susanne seufzte und gab nach. »Wir kommen später wieder«, sagte sie dem Scherenschleifer. »Meine Schwester möchte den Fluss sehen.«

Der Handwerker nickte. »Merkwürdig ist das schon. Man sollte meinen …«

»Ja, ja, sollte man. Aber so ist es eben nicht.« Susanne lächelte ihm entschuldigend zu und beeilte sich, Regine einzuholen, die schon zum Ufer der Ilmenau unterwegs war, auf ihre schwebende, deshalb aber nicht weniger zielstrebige Art.

Sie wanderten durch das Rote Tor aus der Stadt hinaus und auf dem Pfad am Flusslauf entlang bis zu den Bleichwiesen. Für Ende Mai war es noch kühl, aber besonders hier roch die feuchte Erde so angenehm nach Sommer, dass man ganz vergaß, wie die Ilmenau in dieser Jahreszeit stinken konnte.

Susanne überlegte, ob sie allmählich umkehren sollten, als sie hörten, dass am Wasser etwas Ungewöhnliches vor sich ging.

Regine stieg die Böschung hinunter, und Susanne folgte ihr gewissenhaft. Unten hatten sich Menschen versammelt, die aufgeregt miteinander redeten, einige standen bis zu den Knien im Wasser auf der kleinen Sandbank, wo sonst Frauen die Wäsche ausspülten. Einen Büttel erkannte Susanne, ein paar Kinder und Wäscherinnen. Noch verdeckten sie Susanne und Regine die Sicht auf den Grund ihrer Aufregung, aber verstehen konnte man sie schon.

»Sie hat einen Stein um den Hals, der Herrgott sei ihr gnädig.«

»Ja, der Herrgott sei's, der Pastor wird es nicht sein.«

»Wer ist es denn?«

»Eine aus den Schiffergassen.«

Susanne blieb stehen, als sie begriff. Unweigerlich wurde ihr Blick vom fließenden Wasser angezogen. Weiß trieb ein Laken im Fluss, das eine Wäscherin vor Schreck hatte fallen lassen. Es bewegte sich in der Strömung, als wäre es etwas Lebendiges. So hatte sich der Unterrock ihrer Schwester bewegt, als sie leblos im Wasser des Hafens trieb. Weiß, weiß wie die offen flatternden Bänder der Haube, die Regine jetzt trug, als sie die Tote betrachtete, die auf der Sandbank lag.

Susanne beobachtete ihre Schwester ängstlich. Mit großen Augen sah Regine hinunter, staunend wie die Unschuld selbst, dann blickte sie wieder aufs Wasser. Weiß glänzte das spiegelnde Sonnenlicht auf den kleinen Wellen des Flusses und lenkte ihren Blick von der Leiche ab, die sie im selben Moment zu vergessen schien. Sie lächelte verträumt.

Woran dachte ihre Schwester bloß? Susanne hatte so oft versucht, sie zum Sprechen zu bringen, aber Regines Gedanken blieben meistens eingesperrt. »Regine? Komm, wir wollen nach Hause.«

Regine schüttelte den Kopf, lächelte lieb und ging einen

Schritt näher an die Menschen heran, die sich die Tote ansahen. Einen Moment schaute sie noch, dann drehte sie sich zu Susanne um. »Sah ich so aus?«

Susanne zwang sich, einen Blick auf die ertrunkene Frau zu werfen, die schmutzig und aufgedunsen war. »Nein. Du sahst anders aus. Weiß und rein, wie ein Engel. Komm, Regine. Vater wartet.« Sie streckte ihr die Hand hin.

Regine lächelte nur. »Weiß wie die Gänse. Suse, liebe Suse, was raschelt im Stroh?« Sie fing leise an zu singen, und Susanne fühlte die altbekannte Scham. Energisch griff sie nun die Hand ihrer Schwester und zog sie mit sich. »Gine, da ist ein Mensch gestorben. Man singt kein Kinderlied, wo ein Mensch gestorben ist.«

»Sie wacht nicht wieder auf?«, fragte Regine.

»Nein«, sagte Susanne und fühlte sich alt und müde. »Das weißt du doch. Nur du bist wieder aufgewacht.«

»Warum ist sie ins Wasser gefallen?«

Susanne half Regine die kleine Steigung der Uferböschung hinauf. »Das weiß ich nicht. Woher soll ich das wissen?«

»Weiß, weiß nicht, weiß«, sang Regine und lachte ein kleines kindliches Lachen. »Suse, liebe Suse …«

Das Haus der Büttners lag im Marktviertel, jedoch nicht weit entfernt vom Sülzviertel und der Saline, denn Salztonnen waren über Jahrhunderte das Hauptgeschäft der Fassmacher gewesen.

An der Vorderfront von Susannes Elternhaus wuchsen Wein, violette Waldreben und rote Kletterrosen, so wie an den Nachbarhäusern. Die Eingangstür war ein Kunstwerk der Holzschnitzerei, dessen filigran durchbrochene Muster Susanne und ihre Geschwister von klein auf fasziniert hatten. Alle Büttnerkinder wussten, wie es sich anfühlte, mit den Fingerchen die Schnitzereien nachzufahren. Benutzen taten sie die Tür selten, fast immer bogen sie in die Durchfahrt seitlich vom Haus ein und liefen zur Hintertür, wo nicht gleich jemand fragte, ob sie saubere Füße hatten.

Außerdem gab es im Hinterhof die Werkstatt. Als Kind hatte es zumindest Susanne eher dorthin gezogen als in die Küche, wo die Mutter jederzeit Arbeit zu verteilen hatte.

Auch als sie nun mit Regine von ihrem etwas unglücklichen Ausflug heimkam, hätte sie gern bei ihrem Vater und ihren Brüdern hereingeschaut. Doch zuvor wollte sie die erschöpfte Regine ins Haus bringen.

Auf dem Tisch neben der Hintertür stand ein Reisigkorb mit trockenen Saaterbsen, und unter der Bank scharrten die Hühner. Jemand musste eben noch hier in der Sonne gesessen und Erbsen verlesen haben.

Regine blieb stehen und sah träumend den Hühnern zu. So konnte sie Stunden stehen. Susanne seufzte – wenn sie ihre Schwester allein draußenließ, konnte es geschehen, dass sie davonlief. Oder es kam ihr in den Sinn, auch die guten Saaterbsen an die Hühner zu verfüttern. Sanft fasste sie ihre Schwester am Arm. »Regine, komm, Lene und die Muhme brauchen gewiss Hilfe.«

Die alte Muhme, die in ihrer Küche arbeitete, seit Susanne denken konnte, war dabei, Schmalzbrote zu schmieren. Ihre Base Lene goss Dünnbier durch ein Seihtuch in den Krug. Es würde bald Mittagessen geben.

Auf der Tischkante saß ihr jüngstes Geschwisterkind, Liebhild, und biss bereits in eine Stulle. Sie war sieben Jahre alt, nicht mehr klein also, aber weil sie das jüngste Kind der Büttners bleiben würde, durfte sie vieles, was den Älteren verboten worden wäre. Das war auch zu Lebzeiten ihrer Mutter nicht anders gewesen.

Liebhild blickte auf, als sie hereinkamen, und ihre Augen leuchteten. »Da seid ihr! War es schön?«

Regine ließ es sich gefallen, dass Susanne ihr aus dem Umhang half, und lächelte ihre kleine Schwester an. »Ja. Schön war es. Wir waren am Wasser.«

Schön war es. Susanne sah wieder die tote Frau vor sich. Regine hatte sie schon vergessen, und weil Klein-Liebchen von dem scheußlichen Erlebnis auch nicht brühwarm hören sollte, beschloss sie, es Lene erst später zu erzählen. Die Muhme war ohnehin taub.

Liebevoll sah sie von Liebhilds Gesicht zu Regines. Die beiden sahen ihrer Mutter ähnlich, mit ihren feinen Zügen und den hellen Haaren. Auch Liebhild würde groß und schlank werden, eine jüngere Ausgabe der Mutter, so wie Regine.

Ganz anders als sie selbst. Susanne nahm an, dass sie mit ihren siebzehn Jahren ausgewachsen war und daher immer einen halben Kopf kleiner bleiben würde als Regine. So schön wie ihre Schwester würde sie ebenfalls nie werden. Ihr eigenes Gesicht war rund, die Stupsnase sah nicht edel, sondern frech aus, und ihre staubig-blonden Haare waren unscheinbar.

Sie war die einzige gewöhnliche Person in ihrer Familie, fand sie. Alle sonst waren aus dem einen oder anderen Grund etwas Besonderes.

Sie sah zu, wie Regine sich auf die Küchenbank setzte, ein Schmiermesser zur Hand nahm und angestrengt beobachtete, was die Muhme tat. Ihre Schwester musste viele einfache Tätigkeiten immer wieder neu lernen. Man wusste nie, woran sie sich von einem Tag zum anderen erinnerte.

Mit einem stummen Seufzer trat Susanne an den Küchentisch und schlug dort das Bündel auseinander, das sie getragen hatte. »Das Messer und die Schere, Lene. Ich glaube, der Schleifer hat es gut gemacht. Ich bringe noch die Klinge in die Werkstatt.« Rasch hob sie die Hand, schob Liebhilds lose Haarsträhnen unter ihre kleine Haube und rettete sie damit vor dem Schmalz ihres Brotes. Dann nahm sie die Abziehklinge auf und ging zur Tür. Gedankenverloren wog sie den Geldbeutel in der freien Hand, der neben Messer und Truhenschlüsseln an ihrem Gürtel hing. Am Abend musste sie ihren Vater um neues Haushaltsgeld bitten.

Liebhild sprang vom Tisch und kam ihr zur Tür nachgelaufen. »Suse, wann machst du mir die neuen Puppenhaare?«

»Nachher, wenn es nichts anderes mehr zu tun gibt.«

»Ach, pööh. Du hast immer noch etwas anderes zu tun.«

Susanne lachte. »Da hast du recht, Liebchen. Deshalb hilfst du jetzt und stellst uns Becher auf den Tisch. Und den Käse.«

»Ach, pööh«, meinte Liebhild, aber sie war folgsam.

Als Susanne in die Böttcherwerkstatt kam, fingen die Männer gerade mit dem Aufräumen an. Ihr Vater und der Geselle Thomas stapelten fertige Salztonnen, ihr ältester Bruder Martin legte Dauben, Boden und Setzringe für eine große Bütte bereit. Till, der ein Jahr älter war als sie, ihr aber immer wie der Jüngere vorkam, fegte Späne zusammen, die beim Behauen der Fassdauben abgefallen waren. Es roch würzig nach Buchenholz.

Früher hatte sie sich oft gewünscht, ein Junge zu sein.

Sie hätte es großartig gefunden, ein Handwerk zu lernen. Was wäre sie stolz gewesen, so gute Fässer bauen zu können wie Martin! Er beherrschte sein Handwerk im Schlaf, obwohl es kein einfaches war. Eine falsch geformte Daube konnte ein undichtes Fass ausmachen und den Ruf bei den Kunden verderben.

Ihr Vater sah sie und lächelte. Sein Gesicht war so rund wie ihres, sein Bauch noch viel runder. Nun, zumindest wusste sie, wem sie ähnelte. Unwillkürlich erwiderte sie sein Lächeln. »Die Klinge, Vater.«

»Seid ihr also wieder zurück. War es schön am Wasser?«

Susanne legte die Abziehklinge zum Werkzeug und winkte ab. »Ach, hör mir auf! Sie hatten gerade eine tote Frau aus dem Fluss geholt, sie lag noch da. Regine hat es zum Glück schon wieder vergessen.«

Till hörte mit dem Fegen auf. »Eine Tote, wirklich? Wie sah sie aus?«

»Till! Lass sie in Ruh, du Galgenpilger. Du siehst doch, dass sie sich gruselt.« Martin war fertig mit seinen Vorbereitungen für die Nachmittagsarbeit und klopfte sich den Kittel ab.

Susanne fand es nett, dass Martin sie schützen wollte, glaubte aber, dass er ebenso für sich selbst sprach, denn er ekelte sich leicht.

»Eine aus den Schiffergassen soll es sein. Ich glaube, sie hat sich umgebracht«, sagte sie.

»Gott sei ihr gnädig«, sagte Ulrich Büttner. »Da hat sie sich eine Sünde aufgeladen. Nicht schön, dass ihr das sehen musstet, Kind.«

Till zuckte mit den Schultern. »Na, wenn ihr alle meint, dass das tote Elend so viel schlimmer anzusehen ist als das lebende! Ich habe schon Schifferweiber gesehen, für die das unmöglich stimmen kann. Ehe ich die tagtäglich sehen müsste, würde ich lieber …«

»Till!« Martin drohte spielerisch mit der Faust.

»Mir tut sie leid«, sagte Susanne. »Bevor eine so weit geht, dass sie sich das Leben nimmt, da muss sie doch viel Kummer gehabt haben.«

Ihr Vater war herangekommen und tätschelte ihr den Rücken. »Recht hast du, mein Mädchen. Kummer gibt es bei den Armen heuer reichlich, und manchem mag das den Lebensmut nehmen. Aber eine Sünde bleibt es doch. Ein einziges Leben bekommt jeder – mehr nicht. Das wirft man nicht weg.«

Susanne nickte nachdenklich. Niemand, der ihren tatkräftigen und geschäftstüchtigen Vater kannte, hätte sich vorstellen können, dass er jemals auf den Gedanken käme, sich das Leben zu nehmen. Andererseits war es ihm und seiner Familie auch in Lüneburgs schlimmsten Notzeiten nie so schlecht gegangen, dass er keinen Ausweg mehr gewusst hätte. Er hatte die Fassmacherei erfolgreich durch jede Flaute und jede Abgabenerhöhung gesteuert, den ganzen langen Krieg hindurch.

Martin hob die Arme, streckte und dehnte die Muskeln, die seit dem Morgengrauen tätig waren. »Kummer gibt es heuer nicht nur bei den Ärmsten – wo der Salzhandel so am Boden liegt. Bei den Sülfmeistern und Pfannenpächtern geht es nur noch darum, ob man Pfannen stilllegen sollte oder nicht. Die Siedemannschaften sind dann als Nächste ohne Lohn und Brot. Von uns ganz zu schweigen.«

Sein Vater schnaubte verächtlich. »Nun fang du nicht mit dem Unken an, nur weil du mal mit ein paar Sülfmeistersöhnen ein Bier getrunken hast. So reden sie seit Jahren, und am Ende sieden sie doch. Ich habe gehört, dass dieser von Cölln, den sie jetzt als Unterhändler haben, ein gerissener Kerl ist. Der wird ihr Salz schon verkaufen. Gerade diese Woche will Herr Lossius mit seinem Sohn kommen und über neue Aufträge reden.«

Till lachte. »Oh, was für ein Glanz in unserer bescheidenen Hütte! Der ehrwürdige Ratsherr mit dem verrufenen Sohn. Wisst ihr, dass die Leute schon nicht mehr mitzählen, wie oft die Wachen Lenhardt Lossius im Dunkeln auf der Straße erwischt haben? Und jedes Mal auf einer anderen.«

Der Geselle Thomas, der beinahe so alt war wie Susannes Vater, stimmte in Tills anzügliches Gelächter ein. Ihr Vater dagegen strafte seinen Sohn mit einem finsteren Blick. »Das kann in den besten Familien vorkommen, dass ein Sohn aus der Reihe tanzt. Was meinst du, was die Leute wohl über dich reden?«

Till zuckte frohgemut mit den Schultern. »In meinem Fall dient es dem guten Zweck. Das Volk will unterhalten sein.«

Martin gab ihm einen Klaps auf den Hinterkopf. »Ein Dwarsbüddel bist du. Und was Lenhardt Lossius betrifft: So schlimm, wie das Gehechel ihn macht, ist er nicht.«

Till tanzte zwischen Werkbänken und Holz eine Umdrehung mit dem Besen und stellte ihn dann an der Wand ab. »Jawohl ist er so schlimm. Und warum nicht? Ist er doch der schönste Jüngling der Stadt, wenn man den Worten der Lüneburger Gänse trauen darf.«

»Neidischer Ganter«, meinte Martin.

»Nee, nee.« Till schüttelte sich und verzog das Gesicht. »Mit Gänsen habe ich nichts im Sinn.«

Ihr Vater zog finster die Brauen zusammen und erhob

den Zeigefinger. »Das will ich hoffen. Höre ich auch noch, dass du tändelst, dann kannst du was erleben!«

Es wirkte ein wenig lächerlich, wenn ihr Vater drohte, weil seine Söhne ihm längst über den Kopf gewachsen waren. Tatsächlich war er ein langmütiger Mensch, der mehr Widerspruch von seinen Kindern duldete als manch anderer Vater. Doch zu weit durfte man auch ihn nicht treiben. Susanne kannte seine Grenzen gut, Till überschritt sie regelmäßig.

Die Glocke von St. Johannis schlug Mittag und beendete ihr Gespräch zur rechten Zeit. »Ihr könnt essen kommen«, sagte Susanne.

Das brachte das Lächeln zurück auf das Gesicht ihres Vaters. »Gut. Denn wollen wir mal Hände waschen, Jungs. Nach dem Essen muss jemand zur Schmiede gehen und Fassbänder bestellen.«

Beinah wäre Susanne ein »Darf ich mit?« herausgerutscht. Sie sah zu Boden, ihre Wangen wurden heiß. In diesem Fall durfte sie nicht zu viel Eifer zeigen. Es gab genug Arbeit im Haus für sie, und ihre Abwechslung für diesen Tag hatte sie schon genossen. Sie hätte sie jederzeit für einen Besuch in der Schmiede eingetauscht. Um das Schmiedehandwerk ging es ihr dabei allerdings nicht, und den wahren Grund sollte lieber niemand erraten.

»Ich nicht. Ich will gleich mit der Mostbütte anfangen«, wehrte Martin ab.

»Muss also Till gehen«, sagte ihr Vater widerwillig.

»Till geht gern«, sagte Till und grinste.

»Und vergisst das Wiederkommen«, knurrte Ulrich Büttner.

»Schick Suse mit. Die passt auf ihn auf«, schlug Martin vor.

In der Schmiede war es neben der Esse besonders an warmen Tagen vor Gluthitze kaum auszuhalten. Jan Niehus hockte draußen im Schatten der Hofmauer, um kurz auszuruhen. Die grau-weiße Katze der Hausherrin ließ sich wonnevoll von ihm kraulen, machte einen Buckel und warf sich vor Begeisterung gegen seine Beine.

Von drinnen gellten die gleichmäßigen, metallischen Schläge von zwei Schmiedehämmern. Sie arbeiteten an einer Reihe von Truhenbeschlägen. Meister Schmitt und der Geselle Rudolf machten gerade die Grobarbeit, Lehrling Albert hütete das Feuer in der Esse und bediente den großen Blasebalg. Der Meister würde Jan rufen, wenn es an die Feinarbeit ging, denn dafür hatte er eine bessere Hand als Rudolf, und die Beschläge sollten schön werden. Sie waren für Hochzeitstruhen bestimmt.

Bald würde auch Albert so weit sein, dass er seine Gesellenprüfung machen und die anspruchsvollen Arbeiten tun konnte. Das Feuer zu bewachen oder Eisen und Wasser zu schleppen genügte ihm schon lange nicht mehr. Meister Schmitt würde vielleicht einen neuen Lehrling aufnehmen und dann überlegen müssen, ob er einen von ihnen fortschickte. Denn die Aufträge wurden nicht mehr, der Stadt ging es nicht gut. Und die ganze Grapengießerstraße hallte von den Schlägen emsiger Metallarbeiter, die gossen und schmiedeten, was das Zeug hielt, damit sie die Ersten und Besten im Wetteifern um die Kunden waren.

Wenn nichts geschah, was Albert beim Meister in Misskredit brachte, hatte Jan schlechte Karten. Denn gleichgültig, wie hohe Stücke Schmitt auf seine Arbeit hielt, Albert war für sein Alter ebenfalls gut. Außerdem war er der Sohn eines verstorbenen Lüneburger Hufschmieds. In Alberts Lebenslauf gab es keine Schatten, er konnte vielleicht sogar eines Tages selbst Meister werden und die Schmiede übernehmen, wenn Schmitt kinderlos blieb. Er würde einen geachteten Bürger der Stadt abgeben.

Jan konnte davon nur träumen. Selbst wenn er härter dafür arbeitete und sich noch tadelloser verhielt als Albert, würde er dieses Ziel nicht erreichen. Er würde immer der Fremde mit der anrüchigen Vergangenheit bleiben, dem man keine ehrenvollen Titel antrug.

Warum konnte Albert nicht wenigstens ein bisschen schlicht im Kopf sein, so wie Rudolf?

Jan wurde aus seinen Gedanken gerissen, als Kundschaft den Hof betrat. Er stand auf, rollte seine Hemdsärmel über die Oberarme herunter und zog den Ausschnitt zurecht.

Es waren zwei von den jungen Büttners, die da auf ihn zuspazierten. Auch sie würden keine Schwierigkeiten haben, zu geachteten Bürgern der Stadt zu werden, obwohl ihre alteingesessene Familie anders war als andere. Von Fassmacher Büttners Geschäftstüchtigkeit und Ehrgefühl sprach man mit Respekt, auch wenn im gleichen Atemzug auf seine merkwürdige älteste Tochter angespielt wurde. Drei Tage lang sei sie tot gewesen, dann wieder erwacht. Manche nannten das ein Wunder, andere nannten es Hexerei, wenn auch nur hinter vorgehaltener Hand. Alle sagten aber, es wäre ein Jammer, dass es nun schwachsinnig wäre, das schöne Kind.

Jan fand sie auch schön, aber er zog ihre Schwester vor, die ihm nun gleich gegenüberstehen würde. Susanne sagte nie viel zu ihm, wenn sie in die Schmiede mitkam, aber mit dem Meister, Albert oder Rudolf wechselte sie gelegentlich ein paar Worte. Deshalb wusste er, dass sie nicht unnahbar war. Es lag an ihm, dass sie sich nicht unterhielten. Was hatte es für einen Sinn, Gespräche mit ihr zu führen, wenn er ihr doch nicht näherkommen durfte?

»Sei gegrüßt, Jan Niehus, Meister der Eisenschnörkel«, begrüßte Till Büttner ihn.

»Sei gegrüßt, Meister des Werkstattbesens. Hast du einen Auftrag, oder kommst du nur, um Spaß mit mir zu haben?«

»Kann man Spaß mit einem haben, der einen Zwölfpfundhammer zum Nüsseknacken benutzt?«

»Unsere Hausherrin nimmt einen zum Teigrühren.«

Sie lachten beide, erst dann nickte Jan Susanne zu. Flüchtig sah sie ihm in die Augen und gleich wieder zu Boden. Sie hatte nicht mitgelacht, lächelte aber. Es war ihrem Gesicht anzusehen, wie gern sie sonst lachte. Fast tat Jan ihr Anblick weh, sie gefiel ihm wirklich. Weiche Rundungen hatte sie, und sie bewegte sich so frei, als könnte sie jeden Moment loslaufen. Manche Mädchen gingen immer verkrampft einher.

Er hätte gern gewusst, welche Farbe ihre Augen genau hatten, aber sie sah ihn nie so lange an, dass er es hätte erkennen können. Und natürlich starrte er sie ebenfalls nicht an. Es führte zu nichts. Vielleicht würde er sich nie erlauben können, überhaupt einem Mädchen den Hof zu machen, und ganz sicher nicht ihr. Er würde für immer Geselle bleiben, und Schmiedegesellen durften in dieser Stadt nicht heiraten.

»Braucht euer Vater nur Fassbänder? Dann kannst du es auch mir sagen«, wandte er sich an ihren Bruder.

»Er will noch einen neuen Spundlochfasslöffel, den sollst du ihm machen«, sagte Till.

Nun lachte Susanne. »Was redest du denn da, du alter Fopphansel? Spundlochfasslöffel!«

Jan grinste. »Warte, ich fasslöffle ihm gleich eins.«

Die Hammerschläge in der Schmiede verstummten, und Meister Schmitt erschien im Tor. »Tach, die Herrschaften. Jan, du kannst jetzt weitermachen, wir sind so weit. Lass aber das Katzenvieh draußen. Das unvernünftige Biest fängt sonst eines Tages noch mal Feuer.«

Minka saß vor Jans Füßen und sah zu ihm hoch. Manchmal glaubte er, dass sie verstand, was Menschen sprachen. »Du bleibst draußen«, befahl er ihr.

»Spar dir die Worte. Wo die Liebe hinfällt, da wächst keine Vernunft«, prustete Till und griff sich die Katze.

Sobald Jan sich abgewendet hatte, drückte Till die Katze, ohne zu fragen, Susanne in die Arme und ging zu Meister Schmitt hinüber.

Das Tier war nicht erfreut darüber, herumgereicht zu werden, und sträubte sich. Susanne hatte Mühe, es festzuhalten, aber immerhin gab ihr das etwas zu tun. Andernfalls hätte sie Jan Niehus nachgegafft, während er zur Hofmauer zurückging, um seine Lederschürze zu holen. Er war ein schöner Mann. Kleiner als ihre Brüder, aber stark. Dunkle Haare, dunkle Augen und ein nachdenkliches, ernstes Gesicht. Er hatte Witz und konnte lachen, auch wenn er nie unbeschwert wirkte.

Wie immer, wenn sie ihn sah, fühlte sie eine seltsame Mischung aus Glück und Furcht. Er konnte nicht viel älter sein als Till, und er benahm sich kaum anders als ihre Brüder, trotzdem schüchterte er sie ein. Sie kannte keinen anderen Menschen, dem gegenüber sie sich so unsicher und unscheinbar fühlte. So musste er sie sehen, denn er hielt es selten für nötig, ein Wort an sie zu richten. Meistens bemerkte er sie kaum.

Die Katze war zu dem Schluss gekommen, dass es auf Susannes Arm doch recht angenehm war, und hielt still. Jan war in die Schmiede gegangen, aus der wieder Hammerschläge zu hören waren, heller und schneller nun als vorher. Till sprach mit Schmitt und brachte ihn zum Lachen.

Susanne wollte sich gerade ein Plätzchen suchen, von dem aus sie besser in die Schmiede spähen konnte, ohne dabei zu sehr aufzufallen, da kam ein Junge auf den Hof. Seinem derben graublauen Kittel und der Kappe nach gehörte er zu den Lastenträgern am Hafen.

»Tach«, sagte er zu ihr. »Ist der Albert to Huus? Ich soll ihn was fragen.«

Sie wüsste es nicht, wollte Susanne sagen, da rief Schmitt schon herüber: »Wat is denn?«

»De Albert. Isser da?«

»Jau.«

Kurz darauf kam der siebzehnjährige Albert aus der Schmiede. Er war stämmiger und plumper gebaut als Jan und hatte einen runden Schädel mit kurz geschorenen blonden Haaren. Verlegen begrüßte er Susanne, bevor er die Hände in die Seiten stemmte und sich unwirsch dem Jungen zuwandte. »Wat is?«

Susanne sah der Miene des Jungen an, dass er Albert auch nicht lieber mochte als umgekehrt. »Wegen der Toten, die sie heut Morgen rausgefischt ham«, sagte er mit gehässigem Unterton. »Dat war die Marianne, wo deine Stiefmutter war. Und die Büttel und alle wolln nu wissen, wo wohl ihr Kerl ist, der Wenzel. Und die Kinner. Ob du's wüsstest.«

Susanne drückte versehentlich die Katze so fest, dass sie entrüstet aus ihrem Arm sprang und floh.

Noch stärker war die Wirkung der Nachricht auf Albert. Er ließ fassungslos die Arme fallen und starrte den Jungen an, als hätte er nicht verstanden.

»Wat nu? Ja oder Nein?«, fragte der Unglücksbote.

Susanne wollte ihn anfahren, weil er sich so gefühllos benahm, bremste sich aber. Stattdessen holte sie Luft, um Albert ein paar tröstende Worte zu sagen.

Doch da sprach Albert selbst. »Lieber Gott. Was habe ich getan?«

»Du bist blass um die Nase. Hat es dich so mitgenommen, von Alberts Stiefmutter zu hören?«, fragte Till Susanne auf dem Heimweg.

»Ihre Leiche war kein schöner Anblick. Der arme Albert«, sagte sie, obwohl das nicht der Grund für ihre Erschütterung war. *Was habe ich getan?* Was hatte Albert damit gemeint? Er hatte ohne ein weiteres Wort mit dem Jungen den Schmiedehof verlassen. Vielleicht hatte sie sich verhört, hatte sie gedacht, und den anderen Männern bloß von der schlimmen Nachricht erzählt, die Albert erhalten hatte.

»Ich glaube, er hing nicht an ihr. Nachdem sie wieder geheiratet hatte, war Albert nicht mehr oft bei ihr. Konnte den Kerl nicht leiden, sagte er mal. Mehr weiß ich nicht. Ich unterhalte mich lieber mit Jan Niehus, der macht mir mehr Spaß. Was hast du eigentlich gegen den?«

Susanne sah ihren Bruder überrascht von der Seite an. »Gar nichts. Wie kommst du darauf?«

»Gegen andere bist du nicht so wortkarg.«

Zu Susannes Glück erwartete Till keine weitere Erklärung von ihr, denn seine Aufmerksamkeit wurde bereits auf etwas anderes gelenkt. Sie hatten den Weg durch das

Viertel eingeschlagen, in dem seit vielen Jahren nach und nach der Untergrund absackte. Die Häuser, die an den ungünstigsten Stellen standen, veränderten sich zunehmend und wurden immer schiefer, was sie beide gern beobachteten. Einige Gebäude hatten von der Vorderseite zur Rückseite ein Gefälle bekommen. Legte man dort eine Murmel auf den Boden, rollte sie vom einen Ende des Flurs bis zum anderen.

Viele dieser Häuser standen bereits leer, weil es den Leuten über geworden war, mit den schiefen, brüchigen Wänden und Böden zu leben, oder weil der Rat beschlossen hatte, sie zu räumen.

Gerade eben schien es sich wieder um eine solche Räumung zu handeln. Vor einer der schmalen, niedrigen Türen stand ein Karren, der mit einem bescheidenen Hausstand beladen war. Drei Kinder mit bedrückten Mienen hielten sich an seinen Holzsprossen fest, als würden sie fürchten, andernfalls zurückgelassen zu werden. Neben ihnen hatte sich ein Büttel mit einer Hellebarde in der Hand postiert. Sein rotes Wams leuchtete vor den unscheinbaren Farben der Fuhre.

Aus dem Haus drang eine schluchzende Frauenstimme auf die Gasse. »Vier Generationen!«, jammerte sie immer wieder.

Ein Mann murmelte beruhigende Worte. »Es ist nur ein Haus. Nur ein Haus«, hörten sie ihn sagen, als das Paar aus der Tür trat. Hinter ihnen verschloss ein zweiter Büttel in rotem Wams die Tür und nagelte einen Zettel daran. Die gleichen Bekanntmachungen hingen bereits an den Türen zur Rechten und Linken des Hauses.

Sicher würde bald die ganze Straßenseite leerstehen, und dann würde der Rat die Häuser abtragen lassen. Susanne dachte an die Risse, die das Haus ihrer eigenen Familie aufwies. Glücklicherweise schien sich der Untergrund in ihrer Straße beruhigt zu haben.

Till und sie grüßten die Leute im Vorübergehen, doch die waren ganz mit ihren Sorgen beschäftigt und nickten kaum zurück.

»Ich habe mir die leeren Häuser alle schon von innen angesehen«, sagte Till leise. »Es gibt da noch eine Menge gutes Holz. Was meinst du, wer am Ende den Gewinn davontragen wird? Wohl nicht die Besitzer.«

»Es ist verboten, hineinzugehen, Till«, sagte sie. Dabei hatte sie längst vermutet, dass ihr Bruder in den Häusern gewesen war. In der Regel setzte Till die verbotenen Wünsche in die Tat um, von denen auch sie sich verlockt fühlte.

»Ich weiß nicht, was daran gefährlich sein soll. Die Häuser werden nicht plötzlich einstürzen.«

»Warum nicht? Außerdem genügt es ja, wenn dir Steine auf den Kopf fallen. Denk doch an die Marienkirche. Wie oft sind da schon Steine losgebrochen.«

Till lachte. »Ach, Suse! Das ist doch etwas anderes als diese Häuschen. Da fällt dir eher Mäusedreck auf den Kopf. Früher, als du klein warst, wärest du als Erste drin gewesen.«

Darauf erwiderte sie nichts. Till wäre nicht weniger unangenehm berührt gewesen als der Rest ihrer Familie, wenn sie sich je so ungezwungen verhalten hätte wie als Kind. Er zog sie auf und wusste doch genau, dass sie als junge Frau anderen Regeln zu gehorchen hatte als ein Kind oder als er selbst.

Zwei Tage nach dem Besuch in der Schmiede ging Martin Büttner, um die bestellten Fassreifen abzuholen, kehrte jedoch mit einem leeren Handwagen zurück. Statt der Reifen brachte er schlimme Nachrichten mit. Man hatte einen weiteren Toten gefunden, und daraufhin war Albert verhaftet und eingesperrt worden.

Der Leichenfund war gerade für die Fassmacher besonders pikant. Obwohl das traditionelle Fest der Kopefahrt seit langer Zeit nicht mehr gefeiert wurde, hatten die Böttcher vor einigen Jahren aus einer Schnapslaune heraus ein riesiges Kopefass gebaut. Damals, zu Kopefahrt-Tagen, wären schwere Pferde vor das mit Steinen gefüllte Fass gespannt worden. Inmitten bunter Feierlichkeiten hätten die Söhne der Sülfmeister es dann triumphal und laut polternd im Galopp durch die Stadt geführt. Doch die jungen Sülfmeister-Anwärter hatten es nicht mehr nötig, sich auf diese Art als würdig zu beweisen. Daher feierten die Böttcher nur ein letztes Mal mit einem Kopefass unter sich ihre Handwerkskunst. Anschließend verkauften sie das Fass an Henrich Visculen, der seinen Hof im Wasserviertel an der Ilmenau hatte und das Riesending ebenso aus Tollerei erwarb, wie es aus Tollerei gebaut worden war.

Das Fass hatte langsam verrottend und wenig beachtet in einem Innenhof der Visculschen Salzspeicher gestanden, bis am Vortag jemand auf den Gestank aufmerksam geworden war, der davon ausging. Die letzten beiden Bretter des bereits zerstörten Deckels wurden herausgebrochen, und man fand in modrigem Regenwasser die Leiche von Wenzel Främcke, dem Mann der toten Marianne. Seit ungefähr Bittsonntag hätte er schon darin gelegen, hatte der Bader und Leichenbeschauer gemeint. Außerdem sei er durch Schläge auf den Kopf zu Tode gekommen.

Obwohl es keine handfesten Hinweise darauf gab, dass Albert mit dem Tod des Mannes zu tun hatte, wurde er nun des Mordes in zwei Fällen beschuldigt. Im Fall seiner Stiefmutter Marianne gründete der Verdacht darauf, dass er am Abend ihres Todes mit ihr gesehen worden war. Er hatte sich auf der Gasse vor ihrer Bude heftig mit ihr gestritten.

Die Büttners waren noch fassungslos, als sie nach dem Abendessen am Küchentisch zusammensaßen. Keiner von ihnen konnte glauben, dass Albert solcher Taten fähig war.

Nur Susanne zweifelte. *Was habe ich getan?*, hörte sie ihn sagen.

Sie begradigte den schief geschnittenen Brotlaib mit dem Messer und nutzte den dabei abfallenden Brotfetzen, um die Soße von ihrem Zinnteller zu wischen. »Hat man denn die Kinder inzwischen gefunden?«

Martin schüttelte den Kopf. »Die Büttel haben nach ihnen herumgefragt, aber niemand weiß etwas.«

»Zeig mir den Schiffer, der etwas weiß, wenn ein Büttel fragt«, spottete Till.

»Sind die Kinder auch tot?«, fragte Liebhild und brachte damit ihre Familie dazu, erschrocken zu schweigen. Niemand hatte bemerkt, dass ihr Nesthäkchen überhaupt da war, sie hatte an der Wand auf dem Boden gesessen und mit ihrer noch immer haarlosen Puppe gespielt. Jetzt sah sie gespannt zu den Erwachsenen auf.

Ihr Vater fing sich als Erster. »Ach was. Sie werden bei Freunden untergekommen sein.«

»Also, ich weiß nicht«, sagte Susanne. »Müsste man da nicht helfen? Diese Leute sind alle so arm.«

»Sie wollen offenbar keine Hilfe«, sagte Martin. »Sonst würden sie ja darum bitten.«

Susanne sah ihn verwundert an. Er schien zu meinen,

was er sagte, und teilte damit die Ansicht der meisten bessergestellten Bürger. Dabei würde es gerade ihm sicher besonders schwerfallen, um Hilfe zu betteln, wenn er in eine schwierige Lage geriete. »Vielleicht sollte jemand ins Wasserviertel gehen und nach den Kindern fragen, der kein Büttel ist und nichts mit dem Rat zu tun hat«, sagte sie.

»Komm nicht auf dumme Gedanken«, sagte ihr Vater. »Das ist kein Pflaster für eine ehrbare junge Frau. Es wird sich schon einer um die Kinder kümmern.«

»Ich wüsste gern, warum Albert den Wenzel erschlagen haben soll.« Auch Till beschäftigte sich mit seinem Brot. Er legte auf dem Tisch eine Spur aus Krumen.

Susanne goss der träumenden Regine Wasser in ihren Tonbecher und sprach Liebhild an. »Liebchen, geh schon nach oben und wasch dir dein Gesicht.«

Liebhild stand auf und zog eine Schnute. »Muss ich allein?«

Wie gewöhnlich erhob Susanne sich und nahm sie an die Hand. Während sie mit ihr über die Wendeltreppe auf der Diele nach oben ging, dachte sie über Gründe nach, aus denen Albert den neuen Ehemann seiner Stiefmutter erschlagen haben konnte. Alles, was ihr einfiel, kam ihr unsinnig vor.

Die Bewohner der Schmittschen Schmiede waren erschüttert über das, was Albert zugestoßen war. Auch wenn sie erwarteten, dass seine Unschuld sich erweisen würde, blieben eine Verhaftung und ein Aufenthalt im Turm grausige Erlebnisse.

Doch bei aller Erschütterung mussten Aufträge erledigt werden. Es wurde länger gearbeitet, um für die fehlenden

Hände auszugleichen. Deshalb war es bereits Abend, als Jan die Eisenbänder, aus denen später Fassreifen gebogen wurden, zur Böttcherei brachte. Gewöhnlich hätte Albert die Ware ausgeliefert. Jan konnte auf dem Weg nicht aufhören, an ihn zu denken.

Kurz bevor die Büttel ihn abholten, hatte Albert ihm gestanden, dass er sich schuldig am Tod seiner Stiefmutter fühlte. Er hatte geahnt, dass man ihn auch mit dem Mord an Wenzel in Verbindung bringen würde. Es war in den Schiffergassen kein Geheimnis, dass es jedes Mal lautstark Streit gegeben hatte, wenn Albert die Familie besuchte. Er erklärte Jan nicht, worum es in diesen Auseinandersetzungen gegangen war. Ohnehin war es ihm schwergefallen, über die Angelegenheit zu sprechen. Er hätte es vielleicht gar nicht getan und sich einfach verhaften lassen, doch er hatte ein Anliegen gehabt.

Zum einen konnte er es nicht ertragen, dass die Männer in der Schmiede dachten, er hätte einen Menschen erschlagen. Zum anderen war er außer sich vor Sorge um die beiden verschwundenen Kinder. Minna und der kleine Paul waren seine Halbgeschwister. Um ihretwillen hatte er seine Stiefmutter immer wieder unterstützt, wenn sie ihn darum gebeten hatte. Nachdem er von ihrem Tod gehört hatte, war er ohne Zögern ins Wasserviertel gegangen, um sie zu suchen, doch ohne Erfolg. »Wenn sie in guten Händen wären, Jan«, sagte er, »dann hätte ich sie gefunden. Ich weiß, dass es eine große Bitte ist, aber wenn sie mich einsperren ... Wirst du die beiden für mich suchen?«

»Der Rat wird sich doch darum kümmern. Außerdem wüsste ich nicht, wo ich sie noch suchen sollte«, entgegnete Jan. Doch Albert wiederholte seine Bitte so eindringlich, dass Jan ihm schließlich versprach, die Augen offen zu halten und sich darum zu bemühen, dass die Kinder nicht vergessen wurden.

Er versuchte noch, aus Albert mehr darüber herauszubekommen, warum er sich für Mariannes Tod verantwortlich fühlte und ob er sie gar tatsächlich umgebracht hatte. Albert schüttelte nur den Kopf. »Ich habe grauenhafte Sachen zu ihr gesagt.«

Was er davon halten sollte, wusste Jan nicht, aber er hatte genug Erfahrung mit skrupellosen Totschlägern, um zu wissen, dass Albert keiner war.

Je näher er dem Böttcherhaus kam, desto mehr wandten seine Gedanken sich von Albert und dem Verbrechen ab. Er fragte sich, ob er den Frauen des Hauses begegnen würde. Unwillkürlich hielt er mit der Schubkarre an, bückte sich, um seine Strümpfe glattzuziehen, und rückte das graue Wams zurecht, das er über sein Arbeitshemd gezogen hatte. Nicht, dass er sich etwas erhoffte, aber unangenehm auffallen wollte er auf keinen Fall.

Susanne war auf den Hof gegangen, um Liebhild anzubieten, ihr nun die neuen Haare für ihre Puppe zu knüpfen. Sie fand ihre kleine Schwester an der Ecke zum Gemüsegärtchen, wo sie auf einem Stein an der Regentonne stand und hineinsah. Susanne erinnerte sich, dass sie selbst früher darin gern die grazilen Mückenlarven beobachtet hatte, die vor jedem Schatten davonflitzten. »Sind Fische drin?«, neckte sie ihre kleine Schwester.

Liebhild zuckte schuldbewusst zusammen und sprang vom Stein. »Nein, nein. Ich ... ich wollte gießen, guck.« Sie griff nach einem kleinen Holzeimer, der gefüllt neben der Tonne stand, ging zum Möhrenbeet und begann geflissentlich, die Pflänzchen zu bewässern.

Susanne lächelte. »Wir könnten uns jetzt um deine Puppe kümmern, ich hätte Zeit. Wo hast du sie denn?«

Liebhild ließ die Hände mit dem Eimer sinken und sah sie mit so entsetzten großen Augen an, dass Susanne misstrauisch wurde. »Liebchen! Hast du etwa …?« Mit wenigen Schritten erreichte sie die Regentonne und sah hinein. Sie war dreiviertel voll Wasser, und am Grund war es dunkel, trotzdem konnte sie ganz unten schemenhaft die Puppe erkennen. Sie seufzte. »Hol die Harke!«

Liebhild gehorchte und kam mit traurig gesenktem Kopf näher geschlichen. Susanne sah sie tadelnd an. »Warum machst du das immer? Erzähl mir nicht wieder, dass du sie waschen willst. Du weißt, dass sie sich auflöst.«

Liebhild schniefte und zog die Schultern hoch. »Gestern lag ein toter Spatz in der Tonne. Der schwamm oben. Tote Katzen und Leute gehen erst unter und kommen dann wieder hoch, sagt Thomas. Ich wollte mal sehen, ob Lina wieder hochkommt. Tut sie aber nicht.«

»Aber Liebchen, Lina ist doch ohnehin ein totes Ding«, sagte Susanne.

»Wer tot ist, ist doch auch ein totes Ding und kommt trotzdem wieder hoch«, erwiderte Liebhild.

»Was du für Zeug redest.« Susanne beugte sich über die Tonne und fischte die Puppe mit der Harke heraus. Der mit Kleie gefüllte Körper würde lange brauchen, um zu trocknen, doch sonst hatte das Wasser keinen Schaden angerichtet. Sämtlicher Leim, samt der langen Wollhaare, war schon fortgespült worden, als Liebhild die Puppe zum ersten Mal auf diese Art gebadet hatte. Auch die Bemalung des Holzgesichtes war schon lange verblasst.

»Kleid ausziehen und in die Sonne legen«, wies sie Liebhild schroff an. »Die Haare müssen nun warten.«

Liebhild nahm ihr kleinlaut die Puppe ab. Susanne bedachte sie noch mit einem finsteren Blick, bevor sie sich abwandte. Sie schrak zusammen. Vor ihr stand Jan Niehus. Er hatte seine Kappe in der Hand und sah aus, als wolle er sich gerade wieder davonschleichen.

»Verzeihung«, sagte er. »Ich bringe nur ... Ich dachte ... Aber ich wollte nicht stören.«

Susanne fragte sich, warum er so rot im Gesicht war. Seine Schweigsamkeit ihr gegenüber war sie gewöhnt, aber verunsichert hatte er nie gewirkt.

»Wobei stören?«, fragte sie.

Jan überlief es heiß. Er war selbst schuld an seiner peinlichen Lage. Warum war er nicht gleich in die Werkstatt gegangen? *Weil du SIE aus der Nähe sehen wolltest, du Narr,* sagte seine unbarmherzig aufrichtige innere Stimme. Sein Herz schlug immer ein bisschen schneller, wenn er Susanne sah, das war sein heimlicher Genuss. Doch nun schlug es ihm bis zum Hals vor Verlegenheit. *Kleid ausziehen und in die Sonne legen.* Natürlich hatte sie nicht von sich selbst gesprochen, das wusste er. Doch so schnell konnte seine Vernunft nicht arbeiten, wie er sich Susanne Büttner beim Entkleiden vorstellte. Ebenso rasch reagierte sein Körper. Sein Glück, dass er die Kappe schon vorher vom Kopf genommen hatte und sie nun unauffällig vor seine Mitte halten konnte. Was für ein Fluch das war, ein Mann zu sein, der nicht einmal hoffen durfte.

Eine feuchte Haarsträhne ringelte sich über ihre Wange. Ihre nassen Hände trocknete sie an der Schürze ab. Sie hatte erstaunt geklungen, aber nun fingen ihre Augen an zu lachen. Wie sollte sie auch nicht lachen, wenn er weiter dastand wie eine stumme Vogelscheuche? Er räusperte sich. »Ich bringe die Fassbänder. Es ist spät geworden, weil Albert uns fehlt.«

Sie trat näher zu ihm, und er musste sich zusammenreißen, damit er nicht zurückwich. Immerhin schien sie nun nicht mehr belustigt, ihre Miene zeigte Betroffenheit. »Das mit Albert ist eine schlimme Sache. Glaubst du, dass er ein Totschläger ist?«

Jan schüttelte den Kopf. Es war schwierig, über Albert zu sprechen und gleichzeitig zu bemerken, wie nass das dünne Tuch ihres Kleides über der einen Brust war. Doppelt beschämend, dass er sich selbst bei dem furchtbaren Thema noch mit seinem sündigen Verlangen herumschlagen musste. »Er hat den Wenzel nicht erschlagen, da bin ich sicher. Mit seiner Stiefmutter hatte er Streit, aber dass er eine Frau umbringt … Jähzorn habe ich an ihm nie gesehen, und bei Verstand hätte er's schon wegen der Kinder nicht getan. Es sind von väterlicher Seite seine Geschwister.«

»Sind die Kinder wieder da?«

»Nein. Albert hat mich gebeten, sie zu suchen. Aber ich weiß nicht einmal, wo ich anfangen soll. Wenn er sie selbst nicht gefunden hat …«

»Und wenn der Mörder sie hat?« Sie sah ihm sorgenvoll in die Augen.

Er erwiderte ihren Blick schweigend und fühlte, dass er verloren war. Die hübsche Susanne sorgte sich um die Kinder. Wie konnte er die zwei nicht suchen, wenn auch sie darauf hoffte, dass er es tun würde? Auch wenn er sich nicht vorstellen konnte, warum der Mörder die Kinder festhalten sollte. Es sei denn, sie wüssten etwas, das ihm schaden konnte. »Ich werde mich umhören«, sagte er.

Sie lächelte. »Ich kann helfen. Wo …«

»Einen gesegneten Abend wünsche ich!« Das war die Stimme ihres Vaters, die laut über den Hof schallte. Büttner klang scharf, und Jan wusste sofort, was ihn ärgerte. Mit einem kurzen Nicken verabschiedete er sich von Susanne und ging eilig zu seinem Schubkarren zurück, um seine Lieferung abzugeben, wo er sie gleich hätte abgeben sollen.

Susanne teilte im Obergeschoss ihres Elternhauses eine Kammer mit ihren Schwestern. Regine und Liebhild schliefen gemeinsam im Alkoven. So fühlte Liebhild sich nachts nicht einsam, und gleichzeitig war sichergestellt, dass Regine nicht unbemerkt aufstehen und verschwinden konnte. Manchmal kam sie auf solche Ideen.

Susannes schmales Bett stand vor dem Alkoven. Wenn Liebhild aufs Nachtgeschirr musste, dann kletterte sie aus dem Schrankbett über Susanne hinweg zu Boden, und in der Dunkelheit trat sie ihr dabei gelegentlich auf die Beine. Susanne hatte in der Regel einen so festen Schlaf, dass sie es kaum bemerkte. Sie ging später zu Bett als die anderen beiden und stand mit dem ersten Hahnenschrei auf.

Auch an diesem Abend musste Susanne noch in der Küche ihre letzten Pflichten erledigen, während ihre Schwestern bereits im Bett lagen.

Die alte Muhme hatte sich schon in ihr Kämmerchen in der Werkstatt zurückgezogen. Susanne setzte sich nach dem Hühnerfüttern noch mit Flickarbeiten auf die Küchenbank. Lene wusch das Geschirr und bereitete für den nächsten Tag das Herdfeuer vor. Ihre Base schwatzte, wie meistens bei der Arbeit. Obwohl sie von Kind an als Magd bei den Büttners im Haus lebte, nahm sie das Abendessen nie mit der Familie ein, sondern mit ihrer Mutter und ihrem bettlägerigen Großvater. Da ihre Mutter als Dienstmagd bei einer Lüneburger Patrizierfamilie angestellt war, brachte Lene immer reichlich Geschwätz mit, wenn sie nach dem Essen zurückkehrte. Sie wusste, um welche Frau der verwitwete Herr von Dassel anhielt, für wann die Beerdigung der alten Mutter vom Ratsherrn Witting angesetzt war und wessen Söhne die Büttel nun wieder nachts auf der Straße aufgegriffen hatten.

»Der schöne Lossius war mal nicht dabei«, kicherte sie. Das erinnerte Susanne an das Gespräch in der Werkstatt. Sie biss den Nähfaden ab und ließ sich seufzend gegen die Lehne der Bank zurücksinken. »Herr Lossius will morgen kommen und mit Vater sprechen. Gleich in der Früh müssen wir die Dornse lüften. Sie kommen am Nachmittag. Da wäre wohl auch ein bisschen Kuchen richtig.«

»Hoffentlich gibt er deinem Vater einen ordentlichen Auftrag. Er kauft zum ersten Mal bei ihm, nicht wahr?«, fragte Lene.

»Ja. Er hat früher mit Marquart Geschäfte gemacht. Aber der ist ihm zu tüdelig geworden.«

»Das kommt davon, wenn einer seine Werkstatt nicht rechtzeitig an Jüngere abgibt. Aber der Alte hat eben keinen Sohn mehr, da fiel ihm die Entscheidung wohl zu schwer.«

»Töchter hat er«, murmelte Susanne.

Lene gluckste vergnügt. Sie steckte inzwischen mit dem halben Arm im Aschefach des Herdes. »In der Tat. Und wenn es nach deinem Bruder geht, dann hat er bald wenigstens einen Schwiegersohn.«

»Erzähl nichts herum, was noch nicht wahr ist.« Susanne unterstrich ihre Worte mit dem erhobenen Zeigefinger.

Lene schüttelte den Kopf. »Das würde ich nicht. Ist doch

mit Martin eine andere Sache als mit einem wie Lenhardt Lossius, den die Leute jede Woche mit einer anderen verloben. Bei dem macht es keinen Unterschied.«

»Da siehst du. Gerade weil die Leute so denken und sinnlos daherreden, ist wahrscheinlich nur wenig davon wahr. Ein Urteil soll man nur fällen, wenn man die Wahrheit kennt.«

»Aber dass Lossius sich nachts herumtreibt, ist keine Erfindung«, wandte Lene ein.

»Wenn ein junger Mann nachts durch die Straßen läuft, heißt das noch nicht, dass er verdorben ist. Glaub nicht, ich wollte ihn dafür in Schutz nehmen. Er weiß gewiss, was für ein Eindruck entstehen muss. Trotzdem soll man seine Meinung nur aus dem bilden, das man sicher weiß.«

Lene kicherte wieder. »Sicher weiß ich, dass er auf dem Schützenfest schon mehr als ein Mädchen geküsst hat. Und ein großes Geheimnis hat er nicht daraus gemacht. Da muss ich doch denken …«

»Nun reicht es. Morgen ist er unser Gast, und wir werden höflich und freundlich sein, wie zu jedem anderen. Und jetzt zu Bett.« Susanne räumte das Nähzeug zusammen und half Lene noch dabei, ihr Nachtlager auf der Küchenbank herzurichten, dann ging sie nach oben.

Sie fühlte sich beunruhigt und wusste nicht genau, warum. Vielleicht war es die Aussicht auf Martins Verlobung oder der hohe Besuch am nächsten Tag. Ihr war, als stünden ihr große Veränderungen bevor, als würde ein Bogen gespannt, um in Kürze loszuschnellen. Sie spürte nicht nur Besorgnis, sondern auch eine süße Aufregung, die sie zuletzt als Kind an den Tagen vor dem Weihnachtsfest erlebt hatte.

Als sie etwas später unter ihre Bettdecke schlüpfte, gestand sie sich ein, dass ihre Unruhe auch mit Jan Niehus zu tun hatte. Zum ersten Mal hatte er sie heute auf dem Hof so angesehen, als würde er sie bemerken. Sein Blick war ihr durch und durch gegangen. Selbst bei der Erinnerung daran wurde ihr wieder heiß.

2

Der schöne Lossius

Lenhardt Lossius war ein auffallend großer, kräftiger junger Mann. Er überragte seinen Vater um eine halbe Haupteslänge. Susannes Vater musste sogar zu ihm aufschauen. Lenhardts Gesicht war lang und schmal, seine Züge scharf und ebenmäßig geschnitten. Er strahlte aus, dass er von seinem guten Aussehen wusste und es ebenso genoss wie seine hohe Stellung in der Gesellschaft. Unter den jungen Männern, die ihn von den Wehrübungen, Zunftversammlungen oder aus dem Wirtshaus kannten, galt er dennoch als umgänglich und frohsinnig.

Susanne hatte ihn schon oft gesehen, allerdings nur im Vorübergehen auf der Straße oder auf dem Markt, auf Festen oder auf der Bank vor Lossius' Anwesen. Aus der Nähe hatte sie ihn noch nie betrachtet und sich schon gar nicht mit ihm unterhalten.

Der Unterschied zwischen seinem und ihrem Stand zeigte sich bereits in der Kleidung deutlich. Allein die feinen Kniestrümpfe, die er an seinen langen, wohlgeformten Beinen trug, und der schmucke, schmale Hut kosteten wohl so viel wie Susannes gesamte Garnitur. Sein grüner Rock mit den gekordelten Tressen und schönen Besätzen und die Kniehose aus Samt hatten Susannes Vermutung nach den gleichen Wert wie die Alltagskleidung ihrer ganzen Familie zusammengenommen.

Einschüchtern ließ sie sich von dem Standesunterschied nicht, denn ihr Vater war als unbescholtener und erfolgreicher Böttchermeister kaum weniger angesehen als Sülfmeister Lossius. Dennoch konnte sie mit den hohen Gästen nicht ganz unbefangen umgehen, da ihre Gunst für die Böttcherei viel bedeutete.

Während ihr Vater und Martin mit Hinrik Lossius und seinem Sohn am Tisch ins Gespräch vertieft waren, saß sie gemeinsam mit Regine, adrett gekleidet, abseits vom Tisch und beschäftigte sich mit kleinen Nadelarbeiten. Sie sollte bei der Hand sein, um Apfelmost oder Wein nachzuschenken, Kuchen oder Brot aus der Küche nachzuholen.

Regine an solchen Gelegenheiten teilhaben zu lassen war eine Entscheidung ihrer Eltern, der eine Mischung aus Stolz, Trotz und Klugheit zugrunde lag. Regine schmückte den Raum mit ihrer Schönheit und bewies durch ihr sanftes Benehmen, dass sie keine Monstrosität war, die man verstecken musste. So wurde den bösen Gerüchteköchen das Feuer im Herd erstickt, und Regine hatte gleichzeitig eine Abwechslung. Sie liebte solche Tage, an denen es für alle Kuchen gab.

Susanne ließ ihre Hände mit der Säumarbeit für einen Moment in den Schoß sinken und warf einen Blick auf ihre Schwester. Auch Regine hatte in ihrer Stickerei innegehalten. Unverblümt starrte sie Lenhardt Lossius an. Susanne konnte es ihr nicht verdenken. Womöglich hatten die »Lüneburger Gänse« recht, und er war tatsächlich der prächtigste junge Mann der Stadt. Ihre Schwester lächelte verzückt, als würde sie einen geschmückten Erntewagen bestaunen. Susanne schmunzelte. »Regine, was stickst du als Nächstes?«, fragte sie leise und lenkte sie damit erfolgreich vom jungen Lossius ab.

Regine blickte zurück auf ihre Stickerei. »Oh. Eine Rose. Eine weiße Rose.« Sie hielt Susanne kurz ihr Arbeitsstück entgegen, dann vertiefte sie sich wieder in die Gestaltung ihres Werks. Sie stickte seit Jahren an einer Vielzahl von weißen Blüten auf dem grünen Grund eines Schals. Alle sollten Rosen sein und sahen doch ganz unterschiedlich aus.

Susanne nickte. »Schön.« Prüfend sah sie zum Tisch hinüber. Die Gläser waren noch gefüllt, und der Sülfmeister biss mit sichtlichem Wohlbehagen in den buttrigen Topfkuchen, während er ihrem Vater zuhörte, der sein Angebot beschrieb. Sein verrufener Sohn musterte jedoch zu Susannes Erschrecken nicht etwa Ulrich Büttner, sondern Regine. Sein Gesichtsausdruck war dabei kaum weniger verzückt, als Regines es kurz zuvor gewesen war. Ein beunruhigendes Gefühl überfiel Susanne. Regine war äußerlich eine schöne Frau, würde jedoch innerlich wohl nie erwachsen werden. Auch wenn Susanne nicht wollte, dass jemand ihre Schwester für schwachsinnig hielt, machte es ihr Sorgen, wenn ein Mann sie ansah, als wäre sie ein gewöhnliches Mädchen.

Unwillkürlich zog sie die Brauen zusammen und betrachtete angestrengt die Saumnaht zwischen ihren Fingern. Sülfmeister Lossius und Martin lachten über einen Scherz ihres Vaters. Als sie aufblickte, erwischte sie Lenhardt dabei, wie er nun sie selbst betrachtete. Er lächelte sie an, und sie spürte, wie sie errötete.

»Susannchen, was haben wir noch anzubieten? Der junge Herr Lossius scheint keinen Kuchen zu mögen«, sagte ihr Vater gut gelaunt.

Susanne erwiderte höflich Lenhardts Lächeln und erhob sich. »Da finden wir sicher etwas. Mögt Ihr lieber geräucherte Hammelkeule, Fleischbällchen oder Kirschkompott?«

»Das ist mir alles so lieb wie der Kuchen. Wenn ich noch nicht zugegriffen habe, so liegt es daran, dass ich vorher um etwas anderes bitten möchte. Ich bin neugierig und würde gern Eure Werkstatt ansehen, Meister Büttner. Ihr müsst Euch dadurch nicht stören lassen. Vielleicht führt mich Euer Sohn oder eine Eurer Töchter, während Ihr mit meinem Vater die wichtigsten Dinge beredet?«

Ulrich Büttner lachte. »Ihr wollt doch wohl nicht zum Handwerk wechseln, mein Herr? Aber bitte, gebt Eurer Neugier nach. Mein zweiter Sohn und der Geselle sind bei der Arbeit und können Euch alles zeigen. Susanne führt Euch hinüber.«

»Dank Euch.« Lenhardt stand auf und sah so zufrieden aus, als er mit Susanne die gute Stube verließ, dass sie stutzig wurde. Sie sah selbst gern Handwerkern zu, konnte sich aber nicht vorstellen, dass Lossius das ebenso wichtig war. Schon im Flur bestätigte er sie darin.

»Ich verrate Euch ein Geheimnis«, sagte er. »Mein Vater und ich waren mit einem Gast unseres Hauses bei Herrn Bürgermeister Witzendorff zum Mittagsmahl geladen. Ich konnte seine Gastlichkeit nicht ausschlagen, obwohl es mir nicht geschmeckt hat. Und nun kann ich nichts mehr herunterbringen, obwohl ich sicher bin, dass es mir hier ausgezeichnet schmecken würde.«

Susanne sah ihn ungläubig an. »Also wollt Ihr die Werkstatt sehen, damit Ihr nicht essen müsst?«

Er lachte. »Manche Leute können sehr beleidigt sein, wenn man ihr Essen ablehnt. Appetitlosigkeit ist zumeist keine Entschuldigung. Aber nein, ich wollte die Werkstatt sehen, damit ich einen Augenblick allein mit Euch sprechen kann.«

Er sprach in einem heiteren Tonfall, klang aber nicht, als

würde er sich über sie lustig machen, daher fasste Susanne seine Worte als scherzhaft auf. »Dann wäret Ihr frech«, sagte sie und öffnete für ihn die Tür zum Hof.

»Der Ruf hängt mir an.«

»Und Ihr tut Euer Bestes, um ihn zu behalten, wie ich sehe. Was hättet Ihr mit mir zu reden?«

Er ging neben ihr, wandte den Blick dabei nicht von ihr ab und strahlte sie an. »Über den warmen Frühling und die Kirschsorte in Eurem Kompott und darüber, mit wem du wohl zum Schützenfest gehen wirst. Sei nicht so streng. Ich erinnere mich, wie du einmal meinen kleinen Vetter verhauen hast, weil er deine Schwester geärgert hatte. Da warst du nicht so vornehm.«

Eigentlich sollte sie sich beschämt fühlen, dachte sie, doch er meinte es offenbar freundlich. »Würdet Ihr meine Schwester ärgern, wäre ich auch heute nicht vornehm mit Euch. Daran hättet Ihr aber keine Freude. Also sprechen wir lieber höflich über die Kirschen.«

Seine Augen funkelten belustigt. »Nein, über das Schützenfest. Deine Familie wird doch hingehen? Ich weiß, dass dein Vater ein guter Musketenschütze ist, und dein Bruder … Hat er nicht letztes Jahr mit der Armbrust den Papagoy von der Stange geschossen?«

Susanne hatte noch vor Augen, wie die bunten Federn des ausgestopften Vogels herabgeschwebt waren, nachdem Martins Armbrustbolzen ihn von der hohen Stange gerissen hatte. Sie hatte eine davon aufbewahrt. Die ganze Familie war in Jubel ausgebrochen und hatte bis spät in den Abend zu Martins Ehre gefeiert. Sie lächelte. »Wir gehen bestimmt hin.«

»Vielleicht tanzen wir dann einmal zusammen?« Das sagte er so unbefangen, als wäre er die Unschuld selbst.

Susanne sah ihm nachdenklich in die Augen, die so schön blau waren wie die von Regine. »Wisst Ihr eigentlich alles über den Ruf, der Euch anhängt?«, fragte sie leise.

»Und glaubst du alles, was die Leute reden?«, fragte er ebenso leise zurück.

Sie schüttelte den Kopf. »Das wäre schlimm. Ich weiß, wie schnell die Leute sich ein falsches Bild machen. Aber gerade deshalb werde ich lieber nicht mit Euch auf dem Schützenfest tanzen. Über meine Familie wird schon genug gesprochen.«

»Wegen deiner Schwester, meinst du? Ich höre nie etwas anderes als Respekt für deinen Vater. Früher mag es anders gewesen sein.«

»Es hat viel Mühe gekostet, die bösen Zungen zum Schweigen zu bringen.«

»Neid bringt die Leute dazu, sich die Mäuler zu zerreißen. Deine Schwester ist hübsch.«

Aus dem weit geöffneten Tor der Werkstatt kam ihnen Till entgegen, in der Hand einen der kleinen Bottiche, die sie in der Vorratskammer verwendeten. Es war für Susanne nicht zu übersehen, wie sich seine sonst immer heitere Miene verdunkelte, als er Lenhardt bemerkte.

»Tag, Büttner«, sagte der Sülfmeistersohn fröhlich.

Tills Blick wanderte von ihm zu Susanne und wieder zurück. »Guten Tag, Herr Lossius«, erwiderte er dann ungewöhnlich nüchtern.

»Herr Lossius möchte sich die Werkstatt ansehen«, sagte Susanne.

Till nickte abschätzig. »Natürlich. Gern. Dann kannst du ja der Muhme das hier bringen.« Er drückte Susanne den Bottich in die Hände und zeigte nachdrücklich auf die Küche.

Unter anderen Umständen hätte sie sich das von ihrem Bruder nicht bieten lassen, doch vor Lenhardt wollte sie nicht mit ihm streiten, und außerdem kam ihr die Ausflucht gelegen. »Also dann, viel Vergnügen. Sollte der Appetit noch kommen, dann meldet Euch nur.«

Lenhardt deutete lächelnd eine Verbeugung an. »Das werde ich gern.«

Es war kein Wunder, dass Frauen sich von ihm küssen ließen, dachte Susanne auf dem Weg in die Küche. Er verstand es, ein Mädchen mit seiner Freundlichkeit einzuwickeln. Seinem offenherzigen Wesen traute man nichts Übles zu. Till allerdings schien anderer Ansicht zu sein. Sie musste ihn unbedingt ausfragen. Wer wusste, bei welcher Art nächtlichen Unfugs sich die beiden schon über den Weg gelaufen waren?

Der nächste Tag war ein Sonnabend, und weil das Wetter weiterhin trocken und mild blieb, beschloss Susanne, die Sonntagskleidung hinauszubringen. Sie wurde gebürstet, ausgebessert und gebügelt und dann zum Lüften draußen aufgehängt. Wo sie schon einmal dabei waren, wurden gleich auch die Schränke aufgeräumt und nachgeprüft, ob sich keine Motten in den guten Wollsachen eingenistet hatten.

Zusammen mit den gewöhnlichen Haushaltspflichten beschäftigte das Unternehmen alle Frauen des Hauses den ganzen Tag lang. Susanne war am Abend zu müde, um eine Gelegenheit für das Gespräch mit Till zu suchen.

Erst als die Familie am Sonntag nach dem Gottesdienst aus der Nicolaikirche kam, fiel es ihr wieder ein. Martin und ihr Vater sprachen auf dem Kirchvorplatz mit dem alten Marquart und seinen beiden Töchtern. Regine war bei ihrem Vater untergehakt, Liebhild spielte mit den anderen Kindern, und Lene hatte sich zu ihrer Mutter gesellt.

Till zog es zu einer Gruppe von jungen Männern, die sich in Hörweite einiger junger Frauen zusammengefunden hatten. Susanne fasste ihn am Ärmel und hielt ihn zurück.

Er wandte sich ihr ungeduldig zu. »Nur einen Augenblick, Suse. Vater redet doch auch noch. Geh hin und guck dir Dorothea Marquart mal genauer an. Vielleicht leben wir bald mit ihr unter einem Dach.«

Er wollte ihr seinen Arm entziehen, doch sie ließ ihn noch nicht los. »Ich muss mit dir sprechen. Kommst du nach dem Mittag hinter den Hühnerstall?«

»Ach so. Heckst du etwas aus?« Er grinste, weil er das selbst für unwahrscheinlich hielt. Es war lange her, dass sie sich wegen kindlicher Streiche mit ihm hinter dem Stall versteckt hatte.

»Kommst du?«, beharrte sie.

»Ja, ja, sicher. Nach dem Mittag.«

Sie sah ihm nach, als er zu den anderen schlenderte. Er war mit seinen achtzehn Jahren einer der jüngsten von ihnen. Sie begrüßten ihn mit den üblichen gutmütig-spöttischen Bemerkungen, auf die er schlagfertig antwortete. Seine flinke Zunge verschaffte ihm Respekt, wenn auch nicht nur Freunde.

Auch Till hatte damit zu kämpfen, dass seine Familie als seltsam galt. Die Blicke der jungen Leute wurden häufig dahin gezogen, wo die Büttners standen. Sie hatten alle lernen müssen, das nicht zu beachten.

Für Susanne war es der Grund, warum sie sich an diesem Tag nicht den jungen Frauen anschloss. Wenn sie ihnen einzeln begegnete, wich sie keiner von ihnen aus, doch in der Gruppe stellte sie sich ihnen nicht gern.

Der freie Raum zwischen der Rückwand des Büttnerschen Hühnerstalls und der Mauer des Nachbarhofs war breit genug für zwei spielende Kinder. Für Erwachsene war es eng und unbehaglich, zumal die aufgestaute Luft nach frischem Hühnermist stank. Außerdem musste man sich vor den Brennnesseln in Acht nehmen, die dort ungehindert wucherten, seit sie nicht mehr regelmäßig von Kindern niedergetreten wurden.

»Hoffentlich ist es etwas Wichtiges«, sagte Till, als er sich durch die Lücke zwischen Stallpfosten und Mauer zu Susanne hereinzwängte. Ebenso wie sie hatte er seinen Sonntagsstaat abgelegt, sich aber nicht wie üblich zur feiertäglichen Mittagsruhe begeben, sondern sich aus dem Haus gestohlen. Seine blonden Locken waren dennoch zerwühlt, als käme er gerade aus dem Bett. Lässig lehnte er sich an die Mauer und verschränkte die Arme. »Hast du eine heimliche Liebschaft, Schwesterchen?«

Susanne wusste, dass er sie aufzog, und verschränkte ebenfalls die Arme. »Und was hätte das wohl mit dir zu tun? Glaubst du, ich würde deinen weisen Rat suchen?«

»Nein, aber meine Botendienste, so würde ich meinen. Du könntest mir vertrauen, ich wäre verschwiegen und hätte einen Heidenspaß dabei. Solange es sittsam zuginge, heißt das.«

»Das ist sehr freundlich, darauf komme ich gern zurück, wenn ich Ärger brauche. Was wäre denn wohl, wenn ich dich bäte, Lenhardt Lossius eine Nachricht von mir zu bringen? Mir scheint, da wärest du mit wenig Freude dabei. Ich habe dich selten jemanden so anfeinden sehen.«

»Was glaubst du denn? Soll ich mich freuen, wenn das eitle Pferdegesicht sich auch noch an meine Schwester heranmacht? Kannst du nicht einen Netteren finden?«

»Zu mir war er nett. Was hast du gegen ihn?«

»Reicht es dir nicht, dass er als Schürzenjäger verschrien ist? Auf dem Martinimarkt hat er Reichenbachs Schwester geküsst, und zwei Wochen später kannte er sie nicht mehr. Er denkt, er darf sich alles erlauben, weil kein kleiner Handwerker ihm etwas anhaben kann. Genau das Gleiche ist es mit der Nachtruhe. Unsereins muss Angst vor dem Turm haben, wenn er nachts ohne Licht unterwegs ist, aber ihn lassen die Büttel jedes Mal laufen. Es juckt ihn überhaupt nicht, sonst wäre er doch nicht so blöd, sich dauernd erwischen zu lassen. Er läuft ihnen einfach in die Arme! Versucht gar nicht, sich zu ducken. Ich habe es selbst gesehen. Wenn ich so blöd wäre wie er, dann …«

»Schscht. Jetzt erzähl mir bloß nicht, wie oft du im Dunkeln herumschleichst. Das will ich lieber nicht wissen, wenn mich jemand danach fragt. Ich wollte hören, was du gegen Lenhardt hast. Hast du mit eigenen Augen gesehen, was er nachts treibt und wen er küsst?«

»Er läuft durch die Straßen, und manchmal geht er zu heimlichen Treffen der Sülfmeisterjugend. Nicht, dass sie so geheim wären, die meisten wissen davon. Die jungen Herren reden sich die Köpfe heiß über die Unfähigkeit des Rates und eine Reform der Saline. Danach gehen sie alle brav wieder heim. Und kaum einer lässt sich erwischen, außer das tumbe Pferdegesicht.«

»Pfui, Till. Du stehst auf dünnem Eis und solltest nicht wippen. Wenn sie dich fangen, dann wirst du auch nicht für lange in den Turm geworfen. Vater holte dich schon heraus. Vielleicht bekämest du allerdings noch mal richtig Prügel von ihm.«

Er zuckte mit den Schultern. »Es ist ja nicht, als wäre ich jede Nacht unterwegs. Und ich finde nicht, dass es ein Verbrechen ist, nicht zu schlafen, wenn mir nicht danach ist. Und kein Licht zu tragen, wenn ich genug sehen kann. Ist das nun alles, was du wolltest? Kann ich gehen?«

»Noch nicht. Ich möchte dich noch etwas anderes fragen. Wegen der Sache mit Albert. Er hat Jan Niehus gebeten, die Kinder zu suchen. Ich würde gern dabei helfen, aber dazu brauche ich dich. Gehst du mit mir in die Schiffergassen?«

Er lachte trocken. »Und du erzählst mir was von Vaters Prügel! Du sollst da nicht hingehen, hat er gesagt.«

»Ich bin sicher, dass die Leute mir mehr erzählen, wenn ich mit einem Brotkorb daherkomme, als einem Mann, der nichts mitbringt.«

»Sicher gehe ich mit. Nur zu gern. Wenn du die Prügel danach nicht mir allein überlässt.«

»Wir müssen uns ja nicht blöd anstellen. Wer uns sieht, der kann glauben, dass wir nur unsere Christenpflicht tun.«

Till nickte spöttisch. »Viel mehr als das wirst du vermutlich auch nicht erreichen.«

3

Lockende Früchte

Susannes Mutter hatte oft Lebensmittel zu kinderreichen Frauen gebracht, wenn sie vom Tod ihrer Ehemänner erfahren hatte. Alle Frauen teilten den Albtraum, ihren Mann zu verlieren und sich als Witwe mit ihren Kindern durchkämpfen zu müssen.

Da Susanne dem Beispiel ihrer Mutter schon oft gefolgt war, fiel es ihr leicht, einen Korb zu füllen. Brot, Käse-, Wurst- und Kuchenreste legte sie hinein, und obenauf ein Tuch mit Kirschen, von denen auf ihrem großen Baum mehr wuchsen, als sie verarbeiten mochte.

Sobald Till seine Arbeit in der Werkstatt beenden durfte, machte Susanne sich mit ihm auf den Weg. Er wollte zuerst zur Schmiede gehen, um nachzufragen, ob es Neuigkeiten von Albert oder über die Kinder gäbe, doch Susanne zögerte. Über die Schmiede ins Wasserviertel zu gehen bedeutete einen großen Umweg. Und bei dem Gedanken daran, Jan zu begegnen, schlug ihr Herz wild vor Aufregung. Würde er sich wieder mit ihr unterhalten wollen oder ihr gegenüber so gleichgültig sein wie früher? Im Grunde war ihr der Ausflug ins Wasserviertel auch ohne dieses verwirrende Gefühl aufwühlend genug.

Till pfiff eine kleine Melodie, dann brach er ab und sprach in ihre Gedanken hinein. »Vielleicht will Jan mitgehen. Falls Schmitt ihn lässt. Das wäre doch gut.«

Susanne schwieg, wechselte den Korb von einem zum anderen Arm und blickte vor sich zu Boden. Till sah sie von der Seite an und wartete auf eine Antwort. Sie staunte, wie es möglich war, dass sie sich so zerrissen fühlte. Den ganzen Weg ins Wasserviertel neben dem jungen Schmied zu gehen war sowohl verlockend als auch furchteinflößend.

Till zog aus ihrem Schweigen seine Schlüsse. »Du bist doch wohl nicht auch gegen ihn eingenommen, weil er fremd ist? Ist es das? Bist du deswegen so spröde mit ihm, weil keiner weiß, wo er herkommt?«

Susanne sah ihn erstaunt an. Er klang, als würde es ihn ärgern, wenn er mit seinem Verdacht richtigläge. »Wie meinst du das? Er ist doch schon seit Jahren bei Schmitt. Vorher war er fast noch ein Kind. Soll er eine dunkle Vergangenheit haben?«

»Er ist allein und zerlumpt in die Stadt gekommen, keinen Heller in der Tasche. Schmitt hat ihn aus Mitleid angenommen, als er anfragen kam. Jan hat ihm nur erzählt, dass sein toter Vater auch Schmied war, und vorgeführt, dass er vom Handwerk schon etwas versteht. Schmitt meint, seinen Eltern wäre wohl ein Unglück zugestoßen, und deshalb will Jan nicht über die Vergangenheit reden. Mehr weiß keiner. Aber es gibt Leute, die über ihn klatschen. Angeblich haben ihn Zeugen mit einer Bande von Halsabschneidern zusammen gesehen. Mit vierzehn Jahren wäre er schon alt genug gewesen, um Verbrechen auf dem Gewissen zu haben, sagen sie, und dass Jan sich die Lehrstelle erschlichen hat. Er hätte kein Recht darauf gehabt, weil es Bürgersöhne gab, die sie auch nötig gehabt hätten.«

»Da hast du's. Der Neid lässt sie klatschen. Glaubst du wirklich, dass ich darauf etwas geben würde? Nach allem, was wir über Klatsch und giftige Zungen wissen? Ich habe gar nichts gegen ihn.«

»Dann könntest du ein bisschen freundlicher zu ihm sein. Siehst du, ich stelle mir immer vor, wie es mir ergehen wird, wenn es mich eines Tages in eine andere Stadt verschlägt.«

»Das wäre wohl etwas anderes. Du hast bald ausgelernt. Wenn sie einen Böttcher bräuchten, würden sie dich willkommen heißen, und du hättest hoffentlich keinen Grund, deine Herkunft zu verschweigen.«

Die Arbeit in der Schmiede ruhte bereits, als sie dort ankamen. Meister Schmitt hatte die Schürze ausgezogen und half nur noch einem Kunden dabei, ein geschmiedetes Treppengeländer auf einen Ochsenkarren zu laden.

Till wurde von Schmitt mit einem warmen Handschlag begrüßt, Susanne zurückhaltender. Was Jan Niehus betraf, musste Schmitt sie enttäuschen. Dem hätte er gerade an diesem Abend früh erlaubt, Schluss zu machen, damit er sich um Alberts Belange kümmern könne.

Susanne hatte den Eindruck, dass Till tatsächlich enttäuscht war, doch er kam auf dem Weg ins Wasserviertel nicht mehr auf Jan zu sprechen. Stattdessen unterhielten sie sich über den voraussichtlichen Verlauf des nächsten Schützenfestes und über die Zukunft der Salzsiederei. Ein Gesprächsstoff, der nie ein Ende nahm. Wer in Lüneburg zur Welt kam, wuchs mit der Gewissheit auf, dass vom Salz alles abhing. Das weiße Gold war der Ursprung der Stadt und hatte über Jahrhunderte ihre Regeln und Gesetze geprägt. Die Lüneburger lebten mit dem Rauch und dem Dampf der Siedehütten, als wären sie naturgegeben. Sie entrüsteten sich nicht darüber, dass in Zeiten der Überproduktion sogar Kirchenschiffe genutzt wurden, um das Salz zu lagern, dessen Qualität weithin legendär war.

Die ältesten Ansässigen kannten zumindest aus Erzählungen ihrer Eltern noch Zeiten, in denen das Salz die Stadt so schnell verlassen hatte, wie es gesiedet werden konnte.

Doch selbst vor dem großen, dreißig Jahre währenden Krieg war es dem Salzhandel nicht mehr gutgegangen. Ausländisches, billigeres Seesalz hatte der weißen Kostbarkeit aus den tiefen Lüneburger Quellen den Rang abgelaufen. Auf dem Weg zum Wasserviertel kamen Susanne und Till daher an manchem Haus ehemals schwerreicher Patrizier vorüber, das bereits vom langsamen Verfall kündete. Sülfmeister Lossius' Haus »am Sande«, dem prunkvollsten Platz neben dem Marktplatz, war noch gut in Schuss.

Till schnaubte verächtlich, als Susanne eine Bemerkung dazu machte. »Lossius lebt längst nicht mehr nur vom Salzsieden. Er ist ein wackerer Geschäftsmann, Schwesterchen. Ich weiß, dass er während des Krieges Häuser aufgekauft hat, für die er nun Mietzins nimmt.«

»Immerhin hält er trotzdem am Salzhandel fest. Wenn es nicht Männer wie ihn gäbe, dann hätten wir bald keine Kunden mehr. Woher sollten die Aufträge kommen?«

»Wenn die Leute nicht länger darauf warteten, dass der Salzhandel sie rettet, dann würden sie neue Möglichkeiten finden. Eine Salinenreform wäre ein guter Anfang, aber die Alten wollen nicht, sie sind zu starrköpfig. Selbst Vater und Martin halten ja nichts davon, das Sülzrecht zu ändern.«

Susanne sah ihn misstrauisch an. »Du warst wohl nicht zufällig bei einer von diesen geheimen Versammlungen, von denen du gesprochen hast?«

Er streckte die Hand aus und zog ihr frech die Haube vor die Augen. »Du musst wirklich nicht alles wissen.«

Ihrer Rache entging er nur, weil sie die Hände mit dem schweren Korb voll hatte.

Je näher sie dem Wasserviertel kamen, desto nervöser wurde Susanne. Sie hatte sich vorgenommen, zuerst bei einer Zimmermannswitwe vorzusprechen, der sie im schlimmsten Unglück eine Weile beigestanden hatte. Die Frau wohnte in der Koltmannstraße, an deren einem Ende das große Gildehaus der Böttcher stand. Zum anderen Ende der Gasse hin reihten sich die kleinen Häuser von Leuten aneinander, die zwar nicht wohlhabend waren, aber auch nicht zu den Elenden gehörten. Selbst ihre Untermieter waren meist Leute mit fester oder wenigstens regelmäßiger Arbeit. Die zwei- oder dreigeschossigen schmalen Fachwerkgebäude waren mit geschnitzten Figuren, Sprüchen und Widmungen geschmückt. Viele Fenster waren allerdings noch aus den billigen, runden grünen Glasscheiben zusammengesetzt.

Als Susanne die Stufen vor dem Haus der Witwe hinaufgestiegen war, ging beim Nachbarhaus die Eingangstür auf. Gleichzeitig wurden Fensterläden im Obergeschoss geöffnet. Aus der Tür kam ein Mann und sprang über die Stufen der Vortreppe hinweg auf die Straße. Oben beugte sich eine junge Frau gefährlich weit aus dem Fenster und schimpfte in einem fremden Dialekt laut hinter ihm her. Der Mann blieb stehen und antwortete lachend. Allzu ernst schien es auch die Frau nicht zu meinen, denn in ihrer schönen, vollen Stimme schwang Heiterkeit mit.

Susanne wollte nicht lauschen und klopfte daher energisch an die Tür der Witwe, während die Worte zwischen den beiden hin und her flogen. Till, der sich endlich bequemt hatte, ihr den Korb abzunehmen, hatte keine Skrupel. Er stand da und beobachtete unverhohlen den Mann auf der Straße, der gekleidet war wie ein Schifferknecht. »Den sollten wir fragen«, sagte er, doch da winkte der Mann noch einmal nach oben und lief mit klappernden Sohlen davon.

Die Frau am Fenster sah ihm lächelnd nach und wandte sich dann Till und Susanne zu. »Da ist niemand zu Haus«, sagte sie.

Susanne stieg die Treppe wieder hinab, um besser nach oben sehen zu können, und war gebannt. Die Frau hatte kein schönes Gesicht, ihre Nase war auffallend groß, aber ihre schmalen Lippen und dunklen Augen hatten einen eigenen Reiz. Wenn es möglich war, Klugheit, Lebenslust und Witz nur aus den Gesichtszügen eines Menschen zu lesen, dann musste die Frau all diese Eigenschaften besitzen. »Wir wollten etwas fragen. Vielleicht könnt Ihr uns weiterhelfen?«

Die Frau musterte sie mit Schalk im Blick, zuckte schließlich mit den Schultern und rief, während sie die Fensterläden schloss: »Wartet, ich komme hinunter.«

»Biete ihr Kirschen an«, sagte Till. »Sie sieht aus, als würde sie Kirschen mögen. Was haben die da gesprochen? Lüneburger sind das nicht. Vielleicht kommen sie aus Böhmen. Er sah aus wie ein Schiffer. Wahrscheinlich …«

Susanne stieß ihn an. »Schscht. Sie kommt.«

Die Frau kam aus der Tür. Sie nickte ihnen zu, zog ihr Schultertuch enger zusammen und setzte sich auf die oberste Stufe der Vortreppe. Ihr Rocksaum rutschte ein bisschen hoch, sodass man ihre nackten Füße in den Holzpantinen sah. Susanne fühlte sich von ihren klugen Augen peinlich genau untersucht. Sie gab sich einen Ruck und streckte die Hand zum Gruß aus. »Susanne Büttner. Ich suche die Leute, die Marianne Främckes Kinder aufgenommen haben. Ich dachte, sie könnten vielleicht etwas Beistand brauchen.«

Die Frau berührte flüchtig ihre Hand, schwieg aber. Ihre Miene zeigte nun keine Heiterkeit mehr. Auf einmal sah man in ihrem Gesicht die Spuren eines harten Lebens. Hätte Susanne kurz zuvor noch geschätzt, dass die Frau in Regines Alter war, wirkte sie nun zwanzig Jahre älter. »Ich habe Marianne nicht gut gekannt«, sagte sie und klaubte ein paar Fusseln von ihrem Rock.

Susanne nickte. »Es geht mir bloß um die Kinder. Denen muss man doch helfen, oder nicht?«

Wieder schwieg die Frau und sah sie nur nachdenklich an. Eine mit Kirschen gefüllte Hand schob sich zwischen sie. »Hier. Koste mal. Die sind gut«, sagte Till. »Und wenn Suse einen Kern weiter spucken kann als du, dann erzählst du uns, was du weißt. Ich nehme nicht teil, ich kann sowieso weiter spucken als ihr beide. Na, nimm schon.« Er drängte der Frau die Kirschen auf und steckte sich selbst eine in den Mund. Susanne überlegte flüchtig, ob sie sich über ihn ärgern sollte, doch sie wartete ab.

Die Frau sah Till an und lächelte. »Kenn ich dich nicht?«

Till grinste breit. »Kann schon sein. Kann auch sein, dass ich dich schon mal gesehen habe. Bringst du nicht den Schiffern Essen und Trinken auf die Kähne?«

»Bist du nicht der, von dem sie behaupten, er hätte dem Bürgermeister den Kuhschädel aufs Dach gebunden?«

Susanne stöhnte. »Till, sag nicht, dass du das warst. Wenn Vater das zu hören bekommt ...«

Ihr Bruder lachte stumm. »Ach, was die Leute so behaupten.« Er verbeugte sich vor der Frau. »Till Büttner. Bruder dieser untadelhaften Jungfrau.«

Sie neigte huldvoll den Kopf und lächelte so, dass man

ihre schiefen Zähne sah. »Katharina, Kathi genannt. Nicht untadelhaft, aber ehrbar genug. Ihr habt eben meinen Mann gehen sehen. Jockel Wittmann heißt er.«

»Und kannst du Kirschkerne spucken?«, fragte Till.

Susanne rammte ihm den Ellbogen in die Seite. »Till! Können wir uns unterhalten wie Erwachsene?«

Till erwiderte ihren Stoß spielerisch. »Du hast nur Angst, dass du verlierst.«

»Und du Kindskopf willst in Wahrheit nur vorführen, dass du tatsächlich weiter spucken kannst als wir.«

Kathi lachte. »Da könntet ihr beide recht haben, was?« Sie steckte sich eine Kirsche in den Mund und schloss genießerisch die Augen. Einen Augenblick später hatte sie den Kern an ihnen vorbei bis an die Hauswand auf der gegenüberliegenden Seite der Gasse gespuckt. »Jetzt du«, forderte sie Susanne auf.

Susanne seufzte, bevor sie nach einer Kirsche griff und sich neben Kathi setzte. »Ich habe es so lange nicht gemacht«, murmelte sie.

»So was verlernt man nicht«, sagte Till. Dennoch flog Susannes Kirschkern nicht so weit wie der von Kathi. Als die sogleich aufstand, glaubte Susanne, dass die neue Bekanntschaft damit beendet wäre.

Doch Kathi schritt die Stufen zur Straße hinab. »Vielleicht kann ich euch zu jemandem bringen, der mehr weiß. Wisst ihr, ich war mit meinem Jockel auf den Flüssen, als die Sache passiert ist. Manchmal fahre ich als Köchin mit. Wir kamen zurück, und alle Hafenleute sprachen davon, dass Marianne und Wenzel tot sind und der Albert sie umgebracht haben soll.«

»Und von den Kindern sprach niemand?«, fragte Susanne.

Kathi sah sie wieder auf ihre nachdenkliche Art an. »Wenn ihr die Kinder fändet, wie wolltet ihr ihnen helfen? Glaubt ihr, mit einem Korb voll Brot wäre ihr Glück gemacht? Oder wollt ihr sie nur aus Neugier suchen und die Augen zumachen, wenn sie durch euch von einem Elend ins andere geraten?«

»Das klingt, als wüsstest du eine Menge über sie«, sagte Till.

Susanne hob schuldbewusst den Korb auf. Besonders weit hatte sie in der Tat nicht gedacht. »Etwas wird man schon für sie tun können. Wenn sich Albert als unschuldig erweist und er frei ist, dann wird er vielleicht für seine Geschwister aufkommen.«

Kathi verzog spöttisch den Mund. »Dieser Albert scheint ein Freund von euch zu sein, wenn ihr so an seine Unschuld glaubt. Wenn er euch auf die Suche nach den Kindern geschickt hat, dann solltet ihr ihn einmal fragen, seit wann die beiden fort sind. Es wird vielleicht etwas ans Licht kommen, das euch überrascht.«

Till schnalzte ungeduldig mit der Zunge. »Nun rede doch nicht so geheimnisvoll, sondern sag uns, was du weißt.«

Sie schüttelte den Kopf. »Ich weiß nichts. Aber es wird in letzter Zeit allgemein viel über verschwundene Kinder geschwatzt.«

Susanne fragte sich, ob diese Kathi meinte, was sie sagte, oder ob sie sich über die beiden vermeintlich gutgläubigen Simpel aus dem Marktviertel lustig machte. Wie sollten in einem kleinen Stadtteil, wo jeder um drei Ecken jeden kannte, Kinder verlorengehen, ohne dass Angehörige Zeter und Mordio schrien? »Meinst du, es sind noch mehr Kinder verschwunden? Aber warum regt sich niemand auf?«

»Hätte ich Kinder, dann könnte ich dir das wohl sagen. Aber ich habe keine. Also, wollt ihr nun weiterforschen? Dann folgt mir.«

Brüsk wandte sie sich ab und schritt so schnell davon, dass für Susanne und Till keine Zeit zum Überlegen blieb. Till nahm Susanne den Korb wieder ab, und sie folgten ihrer neuen Bekannten die ungepflasterte Gasse entlang. Im Gildehaus war kein Betrieb, doch aus Koltmanns Brauhaus an der Straßenecke drang der Duft von Malz, Hopfen und warmem Getreide.

Kathi ging ihnen voran bis zur Abtsmühle, wo die Ilmenau das Wehr hinabrauschte. Das Klappern, Knarren, Ächzen und Klopfen der Hafenmühlen mischte sich mit dem Geräusch des strömenden Wassers. Sie gingen zum Stintmarkt weiter, der direkt am Hafen lag. Hier herrschte rege Betriebsamkeit. Kähne wurden beladen, ausgerüstet oder entladen, Schiffer und ihre Handlanger gingen in den nahen Wirtschaften, Läden und Lagerhäusern ein und aus. Sie trafen Familie und Bekannte, statteten sich für die nächste Fahrt aus und verhandelten mit den Kaufleuten über Aufträge. Bauern brachten auf Kähnen ihre Ernte in die Stadt und holten sich dafür aus den Weißladereien fuhrenweise vergünstigtes Salz.

Dies war der Ort, an dem Ulrich Büttner seine Kinder nicht gern allein herumstromern sah. Er unterstellte den unsteten Schiffern, dass sie eine andere Sicht zu Anstand und Gesetzen hatten als die ansässigen Bürger.

Susanne fühlte sich allerdings aus einem anderen Grunde unwohl. Der runde Ladekran, der auf der anderen Seite des Hafenbeckens stand und aussah wie ein riesiges Eichenfass, weckte böse Erinnerungen. Zu seinen Füßen hatte man vor sieben Jahren ihre Schwester aus dem Wasser gezogen. Regine war von der Hafenmauer herunter vornüber in den Fluss gestürzt, reglos, als wäre sie schon im Fall ohne Bewusstsein gewesen. Susanne hatte geschrien, als Regine unterging, und wäre ihr nachgesprungen, wenn sie nicht jemand festgehalten hätte. Schließlich bekamen einige Männer in einem Boot Regine zu fassen. Nachdem Susanne ihr oben auf der Mauer in das schneeweiße Gesicht gesehen hatte, war sie sicher gewesen, dass ihre Schwester tot war. Für drei Tage war sie völlig verstummt. Bis zu der Stunde, in der Regine zur Überraschung aller und zum Erschrecken vieler ins Leben zurückgekehrt war. Susanne war gerade zehn Jahre alt gewesen.

Till hatte den Unfall nicht miterlebt und verband ihn weniger mit diesem Ort als sie. Susanne nahm allerdings an, dass es ihm nichts ausgemacht hätte, selbst wenn er dabei gewesen wäre. Er hatte schon als Kind unheimliche und absonderliche Dinge gemocht.

Jetzt gerade war er sichtlich von Kathi gefesselt. Er hatte sie eingeholt und bot ihr wieder Kirschen an. »Kathi, du schreitest aus wie ein Soldat auf dem Rückzug. Haben wir es eilig?«

Sie sah ihn spöttisch von der Seite an. »Wenn du das eilig nennst, dann musst du ein Gebrechen haben. Ich dachte, ihr wollt noch vor dem Dunkelwerden etwas in Erfahrung bringen.«

Einen Moment lang fühlte Susanne Neid. Die beiden verstanden sich gut. Till hatte nie Mühe, die Leute zum Sprechen zu bringen. Obwohl das Unternehmen ihr Einfall gewesen war, kam sie sich überflüssig vor.

Kathi bog zielstrebig ab, um über die große Brücke ans andere Ufer der Ilmenau zu gelangen, dahin, wo der Ladekran stand und außerdem das Kaufhaus. Das große, hallenartige Gebäude war ein weiterer Ort der Betriebsamkeit. Hier mussten nach dem Stapelrecht alle durchreisenden Kaufleute ihre Waren für eine gewisse Zeit einlagern, damit die Lüneburger Gelegenheit bekamen, sie zu erwerben. Manchmal war es nur eine Formsache, und manchmal war es den fremden Händlern recht, ihre Waren hier abzusetzen. Immer wieder gab es jedoch auch heftige Auseinandersetzungen zwischen den Reisenden und den Aufsehern des Kaufhauses, die die jahrhundertealten Ratsbeschlüsse durchsetzen mussten.

Susanne wurde es unbehaglich zumute, als Kathi den Nebeneingang des Kaufhauses ansteuerte. Sie hatte gehofft, mit der einen oder anderen Frau aus dem Viertel zu sprechen. Dabei wäre sie kaum aufgefallen. Ein Besuch im Kaufhaus dagegen würde womöglich Aufsehen erregen. Andererseits war sie inzwischen zu gespannt auf Kathis Ziel, um ihr Anliegen zurückzunehmen.

Vor dem seitlichen Tor der großen Lagerhalle saßen zwei Wachleute auf Hockern, zwischen sich ein Fass als Tisch. Sie spielten Karten und hatten ihre Hellebarden an die Wand gelehnt. Eine Frau saß in ihrer Nähe und strickte, während ihr Kleinkind, das mit einem Seil ans Stuhlbein gebunden war, auf dem Boden mit einem kurzen Stück Eisenkette rasselte und auf die Kettenglieder biss.

Susanne dachte daran, wie kalt das Kopfsteinpflaster sein musste, und fühlte sich versucht, das Kind vom Boden aufzuheben. Doch sie bezwang sich. Die Kleine trug ein recht sauberes warmes Kittelchen und sah nicht vernachlässigt aus.

Ihre Mutter hatte die Ankömmlinge bemerkt. »'n Abend, Kathi«, grüßte sie. »Wenn ihr was kaufen wollt, müsst ihr morgen wiederkommen, das Haus schließt gleich.«

»'n Abend, Trude. Gibt es denn was Lohnendes?«, fragte Kathi.

Trude warf einen kurzen Blick auf die spielenden Männer, die den Besuch nur durch ein Zunicken zur Kenntnis genommen hatten. Seufzend stopfte sie ihr Strickzeug in einen Beutel, band das Kind los und nahm es auf den Arm. »Ich geh heim, Gunther.« Einer der Männer antwortete ihr mit einem Grunzen.

Trude gab Kathi mit einer Geste zu verstehen, dass sie mit ihr gemeinsam gehen wollte, ohne Susanne und Till zu beachten. Außer Hörweite der Wachleute neigte sie sich zu Kathis Ohr. »Stockfleckiger weißer Wollstoff, Kathi. Den könn' wa fast geschenkt haben. Wenn wa den umfärben ... Was meinste?«

Sie sprach so leise, dass Susanne, die hinter ihnen ging, es ebenso verstehen konnte. Sie musste nicht besonders scharfsinnig sein, um zu schließen, dass Trude ein ungesetzliches Geschäft vorhatte, und das vermutlich nicht zum ersten Mal.

»Lass uns darüber später reden«, gab Kathi zurück. »Wir kommen wegen einer anderen Sache zu dir. Meine Bekannte hier«, sie zeigte auf Susanne, »macht sich Sorgen um die Kinder, du weißt schon, welche. Da fiel mir wieder ein, dass wir neulich darüber gesprochen haben. Kannst du dich erinnern?«

Trude blieb stehen, wechselte ihre Tochter, die sich müde an ihre Schulter schmiegte, von einem auf den anderen Arm und starrte mit zusammengekniffenen Augen Susanne an. »Und ob ich das kann. Du machst dir Sorgen um die Kinder? Mehr um die verkauften, oder um die anderen, die der Kerl nicht haben wollte?«

Susanne fühlte sich wie vom Blitz getroffen und glaubte,

nicht richtig verstanden zu haben. Sie konnte spüren, dass es Till hinter ihr ebenso ging. Gerade wollte sie die Frau bitten, sich zu erklären, da fing sie Kathis warnenden Blick auf. Sie riss sich zusammen. »Um alle. Was glaubst du denn, welchen es schlechter ergeht?«

Trude spuckte auf den Boden. »Das ist eben die Frage. So wie das Gesindel aus den Buden seine Bälger behandelt, da kann es für einige ja nur besser werden. Aber manches, wat man denkt, ist ja nicht gottgefällig. Wenn man sagt, der Tod wär besser als manches Leben, dann regt der Pastor sich mächtig auf. Wir müssen unser Los auf Erden eben aushalten, und so müssen die Kinder das auch aushalten, was ihnen blüht.«

Susanne fröstelte, ihr wurde übel, wenn sie sich ausmalte, was Trude andeutete. Zu welchem Zweck hatte jemand den Leuten Kinder abgekauft? Doch nur, um sie auf gemeine Art auszubeuten. »Was glaubst du denn, was der Kerl mit den Kindern vorhat?«

Trude lachte trocken. »Na, sie ins Himmelreich führen, so wie er's versprochen hat.«

»Weißt du, ob er Mariannes Kinder auch gekauft hat?«, erkundigte sich Kathi.

»Die von der Toten? Wird so sein. Das jüngste von meiner Base hat er genommen, das weiß ich.«

Susanne räusperte sich. »Wie viele hat er wohl schon?«

Trude zuckte mit den Schultern. »Ein Dutzend?«

»Und kennst du Kinder, die er nicht wollte?«

»Freilich. Die von meiner Schwägerin. Alle vier haben sie verkrümmte Knochen. Solche wollte er nicht.«

»Hat sie selbst mit ihm gesprochen?«

»Ach wo. Er hat es ihr ausrichten lassen.«

Das Kind auf Trudes Arm wurde unruhig und begann zu

greinen. Till, der ungewöhnlich schweigsam war, wühlte im Korb, brachte ein Kuchenstück zum Vorschein und gab es der Kleinen in die Hand.

»Und der es ihr ausgerichtet hat, der kennt den Herrn?«, fragte Susanne weiter.

Trude fing ein Kuchenbröckchen auf, das ihrem Kind herabfiel, und steckte es in ihren eigenen Mund. Till packte ein zweites Stück aus und reichte es ihr.

»Ich weiß nicht. Vielleicht«, sagte sie.

Susanne staunte, wie eilig die mollige Frau den Kuchen verschlang. »Wo wohnt deine Schwägerin?«

»In 'ner Bude an der Bardowicker Mauer. Mein Bruder war Drechsler und ist vorletztes Frühjahr gestorben. Seitdem hat sie nach einem neuen Kerl geangelt. Aber der müsst ja dösig sein, der sie nimmt, mit den Krüppelkindern. Kein Wunder, dass sie die los sein wollte. Aber unchristlich ist das.«

Susanne nickte. »Ja. Ich würde den armen Kindern gern etwas Gutes bringen. Wie heißt deine Schwägerin?«

Trude kniff die Augen zusammen und zögerte, bis Till das ganze Leintuchpäckchen mit dem Kuchen aus dem Korb nahm. »Nun sieh mal, wie gern deine Kleine den Kuchen mag. Den geben wir am besten dir.«

Gier leuchtete in Trudes Augen auf, als sie das Päckchen an sich nahm. »Marie Lohmann heißt sie. Aber nicht, dass ihr jetzt zu ihr geht und lange Reden haltet wegen der unsterblichen Seele und so. Die ist schon gestraft genug.«

Susanne nickte beruhigend. »Keine Sorge.«

Trude drückte ihr Kuchenpaket mit gleicher Inbrunst an sich wie ihr Kind und wandte sich noch einmal an Kathi. »Überleg dir das mit unserem Geschäft bis morgen früh und gib mir Bescheid, ja?«

»Kannst auf mich zählen, Trude. Bis dann.«

Einen Moment lang blickten sie alle Trude nach, die mit ihrer kleinen Last schwerfällig über das holprige Kopfsteinpflaster ging, dann sprach Kathi. »So, nun habt ihr alles gehört, was ich wusste. Was werdet ihr damit anfangen?«

»Was will der Mann mit den Kindern?«, fragte Till und klang dabei eher fasziniert als erschüttert. Nachdenklich nahm er seine Kappe ab und fuhr mit der Hand durch seinen wüsten blonden Haarschopf.

Susanne stellte sich vor, wie ein Kind sich fühlen musste, das von den Eltern einem Fremden überlassen wurde. Trudes Andeutungen über die Ziele dieses Fremden waren finster gewesen, doch leiden würden die Kinder auf jeden Fall. »Es gibt doch Arbeiten, für die Kinder genommen werden. Vielleicht …«

Sie vergaß das Ende ihres Satzes. In der Straße, die an den Stintmarkt anschloss, hatte ein Fuhrmann Schwierigkeiten mit einem Pferd. Es scheute vor einem Warenstapel, der am befestigten Ufer der Ilmenau zum Verladen bereitlag. Dem Kutscher war an seinem purpurroten Gesicht und der lauter werdenden Stimme anzumerken, dass er gleich die Geduld mit dem zitternden Tier verlieren würde. Doch bevor er ernsthaft mit der Peitsche zuschlagen konnte, trat ein junger Mann vor, griff dem Pferd in den Zaum und brachte es mit ruhiger Stimme dazu, an dem Hindernis vorüberzugehen. Danach trat er zur Seite und lüftete seinen Hut gegen den Kutscher, der dankend nickte.

Gleich darauf mussten Susanne, Till und Kathi dem Wagen aus dem Weg springen, denn nun trabte das ängstliche Pferd umso eiliger an.

Es war jedoch nicht das Fuhrwerk, das Susanne ihre Worte vergessen ließ, sondern der junge Helfer. Es war Jan

Niehus, so schmuck gekleidet, wie sie ihn selten gesehen hatte. Ein brauner Hut, dessen Krempe an beiden Seiten hochgeschlagen war, weißes Hemd, rostrote Weste, senfgelbe Hose und kniehohe schwarze Stiefel. Sie wurde sich ihres eigenen Kleides bewusst: ein graugrünes Alltagskleid, das zwar sauber und heil war, aber nicht schön. Sogleich erwachte der verwirrende Zwiespalt in ihr wieder. Sie freute sich, Jan zu sehen, und wünschte sich zugleich, er möge sie nicht entdecken oder es zu eilig haben, um bei ihnen zu verweilen. Im gleichen Moment sah er sie und blieb stehen. Ihre Blicke trafen sich, und zu Susannes Überraschung spiegelte sein Gesicht ihre Gefühle. Schreck und Freude mischten sich darin mit Unsicherheit.

Diese Entdeckung machte sie mutiger, sodass sie seinen Blick aushielt. Ihr Herz hämmerte dabei in einer verrückten Geschwindigkeit. Als er lächelte, berührte es sie so, dass sie glaubte, jeder, der auch nur flüchtig aus dem Fenster auf sie blickte, müsse sehen, was mit ihr los war. Sie zwang sich, sein Lächeln auf eine Art zu erwidern, die nicht völlig ihre Gefühle für ihn preisgab.

»Da ist Jan Niehus«, sagte Till und begann, überschwänglich zu winken.

Kathi zog ihr Schultertuch enger und unterdrückte ein Gähnen. »Dann verabschiede ich mich mal. Ich hatte einen langen Tag und kann euch ohnehin nicht weiterhelfen.«

Ohne eine Antwort abzuwarten wandte sie sich ab und ging geschwind und geschmeidig davon.

Till setzte ihr nach. »Halt, warte. Willst du nicht wissen, wie es weitergeht?« Doch sie hielt nicht an, sodass er ihr folgen musste und sich mit ihr entfernte, während Susanne überrumpelt stehenblieb und auf Jan wartete. Verlegen schluckte sie und klammerte ihre Hände ineinander.

Jan hatte die Büttners entdeckt und sofort überlegt, welchen Grund er dafür nennen konnte, dass er schnell weitermusste. Doch dann hatte Susanne ihn angesehen, und in ihrem Blick hatte etwas gelegen, das ihn gegen jedes bessere Wissen anzog. Der scharfe Ton in der Stimme ihres Vaters klang ihm noch im Ohr, hatte aber plötzlich seine abschreckende Wirkung verloren. Was war dessen Zorn gegen ihr Lächeln? Er wollte ja nichts Unstatthaftes von ihr, nur für einen Moment ihre Nähe auskosten.

Seine Zuversicht kam ins Wanken, als ihr Bruder der fremden Frau nachlief und Susanne ihm allein entgegenblickte. Was sollte er mit ihr reden? Sie sah verlegen aus, als wäre es ihr nun doch unangenehm, dass er auf sie zukam. Er schalt sich feige und zwang sich zu lächeln. Das Einzige, worüber sie je mit ihm hatte sprechen wollen, waren die verschwundenen Kinder. Leider hatte er sie noch nicht gefunden, nur wilde Gerüchte. Eine kinderraubende Bande von Hexen sollte durch die Stadt geschlichen sein, ein reicher Mann mit perversen Gelüsten nach Kindern, ein Sklavenhändler, der den fernen Orient mit hellhäutigen Kindern beliefern wollte, eine monströse Mörderbande. Hinter vorgehaltener Hand hatte eine halbirre alte Korbflechterin ihm erzählt, wie manche Landleute im Krieg Kinder verspeist hätten und diesen teuflischen Appetit nicht wieder losgeworden wären. Eine Geschichte war unglaubwürdiger gewesen als die andere. Alles, was er glauben konnte, war, dass mehr Kinder verschwunden waren als nur Alberts Halbgeschwister Paul und Minna.

»Guten Abend«, sagte Susanne, bevor er etwas sagen konnte. »Wir haben in der Schmiede nach dir gefragt. Schmitt meinte, du wolltest etwas für Albert tun. Hast du ihn besucht?«

Sie sprach schnell, und ihre Stimme klang ein bisschen atemlos, als hätte sie ebenfalls hastig überlegt, wie sie ein Gespräch mit ihm anfangen sollte. Nun musste er wirklich lächeln. Sie war so hübsch. Noch mehr, wenn ihre Wangen vor Verlegenheit rosig wurden. Ihre Aufgeregtheit machte ihn gelassener. »Unsere Hausherrin war mittags beim Turm und hat Albert Essen gebracht. Mehr Besuch ist nicht gern gesehen. Da muss man schon etwas Dringendes auszurichten haben. Unsere Hausherrin sagt, es geht Albert nicht schlecht, sie lassen ihn in Ruhe. Scheint, als hätten sie doch selbst noch Zweifel, ob er der Mörder ist. Die Büttel sollten Beweise suchen, aber der Einzige, der den Kopf dafür hätte, liegt seit Wochen mit eitrigem Hals im Bett. Die Wachtposten sollen sich darüber unterhalten haben, wer alles einen Grund gehabt hätte, den Wenzel zu erschlagen. Da gibt es wohl mehrere, er war kein netter Kerl.«

Sie hörte ihm aufmerksam zu, aber er sah, dass ihr die vorausgeahnte Frage auf den Lippen brannte. Doch wie sollte er ihr von den grauenhaften Gerüchten um die Kinder berichten? Hielt man junge Frauen wie sie nicht fern vom Bösen? »Die Kinder habe ich noch nicht gefunden«, sagte er daher nur. So wie sie den Mund auf- und wieder zuklappte, hatte er tatsächlich ihre Frage erraten.

»Hast du gar nichts gefunden?«, fragte sie.

Ihr Tonfall machte ihn stutzig. Jetzt erst überlegte er, was sie in diesem Viertel der Stadt tat. Er erinnerte sich an ihr Hilfsangebot, das er nicht ernst genommen hatte. Erstaunt sah er ihr in die Augen. »Habt ihr denn etwas gefunden?«

Sie lächelte traurig. »Ein seltsames Gerücht.«

»Damit kann ich auch dienen. Nicht nur mit einem.«

Sie nickte mit ernster Miene. »Aber ich habe einen Namen. Eine Frau, die ihre Kinder loswerden wollte. Angeblich hat der Kerl sie abgewiesen. Wir wollten … Wollen wir …« Sie sah sich nach ihrem Bruder um, der die fremde Frau an der Straßenecke aufgehalten hatte und dort mit ihr schwatzte. Natürlich war Susanne darauf angewiesen, dass Till sie begleitete, fiel Jan auf. Selbst dann war es erstaunlich, dass sie hier sein durfte. »Weiß euer Vater, was ihr hier macht?«

Sie zog die Schultern hoch, so als fühlte sie schon eine harte Hand im Nacken. Ein kurzes Kopfschütteln gab ihm die Antwort. Auch wenn er für richtig hielt, was sie vorhatte, wollte er sie nicht dabei unterstützen, ihren Vater zu hintergehen. »Dann sagst du mir besser den Namen von der Frau und gehst mit deinem Bruder nach Hause. Oder ist sie das da?« Er wies mit dem Kopf auf die Fremde, die Till gegenüberstand.

»Nein. Das ist Kathi. Sie hat uns bei der Suche geholfen.«

»Kennt ihr sie schon länger?«

Sie schüttelte den Kopf. Er wunderte sich, wie Till dann so dreist sein konnte, mit der Frau auf so eine vertraute Art allein zusammenzustehen und schönzutun. Unwillkürlich wich er ein wenig von Susanne zurück. Eine Katastrophe gäbe es, wenn jemand ihrem Vater erzählte, dass er sie so zusammen hier gesehen hätte. »Dein Vater wird …«

Er hätte ihr nicht noch einmal in die Augen sehen sollen, stellte er fest. Sie waren groß und dunkel, und ihr Blick so warm, dass es ihm durch und durch ging. Ihre vollen Lippen sahen unwiderstehlich weich aus. Er wusste, wie es war, eine Frau zu küssen. Und mehr. Rudolf hatte ihn mit in die Hurengasse genommen. *Junge, du kriegst so wenig ein Eheweib wie ich*, hatte er gesagt. *Aber du kannst nicht dein Leben lang dein Mannsein als Last mit dir herumtragen.* Jetzt spürte er es wieder schwer, sein »Mannsein«. Er hätte sie gern überredet, ihn einmal zu küssen. Nur das. Sein Gesicht musste längst so rot sein wie ihres, er konnte nicht dagegen an. Des Teufels war er, wenn er in dieser Richtung weiterging. Er räusperte sich. »Susanne …«

Sie legte den Zeigefinger auf ihre Lippen und brachte ihn damit zum Schweigen. »Du hast recht. Die Frau heißt Marie Lohmann und wohnt in einer Bude an der Bardowicker Mauer. Am besten, du bringst ihr diese Sachen. Kannst morgen Abend erzählen, was du herausgefunden hast, wenn du uns den Korb zurückbringst.« Sie reichte ihm den Korb, bevor er es richtig begriffen hatte, und wandte sich ab, um ihren Bruder einzuholen. Doch dann drehte sie sich noch einmal um. »Falls du Vater begegnest, sag, du brächtest Till seinen Korb zurück. Ich werde auf dich warten.«

Sie ging so wie immer, als würde sie gleich loslaufen wie ein Kind. Ihre offenen Haubenbänder wippten, ihr Rock schwang, und Jan glaubte, er würde platzen, wenn er sie nicht eines Tages einmal berühren durfte. Vielleicht konnte er wenigstens wagen, sie auf dem Schützenfest für einen Tanz zu holen, so wie andere junge Männer es tun würden. Für einen einzigen Tanz, in aller Unschuld. *Narr*, spottete seine innere Stimme. *Was weißt du von Unschuld?*

Susanne lag im Dunkeln und starrte an die Decke. Abends hatte sie bereits lange so dagelegen, weil ihre Gedanken ihr keine Ruhe ließen. Nur wenige Stunden Schlaf waren ihr dann vergönnt gewesen, bevor sie wieder erwachte. Es war noch weit vor Tagesanbruch.

Nun konnte sie die Unruhe verstehen, die Till nachts aus

dem Bett und auf die Straße trieb. Ob Jan diese Rastlosigkeit und Hitze auch kannte? Ob er sie gerade erlebte?

Niemand hatte ihr je so tief in die Augen gesehen wie er. Ihre Blicke hatten etwas zwischen ihnen geschaffen. Es war nur ein Anfang, doch bereits in ihm lag die Verheißung ungeheuerlicher Erfahrungen, wie das erste Zittern des Laubs, das einen Sturm ankündigte.

Es war ein großer Unterschied zwischen der Schwärmerei, die sie bis vor Kurzem für Jan gehegt hatte, und diesem atemberaubenden neuen Gefühl. Sie hatte nie zu hoffen gewagt, dass ihr geheimer Traum wahr wurde. Nun, da es möglicherweise geschah, überwog ihre Furcht die Freude. Es würde nicht einfach sein, mit Jan umzugehen.

Vielleicht hatte sie sich ohnehin etwas eingebildet. Was waren schon Blicke? Und selbst wenn die Blicke nicht gelogen hatten, vielleicht würde er sein Gefühl schon vergessen haben, wenn sie sich wieder begegneten. Sie zitterte innerlich bei dem Gedanken daran, wie schnell ihre Hoffnung sterben konnte. Ohne zu wissen, worauf genau sie hoffte, war ihre Sehnsucht so groß, dass sie beinah körperlich schmerzte. Jans Gesicht stand ihr deutlich vor Augen. Ihr Leben lang hatte sie sich gefragt, warum Frauen und Männer einander küssten. Nun verstand sie. Die Vorstellung, Jans Lippen mit ihren zu berühren, war so aufregend, dass ihr Herz raste.

Sie seufzte leise und drehte sich zum dunklen Viereck des Fensters. Von draußen war eine einzige Nachtigall zu hören und weit entferntes Hundegebell, sonst nichts. Ihre Schwestern atmeten gleichmäßig, nur Regines Hände zuckten gelegentlich und brachten das Federbett zum Rascheln.

Ihre Gefühle für Jan waren schon verstörend genug. An

das, was sie über die Kinder erfahren hatte, durfte sie gar nicht denken.

Till hatte sie davon überzeugt, dass es besser war, wenn sie ihrem Vater nicht von ihren Nachforschungen berichteten. Er würde sonst in seiner gerechten Entrüstung umgehend zum Rat stürmen. Der Rat würde sodann alle Büttel aussenden, um den Kinderhändler zu suchen, und das Wasserviertel in Unruhe versetzen, ohne den Gesuchten ans Licht zu befördern. Anschließend würde dort unter den Leuten solches Misstrauen herrschen, dass es kaum Sinn hätte, ihnen weitere Fragen zu stellen.

Susanne hatte sich zögernd mit Till darauf geeinigt, dass sie abwarten würden, was Jan erreichte. Wenn sie herausfanden, wo der Mann sich mit den Kindern aufhielt, dann würden die Büttel ihn gezielt dort ergreifen, und der Rat konnte aufklären, was hinter der Sache steckte. Wer wusste, ob man dann nicht sogar etwas über den Hintergrund der beiden Todesfälle erfuhr und der arme Albert aus dem Kerker erlöst wurde? Sollten Wenzel und Marianne Främcke tatsächlich ihre Kinder verkauft haben, gab es vielleicht einen Zusammenhang.

Unruhig fragte Susanne sich, wie Jan überhaupt an die Nachforschungen herangehen würde. So wenig kannte sie ihn, dass sie nicht wusste, wie er sich einer Frau gegenüber verhalten würde, die versucht hatte, ihre Kinder zu verkaufen. *Urteile nicht vorschnell*, hatte ihre Mutter immer gesagt, doch in diesem Falle fiel es ihr schwer, die unbekannte Frau nicht zu verachten. Sie hätte sich sehr zusammennehmen müssen, um respektvoll mit jemandem zu sprechen, der seinen Kindern solches Leid zufügte.

Nachdem Susanne die Nacht mit derartigen Grübeleien verbracht hatte, erlebte sie den Morgen durch einen Schleier von Müdigkeit. Sie half Lene dabei, das Küchenfeuer anzufachen und den morgendlichen Haferbrei aufzusetzen, und holte die Eier aus den Verstecken, die ihre Hühner zum Legen aufsuchten. Anschließend trug sie einen Krug Waschwasser nach oben zu ihren Schwestern in die Kammer, weckte die beiden und half ihnen beim Waschen und Anziehen.

Inzwischen war auch die Muhme in der Küche tätig. Ihre alten Gelenke knackten, wenn sie schweigend und in sich gekehrt ihre seit Ewigkeiten gewohnten Handgriffe tat.

Auch Susanne schwieg und ließ, wie meistens, Lene erzählen, während sie sich nach dem Frühstück gemeinsam dem Klopfen von Rindfleisch, Wässern von Salzhering und Zubereiten einer Gewürzlake widmeten. Sie fragte sich, ob ihre Base bemerken würde, dass sie den Korb von ihrem kleinen Ausflug nicht mit zurückgebracht hatte.

Doch der Vormittag verging, ohne dass Lene das Thema anschnitt, und der Nachmittag brachte so viel Aufregung, dass die Sache in Vergessenheit geriet.

Unangekündigt beehrte Lenhardt Lossius das Büttnersche Haus mit einem weiteren Besuch. Er brachte Susannes Vater die schriftliche Bestätigung für eine große Bestellung an Salztonnen und ihm und Martin zugleich eine Einladung zu einem Festessen am Sonnabend, das zu Ehren eines weitgereisten Gastes veranstaltet wurde. Es war das erste Mal, dass Sülfmeister Lossius die Büttners einlud, und entsprechend war die Wirkung. Ulrich Büttner fühlte sich sichtlich geschmeichelt und begegnete Lenhardt mit jovialer Begeisterung, während Martin kaum sein Staunen verbergen konnte.

Lenhardt blieb nicht lange, und er sprach ausschließlich mit den Männern. An Susanne richtete er nur ein freundliches »Danke dir«, als sie ihm in der Dornse einen Becher mit Bier füllte. Umso erstaunlicher war es, dass er sich beim Abschied zuerst mit einem warmen Lächeln vor Regine verbeugte, dann Susannes Hand ergriff und sich persönlich von ihr verabschiedete. Er wählte höfliche Worte, wandte sich dabei aber so ausdrücklich an sie, dass es ihr und ihrer Familie auffallen musste.

Er erreichte sein Ziel. Kaum war er fort, befand Susanne sich im Zentrum der Aufmerksamkeit.

»Der junge Mann scheint dich zu mögen«, meinte ihr Vater.

Martin nickte nachdenklich. »Kannst du ihn leiden, Suse?«

Susanne fühlte sich überrumpelt. Ja, sie konnte Lenhardt Lossius leiden, und sie hatte keinen Grund, etwas Schlechtes über ihn zu sagen. Allerdings hatte sie den Verdacht, dass es weitreichende Folgen haben würde, wenn sie das aussprach. Es schien, als wäre ihr Vater gerade in der Laune, vorteilhafte Ehen für all seine Kinder zu schmieden, nachdem es sich mit Martin und Dorothea Marquart so schön nach seinen Wünschen fügte.

Susanne verging schon im Voraus vor Scham, wenn sie daran dachte, dass er an Lossius' Tafel womöglich derartige Anspielungen machen könnte. »Ich weiß nichts über Lenhardt. Wie soll ich ihn da leiden oder nicht leiden können? Er war gewiss nichts weiter als höflich. Und es wäre peinlich, wenn ihr das falsch auslegt.« Sie spürte, wie sie rot wurde, als sie das sagte. Es fing schon an mit den Unwahrheiten, denn schließlich war es völlig gleichgültig, was sie von Lenhardt hielt. Sie wollte ihn ohnehin nicht, sie wollte Jan. Nichts wusste sie über den jungen Schmied und konnte ihn doch mehr als nur gut leiden. Ein paar seiner

Blicke hatten gereicht, damit sie sich ein Leben mit ihm erträumte.

Ihr Vater lachte. »Ach, Susele, mach dir keine Sorgen! Ich werde nicht voreilig mit Lossius über deine Mitgift verhandeln. Du bist noch jung, und ihr habt Zeit, euch kennenzulernen. Aber wenn der junge Mann sich geziemend benimmt … Nun, ich sage nur, passen würde es gar nicht schlecht mit euch beiden. Oder, was meinst du, Martin?«

Susannes Bruder zuckte mit den Schultern. »Sie wären ein hübsches Paar.«

Susanne blieb fast der Mund offen stehen. »Martin! Was ist in euch gefahren? Lenhardt hat nichts weiter getan, als mir auf Wiedersehen zu sagen! Wie könnt ihr da annehmen … Mir ist nicht einmal in den Sinn gekommen, dass er auf Brautschau ist.«

Die Männer schmunzelten beide, ihr Vater lachte sogar in sich hinein. »Aber nun hast du es im Sinn«, sagte er und sah dabei so zufrieden aus, dass Susanne sprachlos war.

Kopfschüttelnd wandte sie sich dem Tisch zu, um Becher und Krug abzuräumen. Erst jetzt bemerkte sie, dass Regine, die still auf ihrem Stuhl saß, sie mit großen Augen anstarrte. Wahrscheinlich hatte sie kein Wort von diesem merkwürdigen Gespräch verstanden und war nun verstört. »Es ist nur ein Scherz, Gine. Denk dir nichts dabei«, sagte sie.

Regine nickte. »Nur ein Scherz«, wiederholte sie, doch ihr Blick blieb verstört, und ihre Wangen waren bleich.

4

Ein heimlicher Winkel

Jans ehrliche innere Stimme kannte den Grund für die schlechte Laune, die er den ganzen Tag lang verspürt hatte. Oberflächlich konnte er die Schuld auf die Hast schieben, mit der er arbeiten musste, seit Albert in der Schmiede fehlte. Er konnte auch das Gespräch dafür verantwortlich machen, das er am Vorabend mit dem dümmlichen Weib an der Bardowicker Mauer geführt hatte. Es hatte ihn all seine Geduld gekostet, ihr höflich zuzuhören.

Die Wahrheit war jedoch, dass er nicht daran vorbeikam, am Abend den leeren Korb in die Böttcherei zu bringen, und ihm dabei grässlich unwohl war.

Sie hatten mit dem Schmieden schon vor einer Weile Feierabend gemacht, aber da er zurzeit den größten Teil von Alberts Arbeit übernahm, war er noch mit Aufräumen beschäftigt. Etwas Glut musste auf der Esse zusammengeschoben und mit der Stülpe bedeckt werden, damit das Feuermachen am nächsten Morgen schneller ging. Die Asche jedoch wurde entfernt. Gewöhnlich gab er sich keine Mühe damit, doch heute fegte er gründlich.

Damals, vor langer Zeit, hatte seine Mutter das getan. Sie war zum Feierabend aus den Wohnräumen in die Schmiede gekommen, um zu helfen. Mit Liebe und Sorgfalt hatte sie sich um die Esse gekümmert, aber eigentlich wohl nur, weil sie bei ihrem Mann sein wollte. Zuerst bei seinem Vater, später dann bei seinem Stiefvater. Doch daran wollte er nicht denken.

Aus dem Augenwinkel sah er, wie Minka hereingeschlichen kam. Sie strich ihm um die Füße, wohl wissend, dass er der Einzige war, der sie nicht mit einem Tritt hinausjagen würde.

Er hielt beim Fegen inne und schob sich mit dem Ellbogen die Haare aus dem Gesicht. Er hatte sich in seinem Leben schon oft genug bewiesen, dass er nicht feige war. Umso schwerer trug er nun an seiner Furcht. Es war nicht die Angst vor Susannes Vater und ihren Brüdern, obwohl er glaubte, dass sie im Ernstfall kräftig zuschlagen konnten. Auch vor scharfen Worten und Blicken hätte er nicht gekniffen. Was ihn bedrohte, waren vielmehr die Folgen, die es haben würde, wenn ein geachteter Mann wie Ulrich Büttner sich öffentlich gegen ihn aussprach und die bösen Zungen wieder anfingen zu hetzen. *Der Streuner Niehus hat sich an die Büttnertochter herangemacht, habt ihr schon gehört? Was dem einfällt! An Büttners Stelle hätt ich ihm nicht nur in den Hintern getreten.* Dann wäre es aus mit seinem Platz in dieser Stadt. Schmitt müsste nicht mehr lange überlegen, welchem Gesellen er den Vorzug gab.

Aber all das, sagte seine innere Stimme, *ist nicht das, wovor du heute Abend Angst hast, wenn du zur Böttcherei gehst.*

Er legte die Kehrschaufel und den Besen aus der Hand und ging in die Hocke, um die Katze zu kraulen. Wenn er Susanne wieder gegenüberstand, dann würde sich vielleicht zeigen, dass er sich überflüssige Gedanken machte. Wahrscheinlich war sie zur Besinnung gekommen und würde sich hüten, ihm noch einmal solche Blicke zuzuwerfen wie am Vortag. Sie war nicht dumm und würde sich daran erinnern, dass sie mit einem wie ihm nichts anfangen konnte. Damit wäre die Sache dann erledigt, und er könnte aufhören, sich über Dinge den Kopf zu zerbrechen, die nie geschehen würden.

Und genau davor hast du Angst, sagte seine innere Stimme. Ausnahmsweise klang sie nicht spöttisch.

Es war ein milder, windstiller Abend. Susanne setzte sich nach dem Essen mit Liebhilds Puppe auf die Bank neben der Küchentür und knüpfte ihr Haare aus Wolle. Zu ihrem Leidwesen gesellten sich bald Lene und Regine zu ihr, und wenig später folgten Liebhild und die Muhme. Als hätten sie sich verschworen, damit sie nur kein Wort mit Jan allein wechseln konnte, wenn er auf den Hof kam. Falls er kam. Zu ihrem Glück verabschiedeten sich wenigstens ihr Vater, Martin und Till für »ein Stündchen« ins Wirtshaus. Till zwinkerte ihr zu, als er ging. Möglicherweise hatte er den Vorschlag gemacht, damit sie in Ruhe mit Jan über die Kinder sprechen konnte. Falls er kam. Er hätte bereits da sein können, auch wenn in der Schmiede zurzeit länger gearbeitet wurde.

Wahrscheinlich kam er nicht.

Lene schwatzte, mit der Hüfte gegen die Tischkante gelehnt, die Muhme hielt fragend die Hand an ihre Ohrmuschel, Regine und Liebhild redeten sinnlos dazwischen. Gereizt legte Susanne die Puppe auf den Tisch. »Ich muss mich heute noch ein bisschen bewegen. Vielleicht gehe ich und sage beim Pastor guten Abend«, sagte sie und floh so schnell vom Hof, dass die anderen zu überrumpelt waren, um sich ihr anzuschließen.

Den halben Weg bis zur Schmiede wollte sie gehen, sagte

sie sich. Wenn sie Jan bis dahin nicht begegnete, dann konnte sie die Hoffnung aufgeben. Sie nahm an, dass er den geraden Weg gehen würde, hielt aber inne, als sie an die Abzweigung zur Ohlingstraße gelangte. Sie blickte an den ungleichmäßig vorspringenden und zurückweichenden Giebeln und den vom Gips bauchig gewölbten roten Ziegelwänden entlang. Die Häuser mussten einmal hübsch in Reih und Glied gestanden haben, doch nun sah die Gasse aus wie ein schlechtes Gebiss voll schiefer Zähne. Nicht zum ersten Mal überlegte Susanne, wie weit sich der Boden noch senken würde. Neugierig musterte sie die Dachfirste auf Veränderungen. Nur aus den Kaminen am anderen Ende der Gasse drang Rauch.

Jan bog dort mit dem Korb über dem Arm um die Kurve, als hätte er auf einen Moment gewartet, in dem sie gerade nicht an ihn dachte. Er blieb stehen, als er sie entdeckte. Ohne nachzudenken kam Susanne zu dem Schluss, dass sie sich hinter einem der leeren Häuser weit ungestörter mit ihm unterhalten konnte als auf dem Hof der Böttcherei oder der Straße. Eilig ging sie ihm entgegen.

Ohne ein Wort zu wechseln schlüpften sie zusammen in den Durchgang zwischen zwei verlassenen schiefen Häusern und von dort auf einen Hinterhof. Im Winkel zwischen Hauswand, Mauer und den morschen Resten eines großen Kaninchenstalls, der nach modrigem Heu und Mist roch, hielten sie an. Jan lehnte sich an die Hauswand, den Korb vergessen in seiner Hand, und sah sie an, als wäre sie eine Strafe für ihn.

Susanne schoss die Hitze ins Gesicht. Was hatte sie sich bloß eingebildet? Was musste er nun von ihr denken, nachdem sie ihn so in eine heimliche Ecke gelenkt hatte? Sie senkte den Blick und brachte kaum mehr als ein Murmeln heraus. »Meine Base und meine Schwestern sitzen auf dem Hof, und ich wollte erst allein hören, was du …«

Ein lautes Knacken aus Richtung des Hauses unterbrach ihren Satz. Sie zuckte zusammen, Jan stieß sich von der Hauswand ab und fuhr herum. Es knackte noch einmal, dann herrschte Stille. »Die Balken«, sagte Susanne. »Das Haus hat sich wieder bewegt.«

Jan schnaubte. »Hoffentlich bricht es nicht zusammen, solange wir hier stehen.«

»Die kleinen Häuser stürzen gewiss nicht ein. Sie werden nur immer krummer. Das ist anders als bei einem Kirchturm.«

Jan wandte sich ihr wieder zu. Er stand nun näher bei ihr als vorher, sie nahm seinen Geruch wahr, vermischt mit einem Hauch von Asche. Es roch nicht unangenehm, die Schmiede wuschen sich abends, bevor sie ihr sauberes Hemd anzogen. Dennoch wurde sie unruhig davon, und das Funkeln in seinen Augen trug dazu bei.

»Du hättest keine Angst, hineinzugehen?«, fragte er.

»Es ist verboten.«

»Das ist ein guter Grund, etwas nicht zu tun.«

Er klang so ernst und sah sie weiter so durchdringend an, dass es Susanne erschien, als spielte er auf etwas anderes an. Auf etwas, von dem sie beide wussten, dass es ebenfalls verboten war. Nervös biss sie sich auf die Oberlippe. »Wenn es mir wichtig wäre, hineinzugehen, dann würde ich es tun. Es müsste ja niemand erfahren.«

»Kann man in dieser Stadt etwas tun, wovon niemand erfährt? Ich würde meinen, hier kommt alles früher oder später ans Licht.«

»Ach, was! Till war schon in allen leeren Häusern. Kein Mensch hat das bemerkt.«

»Aber du weißt davon und hast es mir erzählt. Wer sagt dir, dass es ein Geheimnis bleibt?«

»Ich glaube nicht, dass du es ausplauderst. Wirst du?«

Er schüttelte langsam den Kopf. Susanne sah ihm in die Augen und hatte weiterhin das verwirrende Gefühl, dass sie beide über eine andere Sache sprachen, als sie eigentlich meinten. Ohnehin stand er so nah bei ihr, dass sie kaum noch sinnvoll denken konnte. Sie gab sich einen Ruck. »Hast du etwas über die Kinder herausgefunden? Warst du bei der Lohmann?«

»Ja. Sie handelt mit geflicktem Zeug. Die ganze Bude liegt voll Lumpen, und die Kinder dazwischen. Man kann sie bei dem Funzellicht da drin nicht von den dreckigen Kitteln und Hosen unterscheiden, auf denen sie hocken. Ich wäre beinah auf eines getreten. Jämmerlich sehen sie aus, als hätten sie nicht lange zu leben. Und die Frau ist ein bisschen tumb. Sie hat Wort für Wort geglaubt, was man ihr von dem Kinderhändler erzählt hat. Er wolle die Kleinen in eine neue Welt führen, hat sie mir gesagt. Dort würden sie wohlbehütet zu guten Menschen gemacht und später nur unter ihresgleichen leben, wie im Paradies vor dem Sündenfall. Wenn ich Kinder kaufen wollte, dann würde ich den Eltern das Gleiche vorlügen.«

»Also wollte sie ihm ihre Kinder tatsächlich geben?«

»Das streitet sie ab. Aber die Nachbarin zwei Buden weiter, die hätte ein Kind verkauft, sagte sie. Also bin ich dahin gegangen und habe gefragt. Und die Frau war weg, zurück in ihr Dorf. Mit oder ohne Kind wusste keiner, aber die anderen Bewohner meinten, es würde sie nicht wundern, wenn sie das schwierige Balg verkauft hätte. Sie hätte nur Scherereien damit gehabt, und der Mann, den der Händler herumgeschickt hat, der hätte ja so honigsüß geredet. Das ist alles, was ich herausgefunden habe. Dass ein kleiner, dicker Diener mit Gehstock in der Stadt herumlief und süß geredet hat. Nicht sehr hilfreich.«

»Aber es zeigt doch, dass da wirklich etwas geschieht. Was will dieser Händler mit den Kindern, was glaubst du?«

Jan zuckte mit den Schultern und mied ihren Blick. Seine verschlossene Miene verriet ihr, dass er nicht weiter mit ihr darüber sprechen wollte, doch sie war noch nicht zufrieden. »Ein Fremder, der plötzlich Kinder bei sich hat, fällt doch auf. Können wir nicht in den Herbergen fragen?«

Er schnaubte. »Willst du das auch heimlich tun und hoffen, dass dein Vater nichts davon erfährt?«

Susanne fing an, sich über ihn zu ärgern. Offensichtlich lag ihm nichts daran, mit ihr gemeinsam abzuwägen, was getan werden konnte. Nahm er sie nicht ernst, weil sie eine Frau war? Ihr Vater hatte sich mit ihrer Mutter sogar in geschäftlichen Dingen beraten. »Machst du dich über mich lustig?«

Er schwieg und sah sie wieder nur an, auf die widerstrebend zärtliche Art, die sie nach ihrer letzten Begegnung zu der Annahme verleitet hatte, er empfände etwas Besonderes für sie. Aber er bekam nicht den Mund auf, um zu sagen, dass er sich nicht über sie lustig machte. Sie stampfte mit dem Fuß auf. »Gut, dann geh hin, wo der Pfeffer wächst. Wenn du die Kinder nicht finden willst, dann lass es bleiben. Ich suche sie mit Till zusammen. Und ob mein Vater davon erfährt, das lass meine Sorge sein.«

Bevor sie sich abwenden konnte, streckte er die Hand aus. »Du weißt nicht, was du tust. Du hast eine Familie, einen Vater und Brüder, die eine Ehre zu verlieren haben. Sie werden mit Recht wüten, wenn du durch den Hafen und die Schenken läufst und mit Gesindel verkehrst.«

»Deshalb hatte ich gehofft, du würdest helfen.«

»Deinem Vater wird auch nicht gefallen, dass du mit mir verkehrst. Ich stehe für ihn nicht über dem Gesindel.«

Seine Gesichtszüge waren hart, als er das aussprach, und Susanne begriff endlich, worum es ihm ging. »Mein Vater ist nicht ungerecht. Warum sollte er etwas gegen dich haben?«

»Ich kann dir nur sagen, dass er mich nicht gern in deiner Nähe sieht.«

Das verschlug ihr die Sprache. Wie viele Gelegenheiten hatte ihr Vater schon gehabt, ihn in ihrer Nähe zu sehen? Bis vor einigen Tagen hatte sie noch geglaubt, Jan bemerke sie nicht einmal. »Das stimmt doch nicht«, widersprach sie, doch ihre Stimme schwankte dabei.

»Und wenn doch? Was hat es für einen Sinn, dass wir uns zusammentun? Selbst wenn wir bei der Suche erfolgreich sind ... Am Ende werden wir beide Ärger haben.«

»Und du meinst, das ist es nicht wert? Willst du lieber die Kinder ihrem Schicksal überlassen?« Susanne wusste, dass sie mutiger tat, als sie war. Sie hatte noch nie Anlass gehabt, ihrem Vater ernsthaft zu trotzen.

Jan stellte endlich den Korb aus der Hand, den er bis dahin krampfhaft festgehalten hatte, und lehnte sich wieder gegen die Wand. »Du verstehst mich falsch. Ich werde die Kinder schon suchen, da mach dir keine Sorgen.«

»Aber ich?«

Er sah sie sanft an. »Du sollst dich nicht ins Gerede bringen. Die Leute reden, wenn sie dich entdecken, wo du nichts verloren hast, und sie reden, wenn sie uns zusammen sehen. Das weißt du doch, oder?«

»Und ist es wirklich das Wichtigste auf der Welt, was die Leute reden? Sie reden so viel dummes Zeug, so viel Unwahres.«

»Aber sie können dir damit schaden bis zum Tod. Und mir. Gleich, ob sie Wahres reden oder nicht. Wenn Schmitt hört, dass ich Meister Büttners Ehre angekratzt habe, dann schickt er mich gewiss packen.«

»Auch wenn du ihm die Wahrheit sagst?« Ihre Kehle schnürte sich zu. Sein trauriger Blick brannte auf ihr, doch er schwieg. »Also gut«, sagte sie und hob den leeren Korb auf. »Was sollen wir noch reden? Wahrscheinlich hast du recht. Such allein.« Sie spürte, wie ihr die Tränen kamen. Rasch wandte sie sich ab. Auch wenn sie ihn verstand, tat die Zurückweisung weh.

»Warte!« Er trat ihr in den Weg und legte eine Hand auf den Henkel des Korbes, um sie zurückzuhalten. Seine Stimme klang gepresst, als er weitersprach. »Die Wahrheit ist, dass ich es gern tun würde, wenn ich dürfte.«

Heillose Verwirrung ergriff Susanne, ihr Herz schlug ihr bis zum Hals. »Was?«, flüsterte sie.

Er zögerte und stieß dann die Luft aus, als hätte er sie minutenlang angehalten. »Um dich freien. Ich weiß, dass ich es nicht darf und dass ich keine Aussicht habe und … Aber es ist nicht, weil ich dich nicht … Ach, verflucht!«

Bevor er den Korb loslassen und von ihr Abstand nehmen konnte, ergriff sie seinen Hemdsärmel. »Wie kannst du dir so sicher sein, dass du keine Aussicht hast?«

»Hör doch auf. Eher gefriert die Hölle.«

Susanne schüttelte den Kopf, legte den Finger auf ihre Lippen und berührte dann behutsam die seinen. »Am Sonnabend sind mein Vater und Martin zu einer Festtafel geladen. Ich werde um diese Zeit herkommen und auf dich warten. Bis dahin denke ich über das nach, was du gesagt hast. Aber ich glaube nicht, dass ich deiner Ansicht bin.«

Sie nahm ihren Finger von seinen Lippen. Flüchtig wirkte er so verblüfft, als hätte sie ihn geohrfeigt, dann trat sein Kiefermuskel mit einem Ruck hervor. »Ich kann das nicht, Susanne. Solche Spiele kann ich nicht spielen.«

Doch als sie zitternd zurücktrat, legte er die Hände auf ihre Oberarme und zog sie behutsam näher zu sich heran. Sie ließ den Korb fallen und umarmte ihn, spürte durch sein Hemd die warmen, harten Muskeln. Er schloss seine Arme um sie und hielt sie fest, sodass sie ihr Gesicht an seine Brust legen und seinen schnellen Herzschlag spüren konnte. Bei aller Verwirrung stieg ein unbeschreibliches Glücksgefühl in ihr auf.

Eine Weile standen sie so da, als würden sie nie wieder etwas anderes tun wollen. Dann legte Jan ihr eine Hand in den Nacken und flüsterte nah bei ihrem Ohr: »Das wird kein gutes Ende nehmen, Susanne.«

Sie musste lächeln, weil es so gut klang, wie er ihren Namen sagte. »Mein Vater ist nicht so schlimm, wie du glaubst. Du musst nicht so schwarzsehen.« Sie sah zu ihm auf, doch er blieb ernst, neigte sich nur weiter zu ihr. Sie verstand, was er sich wünschte, und kam ihm mit ihrem Mund entgegen. Weich und warm waren sein Lippen, jede Berührung ließ ihr Herz einen Salto schlagen. Er küsste behutsam ihre Lippen, ihr Gesicht, ihren Hals und streichelte sie dabei, als wäre sie ein zerbrechliches Kleinod. Am Ende lehnte er seinen Kopf an ihren und zog sie wieder fest an sich. Susanne schmiegte sich an ihn, ohne Scham zu fühlen. Jan atmete schwer und strahlte eine Wärme aus, in die sie sich einhüllen wollte.

»Am besten, du gehst jetzt«, sagte er.

Sie nickte und trat widerwillig von ihm zurück. »Und treffe dich am Sonnabend wieder hier?«

»Ich könnte wohl nicht fortbleiben, selbst wenn ich wollte.« Noch einmal berührte er sie, strich mit zwei Fingern über ihre Wange und ihren Mund.

Susanne wusste später nicht, wie sie es geschafft hatte, nach Hause zu gehen und ihrer Familie unverdächtig zu begegnen. Sie fühlte sich so leicht, dass sie zu schweben meinte, und in ihrem Gesicht musste geschrieben stehen, was sie erlebt hatte. Doch es gelang ihr, den Rest des Abends hinter sich zu bringen, ohne jemandem aufzufallen.

Erleichtert schlüpfte sie in ihr Bett und tat so, als wäre sie zu müde, um noch mit Liebhild zu plaudern, die nicht einschlafen konnte. Sie schloss die Augen, um Jan wieder vor sich zu sehen. Er hatte nicht den Hut getragen, sondern die Kappe, die er gewöhnlich trug, wenn sie ihm bei der Schmiede oder bei einer Auslieferung begegnete. Immer kamen ihm ein paar dunkelbraune Haarsträhnen darunter hervor und fielen ihm ins Gesicht, doch er sah nie liederlich aus, sondern nur jung.

Nie wieder würde sie seine schön geschwungenen Lippen sehen, ohne sich daran zu erinnern, wie sie sich anfühlten.

5

Der Mann mit den Doggen

Obwohl die Büttners für Sonnabend an Lossius' Tafel geladen waren, kam Lenhardt am Donnerstagvormittag mit einem weiteren kleinen Auftrag in die Böttcherei. Ein Butterfass und einen Waschzuber bestellte er für den Sülfmeisterhaushalt. Susanne hätte die vielsagenden Blicke ihres Vaters nicht gebraucht, um zu verstehen, dass die neuen Gerätschaften nur ein Vorwand für Lenhardts Besuch waren. Es schien tatsächlich, als fühlte er sich von etwas anderem angezogen. Im Gegensatz zu ihrem Vater konnte sie sich darüber nicht freuen. Lenhardt benahm sich so freundlich, dass sie ihn auf keinen Fall kränken wollte. Doch musste es darauf hinauslaufen, dass sie ihn abwies.

Meister Schmitt wusste, dass Jan es sich zur Aufgabe gemacht hatte, Paul und Minna Främcke zu suchen. Er stellte daher keine Fragen, wenn er, entgegen seiner sonstigen Gewohnheit, jeden Abend gleich nach der Arbeit die Schmiede mit einem Stück Brot in der Hand verließ.

Jan hätte vielleicht nicht ganz so eifrig gesucht, wenn ihn nicht eine innere Unruhe angetrieben hätte, die kaum auszuhalten war. Seit Susanne sich von ihm hatte küssen lassen, wusste er nicht mehr, wo er mit sich hinsollte. Die Suche nach dem Kinderhändler war ein willkommener Kanal für seine Rastlosigkeit und eine Ablenkung von den Sorgen, die er vergessen wollte. Sonnabend würde er Susanne wiedersehen und bis dahin nicht darüber nachdenken, was zwischen ihnen geschehen war.

Lüneburg hatte eine große Zahl von Wirtshäusern, Garküchen und Herbergen. Sie auszuforschen war nicht ganz so einfach, wie Susanne es sich vorstellte. Er war Schmied und schon an seiner Kleidung als solcher zu erkennen. Niemand wunderte sich, wenn er die Schenken in der Grapengießer- oder Wollweberstraße aufsuchte, wo die Eisenhandwerker sich zu Hause fühlten. Auch einige der Häuser, die überwiegend fremde Gäste hatten, konnte er besuchen, ohne aufzufallen. Doch die Stammwirtschaften der Salzknechte, Bäcker oder Kaufleute betrat er nur ungern.

Bereits an den Vortagen hatte er an verschiedenen Orten unauffällig Erkundigungen eingeholt, ohne einen deutlichen Hinweis zu erhalten. An diesem Freitagabend wollte er sein Glück in den besseren Gasthäusern in der Wollweberstraße nahe dem Sande versuchen, die bekannt für ihr gutes Bier und Essen waren. Wohlhabende Kaufleute von außerhalb, die keinen Gastfreund in der Stadt hatten, stiegen oft dort ab. Gelegentlich trafen sie sich in den Wirtsstuben mit den Sülfmeistern und Salzfahrern, um Geschäfte abzuschließen.

Er legte sich die Fragen zurecht, die er einem Knecht oder einer Magd der Wirtschaft »Zum Goldenen Stern« stellen wollte. Bevor er damit fertig war, hatte er sein Ziel schon erreicht. Die Wollweberstraße war an dieser Stelle schmal, ihre Häuser dennoch prächtig. Mehrere Geschosse hoch reckte sich das Gebäude des Brauhauses mit der Gastwirtschaft und seinen Nebengebäuden. Die edlen, in sich gedrehten Tausteine und hübschen Säulen, mit denen die Fassade und ihr Treppengiebel verziert waren, zeugten davon, dass sich in Lüneburg schon immer nicht nur mit Salz, sondern auch mit der Bierbrauerei gutes Geld hatte machen lassen.

Ein kleines Stück vom Eingang entfernt musste er langsamer gehen. Vor ihm trödelten vier junge Gecken, Söhne von Sülfmeistern und anderen reichen Herren, die die Breite der Gasse einnahmen. Notgedrungen hörte er, worüber sie sprachen.

»Was soll das heißen: ›Eine Handwerkertochter kannst du nicht nehmen?‹ Solch ein Dünkel war der Untergang vieler guter Familien. Natürlich werde ich eine nehmen, wenn mir danach ist.«

»Verzeih, Lossius, aber mit Verlaub gesagt wäre das grauenvoll blöd von dir, solange es noch Jungfern mit Vermögen in unserem eigenen Stand gibt. Du könntest doch die meisten haben.«

Der Angesprochene lachte. »Nimm du sie doch, wenn es dir nichts ausmacht, wie sie aussehen. Ich will eine, die ich leiden kann, und vielleicht habe ich sie schon gefunden.«

Seine Freunde johlten. »Verguckt hat er sich. Ist es möglich? Und weiß sie schon von ihrem Glück?«

»Spottet nur, aber das geht euch nichts an.«

»Sag nicht, es ist eine Böttchertochter? Eure Hausmagd sagte, du wärest schon wieder bei den Büttners gewesen.«

»Ach, und was zum Henker hast du wohl mit unserer Hausmagd zu schaffen?«

»Nach dir gefragt habe ich. Nichts weiter. Nichts, als mich höflich nach dir erkundigt.«

Jans Herz setzte einen Schlag aus. Es gab mindestens ein Dutzend Böttcher in der Stadt, und mehrere von ihnen hatten Töchter, doch nur einer hieß Büttner, soweit er wusste. Heiße Eifersucht durchzuckte ihn. Der Geck Lossius konnte doch nicht um Susanne freien? Und dann mit solcher Herablassung, als wäre es eine selbstverständliche Sache, dass sie und ihr Vater zustimmten. *Narr, ist es etwa nicht selbstverständlich?* War ein Handwerkermeister nicht immer glücklich, wenn seine Tochter in den höheren Stand einheiraten konnte? Aber Susanne konnte nicht einverstanden sein. Sie konnte nicht, ganz einfach, weil er es nicht aushalten würde. In seine Arme sollte sie kommen und sich anschmiegen, so wie sie es am Dienstagabend getan hatte. Er fühlte sich wie im Fieber, wenn er daran dachte. Die Vorstellung, dass sie sich von Lossius küssen ließ, verursachte ihm Übelkeit. *So weit ist es schon mit dir. Bist du eigentlich noch Herr deiner selbst?*

In der Tat musste er sich zusammennehmen. Am liebsten hätte er dem eitlen Sülfmeistersohn eine blutige Nase verpasst. Und das sah ihm sonst nicht ähnlich, denn den Ärger hätte am Ende in jedem Fall er und nicht der Laffe.

Die vier betraten den »Goldenen Stern« durch den vorderen Eingang. Jan ging weiter zur Hofdurchfahrt, um zur Hintertür zu gelangen.

Das Glück war ihm hold. Gerade schleppte eine Magd eine Wanne voll Spülwasser heraus. Sie nickte ihm kurz zu und schüttete das schmutzige Wasser schwungvoll neben den Misthaufen.

Er nahm den Hut ab und näherte sich ihr. »Einen guten Abend, Jungfer. Ihr habt sicher gleich weiter zu schaffen, aber ich wäre dankbar, wenn ich Euch etwas fragen dürfte.«

Ihr Blick verriet Misstrauen, doch immerhin blieb sie stehen, sodass er fortfuhr: »Ich suche jemanden und wüsste gern, ob er hier im Haus logiert hat. In der Wirtschaft zu fragen macht mir zu viel Aufhebens darum. Ihr wisst es gewiss ebenso gut.«

Die Frau sah recht ordentlich aus, wie es sich für die Magd eines so guten Hauses gehörte. Sie hatte rosige, runde Wangen und schwere Brüste. Als sie nun den Mund aufmachte, ließ sie allerdings ein lückenhaftes Gebiss sehen. Oben fehlten ihr drei Zähne, unten ein weiterer. Wie schlimm das war, wurde deutlich, als sie anfing zu sprechen. »Wennsch nur dasch isch. Dasch kriegscht du günschtig. Aber dann verschwindescht du. Der Wirt hatsch nisch gern, wenn wir schwatschen.«

Jan verkniff es sich zu grinsen und nickte. »Es geht um einen Herrn, der Kinder zur Pflege aufnimmt. Sein Diener ist klein, hat braune Haare und eine vorstehende Wampe. Er trägt eine dunkle Filzkappe und hat einen Gehstock mit einem großen Knauf.«

Das Gesicht der Frau wurde ausdruckslos, sie umarmte fest ihren Spülbottich. »Den Herrn kenn isch nisch.«

Jan strich sich die Haare aus der Stirn und setzte seinen Hut wieder auf. »Na, denn. Wenn du nichts für mich hast, muss ich ja nicht überlegen, was ich für dich hätte.«

Sie legte den Kopf schräg und sah ihn berechnend an. »Wasch hättescht du denn?«

»Ich bin Geselle bei Schmitt. Hättest du gern eine Dochtschere oder ein schönes Messer? Vielleicht werden wir uns über einen besonders guten Preis einig.«

Sie schüttelte den Kopf. »Da isch einer, der könnte diescher Diener schein. Der kommt jeden Abend und trifft hier einen anderen. Und der andere isch garschtig. Ich will nisch, dasch er eine Wut auf mich kriegt. Tschwei grosche Hunde hat er. Die Köter liegen unter dem Tisch und knurren jedesch Mal, wenn ich einen Krug bringe. Dasch Geschicht von dem Kerl isch gansch verkrüppelt von Narben. Ekelhaft.«

»Und er ist jeden Abend hier?«

»Jede Nacht. Hat ein Bett allein, weil wegen der Hunde keiner mit ihm teilen mag. Frage mich, woher er dasch Geld nimmt.«

»Kinder hat er noch nie dabeigehabt?«

Sie sah ihn an, als wäre er nicht ganz richtig im Kopf. »Gott bewahre. Der würde Kinder höchschtensch an scheine widerlichen Bieschter verfüttern.«

»Und ist er jetzt zufällig hier?«

Ängstlich blickte sie zur Tür und trat von einem Fuß auf den anderen. »Ich musch wieder hinein. Hascht genug gehört. Gilt esch die Dochtschere?«

»Nur noch die eine Frage. Sitzt er drinnen?«

Wieder warf sie einen Blick zur Tür, dann musterte sie ihn mit berechnender Miene von oben bis unten. »Du wirscht doch in der Wirtschaft keinen Ärger machen?«

»Ich werde ihn nicht mal ansprechen.«

Sie zuckte mit den Schultern, sodass ihre üppigen Brüste über den Rand der Spülwanne wippten, die sie noch immer gegen den Bauch presste. »Schitscht immer gantsch hinten. Wirscht ihn erkennen. Gilt esch nun?«

Jan nickte und deutete eine dankende Verbeugung an. »Komm bei Schmitt vorbei. Bin tagsüber immer da.«

Ohne Abschiedsgruß eilte sie im Laufschritt zurück in die Gaststätte, ihre Lederpantoffeln schlappten an ihren Füßen. Jan hörte sie im Flur einigen Männern antworten, die ihr entgegenkamen. Er machte, dass er vom Hof kam, bevor sie ihn sahen. Auf der Straße blieb er stehen.

Nun hatte er die Möglichkeit, mit seinen Nachforschungen ein großes Stück voranzukommen, aber glücklich war er darüber nicht. Die Stundenglocken hatten gerade acht Uhr geläutet. Noch zwei Stunden, bis die Wirtschaften schließen mussten. Was sollte er tun? Mehr als einen Krug Bier wollte er sich nicht leisten. Sollte er vor der Tür warten und hoffen, dass er den Diener erkannte, wenn er kam? Oder wollte er den narbigen Mann mit den Hunden belauschen und versuchen, sich an seinem Bierkrug so lange festzuhalten, bis der Diener erschien? Das Sinnvollste würde sein, diesem zu folgen, wenn er die Schenke wieder verließ. Vielleicht suchte der Mann danach den Ort auf, wo die Kinder versteckt waren. Denn falls der Narbige der Kinderhändler war, verwahrte er sie offensichtlich nicht selbst. Am besten jedoch wäre, wenn er sah, was zwischen den beiden Männern ablief.

Er seufzte, zog sein Wams zurecht und schritt die Stufen zum »Goldenen Stern« hinauf. Bierdunst, Rauch und Essensgeruch schlugen ihm entgegen. Mit gesenktem Kopf und hochgezogenen Schultern bemühte er sich, unauffällig zu wirken, während er durch die Schenke ging. Von der Mitte des Wirtsraumes aus führte eine Treppe nach oben zu den Schlafkammern. Geschnitzte Pflanzenornamente bedeckten üppig ihre Säulen und das Geländer. Durch die offene Tür eines kleineren Nebensaales, der mit Wandgemälden ausgestattet war, sah er eine Gesellschaft der höheren Stände beisammensitzen. Dort musste Lossius sich mit seinen Freunden aufhalten, falls sie das Haus nicht gleich wieder verlassen hatten. Jan verbot sich den Gedanken an Lossius und Susanne und ging zielstrebig in den hinteren Teil des Raumes.

Der Mann mit den Hunden war nicht zu übersehen. Als die Schankmagd »narbig« sagte, hatte Jan Pockennarben vor Augen gehabt, doch das Gesicht des Mannes war um seinen grauen Bart herum von Messer- und Säbelnarben zerklüftet. Dem Hemd und dem Lederkoller und der weiten, blassroten Pluderhose nach war er ein alter Soldat. In Jans Magen zog sich ein Klumpen zusammen. Er hasste sie, diese vom langen Krieg Übriggebliebenen, die ihr ganzes Leben mit Rauben und Morden zugebracht hatten und nun ungestraft einhergingen, als wären sie immer rechtschaffene Leute gewesen. So einer saß hier, während der unschuldige Albert im Gefängnis vor Angst zitterte.

Aber wie sollte es auch anders sein? Es gab so viele von diesen Ehemaligen, wo sollten sie hin? Sein Leben lang würden sie ihm immer wieder über den Weg laufen und ihn an die unaussprechlichen Dinge erinnern, die er lieber vergessen wollte.

Unterwürfig nickte er dem Narbenkerl zu und wählte einen Platz auf der Wandbank an dem zweiten Tisch, der in diesem hintersten Winkel der Wirtschaft stand. Er stützte den Kopf auf und starrte Richtung Eingang, als würde er auf jemanden warten. Er spürte förmlich, wie der Mann ihn musterte, und rührte sich nicht, bis dieser sich etwas anderem zuwandte. Offenbar war seine Erscheinung langweilig genug.

Eine Schankmagd brachte ein großes Holzbrett mit Brotscheiben und verschiedenen Wurstsorten und stellte es vor dem narbigen Mann ab. Zu Jans Erleichterung war es nicht die Frau vom Hinterhof, dennoch sah sie ihn auffallend eindringlich an, als sie sich ihm zuwandte. Es wunderte ihn nicht, er gehörte eben nicht hierher.

»Was darf's sein, der Herr?« Blaue Augen hatte sie, und unter ihrer weißen Haube lugten dunkle Haare hervor. Ihre Brauen waren dicht und schwarz.

»Ein halbes Maß bitte, Jungfer. Und ein Stück Blutwurst

oder dergleichen.« Der Essensgeruch in der Schenke hatte ihn daran erinnert, dass er schon seit drei Tagen zu wenig zu Abend gegessen hatte.

»Mit Vergnügen. Aber das ist eine bescheidene Wahl. Ich kann Euch doch ein schönes Brettchen voll bringen. Wär Euch das nicht lieber?« Sie zwinkerte ihm auf eine Weise zu, die ihm Spaß machte.

Er lächelte sie an und zwinkerte zurück. »Was man lieber hätte und was die Vernunft meint, das sind oft zwei verschiedene Dinge.«

Nun lächelte sie auch und flatterte ganz allerliebst mit ihren Lidern. Sogar ihre Zähne waren gut. »Aber wenn's der Leib doch braucht.«

Ihre Dreistigkeit hätte ihn fast zum Lachen gebracht, aber er beherrschte sich und wehrte kopfschüttelnd ab. »Heut ist kein Feiertag, also gewinnt die Vernunft.«

»Na, hoffentlich kommt Ihr mal an einem Feiertag vorbei.« Sie warf ihm über die Schulter einen verschmitzten Blick zu, als sie ging, und er stützte lächelnd den Kopf wieder auf die Hand.

Vom Nebentisch erklang ein Knurren, das er zuerst einem der Hunde zuschrieb. Doch als er hinsah, schliefen die braunen Doggen friedlich. Ihr Besitzer dagegen knurrte. Obwohl Jan keinesfalls dessen Aufmerksamkeit erregen wollte, konnte er nicht anders, als ihn anzusehen. Er traf auf einen eiskalten Blick aus grauen Augen.

»Bändel nicht mit der Anke an, wenn dir was an deinem Leben liegt«, sagte der Narbige und zeigte drohend mit einem Zipfel Mettwurst auf ihn.

Jan hob beschwichtigend beide Hände. »So etwas käme mir gar nicht in den Sinn, Meister. Ich wart hier nur auf einen Herrn mit einem Auftrag.«

»Hm«, sagte der andere abfällig und widmete sich grimmig wieder seinem Wurstbrett und dem Bierkrug, der daneben stand. Selbst seine Hände waren mit wulstigen Narben bedeckt.

Jan fühlte, wie ihm der Schweiß ausbrach. Wie viele dieser Narben stammte aus Kämpfen auf dem Schlachtfeld, und wie viele waren die Spuren, die verzweifelte Opfer des Mannes hinterlassen hatten? Bauern, die ihre letzte Bettdecke verteidigten, oder Frauen, die ihren verbliebenen Rest Stolz nicht kampflos aufgeben wollten?

Sei vernünftig. Du kennst den Mann nicht. Will ihn nicht kennen, dachte er. Will nicht wissen, was der mit den Kindern zu tun hat.

Bevor Jan darüber nachdenken konnte, ob er nicht doch lieber gehen sollte, erschien der dicke Diener. Er hatte nicht nur braune Haare unter der dunkelbraunen Filzkappe, sondern trug auch einen braunen Anzug. Die Weste spannte über dem Kugelbauch – ein Wunder, dass die blanken Knöpfe nicht absprangen. Mit kleinen Schritten eilte er zielstrebig zu den hinteren Tischen und setzte sich ohne Begrüßung dem Narbengesicht gegenüber.

Sogleich beugten sie beide sich vor und steckten die Köpfe zusammen. »Acht«, sagte der Diener. »Und wenn du mich fragst …«

»Hm«, stimmte der Narbige zu.

»Aber der Herr ist noch nicht zufrieden. Meint, es muss hier noch mehr Seelchen zu retten geben.« Er lachte spöttisch, lehnte sich zurück und faltete die Hände über dem Kugelbauch.

»Also, wie lang?«, schnappte der Narbige.

»Kowatz, du musst Geduld lernen, wenn du unserem Herrn länger dienen willst. Warum sollte er sich beeilen, er hat's nicht ungemütlich bei seinem reichen Gastfreund. Für das Ungemütliche sind wir beide zuständig.«

»Hm.« Missmutig biss Kowatz von seiner Fleischwurst ab und legte den Rest auf das Brett. Mit einer Bewegung, die für Jans Geschmack weit zu geschmeidig ablief, zog er ein großes Messer aus dem Gürtel und schnitt den Wurstzipfel in zwei Teile, die er unter den Tisch warf.

Der Tisch wackelte, als die Hunde darunter in Bewegung kamen, Jan hätte gern genauer hingesehen, getraute sich aber nicht, den Kopf zu drehen. Er wagte kaum zu atmen, aus Sorge, seine Anwesenheit könne den beiden Männern ins Bewusstsein rücken.

Kowatz stieß sein Messer gereizt in das nächste Wurstrad und führte es damit zum Mund.

Der Kugelbauch schnaubte belustigt. »Der Käfigvogel wird bald mit Seilers Tochter Hochzeit machen, wenn es das ist, was dir im Nacken sitzt. Ich habe heute einer Frau einen Taler gegeben, damit sie den Richtern sagt, was sie über das schlimme Unglück weiß. Damit bist du aus dem Schneider.«

Kowatz' Hand mit dem Messer fuhr nach vorn, bis dicht an die Nase seines Gegenübers. Der zuckte nicht einmal.

Jan ballte die Fäuste, um ruhig zu bleiben. Er spürte, wie seine Fingernägel Kerben in den Handballen pressten.

»Nimm dich in Acht, Rieger«, flüsterte Kowatz. »Ich habe dir gesagt, wer es war.«

Rieger, prägte Jan sich ein. Und nun nur keinen Fehler machen. Nur mühsam konnte er sich selbst davon überzeugen, sitzenzubleiben. Ginge er sofort, würde es gewiss auffallen.

Rieger schnaubte abfällig. »Ja, gewiss. Wollen wir es dabei belassen. Für mich ist es kein Unterschied.«

Die Schankmagd kam. Jan hob den Kopf und musste schlucken. Es war nicht die schäkernde Anke, sondern die Frau vom Hof. Mit einem Grinsen, das nicht nur wegen der fehlenden Zähne hässlich war, stellte sie seinen halbvollen Krug vor ihm ab und ein Brett mit Brot und Wurst. Das Weib warf einen grauenvoll deutlichen Blick auf die Männer am Nebentisch, bevor sie ihn wieder ansah. Hämisch war ihr Gesichtsausdruck, als sie sich vor ihm aufbaute, eine Hand in die Taille gestützt. »Gibscht du mir ein Mescher und eine Schere?«, sagte sie, laut genug, dass die anderen es hören mussten.

Jan wollte unsichtbar werden. Er räusperte sich und blieb dennoch heiser. »Jungfer, ihr schmeichelt mir. Es freut mich, dass Euch meine Ware so gut gefällt.« Er sandte ihr den freundlichsten Blick, den er in seinem Ärger zustande brachte.

Sie wackelte verschwörerisch mit den Augenbrauen. »Wird schich tscheigen, ob schie wasch taugt.«

Jan hätte ihr den Hals umdrehen mögen, aber wenigstens ging sie nun. Mit einem tiefen Atemzug ließ er sich gegen die Wand zurücksinken, bevor er merkte, wie laut das Schweigen am Nebentisch war. Er blickte hinüber und stellte fest, dass beide Männer ihn anstarrten. Mit viel Selbstbeherrschung zwang er sich zu einem gelassenen Schulterzucken. »Bedauernswertes Weib«, sagte er, griff zu seinem Krug und stürzte das warme Bier herunter.

Rieger lachte trocken und erhob sich. »Morgen wieder hier«, sagte er.

Jan fluchte auf seine Dummheit. Er hatte es sich selbst unmöglich gemacht, dem Mann zu folgen.

Zu allem Überfluss stand auf einmal eine von den Doggen neben ihm und stierte sabbernd auf die Wurst, die er zur Hand genommen hatte. Aber von einem Hund ließ er sich nicht so leicht einschüchtern. Unbeeindruckt aß er weiter und tat, als hörte er das drohende Knurren nicht.

Kowatz stand auf. »Orfus!«, fuhr er den Hund an und versetzte ihm einen Tritt.

Jan fiel das Schlucken schwer, doch es gelang ihm, eine unbewegte Miene zu bewahren, sogar als Kowatz die Hand auf seinen Tisch stützte und sich zu ihm beugte. »Hauptsache, du rührst die Anke nicht an.«

Flüchtig sah Jan dem offenbar verliebten Halunken in die Augen. »Sicher doch, Meister. Bin ohnehin gleich weg hier. Der Kunde hat mich wohl vergessen.«

6

Im schiefen Haus

Am Samstag hätte Susanne Martin und ihren Vater am liebsten aus der Tür geschoben, als sie endlich mit ihren festtäglichen Anzügen zufrieden waren. Als Letztes hatte sie Martin das Halstuch gebunden, noch einmal die hellbraunen Röcke beider Männer abgebürstet, ihre bestickten Krägen gerichtet und geholfen, die Schuhe zu polieren. Und das, nachdem sie ihnen zuvor bereits das Wasser für eine gründliche Rasur gewärmt und die Haare geschnitten hatte. Den halben Tag hatte sie dafür gearbeitet, dass die beiden an Lossius' Tafel einen standesgemäßen Eindruck machen konnten.

Gewöhnlich wäre sie auf das Ergebnis stolz gewesen. Sie hätte »ihre Männer« bewundert und sich zufrieden an der Tür von ihnen verabschiedet, doch an diesem Tag wartete sie nur darauf, dass sie aus dem Haus gingen.

Seit ihrem Treffen mit Jan waren die Stunden unerträglich langsam vergangen. Sie hatte sich redlich bemüht, all ihren Pflichten wie üblich nachzukommen, doch fortwährend schweiften ihre Gedanken ab und eilten voraus.

Till kam zum Abendessen kurz herein und verabschiedete sich anschließend in die Böttcherherberge, so wie Susanne es vorausgesehen hatte. Regine blieb am Tisch sitzen und hörte Liebhild zu, die aus der Bibel vorlas, während Susanne den Tisch abräumte. Früher hatte die Mutter ihnen an den Vorabenden zum Sonntag vorgelesen. Susanne hatte nie daran gedacht, diese Aufgabe zu übernehmen, es wäre ihr zu schmerzlich gewesen. Doch seit sie Liebhild das Lesen beigebracht hatte, fand sie es nur richtig, dass die alte Gewohnheit wieder aufgenommen wurde. Für die Kleine war es eine gute Übung. Sie war dem ABC-Büchlein, das Susanne ihr selbst gemacht hatte, entwachsen und konnte sich nun an den schwierigeren Bibelworten erproben. Allen anderen tat das Zuhören gut. Regine liebte besonders die Weihnachtsgeschichte und wollte sie wieder und wieder hören. Susanne mochte die Mosesgeschichten des alten Testaments, auch wenn ihr manches darin furchtbar grausam vorkam.

An diesem Abend las Liebhild vom verlorenen Sohn, und Susanne hörte kein Wort davon. Sobald Lene von ihrem Großvater zurückkehrte, band Susanne ihre Schürze ab und drückte sie ihrer Base in die Hand. »Lene, ich muss noch einen kleinen Spaziergang machen. Mir ist nicht wohl.«

Eilig schloss sie die Tür von außen, bevor Lene etwas erwidern konnte.

Zu ihrem Leidwesen gelang es ihr nicht, ungesehen an ihrer geschwätzigen Nachbarin, der Schneidersfrau Künemann, vorbeizukommen, die sich aus dem offenen Fenster ihrer Utlucht lehnte. Es war, als hätte man diese kleinen Vorbauten für neugierige Menschen wie Mutter Künemann erfunden, dachte Susanne. Überall wurden sie jetzt an die Häuser angebaut. »Ach was, die ganze Familie unterwegs heute Abend? Wo wollt ihr denn alle hin?«, fragte die Schneiderin.

»Ich muss nur ein bisschen laufen, weil mir der Bauch vom Abendessen drückt.«

»Da musst du besser kochen oder sparsamer essen. Was soll so Herumlaufen da helfen?«

Susanne nickte ihr freundlich zu, ohne stehenzubleiben. »Es hilft.«

Sie hörte die alte Frau mit »Ts,ts« und abfälligem Gemurmel ihren Zweifel daran ausdrücken und ging umso unbeirrter weiter. Ihr Herz schlug, als wäre sie dabei, aus dem Turm auszubrechen. Statt direkt in die Ohlingstraße einzubiegen, nahm sie den Weg zur Michaeliskirche und näherte sich ihrem Ziel in einem Bogen. Als sie die schiefen Häuser erreichte, verließ sie beinah der Mut. Zwei Frauen aus der Nachbarschaft kamen ihr mit Körben über dem Arm entgegen. Zu ihrer Erleichterung waren sie so in ihr Gespräch vertieft, dass sie keine Zeit für mehr als einen Abendgruß hatten. Susanne trödelte absichtlich, bis die Frauen außer Sichtweite waren, dann sah sie sich ein letztes Mal nach möglichen Beobachtern um und huschte in den schmalen Durchgang zu den Hinterhöfen. Sie spürte, wie Schweißtropfen zwischen ihren Brüsten herabliefen. Ihre Angst war so stark wie ihre Sehnsucht. Vor ihrem geistigen Auge sah sie die ehrbaren Handwerkerfrauen der Gemeinde auf dem Kirchvorplatz die Köpfe zusammenstecken und mit dem Finger auf sie zeigen. Was war schlimmer als ein Mädchen, das seine Tugend fortwarf? Sie hatte nie geglaubt, dass sie einmal zu denen gehören würde, die damit spielten. Und sie hatte keine Entschuldigung, denn sie wusste genau, was sie tat.

Ein Blick in den Winkel zwischen Haus und Kaninchenstall ließ ihr Herz sinken. Jan war noch nicht da. Was, wenn er nicht kam?

Das alte Haus begrüßte sie mit einem Krachen im Gebälk, das lauter war als beim vorherigen Besuch. Als Kind hatte sie Häuser für lebende Wesen gehalten und heimlich mit ihnen gesprochen, ebenso wie mit ihren Lieblingsbäumen. Die Sprache des Büttnerhauses kannte sie gut. Sie verstand jedes Knacken der Treppenstufen und jedes Jaulen, das starker Wind im Dachstuhl hervorrief. All jene Geräusche klangen friedlicher als das Ächzen dieses Hauses.

Die schmale Hintertür war in schlechtem Zustand. Ursprünglich war sie einmal grün angestrichen gewesen, doch die Farbe war verblasst. Susanne betrachtete die verzogenen Balken des Türrahmens und berührte die Klinke. Ein Rascheln hinter ihrem Rücken ließ sie zusammenzucken, doch es war nur eine grau-weiße Katze, die sich durch eine Ritze im Zaun gezwängt hatte und nun erstarrte, als sie sich einem Menschen gegenübersah. »Ist schon gut. Ich tu dir nichts«, sagte Susanne. Die Katze erinnerte sie an Schmitts Minka, aber das konnte sie kaum sein, so weit entfernt von der Schmiede.

Wieder knarrten die Balken des Hauses, und im Nachbargarten raschelte es. Vielleicht war es besser, im Haus zu warten, dachte sie und drückte die Klinke zur Probe ganz herunter. Hinter der Tür war deutlich der Klang von Schritten zu hören. Sie fuhr zurück und wandte sich halb zur Flucht, doch es war zu spät, um ungesehen zu entkommen. Die Tür wurde bereits von innen geöffnet. Kurzentschlossen bückte sie sich nach der Katze, die sich in einem Sonnenfleck die Pfote putzte, und streckte ihr die Hand hin. »Hier bist du, Mietz«, sagte sie.

Hinter ihr schnaubte jemand belustigt. »Wolltest du die Katze treffen oder mich?«

Mit einem Seufzer der Erleichterung richtete Susanne sich auf. »Ich dachte, es wäre ein Fremder im Haus. Was machst du denn da drin?«

»Ich wollte lieber warten, wo mich niemand sieht. Wenn du keine Angst hast, sollten wir hineingehen. Es ist gar nicht so schlecht.«

»Ich habe doch gesagt, dass ich keine Angst habe.«

Jan lächelte spöttisch, doch sein Blick war so zärtlich, dass sie ihm wortlos folgte.

Unten im Haus herrschte ein muffiger Geruch, der von lange ungelüfteten und ungeheizten Räumen kündete. Unverwechselbar mischte sich der Duft von ranzigem Fett, kalter Asche und Mäusekot darunter. Susanne rümpfte die Nase, doch Jan zuckte nur mit den Schultern und führte sie die klapprige Stiege hinauf ins Obergeschoss, wo die Fensteröffnungen nur grob mit Brettern vernagelt waren und die Luft daher frischer war.

Dicht beim Fenster hatte in einer Zimmerecke ein Rauchschwalbenpaar sein Nest gebaut. Über den Rand des Lehmnapfes schimmerten Schnabel und Augen eines brütenden Vogels, der sich duckte und reglos verharrte, als sie näher traten.

In einer anderen Ecke war die Wand mit einem Schrägbalken abgestützt. Die verzogenen Holzdielen des Fußbodens fielen zur Straße hin erheblich ab. Immerhin waren sie leidlich sauber. Jan setzte sich an der höheren Seite der schiefen Ebene an die Wand und streckte die Beine aus. »Wie haben die Leute hier geschlafen? Ich würde aus dem Bett fallen. Und was, wenn die Glut aus dem Herd rollt?«

Susanne lachte. »Sie haben all ihre Möbel an einer Seite höher gebaut. Auch den Herd.«

»Und nun sägen sie alles ab oder suchen sich ein anderes schiefes Haus. Kommst du zu mir?« Er streckte die Hand zu ihr aus, und sie stellte fest, dass er allein mit dieser Geste Macht über sie hatte. Ihre Röcke fielen über seine Oberschenkel, als sie sich neben ihn setzte. Züchtig holte sie den Stoff zurück und bedeckte nur ihre eigenen Beine damit, ließ sich jedoch bereitwillig eng heranziehen. Sie spürte die Kraft in Jans Arm und seine Hand warm auf ihrer Taille. Das Gefühl übertraf ihre Träume, vor allem als er mit seiner zweiten Hand die ihren umschloss, die sie gefaltet in ihren Schoß gelegt hatte.

Er holte tief Luft. »Wenn du deine Meinung geändert hast und nun doch glaubst, dass das mit uns keine gute Sache ist, dann sag es jetzt gleich.«

Nun nahm sie seine Hand in ihre beiden. »Wie könnte ich das?«

»Sie werden uns nicht heiraten lassen, Susanne. Du magst etwas anderes glauben, aber das wird nie geschehen. Ich müsste Meister werden. Und wenn ich das versuchte, dann würden sie wieder anfangen zu fragen, wer ich bin und woher ich komme. Und ich würde ihnen nichts erzählen können, was ihnen gefällt.«

»Wer weiß. Vielleicht werden Meister Schmitt und mein Vater ein Einsehen haben. Aber warum müssen wir heute so weit denken?«

Er sah ihr in die Augen und legte seine Hand auf ihre Wange. Sie konnte sich nicht rühren, spürte nur, wie ihr Herz schneller schlug, während sie sein Gesicht betrachtete. Sein Ausdruck veränderte sich, er wirkte nun nicht mehr ruhig und vernünftig, sondern jung und einsam. »Küsst du mich noch mal?«, fragte er.

Sie musste lächeln. »Habe ich dich denn geküsst? Ich dachte, du hättest mich geküsst.«

Er erwiderte ihr Lächeln, sah sie aber weiter nur an. Einen Vollbart hatte sie an ihm nie gesehen, doch sie sah den dunklen Schatten seines Bartwuchses.

Auf einmal wussten ihre Hände von allein, was sie tun wollte. Sie nahm ihm den Hut ab, fuhr ihm zärtlich mit beiden Händen in die Haare und hielt seinen Kopf fest, damit sie ihn so küssen konnte wie bei ihrer letzten Begegnung.

Doch diesmal genügte ihr die sanfte Berührung ihrer Lippen so wenig wie ihm. Zarte Küsse waren nicht genug zur Erfüllung der großen Sehnsucht. Es erschreckte Susanne nicht, Jans Zunge zu spüren, sie öffnete ihre Lippen für ihn, als wäre es selbstverständlich. Ihre Zungen trafen sich und tasteten immer ungestümer. Jan zog sie auf seinen Schoß, als wöge sie nichts. Er streichelte ihren Rücken und ihre Seiten mit festem Griff und dabei so zärtlich, dass Susanne unter seinen Händen glühte. Das ist die Sünde, dachte sie, doch es konnte sie nicht erschrecken, sie war zu glücklich. Auch ihre Hände wurden mutiger und gingen auf die Reise. Hart und weich zugleich waren seine muskulösen Schultern, hart und weich seine Brust, in der sein Herz hämmerte und die sich mit seinem schnellen Atem hob und senkte. »Du fühlst dich so gut an«, sagte sie leise und spürte sein ersticktes kleines Lachen mehr, als dass sie es hörte. Sie konnte sich kaum noch rühren, so eng drückte er sie an sich, als er ihre Lippen mit neuer Gier küsste. Seine Lust an ihr war so erregend für sie, dass ihr schwindlig wurde. Nicht einmal, als er eine Hand zwischen sie schob und ihre Brüste streichelte, wich sie zurück, obgleich das Gefühl sie verstörte. Es war schön und gleichzeitig so beschämend, dass ihr schlechtes Gewissen erwachte. Dennoch brachte sie es nicht fertig, sich Jan zu entziehen. Ihre Sehnsucht nach seiner Nähe schien zu wachsen, je näher sie ihm war. Wieder fuhr sie ihm mit beiden Händen ins Haar und schmiegte sich an ihn.

Er stöhnte auf, machte sich abrupt von ihr los und schob sie von sich. »Das kannst du mir doch nicht erlauben«, stieß er hervor.

Susanne kniete neben ihm, ihre Röcke bauschten sich um sie. Er schlug mit der Faust auf den Boden, dennoch bemerkte sie, dass er zitterte. Verwirrt sah sie ihm in die Augen. Seine Wangen waren gerötet, und er sah so erhitzt aus, wie sie sich fühlte, darüber hinaus jedoch war er wütend.

»Lässt du dich von jedem so anfassen?«

Seine Worte trafen Susanne, als hätte er sie geschlagen. Hastig stand sie auf und zog sich zur Tür zurück. »Denkst du das von mir?«

Er erhob sich ebenfalls vom Boden und rieb sich mit beiden Händen so grob durch sein Gesicht und die Haare, als wollte er die Spuren ihrer Berührungen fortwischen.

Susanne fühlte Schmerz in sich aufbrechen. Konnte sie ihr Glück so schnell wieder verlieren? Doch es geschah ihr recht. Sie wusste, dass sie ihn im Grunde nicht kannte. Warum hatte sie sich eingebildet, er sei liebenswert, nur weil er ihr gefiel? Vielleicht hatten am Ende sogar diejenigen recht, die schlecht über ihn sprachen. Wie hatte sie so dumm sein können? »Und was ist mit dir? Fasst du jede so an?«, fauchte sie, noch wütender über sich selbst als über ihn.

Susannes Zorn brachte Jan zu sich. Er verachtete sich dafür, dass ihn sein Verlangen nach ihr so davongetragen hatte. Es hatte nur wenig gefehlt, und er hätte die Beherrschung vollends verloren. Sie fühlte sich unendlich gut an, sie war so hübsch, und ihre Berührungen so süß. Wie sollte er da einen klaren Kopf bewahren? *Fasst du jede so an?* Wie sollte er das wissen? Er hatte noch keine vor ihr so angefasst. Noch keine vor ihr hatte ihm so gut gefallen, dass er den Verstand verlor und seine Regeln brach. Warum hatte sie ihn nicht abgehalten? Als er ihre Brüste streichelte und dachte, er würde vor Verlangen vergehen, da war es ihm aufgefallen, wie leicht sie es ihm machte. Zu leicht für ein anständiges Mädchen. Er hatte nichts dagegen tun können, dass Lossius ihm einfiel und er wütend wurde. Tat sie mit dem das Gleiche? Den Gedanken daran konnte er nicht ertragen. Er hörte Susanne schniefen und blickte auf. Sie wandte sich zum Gehen, doch er sah noch, dass ihr die Tränen über die Wangen liefen. Großer Gott, das war seine Schuld, und es war das Letzte, was er wollte. Was war er für ein Narr! *Höllenverdammter Narr*, sagte seine innere Stimme, während er Susanne schon nachlief. »Nein, warte doch. Susanne. Ich ... Bleib ...«

Auf der obersten Stufe der Stiege drehte sie sich zu ihm um. »Warum?«

»Ich habe es nicht so gemeint. Das heißt ...«

»Ich lasse mich von niemandem sonst so anfassen, Jan Niehus. Und nun auch nicht mehr von dir!«

Sie wollte weitergehen, und obwohl er ahnte, dass es ein Fehler war, griff er in seiner aufflammenden Angst nach ihrem Arm. »Bleib!«

Mit einem Ruck riss sie sich los, verlor dabei das Gleichgewicht, stolperte und fiel. Es ging so schnell, dass sie nicht einmal Zeit zum Aufschreien hatte. Sie stürzte nur die halbe Treppe hinab, blieb aber still liegen. Jan war an ihrer Seite und hatte sie im Arm, bevor er ganz begriffen hatte, was geschehen war. Er wusste nur, dass er nicht weiterleben konnte, wenn er sie verletzt hatte und sie ihm nicht verzieh.

Sie öffnete die Augen und verzerrte das Gesicht. »Wer

sagt, diese Häuser wären nicht gefährlich?«, stöhnte sie und versuchte, sich aufzurichten.

Erleichtert hob er sie auf und küsste sie auf den Mund, die Wangen und den Hals, ohne auf ihre milden Abwehrbewegungen zu achten. »Verzeih mir«, murmelte er zwischen seinen Küssen. »Verzeih.« Er trug sie zurück nach oben, setzte sich mit ihr auf die oberste Stufe und streichelte sie. »Ist alles heil? Hast du dir wehgetan?«

»Blaue Flecke werde ich haben. Und mein Ellbogen ... Aber ...«

Sie zögerte, und er küsste sie wieder. »Aber?«

»Was du gesagt hast. Das tut mehr weh.«

Ihre Haube war verrutscht. Er nahm sie ihr ab und strich ihre losen Haarsträhnen zurück. Dunkles Blond, golden wie nasser, reifer Weizen auf dem Feld und weich in seinen Fingern wie das Fell eines jungen Tieres. Wunderschön und zu gut für ihn, wie alles an ihr. »Ich habe nicht nachgedacht, als ich es gesagt habe. Es tut mir leid.«

Sie nahm ihm die Haube aus der Hand und setzte sie mit energischen Bewegungen wieder auf. »Nächstes Mal denkst du besser nach.«

Er ließ sie los und seufzte. »Ich konnte nicht. Das ist es ja. Du musst mitdenken, Susanne. Du musst wissen, was du tust.«

»Aber das weiß ich doch.«

Er sah sie spöttisch an und schüttelte den Kopf. Sie lächelte durch ihre Tränen hindurch, küsste ihn noch einmal flüchtig auf die Lippen und stand auf. »So oder so. Ich muss gehen. Oder hast du mir noch etwas zu erzählen?«

Erst jetzt fiel Jan das Ergebnis seiner Nachforschungen ein, und er zog Susanne wieder zu sich auf die Treppenstufe, um ihr die Geschichte zu erzählen, schon allein, damit sie noch blieb. Noch nie zuvor in seinem Leben hatte er eine Geschichte so ausführlich erzählt, wie er es nun tat.

Während Susanne Jan gebannt lauschte, entspannte sie sich langsam. Arm in Arm mit ihm zu sitzen war nun nicht mehr erregend, sondern warm und tröstlich, obwohl seine Worte sie keineswegs beruhigten. So, wie er diesen Kowatz beschrieb, war der ein gefährlicher Kerl. Falls sie mit ihrer Vermutung richtiglag und er nicht nur mit den verschwundenen Kindern, sondern auch mit dem Mord an Wenzel zu tun hatte, dann mussten sie sich in Acht nehmen. »Wenn Kowatz den Mörder kennt, dann müssen wir ihn dazu bringen, ihn anzuzeigen. Und vorher müssen wir die Kinder finden und befreien. Wie stellen wir das an?«, fragte sie.

Jan nahm sanft, aber entschieden ihre Hand von seinem Oberschenkel, nach dem sie in ihrer Aufregung gegriffen hatte. »Das wird uns in Teufels Küche bringen. Aber du hast recht. Wenn wir keinen Weg finden, dann sind wir am Ende mitschuldig, falls Albert wirklich verurteilt wird. Es hat wenig Sinn, Kowatz anzuzeigen. Er scheint ja einen guten Grund zu haben, sich unwissend zu stellen.«

»Glaubst du, dass er selbst der Mörder ist?«

»Ich trau's ihm zu, aber er hat es bestritten.«

»Was machen wir nun?«

»Wir? Du gehst fein nach Hause und passt gut auf dich auf. Und ich werde versuchen, bei der nächsten Gelegenheit diesem Rieger zu folgen.«

7

Der fremde Herr

Auf dem Heimweg von ihrem Stelldichein mit Jan zwang Susanne sich, so gemessen einherzuschreiten, als käme sie aus der Kirche. Sie faltete die Hände und blickte sittsam vor sich auf den Boden, besonders, als sie an Mutter Künemanns Utlucht vorüberging. Zu ihrer Erleichterung hielt die Schneidersfrau diesmal nicht Ausschau. Nun galt es nur noch, Lenes und Liebhilds neugierigen Blicken standzuhalten, denn die Männer kämen sicher erst später heim. Sie musste ihnen nicht mehr begegnen, wenn sie gleich mit Regine und Liebhild zu Bett ging.

Doch sie kam nicht weiter als bis zur Durchfahrt des Böttcherhauses, bevor sie sah, dass ihr Glück sich gewendet hatte. Lene stürzte auf sie zu, so aufgeregt und mit so entsetztem Gesicht, dass Susannes Verstand einen Moment lang aussetzte. Weiß, dachte sie, weiß wie der Tod. Wie anderen schwarz vor Augen wurde, so sah sie vor Angst nur noch Weiß. »Suse, wo warst du so lange? Ich bin dir schon nachgelaufen. Regine und Liebchen sind weg. Suse, ich schwöre dir, ich war nur einen Augenblick beim Brunnen. Nur ganz kurz habe ich mit den Frauen gesprochen. Ich komme mit dem Wasser zurück und denke, sie sind im Bett, und ich fege noch den Flur, und als ich nachsehe …«

Susanne atmete tief durch, und der weiße Nebel lichtete sich. Regine und Liebchen waren zusammen fort. Das war besser als Regine allein. Sie würden nicht weit sein. Mit erhobenen Händen brachte sie Lene zum Schweigen. »War die Muhme auch nicht hier?«

»Sie wollte ihrer Schwester eine Pastete bringen, weil die mit einem Fieber niederliegt. Wir konnten doch nicht ahnen ... Liebchen hat noch so schön vorgelesen, und Regine saß ganz still da und ...«

»Lene! Nun hör schon auf. Du weißt genau, dass Liebchen Regine nicht zurückhalten kann, wenn sie einen von ihren Einfällen hat. Wo hast du sie schon gesucht?«

»Um die Michaeliskirche bin ich gerannt und durch die Ohlingstraße, weil ich dachte, ich finde dich da. Aber dann bin ich lieber wieder hierhergekommen, falls ...«

»Ja, ja. Und hier bleibst du auch! Ich gehe suchen. Wenn sie kommen, lass sie um Himmels willen nicht wieder fort, sondern schick sie ins Bett.«

»Willst du allein gehen? Aber es wird bald dunkel. Warte doch lieber auf deinen Vater.«

Susanne winkte ab und lief los. Entweder wollte Regine zum Wasser, oder sie war auf die Suche nach ihrem Vater gegangen, ihrer Mutter oder ihr, Susanne. Falls sie verstanden hatte, dass ihr Vater und Martin zu Lossius gegangen waren, war sie möglicherweise zu deren Haus unterwegs. Gefährlicher war es für sie am Fluss, und da die beiden einen beträchtlichen Vorsprung hatten, schlug Susanne den kürzesten Weg dorthin ein. Sie würde vom Hafen aus alle Uferstellen ablaufen, die infrage kamen.

Noch waren Leute auf den Straßen, sie nutzten die letzte helle Stunde. Vor der seitlichen Tür des Rathauses unterhielten sich einige Herren des Rates. Sie trugen ihre feinen Roben mit Pelzkrägen, obgleich der Abend sommerlich mild war. Susanne war heiß von ihrer Eile, und ihr wurde noch heißer, als einige Sätze der Herren an ihr Ohr drangen.

»Der neue Galgen wird ein Zeichen setzen und mehr Wirkung haben als jeder zusätzliche Büttel.«

»Wir werden ihn gleich einweihen können«, sagte ein zweiter.

»Darüber scheint Ihr Euch zu freuen, Fuhrhop. Mir dagegen dünkt es …«

Doch um sich um Albert zu sorgen hatte Susanne jetzt weder Zeit noch Kraft. Sie lief quer über den Marktplatz vor dem Rathaus, wo die letzten Bäuerinnen eben dabei waren, die Reste ihrer Waren zusammenzuräumen und zu schultern. Sie verließen die Stadt, bevor es dunkel wurde, um billige Unterkünfte bei befreundeten Bauern außerhalb der Stadtmauern zu erreichen.

Bis zur Abtsmühle behielt Susanne ihre Geschwindigkeit bei, dann blieb sie kurz stehen und rang nach Atem. Hier waren noch mehr Menschen auf den Beinen, doch ihre Schwestern würde sie unter ihnen jederzeit entdecken. Schnell vergewisserte sie sich, dass Regine nicht auf der Hafenmauer stand, von der sie damals gestürzt war. Mit dem Ärmel wischte sie sich die Stirn, bevor sie zum Stintmarkt weiterging, dann auf die Kaufhausbrücke, von wo aus sie den ganzen Hafen überschauen konnte. Auf dem Fischmarktplatz gegenüber wurden noch Abfälle zusammengefegt. Auf den Seite an Seite auf dem Wasser liegenden Ewern gingen ebenfalls Menschen ihren Abendbeschäftigungen nach. Von ihren Schwestern jedoch war nichts zu sehen, auch nicht zur anderen Seite der Brücke, auf der Hafenmauer entlang des Visculenhofs.

»Susanne! Susanne Büttner!«

Susanne drehte sich einmal um sich selbst, bevor sie die

Frau erkannte, die da nach ihr rief. Es war Kathi, die hilfreiche junge Frau des Schifferknechtes. Ein blaues Kopftuch bedeckte ihr Haar, das graue Kleid war einfach und geflickt. Auf ihrem hageren, gebräunten Gesicht lag ein spöttisches Lächeln, als sie Susanne zu sich winkte. Rechts und links von ihr standen große Körbe, die durch ein Joch verbunden waren. Susanne sah Kannen, Schüsseln und Brottücher darin.

Erst jetzt kam es Susanne in den Sinn, dass sie zuerst zur Böttcherherberge hätte laufen sollen, um Till herauszurufen. Aber wie sie ihn kannte, war er vielleicht gar nicht dort, und dann hätte sie die Zeit vergeudet. Sie musste weiter. Nur aus Höflichkeit ging sie zu Kathi hinüber. »Guten Abend, Kathi. Verzeih, ich muss gleich weiter. Meine Schwestern sind verschwunden, ich suche sie.«

»Oh. Was du nicht sagst! Sind sie noch Kinder?«

»Nicht ganz. Weißt du, das ist etwas schwierig zu erklären, und ich muss mich beeilen. Es tut mir leid. Vielleicht ein andermal.« Sie nickte und wandte sich ab.

Kathi griff nach ihrem Ärmel. »Halt, halt. Ich helfe dir suchen. Muss nur eben Jockel meine Körbe geben.«

Zu Susannes Überraschung steckte sie zwei Finger in den Mund und pfiff so ohrenbetäubend laut, dass sämtliche Hunde, die von den Schiffern auf ihren Kähnen gehalten wurden, aufschreckten. Zwei große dänische Doggen begannen mit tiefer Stimme zu bellen und steckten die anderen Kläffer an. »Dumme Köter.« Kathi lachte zuerst, dann kreischte sie auf, weil ein Mann ihr von hinten um die Taille griff, sie hochhob und wieder absetzte. Er trug ein breites Lächeln auf dem verwegenen Gesicht. »Was wünscht meine Schöne?«

»Nimm die Körbe. Ich helfe meiner Freundin hier, ihre

Schwestern zu suchen.« Sie gab ihrem Mann einen zärtlichen Klaps auf die Wange und schürzte ihren Rock, um mit ihrer üblichen Geschwindigkeit vorauszueilen.

Verwirrt warf Susanne Jockel einen Blick zu, doch der lächelte nur beseeligt. »Ist recht. Alles recht, mit diesem Weibe«, sagte er und nahm die Körbe auf.

Susanne beeilte sich, um Kathi nicht zu verlieren.

»Wie sehen sie denn aus, deine Schwestern? So hübsch wie dein Bruder?«, fragte die über ihre Schulter.

Till hübsch zu nennen wäre Susanne nicht eingefallen, aber da die Ähnlichkeit zwischen ihren Geschwistern nicht zu leugnen war, nickte sie. »Regine ist älter als ich, Liebhild erst sieben Jahre alt. Ich habe Angst, dass ihnen etwas zustößt. Regine ist ... Sie ist wie ein Kind und bringt sich oft in Gefahr.«

Kathi schritt vorwärts, ohne sie anzusehen. »Schwachsinnig, sagen die Leute. Schön und irr, wenn nicht gar behext. Du musst mir nichts vormachen, ich störe mich nicht daran. Ich finde nur lustig, dass du anscheinend deine ganze Zeit damit verbringst, Kinder zu suchen.«

Abrupt blieb sie stehen und versperrte Susanne mit ausgestrecktem Arm den Weg. Von oben war ein spitzer Warnschrei zu hören, dann platschte einige Schritte vor ihnen ein Schwall schmutziges Wasser auf die Straße. Passanten, die weniger Abstand gehalten hatten, fluchten, Kathi lachte wieder. Susanne verlor die Geduld, sie hatte keinen Sinn mehr für Tollereien. »Ich mag es nicht, wenn man meine Schwester schwachsinnig nennt. Und wer sie für behext hält, der ist selbst nicht richtig im Kopf. Regine ist ein liebes Mädchen.« Genau so hätte ihre Mutter es gesagt, dachte Susanne und fühlte einen schmerzhaften Stich. Alles war so viel schwieriger ohne sie.

Kathi tätschelte ihr den Arm. »Das glaube ich dir ja. Nun reg dich nicht auf. Du wirst sie schon gleich finden. Wo werden sie denn hin sein?«

»Ich will das Flussufer absuchen.«

»Dann auf, auf.« Wieder preschte Kathi voran, und Susanne hetzte ihr nach, bis ein Fuhrwerk sie aufhielt.

»Habt ihr denn von den anderen Kindern inzwischen eine Spur gefunden?«, fragte Kathi.

»Nein. Nur noch mehr Gerüchte. Hast du etwas Neues erfahren?«

»Jeden Tag und jede Stunde erfahre ich etwas Neues. Der Mann wollte kein Kind kaufen, das älter ist als acht Jahre, falls dir das hilft. Ältere waren ihm nicht mehr unschuldig genug.«

Susanne lief ein paar Schritte im Galopp, um an ihre Seite zu gelangen. »Unschuldig? Was meinst du damit?«

»Nun, er will die Kleinen ins Paradies bringen, nicht wahr? Da darf nur hinein, wer ein reines Herzchen hat. Wie alt, sagtest du gleich, ist deine kleine Schwester?«

Susanne überlief es kalt. »Hör auf, mir Angst zu machen. Was hat das damit zu tun?«

»Ach nichts, keine Sorge. Nehmen wir mal an, dass es dem Mann tatsächlich um nichts Übles geht. Würdest du sagen, deine Schwester hat ein reines Herz? Der Mann scheint davon überzeugt zu sein, dass alle kleinen Kinder gut sind. Mir kommt das seltsam vor. Selbst die Kleinsten hauen sich doch schon auf die Nase, wenn sie haben wollen, was der andere hat. So wie Männer es nicht anders tun. Auch wenn die Kleinen vielleicht noch keinen Knüppel dazu nehmen wie der Mörder vom Wenzel. Hast du übrigens gehört, dass die alte Schmalzkocherin vom Visculenhof, die Mariannes Nachbarin war, eine Aussage gegen euren Albert gemacht hat? Böse hätte er mit dem Wenzel gestritten, bevor der verschwand. So haben sie und ihr Sohn es jedem erzählt, der es hören wollte, und nun auch den Richtern. Tja, für den kleinen Schmied läuft die Zeit ab, würde ich sagen. Der neue Galgen wird ja auch schon gebaut. Au, verflixt.« Ohne anzuhalten streifte sie ihren Holzschuh ab, schüttelte ein Steinchen heraus und zog ihn wieder über.

»Wenn du so viel weißt, warum weißt du nicht auch, wer den Wenzel in Wahrheit umgebracht hat?« Susanne fühlte sich, als müsste sie jeden Augenblick vor Angst und Aufregung platzen. Was sie tat, kam ihr unwirklich vor. Sie schickte ein Stoßgebet dafür zum Himmel, dass Regine und Liebhild ihr einfach um die nächste Hausecke entgegenkamen und alles vorbei sein möge. Was hatte sie mit diesem Mord und den fremden Kindern zu tun? Sie wollte ihre Schwestern zurück.

Um an das Flussufer zu gelangen, mussten sie zuerst weg vom Wasser und auf der Innenseite der Stadtmauer entlang des Flusses bis zum nächsten Stadttor gehen. Der Wachmann stand schläfrig gegen die Wand gelehnt da, richtete sich aber auf, als sie sich ihm näherten. »'n Abend, Kathi. Sach, kannst du mir nicht noch ein Pastetchen vorbeibringen? Hätte bei Tisch stärker zulangen sollen. Nu kommt mir die Nacht wieder arg lang vor.«

Als Kathi stehenblieb, war Susanne versucht, ohne sie weiterzugehen. Doch Kathi sah das voraus und legte ihr die Hand auf den Arm. »Tobias, du solltest es doch langsam wissen. Warum lässt du dir von deiner Marthe nicht gleich was einpacken? Ich kann dir später etwas bringen, aber jetzt müssen wir erstmal die Büttnermädchen finden. Hast du sie gesehen?«

Susanne fühlte sich erröten und blickte zu Boden. Kathi tat, als wären die »Büttnermädchen« stadtbekannt. Dass ihre Suche derart an die große Glocke gehängt wurde, war ihr peinlich.

Tobias kratzte sich hinter dem Ohr. »Die hübsche Schwachsinnige mit ihren Schwestern? Seit wann werden sie denn vermisst?«

»Sie ist nicht schwachsinnig«, rutschte es Susanne heraus.

Kathi drückte ihren Arm fester. »Sie ist mit ihrer kleinen Schwester spazierengegangen, und nun werden beide vermisst. Also, was ist?«

»Bin noch keine Stunde hier. Falls ich sie sehe, halte ich sie fest und schicke jemanden mit ihnen nach Hause.«

Kathi lächelte und gab ihm einen herzhaften Klaps auf die Schulter. »Das ist gut. Was willst du für eine Pastete haben? Rind mit oder ohne Pilze? Im Weißen Ross gibt es heute gute mit Fisch, an denen man sich nicht den Magen verdirbt.«

»Fisch wäre mir recht. Und ... na, du weißt schon. So was kleines Süßes, ja?«

»Du bist ein hoffnungsloser Fall, Tobias«, sagte Kathi.

Der Wachmann gluckste. »Sag Marthe nichts.«

Susanne glaubte, aus der Haut fahren zu müssen. »Kathi, bitte! So finde ich sie nie.«

»Geht ja gleich weiter. Warum gehen sie überhaupt zum Fluss?«

Tobias und Kathi musterten sie, und Susanne wollte im Boden versinken. Das Wasser zog Regine an, und niemand wusste, warum. Doch so konnte sie es nicht sagen, denn das klang nach Wahnsinn oder Zauberei. »Meine Schwester geht gern am Wasser spazieren.«

Tobias' Augen wurden groß. »Deine Schwester? Dann bitte ich um Vergebung, Jungfer Büttner. So allein hab ich Euch nicht erkannt. Seltsam. Man sollte meinen, es würde Eurer Schwester reichen, dass sie ein Mal ins Wasser gefallen ist. Dann geht mal und seht nach, ob die zwei da herumspazieren.«

Susanne nickte ihm zu, und diesmal zog sie Kathi am Arm mit sich. Sie schritten durch das widerhallende Ziegelgewölbe des Tores auf die Alte Brücke hinaus. Die Ufer der Ilmenau waren flussabwärts bis zu den Mühlen am Hafen und flussaufwärts bis zu den Gebäuden der Ratsmühle zu überblicken. Außer zwei Anglern und einem älteren Paar, das zwischen den überhängenden Zweigen großer Weidenbäume Gartenwerkzeug im Fluss abspülte, war niemand zu sehen.

»Bleiben noch die Bleichwiesen«, sagte Susanne.

»Dann los! Worauf wartest du?«, sagte Kathi und preschte schon wieder voran, als wäre nicht sie es, die so viel Zeit mit Schwatzen vertan hatte.

Sie eilten zurück durch das Tor, Susanne nickte Tobias zu, Kathi winkte ihm. Er zwinkerte verschwörerisch zurück. »Nichts Marthe sagen!«

Erst kurz vor dem Roten Tor sprach Susanne Kathi wieder an. »Frag nicht wieder die Wache. Es muss sich doch nicht in der ganzen Stadt herumsprechen.«

Kathi blieb stehen und sah sie an. Mit ihrem Gesicht ging der gleiche Wandel vor, den Susanne schon einmal beobachtet hatte. Auf einmal hatte sie eine alte Frau vor sich. »Wenn du die beiden gleich findest und in die Arme schließt, dann hattest du damit recht. Aber glaube mir, wenn sie wirklich verschwunden sind, dann wirst du dir wünschen, du hättest jeden Hund und jeden Fisch nach ihnen gefragt. Du bist ein seltsames Mädchen. Hast du nicht begriffen, dass euch ohnehin jeder kennt? Wenn deine Schwestern seit Stunden allein spazierengehen, dann weiß morgen Abend die Stadt davon. Das kannst du nicht verhindern.«

Susanne fühlte, dass ihr die Tränen kamen. »Hätte ich doch bloß aufgepasst.«

»Ja, meine Liebe. Du solltest aufpassen. Und nächstes Mal, wenn du kommst und beim Hafen merkwürdige Fragen stellst, dann ziehst du einen alten Rock an und machst ein Kopftuch um wie eine Bäuerin. Dann wird vielleicht nicht gleich jeder überlegen, was die kleine Büttnerin da bei den Schiffern sucht. Und auch nicht, was sie so lange mit dem Schmiedestrolch zu besprechen hat.«

Wie eine große Faust schloss sich die Angst um Susannes Magen. »Er ist kein Strolch. Haben die Leute über uns geredet?«

»Nicht dass ich wüsste. Aber ich habe euch gesehen, und was ich sehe, dafür werden auch andere nicht blind gewesen sein. Also, fragen wir nun die Wache?«

Zögerlich stimmte Susanne zu, und sie gingen weiter. »Kennst du Jan Niehus?«, fragte sie.

Kathi lächelte bitter. »Oh ja, ich kenne Jan Niehus. Auf jeden Fall alles, was man über ihn sagt.«

»Ist es so schlimm?«

»Als Kind soll er mit einer Bande von Halsabschneidern unterwegs gewesen sein, dein Jan. Räuber und Mörder, wenn es nach den Leuten geht.«

»Er ist nicht mein Jan«, sagte Susanne. Zu spät merkte sie, dass Kathi denken musste, sie würde ihn wegen seines schlechten Rufes verleugnen.

Kathi warf ihr einen scharfen Blick zu. »Nein? Na, dann kann es dir ja gleich sein.«

Der Wachmann am Roten Tor hatte nichts gesehen und war weit weniger leutselig als Tobias. Er hatte die großen Torflügel bereits für die Nacht geschlossen und winkte ab, als Susanne ihn bat, sie noch einmal hinauszulassen. »Ich wüsste, wenn die da draußen wären. Wären mir aufgefallen.«

Susanne bestand nicht länger darauf. Es war mittlerweile so spät geworden, dass womöglich ihr Vater und Martin bereits auf dem Heimweg waren. Auch wenn es sie beschämte, ihrem Vater gegenübertreten zu müssen, war es vernünftiger, zurückzukehren. Vielleicht waren die beiden wieder aufgetaucht. Und wenn nicht, dann konnte sie gemeinsam mit den Männern mehr erreichen. Entschlossen trennte sie sich von Kathi, von der auch sie zum Abschied einen markigen Klaps auf die Schulter bekam. »Wirst sie schon finden, Kleine.«

Der kürzeste Weg nach Hause führte über den Platz am Sande. Hier war an diesem Abend wenig los, sodass Susanne quer über den Platz bis zur Johanniskirche und zu Lossius' Haus blicken und nach ihren Schwestern Ausschau halten konnte. Allmählich fühlte sie sich von der Anstrengung und Aufregung des langen Tages erschöpft. Dennoch trieb sie sich zur Eile an und bog in die Grapengießerstraße ein. Einen Moment lang traute sie ihren Augen nicht, dann fiel sie in Trab. Vor ihr gingen Regine und Liebhild zusammen mit Lenhardt Lossius und einem fremden Mann.

Lenhardt führte Regine an seinem Arm, als wäre sie eine Dame. Liebhild unterhielt sich mit dem Fremden, der sich ihr achtungsvoll ein wenig zuneigte. Vor Erleichterung musste Susanne beinah schluchzen, als sie ihnen das letzte Stück nachlief. »Gine! Liebchen!«

Die Gruppe blieb stehen und wandte sich zu ihr um.

Während Regines Miene nur unschuldiges Staunen über ihr Erscheinen verriet, verzog Liebhild schuldbewusst das Gesicht. Lenhardt dagegen strahlte sie an und öffnete die Arme, als wolle er sie zur Begrüßung an sich drücken. »Susanne! Wir sind eben unterwegs zu eurem Haus. Noch keine halbe Stunde, da haben sich euer Vater und Bruder von uns verabschiedet. Deine Schwestern glaubten, sie würden die beiden noch bei uns antreffen.«

Susanne war zu atemlos, um gleich zu antworten. Sie umarmte zuerst die verdutzte Regine, dann Liebhild, bevor sie vor den beiden Herren knickste. »Ich danke Euch. Und ich entschuldige mich vielmals für die Ungelegenheiten, die wir Euch bereitet haben. Es war sehr freundlich von Euch, meine Schwestern zu begleiten.«

Der fremde Herr lächelte milde. »Aber liebe Jungfer, von Ungelegenheiten kann keine Rede sein. Eure Schwestern sind eine bezaubernde Gesellschaft. Es war uns keine Mühe.«

Erst jetzt betrachtete sie ihn näher. Er war wohl zwanzig Jahre älter als sie, aber zart gebaut. Seine Haut war so blass, dass die Adern bläulich hindurchschimmerten. Sein schütteres Haar, das unter einem runden Hut hervorschaute, war weißblond.

»Da hat Herr von Waldfels ganz recht«, sagte Lenhardt. »Es war uns ein Vergnügen und wäre uns ein noch größeres, wenn wir euch auch den Rest des Weges begleiten dürften.«

Liebhild hüpfte vor Freude auf und ab. »Oh ja. Ich erkläre gerade Herrn von Waldfels, wie eine Salztonne gemacht wird, Suse. Das hat er noch nie gesehen, weißt du?«

»Tatsächlich?« Susanne seufzte. Sie hätte Liebhild für ihren Ausflug und die Aufdringlichkeit, mit der sie sich an den vornehmen fremden Herrn hängte, die Leviten lesen sollen. Doch in Wahrheit trug nicht Liebhild die Schuld, sondern sie selbst. Zudem war sie zu froh darüber, dass sie die beiden wiederhatte. »Dann nehmen wir Euer Angebot selbstverständlich gern an, werte Herren.«

Lenhardt bot Regine seinen rechten Arm an, den sie mit liebreizendem Lächeln nahm. Susanne reichte er seinen linken, und da sie unter den Umständen schlecht ablehnen konnte, nahm auch sie an. Was die Leute sagen würden, die sie so sahen, darüber mochte sie nicht mehr nachdenken, sie war zu müde.

Lenhardt wandte sich ihr zu und sprach so leise mit ihr, dass es Herrn von Waldfels nicht von dem Gespräch ablenkte, das er mit Liebhild führte. »Kinder entwischen doch immer mal. Darüber musst du dich nicht aufregen. Es ging ja alles gut aus.«

Seine Worte machten Susanne bewusst, wie verkrampft sie an seiner Seite schritt. Sie atmete tief durch und bemühte sich, ruhiger zu werden. »Ich habe mir große Sorgen gemacht.«

»Du wärst sicher eine gute Mutter. Mütter neigen dazu, sich immer zu viele Sorgen zu machen. Wenn es nach mir ginge, solltest du das allerdings nicht nötig haben. An deines Vaters Stelle würde ich eine zuverlässige Frau einstellen, die dir hilft. Er sagte mir, du führst das Haus nur mit einer tauben, alten Köchin und deiner Base als Magd?«

»Ja. Aber das reicht für gewöhnlich aus.«

»Meine Mutter äußerte die Ansicht, das wären zu wenig Hände für ein Haus wie das eure. Sie würde eine weitere Magd und einen Knecht beschäftigen.«

Susanne musste schmunzeln. »Und was bliebe mir dann noch zu tun?«

Er lächelte auf seine offenherzige Art. »Es gibt doch viel schönere Beschäftigungen als Küchenarbeit. Nach einer Weile würdest du deine Stunden sicher gut auszufüllen wissen. Mir fiele einiges ein, was dir Freude bereiten könnte.«

»Mein Vater ist kein verschwenderischer Mann, Herr Lossius. Warum sollte er Dienstboten bezahlen, damit ich müßiggehen kann?«

»Weil er dich liebt und dich glücklich sehen will?«

»Ich bin glücklich genug, auch wenn ich arbeite.«

»Aber wie wärest du es erst, wenn du die süßeren Freuden kenntest, die das Leben für uns bereithält.«

Lachend schüttelte sie den Kopf. »Das waren Worte, die eines Verführers würdig sind. Lasst das nicht Euren Pastor hören. Der wird Euch von der Kanzel aus den Kopf waschen.«

»Glaubst du wirklich, eine Freude, die niemandem auf der Welt einen Schaden zufügt, kann des Teufels sein?«

Susanne zuckte mit den Schultern. »Jedenfalls kann eine Freude, von der Herr Pastor und die Gemeinde glauben, sie sei des Teufels, Menschen sehr leicht einen Schaden zufügen.«

Er sah sie voller Bewunderung an. »Dennoch wünschte ich, du würdest auf dem Schützenfest mit mir tanzen. Du kannst es ja. Ich habe dich letztes Jahr mit deinem Bruder mindestens eine Sternpolka tanzen sehen.«

»Till wollte es unbedingt. Mir war gar nicht danach. Unsere Mutter war gerade ein Jahr tot.«

»Dein Bruder hatte aber recht. Eine junge Frau wie du muss auch einmal fröhlich sein können.«

»Das klingt, als hieltet Ihr mich für einen trübsinnigen Menschen.«

»Ganz und gar nicht.« Er neigte sich zu ihrem Ohr und flüsterte: »Denn dann würdest du mir nicht so gut gefallen.«

Susanne nahm ihre Hand von seinem Arm und schüttelte den Kopf. »Herr Lossius!« Doch er lachte nur und hakte sie geschickt wieder unter.

»Es brennt«, sagte Regine und zeigte auf die grauweißen Wolken, die dicht über der Saline hingen.

Susanne seufzte. »Ja, Gine. Dort brennen immer viele Feuer, und es dampft. Die Salzsieder kochen Sole, das weißt du doch.«

»Ja? Salz ist schön. Mutter hat einen großen Stein aus Salz. Er sieht aus wie ein Schatz. Sie sagt, vielleicht schenkt mir auch einmal jemand so einen Stein«, sagte Regine verträumt.

Lenhardt musterte den Himmel über der Saline mit Stolz im Blick. »Ein kurzlebiges Juwel und nicht allzu teuer, aber dennoch eine kluge Wahl. Was wären wir ohne unser Salz, nicht wahr?«

»Fürwahr. Mich deucht, diese Stadt lebt durch ihr Salz, und ihre Bürger lieben es«, warf Herr von Waldfels ein.

Liebhild lachte hell auf. »Jeder muss doch Salz mögen. Kennt Ihr nicht das Märchen von dem König, dem seine Töchter zeigen sollten, wie lieb sie ihn haben?«

Herr von Waldfels wandte sich ihr wieder zu. »Nein, davon habe ich nie gehört. Willst du es mir erzählen?«

Susanne überlegte kurz, ob sie den Herrn vor Liebhilds Plappern bewahren musste. Doch er schien völlig zufrieden damit, ihrer Schwester zuzuhören, als sie sich mit Feuereifer ans Märchenerzählen machte.

Inzwischen waren sie auf der Höhe von Schmitts Haus angekommen. Susanne entdeckte Minka auf der Türschwelle und zwang sich, nicht genauer hinzusehen. War Jan geradewegs zurückgegangen, oder vertrieb er sich anderswo die Zeit? Susanne wusste, dass es ungerecht war, dennoch grollte sie ihm ein wenig dafür, dass sie mit den beängstigenden Folgen ihres Treffens allein hatte zurechtkommen müssen. Andererseits war es wohl gerade das, wovor er sie ständig warnte. Wenn sein Verhalten ihr gegenüber nur nicht so zwiespältig gewesen wäre. Erst stieß er sie von sich, und gleich darauf hielt er sie im Arm, als wäre sie alles für ihn. Ein einfacher Mensch war er gewiss nicht. Trotzdem ließ der Gedanke daran, wie sie beieinandergesessen hatten, schon wieder ihr Herz vor Sehnsucht schneller schlagen.

»... und wenn die Sülfmeister endlich Vernunft annähmen, dann könnte so eine Salinenreform den Handel wieder zu alter Blüte bringen. Meinst du nicht auch?« Lenhardt sah sie erwartungsvoll an, mit seinem liebevollen Lächeln auf den Lippen.

Verlegen sah sie zu Boden. »Davon versteht Ihr mehr als ich.«

8

Hoffnung und Sehnsucht

Der Sonntag begann mit strömendem Regen. Susanne hatte in der Nacht wieder wach gelegen und fühlte sich dennoch auch in der Frühe nicht schläfrig. Ihre Gedanken wirbelten und rasten. Sie mussten zur Kirche, und an diesem Tage erschien es ihr wichtiger denn je, dass jedes einzelne Mitglied des Hauses besonders sittsam und standesgemäß gekleidet dort erschien. Jahrelang hatte ihre Mutter ihr eingeprägt, wie wichtig es war, in der Kirche untadelhaft aufzutreten. Es galt, der Gemeinde den Beweis zu erbringen, dass die Familie trotz ihrer Abweichung vom Üblichen nicht vorhatte, weitere Regeln zu brechen.

Daher gab Susanne ihr Bestes, um Regine, Liebhild und sich selbst makellos zu kleiden. Sie hielt auch Lene dazu an und sogar die Muhme, obwohl diese im Haus bleiben würde, um das Mittagsmahl zuzubereiten. Martin und ihr Vater achteten selbst darauf, dass bei ihnen alles in Ordnung war. Bei Till konnte sie sich nur schwer durchsetzen. Er wirkte übernächtigt und hätte am liebsten eine Krankheit vorgeschützt, um daheimbleiben zu dürfen. Doch sie gab keine Ruhe, und daher betraten sie das ehrwürdige Schiff der Nicolaikirche vollzählig und als Zierde des Böttcherstandes.

Susanne nahm sich vor, dem Pastor aufmerksam zu lauschen, damit sie später kluge Bemerkungen zu seiner Predigt machen konnte. Auch dieser Vorsatz entsprang der Weisheit ihrer Mutter.

Zu ihrem Leidwesen fiel es ihr jedoch weit schwerer als erwartet. Noch vor Eintritt des Pastors lief ein Tuscheln durch die sitzende Gemeinde. Anschließend saß Susanne während des gesamten Gottesdienstes wie auf heißen Kohlen. Zum vermutlich ersten Mal in seinem Leben war Lenhardt Lossius der Kirche seines Standes untreu geworden und hatte stattdessen die Nicolaikirche aufgesucht. Er kam gemeinsam mit dem blassen Herrn von Waldfels, der für alle hörbar die Schönheit der Kirche lobte, bevor sich beide bescheiden in einer der Bänke niederließen, die für Gäste vorgesehen waren. Susanne starrte in geheuchelter Andacht auf die rostbraunen und weißen Bodenfliesen, um dem sprechenden Blick ihres Vaters nicht begegnen zu müssen. Er war am Vorabend über Regines Ausflug zwar verärgert gewesen, doch schien es ihn erheblich beschwichtigt zu haben, dass sie in Lenhardts Begleitung zurückgekehrt waren. Wesentlich heftiger hatte sein Zorn später Till getroffen, der ebenfalls länger ausgeblieben war als erlaubt.

Nach dem Gottesdienst wäre Susanne am liebsten davongelaufen, bevor Lenhardt und Herr von Waldfels sich zu ihnen gesellten. Stattdessen musste sie, mit Regine untergehakt, dicht bei ihrem Vater bleiben, der den Herren sogar noch entgegenging. Auch Regine und Liebhild strebten freudig auf ihre neuen Bekannten zu. Einzig Till bewegte sich nur widerstrebend mit ihnen und blieb an Lenes Seite etwas zurück.

Die Männer begrüßten einander nach allen Regeln der Höflichkeit, dann wandte Herr von Waldfels sich mit verzückter Miene Susanne und ihren Schwestern zu. »Und da sind auch die lieben Jungfern. Was für ein reizendes Bild der Unschuld. Ihr seid gesegnet, Meister Büttner.«

Sogar seine Stimme klang gebrechlich, als könnte sein schmaler Brustkorb nicht genug Atem schöpfen. Eine bemitleidenswerte Figur war er allerdings trotz seiner körperlichen Schwäche nicht. Er kleidete sich zurückhaltend, aber kostbar und in hellen Farben. Sein Rock war aus gelblich weißem Brokat, von silbernen Stickereien durchzogen, die krausen Rüschen an Ärmeln und Kragen aus feinster Spitze. Seine Hände waren von eng anliegenden weißen Handschuhen bedeckt.

»Sie ähneln meiner Frau, Gott hab sie selig«, gab Susannes Vater zurück und versetzte ihr damit einen Stich. Sie hatte keine Ähnlichkeit mit ihrer Mutter, und nach den Ereignissen der vergangenen Tage fühlte sie sich alles andere als unschuldig. Ihr wurde beinah übel bei der Vorstellung, was ihr Vater sagen würde, wenn er von ihren Heimlichkeiten erfuhr.

Herr von Waldfels holte angestrengt Luft und hielt sich ein Tüchlein unter die Nase, das er aus seinem Ärmel gezogen hatte. »Mein lieber Herr Büttner, ich fühle mit Euch. Was muss das für Euch und die armen Waisen für ein Verlust sein! Umso deutlicher muss ich sagen, dass die Gesellschaft Eurer Töchter mir gestern eine große Freude war. Wäre ich selbst nicht nur ein wohlgelittener Gast im Hause meines Freundes, würde ich Euch bitten, dass Ihr mir gemeinsam mit ihnen die Ehre eines Besuches gewährtet.«

Lenhardt, der Susanne nur den flüchtigsten Blick zuwarf und damit doch Bände sprach, trat vor. »Wenn das Euer Wunsch ist, Herr von Waldfels, dann kann ich Euch darin sekundieren. Auch meine Mutter wäre erfreut über einen weiteren Besuch Eurer Familie, Meister Büttner. Gewiss fühlte sie sich so geehrt wie ich, wenn Herr von Waldfels zu uns stieße. Sagen wir, am nächsten Sonntag? Oder werdet Ihr nicht mehr so lange in der Stadt verweilen?«

»Nun, ich war darin noch nicht ganz entschieden, aber eine so liebenswürdige Einladung wird mich hier zurückhalten. Natürlich vorausgesetzt, dass ich meinem werten Gastfreund Fuhrhop nicht zur Last werde.«

Lenhardt lachte. »Das kann ich mir nicht vorstellen. Er äußerte nachdrücklich, was für ein angenehmer Gast Ihr seid. Also, Meister Büttner, lasst mich die Einladung von Herzen aussprechen. Könnt Ihr mit Euren Töchtern und Söhnen den kommenden Sonntagnachmittag für uns entbehren?«

Der feine Nieselregen, der bis dahin kaum spürbar gewesen war, verstärkte sich. Binnen Kurzem schlugen schwere Tropfen nieder und ließen Ringe in den Pfützen auf dem Kirchvorplatz tanzen. Frauen, die vorsorglich ihre Umhänge mitgenommen hatten, zogen sich die Kapuzen über ihre Hauben, Männer zogen ihre Hüte in die Stirn und schlugen die Krägen hoch.

Susanne wandte sich zuerst Regine zu, um ihr mit ihrem Umhang zu helfen, dann sah sie sich nach Liebhild um, die sich jedoch bereits selbst geholfen hatte. Ihre eigene Kapuze war ihr lästig, doch noch unangenehmer war es, wenn die gute Sonntagshaube durchweichte.

Die meisten Leute waren schon vom Kirchvorplatz geflohen, lediglich die wetterfesten Schiffer, einige Mägde und Knechte hielten dem Wetter im Schutz einer großen Linde stand und schwatzten miteinander.

Lenhardt und Herr von Waldfels verabschiedeten sich eilig und strebten der Straße zu, wo Lossius' Einspänner auf sie wartete.

Susannes Vater wedelte mit den Armen, als wolle er seine Kinder wie Gänse treiben. »Also auf, auf. Sehen wir zu, dass wir nach Hause kommen.«

»Ich muss noch zu Marquart und komme später nach«, sagte Martin.

»Lass dich nicht aufhalten«, erwiderte ihr Vater und griff gleichzeitig nach Tills Arm. »Aber du kommst mit, mein Sohn.«

»Hatte nichts anderes vor«, murmelte Till. Sein Missmut hielt nur wenige Schritte vor. Er fing Liebhild ein und schwenkte sie durch die Luft, sodass sie juchzte. »Komm her, Hildchen-Liebchen, darfst auf mir reiten.« Mit Liebhild huckepack galoppierte er durch die Pfützen. Ihre Jüngste steckte mit ihrem Lachen Regine und Lene an, die mit Susanne untergehakt gingen. Und obwohl Vater Büttner Till einen Kindskopf schalt, klang er dabei gut gelaunt. Susanne fühlte sich so wohl dabei, mit ihrer ausgelassenen Familie durch den zunehmenden Regen auf ihr behagliches Haus zuzulaufen, dass sie die Flecken gern in Kauf nahm, die Tills Übermut auf seinem Sonntagsstaat hinterlassen würde. Sie hatte befürchtet, dass ihr Vater Lenhardt und Herrn von Waldfels für den Nachmittag einladen würde, und war dankbar gewesen, dass Lenhardt ihm mit seinem Vorschlag zuvorgekommen war. Sie dankte auch dem Regen dafür, dass sie nicht länger mit den Herren hatte vor der Kirche stehen müssen. An diesem Nachmittag wollte sie nichts, als von der Aufregung ausruhen und es sich mit ihrer Familie gutgehen lassen. Sie wollte Waffeln backen, Liebhild konnte vorlesen, und für kurze Zeit würde es vielleicht sein wie früher an den Sonntagen, als ihre Mutter noch gelebt hatte.

Jan war am Sonntagmorgen überzeugt davon, dass er nicht eine einzige Stunde geschlafen hatte. Er hatte die ganze Nacht gesündigt. In den Stunden, nachdem er Susanne verlassen hatte, war er von ihrem etwas verunglückten Beisammensein noch verstört genug gewesen, um seine unzüchtigen Gedanken zu vergessen. Doch als er schließlich auf seiner schmalen Schlafstatt in der Gesellenkammer lag, wo Rudolf bereits schnarchte, war er machtlos gegen die Bilder, die auf ihn einfluteten. Die Vorstellung, Susannes nackte Haut zu spüren, brachte ihn beinah dazu, aufzustehen und den Mond anzuheulen. Da er für seine unsterbliche Seele ohnehin keine allzu großen Hoffnungen hatte und Rudolf fest schlief, erträumte er sich, wie er sie berühren wollte. Das machte es nicht leichter. Bald darauf begann jedes Wort seiner Gespräche mit ihr in seinem Kopf nachzuhallen. Jede ungeschickte Bemerkung, die er gemacht hatte, ließ ihn schmerzlich zusammenzucken und kreiste in seinen Gedanken. Zwischen Mitternacht und Morgengrauen quälte es ihn immer stärker, dass Susanne kein Wiedersehen mit ihm verabredet hatte. Alle anderen Zukunftssorgen verblassten dagegen. Erst als die Sonne aufging und er die Wirklichkeit wieder klarer erkannte, erhielten die Dinge ihre alte Ordnung zurück. Umso jämmerlicher fühlte er sich. Sein Äußeres musste es verraten, denn als Gertrud Schmitt den Frühstücksbrei austeilte, sah sie ihn missbilligend an.

Der Meister sprach es aus: »Hätt ich dich gestern Abend nicht hereinkommen sehen, tät ich meinen, du hast ordentlich über den Durst getrunken, Jan. Was ist, bist du krank?«

»Nein. Ich habe nur schlecht geschlafen.«

»Geht dir auch der Albert im Kopf ’rum, ja? Hab selbst

so meine Schwierigkeiten mit dem Schlafen. Gerade seit diese alte Hexe gegen ihn ausgesagt hat. Am Ende werden sie ihn tatsächlich noch verurteilen, falls niemand den richtigen Mörder findet. Eine Schande ist das. Aber was soll man machen? Ich kann ja nicht meine Hand ins Feuer legen für etwas, das ich nicht genau weiß.«

Seine Schwester drohte ihm mit dem erhobenen Zeigefinger. »Auch wenn die Alte aussieht, als könnte sie auf der Mistgabel reiten: Erzähl hier nichts von Hexen, Schmitt! Oder sag wenigstens erst ›Dreck vor die Ohren‹, damit sie es nicht hören. Fehlte uns gerade noch, dass so böse Leute über uns kommen.«

»Ach, spinn doch nicht. Nicht jede garstige Vettel ist eine Hexe. Das habe ich ja nur so gesagt. Ich habe in meinem Leben noch keine Hexe gesehen.«

Gertrud klopfte dreimal auf den Tisch. »Und so soll es bleiben. Geben tut es genug, da bin ich sicher. So lange ist es noch nicht her, dass sie in der Gegend eine überführt haben.«

Jan schwieg erschöpft, goss Sahne über seinen Haferbrei und schöpfte sich mit dem Löffel eine bescheidene Portion Honig dazu. Schmitt schob den Honigtopf näher zu ihm. »Nu, nimm man, Junge. Ist ja Sonntag, und du arbeitest für zwei.«

»Ach was«, widersprach Jan, nahm sich aber dennoch mehr und dankte. Selbst wenn er bis zum Haupthaar in Sorgen steckte, war so ein Löffel voll Honig doch ein kleiner Trost.

Gertrud stellte geräuschvoll die dreibeinige Grape mit dem restlichen Brei zurück auf den Herd. »Bei Zauberei fällt mir ein: Gestern Abend saß ich in der Utlucht beim Spinnen und denke, ich gucke nicht richtig. Wirst nicht glauben, was ich da gesehen habe.« Sie machte eine bedeutungsvolle Pause, in der sie ihr Schwergewicht seufzend auf dem Stuhl neben ihrem Bruder niederließ. Der machte keine Anstalten nachzufragen, was sie da gesehen hatte, doch das war sie gewöhnt. »Der junge Herr Lossius geht vorüber, und an ihm hängen die Büttnertöchter, eine am rechten, eine am linken Arm. Und die Kleinste schäkert mit einem Fremden, der bei ihnen ist. Soll man das für möglich halten? Ich meine, soll er dem Mädchen den Hof machen, es ist ja nicht mehr wie in alten Zeiten. Aber in der Art frech durch die Stadt marschieren, als wäre das Aufgebot schon bestellt? Da ginge ich an Büttners Stelle doch mit dem Reisigbesen dazwischen. Aber so ist das wohl, wenn keine Mutter mehr da ist. Da verfallen die Sitten. Ein Vater kann ja nicht überall sein.«

Sogar der Honig konnte nicht verhindern, dass Jan der Haferbrei am Gaumen klebenblieb.

Schmitt kratzte sich den Bart. »Macht er der Susanne den Hof?«

»Was soll das sonst sein? Passt ja auch, so eine Ehe zwischen Sülfmeistern und Salztonnenböttchern. Müssen sich nur auf eine Kirche einigen.« Sie lachte, als hätte sie einen guten Witz gemacht.

Später, als Jan die Johanniskirche betrat, um mit den Schmitts die selben Plätze einzunehmen wie jeden Sonntag, hielt er Ausschau nach Lossius. Der alte Herr saß mit den Mitgliedern seines Hauses vorn in der Familienbank bei den Sülfmeistern, die breiten Schultern durch einen prächtigen Mantel mit pelzverbrämtem Kragen betont. Vom Sohn war nichts zu sehen. Jan wünschte ihn zum Teufel, während er die Hände zur Andacht faltete. Seine innere Stimme beschimpfte ihn dafür. *Wie kannst du Lossius ver-*

fluchen, wenn er derjenige ist, der Susanne ein glückliches Leben bieten wird? Tut es dir nicht leid genug, dass du Albert Böses gewünscht hast? Besinn dich endlich darauf, wo dein Platz ist. Müde schloss er die Augen. Wenn Albert unschuldig gehängt wurde, dann würde er wenig Freude daran haben, bei Schmitt zu bleiben. Umso weniger, da er vielleicht die Möglichkeit hatte, den wahren Mörder zu finden. Er musste es versuchen. So wie er versuchen musste, Susanne dem reichen Gimpel Lossius zu gönnen.

Ein Rippenstoß traf ihn so hart, dass er aufschreckte. »Wehe, du schläfst in der Kirche«, zischte Gertrud Schmitt.

Als am Nachmittag der Duft heißer Zimtwaffeln das Büttnersche Haus erfüllte und alle in die Küche lockte, war die Stimmung für kurze Zeit tatsächlich so wie früher. Zu Susannes Bedauern fehlte allerdings Martin, der nach dem Mittagsmahl trotz des starken Regens noch einmal zu Marquarts gegangen war. Er hatte dort eine von den Vätern genehmigte Verabredung mit Dorothea.

Mit dem langstieligen Waffeleisen umzugehen war eine verantwortungsvolle Aufgabe. Es galt, die Waffel für genau die richtige Zeit an der richtigen Stelle des Feuers zu backen. Bei jedem goldgelben Prachtstück, das sie aus dem Eisen löste, dankte Susanne ihrer Mutter dafür, dass sie diese Kunst so früh hatte lernen dürfen. Es gab nicht viele solcher Fertigkeiten, auf die sie stolz war. Zu oft blieb das, was sie leistete, hinter der Erinnerung an das Können ihrer Mutter zurück. Ursula Büttner hatte sowohl selbst Bier gebraut als auch Seife gesiedet. Sie hatte nicht nur gesponnen, sondern auch gewoben und so gut wie jeder Schneider Kleidung für ihre Familie genäht.

Seit Susanne notgedrungen den Haushalt führte, musste das Bier bei den Brauereien gekauft werden und ihr bisschen Seife beim Krämer. Alte Kleider für Liebhild abzuändern, das brachte sie zustande, doch wer eine neue Hose oder gar einen Rock brauchte, der musste sich einen von Meister Künemann anpassen lassen.

Sie gab sich Mühe, doch eine Hausfrau wie ihre Mutter war sie nicht. Allein deshalb hatte sich das Leben für die Familie verteuert. Noch mehr Dienstboten einzustellen würde die Sache nicht besser machen.

Möglicherweise würde die Arbeitslast leichter werden, wenn Martin Dorothea Marquart heiratete. Sie war acht Jahre älter als Susanne und hatte weit mehr Zeit gehabt, von ihrer Mutter zu lernen. Falls sie sich gut verstanden, würden sie den Haushalt gemeinsam führen können.

Till setzte sich neben Liebhild auf die Küchenbank und piekste sie mit dem Finger in die Seite. »Dass du mir nicht wieder alle Waffeln wegisst.«

Liebhild kicherte. »Suse und Lene sagen immer, ich muss noch wachsen.«

»Ja, du schon, aber doch nicht dein Bauch allein. Letztes Mal hast du ja zwischen Bank und Tisch festgeklemmt. Ein Dutzend Waffeln sind zu viel für ein kleines Mädchen. Jemand wie du darf eine und eine halbe essen.«

Prustend gab Liebhild ihm einen Schubs. »Ich habe doch kein Dutzend gegessen!«

Till musterte sie mit gespielter Strenge. »Nein? Nun, wer war es dann?«

»Regine!«

»So, so. Regine, ist das wahr, was ich da höre? Hast du letztes Mal so viele Waffeln gegessen?«

Regine lächelte. »Nein, das war die Muhme.«

Die alte Muhme, die auf ihrem Eckchen der Küchenbank saß und mit ihrem faltigen Mund milde lächelte, nickte freundlich vor sich hin, hatte aber sichtlich nicht verstanden, worum es ging. Liebhild lachte. »Das kann ihr armer, alter Magen doch gar nicht verkraften. Es war sicher Vater.«

Ulrich Büttner hatte es sich mit einem Rückenkissen in seinem Armlehnstuhl am Haupt des Tisches gemütlich gemacht, auf dem Schoß die Ledermappe mit Zeitungsblättern und Kalenderseiten, die er zu seinem Vergnügen sammelte. Er klopfte sich mit beiden Händen auf seinen stattlichen Bauch. »Na, der Herr des Hauses wird ja wohl ein Dutzend Waffeln essen dürfen! Woran sollen die Leute denn sonst erkennen, wie gut es uns geht? Fahr auf, Suse. Das erste Dutzend ist für mich.«

Susanne verkniff sich das Lachen. »Ihr seid wie die Stare. Sitzt schon da und lauert, wenn die Kirschen kaum reif sind. Ihr müsst noch Geduld haben, es sind erst fünf.«

»Aber da ist so ein großer Stapel«, protestierte Liebhild.

Susanne antwortete, ohne den Blick vom heißen Waffeleisen zu lösen. »Ja. Aber die sind alle für mich.«

Ihre kleine Schwester stieß einen entrüsteten Schrei aus, der im Gelächter der Familie unterging.

Kurz darauf herrschte für eine Weile einträchtige Ruhe, als sie alle ihr Gebäck genossen. Liebhild brach das Schweigen als Erste. »Gibt es bei Lossius' auch so was Gutes, wenn wir hingehen?«

Ihr Vater nickte. »Das könnte ich mir vorstellen. Immerhin wird auch der hohe Herr von Waldfels zu Gast sein. Da wird sich die Köchin schon anstrengen, damit sie etwas zu bieten hat, das an Suses Waffeln heranreicht.«

»Wer ist dieser von Waldfels? Ist er Händler, oder was für Geschäfte hat er in Lüneburg?«, fragte Till.

»Sein Vater hat im Krieg für den Kaiser einige Kompanien aufgestellt und angeführt. Er ist damit so reich geworden, dass dem Sohn heute ein ansehnlicher Teil von Brandenburg gehört. Soweit ich weiß, handelt er hier Holz gegen Salz, wie üblich.«

»Es heißt, die Gegend dort wäre vom Krieg verwüstet, und die Menschen wären alle vertrieben. Hat er dazu etwas gesagt? Wird sein Land beackert, oder fehlen ihm die Bauern?«

»Er ist dabei, alles wieder aufzubauen. Geradezu dankbar ist er dem Krieg, dass er nur wüstes Land hinterlassen hat. Nun könne man bessere Dörfer und Städte gründen, meint er. Als wäre es mit dem Gründen getan.«

»Ich könnte so eine bessere Stadt errichten. Man müsste mir nur die richtigen Menschen geben, die sie aufbauen und darin wohnen wollten.«

»Welche Stadt sollte besser sein als unsere, du großer Zungenheld? Woran hast du etwas auszusetzen?«

»Nun, zuerst einmal würde ich meine Häuser nicht auf lebendem Grund bauen, sodass mir jeder Kirchturm krumm gerät und mir meine guten Bürger womöglich mir nichts, dir nichts in einem Erdfall verschwinden. Dann würde ich dafür sorgen, dass frisches Wasser in jedes Haus fließt und alle Straßen ein Steinpflaster und Kanäle für das Dreckwasser haben. Alle Gassen und Plätze würden gefegt statt aufgeschüttet. Und im Dunkeln ...«

»Ein Träumer bist du. So ein Aufwand muss bezahlt werden. Wir leben gut genug. Können froh sein, wenn es so bleibt. Lossius sagt, es wird mit dem Salzhandel bald wieder bergauf gehen.«

»Sagt das der alte oder junge Lossius?«

»Der alte Herr hat es gesagt, der junge wird es wohl auch glauben.«

Till lehnte sich zurück und verschränkte die Hände hinter dem Kopf. »Ich glaube nicht daran. Die goldene Zeit für das Lüneburger Salz ist vorbei. Du tust gut daran, wenn du dich beizeiten auf Bierfässer verlegst.«

»Wie kannst du so dummes Zeug daherreden, wenn wir gerade für ein ganzes Jahr Aufträge für Salztonnen von Lossius bekommen haben? Ich weiß nicht, an welchen Brunnen du das Geschwätz aufsammelst, aus dem du deine Ansichten machst, aber du solltest lieber auf die Männer hören, die etwas davon verstehen.«

Regine war immer unruhiger mit dem Finger auf dem Tisch herumgefahren, je schärfer der Ton ihres Vaters wurde. Nun stand sie mit fahrigen Bewegungen auf und ging zum Fenster. »Es regnet so. Ist Mutter noch draußen? Wird es Hochwasser geben? Können wir gehen und nachsehen? Suse, gehst du mit mir zum Fluss?«

Susanne stellte sich zu ihr und legte ihr einen Arm um die Taille. »Das gibt noch kein Hochwasser, Gine. Das ist nur ein bisschen Regen und kein Unwetter. Ich gehe mit dir bald wieder zum Fluss, aber nicht heute. Willst du nicht an deinem Schal weitersticken? Er wird so schön. Du kannst ihn beim Schützenfest tragen.«

Regine lächelte und sah sich suchend in der Küche um. Liebhild hob das Stickzeug hoch. »Hier, Gine.«

»Ich schieße dieses Jahr auch«, meldete Till sich wieder zu Wort. »Spornmaker hat eine neue Muskete, die er mir leihen wird. Das lange Rohr soll um ein Vielfaches besser treffen.«

»Was treibst du dich beim Spornmaker herum? Mit solchen wendischen Gaunern sollst du dich nicht einlassen. Kauf von ihm, aber mach dich mit dem Dahergelaufenen nicht gemein.«

Till schüttelte den Kopf und konzentrierte seine Aufmerksamkeit scheinbar darauf, Liebhild mit einem ihrer Zöpfe im Ohr zu kitzeln. »Vater, wenn es nach dir geht, dann soll ich mich nur nach oben hin gemeinmachen. Und da muss ich dir ehrlich sagen, ich habe nun mal keine Lust, den jungen Lossius zu heiraten. Er hat mir ein zu langes Kinn und wird sicher bald die Haare verlieren wie sein Vater.«

Ulrich Büttner lachte trocken auf. »Ich habe schon immer dem Herrgott gedankt, dass du keine Tochter bist, du missratener Spross. Susanne, du hast mehr Verstand als dein Bruder, was? Wenn Lenhardt Lossius zur Ruhe kommt und einen Hausstand gründet, dann wird er einer der feinsten Männer in der Stadt.«

»Er hält sich jetzt schon für den größten«, murmelte Till.

Liebhild schlug ihm auf die Hand, die noch immer mit ihrem Zopf spielte. »Ich mag ihn. Ich mag auch den Herrn von Waldfels. Er ist freundlich. Und Lenhardt sieht schön aus. Schöner als du, ätsch.«

Susanne drohte ihr mit der Hand. »Nun werde du mal nicht gehässig. Mit viel Geld kann sich jeder einen schönen Rock kaufen. Der von Till ist nicht so prächtig, aber ich gebe mir Mühe, ihn in Ordnung zu halten.«

»Ach, pööh, so habe ich es doch nicht gemeint«, sagte Liebhild.

Till lachte. »Danke, Suse.«

Susanne fing einen Blick von ihm auf und wusste, dass er sie durchschaute. Sie wollte auf keinen Fall ernsthaft über Lenhardt und ihre Beziehung zu ihm reden. Sie konnte nicht widersprechen, wenn ihr Vater ihn pries. Zum einen hätte sie es als ungerecht empfunden, zum anderen wollte sie es so lange wie möglich aufschieben, ihre Absichten erklären zu müssen, was ihn betraf. Till war es gewohnt, mit ihrem Vater zu streiten, und schien es gut ertragen zu können, wenn er in Ungnade fiel. Umgekehrt erwartete ihr Vater von Till stets Widerworte und Ungehorsam. Bei ihr war es anders. Wahrscheinlich würde für ihren Vater die Welt aus den Fugen geraten, wenn seine vernünftige Tochter ihn derart im Stich ließ.

Im Schloss der Haustür drehte sich der Schlüssel. Martin war außer dem Vater der Einzige, der das Haus auf diese Art betrat. Der Vater hatte ihm den zweiten Schlüssel feierlich überreicht, als er von der Böttchergilde zum vollwertigen Mitglied ernannt worden war.

»Muhme, kannst du ein Märchen erzählen?«, schrie Liebhild der alten Frau ins Ohr.

»Oh ja, ein Märchen«, schloss Regine sich an.

Die Muhme nickte wieder freundlich, doch diesmal hatte sie verstanden. Sie erhob sich und wusch ihre Finger im Spülbottich ab. Auch wenn sie nur noch selten sprach, Märchen erzählte sie gelegentlich. Glücklich zogen Regine und Liebhild sich mit ihr in den Winkel zurück, wo ihr Spinnrad stand.

Susanne hörte, wie Martin über die Diele ging, schniefte und den Regen von seinem Mantel schüttelte. Sie stand lächelnd auf, strich den Teig ins Waffeleisen, den sie für ihren Bruder aufgehoben hatte, und hielt das Eisen ins Feuer. Als Martin die Küche betrat, wandte sie sich halb zu ihm um und erschrak. Seine Miene war so ausdruckslos und hart wie sonst nur, wenn er ausnahmsweise ein Werkstück verdorben hatte. Grußlos setzte er sich an den Tisch.

»Was ist denn mit dir? Riechst du die Waffeln nicht?«, fragte Till ihn.

»Ach, halt doch den Mund.«

»Na, na! Es ist Sonntag. Fangt keinen Streit an«, sagte ihr Vater.

Susanne stellte die frische Waffel vor Martin hin und legte ihm die Hand auf die Schulter. Sie bekam nicht mehr als ein karges Nicken dafür und beschloss daher, dass er sich sein Bier selbst eingießen konnte.

Ihr Vater klopfte auf den Stuhl neben sich. »Setz dich her, Suse. Wir wollen über den Besuch bei Lossius' reden, bis dein Bruder die Zähne wieder auseinanderbekommt.«

»Hab's besser nicht so eilig damit«, sagte Martin. »Wenn Susanne Lossius heiratet, haben wir keine Hausfrau mehr. Mit Dorothea wird es nichts.«

»Was?« Susanne wusste nicht, was sie mehr erschütterte: Martins enttäuschte Hoffnung oder die Art, wie er über ihre mögliche Heirat mit Lenhardt sprach. Als wäre sie eine Magd, die eine neue Stellung annehmen wollte.

Ihr Vater stemmte beide Hände auf die Oberschenkel. »Da soll doch ...«

Nur Till nickte, als hätte er es längst gewusst. »Sie kam mir schon immer ein bisschen schwierig vor, deine Dorothea. Woran liegt es denn?«

»Nenn sie nicht ›meine Dorothea‹. Sie kann sich gar nicht vorstellen, mich zu heiraten. Weiß der Himmel, wie ihr Vater darauf gekommen ist, dass sie's will. Kann ihre Eltern nicht allein lassen, sagt sie, und außerdem will sie ins Kloster.«

»Wer's glaubt«, sagte Till.

Noch zwei, drei Jahre zuvor wäre Susanne empört über Dorothea gewesen, die so dumm war, ihrem anständigen und gut aussehenden großen Bruder einen Korb zu geben. Mittlerweile konnte sie sich vorstellen, dass Dorothea ihre Gründe dafür hatte.

Ihr Vater räusperte sich auf die Art, die bedeutete, dass er ihnen eine Rede halten würde, der sie gut zuhören sollten. »Eure Mutter und ich …«, setzte er an und machte eine andächtige Pause, »Eure Mutter und ich, wir haben uns gern gehabt und haben es nie gutgeheißen, wenn Leute sich heiraten, die sich nicht mögen. Ein Hausstand kann nicht gedeihen, wenn er schon mit Zank beginnt, ganz gleich, wie opportun die Verbindung sein mag. Aber davon kann ja bei Dorothea keine Rede sein. Wer weiß, was da für ein Trotz in sie gefahren ist. Du solltest die Hoffnung noch nicht aufgeben, Martin. Ich werde ihrem Vater sagen, er soll noch einmal mit ihr reden, damit sie weiß, worum es geht. Dann wird sie schon Vernunft annehmen.«

Susanne tupfte mit dem Finger ein paar Krumen auf und führte sie zum Mund. »Was, wenn sie wirklich ins Kloster möchte?«

Ihr Vater schnaubte verächtlich. »Eine Frau geht nicht ins Kloster, wenn sie ihrer Familie mit einer Heirat besser helfen kann. Nicht umsonst hat Luther die Nonnen aus den Klöstern geführt. Gottesfürchtig kann eine Frau auch in einem gottesfürchtigen Haushalt sein.«

»Wenn sie mich nicht will, dann soll keiner sie dazu überreden«, sagte Martin.

»Mein Sohn, ich sage dir, dass junge Frauen oft nicht wissen, was gut für sie ist. Woher sollen sie es auch wissen, wenn es ihnen kein verständiger Mann erklärt? Vielleicht fürchtet sie sich nur ein bisschen vor der Ehe. Ihre Mutter ist maulfaul, und Marquart selbst ist tüderig. Hat wohl versäumt, mit seiner Tochter vernünftig zu reden.«

»Martin, sag einmal, wie gut kannst du Dorothea eigentlich leiden?«, fragte Till.

Martin kaute und schluckte ohne Eile, bevor er antwortete. »Gut genug.«

Till verzog spöttisch das Gesicht. »Ah! Wäre ich eine Maid, ich fiele dir zu Füßen, du Poet.«

»Hm. Wärest du eine Maid, ich ließe dich da liegen. Was ich brauche, ist eine Frau, die Vernunft und Sinn fürs Geschäft hat. Liebeslieder haben noch niemanden satt gemacht.«

»Gott bewahre, dass du ihr vorsingst. Das würde sie am schnellsten ins Kloster treiben. Was mich wieder aufs Schützenfest bringt. Wir gehen doch alle? Wirst du mit der Armbrust schießen, Bruderherz, oder willst du dir auch eine von den neuen langen Musketen leihen? Spornmaker ist morgen Abend beim Schießstand, da könntest du sie probieren.«

»Ich schieße die alte Armbrust, schon der Tradition halber. Aber die Musketen will ich mir mal ansehen. Gehen wir zusammen?«

»Musst Vater fragen, ob wir gehen dürfen oder ob wir uns dann zu sehr mit dem hergelaufenen Wenden gemeinmachen.«

»Ich will mich ja nicht gemein mit ihm machen, sondern nur seine Büchsen sehen. Hast du was dagegen, Vater?«

Ihr Vater schob die Lippen vor und wog nachdenklich das Haupt. »Wäre selbst nicht ganz abgeneigt, mir eine neue Muskete zuzulegen. Werde euch also begleiten.«

Zufrieden nahm Till die letzte Waffel aus der Schale. »Wenn du jetzt eine kaufst, hast du noch drei Wochen zum Üben, bis du den Papagoy treffen musst. Was mich wiederum darauf bringt, dass wir noch ein bisschen Tanzen üben müssen, Suse. Du wirst dieses Jahr sicher keinen Tanz auslassen können. Die Kerle werden bei dir anstehen.«

Susanne fühlte, wie ihr das Blut in die Wangen schoss. »Red keinen Unsinn. Wie kommst du denn darauf?«

»Warte ab. Ich glaube, es gibt so einige, denen aufgefallen ist, dass du ein fröhliches Tanzbein schwingen kannst. Und da ist ja nichts dabei. So viel Freude muss man doch haben dürfen. Oder, Vater, meinst du was anderes?«

»Kannst dir jedenfalls gewiss sein, dass ich ein scharfes Auge darauf haben werde, wer sich an meine Tochter heranmacht. Werde die Muskete zur Sicherheit in der Hand behalten, damit die Herren gleich wissen, was ihnen blüht, wenn sie sich nicht zu benehmen wissen.«

9

Der Diener mit dem Gehstock

Der Himmel war auch am Montag noch grau, und Jans Stimmung passte gut dazu. Verbissen stürzte er sich in seine Arbeit, die wie üblich alle anderen Gedanken verdrängte.

Er brauchte Meister Schmitts anerkennende Blicke nicht, um zu wissen, dass er ein guter Schmied war, und er brauchte keinen Lohn, um die Arbeit gern zu tun. Mit jedem Schwung und jedem Schlag liebte er, was er tat. Er sah fertige Werkstücke vor dem inneren Auge und genoss es, wenn das rohe Eisen unter seinen Händen genau die Form annahm, die er sich vorgestellt hatte. Es gab kaum einen schöneren Anblick für ihn als das Farbspiel, das beim Klingenhärten entstand, wenn er das rotglühende Eisen abkühlte. Aus Rot wurde helles Gelb, dann dunkleres, plötzlich war es Blau, Braun und zuletzt ein Honigton. Schon bei seinem Vater und seinem Stiefvater hatte er diesen Zauber gern beobachtet.

Um fünf Uhr allerdings riefen die Glocken das Ende des Arbeitstages aus, und obwohl seine Tage gegenwärtig eine gute Stunde länger dauerten, riss es ihn aus der angenehmen Versunkenheit. Doppelt bedrückt fühlte er sich, als etwas später Gertrud Schmitt mit einem Korb voll Essen über dem Arm und Sorgenfalten auf der Stirn aufbrach, um Albert im Turm zu besuchen. Kurzentschlossen bat er den

Meister um die Erlaubnis, sie begleiten zu dürfen. Schmitt wollte ihn gehen lassen, doch gerade in dem Moment kam ein Kunde herein, für den Jan den größten Teil des Tages gearbeitet hatte. Herr Spornmaker war ein Waffenhändler, für den er Büchsenständer geschmiedet hatte, auf denen die teuren Schusswaffen sich besser gegen Diebstahl sichern ließen als auf hölzernen. Spornmaker hatte Sachverstand, was das Schmiedehandwerk betraf, da er eng mit den besten Büchsenmachern zusammenarbeitete. Jan unterhielt sich gern mit ihm, umso mehr, da Herr Spornmaker mit seinem Werk hochzufrieden war. Er hatte gleich eine Auswahl von Musketen mitgebracht, um die Regale auszuprobieren.

Als Jan die neueren Entwicklungen bewunderte, lud Spornmaker ihn ein, sie beim Schießstand vor der Stadt auszuprobieren. Das Angebot führte Jan in Versuchung. Er bekam nicht oft eine Gelegenheit zum Schießen. Doch da er Rieger nicht verpassen wollte, wenn dieser zum Goldenen Stern kam, lehnte er ab.

Später, als er sich die erste Stunde auf dem Platz am Sande herumgedrückt hatte und das Warten ihm langsam über wurde, bezweifelte er, dass er richtig entschieden hatte.

Es würde seinem Glück ähnlich sehen, wenn er bis zur Dunkelheit am Sande wartete und Rieger nicht zu sehen bekäme.

Eine Weile unterhielt er sich am Brunnen mit einem Kannengießergesellen aus der Nachbarschaft, der jeden Abend dort seine Liebste traf, wenn sie für ihre Herrschaft Wasser holte. Gerade am Brunnen war es um diese Zeit ein Kommen und Gehen, sodass seine Anwesenheit nicht auffiel. Bei aller Ablenkung verlor er nie die Tür vom Goldenen

Stern aus dem Blick. Männer gingen ein und aus, doch es herrschte kein Hochbetrieb. Einmal kam die zahnlose Magd vor die Tür und fegte die Eingangstreppe ab. Jan war so bedacht darauf, sich vor ihr hinter dem Brunnen zu verstecken, dass er für einen Moment auf nichts anderes achtete. Nur aus dem Augenwinkel sah er, wie zwei Doggen auf ihn lospreschten. Erschrocken wich er zurück. Die großen Hunde sprangen mit den Pfoten auf die Umrandung des Brunnentroges und tranken mit schlappenden langen Zungen. Beruhigen konnte Jan das jedoch nicht. Hastig sah er sich um und entdeckte den Hundebesitzer. Kowatz musste mit Rieger aus einem der Häuser am Sande gekommen sein. Die beiden Männer bewegten sich auf den Goldenen Stern zu. Mit klopfendem Herzen wandte Jan sich ab, senkte den Kopf und hoffte erneut, dass der Brunnen ihn verdeckte.

Kowatz pfiff, und die Doggen liefen zu ihm. Als Jan einen Blick riskierte, standen die beiden Männer vor den Stufen des Wirtshauses. Kowatz ging hinein, Rieger kehrte um und eilte zurück über den Sand. Jan ließ ihm einen kleinen Vorsprung, dann folgte er. Bei der Druckerei Lampe blieb Rieger stehen und studierte einen Anschlag, der auf einem Brett neben der Tür angebracht war. Jans Schlenderschritt brachte ihn zu derselben Stelle, als Rieger bereits auf der Straße am Berge weitergegangen war. Dennoch blieb auch er kurz stehen und betrachtete den schön verzierten Anschlag. Nicht zum ersten Mal wurmte es ihn, dass er nicht lesen konnte. Der Anschlag pries vermutlich nur ein neues Druckwerk an und war für ihn nicht von Bedeutung, dennoch hasste er das Gefühl, es nicht sicher zu wissen. Wenn wieder Ruhe in seinem Leben herrschte, würde er sich endlich jemanden suchen, der ihm das Lesen beibrachte.

Rieger ging Richtung Hafen, bog aber vorher zur Nicolaikirche ab, der Kirche der Schiffer und Böttcher. Jan zwang sich wieder einmal, nicht an Susanne und Lenhardt Lossius zu denken. Susanne würde ihn früh genug beschäftigen. Wenn er in seinem Bett lag und der Sehnsucht nicht ausweichen konnte.

Die Kirche war schön und verblüffend hoch für ihre eher bescheidene Länge. Jan mochte die eisernen Dämonen am Turm. Etwas in der Art hätte er gern einmal angefertigt.

Rieger hatte offensichtlich kein Interesse an der Kirche, er ging zügig daran vorüber und verließ durch das Bardowicker Tor die Stadt. Jan schauderte, wie er es immer tat, wenn es darum ging, die Stadt zu verlassen. Als Vierzehnjähriger hatte er sie betreten und sich geschworen zu bleiben. Er war so beeindruckt gewesen von dieser heilen Welt, der man den langen Krieg kaum ansah. Die mächtigen Türme der Kirchen und der Stadtmauer hatten Zuverlässigkeit und Sicherheit ausgestrahlt. Die Menschen schienen im Wohlstand zu leben, und er hatte einer von ihnen sein wollen. Es hatte eine Weile gedauert, bis ihm klargeworden war, wie schwierig das werden würde.

Trotz seines unwohlen Gefühles schritt er kurz nach Rieger durch das Tor. Mauer und Wall erschienen auf dieser Seite der Stadt stärker befestigt, dafür gab es keinen wassergefüllten Graben. Das Süßwasser wäre in den Boden gesickert und hätte die unterirdisch fließende Salzsole verdorben.

Der Anblick der Wiesen und bestellten Felder vor der Stadt und der Geruch von frischem Gras und Holz waren eine Wohltat. Auch wenn er noch so fest entschlossen war, in der Stadt zu bleiben, wusste er die saubere Luft und den freien Himmel zu schätzen.

Rieger schlug die Richtung zum Fluss ein, blieb aber plötzlich stehen und sah zu Boden. Jan, der schon dabei gewesen war, ihm zu folgen, schwenkte um und spazierte geradeaus von der Stadt fort, als hätte er nichts anderes vorgehabt. Doch das Täuschungsmanöver war unnötig. Rieger bückte sich, hob etwas auf und ging auf dem Weg zur Hude weiter. Links und rechts seines Weges lagerten die Holzvorräte der Stadt. Hunderte Klafter von Stämmen und Ästen waren zu gewaltigen Stapeln aufgetürmt. Wie Häuser lagen sie da, mit Gassen und Straßen dazwischen, als wäre die Holzhude eine Stadt für sich. Die Luft war satt von würzigem Harzduft. In der Ferne schimmerten die weißen Gipshügel, die am hintersten Ende der Hude aufgeschüttet waren und darauf warteten, verladen zu werden.

Als Rieger ein Stück auf dem Hauptweg zurückgelegt hatte, änderte Jan seine Richtung erneut. Eilig ging er zum Flussufer. Wenn er den zum Hauptweg parallelen Pfad nahm, der an den Anlegern für die Holzkähne entlangführte, konnte er Rieger auf den Fersen bleiben, ohne direkt hinter ihm zu gehen. Durch die Holzstapelgassen hindurch versuchte er, ihn im Blick zu behalten, doch das erwies sich als unmöglich. Immer wieder musste er außerdem den wüsten Holzbergen ausweichen, die noch nicht zu ordentlichen Gebäuden aufgeschichtet waren.

Von einigen am Anleger festgemachten Kähnen aus beäugten ihn Holzschiffer misstrauisch, aber träge. Gerade kam er zu dem Schluss, dass er zurück auf den Hauptweg musste, wenn er Rieger nicht verlieren wollte, da kam dieser ein Stück vor ihm aus einer der Gassen. Er sah Jan an, grüßte ihn aber nur oberflächlich, wie jemanden, dem er nie zuvor begegnet war. Jan nickte zurück und setzte seinen Weg so gemächlich fort, als machte er einen Abendspaziergang.

Als Rieger die Stufen zur Haustür der Warborch emporstieg, der Wohnung des Hudenaufsehers, ging Jan einfach weiter. Aus dem Augenwinkel sah er noch, wie jemand Rieger einließ.

Hinter der Warborch erstreckte sich die Holzstapelstadt der Hude noch weiter am Ufer entlang. Etliche Schiffe lagen zwei- und sogar dreireihig zwischen den kleinen Ladekränen auf dem Fluss, die typischen Ewer der Lastenfahrer und kleinere Boote von Bauern. Eines jedoch hatte einen Anlegeplatz für sich allein. Es stach durch seine Größe und Pracht hervor. Das edle Holz und die geschmückten, zum Teil vergoldeten Aufbauten wiesen auf einen reichen Besitzer hin. Den komfortablen Unterkünften nach handelte es sich um ein Reiseschiff. Die Neugier übermannte Jan. Er wandte sich an den nächsten Schiffer, der Wache auf seinem Ewer saß und dabei an einem Holzstück schnitzte. »'n Abend, Meister. Ein prächtiger Kahn ist das da. Wisst Ihr, wem der gehört?«

Der Mann sah ihn unter dem Rand seiner speckigen Mütze hervor teilnahmslos an. »'nem Herrn«, sagte er, senkte den Kopf und beschäftigte sich weiter mit seiner Schnitzerei.

Jan feixte innerlich. Was hatte er erwartet? »Habt Dank. Scheint ein reicher Herr zu sein, wenn meine Augen mich nicht trügen. Woher stammt er denn?«

Der Schiffer blickte auf und erwog, ob er noch einmal die Mühe einer Antwort auf sich nehmen wollte. »Brandenburg«, sagte er schließlich und senkte den Kopf wieder.

»Habt Dank«, sagte Jan und bemühte sich, nicht spöttisch zu klingen.

Auf dem Nachbarschiff erhob sich ein anderer Schiffer und reckte sich stöhnend. »Mit Habdank schmalzt man keine Suppe.«

Jan schnaubte belustigt. »Ich würde Euch ja gern Eure Suppe schmalzen, aber so vermögend bin ich leider auch nicht. Außerdem frage ich nur aus Neugier. Schadet mir nichts, wenn ich nicht mehr erfahre.«

»Dein Wams sieht nicht lumpig aus. Was bist du denn?«

»Schmiedegeselle. Leben kann ich gut, aber nichts verschenken.«

»Ach? Ich dachte, Handwerker wären in dieser Stadt alle reich.«

»Wenn das mal so war, dann vor meiner Zeit.«

»Dann solltest du dir überlegen auszuwandern. Reiche Herren im Osten zahlen hohe Löhne für gute Handwerker. Passage gebe ich dir, wenn du dafür arbeitest. Als Schmied hast du ja wohl die Arme dafür.«

»Muss mal darüber nachdenken. Eigentlich wollte ich sesshaft bleiben.«

»Ach, sesshaft! Weiß nicht, was die Lüüd daran finden. Rostig würd ich dabei im Kopp.«

»Naja, das Herumziehen hat auch seine Schattenseiten. Wer schert sich um einen?«

Die Miene des Schiffers wurde nachdenklich, dann nickte er. »Man betet dafür, dass man gesund bleibt und keinen braucht, der einen betüdert.«

»Ja. Aber trotzdem. Hab Dank für das Angebot.«

Der Schiffer lachte. »Schon recht. Wenn du wat über den Herrn von Waldfels wissen willst, dem das Schiff gehört, frag den Hudenvogt. Der konferiert immer mit dem Hochwohlgeborenen. Da kommt er just.«

Jan musste seine Selbstbeherrschung zusammennehmen, um nicht herumzufahren. »Das lass ich wohl lieber. Was macht das für einen Eindruck?«, sagte er und zwinkerte dem Schiffer zu.

»Das ist der junge Mann«, sagte da hinter ihm Rieger.

»Na, dann wollen wir mal hören, was er hier verloren hat«, sagte eine zweite Stimme. »Heda, junger Freund. Hat Er sich verlaufen? Kann man Ihm helfen?«

Jan drehte sich so gemächlich um, wie es ihm gerade noch höflich erschien. Der Hudenvogt war an seinem amtlich wirkenden langen blauen Rock und der passenden Kappe unschwer zu erkennen. »Guten Abend, die Herren. Nein, ich kenne den Weg, habt Dank. Ich vertrete mir nur die Beine und dachte, ich sehe mir mal etwas Neues an. Hier mit den vielen Ewern und da hinten mit dem schönen Schiff, das ist schon was.« Die Gabe des Lügens kam zurück zu ihm, als hätte er sie nie abgelegt. Er hatte Angst davor gehabt, entdeckt zu werden, doch nun geriet sein Herz keinen Schlag aus dem Takt. Dieser Rieger war ihm zuwider. Er würde ihm nicht die Genugtuung gönnen, ihn überrumpelt zu haben.

Der Hudenvogt hatte einen Zwirbelbart, dessen Enden unaufhörlich zuckten. Er hielt beide Hände hinter dem Rücken gefaltet und starrte Jan durchdringend an. »Die Hude ist kein öffentlicher Tummelplatz. Hier lagern Werte, um die schon manche Schlacht geschlagen wurde. Sieh Er sich mal um! Das ist das wahre Fundament unserer Stadt. Meine Aufgabe ist, dieses Fundament zu schützen, und das werde ich tun. Mit allen Mitteln, da kenne ich keine Gnade. Er tut gut daran, nach Hause zu gehen und das im Sinn zu behalten.«

Der drohende Unterton des Mannes ließ Jan annehmen,

dass dieser ihn für einen Holzdieb hielt. Wahrscheinlich hatte Rieger ihm den Verdacht eingeflüstert. Unwillkürlich blitzte in ihm die Frage auf, wie er es anstellen würde, eine Ladung Holz von diesem Ort zu stehlen. Doch er ließ sich nichts anmerken. »Meine Anerkennung, Herr. Da habt Ihr eine wichtige Aufgabe. Euer ordentliches Holzlager habe ich auch bewundert, aber neugierig war ich mehr auf die Schiffe. Ich habe mir sagen lassen, das Prachtstück da gehört einem Herrn von Waldfels. Das muss ein vornehmer Herr sein. Handelt er auch mit Holz, dass sein Schiff hier an der Hude und nicht im Stadthafen liegt? Ich dächte, das wäre doch bequemer.«

»Ein tumber Gedanke, dass jemand mit solch einem Schiff Holz fahren sollte. Der Herr von Waldfels hat es hier liegen, weil er der Ansicht ist, dass …«

Rieger fiel ihm ins Wort. »Das geht den Mann wohl kaum etwas an, Hudenvogt.«

Jan hob beschwichtigend die Hände. »Nichts für ungut. Ich will nicht lästig sein. Mache mich schon davon. Wünsche noch einen Gesegneten.«

Rieger sah ihn mit einem Mörderblick an, der Hudenvogt nickte selbstgefällig. »Aber lass er sich gesagt sein, dass ich ein Gedächtnis für Gesichter habe!«, rief er Jan nach.

Da die beiden Männer ihm langsam folgten, blieb Jan auf dem Gelände der Hude nicht noch einmal stehen. Selbst dann nicht, als er aus dem Obergeschoss der Warborch Kinderstimmen singen hörte. Fieberhaft suchte er nach einer Möglichkeit, das Geschehen auf der Hude ungesehen weiter zu beobachten, doch ihm fiel nichts ein.

Er sah sich kurz über die Schulter um. Rieger verabschiedete sich gerade vom Hudenvogt. Jan ging langsamer. Der unangenehme Mensch sollte nicht glauben, dass er eine Auseinandersetzung fürchtete. Und wollte er ihn überholen, so sollte er das möglichst rasch. Doch Rieger schien weder das eine noch das andere vorzuhaben, denn am Stadttor hatte er ihn noch immer hinter sich. Jan sah sich kein weiteres Mal nach ihm um. Hatte Rieger durchschaut, dass er ihm zur Hude gefolgt war, und wollte nun den Spieß umdrehen? So geschmeidig, wie das Lügen zu ihm zurückgekehrt war, kehrten auch die Instinkte zurück, die er als Junge gebraucht hatte, um zu überleben. Er durchquerte das Tor, beschleunigte seinen Schritt, bog zur Nicolaikirche ab und drückte sich dort hinter einen der äußeren Strebepfeiler. Rieger hetzte um dieselbe Kurve, suchte ihn und begegnete seinem Blick. Sogar aus zehn Schritt Entfernung war zu sehen, dass der rundliche Bedienstete errötete.

Jan hätte beinah gelächelt, weil der Mann so leicht aus der Fassung zu bringen war. Er nickte Rieger zu und ging den Weg zurück, den er gekommen war, bog dann aber zum Marktplatz ab. Hinter der nächsten Hausecke wartete er wieder, und tatsächlich tauchte auch Rieger auf. Diesmal allerdings suchte der Mann nicht nach ihm, sondern ging über den Marktplatz weiter. Noch einmal lief Jan ein Stück seines Weges zurück. Erst in der schmalen Gasse entlang der Bardowicker Mauer ging er langsamer und dachte nach.

Wenn Kowatz und Rieger in Diensten des reichen Herrn von Waldfels standen, konnte er ihnen wenig anhaben, ohne sich in Schwierigkeiten zu bringen. Was den Mord an Wenzel betraf, hatte er nicht mehr als den Verdacht, dass die beiden darüber Bescheid wussten. Und wer würde ihm glauben, wenn er den Herrn des Kinderhandels beschuldigte? Zumal, wenn es keine Eltern gab, die den Verlust ihrer Kinder beklagten.

Möglicherweise gab es hier einen Zusammenhang mit den toten Främckes. Hatte die Eltern Reue gepackt, nachdem sie die Kinder verkauft hatten? Das hätte erklären können, warum Kowatz den Wenzel aus dem Weg haben wollte. Doch da er die Tat abstritt, sollte Jan den Mörder womöglich an ganz anderer Stelle suchen. Und dazu würde er schnellstens tun müssen, was er schon längst hätte tun sollen. Für heute war es zu spät, aber morgen wollte er die erste Gelegenheit nutzen, um Albert im Turm zu besuchen. Es war schwer vorstellbar, dass sein Handwerksgenosse nicht mehr über die ganze Angelegenheit wusste, als er bisher zugegeben hatte.

Jans Schritte hatten ihn bis zu den ärmlichsten Buden der Gasse getragen. Schweine- und Hundekot, Staub und Unrat hatten sich durch den Regen zu einem ekelhaften Schlamm vermengt. Die Kinder hielt das nicht vom Spielen ab. Sie tobten, fielen und standen besudelt wieder auf. Man konnte nicht sagen, dass sie es gut hatten. Die meisten von ihnen kannten vermutlich Hunger, Schläge und Kälte. Aber sie hatten ein Zuhause, hatten ihre Winkel, wo sie sich verkriechen konnten, liebgewonnene Spielkameraden und vielleicht den einen oder anderen Erwachsenen, der es gut mit ihnen meinte. Und wenn Jan nach seiner eigenen Erfahrung ging, dann hingen sie auch an den Vätern und Müttern, von denen sie nicht allzu gut behandelt wurden. Sein Vater war ein verstockter Mann gewesen, der ihm nie Zuneigung gezeigt hatte, trotzdem hatte sein Tod ihn als kleines Kind schwer getroffen. Wenn auch nicht ganz so schwer, wie er seine Mutter getroffen hatte.

Die Tür zur Bude der Altkleiderhändlerin mit den rachitischen Kindern stand offen. Die Frau saß auf einem Schemel vor der Hauswand und flickte eine Hose, neben sich einen Korb voll zerrissener Lumpen. Sie sah nicht auf, als er vorüberging, und er grüßte nicht.

Nachdem er sich an der Ecke zur Straße der Reitenden Diener vergewissert hatte, dass Rieger ihm nicht doch noch gefolgt war, stand er vor einer Entscheidung. Ging er an dieser Stelle geradeaus, gelangte er auf dem kürzesten Weg zurück zur Schmiede. Ein kleiner Umweg dagegen brächte ihn zum Büttnerschen Haus.

Er musste nicht lange überlegen.

Gleich nach dem Abendessen war Susannes Vater mit Till und Martin aufgebrochen, um Spornmakers neue Musketen zu begutachten.

Seitdem kämpfte Susanne mit Regine. Zuerst hatte ihre Schwester sich gewünscht, mit zu den Schießständen gehen zu dürfen, doch die Männer wollten sie nicht mitnehmen. Es war bei all den geladenen Waffen zu gefährlich, wenn niemand auf Regine achtgab.

Susanne hatte keine Zeit gehabt, sie zu begleiten, denn es war Waschtag gewesen. Auch wenn sie alle großen Wäscheteile aus dem Haus gab, damit die Wäscherinnen sie im Fluss und auf der Bleiche bearbeiten konnten, blieben die kleinen Teile für sie selbst zu tun. So hatte sie auch am Abend noch mehr Arbeit vor sich als an anderen Tagen. Das Schrubben, Spülen, Wringen, Aufhängen und Abnehmen beschäftigte sie an Waschtagen bis in die Nacht hinein.

So wäre es auch an diesem Abend gewesen, wenn Regine sie gelassen hätte. Doch nachdem die Männer fort waren, lag ihre Schwester ihr damit in den Ohren, dass sie zum Fluss gehen wollte. Wieder und wieder vertröstete Susanne sie auf die nächsten Tage, bis sie schließlich die Geduld verlor und Regine so barsch anfuhr, dass diese beinah anfing zu weinen. Auch wenn Susanne sich dafür schämte, überwog die Erleichterung darüber, dass Regine danach immerhin Ruhe gab.

Wenig später kam Susanne von der Wäscheleine im hinteren Teil des Gartens und erwischte ihre große Schwester gerade noch auf dem vorderen Hof, als sie sich davonmachen wollte. »Gine, du sollst nicht allein weggehen. Das weißt du doch. Es tut mir leid, dass ich nicht freundlich war, aber ich habe viel zu tun. Willst du mir nicht helfen? Du kannst die trockenen Sachen zusammenlegen, das machst du immer so schön.«

Regine schüttelte den Kopf und entzog Susanne ihre Hand. »Ich gehe zu Lenhardt Lossius.«

Verblüfft ließ Susanne sie ein paar Schritte gehen, bevor sie sich wieder fing und sie aufhielt. »Das geht nicht, Gine. Du kannst nicht einfach …«

»Ich gehe.«

Wieder versuchte sie, sich loszumachen. Susanne hielt sie fest, und sie trugen einen lächerlichen Ringkampf aus, bis Susanne den rettenden Einfall hatte. »Lenhardt Lossius ist auf Reisen, Gine. Er ist nicht in der Stadt.«

Regine ließ in ihrer Gegenwehr nach und sah sie misstrauisch an.

»Er kommt bald zurück, und dann besuchen wir ihn. Am Sonntag. Und jetzt hilfst du mir mit der Wäsche. Das hast du doch bei Mutter auch getan.«

Ihre Schwester entspannte sich. »Ja. Ist Mutter in der Küche?«

Susanne seufzte. Ihre Mutter war die Erste gewesen, die erbost allen verboten hatte, Regine je schwachsinnig zu nennen. Sie hatte ihre älteste Tochter genau beobachtet, während sie von den Folgen ihres Sturzes ins Wasser mehr oder weniger genas. »Sie ist nicht verrückt. Sie vergisst nur vieles schnell wieder.«

Ihre engelsgeduldige Mutter hatte keine Schwierigkeiten damit gehabt, Regine immer wieder ins Gedächtnis zu rufen, was sie vergessen hatte. Susanne gab ihr Bestes, doch sie fühlte, dass sie bei jedem Mal, das sie Regine an den Tod ihrer Mutter erinnern musste, wütender wurde. Auch wenn man es nur ein »schlechtes Gedächtnis« nannte, konnte man die Auswirkungen oft kaum von Schwachsinn unterscheiden. »Mutter ist im Himmel, Gine.«

Regine sah zum Himmel, dann wurden ihre Augen traurig. »Ach ja.«

Kurz darauf kehrte Lene vom Abendessen bei ihrem Großvater zurück und übernahm die Aufsicht über Regine. Susanne atmete auf und hängte mit Liebhilds Hilfe rasch die letzten nassen Wäschestücke auf die Leine.

Als sie erschöpft mit der leeren Laugenbütte in die Küche kam, saß Lene allein da und verlas Linsen, während die Muhme wie üblich in ihrer Ecke spann.

»Ist Regine schon im Bett?«

Lene sah auf. »Sie ist doch eben hinaus zu dir.«

Susanne machte auf dem Absatz kehrt, raffte ihre Röcke und rannte über den Hof auf die Straße. Regine ging ein Stück vor ihr. Susannes Herz machte einen Satz, als sie sah, dass Jan ihnen beiden entgegenkam. Sie winkte und zeigte auf ihre Schwester. Er nickte und wandte sich Regine zu. »Guten Abend, Regine Büttner. Deine Schwester wird sich Sorgen machen, wenn du wegläufst«, hörte Susanne ihn sagen. Zu ihrer Schande musste sie sich eingestehen, dass sie Regine soeben zum Teufel wünschte. Nicht nur, dass sie bis zur Verzweiflung müde war, sie hätte auch so gern ungestört ein paar Worte mit Jan gewechselt.

»Ich bin kein Kind«, sagte Regine.

»Natürlich nicht. Aber auch junge Frauen aus gutem Haus laufen so spät am Abend nicht allein und auf Strümpfen durch die Straßen«, gab er zurück.

Susanne sah auf Regines Füße und schloss die Augen. Sie hatte nicht einmal bemerkt, dass ihre Schwester keine Schuhe trug. Dankbar drückte sie Jans Hand, nachdem er Regine zu ihr zurückgeführt hatte. Gemeinsam brachten sie sie zum Haus, wo Lene ihnen entgegenkam. Susanne musste ihre Wut zügeln, um ihre Base nicht anzuschreien. »Wenn du sie noch einmal aus den Augen lässt, obwohl ich dich gebeten habe, achtzugeben, dann muss ich es Vater sagen.«

Lene nickte mit schuldbewusster Miene und ging mit Regine ins Haus. Das unglückliche Schweigen ihrer Schwester machte Susannes Herz schwer. Es war noch nicht oft vorgekommen, dass sie so aneinandergerieten. Sie würde es wiedergutmachen, nahm sie sich vor.

»Sind eure Männer da?«, fragte Jan leise.

Susanne schüttelte den Kopf und bedeutete ihm, ihr um die Hausecke hinter das Regenfass zu folgen. Es war ein kleines Wagnis, doch sie würde ihn jetzt nicht einfach wieder gehen lassen. Ihn bloß zu sehen ließ ihr Herz schneller schlagen. Dabei konnte sie nicht einmal beschreiben, was ihn in ihren Augen so schön machte. Und sie hatte ihm so viel zu erzählen.

Doch zum Erzählen kam sie vorerst nicht. Kaum waren sie um die Hausecke, zog er sie an sich und überrumpelte sie mit einem Kuss. Sie spürte, wie seine Bartstoppeln über ihr Gesicht kratzten, dann die Berührung seiner warmen Lippen. Gleich darauf schien nichts anderes mehr wichtig zu sein, als ihn zu spüren. Erst als sie beide außer Atem waren und Susannes Knie zitterten, schob er sie ein wenig von sich. »Ich muss dich sehen und mit dir sprechen. Wann kannst du?«

»An den Abenden ist es schlecht. Regine ist so unruhig. Sie läuft fort, wenn ich nicht hier bin, und dann gibt es großen Ärger.«

»Wann dann?«

»Können wir reden, wenn ich am Vormittag in die Schmiede komme? Ich würde sagen, dass ich mich bei euch nach Albert erkundige. Und ich muss morgen ohnehin zur Schrangenstraße, um Fleisch zu kaufen.«

»Wenn du früh kommst, ist der Meister vielleicht noch bei der Morgensprak. Die Zunft bespricht sich dieser Tage immer recht lang. Sollte sich machen lassen, dass wir dann reden.«

Susanne neigte sich seinen Lippen entgegen, die ihr wortlos mitteilten, dass ihm Reden nicht genügte.

Diesmal war sie es, die ihn fortschob. »Mein Vater kommt sicher gleich zurück.«

Widerstrebend ließ er sie los, nur um sie gleich noch einmal so heftig zu umarmen, dass ihr die Luft wegblieb. Sie lachte leise. »Zerdrück mich nicht.«

Er lächelte auf eine scheue Art, als wäre es ihm völlig ungewohnt. Sein Gesicht strahlte, und seine Augen glänzten. »Es tut mir leid, was ich letztes Mal gesagt habe. Alles, was dich gekränkt hat. Ich will dir nicht wehtun, das musst du mir glauben.«

Susanne strich ihm über die Schläfen. »Ich glaube dir ja, aber jetzt musst du gehen.«

»Bist du mir also gut?«

»Mehr als gut. Ich kann nicht mehr schlafen, weil ich die ganze Nacht an dich denken muss.«

»Dann schlafen wir gemeinsam nicht. Sehe ich dich gewiss morgen?«

»Wahrscheinlich nicht, wenn mein Vater gleich heimkommt und dich hier erwischt.«

»Das siehst du jetzt ein?«

»Lass uns morgen darüber sprechen.« Noch eine Umarmung, noch ein Kuss, dann spähte sie um die Ecke, um zu sehen, ob der Weg frei war, und begleitete ihn zur Straße. Er ging zügig, ohne sich noch einmal umzusehen. Susanne blieb traurig und erleichtert zugleich in der Durchfahrt stehen und sah ihm nach. Den Passanten, der in diesem Moment an ihr vorüberging, nahm sie zuerst kaum wahr. Doch der Anblick seines braunen Rockes, der dunklen Filzkappe und des Gehstocks, den er in der Hand trug wie ein Amtsabzeichen, rüttelte sie auf. Es musste sich um den Diener des Kinderhändlers handeln, von dem Jan ihr erzählt hatte. Unwillkürlich raffte sie ihre Röcke, um ihm zu folgen, da hielt die Vernunft sie zurück. Wenn ihr Vater sie nicht zu Hause vorfand, würde sie es am nächsten Tag vielleicht nicht wagen dürfen, zur Schmiede zu gehen. Bevor sie sich kopflos darauf einließ, einen fremden Mann durch die Stadt zu verfolgen, sollte sie zudem hören, was Jan herausgefunden hatte. Es war ihr zuwider, dass sie so wenig unternehmen konnte. Doch noch mehr würde es sie ärgern, wenn sie durch einen dummen Fehler die ganze Sache verdarb. Kathis Warnung klang ihr noch im Ohr. *Nächstes Mal, wenn du kommst und beim Hafen Fragen stellst, dann ziehst du einen alten Rock an und machst ein Kopftuch um wie eine Bäuerin.* Sie wollte sich nicht noch einmal ungeschickt anstellen.

10

Albert im Turm

Den Einkauf bei den Fleischbänken hatte Susanne bewusst als Vorwand für ihren Besuch in der Schmiede gewählt. So gern Regine auch spazierenging, die Schrangenstraße mit den blutigen Auslagen der Fleischer mochte sie nicht. Sie blieb freiwillig zu Hause. Allerdings hatte Susanne nicht mit Liebhild gerechnet, die sich sonst nie darum gerissen hatte, sie auf ihren Erledigungen zu begleiten. Seit ihrer Begegnung mit Lenhardt und Herrn von Waldfels schien die Kleine jedoch unternehmungslustiger geworden zu sein. Sie bat darum, mitgehen zu dürfen, und Susanne musste zustimmen, weil es keinen Grund gab, abzulehnen. Liebhild war mit ihren sieben Jahren alt genug, um zu lernen, wie man Einkäufe tätigte, und musste die Gelegenheit dazu erhalten.

Daher verließ Susanne am frühen Vormittag das Haus mit ihrem Korb über dem Arm und ihrer Schwester zur Seite, die ihrerseits ihren kleinen Korb trug. Liebhilds blonde Haarsträhnen ringelten sich bereits wieder unter ihrer niedlichen weißen Haube hervor, obwohl Susanne ihr morgens die Haare eingeflochten hatte. Die Kleine hüpfte alle paar Schritte ein bisschen, so gut man das in Holzschuhen auf dem angetrockneten Straßenschlamm eben konnte.

Susanne nahm den Weg an den schiefen Häusern vorbei und ließ Liebhild die angenagelten Bekanntmachungen lesen. Liebhild fuhr mit dem Finger über die Risse in den vom Gipsmörtel gewölbten Wänden. »Wenn ein Haus einstürzt, heißt das, es fällt einfach um?«

»Das glaube ich nicht. Ich stelle mir vor, dass die Balken zerbrechen, das Dach herabstürzt und die Wände mit Knallen und Krachen zerkrümeln.«

Liebhild lachte. »Wie eine Pastete. Das würde ich gerne mal sehen. Ich würde auch gerne mal ein Haus brennen sehen.«

»Liebhild!«

Liebhild sah sie erschrocken an. »Nicht mit Leuten darin, natürlich. Ein altes Haus. Das keiner mehr braucht.«

Susanne schüttelte den Kopf. Es zeigte sich zusehends, dass Liebhild in mancher Hinsicht Till ähnelte. »Ein Hausbrand ist immer gefährlich. Die Funken fliegen, und dann brennt gleich die ganze Stadt. Erzähl bloß niemandem, dass du so etwas gern sehen würdest.«

Eine Weile hörte sie von Liebhild nur das schlurfende kleine »Klopp«, wenn sie einen Hüpfer machte, dann wurden ihre Schritte gleichmäßig. »Wenn ein Mensch verbrennt, sieht er dann aus wie ein verkohltes Scheit oder wie Asche? Lene sagt, manche bösen Leute werden zur Strafe verbrannt.«

Susanne fluchte auf Lenes Geschwätzigkeit. Wäre es nach ihr gegangen, hätte sie Liebhild solche Dinge noch eine Weile verschwiegen. »Ich hoffe, das bekommen wir beide nie zu sehen. Und nun denk an etwas Schöneres. Möchtest du auf dem Schützenfest mit den Kindern Reigen tanzen? Wir können dir zeigen, wie es geht.«

»Wir haben doch keine Musik.«

»Ich habe es auch ohne Musik gelernt. Wir summen, und Till klatscht uns den Takt.«

»Hm. Ja, vielleicht.«

Sie kauften zusammen Hammelfleisch zum Räuchern und Rinderknochen für eine Brühe. Susanne schacherte mit der fröhlichen Schlachtersfrau, zu der schon ihre Mutter am liebsten gegangen war. An einer anderen Fleischbank ließ sie Liebhild eine harte Mettwurst erstehen, die sie in ihren kleinen Korb legen durfte.

Die vor Aufregung roten Wangen und der Stolz ihrer kleinen Schwester söhnten Susanne endgültig damit aus, dass sie nicht allein zur Schmiede gehen konnte.

Jan kam ihnen aus der Werkstatt entgegen, als sie kaum den Hof betreten hatten, und zog sich dabei noch sein Hemd an. Falls er über Liebhilds Anwesenheit enttäuscht war, verbarg er es geschickt.

»Guten Tag, Jan Niehus. Wie geht es dir?«, sagte Susanne und hielt ihm lächelnd die Hand hin.

Er sah ihr in die Augen und drückte ihre Hand, bevor er die Bänder seines Hemdes zur Schleife band. Susanne sah in seinem Ausschnitt kurz ein silbernes Schmuckstück aufblitzen, das er an einem Lederband um den Hals trug.

»Jetzt gerade geht es mir bestens, Jungfer Büttner. Du bist mit deiner Schwester sicher gekommen, um die jungen Katzen von unserem Nachbarn anzusehen, nicht wahr?« Er sah Liebhild ernst an, zwinkerte dabei aber mit einem Auge.

Susanne lachte. »Müssen wir da nicht zu eurem Nachbarn gehen?«

»Nicht, wenn sich die alte Katze des Nachbarn unseren Schuppen als Nest für ihre Jungen ausgesucht hat.«

Er ging ihnen voran zum Schuppen, ließ Liebhild durch einen Türspalt hineinschlüpfen und hielt Susanne draußen zurück. »Hör mir kurz zu. Ich bin diesem Rieger vor die

Stadt zur Holzhude gefolgt. Kowatz und er sind bei einem Herrn von Waldfels angestellt, der sein Prachtschiff dort auf dem Fluss liegen hat. Ich glaube, er hält die Kinder in der Warborch fest. Es waren Kinder im Obergeschoss, aber mehr konnte ich nicht herausfinden. Rieger hat mich erkannt und beim Hudenvogt angeschwärzt. Als ich zurück in die Stadt gegangen bin, ist er mir gefolgt. Ich glaube nicht, dass ich mit ihm und Kowatz weiterkomme, das ist zu gewagt. Heute Abend spreche ich mit Albert. Vielleicht erzählt er mir etwas Neues, wenn ich die richtigen Fragen stelle.«

Susanne war zu verblüfft, um ihm gleich folgen zu können. »Herr von Waldfels? Jan, das kann nicht sein. Ich kenne ihn. Er ist ein freundlicher, vornehmer Herr. Was sollte er …«

»Siehst du, das werden alle sagen. Deshalb glaube ich, dass es keinen Sinn hat, auf diesem Wege weiterzusuchen. Bei der Holzhude darf ich mich außerdem so bald nicht wieder blicken lassen.«

»Suse, guck doch. Das Graue ist hübsch. Können wir nicht eine Katze haben?«, rief Liebhild aus dem Schuppen.

»Wir fragen Vater«, gab Susanne laut zurück und flüsterte dann weiter. »Glaubst du wirklich, dass sie die Kinder in der Warborch versteckt halten? All die Zeit?«

»Ich habe Kinderstimmen gehört, und der Hudenvogt hat keine. Ich habe Schmitt danach gefragt.«

»Ich kann hingehen. Vielleicht entdecke ich mehr.«

Er griff nach ihrem Arm. »Das wirst du nicht.«

»Warum nicht? Ich mache mit Regine einen Spaziergang. Keinem Menschen werden wir verdächtig sein. Und wer sollte uns etwas Böses antun wollen?«

Seine Hand hielt ihren Arm so fest, als befürchtete er, dass sie sofort zur Hude loslaufen würde. »Wie viel Böses ist dir in deinem Leben schon begegnet? Weißt du nicht, wie oft Männer gerade Frauen etwas antun?«

Susanne wollte unwillkürlich vor seinem Zorn zurückweichen, beherrschte sich aber. »Nein, ich weiß es nicht. Aber du?«

Nun ließ er sie los und strich dabei sanft über ihren Arm. »Ich würde vergehen vor Leid, wenn dir etwas geschähe. Du musst auf dich achtgeben, Susanne. Vertrau nicht jedem so leicht.«

»Ich verspreche, ich gebe auf mich acht. Und du kannst mir ruhig ein bisschen mehr vertrauen.«

»Kann ich das?«

Es lag etwas Verletzliches in seinem Blick, das Susanne daran erinnerte, was sie ihm eigentlich alles in Ruhe hatte erzählen wollen. Sie atmete tief durch und sah ihm in die Augen. »Wenn du Gerüchte hörst, die mich mit Lenhardt Lossius verheiraten, dann glaub sie nicht. Mein Vater möchte uns zusammenbringen, sonst ist es nichts. Am Sonntag sind wir bei Lossius' eingeladen, und es ist mir ein Graus. Du darfst nichts Falsches dabei denken.«

Er lächelte gezwungen, sein Daumen streichelte den Saum ihres Ärmels.

Im Schuppen wurde Liebhild ungeduldig. »Suse, nun komm doch!«

Noch ungeduldiger und vor allem dröhnender klang Gertrud Schmitt, die in der Hintertür des Schmiedehauses stand und zu ihnen herüberblickte. »Jan?«

»Sonnabend? Bitte!«, wisperte Jan.

Susanne schüttelte den Kopf. »Ich weiß nicht.«

»Dann warte ich auf dich und hoffe.« Er wandte sich

seiner herannahenden Hauswirtin zu. »Jungfer Büttner fragt nach Albert, Meisterin. Ich habe der Kleinen derweil die Katzen gezeigt.«

Gertrud Schmitt war ein gutes Stück größer als Susanne und senkte daher den Kopf, wenn sie mit ihr sprach. Dabei drückte sie das Doppelkinn auf ihren weißen Kragen und sah aus, als hätte sie keinen Hals. Susanne hatte nie viel mit ihr zu tun gehabt, dennoch strahlte die Frau heute etwas Bedrohliches aus, zu dem ihre freundlichen Worte kaum passen wollten. »Ja, ja, die Kätzchen. Ein Glück für sie, dass die Alte sie in unserem Schuppen geworfen hat, sonst wären sie wohl schon ersäuft worden. Grüß Euch, Jungfer Büttner. Wollt Ihr nicht eines oder zwei von den Tierchen mitnehmen für Eure kleine Schwester?«

»Oh, Suse, liebe Suse, bitte!«

So kam es, dass die harte Mettwurst in Susannes großen Korb wanderte und das graue Kätzchen in Liebhilds kleinem Korb untergebracht wurde, für den Gertrud Schmitt einen alten Brotkorb als Deckel fand. Gertrud erzählte Susanne dabei von Albert, während Jan zurück an die Arbeit ging. Susanne sah, dass er das Hemd wieder abgelegt hatte und nur die Lederschürze zur Hose trug. Der Anblick seiner wohlgeformten nackten Arme und Schultern traf sie so heftig, dass sie hoffte, Gertrud Schmitt würde nicht sogleich an ihrer Gesichtsfarbe erkennen, was zwischen ihm und ihr war. *Sonnabend,* hatte er gesagt. Sie konnte nur hoffen, dass ihr der Zufall zu Hilfe kam, damit sie es einrichten konnte.

»Jan Niehus, ich hoffe für dein Seelenheil, dass du nichts zu fürchten hättest, wenn du heute noch vor unseren Herrgott treten solltest.« Gertrud Schmitt sagte es Jan ins Ohr, nachdem sie Susanne und ihre kleine Schwester draußen verabschiedet hatte. Seine Hand mit dem Hammer hielt im Schwung inne. Er wusste, dass Gertrud weitersprechen würde, ohne dass er nachfragte. »Wenn es der kleinen Büttnerschen gefällt, ihren Jungfernkranz zu verspielen, dann lass dich nicht darein verwickeln. Es gibt junge Weibsbilder, die werden irr, wenn in Aussicht steht, dass sie heiraten sollen. Und wenn dann keine Mutter da ist, die sie im Zaum hält ... Ich warne dich zu deinem und ihrem Besten.«

Er nickte, und zu seiner Erleichterung reichte ihr das. Gertrud hatte scharfe Augen. Vielleicht hatte sie gesehen, dass er zu nah bei Susanne gestanden hatte. Vielleicht hatte Susanne ein Mal zu deutlich zu ihm herübergeblickt. Hatte sie das? *Hör auf damit und arbeite!* Er holte Schwung und ließ den Arm wieder sinken. Das Eisen war nicht mehr heiß genug, und außerdem fühlte er sich auf einmal schwach. Er hatte von Anfang an vorausgesehen, dass jemand sein Verhältnis zu Susanne entdecken würde. Womit er nicht gerechnet hatte, war seine Unfähigkeit, daraufhin vernünftig zu handeln. Es sollte nicht so schwierig sein, die Geschichte zu beenden, bevor es zu Schimpf und Schande kam. Doch all seine Befürchtungen wurden nebelhaft gegen die Angst, Susanne zu verlieren. Die Sehnsucht nach ihr fühlte sich an, als müsste er aus seiner eigenen Haut platzen.

»Hoi, Döskopp! Willst du heut noch was schaffen oder nur gucken, wie dein Salzschieber da auf dem Amboss festfriert?«, sagte Rudolf.

Jan lag eine scharfe Erwiderung auf der Zunge, doch er verschluckte sie. Auch Rudolf hatte mehr zu tun als vor Alberts Verhaftung, und es machte ihm mehr aus als ihm selbst. »Nu maul man nicht«, sagte Jan nur und trug das Eisen zurück zur Esse.

Als kurz darauf der Meister aus der Zunftversammlung kam, hatte die Arbeit Jan bereits wieder in ihren Bann gezogen. Dennoch bemerkte er, wie nachdenklich und wortkarg Schmitt war. Es stand ihm nicht an, seinen Meister nach dem Grund zu fragen, daher schwieg er. Die Blicke, mit denen Schmitt ihn von Zeit zu Zeit musterte, waren allerdings nicht geeignet, seine Sorgen zu zerstreuen.

Auch damit hatte die Unruhe an diesem Tage kein Ende. Am Nachmittag rief Schmitt ihn auf den Hof, weil er schon wieder zwei Besucherinnen hatte. Er biss die Zähne zusammen, als er die Frauen erkannte. Es war die zahnlose Magd aus dem Goldenen Stern, und mit ihr kam ihre Freundin Anke, um die der narbige Kowatz so auffallend besorgt war. Die Zahnlose hieß Meta, erfuhr er, und Meta gab ihm in sehr bestimmtem Tonfall zu verstehen, wie sie sich ihre Dochtschere und ihr »Mescher« vorstellte. Die blauäugige, schwarzhaarige Anke schäkerte derweil wortlos mit ihm, was das Zeug hielt. Zwei Mal war er bisher bei einer Hure gewesen, und selbst die hatten sich nicht offensichtlicher verhalten. Die Schankmagd verschaffte ihm mit ihrem herausgestreckten Busen, den geschürzten Lippen und dem Wiegen ihrer Hüften heiße Ohren. Er wollte nichts mit ihr zu tun haben, doch völlig verloren waren ihre weiblichen Reize an ihn nicht. Vor allem nicht, da er ohnehin seit Wochen mit seiner Männlichkeit zu kämpfen hatte. Zum Abschied warf sie ihm schließlich einen so selbstbewussten, schmachtenden Blick zu, als hätte sie keinen Zweifel, dass er sie umgehend in der Wirtschaft besuchen würde.

Jan stand der Schweiß auf der Stirn, als er in die Schmiede zurückkehrte. Schmitts finstere Blicke wunderten ihn diesmal nicht.

»Ich will nicht wissen, wofür du die bezahlt hast«, sagte sein Meister.

Auch wenn es Jan peinlich war, musste er sich diesmal rechtfertigen. Schon weil er gleich das nächste Anliegen an Schmitt hatte. »Die eine konnte mir etwas über Alberts Geschwister erzählen. Kann ich heute zu ihm gehen? Ich muss mit ihm sprechen.«

Schmitt sah ihn zuerst misstrauisch an, dann zuckte er mit den Schultern. »Sicher.« Nach einer kurzen Pause murmelte er: »Könntest ja auch wahrlich Hübschere kriegen.«

Der ziegelrote Gefängnisturm war ein Teil der Stadtbefestigung und lag in der Nähe der Saline und der Festung auf dem Kalkberg. Gertrud Schmitt hatte Jan mit dem Esskorb allein losgeschickt, weil sie Albert zu zweit ohnehin nicht sehen dürften, wie sie sagte. Die Turmwache nahm es so hin, dass Jan anstelle seiner Hausherrin kam, durchsuchte allerdings sowohl den Korb als auch seine Kleidung gründlich.

Die Kerkerzelle des Turms lag ein Stockwerk höher als die Wachstube und war nur mit drei schmalen Pritschen ausgestattet, von denen zwei leer waren. Albert lag zusammengekauert auf seiner kargen Bettstatt, als der Wachmann Jan in den Raum schob. »Sag ihm, ein Geständnis würde seiner Seele helfen.«

Er schloss die schwere Tür von außen wieder zu. Jan lauschte kurz, bis der Mann gegangen war. Albert hatte sich aufgerappelt, sah ihn jedoch nur teilnahmslos an. Jan erschrak über sein Aussehen. Der Lehrling hatte im Gegensatz zu ihm einen spärlichen blonden Bartwuchs, der umso schlimmer aussah, wenn er zwei Wochen lang ungeschoren blieb. Zusammen mit Pickeln, Schmutz und dunklen Schatten unter den Augen ließ das Gestrüpp sein bleiches Gesicht todelend wirken.

»'n Abend, Albert. Die Schmittsche lässt dich grüßen. Schickt dir Ochsenschwanzpastete. Bisschen matschig, der Wachmann hat sie durchgeschnitten.«

»Macht er immer«, erwiderte Albert. Er fuhr sich mit unsteter Hand unter sein Hemd und kratzte sich.

Jan sah an seiner anderen Hand, dass er seine Fingernägel bis aufs Blut abgekaut hatte. »Ich muss mit dir reden. Und besser, du verschweigst mir nicht wieder was, denn ich glaube, es wird langsam eng für dich. Also erzähl mir ganz genau, worüber du mit Wenzel und Marianne gestritten hast, bevor sie gestorben sind.«

Albert sah ihn an. »Glaubst du jetzt auch, dass ich es getan habe? Weißt du, wenn man hier sitzt und alle glauben, man hätte einen totgeschlagen, dann fragt man sich irgendwann, ob man es nicht wirklich getan und bloß vergessen hat. Ich hätt's totschlagen können, das Aas. Von Anfang an, gleich als die Marianne sich mit ihm eingelassen hat. Hätt ich es gleich getan, dann wär vielleicht weniger Schaden geworden. Hast du was von den Kindern gehört?«

»Was für einen Streit hattest du mit dem Wenzel?«

»Herrgott, worüber hatte ich keinen Streit mit dem? Er war Gossenkot, Jan. Auch über einen Toten muss man die Wahrheit sagen dürfen. Er hat jeden Heller versoffen und verspielt, und herangeschafft hat Marianne das Geld mehr als er. Er hat den Kindern das Brot aus der Hand gerissen, wollte sie lieber verhungern sehen als auf seinen Branntwein verzichten. Zur Hure wollte er Marianne machen.

Nur dass sie jedes Mal zu mir kam und Geld lieh, statt sich zu verkaufen. Sie war schwach, aber keine verderbte Frau. Und wenn mir eins leidtut, dann … Ich hätte ihn damals gleich umbringen sollen, dann wäre sie vielleicht noch am Leben, und die Kinder wären nicht verloren.«

»Haben sie die Kinder verkauft, Albert?«

Albert vergrub sein Gesicht in den Händen und nickte.

Jan wusste, dass er seinem Mitgefühl nicht nachgeben durfte. »Und was weißt du darüber? Wer war der Käufer, wie viel hat er bezahlt, und wo wollte er die Kinder hinbringen?«

»Ich weiß nicht, wer der Käufer war, aber er muss reich sein. Er hat viel Geld bezahlt. Ein Miststück wie Wenzel konnte da nicht widerstehen. Und Marianne war so schwach. Und sie war nicht klug, Jan. Sie hat geglaubt, es würde den Kindern bei dem Mann besser gehen. Das Blaue vom Himmel hat er ihr für die Kleinen versprochen. Aber Jan, du weißt es doch wie ich, wo er sie hingebracht hat, oder nicht? In ein Sündenhaus wird er sie verschleppt haben. Falls sie noch leben. Und sie waren so … Sie waren beide so gut. Sie konnten doch nichts dafür.«

»Vielleicht können wir sie noch retten. Aber du musst die Wahrheit sagen. Das viele Geld, das Wenzel für die Kinder bekommen hat, wo ist das hin? Hat er es bei sich gehabt? Ist er deshalb erschlagen worden?«

»Ich weiß es nicht. Aber Marianne hatte das Geld nicht. An dem Abend, als sie starb, hat sie mir gestanden, was sie verbrochen haben, und sie wollte schon wieder Geld von mir. Sie hatte Hunger, und Wenzel kam gar nicht mehr nach Hause. Ich habe sie angeschrien und ihr nichts gegeben. Habe gedroht, sie würde nie wieder etwas von mir bekommen, solange sie die Kinder nicht zurückholt. Dabei wusste ich … Ich habe noch andere Sachen zu ihr gesagt. Wenn ich jemanden umgebracht habe, dann die Marianne. Und das tut mir leid.«

Er fing an zu weinen, und Jan fluchte stumm. Wenn das alles war, was Albert wusste, half es nicht so viel weiter, wie er gehofft hatte. Er ging zu ihm hinüber und klopfte ihm auf die Schulter. »Sie wird sich wohl nicht nur deshalb umgebracht haben, weil du ihr ein Mal nicht geholfen hast. Lass uns weiter überlegen. Wer wusste von dem Geld? Hatte Wenzel Saufkumpane?«

Albert schluchzte und nickte. »Er hing oft mit dem Roten Berthold zusammen.«

»Der Rote? Was heißt das?«

»Er hat verbrannte Arme. Arbeitet in der Sülze.«

»Als was? Sieder, Salzknecht, Fuhrknecht?«

»Ich weiß es nicht. Mit denen habe ich mich doch nicht gemeingemacht.«

Wieder brach Albert in Tränen aus, und Jan ließ es gut sein. Weil er dachte, es könnte seinen Handwerksbruder eine Weile von seiner misslichen Lage ablenken, begann er von der Arbeit zu erzählen. Doch Albert sah ihn nur abwesend an, und er erkannte bald, dass seine Worte gar nicht zu ihm drangen. Betreten hörte er auf zu reden, packte stattdessen Gertruds Gaben aus und richtete sie vor Albert auf dem Bett an. Dessen Schluchzen verstummte, doch er rührte sich nicht.

»Werden sie mich wirklich aufhängen?«, fragte er schließlich in das Schweigen hinein und sah Jan an wie ein verängstigtes Kind.

Jan hatte schon Männer für Untaten hängen sehen, die ihnen der Richter auch nicht sicherer hatte nachweisen können. Er wollte Albert nicht mit einer Lüge trösten und brachte es doch nicht über sich, ihn mit der Angst alleinzulassen. »Man wird den Mörder schon vorher noch finden.«

»Ich glaube nicht, dass sie ihn noch suchen.«

»Aber ich suche ihn. Und wenn ich eine brauchbare Spur finde, dann bringe ich die Büttel dazu, ihr nachzugehen.«

Albert nickte dankbar. Die aufschimmernde Hoffnung in seinen Augen bedrückte Jan ebenso wie die nackte Angst, die er vorher darin gesehen hatte. Dennoch blieb er noch und sah Albert beim Essen zu, bis der Wachmann die Tür aufriss und ihn hinausbefahl.

Unten in der Wachstube nahm der Mann ihm noch einmal den Korb ab und durchsuchte ihn nachlässig.

»Hat überhaupt jemand nach einem anderen Mörder gesucht?«, fragte Jan.

»Wozu sich die Mühe machen, einen Mörder zu suchen, den es nicht gibt? Der Albert hat doch zugegeben, dass er Wenzel tot sehen wollte.«

»Ist der Gerichtskommissarius noch immer krank?«

Der Wachmann nickte schwermütig. »Dem Tode nahe, sagt man.«

»Und gibt es keinen Ersatz?«

»Was wäre das für ein unchristlicher Akt, einen neuen zu benennen, wenn der alte noch nicht einmal unter der Erde ist?«

Jan gab es auf. Er musste schleunigst eine brauchbare Spur finden, denn allein die Gerichtsdiener dafür zu interessieren würde noch eine langwierige Aufgabe werden.

11

Auf der Holzhude

Regine gab Susanne am nächsten Tag den Grund, zur Holzhude aufzubrechen. Ihre Schwester war weiterhin unruhig. Susanne konnte sie am Vormittag nur mit Mühe davon abhalten, allein fortzulaufen. Daher beschloss sie, Lene einen notwendigen Gang zum Bäcker abzunehmen und ihr heimliches Vorhaben mit der Besorgung zu verbinden.

Nach dem trüben Wetter der Vortage war es nun wieder warm geworden. Auf den Hausdächern entlang des Marktplatzes balzten Taubenschwärme in der prallen Sonne, und der Ratsdiener, der die Reste des Markttages zusammenkehrte, bewegte sich nur träge.

Regine ging auf ihre verträumte, schwebende Art neben ihr und lächelte den klaren Himmel an. Noch wenige Wochen zuvor hätte Susanne geglaubt, dass Regine völlig zufrieden war, und wäre beruhigt gewesen. Doch an diesem Tag erschien ihr das stumme Glück ihrer Schwester nur wie eine kurze Atempause. Regines zunehmende Getriebenheit war ihr ein Rätsel.

Susanne hatte für das Brot einen Leinenbeutel in ihre Schürzentasche gestopft, damit sie sich nicht mit einem Korb abschleppen musste. Sie strich Regine über den Arm. »Wir gehen heute zum Bardowicker Tor hinaus und sehen uns die Holzhude an.«

Regine sah sie an und zog ihre feinen Brauen zusammen. »Nicht zu den Bleichwiesen?«

»Nein. Wir wollen heute einmal etwas Neues sehen.«

»Ich möchte lieber zum Fluss.«

»Wir gehen zum Fluss.«

»Gut.«

Der Wachmann am Tor war jung und lüftete mit bewunderndem Blick seinen Hut, als sie an ihm vorübergingen. Regine winkte ihm unbefangen wie ein Kind.

Im Grunde war die Holzhude nichts Neues für Susanne. Sie ging davon aus, dass Regine sich nicht daran erinnerte, doch ihr selbst war es noch im Gedächtnis, wie ihr Vater sie als Kinder hierher mitgenommen hatte. Die Böttcherzunft hatte einen eigenen Lagerplatz auf der Hude, wo das frisch gelieferte, gute Buchenholz aufbewahrt wurde, aus dem sie die Salztonnen fertigten. Wie alles, was in Lüneburg mit dem Salz zu tun hatte, war auch das Tonnenholz von besonderer Bedeutung. Salz in Buchenfässern zu verkaufen war nicht vielen Salzproduzenten im Land erlaubt. Nicht nur das Siegel machte die Lüneburger Salztonne in ihrer festgelegten Form und Größe zu einem Markenzeichen. Die Böttcher empfanden ihre Herstellung als ehrenvoll.

Regine ging schneller, als sie den Fluss entdeckte. Susanne folgte ihr und beobachtete das Geschehen auf dem Wasser. Ein mit Säcken und Körben beladener Ewer wurde in Richtung Hafeneinfahrt vorübergerudert. Von einem der Holzlastkähne aus sprang ein nur mit einer kurzen Bruch bekleideter Junge in den Fluss. Er schien in Liebhilds Alter zu sein und war von der Sonne braungebrannt. Im Wasser wartete bereits ein Spielgeselle auf ihn. Sie begannen, wild zu toben und sich zu bespritzen. Regine blieb stehen und sah ihnen mit großen Augen zu. Susanne war kaum weniger erstaunt. Sie hatte zwar gelegentlich Kinder im Fluss plantschen sehen, doch diese Jungen schwammen wie Fische. Sie musste sofort daran denken, was für eine Beruhigung es für sie gewesen wäre, wenn ihre kleine Schwester so hätte schwimmen können. Gleichzeitig überlegte sie, ob es die Schifferkinder gewesen sein konnten, die Jan gehört hatte. Doch er war überzeugt gewesen, dass die Stimmen aus dem Obergeschoss der Warborch gekommen waren.

Sie hakte Regine unter und zog sie sanft auf dem Weg entlang des Ufers weiter, vorbei an einem der kleinen Kräne, bis zur Ecke der Warborch. Hier standen diesseits und jenseits der Ilmenau mächtige Pfosten, zwischen denen nachts eine Kette über den Fluss gespannt wurde. Sie diente nicht nur dazu, die Stadt vor nächtlichen Angriffen zu schützen. Die Sperre sollte auch Kaufleute daran hindern, die Stadt heimlich mit ihren Schiffen zu verlassen, bevor sie ihre Abgaben entrichtet hatten oder ihrer Stapelpflicht nachgekommen waren. Susanne suchte mit dem Blick den Fluss außerhalb der Sperrkette ab. Tatsächlich lag dort das prächtige Reiseschiff, von dem Jan gesprochen hatte. Es war frei, jederzeit abzufahren und wiederzukehren.

Sie spazierte mit Regine langsam auf dem Pfad zwischen Haus und Fluss weiter. Aufmerksam lauschte sie nach oben. Zwei Kinder sangen, und auch Regine hörte es. Sie fiel mit ein. »Aus meines Herzens Grunde sag ich dir Lob und Dank in dieser Morgenstunde, dazu mein Leben lang, o Gott, in deinem Thron.«

Hinter dem Haus flatterte Wäsche auf der Leine – Laken und Männerhosen, ein Frauenrock, Kinderhemden, Jungenhosen und ein Mädchenkleid. Regine sang aus voller

Kehle, und ihre schöne Stimme trug weit. Susanne ließ sie gewähren. Unentdeckt würden sie ohnehin nicht bleiben, und was wirkte unschuldiger als ein laut gesungenes Kirchenlied? Als wäre sie sich keines Unrechts bewusst, führte sie Regine näher an das Reiseschiff heran.

Es dauerte nicht lange, bis sie Schritte hinter sich hörte und die dazugehörige Männerstimme. »Guten Tag auch. Haben die Jungfern sich verlaufen? Kann man helfen?«

Regine hörte auf zu singen, und Susanne setzte ihr strahlendstes Lächeln auf. »Guten Tag, mein Herr. Nein, dank Euch, wir nutzen nur den schönen Sonnenschein für einen Spaziergang. Meine Schwester hat den Fluss so gern, und ich wollte mir das schöne Schiff von Herrn von Waldfels einmal ansehen. Das dort hinten ist es doch?«

Der Hudenvogt hatte eine amtlich-kühle Miene getragen, als Susanne sich zu ihm umwandte. Nun wurde sie milder. Er strich mit dem Zeigefinger über seinen ausladenden Zwirbelbart. »Der Herr hat das Schiff hier liegen, gerade damit es nicht jedermanns Aufmerksamkeit auf sich zieht. Er ist ein bescheidener Mensch, der Herr von Waldfels. Nun möchte ich Euch nicht Euren Ausflug verderben, werte Jungfern, aber die Hude ist kein öffentlicher Tummelplatz. Hier wird gearbeitet, hier werden Werte gelagert, und es ist meine Verantwortung, dass alles der Ordnung nach abläuft. Gern biete ich meine Begleitung bis zum Stadttor an, wenn es Euch genehm ist.«

Susanne sah ihn treuherzig an. »Oh, wir haben nicht gewusst, dass man hier nicht spazierengehen darf. Und seht Ihr, wir sind mit Herrn von Waldfels bekannt. Gerade deshalb wollte ich gern das Schiff sehen.«

»Bekannt? So, so. Da schlage ich vor, Ihr bittet den hohen Herrn, Euch das Schiff einmal persönlich zu zeigen.

Da könntet Ihr es dann sogar aus größerer Nähe betrachten. Und gewiss wird er Eurer Bitte doch mit Freude nachkommen.«

Seine Miene verriet Susanne, dass er sich besonders gewitzt fühlte, was ihr zuwider war. Hinzu kam, dass sein Tonfall etwas Verächtliches bekommen hatte, das sie aufbrachte. »Herr von Waldfels ist ein so hochgestellter Herr, dass ich ihm mit so einer Bitte nicht zur Last fallen möchte. Obgleich er sie mir aus lauter Freundlichkeit sicher nicht abschlagen würde. Mir ist in meinem Leben noch kein Mensch begegnet, der es ihm an Güte gleichgetan hätte. Wie würde sich auch sonst erklären, was er für die Kinder tut, nicht wahr? Es ist doch ein erheblicher Aufwand für ihn. Wer würde solche Mühen auf sich nehmen, wenn nicht ein wahrhaft guter Mensch? Aber Ihr habt Eure Pflichten, das sehe ich ein. Wir wollen Euch nicht länger aufhalten. Verzeiht uns unser Eindringen.« Sie nickte ihm zu und gab Regine einen kleinen Ruck, als wolle sie losgehen. Es war nicht zu übersehen gewesen, wie das Gesicht des Hudenvogts erstarrt war, als sie die Kinder erwähnt und dabei flüchtig zum Haus gedeutet hatte. Sie täuschte sich nicht.

Der Hudenvogt erhob beide Hände zu einer beschwichtigenden Geste. »Aber liebe Jungfer, auf keinen Fall wollte ich Euch vergrämen. Ich verstehe ja Euren Wunsch. Das Schiff ist wahrlich ein prachtvoller Anblick, den man nicht alle Tage genießen kann. Und wo Ihr nun in der Tat mit dem Herrn so gut bekannt seid, da könnte ich Euch doch entgegenkommen und habe vielleicht genau die richtige Lösung. Wenn Ihr Euch einen kleinen Augenblick gedulden wollt, dann werde ich meiner Hausmagd nur eben mitteilen, wo ich zu finden bin, und dann zeige ich Euch das Schiff selbst. Ist das recht, ja?« Er ging während seines Wortschwalles bereits rückwärts.

Susanne lächelte breit. »Aber ja, das ist sehr freundlich von Euch.«

Der Mann erwiderte ihr Lächeln verkniffen und eilte zur Warborch. Statt zu warten, zog Susanne Regine am Arm und folgte ihm. Noch nie hatte sie etwas derartig Gewagtes getan, dennoch fühlte sie keinen Zweifel. Der Hudenvogt ließ seine Haustür vor Eile offen stehen, und sie schlüpfte mit Regine hinter ihm hinein. Regine sträubte sich ein wenig und sah sich verwirrt um.

»Wir gehen zu den singenden Kindern, Gine«, flüsterte Susanne. Sie zog Regine durch den dunklen Flur bis auf die Diele, zum Fuß der Treppe. Die Stimme des Hudenvogts drang von oben herab. Seine Worte waren nicht zu verstehen, doch er sprach gehetzt auf jemanden ein.

Endlich waren auch die Kinder wieder zu hören, die im Hintergrund offenbar in eine kleine Rangelei gerieten, um gleich darauf von einer Frau in scharfem Ton zum Schweigen gebracht zu werden. Susanne ließ kurzentschlossen Regine los und ging die Treppe hinauf. Erst auf den letzten Stufen trat sie fest auf. »Herr Hudenvogt! Verzeiht, seid Ihr da oben?« Sie rief laut, obwohl sie ihn bereits im Türrahmen der Kammer stehen sah, die ihr schräg gegenüber lag. Bevor er seine Überraschung überwinden konnte, war sie schon an seiner Seite und spähte in die Kammer. Die Frau darin sprang zur Tür und wollte sie zuwerfen, doch Susanne hatte gesehen, was sie sehen wollte. »Oh, sind das die lieben Kinder? Wie wunderbar von Euch, dass Ihr hier für sie sorgt.«

Der Hudenvogt und die Frau starrten einander erschrocken an, während die fünf kleinen Kinder mit großen Augen und ernsten Gesichtern Susanne ansahen.

»Nein, nein. Das … das sind nur … Meine Base und …« Der Hudenvogt errötete und griff sich in den Kragen, um ihn zu lockern.

Susanne nutzte den Moment, um sich unauffällig, aber zügig zurück zur Treppe zu bewegen. Sie winkte ab und zwinkerte verschwörerisch. »Nein, nein, mein Herr, ich verstehe schon. Ich wollte Euch nur rasch mitteilen, dass wir Euer großzügiges Angebot nun leider doch nicht annehmen können.« Sie hatte die Treppe erreicht und sah Regine, die verloren wirkend unten auf der ersten Stufe stand. Hastig raffte Susanne ihre Röcke und stieg die Treppe hinab. »Ich hatte in meiner Freude vergessen, dass wir noch eine Besorgung machen müssen, bevor man uns zu Hause erwartet. Uns läuft die Zeit davon. Ich möchte wahrlich nicht, dass unser Vater und unsere Brüder uns vor Sorge hierher nachkommen müssen.« Im Vorübergehen ergriff sie Regines Arm und schob sie zur Haustür. Hinter sich hörte sie Männerschritte die Treppe herabpoltern.

Beinah hatten sie es schon bis zum Ausgang geschafft, da drängte sich ein unbekannter Mann an ihnen vorbei, schlug die Tür vor ihnen zu und versperrte ihnen den Weg.

Es war Rieger. Susanne erkannte ihn sofort an seinem braunen Überrock, dem Kugelbauch und vor allem dem Gehstock. Er musterte sie kalt. »Ihr werdet verstehen, dass ich meinem Herrn berichten möchte, welche seiner Bekanntschaften solch ein auffallendes Augenmerk auf sein … Schiff gerichtet haben. Darf ich Eure werten Namen erfahren?«

»Regine Büttner«, sagte Regine, bevor Susanne sie daran hindern konnte. Wie sehr hatten ihre Mutter und sie Regine darin bestärkt, ihren vollen Namen zu sagen, wenn sie danach gefragt wurde. Und wie oft hatte sie dennoch nur

»Regine« geantwortet. Natürlich musste sie gerade jetzt zeigen, dass sie es gelernt hatte. Nun blieb kein anderer Weg als die Wahrheit. »Wir sind die Töchter von Ulrich Büttner und sind mit Herrn von Waldfels über die Familie Lossius bekannt. Es wäre liebenswürdig von Euch, wenn Ihr Eurem Herrn unsere Grüße ausrichtet. Allerdings werden wir ihm am Sonntag wohl ohnehin begegnen, da wir gemeinsam eingeladen sind. Und nun müssen wir wirklich gehen. Also, wenn Ihr erlaubt.« Susanne griff an ihm vorbei zur Klinke, doch er wich nicht aus, und sie trat zurück, weil ihr seine Nähe unangenehm war.

»Unter diesen Umständen muss ich darauf bestehen, Euch meine Dienste zur Verfügung zu stellen und Euch nach Hause zu begleiten, ehrenwerte Jungfern. Herr von Waldfels fände es unentschuldbar, wenn ich es nicht täte.«

Nichts wünschte Susanne sich in diesem Moment weniger als die Dienste dieses Mannes. »Aber das ist doch nicht nötig. Meine Schwester und ich sind es gewöhnt, unsere Besorgungen allein zu unternehmen.«

»Ihr müsst verstehen, dass ich meine Stellung gefährdete, wenn ich es versäumte, Euch zu begleiten. Sollte mein Herr erfahren, dass Euch während Eures Heimweges ein Ungemach befallen hat, er wäre untröstlich.«

Er würde sich nicht abweisen lassen. Susanne vermutete, dass er sich vergewissern wollte, ob sie ihre richtigen Namen genannt hatten. Oder gar überwachen, mit wem sie unterwegs sprachen. Doch sie sah keinen anderen Weg, als ihn zu ertragen, und machte gute Miene zu seinem Spiel. »Ja, er hat ein so gutes Herz, der Herr, nicht wahr?«

»Umso wichtiger ist es, ihn nicht zu kränken. Ihr müsst verstehen, dass mein Herr keinerlei Aufmerksamkeit für seine großmütigen Taten wünscht. Es ist daher über alle

Maßen wichtig, dass ihr Stillschweigen über alles bewahrt, das ihn betrifft. Ihr würdet andernfalls sein Vertrauen enttäuschen.« Er hielt seinen Stock in der einen Hand und streichelte wie unbewusst mit der anderen dessen Knauf.

Susanne schauderte leicht und fühlte, wie Regine nach ihrer Hand griff. Nun schämte sie sich dafür, wie unbedarft sie ihre verletzliche Schwester in ihr Unternehmen hineingezogen hatte. Das war nicht die Art von Fürsorge, die ihre Mutter sich von ihr gewünscht hätte. Sie hatte sich nicht ein einziges Mal klargemacht, dass ihnen tatsächlich eine greifbare Gefahr drohte, vor der sie Regine nicht würde beschützen können.

Ihre Schwester schmiegte sich enger an sie. »Es ist so dunkel hier. Ich möchte jetzt nach Hause gehen.«

Susanne drückte beruhigend ihre Hand. »Ja, das möchte ich auch. Und der Herr hier wird uns freundlicherweise begleiten.«

»Er ist nicht freundlich«, flüsterte Regine ihr ins Ohr.

»Aber, Gine! Das sieht nur so aus. Komm.« Susanne wagte abermals einen Vorstoß zur Tür, und zu ihrer Erleichterung ließ Rieger sie diesmal gewähren. Ein Blick über die Schulter ins Dämmerlicht zeigte ihr, dass der Hudenvogt reglos auf der Treppe stand und ihren Wortwechsel verfolgt hatte. Seiner Haltung nach musste ihm vor Anspannung Schweiß auf der Stirn stehen. »Einen schönen Abend noch, Herr Hudenvogt. Und vielen Dank für Euer wohlmeinendes Angebot.«

Regine zog sie aus dem Haus und fiel in einen schnellen Schritt, was Susanne recht war. Rieger folgte ihnen auf den Fersen. »Verzeiht, mein Herr, aber habt Ihr uns bereits Euren Namen genannt? Dann muss er mir entfallen sein«, sagte sie.

»Zacharias«, gab er schroff zurück.

Susanne musste ein verächtliches Schnauben unterdrücken. Was glaubte er noch zu retten, wenn er ihr einen falschen Namen nannte?

Während sie mit Regine an der Hand dem Stadttor zustrebte, versuchte sie, sich in die Lage des Mannes zu versetzen, der hinter ihr ging.

Wenn es für ihn und seinen Herrn eine Gefahr darstellte, dass sie ihr Geheimnis entdeckt hatte, dann hätte er besser daran getan, sie gewaltsam festzuhalten. Möglicherweise war er sich aber nicht sicher gewesen, ob der Hudenvogt ihn dabei unterstützt hätte. Schließlich kannte der Mann ihren Vater und ihre Brüder. Vielleicht ließ Rieger sie gehen, weil er dachte, dass sie tatsächlich schweigen würden, doch das hielt sie für unwahrscheinlich.

Eine andere Möglichkeit war, dass es ihm eben doch nicht so wichtig war, das Geheimnis um die Kinder zu hüten, weil er das Unternehmen seines Herrn nicht für unrecht hielt. Sie mochte noch immer nicht glauben, dass er von Waldfels diente, doch wenn es so war, dann steckte vielleicht wirklich eine gute Absicht hinter allem.

Andererseits konnte Rieger auch einfach nur annehmen, dass ihr ohnehin niemand glauben würde. Damit mochte er recht haben. Susanne überlegte kurz, an wen sie sich wenden würde, und wurde dabei von einer Erkenntnis durchzuckt. Selbst wenn sie jemanden fand, der ihr Glauben schenkte und die Warborch durchsuchen ließ: Die Kinder würden nicht mehr dort sein. Das war der Grund, warum Rieger sie begleitete. Er wollte sicherstellen, dass sie mit niemandem über ihre Entdeckung sprachen, bevor der Hudenvogt und die Frau die Kinder fortgebracht hatten. Die beiden trafen dafür gewiss soeben die Vorbereitungen.

Wenn sie dann später endlich jemanden von ihrer Geschichte überzeugt hätte, würden die Beweise fehlen. Auf einmal fühlte sie sich elend und hatte Jans Worte im Ohr. Auf diesem Wege käme man nicht weiter, hatte er gesagt. Sie hatte den beschämenden Verdacht, dass sie durch ihre Hartnäckigkeit Schaden angerichtet hatte. Vielleicht hätte sie doch alles ihm überlassen sollen.

Einen weiteren Schlag versetzte es ihr, als sie nun, viel zu spät, daran dachte, was es für Auswirkungen haben musste, wenn sie ihrem Vater von der ganzen Sache erzählte. Er würde alles andere als erfreut sein, wenn er hörte, was sie getan hatte. Und natürlich würde er fragen, wer sie auf den Gedanken gebracht hatte, zur Hude zu gehen.

Sie verkniff sich zu seufzen. Zuerst einmal musste sie mit Rieger fertigwerden. Ihm zu entkommen war aussichtslos, weil sie auf Regine achtgeben musste. Sie konnte daher nur vorgeben, dass seine Begleitung sie nicht störte.

Hochgestellten, wohlhabenden Frauen folgten häufig Knechte oder Mägde in respektvollem Abstand. Die Bediensteten trugen die Einkäufe und betraten für ihre Herrin die in Kellern gelegenen und manchmal unbehaglichen Geschäfte. Susanne lächelte flüchtig und schlug zielstrebig den Weg zu den Brotbänken ein.

Wenig später überreichte sie wortlos ihrem Verfolger einen mit Roggenbrot gefüllten Leinenbeutel. Ohne ihm einen weiteren Blick zu gönnen setzte sie ihren Weg fort und teilte sich dabei mit Regine ein kleines, süßes Hefegebäck. Halb erwartete sie, dass Rieger protestieren würde, doch er tat ihr den Gefallen nicht. Er verzog keine Miene und nahm die Rolle als Bediensteter hin wie jemand, der darin viel Übung hatte.

Erst vor der Hofeinfahrt ihres Hauses wandte Susanne

sich ihm wieder zu und streckte die Hand nach ihrem Beutel aus. Er händigte ihn ihr aus und deutete ohne die geringste Ironie eine Verbeugung an. Anstatt zu gehen blieb er jedoch stehen und musterte das Haus, als würde er es sich genau einprägen.

»Also dann, auf Wiedersehen und vielen Dank für Eure Dienste«, sagte Susanne.

Vom Hof her drangen Liebhilds und Tills Stimmen zu ihr. »Da ist sie endlich!«, rief Liebhild und kam mit klappernden Hüpfern zu ihr gelaufen. Rieger richtete seinen Blick auf ihre kleine Schwester, und in seiner Miene schimmerte etwas Bösartiges. Susanne bekam eine Gänsehaut. »Auf Wiedersehen«, wiederholte sie scharf. Mit ausgebreiteten Armen fing sie sowohl Regine als auch Liebhild ein und drängte sie beide zurück auf den Hof und Till entgegen. Rieger folgte ihr nicht, was auch daran liegen mochte, dass Till mit eingestemmten Armen dastand und ihn misstrauisch betrachtete. So deutlich war es Susanne noch nie aufgefallen, dass auch ihr zweiter Bruder ein erwachsener Mann geworden war, der durchaus schlagkräftig wirken konnte, wenn er es wollte. Sie war über seine Anwesenheit selten so froh gewesen wie in diesem Moment.

Liebhild zerrte ihr am Rock. »Suse, meine kleine Asche sitzt auf dem Kirschbaum und kann nicht herunter. Till sagt, ich soll sie oben lassen, aber sie maunzt so schrecklich. Sie hat Angst.«

»Wer war der Kerl?«, erkundigte Till sich.

Nun kam auch noch Lene aus der Küche. »Suse, willst du nicht buttern, bevor die Sahne sauer wird? Und die eine Henne hat Legenot. Willst du sie schlachten? Und kann ich heute früher zu Großvater? Wir müssen heute seine Stube putzen und …«

Till fuhr sich durch die Haare. »Halt mal die Luft an, Lene. Du kannst doch wohl einen Moment warten, bis …«

»Ach, und wer bist du, dass du mir den Mund verbietest? Was verstehst du denn von …«

»Ich möchte etwas trinken«, sagte Regine leise.

»Suse, kannst du sie nicht vom Baum holen?«, quengelte Liebhild.

Susanne vergewisserte sich noch einmal rasch, ob Rieger gegangen war, dann atmete sie tief durch und hob beide Hände. »Schluss jetzt. Lene, geh mit Gine in die Küche und gib ihr etwas zu trinken. Hier, nimm das Brot mit. Wir reden später. Liebchen, geh zum Kirschbaum, ich komme gleich. Till, wo ist Vater?«

»Nicht da. Was ist denn los?«

»Martin?«

Till wies mit dem Kopf zur Werkstatt, wo ein Beitel gleichmäßig auf ein Stecheisen klopfte. »Hörst ihn doch. Ich muss auch weitermachen. Liebchen hat mich nur wegen der dummen Katze rausgerufen. Wo wart ihr so lange?«

»Till, ich muss mit dir sprechen, und du darfst es bitte nicht ausplaudern.«

»Müssen wir wieder hinter den Hühnerstall?«

»Mach dich nicht lustig. Es geht um den Mord und die verschwundenen Kinder. Ich bin ganz sicher, dass ich einige von den Kindern heute in der Warborch gesehen habe. Der Hudenvogt arbeitet mit dem Kinderhändler zusammen, und der Mann, der uns gefolgt ist, gehört mit dazu. Auch wenn du das jetzt für Unsinn halten wirst, aber ich habe guten Grund anzunehmen, dass Herr von Waldfels der Kinderhändler ist. Obendrein hat wahrscheinlich auch der Mord damit zu tun. Der Mann von eben hat eine Frau dafür bezahlt, gegen Albert auszusagen. Ein zweiter, der beim selben Herrn angestellt ist, kennt den wahren Mörder. Till, was soll ich bloß machen? Ich kann das doch nicht alles Vater erzählen. Entweder glaubt er mir nicht, oder er wird verrückt.«

Till sah sie einen Moment lang schweigend an, dann lockerte er Schultern und Nacken, so wie er es tat, bevor er etwas Schweres hob. »Vielleicht sollten wir doch hinter den Hühnerstall gehen. Herrgott, Suse, woher weißt du das alles? Bist du auch nachts herumgeschlichen? Erzähl das bloß nicht Vater, da werde ja schon ich fast verrückt. Erklär mir, wie du darauf gekommen bist.«

Susanne wurde heiß, und ihre Hände zitterten. »Ich habe mit Jan Niehus gesprochen. Er hat die ganze Zeit Alberts Geschwister gesucht und eine Spur gefunden, die zur Hude führte. Weil er dort nicht selbst weiter nachforschen konnte, bin ich heute mit Regine hingegangen.«

Tills Augen funkelten gefährlich. »Hat Jan dich hingeschickt? Dafür schlage ich ihm die Nase ein.«

»Nein, hat er nicht. Er wollte nicht, dass ich gehe. Aber ich dachte, ich müsste auch etwas unternehmen. Ich weiß jetzt, dass es leichtsinnig war, aber …«

»Ach, hör doch auf. Natürlich musstest du gehen. Ich wäre auch gegangen. Jan hätte es dir gar nicht erst erzählen dürfen, wenn er nicht wollte, dass du es tust. Aber er kann ja nicht wissen, wie tüchtig du bist, nicht wahr? Also beruhige dich, wir werden damit schon zurechtkommen. Ich bleibe heute Abend hier und helfe dir bei den Hühnern. Du kannst ja sowieso nicht ordentlich schlachten. Dann erzählst du mir alles ganz genau, ja?«

Susanne hätte ihn gern aus Dankbarkeit umarmt, doch das war zwischen ihnen nie üblich gewesen.

Die nächsten Stunden vergingen wie im Flug, während sie Liebhilds »Asche« getauftes Kätzchen vom Baum rettete, die Aufgaben erledigte, die Küche und Haus ihr abverlangten, und schließlich Till die Einzelheiten ihrer Nachforschungen berichtete.

Von dem, was zwischen Jan und ihr vorging, sagte sie ihrem Bruder nichts, und er ließ nicht durchblicken, ob er etwas ahnte.

Vielleicht weil sie Jan so sorgsam verschwieg, fiel ihr etwas Wichtiges erst viel später auf. Sie lag im Bett und ließ ihre Gedanken schweifen, als sie sich daran erinnerte, dass Rieger zwei Tage zuvor möglicherweise Jan dabei beobachtet hatte, wie er abends nach seinem Besuch der Hude zu ihr gekommen war. Spätestens jetzt, nachdem Rieger sie zu ihrem Haus begleitet hatte, musste ihm klargeworden sein, dass es zwischen Jan und ihr einen Zusammenhang gab. Falls er noch Zweifel daran gehabt hatte, dass Jan ihm auf der Spur war, waren sie nun gewiss ausgeräumt.

Sie vergrub den Kopf im Kissen, als sie einsah, dass sie auch in dieser Hinsicht nur Schaden angerichtet hatte. So viel zu ihrer Tüchtigkeit. Sie würde Jan gleich am nächsten Tag warnen müssen und ihm gestehen, wie dumm sie sich verhalten hatte.

12

Bruderliebe

Till hatte Susanne am Donnerstagmorgen versprochen, Jan an ihrer Stelle zu warnen. Doch anschließend machte ihr Bruder sich so rar, dass sie am Freitagabend noch nicht wusste, ob es ihm gelungen war, Jan zu sprechen. Sie ging erschöpft zu Bett und konnte doch wieder einmal nicht einschlafen. Regine und Liebhild atmeten längst tief und gleichmäßig, während Susanne am liebsten aus dem Bett gesprungen wäre.

Sie stand auf, als es an der Kammertür kratzte und leise maunzte. Die kleine »Asche« verbrachte gern die Nacht möglichst nah bei Liebhild, Regine und ihr. Susanne hatte nicht das Herz, sie auszusperren.

Ihre nackten Füße fanden den Weg über die ausgetretenen Holzdielen auch in der Dunkelheit, sie ging ihn mit geschlossenen Augen. Umso heftiger erschrak sie, als sie die Augen wieder öffnete und im Flur vor der Kammer einen weit größeren Schatten erblickte als den der Katze.

»Bist du verrückt? Mir blieb fast das Herz stehen«, zischte sie.

Till hielt den Finger an seine Lippen und bedeutete ihr, ihm zu folgen. Er ging ihr voraus in die Abstellkammer neben der Küche. Susanne nahm an, dass er dort mit ihr sprechen wollte, doch er öffnete das Fenster und machte einen Diener vor ihr. »Nach dir«, flüsterte er.

Susanne zögerte nur kurz, dann raffte sie ihr Nachthemd und kletterte vorsichtig hinaus auf den Hof. Sie war nicht überrascht, als ihr Bruder ihr dabei spielerisch in die nackten Waden kniff. So eine Gelegenheit, sie zu necken, ließ er nie an sich vorüberziehen. Doch als sie sein Gesicht im Mondlicht erkennen konnte, entdeckte sie nicht das Grinsen darauf, das sie erwartet hatte. Seine Miene war so ernst wie selten.

Sie sprachen schließlich im Gemüsegarten miteinander, dem einzigen Ort, an dem sie nicht Gefahr liefen, jemanden zu wecken.

Susanne spürte die kühle Erde unter ihren nackten Fußsohlen, ein Gefühl aus ihrer Kindheit, das ihr schon fremd geworden war. »Was gibt es denn?«

Till musterte sie mit einem strengen Blick. »Woher hast du die blauen Flecken am Bein?«

Susanne sah ihn verblüfft an. Das war die letzte Frage, die sie erwartet hatte. Sie zuckte mit den Schultern. »Ich bin gefallen.«

»Wann? Wo?«

»Hast du mich deshalb hier herausgelockt? Dann geh ich lieber wieder. Ich dachte, du hättest mir etwas Wichtiges zu sagen.«

»Du hast nicht erzählt, dass du gestürzt bist. Warum nicht?«

»Weil es nicht so schlimm war. Alle meine Knochen sind heil.«

»Also hat dich niemand geschlagen?«

»Natürlich nicht. Till, was soll das? Was ist denn los?«

»Nun, da du in letzter Zeit ein abenteuerliches Leben führst, dachte ich ... Ich war bei Niehus und habe ihn gewarnt, so wie du es wolltest. Er ist blass geworden, als er gehört hat, was du getan hast. Das war sein Glück, sonst hätte ich ihm vielleicht doch noch auf die Nase gehauen.«

»Tu das um Himmels willen nicht. Das wäre furchtbar dumm von dir.«

»Ja, dass mir das nicht sonderlich gut bekommen würde, fürchte ich auch, aber der erste Hieb wäre es mir wert. Der Mann soll sich selbst in Gefahr bringen, so viel er mag, aber nicht dich.«

»Es ist meine eigene Entscheidung gewesen. Lass ihn in Ruhe. War das nun alles, was du wolltest?«

»Nein. Ich habe noch mehr getan. Kathi hat für mich ihren Mann um einen Gefallen gebeten. Er hat sich bei den Schiffern umgehört, was sich in der Warborch tut. Es ist beinah gewiss, dass die Kinder noch am Mittwochabend mit dem Prachtschiff flussabwärts gebracht worden sind. Das Schiff ist danach zurückgekehrt.«

Obwohl Tills Worte nur ihre Vorahnung bestätigten, fühlte Susanne eine Welle von Verzweiflung. Es würde schwierig sein, das neue Versteck der Kinder zu finden. Damit war der Beweis für ihre Geschichte dahin. »Meinst du, die Schiffer würden vor einem Büttel oder Richter aussagen, dass sie die Kinder gesehen haben?«

Till schüttelte den Kopf. »Soweit ich es begriffen habe, halten sich die Schiffer, wenn du von den ansässigen Salzfahrern absiehst, möglichst aus der städtischen Justiz heraus – um es höflich auszudrücken. Sie haben in diesem Fall nur mitgespielt, weil Kathis Jockel einer von ihnen ist.«

»Es wundert mich, dass Kathi so weit gegangen ist, dir zu helfen. Ich dachte, sie würde sich aus der Sache eigentlich auch lieber heraushalten.«

»Ja, das kann sein. Aber sie mag mich.« Er lächelte und strich sich die Locken hinter das Ohr.

Seine Koketterie beunruhigte Susanne. »Du tändelst doch nicht mit ihr? Sie ist verheiratet, Till.«

Er lachte. »Ach, was! Auf die Art sehe ich sie nicht. Ich mag sie, weil sie eine kluge Frau ist. Manchmal erinnert sie mich ein bisschen an Mutter.«

»Kathi? An Mutter? Unsinn.«

»Na ja, sie ähnelt Mutter nicht so, wie du ihr ähnelst. Aber Mutter hatte auch so eine Sicht auf die Menschen. Hat ihnen immer das Schlimmste zugetraut und sie doch irgendwie geliebt. Verstehst du?«

Susanne erinnerte sich daran, dass ihre Mutter im Gegenteil zumindest von ihr stets eine bessere Meinung gehabt hatte als sie selbst. Bis sie begriff, dass Till von sich sprach. Daher rührte auch der verlegene Unterton in seiner Stimme. Ihre Mutter hatte von ihm meist zu Recht nichts als Unfug erwartet und ihn dennoch innig geliebt. Sie seufzte. »Was sie wohl zu dieser Sache gesagt hätte?«

Till lächelte. »Mutter? Sie hätte vielleicht das Gleiche getan wie du. Wäre vor die Stadt hinausgelaufen und hätte beim Hudenvogt unter das Bett geguckt.«

»Aber was hätte sie dann getan? Was tun wir jetzt, Till?«

»Wir fühlen am Sonntag dem Herrn von Waldfels auf den Zahn. Falls er bis dahin nicht geflohen ist. Und vielleicht finden die Schiffer noch für uns heraus, wo man die Kinder hingebracht hat.«

»Was tun wir für Albert? Fällt dir nicht ein, wie wir Wenzels Mörder finden können?«

Till gab ihr einen zärtlichen Klaps gegen den Kopf. »Hörst du dich eigentlich reden, Schwesterchen? Der wahre Mörder ist eben genau das: ein Mörder. Du wirst den Teufel tun und hinter ihm herlaufen. Überlass das anderen.«

»Aber wir können doch nicht nur abwarten. Stell dir vor, sie würden morgen beschließen, Albert aufzuhängen. Da sind doch einige im Rat, die unbedingt den neuen Galgen benutzt sehen wollen. Sollen wir einfach zusehen?«

»Jedenfalls schleichen wir niemandem nach, der sich jeden Augenblick umdrehen und uns den Schädel einschlagen könnte. Sei vernünftig, Suse. Lass Niehus ihn suchen, er ist ihm vielleicht schon auf der Spur.«

»Hat er das gesagt?«

»Er war mit mir darin einig, dass du nicht noch einmal so etwas Gefährliches unternehmen sollst. Also lass es, sonst ...« Till unterbrach sich und betrachtete sie nachdenklich.

So schuldig Susanne sich auch fühlte, es ärgerte sie doch, dass er mit ihr sprach wie mit einem Kind. »Sonst?«

Die Miene ihres Bruders verschloss sich und wurde wieder zu der ernsten Maske, die ihr an ihm so fremd war. »Ach, nichts«, sagte er.

»Hat es was mit Jan zu tun, dass du so seltsam bist?«

»Hm. Kann sein. Vielleicht schlage ich ihm doch noch die Nase ein.«

»Untersteh dich.«

»Und du nimmst dich in Acht. Du scheinst wirklich nicht zu wissen, was gut für dich ist.«

Auch diesmal saß Schmitts Katze Minka bei dem alten Kaninchenstall im Hinterhof des schiefen Hauses, und Susanne schloss daraus, dass Jan schon auf sie wartete. Dennoch öffnete sie die Tür vorsichtig und mit klopfendem Herzen.

Sie hatte sich zu Hause davongestohlen, ohne jemandem einen guten Grund dafür zu nennen. Ihr war beim besten

Willen keine Ausrede eingefallen, außer die Lust auf einen Spaziergang. Auch wegen Regine machte sie sich Sorgen. Dennoch hatte sie kommen müssen. Gerade nach ihren unklugen Entscheidungen musste sie Jan sehen.

Auf dem Weg hatte sie die Angst verfolgt, dass er gar nicht kommen würde, weil sie ihn verärgert hatte. Nun, da sie ihm gleich gegenüberstehen würde, hielten Herzklopfen und Magendrücken sich wieder einmal die Waage. Sie freute sich darauf, ihn zu sehen, und fürchtete gleichzeitig das Gespräch mit ihm.

Er stand angelehnt im Türrahmen der unteren Stube und blickte ihr entgegen. Sobald sie über die Schwelle getreten war, kam er auf sie zu und nahm sie in die Arme. »Du bist gekommen«, sagte er leise und küsste sie, ohne auf eine Antwort zu warten.

Sie stellte fest, dass in seinen Küssen ein Zauber lag. Seine Lippen nahmen ihren Bedenken das Gewicht. Hatte sie ihm eben noch unendlich viel erklären und sich rechtfertigen wollen, fand sie nun, dass es für ihren Mund eine bedeutsamere Beschäftigung gab. Sie schmiegte sich so eng an ihn, dass sie ihn mit der ganzen Länge ihres Körpers spürte. Seine Zungenspitze fragte an, ob sie ihre Lippen für ihn öffnen wollte, und sie fühlte, wie sie ihren Willen verlor. Sie wurde nachgiebig unter seinen Händen, wollte nur noch, was er wollte. Jan umfasste ihre Hüften, um sie gegen sich zu drücken. Sein Atem wurde schneller, und Susannes Sehnsucht größer. Wie beim vorherigen Mal sehnte sie sich desto stärker nach seinen Berührungen, je näher sie sich waren, als wolle sie mit ihm verschmelzen. Sie wusste, dass es Unzucht war, wonach sie sich sehnte, doch schämen konnte sie sich nicht. Die verwirrenden Lustgefühle überwältigten sie. Nie hatte sie sich träumen lassen, wie heftig das Verlangen nach etwas sein konnte, das sie nicht einmal kannte.

»Gott hilf mir, ich will dich so sehr«, flüsterte Jan zwischen Küssen.

Die wenigen Worte genügten, um eine beschämende Hitze in ihrem Schoß zu entfachen. Widerstandslos ließ sie zu, dass er ihren Rock hochzog. Seine Hände glitten über die nackte, empfindliche Haut ihrer Schenkel, legten sich um ihre Hinterbacken. Er hörte auf, sie zu küssen, und seufzte. »Sag nein, Suse, sag nein.«

Auf einmal verstand sie, was er meinte. Wenn er sich seiner Lust nur halb so ausgeliefert fühlte wie sie, dann musste er sich wünschen, dass sie mehr Beherrschung besaß als er.

Mit beiden Händen fuhr sie durch sein weiches Haar, streichelte seinen Nacken und spielte mit der Lederschnur, die er um den Hals trug. Sie musste sich zwingen zu sprechen. »Ich mag es, dich zu spüren, und ich will nicht nein sagen. Aber ich sage nein, weil du recht hast. Wir dürfen das nicht.«

Zuerst schien ihr halbherziges Nein seine Wirkung zu verfehlen, denn er küsste sie erneut, und seine Hände erforschten alles unter ihrem Rock, außer ihrer Scham. Nur ein einziges Mal streifte er ihr krauses Haar dort, dann zog er die Hände unter ihren Röcken hervor und ließ sie los. Er lehnte sich mit dem Rücken an die Wand und sah zur Decke, sein Gesicht glühte, und sein Atem beruhigte sich nur langsam. Susanne konnte es ihm nachfühlen, sie zitterte stärker als er.

»Dabei wollte ich nur mit dir reden. Aber wenn ich dich sehe …«, sagte er.

»Ich weiß. Vielleicht sollten wir die Augen schließen, wenn wir reden wollen.«

Er lachte, und sie lächelte. Es machte sie froh, ihn einmal heiter zu sehen, auch wenn es nur für einen Augenblick war. »Du lachst so selten«, sagte sie leise.

»Ja?« Sein Blick kehrte zu ihr zurück, und sie konnte genauer betrachten, wie schön sein Gesicht war, wenn er lächelte. Sie sahen sich in die Augen und gingen wieder einen Schritt aufeinander zu. Im letzten Moment hob Susanne die Hand. »Lass uns nach oben gehen und die Augen schließen. Ich muss wirklich mit dir sprechen.«

Obwohl sie es als Scherz gemeint hatte, saß Jan kurz darauf im Obergeschoss mit geschlossenen Augen neben ihr. Diesmal hatten sie sich nicht nah beieinander niedergelassen, sondern hielten sich nur an der Hand.

»Ich möchte dich um Verzeihung bitten«, begann Susanne. »Wahrscheinlich habe ich Schaden damit angerichtet, dass ich zur Hude gegangen bin.«

Sein Griff um ihre Hand wurde fester, sonst regte Jan sich nicht. In seinem Zögern war zu spüren, dass es ihm schwerfiel, die richtige Entgegnung zu finden. »Dir ist nichts geschehen«, sagte er. »Aber dieser Rieger weiß jetzt mehr über uns, als mir lieb ist. Wie viel weiß übrigens dein Bruder? Er war wütend auf mich, weil er dachte, ich hätte dich zur Hude geschickt.«

»Ich bin nicht sicher, was er sich zusammenreimt. Er hat sich mir gegenüber merkwürdig benommen, aber bei Till weiß man nie. Er hat selbst eine Menge Geheimnisse. Vielleicht ahnt er etwas, aber erzählt habe ich ihm nur, dass ich bei der Suche nach den Kindern helfen wollte.«

»Was für Geheimnisse hat er denn?«

»Nun, er treibt sich viel herum, sieht und weiß mehr, als er offen sagt. Und er kann schlecht widerstehen, wenn es gilt, irgendwo Unfug zu treiben. Kein Narrenstreich ohne

Till Büttner. Es ist, als hätten seine Taufpaten es schon vorausgeahnt, als sie ihm seinen Namen gegeben haben. Er ist ein Eulenspiegel.«

»Er ist glücklich dran, dass er sich solchen Spaß erlauben darf.«

»Oh, glaub nicht, dass er straflos ausginge. Für Vater ist er ein ewiger Dorn im Fleisch, der würde ihn nicht schonen. Allerdings ist Till sehr geschickt, er lässt sich nicht so leicht erwischen. Übrigens hat er herausgefunden, dass die Kinder nicht mehr in der Warborch sind. Sie haben sie auf dem Schiff fortgebracht. Kathi vom Hafen hat für Till die Schiffer gefragt.«

»Ich habe es mir gedacht. Für die Kinder kann ich wohl nicht viel tun. Lieber werde ich versuchen, den Totschläger zu finden. Vielleicht decken die Büttel auch den Kinderhandel auf, wenn man ihm den Prozess macht. Sei du nur vorsichtig, wenn du dem Herrn von Waldfels begegnest. Und halt dich von Rieger und Kowatz fern.«

»Ich werde vorsichtig sein.« Susanne gab ihm recht, um ihn zu beruhigen, obwohl sie den Gedanken kaum ertragen konnte. Wie sollte sie sich damit abfinden, nichts mehr für die Kinder zu unternehmen, nachdem sie nun sogar ihre Gesichter kannte? Die Kleinen hatten so eingeschüchtert ausgesehen.

Mittlerweile sah Jan sie wieder an. Sie beugte sich zu ihm und gab ihm einen flüchtigen Kuss, dann hakte sie behutsam einen Finger in die Lederschnur um seinen Hals. »Was trägst du da, ein Kreuz oder ein Amulett?«

»Wirst du es nicht weitersagen?«

Sie verneinte stumm, und er zog die Schnur unter seinem Hemd hervor. »Meine Mutter hat mir eingeschärft, ich solle immer sagen, es wäre ein Kreuz, falls jemand fragt.

Es ist sehr alt und hat meinem Vater gehört. Das Einzige, was ich von meinen Eltern noch habe.«

Er zeigte ihr das daumenlange silberne Schmuckstück am Ende der Schnur. Auf den ersten Blick sah es aus wie ein mit alten Ornamenten verziertes, abgegriffenes Kreuz, die Proportionen stimmten jedoch nicht. »Was ist es in Wahrheit?«

»Mein Vater glaubte, es wäre ein Hammer. Unsere Vorfahren waren alle Schmiede. Dieser Schmuck gehörte immer dem ältesten Sohn.«

»Und du bist der Älteste?«

»Das einzige Kind.« Er ließ den Hammer in seinen Hemdausschnitt fallen.

Susanne begriff, dass er nicht mehr darüber sprechen mochte, doch sie hatte schon so viel über ihn nachgedacht, dass es ihr nun keine Ruhe ließ. »Sei mir nicht böse, wenn ich dich das frage, aber ... Du bist doch nicht tatsächlich mit einer Halsabschneiderbande herumgezogen, bevor du nach Lüneburg kamst?«

Er schloss die Augen wieder und lehnte den Kopf gegen die Wand. »Wer hat dir das erzählt?«

»Eine Frau aus dem Hafenviertel. Auch Till sagte, dass so etwas über dich geredet wird.«

»Hat er dich vor mir gewarnt?«

»Nein. Im Gegenteil. Er meinte, ich wäre zu unfreundlich zu dir, und wollte wissen, ob das daran läge, dass ich auf hässliche Gerüchte höre. Er hat mich gescholten.«

»Und hattest du auf die Gerüchte gehört?«

Sein Tonfall verriet kein Gefühl, doch gerade das ließ Susanne vermuten, dass sie vorsichtig mit ihrer Antwort sein musste. »Nein. Außerdem glaube ich nicht alles, was ich höre.«

»Tja. Manchmal solltest du es aber glauben. Unglücklicherweise ist es nämlich wahr.«

Als er sie nun ansah, war seine Miene abweisend. Verwirrt sah sie auf ihrer beider Hände, die noch immer verschränkt waren. Er hielt sie gleichzeitig fest und wies sie zurück. Er offenbarte ihr ein schreckliches Geheimnis und schien doch nicht bereit, ihr etwas zu erklären. Wollte er ihr Angst machen? Oder hatte er so große Angst vor ihrem Urteil, dass er sie vorsorglich zurückstieß? »Auch wenn es die Wahrheit ist, denke ich nicht schlecht über dich. Manchmal hat die Wahrheit mehrere Seiten.«

Er nickte und verzog spöttisch den Mundwinkel. »Und manchmal ist sie nur die einfache Wahrheit.«

»Willst du mir Angst vor dir machen?«

»Ich will, dass du mich nicht für besser hältst, als ich bin.«

»Erzähl mir von damals.«

Ein gewaltiges Krachen im Gebälk ließ sie beide zusammenzucken und aufspringen. Vor Schreck stob die Schwalbe aus ihrem Nest in der Zimmerecke und flatterte aufgeregt einige Runden durch den Raum. Jan zog Susanne an sich, wie um sie zu beschützen. »Eines Tages bricht es doch noch zusammen«, flüsterte er.

»Weich nicht aus. Was war damals? Warst du nicht noch ein Kind?«

»Es war eine böse Zeit, und ich möchte nicht darüber reden. Ich hatte niemanden mehr, und die Bande hat mich ein gutes Jahr lang mitgeschleppt. In der Nähe von Hamburg haben Männer des Braunschweiger Herzogs die Anführer geschnappt und aufgehängt. Ich habe mich vom Rest losgemacht und bin hier angekommen. Sechs Jahre ist es her. Und wenn du das weitererzählst, dann kommen vielleicht ein paar ehrbare Lüneburger auf den Gedanken, mich auch noch aufzuhängen. Wer weiß, wenn Schmitt nicht so großzügig gewesen wäre, mich anzunehmen, wäre ich am Ende vielleicht wieder ein Dieb geworden. Reicht dir das?«

Wütend fragte er es, als hätte sie ihn mit ihrer Neugier angegriffen. Und vielleicht hatte sie das. Immerhin hatte sie in alten Wunden gestochert. »Das Wichtigste ist mir, dass du kein Dieb sein willst.« Sie legte die Arme um ihn und streichelte seinen Rücken, bis sie spürte, dass er sich wieder entspannte. »Du willst Schmied sein, oder stimmt das nicht?«

»Ich wollte nie etwas anderes. Mein Vater hatte eine eigene Schmiede, auch mein Stiefvater. Aber solange ich nur überhaupt Schmied sein darf und meinen Platz hier in der Stadt behalte, bin ich zufrieden. Auch wenn ich immer Geselle bleibe. Nur … Heiraten kann Schmitt mich nicht lassen. Selbst wenn sonst niemand dagegen spräche. Das musst du wissen. Ich kann dir nichts bieten.«

So recht er damit auch haben mochte, Susanne wollte es trotzdem nicht hören. Sie brauchte die Hoffnung, dass es einen Weg gab, auf dem sie zusammenfinden konnten. »Kommt Zeit, kommt Rat. Wenn wir Geduld haben …«

»Das wird nicht wahr, Susanne. Versteig dich nicht. Dein Vater hat Hoffnungen für dich. Was wird er sagen, wenn du ihn enttäuschst?«

»Er hat selbst gesagt, dass ich noch jung bin und mich nicht so bald entscheiden muss. Und Martin meint, ich solle nicht so bald heiraten, weil dann keine Hausfrau mehr da ist. Das ist natürlich Unsinn. Auch wenn ich verheiratet wäre, könnte ich ja weiter für die Familie sorgen. Wer sollte sich sonst um Regine und Liebhild kümmern?

Und wenn Vater seine Wehtage hat, dann kommt so leicht auch kein anderer mit ihm zurecht.«

»Wirst du dich dein Leben lang um Regine kümmern müssen? Wird es nicht besser mit ihr?«

»Es hat sich seit dem Unglück damals gebessert. Und sie lernt dazu, wenn sie etwas oft genug wiederholt. Einige einfache Dinge vergisst sie allerdings von Tag zu Tag wieder. Manchmal macht sie mich wütend damit, obwohl ich weiß, dass es nicht ihre Schuld ist. Ich bin nicht so geduldig, wie meine Mutter es war.«

»Es tut mir leid, dass du deine Mutter verloren hast. Sie ist überraschend gestorben, nicht wahr?«

»Der Bader sagte, sie wäre nach innen verblutet. Sie ist von einem Salzfuhrwerk an eine Hauswand gedrückt worden und kam trotzdem ganz gewöhnlich nach Haus. Ihr war nicht gut, aber sie meinte, es sei nicht schlimm. Sie hat uns zum Schützenfest geschickt und ist allein zurückgeblieben. Als wir kamen, hat sie geschlafen. Sie ist nicht wieder aufgewacht.«

Jan hielt sie fest umarmt und küsste ihre Stirn. Niemand hatte sie nach dem Tod ihrer Mutter auf diese Art gehalten. Alle waren mit ihrer eigenen Trauer beschäftigt gewesen, und sie hatte stark sein müssen, um ihre Schwestern trösten zu können. Dennoch hielt sie ihren Kummer auch nun zurück. Jan hatte seine Eltern ebenfalls verloren, womöglich auf noch schlimmere Art. Sie konnte ihm nichts vorweinen.

Er streichelte ihren Nacken und ihre Schultern. »Ich habe dich auf dem Schützenfest damals gesehen. Du hast mit deinem Bruder und den anderen Mädchen getanzt. Ein dünner Hering warst du noch, aber du hast mir trotzdem schon gefallen mit deinem fliegenden Rock. Du hast so schön gelacht.«

Sie blickte zu ihm auf. »Du brauchst nicht zu schmeicheln, um mich zu trösten.«

Er lächelte. »So? Was dann?«

»Es ist schön, wenn du mich festhältst.« Sie bot ihm ihre Lippen an, und er küsste sie.

Wieder wurde mehr aus dem Kuss, bis Jans Hände sich erneut auf den Weg unter ihren Rock machten. Sie trat einen Schritt zurück. »Nein. Ich muss gehen, sonst werden sie mich bald suchen.«

Er seufzte und nickte. »Wann können wir uns wiedersehen?«

»Vielleicht am Mittwoch. Vater und Martin gehen dann meistens in die Wirtschaft.«

»Wenn du mir nicht anderen Bescheid gibst, komme ich her und warte.«

Diesmal ging er vor ihr die steile, krumme Treppe hinab, und Susanne war ihm kurz darauf dankbar dafür. Wie ein grau-weißer Blitz kam Minka die Treppe hinabgeschossen, geriet ihr zwischen die Füße und brachte sie zum Stolpern. Susanne fiel gegen Jan und blieb daher auf den Beinen, stieß sich aber an der Kugel des Treppenpfostens. Ihr Wangenknochen traf hart auf das Holz, und sie wimmerte.

Jan fing sie auf, stützte sie und betrachtete besorgt ihr Gesicht. »Verflixte Stiege.«

Susanne hielt sich die Wange. »Strohdumm von mir, dass ich die Tür offen gelassen habe. Die Katze muss dich wirklich lieben, so wie sie dir nachläuft.«

»Ach was. Sie mag nur gekrault werden. Aber wo ist sie hin? Ich darf sie nicht hier einsperren.«

Gemeinsam stöberten sie Minka in der unteren Stube auf, wo sie vor einem Loch in der maroden Wandtäfelung lauerte. Jan schnappte sie und nahm sie mit hinaus.

»Sie hat es gut, sie darf mit dir gehen.« Zu ihrer Beschämung beneidete Susanne das Tier tatsächlich, bis Jan es auf den Boden setzte und sich wieder ihr zuwandte.

Behutsam strich er ihr über die Wange. »Das wird schon blau. Du musst dir eine Ausrede dafür einfallen lassen.«

Sie grinste jämmerlich. »Ich bin gegen eine Utlucht gelaufen, die gestern noch nicht da war.«

Er schüttelte den Kopf. »Sie wachsen zwar mitunter rasch und unerwartet aus den Häusern, aber so ganz überzeugend klingt das nicht.«

Sie verstand, worauf er hinauswollte. Er hatte recht. Sie musste sich ihre Geschichte sorgsam überlegen, und das würde ihr noch oft bevorstehen, wenn sie ihn weiter heimlich treffen wollte. »Es wird schon gutgehen, Jan. Wir werden es schaffen.«

Seine Augen verrieten seine Zweifel daran. »Pass nur auf dich auf, ja?«

Sie nickte. »Und du auf dich.«

Susanne hatte sich ihre Ausrede zurechtgelegt, als sie die Böttcherei erreichte. Dennoch wurde sie überrumpelt. Es war zu ihrer Überraschung Till, der auf der Hofbank vor der Küche saß und ihr entgegenblickte. Die langen Beine hatte er ausgestreckt, eine Hand im Hosensack vergraben, in der anderen hielt er einen Becher. »Hab ihnen gesagt, du wärst spazieren, um die laue Luft zu genießen«, sagte er und musterte sie kühl.

»Das war ich«, sagte sie.

»Lüg mich nicht an.«

Sie verschränkte die Arme. »Und hör mal, wer da klingt wie Vater.«

»Du weißt nicht, was du tust.«

»Bin ich dümmer als du?«

Wütend richtete er sich auf. »Das ist etwas anderes. Ich bin ein Mann. Du … Sieh dich doch an! Glaubst du, ich kann nicht erkennen, was los ist? Du spielst mit dem Feuer, Schwesterchen. Und das gefällt mir nicht.«

»Ich weiß, Till. Aber ich kann nicht anders. Und wenn du nur ein bisschen Freundschaft für mich übrig hast, dann verrätst du mich nicht.«

Mit einem Knall setzte er den Becher auf dem Tisch ab. »Natürlich verrate ich dich nicht. Aber glaub nicht, dass ich den Schmied davonkommen lasse. Er kriegt meine Meinung zu hören.«

»Bitte lass ihn in Ruhe.«

»Du machst, was du musst, und ich mache, was ich muss.« Damit stand er auf, warf ihr einen funkelnden Blick zu und verließ den Hof.

Susanne war bedrückt und verärgert. So hatte Till sich ihr gegenüber nie zuvor verhalten. Es war nicht zu leugnen, dass auch ihr Bruder sich zunehmend veränderte.

13

Zu Gast beim Sülfmeister

Die prunkvolle Ausstattung der Patrizierhäuser war ein beliebter Gesprächsstoff für alle einfachen Leute.

Da Lene so manches von ihrer Mutter erfuhr und es mit Freude weitergab, hatte Susanne eine Vorstellung davon, wie es in den Heimen der Reichen aussah. Betreten hatte sie ein solches Haus bisher noch nie. Und obwohl die ehrfurchtsvollen Bemerkungen, die ihr Vater und Martin über Lossius' Besitz machten, sie schon auf einiges vorbereitet hatten, war sie doch überwältigt, als es schließlich so weit war. Sie stand auf Lossius' Diele und musste achtgeben, dass ihr nicht vor Staunen der Mund offen stehen blieb.

Der Raum war so groß, dass eine Tafel für zwanzig Personen mühelos hineingepasst hätte. Zu ihrer Linken, wo ihrer Vermutung nach eine Tür zur Küche führte, waren Wandborde und Haken über und zwischen den Türen mit großem, wertvollem Haushaltsgerät bestückt. Ein Geprunke von blank geputzten Kannen, Krügen, Platten, Tellern und Kellen aus Zinn, Kupfer und Silber, ein nagelneues Butterfass, Teigbütten, Modeln und Töpfe im Überfluss. Niemals konnten alle diese Dinge in einem einzigen Haushalt benötigt werden, überlegte Susanne. Dennoch entdeckte sie nirgends auch nur eine einzige Spinnwebe. Rechts und vor ihr an den Wänden ging die Pracht weiter: Werkzeuge, Waffen und alte Rüstungen zuhauf. Sogar der Fußboden der Diele mit seinen kunstvoll gemusterten Fliesen zog den Blick auf sich. Dabei war dies laut ihrem Vater noch der am wenigsten kostbar ausgestattete Raum im Haus.

Hereingebeten hatte sie ein Bediensteter, der eine burgunderrote Weste trug. Das Mieder der Magd, die, höflich vor ihnen knicksend, mit einem Korb über die Diele huschte, hatte dieselbe Farbe.

Wenn Susanne bis hierher schon beeindruckt gewesen war, dann setzte das Erscheinen der Hausherrin dem die Krone auf. Elisabeth Lossius ähnelte bis aufs Haar der Vorstellung, die Susanne von den Damen am Hofe des Kaisers hatte. Ihr Oberkleid in dunklem Rosa teilte sich über einem sahnefarbenen Unterkleid. Kein Stück des kostbaren Oberstoffes war frei von aufwendigen Verzierungen – Besätzen aus Seidenkordel in Weiß und hellerem Rosa, mit Stickerei gesäumten Durchbrüchen und spitzenbesetzten Nähten und Ausschnitten. Solcher Überfluss hätte leicht würdelos wirken können, doch Elisabeth Lossius' Auftreten ließ diesen Eindruck nicht zu. Sie hielt sich so aufrecht und selbstbewusst, dass jeder Zweifel an ihrem Geschmack oder ihrem Recht auf Prunk ersticken musste.

Susanne konnte sich nicht daran erinnern, diese Frau schon einmal zu Gesicht bekommen zu haben. Sie lebten in derselben Stadt und doch in unterschiedlichen Welten. Auf einmal wurde ihr vollends bewusst, was für ein seltsamer Gedanke es von ihrem Vater war, sie mit Lenhardt verheiraten zu wollen. Was konnte ein junger Mann, der mit einer Mutter wie dieser aufgewachsen war, mit einem einfachen Mädchen wie ihr anfangen? Und was bewegte die Männer, in dieser Verbindung einen Vorteil zu sehen? Es beschlich sie der Verdacht, dass ihr Vater ihr einiges verschwieg, was diese Angelegenheit betraf.

Susanne sah zu, wie Frau Lossius huldvoll die Begrüßungen und Verbeugungen ihres Vaters und ihrer Brüder entgegennahm. Sie hatte lange darüber nachgedacht, welches Benehmen sich für sie und ihre Schwestern im Hause der hohen Herrschaften geziemte. Schmerzlich hatte sie dabei wieder einmal den Rat ihrer Mutter vermisst.

Dasselbe galt für ihre Kleidung. Ihr Vater hatte sie angewiesen, ein blaues Kleid ihrer Mutter für sich zu ändern. Seine Stimme hatte dabei ein wenig vor Rührung gebebt. Es war das zweitbeste Kleid seiner Frau gewesen, und er hatte sie gern darin gesehen.

Susanne hatte gewusst, dass er es gut meinte, und nicht abgelehnt, obwohl sie nicht glücklich damit war. Nicht nur, dass sie das Gefühl hatte, in dieses Kleid nicht hineinzugehören. Es war auch mit der Änderung leichter gesagt als getan. Ihre Mutter war größer und schlanker gewesen als sie, so wie Regine. Diese hätte das Kleid ungeändert tragen können, und Susanne hätte es ihr gern gegönnt. Stattdessen hatte sie die Rocksäume kürzen müssen und das Oberteil mühsam im Brustumfang weiter gezaubert.

Nun stellte sich heraus, dass dieses zweitbeste Kleid ihrer Mutter gegen die Robe von Frau Lossius ein Kittel war. Als Lenhardts Mutter sich ihr nun zuwandte und damit ihre Bewährungsprobe nahte, hatte sie ein wenig Herzklopfen. Nur nebenbei nahm sie wahr, dass auch Lenhardt inzwischen erschienen war. Sie knickste mit gesenktem Kopf, richtete sich dann auf und sah seiner Mutter in die Augen. Die ältere Frau musterte ihr Gesicht, und ihr Blick verharrte sekundenlang bei dem Bluterguss auf ihrer Wange. Zu Susannes Erleichterung sagte Frau Lossius nichts dazu, lächelte, nahm ihre Hand und drückte sie herzlich. »Einen gesegneten Sonntag. Mein Sohn hat mir eine Freude damit gemacht, euch einzuladen. Es ist schön, junge Frauen im Haus zu haben.«

Susanne lächelte zurück. »Wir danken Euch für die freundliche Einladung.«

Elisabeth Lossius nickte und schenkte ihre Aufmerksamkeit nun Liebhild, die ebenfalls manierlich knickste und sich die Hand drücken ließ.

Regine dagegen blickte verträumt zu den Männern hinüber, die bereits ein Gespräch begannen. Susanne konnte wieder einmal nicht erraten, wo ihre Schwester in Gedanken war. Möglicherweise bestaunte sie die blitzenden Harnische, die hinter den Männern an der Wand hingen.

Frau Lossius trat näher zu Regine, wurde von ihr jedoch nicht bemerkt. Erst als Susanne ihre Schwester an der Schulter berührte, wachte sie aus ihrem Traum auf. »Regine, du musst unsere Gastgeberin begrüßen. Frau Lossius ist die Mutter vom jungen Herrn Lenhardt.«

Regine lächelte Frau Lossius so liebreizend an, dass nur ein kaltes Herz ihr den Moment der Unhöflichkeit nicht verziehen hätte. Rechtzeitig erinnerte sie sich auch an ihren Knicks. Frau Lossius betrachtete sie lange. Susanne sah ihr an, dass Regines Anmut sie berührte. Lenhardt musste seine Mutter auf wohlwollende Art vorgewarnt haben.

»Das hier ist ein schönes Haus. Und Ihr tragt ein schönes Kleid«, sagte Regine.

Frau Lossius lachte auf. Ihr Lachen klang warm und ließ sie jünger wirken, als sie durch ihr grau gesträhntes Haar erschien. »Was für liebenswürdige Komplimente. Ich danke dir. Ihr drei Mädchen tragt auch sehr hübsche Kleider und seht ganz reizend darin aus. Nun wollen wir aber nach oben in den kleinen Saal gehen. Da ist der Tisch schon gedeckt, und ihr mögt doch gewiss gern ein Stück Kuchen essen.«

Sie wies Regine und Liebhild den Weg zur Treppe, hielt Susanne jedoch am Arm zurück und neigte sich beim Sprechen zu ihrem Ohr. »Mein liebes Kind, Lenhardt hat mir genau erzählt, wie du dich um deine Schwestern sorgst, und ich sehe, dass er recht hat. Du hast eine schwere Aufgabe auf dich genommen, aber du musst nichts befürchten. Soweit ich es beurteilen kann, hast du allen Grund, stolz zu sein. Ihr drei seid ein beglückender Anblick. Ich verstehe Lenhardt gut.« Sie sah Susanne in die Augen und hob ihre zart geformten Brauen auf vielsagende Weise.

Susanne errötete und wurde zu ihrem Glück einer Antwort entbunden, weil nun Herr Lossius und Herr von Waldfels aus einer Stube kamen, die zur Straße hin lag. Frau Lossius verließ sie, um auch diesen Gast standesgemäß zu empfangen. Susanne fühlte sich plötzlich untergehakt und eilig hinter ihren Schwestern her die Treppe hinaufgeführt. »Die Herren kannst du auch oben noch begrüßen«, sagte Lenhardt. »Ich konnte es kaum erwarten, dass ihr kommt. Es fehlte nicht viel, und ich hätte euch besucht, um uns einen dritten Badebottich zu bestellen. Dabei wird schon der zweite nicht benutzt.«

Susanne konnte sich ein kurzes Lachen nicht verkneifen. »Die Ansichten über das Baden gehen ja sehr auseinander. Meine Mutter hielt Baden für ungesund, trotzdem hat sie oft genug entschieden, dass es im Vergleich zu unserem Kinderschmutz das kleinere Übel war.«

»Ich empfinde ein heißes Bad als Wohltat und kann den gelehrten Medikussen nicht folgen, die sagen, es sei schädlich. Beim Volk des Alten Rom war Baden gebräuchlich. Und diese Menschen sind, wie jeder weiß, keineswegs kränklicher gewesen als wir.«

Es ging Susanne durch den Sinn, dass Lenhardt für seine

gepriesenen heißen Bäder sicher weder selbst das Wasser trug noch das Feuer schürte, aber sie wollte ihn nicht ärgern. »Vermutlich habt Ihr recht. Vor einigen Tagen habe ich Schifferkinder im Fluss schwimmen sehen, als täten sie es jeden Tag. Sie wirkten äußerst gesund, obwohl das Wasser dort unsauber ist. Aber ich kann es nicht beurteilen, denn ich bin bisher eher dem Rat meiner Mutter gefolgt. Und ein heißes Bad habe ich wohl noch nie genommen. Jedenfalls kann ich mich nicht daran erinnern, dass das Baden je eine Wohltat war. Was auch an Mutters harter Bürste gelegen haben mag.«

Lenhardt lächelte. »Das wäre also eine der Freuden des Lebens, die es für dich zu entdecken gälte.«

Der Schalk in seinen Augen erinnerte Susanne daran, dass er sie zu gern in diese wie auch alle anderen Freuden einführen wollte. Doch er zerstreute ihre Verlegenheit mit einem ungezwungenen Lächeln und führte sie in den Saal, wo eine weitere Magd im burgunderroten Mieder neben der gedeckten Tafel auf sie wartete. Susanne sah sich um und beschloss, sich nicht länger über Lossius' Reichtum zu wundern. »Gibt es auch einen großen Saal?«, fragte sie.

Lenhardt zog ihr einen Stuhl zurück. »Ja. Er liegt im Obergeschoss des Seitenflügels. Warum? Möchtest du heute noch tanzen?«

Sie lächelte, ohne sich zu setzen. »Ich hatte mich nur gefragt, wie groß er wohl ist.«

Er griff nach dem Stuhl neben ihrem. »Regine, dieses ist dein Platz. Mutter hat sich die Sitzordnung wie immer genau überlegt. Ja, der große Saal böte dem halben Schützenfest Raum. Würdest du dich bloß bereiterklären, mit mir zu tanzen, dann würde ich dafür Sorge tragen, dass wir auch bei Regen die ganze Nacht dazu Gelegenheit hätten.«

Regine folgte seiner Aufforderung und setzte sich. »Darf ich auch mit Euch tanzen?«, fragte sie halb ihn, halb Susanne.

»Mit Vergnügen«, sagte Lenhardt.

Susanne schüttelte warnend den Kopf und bedeutete ihm zu schweigen. »Du musst es vorher lernen.«

»Ist es sehr schwierig?«, fragte Regine.

Lenhardt holte tief Luft und hatte den Mund schon geöffnet, um »Nein« zu sagen, doch Susanne hielt ihn mit der Hand an seinem Ärmel davon ab. »Ja«, sagte sie. »Aber wir werden sicher einen Tanz finden, den du lernen kannst.«

»Habe ich damit nun sogar einen doppelten Korb bekommen?«, erkundigte sich Lenhardt leise bei Susanne.

Sie lächelte matt. »Macht bitte Regine nicht so große Hoffnungen. Sie kann sich Tanzschritte nicht merken, und Vater wird vielleicht nicht erlauben, dass sie tanzt. Wo soll Liebhild sitzen?«

Liebhild saß Susanne schräg gegenüber, zwischen Lenhardt und Till. Der letzte Stuhl an jener langen Seite der Tafel wurde von Herrn von Waldfels besetzt.

Susanne und Lenhardt waren zur rechten und linken Hand seiner Mutter platziert. Es war eine bezeichnende Sitzordnung. Lenhardts Mutter schien ebenso viel daran gelegen zu sein, Susanne einen Platz im Hause schmackhaft zu machen, wie ihm selbst. Sie hätte sich geehrt fühlen sollen, spürte stattdessen jedoch, wie sich die unsichtbare Schlinge um sie herum enger zuzog. Sie schämte sich jetzt schon dafür, Lossius' Erwartungen zu enttäuschen.

Herr Lossius schlug mit einem Messer gegen sein Glas, nachdem alle Platz genommen hatten. »Werte Gäste, seid willkommen. Ich will nicht zu viel sagen, doch das Folgende soll kein Geheimnis bleiben: Ich hoffe, dass wir uns noch oft in einer Runde wie dieser zusammenfinden. Nun lasst Euch auflegen und genießt, was wir zu offerieren haben.«

Als Hinrik Lossius zu Ende gesprochen hatte, ergriff seine Frau das Wort und klärte die Runde über die aufgetischten Leckereien auf. Mit Feigen und Rosinen oder mit winzigen Erdbeeren gefüllte Törtchen waren neben Platten voller warmer, buttergebackener Strützel aus Eidottern und Rahm aufgebaut. Verzierte Plätzchen und ausländische kandierte Früchte sahen aus wie Schmuckstücke, und die ganze Pracht duftete verlockend nach Zimt und gerösteten Nüssen. Liebhilds verzückte Miene sprach Bände.

Sobald jeder Gast sich nach Frau Lossius' Rat den Teller gefüllt hatte, wandte sie sich Susanne zu. »Und du führst also euren Haushalt? Mein Sohn sagt, du hättest wenig Unterstützung dabei und meisterst die Aufgabe dennoch ausgezeichnet. Deine Mutter muss eine weise Frau gewesen sein, dass sie dich beizeiten alle nötigen Fähigkeiten gelehrt hat. Ich führe unser Haus mithilfe von acht Bediensteten und fühle mich gelegentlich angestrengt davon. Daher habe ich großen Respekt vor einer jungen Frau, die so viele Arbeiten selbst übernimmt.«

Susannes Wangen glühten. Sie sah auf den Silberlöffel in ihrer Hand und die silbernen Teller, auf denen sich aufwendiges Back- und Zuckerwerk häufte. In Liebhilds noch immer staunenden Augen spiegelte sich das Glitzern und Glänzen von kostbarem Geschirr und Wachskerzenflammen. Ahnte Frau Lossius wirklich nicht, wie groß der Unterschied zwischen ihnen war? Sie überlegte, ob sie das Ansehen ihres Vaters herabsetzen würde, wenn sie darauf hinwies, wie viel größer und reicher der Haushalt der Lossius' war als ihr eigener. »Ich fürchte, Ihr überschätzt mich. Es ist vielmehr so, dass unser Hausstand sich meinen einfachen Fähigkeiten angepasst hat. Zu meinem Glück haben die Mitglieder unseres Hauses bescheidene Ansprüche.«

Lenhardt klickte mit der Zunge. »Ts. Mutter, da hörst du. Du bringst sie in Verlegenheit. Susanne ist selbst bescheiden. Ihren Worten zum Trotz ist ihr Haus ein Schmuckkästchen.«

Susanne wurde noch elender zumute. Sie traute Lenhardt zu, dass er sie in höchsten Tönen gelobt hatte, um seine Mutter für sie einzunehmen. Jede andere hätte ihn wohl spätestens jetzt dafür geliebt. Er zwinkerte ihr zu, ein breites Lächeln auf seinem anziehenden Gesicht. Wie merkwürdig es war, dass man nicht mit dem Kopf entschied, wen man liebte. Das Leben wäre so viel einfacher gewesen. Sie mochte Lenhardt, doch das Gefühl war matt im Vergleich zu dem, was sie für Jan fühlte. Jeder Gedanke an ihn ließ ihr Herz jubeln und zittern zugleich.

Elisabeth Lossius wandte sich freundlich an Liebhild und fragte sie, ob sie brav im Haushalt hülfe und auch schon lesen gelernt hätte.

Susanne wusste, dass sie hätte zuhören sollen und sicherstellen, dass Liebhild sich gut benahm, doch ihre Aufmerksamkeit wurde von Herrn von Waldfels gefesselt. Sein edler Aufzug stach selbst aus dem Sülfmeisterprunk noch heraus, doch darauf achtete Susanne kaum. Seine dünnen, fast weißen Haare umspielten zarte Schultern. Auf seine bleiche Art hatte er etwas von einem Engel. Das bartlose Gesicht und die hellen Augen leuchteten wie von innen heraus, während er ruhig und melodisch zu Till sprach. Es blieb ihr unvorstellbar, dass dieser Mann Kinder kaufte, um sie einem üblen Zweck zuzuführen.

»Wenn ich also den Worten Eures reizenden kleinen Geschwisterkindes Glauben schenken darf, dann ist die Fassmacherei ein faszinierendes Handwerk, und Ihr, Euer Bruder und ehrenwerter Vater, seid Künstler darin. Liebhilds ehrliche Bewunderung für Eure Fertigkeit hat mich entzückt. Gibt es etwas Schöneres, als mit so einem unschuldigen Kind umzugehen? Ihr müsst der Kleinen sehr zugetan sein.«

Susanne sah, wie Tills Bewegungen stockten, und konnte es ihm nachfühlen. Sie spürte selbst, wie sich von ihrem Nacken her eine Gänsehaut ausbreitete.

Till bewahrte jedoch Ruhe. »Liebhild ist unser Küken, und wir lieben und hüten sie. Was die Böttcherei betrifft, würde sie gewiss ein guter Handwerker werden, wenn sie ein Junge wäre. Doch ich glaube, Susanne wird eine ebenso gute Hausfrau aus ihr machen. Wenn Ihr mir die Frage verzeihen wollt, Euer Hochwohlgeboren, aber Ihr müsst eine besondere Zuneigung zu Kindern hegen, dass Ihr so viel Gefallen an unserer Liebhild findet. Habt Ihr auch eigene?«

Herrn von Waldfels' Miene blieb mild und leuchtend. »Ich konnte mich nie dazu entschließen, mich zu vermählen. Daher bleiben mir die eigenen Nachkommen verwehrt. Aber Ihr habt ganz recht, mein junger Freund. Ich habe eine besondere Schwäche für die Jüngsten und Unschuldigsten unserer allzu oft brutalen menschlichen Gesellschaft. Die Unverdorbenheit derer, die erst kurze Zeit gelebt haben, erfrischt und beglückt mein Herz. Ich pflege stets zu denken: Könnte man ihnen doch diese Reinheit bewahren und sie von den bösen Einflüssen der Welt fernhalten! Um wie viel besser würde die Menschheit gedeihen. Und wäre es nur eine Stadt! Stellt Euch vor: eine Stadt der guten Menschen. Eine wundervolle Utopia. Oder langweile ich Euch?«

Susanne konnte den Blick ebenso wenig von ihm abwenden wie ihr Bruder. Till umklammerte seinen Silberlöffel wie ein Halteseil. »Keinesfalls. Ich muss allerdings zugeben, dass ich nicht genau weiß, was eine Utopia ist. Meint das einen Wunschtraum?«

»Ganz recht. Nach Thomas Morus ist es der Ort, an dem wir eine ideale Gemeinschaft gründen können. Spötter nennen es Phantasterei und unmöglich. Doch warum sollte man es nicht versuchen?«

Till nickte und drehte den Löffel nachdenklich zwischen seinen Fingern. »Wer würde nicht von einem Ort träumen, an dem Menschen einander kein Leid antun? Es wäre beinah wie das Paradies. Wo würdet ihr Eure Stadt erbauen?«

Herr von Waldfels lächelte entrückt. »Ich wüsste den rechten Ort. Eurem Vater hatte ich bereits das Vergnügen zu erklären, dass das Elend, welches der Krieg über meine östlichen Ländereien gebracht hat, auch einen Vorteil hatte. Es gibt dort verlassene Siedlungen auf bestem Grund. Keine Rücksichtnahme muss mich hindern, diese baufälligen Reste unvollkommener Behausungen entfernen zu lassen und neue Städte zu gründen, die hohen Idealen genügen. Oft hat mich der Vorwurf getroffen, mein Vater hätte mithilfe des Krieges sein großes Vermögen erwirtschaftet. Wie könnte ich dieses Vermögen besser verwenden, als das verwüstete Land wieder zum Blühen zu bringen? Ich habe viele Jahre die Erkenntnisse der besten Baumeister und Philosophen studiert, und ich sage Euch, der Mensch wäre längst in der Lage, das Paradies zu errichten, wenn die Vernunft und der Schöpfergeist frei walten und über die Kräfte des Althergebrachten siegen dürften.«

Susanne sah mit Sorge, wie die Begeisterung in Tills Augen aufflammte. Von Waldfels' Worte waren Wasser auf seine Mühlen, so wie sie Zunder für den Zorn ihres Vaters sein mussten. Ein Seitenblick auf dessen Profil bestätigte ihr diese Vermutung. Der Respekt würde ihn davon abhalten, sich abfällig gegen den hohen Herrn zu äußern, und ein Fremder hätte ihm nichts angemerkt, doch Susanne kannte die Zeichen seiner Missbilligung.

Offenbar war auch Herr Lossius dem Gespräch zwischen Till und Herrn von Waldfels gefolgt, denn er räusperte sich verlegen und berührte den Herrn leicht am Arm. »Ich bin überzeugt, dass Ihr Euer Unterfangen mit großer Weisheit beginnt. Doch müsst Ihr einräumen, dass der größte Teil aller ungestümen Erneuerer mehr Schaden als Nutzen anrichtet. Gerade den jungen, unerfahrenen Männern muss doch nahegelegt werden, Respekt vor dem Hergebrachten zu bewahren. Besonders in einer Stadt von so ehrwürdigem Alter und mit so bewährten Gebräuchen wie unser Lüneburg dient die Tradition dem allgemeinen Wohle zumeist besser.«

»Oh, gewiss. Der Erneuerungswille kann eine Unart sein, wenn er nicht mit der notwendigen Bildung und vor allem Macht einhergeht. Außerdem lässt sich das junge Reis der Utopia nicht von unerfahrenen Gesellen auf alte Bäume pfropfen. Es muss ein junger Setzling sein, der unter der Obhut eines wohlausgebildeten Gärtners heranwächst und vor allen schädlichen Einflüssen bewahrt wird.«

Er hat die Kinder, dachte Susanne. Auf einmal sah sie es so klar, als hätte er es selbst ausgesprochen. Herr von Waldfels wollte die Kinder tatsächlich für seine Utopia, und es wirkte, als wäre er überzeugt davon, dass er damit nur Gutes tat. Sie konnte ihn nicht einmal von Herzen dafür verurteilen. Was war sein Verbrechen? Kindern ein Heim im Paradies auf Erden zu bieten, die vorher stets hungrig zu Bett gegangen waren, war nicht frevelhaft. Dennoch war etwas an dieser Geschichte, was die Gänsehaut auf ihrem Rücken nicht abklingen ließ. Es geziemte sich für sie nicht, sich in das Gespräch einzumischen. Sie würde tadelnde Blicke ernten, aber schweigen konnte sie nicht. »Verzeiht, Euer Hochwohlgeboren, darf ich Euch etwas fragen?« Schlagartig legte sich Stille über die Gesellschaft am Tisch. Susanne konnte darin förmlich die Gedanken ihres fassungslosen Vaters hören. *Was fällt ihr ein?* Den Tadel würde sie später erhalten.

»Aber gewiss, mein Kind.« Falls Herr von Waldfels erstaunt war, zeigte er es nicht.

»Wenn dem Gärtner trotz aller Obhut und Pflege ein junger Setzling nicht nach seinem Wunsch gedeiht, was wird er dann tun?«

Zum ersten Mal musterte er sie anders als mit milder Miene. Sein Blick wurde wacher, gerade nur so viel, dass der aufmerksame Beobachter es wahrnehmen konnte. Sorgsam stellten seine mit weiß glitzernden Juwelen geschmückten Finger das Weinglas ab. »Liebe Jungfer, ich verstehe Eure Frage so, dass Ihr Euch sorgt, was mit einer jungen Utopia geschieht, die den Gärtner enttäuscht. Nun, es ist ausgeschlossen, dass so etwas passiert. Seht, junge Pflanzen sind unendlich formbar. Lässt man nur Ordnung und Gewissenhaftigkeit herrschen, werden sie in der gewünschten Form wachsen. Es würde wohl nur im äußersten Falle nötig werden, sie auszureißen und neu zu beginnen. Beruhigt Euch das?«

Susanne hielt ihre zitternden Hände unter dem Tisch verborgen und bemühte sich um ein unschuldig wirkendes

Lächeln. »Ja, so habe ich es gemeint. Vergebt mir, wenn ich zu unwissend bin, aber Eure Gedanken sind wunderbar, und ich würde sie gern verstehen. Ihr wünscht Euch, dass in Eurer Utopia niemand dem anderen einen Schaden zufügt. Glaubt Ihr, dass es sich vermeiden lässt, dass das Gute etwas Böses hervorbringt? Kann man so weit vorausschauen, dass nie eine gute Tat einen Schaden anrichtet?«

Er lächelte zurück. Es wirkte ehrlicher, als sich ihr eigenes Lächeln anfühlte. »Ich bin entzückt, dass Ihr so tiefgehend nachdenkt, meine Liebe. Ganz reizend für so ein junges Geschöpf. Ich beglückwünsche Euch, Meister Büttner, Ihr seid wahrlich gesegnet. Ja, gewiss, ich kann nur wiederholen: Es ist eine weise Vorausschau nötig, um das Gewünschte zu erzielen. Doch ich bin zuversichtlich, dass sich der Prozess nach gewisser Zeit verselbstständigt und die Utopianer lernen, stets im Sinne höchsten Allgemeinwohles zu handeln.«

Susanne nickte demütig und senkte den Kopf. »Ich danke Euch vielmals.« Sie würde nicht mehr aus ihm herausbringen, doch genügte ihr, was sie gehört hatte. Bei allem guten Willen schien Herr von Waldfels ein wenig wahnsinnig zu sein. Ihre Sorge um die Kinder kehrte mit Macht zurück. Sie mochte sich nicht vorstellen, was für eine Herrschaft ihr Besitzer über sie errichten würde, wenn sie begannen, ihn zu enttäuschen. Und enttäuschen mussten sie ihn. Welches Kind, welcher Mensch würde seinen phantastischen Idealen genügen können?

Till gab im Gegensatz zu ihr noch keine Ruhe. »Wer wird Euch Euer Utopia bauen, und wie wird es aussehen?«

Susanne hätte gern weiter zugehört, doch nun begann Regine neben ihr eine Melodie zu summen. *Wer will flei-*

ßige Handwerker sehen, der muss zu uns Maurern gehen. Stein auf Stein … Sie summte leise, klar und selbstvergessen. Susanne wandte sich ihr zu. »Das klingt hübsch, Gine, aber sing es lieber später. Möchtest du noch etwas trinken?«

»Lass deine Schwester ruhig singen«, sagte Lenhardt. Er saß leicht zurückgelehnt, seiner Miene nach war er glücklich und unterhielt sich bestens. Regines Gesumm brach ab. Sie lächelte ihn strahlend an. »Ich singe gern«, sagte sie.

»Ja. Regine hat eine schöne Stimme und ein gutes Gedächtnis für die Worte«, pflichtete Susanne ihr bei.

»Singst du selbst auch?«, fragte Lenhardt.

Susanne schüttelte den Kopf. »Als Kinder haben wir alle viel gesungen. Jetzt singe ich nur noch in der Kirche.«

»Wie schade, sonst hätte ich euch beide gebeten, uns etwas vorzusingen.«

»Ich kann mitsingen!« Liebhild rutschte eifrig auf ihrem Stuhl nach vorn und sah zwischen Lenhardt und Susanne hin und her. »Wir können ›Nun jauchzet all ihr Frommen‹ singen. Das klingt bei Regine soo schön, und ich kann es auch. Ja, Suse? Bitte!«

»Nur, wenn Herr und Frau Lossius es auch wünschen und wenn es Vater recht ist, Liebchen. Vielleicht mag es jetzt gerade nicht jeder hören.«

Es wunderte Susanne, wie rasch alle der Gesangsdarbietung zustimmten, bis sie begriff, dass Lossius und ihr Vater hofften, damit das Gespräch über von Waldfels' leidige Utopia zu beenden.

»Ich begleite die holden Sängerinnen.« Lenhardt stand auf, bat Regine und Liebhild, ihm zur Stirnseite des Saals zu folgen, und nahm im Vorübergehen eine Laute von einem Wandhaken. Er stimmte sie flüchtig, dann nickte er

Regine zu, die ihn mit großen Augen ansah. »Sing einfach. Ich finde schon zu dir.«

Es gehörte zu den ungeklärten Rätseln, warum Regine sich zwar nicht merken konnte, dass sie Schuhe anziehen musste, aber den Wortlaut eines jeden Liedes im Gedächtnis behielt, das sie je gehört hatte. Susanne hatte genug Vertrauen in ihre Fähigkeit, um sich ohne Sorge über den Moment zu freuen. Selbst hätte sie ungern ihren Platz eingenommen, obgleich sie sich fragte, wann und warum sie aufgehört hatte zu singen. Das Bedürfnis schien eines Tages in ihr erloschen zu sein.

Alle lauschten der Musik und dem Gesang der lieblichen Stimmen andächtig, doch Herr von Waldfels schien über alle Maßen in Bann geschlagen. Er betrachtete die Sängerinnen mit einem Ausdruck, der über Verzückung hinausging. Susanne hielt es für möglich, dass sie aus Misstrauen Gespenster sah, doch für sie schien der reiche Herr ihre Schwestern gierig zu betrachten. Sie schauderte, als sie ihren Blick wieder den Musizierenden zuwandte. Lenhardt schlug die Laute unaufdringlich und angenehm. Ebenso sanft, aber doch direkt sah er sie an. Manchmal, wenn die Melodie besonders gefühlvoll wurde, schloss er kurz die Augen, um gleich darauf wieder ihren Blick zu suchen.

Susanne seufzte. Die meisten jungen Frauen mussten ihm hoffnungslos verfallen. Sie hoffte nur, dass sie nicht mehr allzu lange bleiben würden.

Frau Lossius legte ihren Seufzer sogleich falsch aus. Mitfühlend legte die ältere Frau ihr eine Hand auf den Unterarm und blinzelte ihr verschwörerisch zu. »Hinreißend, nicht wahr?«

Susanne lächelte hilflos und konnte nicht verhindern, dass ihr wieder einmal das Blut in die Wangen schoss. Mit glühendem Gesicht stimmte sie in den Beifall ein, als das Lied zu Ende war.

Der Besuch bei den Lossius' endete nicht mit der Gesangsdarbietung. Susannes Vater vertiefte sich erst im Anschluss daran mit Herrn Lossius in eine lebhafte Besprechung gemeinsamer Geschäftsvorhaben. Susanne hätte auch diesem Gespräch gern zugehört, musste ihre Aufmerksamkeit jedoch weiterhin Frau Lossius und Lenhardt schenken, die sich über zahllose Fragen zu Musik, Kirche, Haushalt und ihr unbekannten Freuden des Lebens austauschen wollten. Nebenbei bekam sie noch mit, dass es Till gelang, seine Unterhaltung mit Herrn von Waldfels auf dessen prachtvolles Schiff zu lenken, doch die Einzelheiten entgingen ihr.

Auch nachdem sie mit ihrer Familie das Haus Lossius verlassen hatte, erhielt sie keine Gelegenheit, mit Till über das zu sprechen, was er von Herrn von Waldfels erfahren hatte. Lenhardt begleitete sie nach Hause. Er schritt artig an der Seite ihres Vaters und hörte sich dessen Zusammenfassung des Tischgespräches an. Nur gelegentlich sah er sich über die Schulter zu ihr und ihren Schwestern um, als wolle er sich dafür entschuldigen, dass er nicht mit ihnen sprach.

Till und Martin gingen am Schluss und stritten sich, zwar in gedämpfter Lautstärke, deshalb aber nicht weniger erbittert. Susanne konnte heraushören, dass es um Utopia ging. Vermutlich würde es noch den ganzen Abend um Utopia gehen – vor allem, wenn ihr Vater sich schließlich frei fühlte, seine Ansichten auszusprechen. Vielleicht würde es der richtige Zeitpunkt sein, um ihm von den Kindern zu erzählen.

Susanne musste bald feststellen, dass sie sich darin irrte.

Nachdem Lenhardt sich verabschiedet hatte, schlug die nach außen hin aufgeräumte Stimmung ihres Vaters um. Er stülpte seinen Sonntagshut so unbeherrscht über den Haken, dass er sich ausbeulte. »Ich hatte es ja schon geahnt. Aber dass ihr mich dermaßen beschämen müsst! Susanne, was war das für ein Benehmen? Auch wenn du noch nicht oft mit hohen Herrschaften am Tisch sitzen durftest, hätte ich doch gemeint, du wüsstest, dass eine junge Frau sich nicht so hervortun darf. Was hast du dich einzumischen, wenn ein hochwohlgeborener Graf seine Pläne darstellt? Ganz gleich, wie unsinnig sie sein mögen. Was müssen Lossius' von dir gedacht haben? Von deinem Bruder bin ich nichts anderes gewöhnt, aber immerhin blamiert er mehr sich selbst als seine Familie, wenn er vor dem hohen Herrn Unfug redet. ›Ihr seid gesegnet, Meister Büttner!‹ Ja, fürwahr, welch meisterhafte Ironie!«

Ohne sich nach ihr umzusehen marschierte er in seine Schreibstube gegenüber der Dornse und schloss die Tür von innen.

Martin zog seinen guten Rock aus und gab ihn ihr, damit sie ihn weghängen konnte. »Tja, wo er recht hat, da hat er recht. Das war schon sehr vorlaut. Warum wolltest du auffallen? Du hattest doch schon reichlich Aufmerksamkeit. Lossius macht dir ja Augen, dass mir vor Scham ganz anders wird. Solltest dich doch lieber schnell entschließen, ihn zu heiraten, sonst wird die Sache noch Aufsehen erregen, so wie er sich zur Schau stellt.« Brüsk wandte er sich ab und folgte ihrem Vater in die Schreibstube.

Susanne fühlte den Drang, ihm seinen guten Rock nachzuwerfen. Sie beherrschte sich nur, weil sie sich selbst Arbeit damit machen würde. Mit steifen Bewegungen wandte sie sich Till zu, der ihr seinen Rock am ausgestreckten Arm hinhielt. Sie riss ihn ihm aus der Hand. »Hast du mir auch noch etwas zu sagen?«

Seine Augen funkelten auf, so wie bei dem Bruder ihrer Kindheit. Fast wollte sie schon lächeln, da wurde er plötzlich ernst. »Was den Gecken angeht, hat Martin recht. Der legt sich ins Zeug, dass einem schlecht wird. Am Ende wird dir nichts anderes übrig bleiben, als Ja zu sagen.«

»Unsinn. Er hat noch nicht einmal gefragt.«

»Die Frage wird ihn nicht viel Zeit kosten. Was wirst du antworten?«

»Das weißt du genau.«

»Dann Gnade dir. Ich möchte nicht in deiner Haut stecken.«

Susanne legte den Finger auf ihre Lippen und zeigte auf Liebhild, die nicht wie Regine in die Küche gegangen war, sondern dem Wortwechsel aufmerksam zugehört hatte.

»Will Lenhardt Suse heiraten?«, fragte ihre Kleine prompt. »Das geht doch nicht. Sie muss ja hierbleiben. Du willst ihn nicht heiraten, Suse, oder?«

»Ich will noch gar nicht heiraten. Mach dir keine Gedanken, Liebchen. Und nun zieh dich um und sieh zu, ob du Lene und der Muhme noch etwas helfen kannst, damit sie auch ihren Sonntagabend bekommen.«

Sie wartete, bis Liebhild die Wendeltreppe hinaufgehüpft war, bevor sie das Wort leise wieder an Till richtete. »Ich wünschte, ihr würdet alle aufhören, davon zu sprechen. Die ganze Aufregung ist überflüssig. Ich heirate Lenhardt nicht.«

Till trat näher zu ihr und flüsterte erbost: »Sag es Vater jetzt gleich, dann weißt du, wer sich hier etwas aus dem Kopf schlagen kann. Du bist schon so gut wie mit Lenhardt verheiratet! Und umso schneller, wenn du auch nur andeutest, dass du einen gewissen anderen im Auge hast. Bevor Vater Jan Niehus um dich freien lässt, schlägt Mutter Künemann Salto. Und ausnahmsweise gebe ich ihm recht. Der Geck wird wenigstens gut für dich sorgen.«

Seine Worte trafen Susanne wie Schläge. Auch wenn sie wusste, dass sie sich in dieser Sache nicht einig waren, hatte sie Till ein wenig mehr auf ihrer Seite gewähnt. »Wenn du es so siehst, dann lass uns nicht mehr darüber sprechen. Was hat dir die Unterhaltung mit Herrn von Waldfels gebracht?«

Seine Schultern, die eben noch angespannt gewesen waren, sanken herab. »Ich meine es doch nur gut, Suse. Sieh doch, es gibt vieles, das du über das Leben nicht weißt. Mutter hätte dich gewiss gewarnt, aber da sie nicht hier ist …«

Till errötete, und seine Stimme wurde zu einem kaum hörbaren Flüstern. »Wenn du ihn weiter triffst, dann setzt er irgendwann seinen Willen durch. Am Ende macht er dir ein Kind. Und dann?«

Susanne dämpfte ihre Stimme ebenfalls. »Was weißt du von seinem Willen? So ist er nicht.«

»Ich bin ein Mann, Suse. Und nicht viel jünger als er. Kannst du mir nicht einfach glauben?«

»Ich glaube dir, dass du mich beschützen willst. Aber wenn ich das so höre, solltest du wohl besser auf dich selbst aufpassen.«

»Im Gegensatz zu dir habe ich noch nie ernsthaft getändelt und habe es auch nicht vor. Das erspart mir das Leid.«

»Ach, glaubst du, ich hätte mir das ausgesucht? Jetzt lass mich endlich in Ruhe damit und erzähl mir vom Grafen.«

Till seufzte tief und zuckte mit den Schultern. »Die Lieb' ist wie der Schwalbenkot, verblendet, wen sie troffen hot. Also gut. Der Herr von Waldfels hat mich eingeladen, sein Schiff zu besichtigen und eine kleine Lustfahrt zu unternehmen. Ich darf meine reizenden Schwestern mitbringen, falls sie es wünschen. Leider fürchte ich, dass Vater es verbieten wird, so wie er uns eben angebellt hat.«

»Aber was hältst du von dem Mann? Ich bin sicher, dass er die Kinder hat, und mich gruselt es dabei. Meinst du, wir können da noch etwas tun?«

»Warum gruselt es dich? Wenn er die Kinder hat, so können sie glücklich sein. Auf mich hat er Eindruck gemacht. Seine Utopia ist doch ein prachtvolles Gedankenspiel. Wahrscheinlich wird es den Kindern dort besser gehen als an jedem anderen Ort.«

»Glaubst du das wirklich? Ich fürchte, er weiß nicht, wie Kinder sind. Sie werden ihn enttäuschen. Und was wird er dann tun? Außerdem frage ich mich, warum er aus seinem Plan ein solches Geheimnis macht. Er hätte doch vorhin offen über die Kinder sprechen können, wenn er ein reines Gewissen hat.«

»Geh, Suse! Was das auslösen würde. Hast doch gesehen, wie Vater und der alte Lossius auf seine Utopia ansprachen. Allein die Aufregung von Befürwortern und Gegnern würde es ihm unmöglich machen, seine Vorbereitungen in Ruhe zu treffen.«

»Seine Vorbereitungen! Er hat dich ja schnell überzeugt. Denkst du noch daran, dass seine Vorbereitungen womöglich etwas mit einem Mord zu tun haben? Dein Herr von Utopia ist vielleicht nicht ganz so gut, wie er sich sein Volk wünscht.«

»Das sind doch Hirngespinste. Da hat ein Lump einem

anderen Lump den Schädel eingeschlagen, mehr nicht. Würdest du nicht zufällig den Albert kennen, hättest du keinen zweiten Gedanken daran verschwendet.«

»Aber ich kenne ihn nun einmal und kann nicht verstehen, wie du so gleichgültig gegen sein Schicksal sein kannst.«

Wütend hob er die Hand und drohte ihr. »Nenn mich nicht gleichgültig. Du bist leichtgläubig, das ist es! Hast du dir ein einziges Mal ernsthaft überlegt, ob Albert nicht wahrhaftig der Mörder sein kann? Was ich inzwischen gehört habe, ist, dass er schon mehrmals nah daran war, sich mit Wenzel zu schlagen. Und zu seiner Stiefmutter war er ebenfalls nicht immer nur freundlich.«

»Herrgott, Till! Bist du zu mir immer freundlich? Ist Martin zu dir freundlich? Vom Streit zum Mord ist es doch noch ein weiter Weg. Willst du denn gar nichts mehr unternehmen?«

»Wenn ich etwas Neues höre, dann werde ich danach handeln. Darüber hinaus mischen wir uns nicht ein, verstanden?«

»Befiehlst du mir?«

»Lässt du mir eine Wahl? Du scheinst deine Vernunft völlig verloren zu haben. Ich will dir nicht damit drohen, dass ich dich an Vater verrate, also muss ich dir wohl versprechen, dass ich dich selbst übers Knie lege. Benimm dich gefälligst, wie es einer jungen Frau aus einem guten Haus gebührt, und bring dich nicht in Schwierigkeiten.«

»Ich kann es nicht glauben. Gerade du! So bist du doch nie gewesen.«

»So bist du auch noch nie gewesen.«

»Was meinst du? Ich hatte schon immer einen eigenen Willen.«

»Aber du warst dabei noch nie eine schöne Frau, die mit verdrehtem Kopf herumläuft. Ich lasse nicht zu, dass du dich und die Familie leichtfertig in Gefahr bringst.«

Ohne dass sie es merkten, waren ihre Stimmen lauter geworden, bis die Tür der Schreibstube geöffnet wurde. Ihr Vater steckte das dunkel umwölkte Haupt heraus. »Darf man erfahren, warum ihr beide euch da auf der Diele herumzankt? Geht in den Keller, wo ihr nicht stört! Man sollte meinen, dass ihr mich für einen Tag genug geärgert habt. Oder habt ihr etwas zu schlichten? Dann nur heraus damit!«

Till schüttelte den Kopf. »Nein, schon gut. Es ist alles geklärt.« Mit lächerlich übertriebener Höflichkeit verneigte er sich gegen Susanne und wies ihr den Weg zur Treppe, um sie vorausgehen zu lassen.

»Ungares Kroppzeuch«, murmelte ihr Vater, als er die Tür wieder schloss.

Während Susanne die wohlbekannten Stufen der Wendeltreppe emporstieg, die weit schlichter gestaltet war als das Prunkstück im Haus Lossius, wurde das Gemisch aus Wut und Sorgen in ihr zur Verzweiflung. Es war, als würde sie im ruderlosen Boot auf das offene Mühlenwehr zutreiben. Sie sah nicht nur das Unglück auf sich zukommen, sondern auch noch Unheil an beiden Ufern, das sie ebenfalls nicht aufhalten konnte. Wenn sich nun auch Till gegen sie stellte, dann war es nicht leicht, Mut und Hoffnung zu bewahren. Niemals hätte sie von ihm geglaubt, dass er Jan so sehr ablehnte. Vor Kurzem hatte er noch für ihn Partei ergriffen. Was war seitdem geschehen? Alle um sie her schienen ihr Dinge zu verschweigen, die für ihr Leben eine wichtige Bedeutung hatten.

Im Obergeschoss angekommen drehte sie sich noch einmal zu Till um und machte einen letzten Versuch. »Ich verstehe das nicht. Was hast du auf einmal gegen Jan?« Sie hörte, dass sie kläglich klang, und ärgerte sich darüber, doch vermutlich machte es nicht den geringsten Unterschied. Till gönnte ihr keine Antwort mehr. Er hob die Brauen, und seine Miene besagte, sie wüsste es doch selbst genau. Dann verschwand er in seiner Kammer, um den Sonntagsstaat abzulegen. Ratlos verweilte sie einen Augenblick, bevor sie zum Schrank ging, der im Flur neben der Kammertür ihres Vaters stand. Gewissenhaft hängte sie zuerst Martins braunen Rock hinein, dann Tills blauen, von dem sie vorher noch Krumen abschüttelte.

Seit zwei Jahren tat sie die Arbeit einer erwachsenen Hausfrau und war von ihrer Familie nie für zu jung oder zu unerfahren gehalten worden. Dabei war es oft nicht einfach gewesen. Und nun auf einmal wurde sie von allen Seiten wie ein Kind behandelt, dem man keine klugen Entscheidungen zutraute. Frau Lossius lobte sie über den grünen Klee und sagte damit dennoch nur, dass ihre Bemühungen nur so eben ausreichten. Ihr Vater schämte sich bei Tisch ihrer Worte. Martin meinte, sie bräuchte Ermunterung, Lenhardt zu heiraten, Till meinte, sie wäre durch und durch unvernünftig. Lenhardt sagte, sie wüsste nichts von den Freuden des Lebens. Und Jan … Er hatte sie vom ersten Moment an nicht ernst genommen und gemeint, sie wüsste nicht, was sie täte. War sie wirklich unbedarft?

Eine ganze Weile hatte sie vor dem Schrank gestanden, als Liebhild zu ihr getappt kam. »Bist du traurig, weil Vater geschimpft hat? Weißt du, Suse, der Herr von Waldfels hat sich doch gar nicht über das geärgert, was du gesagt hast. Er fand es klug. War es bestimmt auch, ich habe es nämlich nicht verstanden. Aber wie wir heute gesungen haben, Gine und ich, das war schön, oder?«

Susanne lächelte, nahm ihr die schief sitzende Haube ab und strich ihr die Haarsträhnen aus dem Gesicht. »Ja, Liebchen. Das war schön. Und du warst überhaupt sehr brav.«

14

Der Rote Berthold

Als wolle er Susanne in ihrem Gefühl bestärken, teilte ihr Vater ihr am Montagmorgen mit, dass er eine weitere Dienstmagd einstellen würde. Eine verantwortungsvolle und geduldige Person wolle er finden, die sich um Regine und Liebhild kümmern solle. Susannes Einwände fegte er mit einer Geste beiseite. »Die Böttcherei wird wachsen, und alle in meinem Haus werden genug Arbeit haben.«

»Was meinst du damit, dass die Böttcherei wachsen wird?«

»Nun, ich gebe meine Pläne nicht auf, nur weil Marquarts Dorothea nicht heiraten will. Ich hoffe noch, dass der Alte ihr Beine machen wird, aber selbst wenn nicht, habe ich vor, über kurz oder lang seinen Werkhof zu übernehmen. Es hatte damals seine Gründe, dass eure Mutter und ich hierhergezogen sind, aber die Gebäude hier waren schon immer zu klein.«

»Mutter hätte es nicht gefallen, dass du mit der Werkstatt zurück in die Böttcherstraße gehst.«

»Du weißt, ich lasse nichts auf deine Mutter kommen, aber sie war abergläubisch. Nachdem die Pest damals die Böttcher so sehr geschlagen hatte, hat sie gemeint, es läge ein Fluch auf der Gegend. Aber so wie ich es sehe, geht es den Leuten dort heute nicht schlechter als anderenorts.

Und die Pest hat uns seit Jahrzehnten in Ruhe gelassen, dem Himmel sei es gedankt.«

Im Laufe des Tages wurden drei große Bestellungen aus der Böttcherei abgeholt, und Susanne musste ihrem Vater in Gedanken recht geben. Die schweren Fuhrwerke mussten auf der Straße warten, weil sie im Hof nicht wenden konnten. Bis die Salztonnen, Wasserfässer und Heringstonnen aus der Werkstatt nach vorn gebracht waren, dauerte es seine Zeit. So lange war die Straße verstopft. Das Gepolter auf dem Hof und in der Durchfahrt brachte das Haus zum Beben, und die Stimmen der Knechte mussten noch drei Häuser weiter zu hören sein. Es war ihr vorher nie aufgefallen, weil sie es nicht anders kannte. Auch war es nicht allzu oft vorgekommen, dass mehrere große Lieferungen gleichzeitig ausstanden. Doch das sollte in Zukunft wohl häufiger vorkommen, falls sie die Worte ihres Vater richtig auslegte.

Der Trubel, der an diesem Tag durch das Verladen entstand, war ihr Glück, denn nur dadurch blieb unbemerkt, dass sie am Nachmittag eine Besucherin hatte. Es war Kathi, die an der Haustür klopfte, bis Susanne ihr selbst öffnete. Statt ihrer zwei Körbe trug sie heute zwei Eimer mit Deckeln an ihrem Joch. »Den Wäscherinnen mangelt es an Lauge. Habt Ihr Asche abzugeben, Jungfer?« Sie legte den Kopf beim Sprechen schief und lächelte nur mit einem Mundwinkel. Endlich kam Susanne darauf, woran Kathi sie erinnerte. Sie ähnelte einer Elster, nicht nur in ihren flinken Bewegungen und mit den funkelnden Augen, sondern auch in ihrer schwarz-weißen Ausstrahlung. Ein wenig unehrlich vielleicht, aber klug, aufmerksam und geschickt.

»Komm herein, ich habe Asche«, erwiderte sie. Rasch schob sie Kathi in die Schreibstube. »Unser Aschefass ist leer, aber mein Vater hat einen Ofen hier drin, und ich habe ihn nach dem letzten Anfeuern nicht ausgefegt. Oder willst du gar keine Asche?«

»Doch, doch. Wo wir schon einmal dabei sind: Es mangelt den Frauen wirklich daran. Kann man hier reden, oder lauscht jemand oben am Ofenrohr?«

»Ganz sicher lauscht niemand. Was gibt es?«

»Der Galgen bei der Baumkuhle ist fertig und wartet auf euren Albert. Da dachte ich, ich frage euch mal, ob ihr aufgegeben habt. Sucht ihr noch nach einem anderen Mörder?«

Susanne zuckte mit den Schultern. »Mir verbieten sie die Suche. Und Till will sich in die Mordsache nicht weiter einmischen. Jan sucht vielleicht noch, aber er hat mir nichts erzählt.«

»Ich hätte bald den Hals voll davon, wenn man mir so viel verbieten wollte. Kannst du denn keinen Schritt allein tun?«

»Wenn ich wüsste, was ich allein tun kann, dann würde ich es vielleicht wagen. Aber ich kann nicht so leicht hier weg. Es fällt schnell auf, wenn ich fehle. Außerdem ist es immer ein Hasardspiel, wenn ich nicht auf Regine achtgebe.«

»Regine, Regine. Was hast du nur immer mit ihr? Hast du sie nicht neulich auch lebendig und gesund wiedergefunden?«

»Ach, was weißt du denn darüber? Du hast sie doch noch nicht einmal aus der Nähe gesehen. Es gibt unendlich viel, was ihr zustoßen kann, und wenn das passierte, würde man sie vielleicht in einen Narrenkäfig in der Mauer sperren. Keiner von uns könnte das ertragen.«

»Schon gut, schon gut. Na, wir wollen sehen, ob du

trotzdem etwas tun kannst. Wie seltsam, dass du gerade vom Hasardspiel gesprochen hast, denn das führt mich her. Es gibt eine Frau, die immer sehr arm war und nun plötzlich Geld hatte, um Schulden zu bezahlen. Sie sagt, ihr Mann hätte gespielt und gewonnen. Ich gönne ihr das Geld, sie ist ein liebes Ding, eine Frau wie eine Maus, und sie hat es schwer. Aber dass ihr Mann das Geld gewonnen hat, das glaube ich im Leben nicht. Und Kinder zu verkaufen hatten sie ebenfalls keine. Eine Totgeburt nach der anderen hatte Giselchen, und ich könnte dir auch sagen, warum. Aber nun wollen wir erstmal beim Geld bleiben. Ich sage dir, warum es nicht beim Spielen gewonnen ist. Wenn Berthold – das ist Gisels Mann – zur Schenkentür hereinkommt, dann packen die Kerle ihre Würfel und Karten ein und müssen rasch nach Hause zu ihren Frauen, auch wenn sie gar keine haben. Jeder weiß, dass Berthold sogar Spieler bei den Bütteln anschwärzt, wenn das Spiel nicht in seinem Sinne verläuft. Niemand würde um nennenswerte Einsätze mit ihm spielen, weil er so ein schlechter Verlierer ist. Wäre er ein bisschen klüger, hätte er nie das Hasard als Ausrede benutzt.«

»Also, woher kommt das Geld? Willst du mir sagen, dass es Wenzels sein könnte?«

»Möglich wäre es. Wenzel und Berthold kannten sich gut.«

»Aber was, meinst du, soll ich nun tun? Ich kann doch nicht zu Berthold spazieren und nachfragen.«

»Davon rate ich dir in der Tat ab. Er ist ein gemeiner Hund. Alle gescheiten Frauen machen einen Bogen um ihn. Aber seiner Gisel könntest du mal etwas Gutes tun, wenn er nicht zu Hause ist, und ihr so einen schönen Korb bringen, wie du ihn letztens herumgetragen hast. Totgeburten hin oder her, sie ist wieder schwanger. Außerdem hat sie eine halbwüchsige Tochter und einen Sohn, der als Salzsieder angelernt wird und immer Hunger hat. Du musst nur daran denken, dass sie das Essen wahrscheinlich vor ihrem Mann verstecken muss.«

»Aber ich dachte, sie hätten nun Geld?«

»Da waren mehr Schulden als Geld. Gisel sitzt längst wieder ohne einen Heller da.«

»Wo lebt sie?«

»Nah bei der Saline. Hinter der Sülzmauer. Ich beschreibe dir das Haus. Schick aber keinen von den Männern, es wäre schlecht für Gisel, wenn die Nachbarinnen einen fremden Kerl ins Haus gehen sehen. Nimm dich nur in Acht, dass du Berthold nicht antriffst. Geh am Vormittag oder nach dem Mittagessen, wenn er in der Saline bei der Arbeit ist.«

»Was arbeitet er?«

»Er ist Knecht für alles. Früher war er Sieder, dann hat er sich die Arme verbrüht, und sie haben ihm eine andere Arbeit gegeben. Er hielt die Hitze in den Hütten nicht mehr aus. Zu dumm für ihn. Die Hölle wird ihm doppelt zu schaffen machen.«

»Bist du so sicher, dass er verdammt ist?«

»Die Wege des Herrn sind unergründlich, sagt der Pastor. Aber wenn der Herr die Welt nur ein bisschen so sieht wie ich, dann steckt er Berthold ins Fegefeuer und vergisst ihn da.«

Nach den Entwicklungen der vergangenen Tage dachte Susanne nicht einen Moment lang darüber nach, ob sie jemanden in ihr Vorhaben einweihen sollte. Sie brach am Dienstagnachmittag mit einem gepackten Korb Richtung

Saline auf. Jede Begleitung lehnte sie unter dem Vorwand ab, dass sie auf dem Weg zur Salzbude, wo die Städter ihr Salz für den eigenen Bedarf erhielten, eine kranke Frau besuchen wollte. Außerdem war es ein heißer Tag, und da es an der Salzbude mitunter Warteschlangen gab, war ihren Schwestern ohnehin nicht sehr daran gelegen, sie zu begleiten.

Sie trug ein altes Kleid und statt ihrer weißen Haube ein dunkles Kopftuch, um nicht aufzufallen, wenn sie in den ärmlichen Gassen das richtige Haus suchte. Kathis Ratschlag hatte sich ihr eingeprägt.

Das Salz zu kaufen dauerte nicht so lange wie befürchtet, denn auch die Leute vor ihr erstanden an diesem Tag für ihre Haushalte nur kleine Mengen. Als sie anschließend durch die Gasse hinter der Sülzmauer ging, wehte ihr der Gestank der Gipsbrennöfen am Kalkberg entgegen. Nach Schwefel und faulen Eiern roch es. Es erschien ihr wie ein übles Vorzeichen.

Das von Kathi beschriebene Haus fand sie rasch. Es handelte sich um ein schmales, zweigeschossiges Fachwerkgebäude mit der einzigen bewachsenen Vorderseite in der Reihe. Kümmerliche Weinranken kämpften an der Fassade um ihr Überleben. Susanne fragte sich, ob sie jemals genug Sonne bekamen, um auch nur zwei oder drei Trauben zu tragen.

Sie klopfte zögerlich, bereit, sofort den Rückzug anzutreten, falls etwa doch Berthold die Tür öffnen sollte. Stattdessen stand sie kurz darauf einer kleinen Frau gegenüber, die sie verschreckt anstarrte. Ihr unter der fleckigen Schürze vorgewölbter Bauch stand durch seine Größe in einem grotesken Widerspruch zu ihrer Zierlichkeit. »Ich kaufe nichts«, sagte sie. Ihre Stimme passte ebenso zu einer Maus wie die weit aufgerissenen dunklen Augen und die kleine spitze Nase.

»Zu verkaufen habe ich gar nichts. Eine Freundin schickt mich. Sie sagt, du machst Kerzen und Dochte. Ich würde mir das gern einmal ansehen. Das hier habe ich dir mitgebracht. Mein Name ist Susanne.«

Gisel sah sich hastig auf der Straße um und winkte sie dann herein. Erst als sie sich abwandte, fiel Susanne die blaugrüne Schwellung an der Seite ihres Gesichtes auf.

Das Haus war innen winzig, dunkel und vollgestopft. Schäbige Truhen, auf die Körbe, Haushaltsgerät und Kleidung gehäuft waren, standen auf dem engen Flur im Weg. Der Geruch von heißem Talg schwängerte die Luft.

Gisel führte sie in die Küche, wo im Winkel vor der Hintertür eine bescheidene Kerzenzieherwerkstatt aufgebaut war. Das gleiche Gerät war auch im Büttnerschen Haushalt vorhanden, und Susanne benutzte es regelmäßig. Hohe Töpfe für den heißen Talg, Stäbe, an denen die unfertigen Kerzen hingen, die immer wieder in den Talg getaucht wurden und so Schicht um Schicht wuchsen. Dann die Gestelle, auf die solche Stäbe zum Aushärten der Kerzen gelegt werden konnten, und ein Korb mit Garn.

Auf einem Schemel inmitten des Werkzeugs saß ein Mädchen in Susannes Alter und verflocht Leinengarn zu einem Docht. Dem Äußeren nach war sie Gisels Tochter. Sie blickte teilnahmslos auf, als ihre Mutter die Küche wieder betrat.

Susanne überlief es kalt. Die Schwellung in Gisels Gesicht hatte sie bereits beunruhigt, doch sie war nichts im Vergleich zu den Blutergüssen und Schrammen im Gesicht und an den Armen der Tochter. Sie musste sich Mühe geben, sich ihr Entsetzen nicht anmerken zu lassen.

»Das ist Merle«, sagte Gisel. »Ist mal wieder gestürzt, nicht wahr? Du kennst das, oder?« Sie musterte Susannes Gesicht mitfühlend.

Susanne überwand ihre Verwirrung rasch, als sie sich an ihren eigenen Bluterguss erinnerte. »Mich hat ein Pferd mit dem Schädel gestoßen. So was kommt vor.«

»Ja, das kommt vor.« Gisel lächelte zaghaft und wies auf einen freien Schemel, auf dem sie offensichtlich zuvor selbst gesessen hatte.

Susanne schüttelte den Kopf und stellte ihren Korb auf ein freies Fleckchen des Küchentisches. »Nein, nein, setz dich wieder. Ich bleibe ja nicht lange. Sieh mal, was ich hier übrig habe. Glaubst du, ihr könnt das gebrauchen?« Sie nahm das Tuch vom Korb, hob Brot, Eier und harten Käse heraus und am Ende die Mettwurst, die Liebhild bei den Fleischbänken gekauft hatte.

Gisel und ihre Tochter betrachteten diese Schätze mit sehnsüchtigen Blicken. »Mein Mann darf das nicht sehen. Er wird wissen wollen, womit ich das bezahlt habe. Und wenn ich sage, es ist geschenkt, dann muss ich es zum Armenstift tragen.«

»Was ihr schon gegessen habt, das kannst du nicht wegtragen. Magst du Käse?« Susanne tat, als ließe der Gedanke an diesen grausamen Mann sie kalt. In Wahrheit war ihr übel vor Abscheu. Kathi hatte recht, wenn sie Berthold einen festen Platz in der Hölle zuwies. Sie nahm ihr Messer, schnitt Brot und Käse ab und reichte beides den Frauen. Gisels Tochter aß so hastig, dass man fürchtete, sie würde sich verschlucken.

Ihre Mutter dagegen hielt das Essen in Händen und sah Susanne mit ihren ängstlichen Mäuseaugen an. »Wer, sagst du, hat dich geschickt?«

»Nur eine Freundin. Sie will euch nichts Böses, und ich auch nicht. Ich würde dich allerdings gern etwas fragen.«

Gisel nickte und erhob sich ächzend wieder von ihrem Schemel. »Warte.« Mit gehetzten Bewegungen sammelte sie die Lebensmittel ein und wickelte etwas darum, das sie aus einer Ecke hervorgezogen hatte. Es sah aus wie ein schmutziger Unterrock. Zu Susannes Erstaunen trug sie das Bündel durch die Hintertür nach draußen und dort in einen kleinen Schuppen. Sie watschelte beim Gehen, als sie zurückkam, und hielt sich den Rücken. »Gibt nichts, was ein Mann weniger gern anfasst als einen Haufen ungewaschener Wäsche, nicht wahr?« Sie lächelte, doch das Lächeln beschränkte sich auf ihre Lippen. Ihr Blick blieb gehetzt, und über der Oberlippe bildeten sich Schweißtröpfchen. Mit dem Handrücken wischte sie darüber. »Heiß ist es heute. Also, was wolltest du wissen?«

Susanne sah, wie angespannt die schwangere Frau Richtung Haustür lauschte, und beschloss, es kurz zu machen. Sie trat nah zu Gisel und flüsterte ihr ins Ohr. »Ich brauche dringend Geld, es gibt keinen Ausweg mehr. Es wird herumerzählt, dass ein reicher Herr in der Stadt ist, der einem gewisse Dinge abkauft. Und weil unsere gemeinsame Freundin sagt, du hättest plötzlich Geld gehabt, dachte ich, du weißt vielleicht, wie man ihn erreichen kann.«

Gisel wich zurück und sah sie entsetzt an. »Berthold hat das Geld beim Spielen gewonnen.«

Susanne machte ein enttäuschtes Gesicht. »Ach so. Ich dachte, das hättest du nur so gesagt, wo doch eigentlich mit deinem Berthold niemand spielt. Meinst du, er hat dir die Wahrheit erzählt? Vielleicht hat er das Geld ja doch von dem Herrn?«

Gisel stiegen die Tränen in die Augen, und ihre Lippen

begannen zu zittern. »Kinder wollte der«, stieß sie hervor. »Wir hatten keine Kinder zu verkaufen.« Sie schluchzte, bevor ihre Tränen flossen.

Susanne streichelte ihr den Arm und fühlte sich schäbig. »Verzeih, ich wollte dich nicht kränken. Ich habe gehört, dass du viel Leid mit deinen Kindern hattest.«

Gisel ließ sich ihr Streicheln gefallen und schluchzte noch eine Weile, bevor sie sich wieder aufrichtete. »Weißt du, was mein Mann dazu gesagt hat? ›Das ist das erste Mal, dass es mir leidtut, dass keine von den Kröten es länger gemacht hat als eine Woche.‹ Das hat er gesagt. Und weißt du, was ich sage? Ich sage, es war nicht das erste Mal, dass ich froh war, dass sie alle früh gestorben sind. Er hätte sie mir ohnehin spätestens jetzt weggenommen, weißt du? Einfach weggenommen. So ist er. Aber das kennst du, nicht wahr?«

Obwohl Susanne sich in der Rolle unwohl fühlte, die sie spielte, blieb sie dabei. »Ja. Ich weiß, was du meinst. Aber woher kam dann das Geld? Seit wann hat er es denn gehabt?«

»Seit kurz nach dem Bittsonntag. Er kam erst in der Dunkelheit nach Hause. Ich hatte Sorge, dass ihn der Nachtwächter erwischt. Woher er das Geld hatte, weiß ich nicht. Am nächsten Tag fing er an, sich Dinge zu kaufen, die wir uns gar nicht leisten konnten. Neue Stiefel, einen Hut, eine schwere Messingschnalle von Baltasar. Da habe ich ihn so lange gebeten, bis er mir etwas abgegeben hat, damit ich die drückendsten Schulden bezahlen kann. Seit einer Weile kauft er nichts mehr. Es ist alles fort.«

»Hat es ihm ein anderer geliehen, was meinst du?«

In Gisels Augen flackerte ein unruhiges Licht. »Ich wünschte, es wär so. Aber uns leiht schon lange niemand mehr Geld. Ich habe Angst, dass er es gestohlen hat. Dann käme ich doch auch vor Gericht, oder nicht? Ich habe es ja mit ausgegeben.«

»Ach was! Du konntest es nicht besser wissen, wenn er gesagt hat, er hätte es gewonnen. Traust du ihm denn zu, dass er stiehlt?«

»Nun, er ist nicht gerade ein frommer Kirchgänger. Es gibt nicht viel, was ich ihm nicht zutraue. Aber was soll ich machen? Er ist mein Mann.«

Susanne nickte verständnisvoll, obwohl sie innerlich vor Wut schäumte. In der Tat, was sollte diese kleine Frau machen? Die Spuren in ihrem Gesicht und am Leib ihrer Tochter zeigten, wie machtlos sie war. »Einen Totschlag würdest du ihm aber wohl nicht zutrauen? Oder ist er so arg?«

Gisel zuckte die zarten Schultern. »Manchmal ist er so arg. Da denkt man, er weiß nicht mehr, was er tut.«

»Warum hast du ihn denn geheiratet?«

»Ach, wie es so geht. Der Vater von Karl und Merle ist jung gestorben. Ich wusste nicht, wohin. Berthold wollte mich nehmen. Gott gedankt hab ich damals dafür. Und mein Karl stünde heute schlechter da, wenn ich es nicht getan hätte. Er wird als Sieder angelernt, weißt du? Dazu wär er ohne Berthold nicht gekommen.«

»Verdient Berthold in der Saline sehr schlecht?«

»Es ist nicht mehr wie früher. Seit mit dem Salz kein Vermögen mehr zu machen ist, knausern die Pfannenpächter und Sülfmeister, wo es nur geht. Aber es könnte trotzdem reichen, wenn Berthold ein anderer wäre. Ihm rinnt das Geld durch die Finger. Sogar das, was Merle und ich für unsere Kerzen bekommen, gibt er aus, wenn ich es nicht vor ihm tu.«

»Was macht er mit dem Geld?«

»Er kauft eben gern.«

»Ach. Tja, manche sind so. Weißt du, ich muss leider gehen. Trotz allem, vielen Dank für deine Zeit. Ich wünsche dir alles Gute für die Niederkunft. Möge der Herrgott dir diesmal ein gesundes Kind schenken.« Die Worte fühlten sich an wie leer dahingesagt. Wie viel Glück konnte diese Frau mit einem Kind erfahren?

Gisels Miene wurde ausdruckslos, ihr Blick wandte sich nach innen. »Nein. Es bewegt sich seit Tagen nicht. Ich glaube, der Herrgott will nicht, dass ich ein lebendes Kind von Berthold habe. Und er wird schon wissen, warum. Das glaube ich nun. Beim letzten Mal habe ich es noch nicht …« Sie schreckte zusammen und schleuderte Susanne ihren Korb in die Arme. »Schnell. Geh!«

Es war Susanne unbegreiflich, wie Gisel es hatte ahnen können, doch tatsächlich öffnete sich in diesem Moment die Haustür. Räuspern und schwere Schritte waren zu hören, dann stand der Mann vor ihr, den sie für einen Mörder hielt. Die kurzen Ärmel seines sommerlichen Wamses ließen die verbrannten Arme frei. Auch unter seinem wilden Bart schimmerte die Haut an einer Stelle rot wie eine Brandnarbe, und seine Augen funkelten im Halbdunkel des Hauses unheimlich. »Gott zum Gruß. Wen haben wir da? Was willst du hier? Doch nicht etwa meinen Weibern was aufschwatzen?«

Susanne spürte, wie ihre Hände anfingen zu zittern. Sie musste sich zusammenreißen. »Gott zum Gruß. Ich wollte etwas über das Kerzenmachen lernen und bin schon fertig damit. Gehabt Euch wohl.«

Sie wollte zur Haustür, doch er blieb breit vor ihr stehen und ließ sie nicht durch. Seine funkelnden Augen waren klein und wirkten tückisch. »Hübsches Ding«, sagte er.

»Lass sie in Ruhe, Berthold«, sagte Gisel leise.

»Warum? Vielleicht ist sie mir ja zugeneigter als ihr beiden Kühe. Was meinst du, Kleinchen, wollen wir uns noch ein bisschen unterhalten? Gisel holt uns eine Kanne Bier aus der Schenke, und wir machen uns lustig, na?«

Susanne wich seinem Blick aus und schüttelte den Kopf. »Ich muss gehen. Man wartet auf mich.«

»Ach, wer wartet denn? Mütterchen und Väterchen? Oder ein Freier, was? Oder viele?« Er lachte laut und rückte sich die Hose zurecht.

»Lass sie doch gehen«, sagte Gisel wieder, noch leiser als beim ersten Mal.

Berthold trat zur Seite. »Na sicher lass ich sie gehen, was denkst du sonst, Rindvieh? Dass ich sie fresse? Bin ich ein Galgenstrick oder was? Da hau schon ab. Lass dich so bald nicht wieder hier sehen. Weiß der Deubel, was ihr drei zu kakeln hattet. Wird schon ein Mist gewesen sein. Hauptsache, ihr findet immer einen Grund, nicht zu arbeiten, was?«

Susanne wartete nicht länger, sondern schlüpfte an ihm vorbei. Er fasste ihr ans Hinterteil, als sie vorüberging, hielt sie aber nicht fest. Mit angehaltenem Atem erreichte sie die Tür und konnte sie nicht öffnen. Der Schlüssel fehlte.

Atme ganz ruhig, befahl sie sich, während sie sich zu Berthold umdrehte. Er stand hinter ihr und hielt den Schlüssel hoch. »Ich habe gern ganz meine Ruhe, wenn ich im Hause bin«, sagte er mit einem gemeinen Grinsen.

Verkrampft hielt sie ihren Korb zwischen sich und ihn und machte sich auf einen Kampf gefasst. Der Gedanke an die geschundenen Frauen ließ ihr vor Angst den Schweiß ausbrechen. Atme ruhig. Du bist größer und stärker als die beiden, kannst ihm wehtun.

Berthold wischte mit einer einzigen Bewegung ihren Arm mit dem Korb zur Seite. »Nun steh nicht so blöd da.« Grob kniff er ihr in die Brust.

Sie zog erschrocken die Luft ein und holte mit der freien Hand unwillkürlich zu einem Schlag aus. Berthold wich zurück und lachte, dann steckte er den Schlüssel ins Schloss, öffnete die Tür und ließ sie hinaus.

Sein hässliches Lachen folgte ihr noch, als sie schon die halbe Gasse hinter sich hatte. Noch immer hing der faulige Schwefelgestank in der Luft und ließ sie schneller laufen. Wie recht Kathi hatte. In die Hölle gehörte der Mann. Und sie würde ihr Bestes tun, um ihn möglichst bald vor einen Richter zu befördern. Sie hatte geradezu Lust, ihn hängen zu sehen, obwohl ihr solche Schauspiele sonst nicht lagen.

Wie konnte sie ihm beikommen? Sie musste Jan erzählen, was sie herausgefunden hatte. Am besten, sie tat es gleich, da sie einmal unterwegs war. So musste sie nicht noch einen weiteren Grund erfinden, warum sie aus dem Haus ging.

Die Stundenglocke von St. Johannis schlug sechs Uhr, als Susanne in der Schmiede ankam. Meister Schmitt musterte ihren ungewöhnlichen Aufzug mit zusammengezogenen Brauen. Susanne hatte sich unterwegs erfolgreich geweigert, darüber nachzudenken, wie sie auf Schmitt wirken musste. Sie sprudelte ihr Anliegen heraus, bevor sie den Mut verlieren konnte. »Grüß Euch, Meister Schmitt, ich muss Jan Niehus sprechen.«

»Grüß Euch, Jungfer Büttner. Ich enttäusche Euch ungern, aber Jan ist nicht hier.«

Schmitt wusste nicht, wie sehr er sie enttäuschte. Jan war nicht da. Warum nicht, um diese Zeit? Ihr Schwung verpuffte, und ihr Mut sank. Erst jetzt wurde ihr bewusst, wie die Vorfreude auf ihn sie angetrieben hatte. Was nun? »Meister Schmitt, habt Ihr Neuigkeiten in Alberts Sache? Wisst Ihr, ich habe vielleicht etwas herausgefunden und wollte es Jan erzählen. Vielleicht hilft es ihm weiter.«

»Ach so. So ist das. Neuigkeiten, ja. Die gibt es. Ich wollte deshalb heute schon mit unserem Bürgermeister sprechen, aber er hatte keine Zeit. Beim Rat hat man mich auch nicht vorgelassen. Auf einmal heißt es, der Wenzel wurde mit einem Schmiedehammer erschlagen. Und ganz passend dazu hat ein Fischer einen Sechspfünder aus der Ilmenau gezogen. Es heißt, damit wär Albert überführt. Dabei haben sie vorher gesagt, der Tote trüge die Spuren von einem halben Dutzend Hieben. Und warum wollen sie nun nicht von mir hören, ob mir ein Hammer fehlt? Es fehlt nämlich keiner, mein Kind. Und ich bin nicht so blöd, dass ich mein Werkzeug nicht kenn. Ist also Albert losgegangen und hat sich für seinen Mord ausgerechnet einen Schmiedehammer besorgt? Man könnte meinen, es sind in dieser Sache nur Strohköpfe am Werk. Sie wünschen sich, dass sie den Mörder haben, also halten sie sich die Ohren zu, wenn was dagegen spricht. Als Jan davon hörte, hat er gefragt, ob er früher gehen darf. Er hofft immer noch, dass er was für Albert tun kann. Hat er Euch da mit hineingezogen?«

»Das war meine freie Wahl. Ich bin sicher, dass Albert den Wenzel nicht umgebracht hat, und glaube, dass ich den wahren Totschläger kenne.«

Schmitt nickte mit freundlicher Miene. Susanne musste seine nächsten Worte nicht hören, um zu wissen, dass er ihr nicht glaubte.

»Ihr meint es gewiss gut. Aber noch jemanden zu beschuldigen wird uns nur weiter in Schwierigkeiten bringen. Da müsstet Ihr mir schon Zeugen nennen, die alles mit angesehen haben, bevor ich das wagen würde. Oder der Schuldige müsste ein Geständnis ablegen, und das wird er wohl nicht vorhaben, oder?«

Susanne schüttelte den Kopf. »Ohne Not wird er nicht gestehen. Aber ich frage mich, ob man ihn nicht dazu bringen könnte. Das wollte ich mit Jan bereden.«

»Jungfer, ich kenne Euren Vater, und ich kann mir nicht vorstellen, dass er es gutheißt, wenn Ihr Euch mit dieser hässlichen Sache beschäftigt. Ihr könnt mir sagen, was Ihr auf dem Herzen habt. Ich werde es Jan ausrichten und mit ihm überlegen, was wir tun können.«

Susanne zögerte. Sie würde Schmitt von ihrem Erlebnis nicht so erzählen können, wie sie Jan davon erzählt hätte. Dennoch konnte sie nicht darauf beharren, dass sie ihn selbst sprechen musste. Spätestens dann würde Schmitt wohl ihren Vater einweihen wollen. Und schließlich betraf die Sache Alberts Meister im Grunde mehr als sie. »Es gibt eine Frau im Wasserviertel, die hat mir erzählt, dass ein ehemaliger Sieder, der sonst nie Geld hatte, auf einmal viel ausgegeben hat. Und er hat nicht die Wahrheit darüber gesagt, woher sein neues Vermögen stammt. Ich habe eben seine Frau besucht und ihr ein paar Fragen gestellt. Es passt alles zusammen. Der Rote Berthold kannte Wenzel gut und wusste, dass er Geld für die Kinder bekommen hatte. Er war neidisch und ist ein brutaler Kerl. Das Geld hat er genau seit Wenzels Tod gehabt.«

Schmitts eben noch gutmütige Miene wurde streng. »Mädchen, was redest du? Geld für die Kinder? Was soll das heißen?«

Also hatte Jan ihn nicht über alles aufgeklärt, was sie bisher in Erfahrung gebracht hatten. Welchen Grund hatte er dafür gehabt? Es war zum Verzweifeln. Warum war er nicht selbst da? Nun musste sie Schmitt die Lage erklären und wusste nicht, wie viel sie sagen durfte. »Wenzel hat Alberts Geschwister verkauft. Ich weiß, es klingt seltsam, aber er war nicht der Einzige, der so etwas getan hat. Ein vornehmer Herr will die Kinder mitnehmen, um sie in seinem Sinne zu erziehen.«

»Und ich soll glauben, dass es in unserer Stadt Mütter und Väter gab, die ihre Kinder verkauft haben? Das ist eine wilde Geschichte. Jan hat mir davon nichts erzählt, und er sucht ja nun schon eine ganze Weile nach Paul und Minna.«

»Jan hat sogar herausgefunden, wer die Kinder kauft. Aber er denkt, dass es sinnlos ist, den Mann zu beschuldigen oder Paul und Minna zurückzuverlangen. Wenn Albert nicht freikommt, ist ja auch niemand mehr da, zu dem sie gehören. Vielleicht hätten sie es dann bei dem Herrn besser. Deshalb wollte Jan sich nur noch darum kümmern, den Mörder zu finden. Danach kann man weitersehen und Albert helfen, wenn er seine Geschwister zurückholen will.«

Schmitts Kiefer mahlten. Susanne sah es an den hervorspringenden Muskeln. Sein Gesicht erschien dabei noch kantiger, durch den Backenbart wirkte es beinah viereckig. Er war wütend, und sie konnte nur hoffen, dass es richtig gewesen war, ihn einzuweihen.

»Warum hat er mir das nicht erzählt?«, grollte der Schmiedemeister.

»Er hätte es gewiss gleich erzählt, wenn er geglaubt hätte, dass man etwas erreichen kann.«

»Nun, das werde ich mit ihm klären, wenn er heimkommt. Was mich allerdings wundert, ist, dass Ihr so gut im Bilde darüber seid, was mein Geselle tut und lässt, Jungfer Büttner. Mir scheint, dieser Verdacht, den meine Schwester schon länger hegt, ist am Ende doch nicht so falsch. Nun frage ich mich, ob Jan tatsächlich all die Stunden mit der Suche nach den Kindern verbracht hat. Oder brauchte er die Zeit, um alles so genau mit Euch zu besprechen? Ich muss Euch warnen! Ihr bringt ihn in Schwierigkeiten, wenn Ihr ihm Hoffnungen macht. Ich kann das nicht dulden. Wenn er ein Schmied bleiben will, dann wird er in dieser Stadt nie mehr als mein Geselle sein, und ich dürfte ihn nicht heiraten lassen, selbst wenn ich es wollte. Gerade neulich bei der Morgensprak haben sie mir wieder zugesetzt. Weil das mit Albert passiert ist, soll ich nun endlich wieder heiraten, damit ich einen Erben bekomme. Oder ich soll einen anständigen Lüneburger Gesellen annehmen, der meiner Meisterstelle würdig ist, wenn es so weit ist. Ich brauchte gar nicht nachzufragen, ob Jan es nicht täte. Sie haben es mir gleich gesagt. Wenn es nach den Zunftbrüdern ginge, dann hätte ich ihn nie annehmen dürfen und sollte ihn entlassen. Natürlich steckt dahinter der blanke Neid. Damals haben sie gedacht, ich würde meine Weichherzigkeit schon noch bereuen. Aber da gibt es nichts zu bereuen. Einen besseren und anständigeren Gesellen als Jan hat keiner von ihnen. Und so soll es bleiben, Jungfer. Wenn Ihr klug seid und etwas für ihn übrighabt, dann bringt ihn dazu, dass er einen weiten Abstand von Euch hält. Wenn es ein Aufsehen um ihn und Euch gibt, muss ich ihn zu seinem Besten fortschicken.«

Susanne überlief es kalt, und ihr wurde die Kehle eng. »Das dürft Ihr nicht. Es wäre schlimm für ihn. Er will nichts anderes sein als ein Schmied.«

»Dann wisst Ihr, was Ihr zu tun habt.«

»Gäbe es denn keinen Weg?«

»Was für einen Weg meint Ihr? Euer Vater wird Euch zehn bessere Männer nennen, die er gern als Eidam sähe. Jeder von denen wird für Euch und Eure Kinderchen sorgen können, und einer von ihnen wird Euch wohl gefallen. Ich hab's Euch gesagt: Selbst wenn ich dürfte, wollte ich nicht. Ein Geselle erhält keinen Lohn, von dem er eine Familie sattfüttern kann. Und Ihr wollt nicht eines Tages überlegen müssen, ob Euch jemand Eure Kinder abkaufen will, nicht wahr?«

Susanne drückte den Korb an sich und wandte sich zum Gehen. »Niemals würde ich ein Kind verkaufen. Nie. Wollt Ihr Jan bitte trotz allem sagen, was ich Euch erzählt habe?«

»Ja, das werde ich. Und Ihr werdet beherzigen, was ich Euch gesagt habe, sonst muss ich mit Eurem Vater sprechen.«

Susanne nickte, ohne ihm noch einmal in die Augen zu sehen. Er hatte recht. Doch wie konnte sie seinen Rat beherzigen, wenn es ihr erschien, als würde sie dadurch alle Freude in ihrem Leben ersticken?

Auf dem Heimweg sah und hörte sie nichts um sie her. Nur knapp entging sie dem Zusammenstoß mit einem Salzfuhrwerk, weil der Fuhrmann sie lautstark warnte. Der Schreck brachte sie zu sich. Ebenso war ihre Mutter ums Leben gekommen. War sie auch so gedankenverloren unterwegs gewesen? Gewiss hatte sie den Kopf mit ihren unzähligen Pflichten voll gehabt. Was hätte ihre selbstlose Mutter von einer Tochter gehalten, die sich so unvernünftig den falschen Mann wünschte und ihn womöglich mit ihrer törichten Anhänglichkeit ins Unglück zog?

Im Grunde hatte sie von Anfang an geglaubt, dass sie

Jan wieder verlieren würde. Sie hatte geträumt, und leider musste ihr Traum noch etwas früher enden als erhofft.

Aber ein Mal wollte sie ihn noch sehen. Wenigstens ein Mal darüber sprechen, was vorgefallen war und wie man Berthold beikommen konnte. Danach würde sie ihm sagen, dass sie sich nicht mehr treffen durften. Sie fühlte, wie ihr Herz bei dem Gedanken daran erstarren wollte.

Und was, wenn Schmitt Jan so bearbeitete, dass er sie lieber kein einziges Mal mehr treffen wollte? Vielleicht würde er besser damit leben können als sie. Vielleicht würde sie morgen im schiefen Haus auf ihn warten, und er würde nicht kommen, sondern mit den anderen Gesellen im Bunten Hahn Bier trinken.

15

Gefährliche Abschiedsstunde

Seit Jan von dem gefundenen Hammer gehört hatte, wusste er, dass höchste Eile geboten war. Das Schmiedewerkzeug wie die Mordwaffe aussehen zu lassen war Riegers Werk, darauf wollte er wetten. Wahrscheinlich hatte der Lump jemanden dafür bezahlt, den Hammer ins Fischernetz zu schmuggeln, und einen Bader bestochen, damit der im Nachhinein verkündete, Wenzel müsse an Hammerschlägen gestorben sein. Dabei genügte ein einziger Schlag, dazu musste der Täter nicht einmal ein ausgewachsener Schmied sein.

Spätestens die Sache mit dem Hammer hatte Jan davon überzeugt, dass sein Schicksal mit Alberts Unglück verknüpft war, damit er für seine eigenen Sünden Buße tat. Er hatte immer geahnt, dass Gott eines Tages darauf zurückkommen würde. Als Junge hatte er in Notwehr einen Mann mit dem Schmiedehammer erschlagen. Der Tote war so böse gewesen, dass die Welt ohne ihn besser dastand. Dennoch lastete die Tat schlimmer auf seinem Gewissen als die vielen kleinen Verbrechen, in die er später gegen seinen Willen verwickelt worden war.

Es mochte sein, dass der Täter auch diesmal nicht böser war als das Opfer, doch er wurde doppelt schuldig, wenn er Albert an seiner Stelle sterben ließ.

Jan war zum Hafen geeilt, sobald Schmitt ihn hatte gehen lassen. Er klapperte die Schenken ab, ohne noch besonders viel Wert darauf zu legen, dass er nicht auffiel. Wer war der Rote Berthold? Wer war der Fischer, der den Hammer gefunden hatte? Wer war bei ihm gewesen? Was wussten die Leute über Rieger und Kowatz?

Jan wusste, dass er ein Glücksspiel spielte. Es konnte gut sein, dass er mit seiner Fragerei den Mörder auf sich aufmerksam machte. Vorsorglich hatte er ein zweites Messer in seinen Stiefel gesteckt.

Doch trotz aller Mühe erzählten ihm die Leute wenig mehr, als er bereits wusste. Immerhin erfuhr er einiges über den Roten Berthold und einiges, das seinen Verdacht gegen Rieger erhärtete. Gerade wollte er das Wasserviertel verlassen und zur Saline gehen, um mehr über Berthold zu hören, da fasste ihn auf der Straße eine Frau am Ärmel. »Geh mal ein Stück mit mir, Niehus.«

Sie kam ihm bekannt vor, aber nicht so, dass er ihren Namen wusste. Woher kannte sie den seinen? »Ich habe keine Zeit für so was, lass mal gut sein«, sagte er und entzog ihr behutsam seinen Arm.

»Sei kein Hammel und komm mit. Nicht jede Frau, die dich anspricht, will dir gleich was verkaufen. Ich habe gehört, wonach du suchst, und frage mich, wann du deine Susanne zum letzten Mal getroffen hast.«

Ruckartig blieb er stehen und fasste nun nach ihrem Arm. »Sollte ich dich kennen?«

Sie zuckte mit den Schultern. »Ich kenne Susanne, und sie kennt mich. Gestern war ich bei ihr und habe ihr erzählt, was ich über den Roten Berthold weiß. Wie ich sie einschätze, wird sie heute seine Frau besucht haben. Hast du schon mit ihr gesprochen? Vielleicht weiß sie längst mehr, als du erfahren kannst, wenn du weiter hier herumschnüffelst. Inzwischen muss ja jeder wissen, dass du den Mörder suchst und wen du in Verdacht hast. Hältst du das für klug?«

»Du bist Kathi, ja? Bist du wahnsinnig, dass du gehst und Susanne zu einem Schläger ins Haus schickst, der vielleicht ein Mörder ist? Du bist doch selbst eine Frau, wie kannst du das tun? Herrgott, ich muss zu ihr.«

Er ließ Kathi los und begann fieberhaft zu überlegen. Unter welchem Vorwand konnte er mit Susanne sprechen? Was, wenn sie nicht da war? Wenn ihr in Bertholds Haus tatsächlich etwas zugestoßen war?

»Eine hohe Meinung von ihrem Verstand hast du ja nicht«, sagte Kathi.

»Was hat das mit ihrem Verstand zu tun? Susanne ist arglos. Sie weiß wenig über das Böse in den Menschen. Vielleicht will sie es auch nicht sehen.«

»Ja, ist das nicht gerade so nett an ihr? Aber ich glaube trotzdem, du unterschätzt sie. Seit ich vor Jahren gesehen habe, wie sie ihre Schwester gegen die Gassengören verteidigt hat, habe ich sie im Auge behalten. Dein Liebchen scheint mir eine mutige und tatkräftige junge Frau zu sein.«

»Wenn du sie weiter so laut ›mein Liebchen‹ nennst, dann wird aller Mut nicht mehr helfen, uns vor dem Unglück zu bewahren. Außerdem hättest du sie trotzdem nicht zu Berthold schicken dürfen. Warum hast du die Sache nicht mir erzählt, wenn du schon so genau über uns Bescheid weißt?«

»Ich hetze doch nicht Bertholds armer kleiner Frau einen Kerl auf den Hals. Wenn er spitzkriegte, dass ein fremder Mann bei ihr war, dann würde er sie gleich als Nächste umbringen. Nah dran war er schon oft genug. Geh erst mal und hör dir an, was Susanne herausgefunden hat, bevor du dich weiter beschwerst.«

»Du hast gut reden! Glaubst du, ich kann bei Büttner an die Tür klopfen und den Alten bitten, er soll mir seine Tochter herausrufen? Der muss mich nur sehen, und er schließt sie ein.«

Kathi sah ihn mitleidig an. »Hab schon befürchtet, dass es so um euch bestellt ist. Sie steht ein bisschen zu hoch für dich, nicht?«

»Ein bisschen? Du weißt genau, wie viel. Es gibt tausend Gründe, warum nichts aus uns werden kann.«

»Wenn du es so siehst, dann musst du von ihr lassen.«

»Mein Kopf sagt, ich muss es, das Herz sagt, ich kann nicht. Ich weiß nicht, was mir das Leben noch wert wäre, wenn ich sie nicht mehr sehen dürfte.«

»Du würdest es überstehen, wie schon so viele vor dir. Du musst doch wohl wissen, dass es Schlimmeres gibt.«

»Vor einer Weile hätte ich noch genau so geredet wie du, aber heute fühlt es sich anders an, glaub mir. Solange sie mit mir zu tun haben möchte, werde ich es nicht fertigbringen, sie abzuweisen.«

»Na, du musst wissen, was du tust.«

»Sag einmal, kannst du mir nicht helfen und zu ihr gehen? Du siehst nach, ob es ihr gutgeht, fragst sie, was sie Neues weiß, und erzählst es mir dann. Nebenbei kannst du ihr noch sagen, dass ich morgen auf sie warte.«

»Nein, mein Lieber. Ich sage, du musst wissen, was du tust, aber ich werde dir nicht dabei helfen, das Mädchen ins Unglück zu stürzen. Außerdem wäre es nicht nach meinem Geschmack, als Kupplerin vor Gericht zu kommen. Gehab dich wohl.«

Sie wandte sich ab und schritt davon, ohne seine Antwort abzuwarten. Was hätte er auch erwidern können?

Von St. Johannis schlug es acht Uhr, und er fühlte sich

auf einmal erschöpft. Seit vier Stunden war er schon unterwegs. Er würde am Büttnerschen Haus vorbei zurück zur Schmiede gehen. Vielleicht bekam er Susanne zufällig zu Gesicht.

Auf dem Marktplatz kreuzte er den Weg einer Gruppe kostbar aufgeputzter junger Männer, deren Anblick ihm zu seinem Leidwesen auch noch Lenhardt Lossius ins Gedächtnis rief. Wenn es tatsächlich so kommen würde, dass er dabei zusehen musste, wie Susanne den Sülfmeistersohn heiratete, dann konnte er sich ebenso gut selbst aufhängen. Oder noch einfacher: Er konnte sich als Mörder stellen. Dann käme Albert frei, und er würde das Geld für den Strick sparen. Zwei Fliegen mit einer Klappe. Und es wäre auch noch eine gerechte Sühne.

Als er vorsichtig auf den Hof der Böttcherei spähte, sah er nicht Susanne, sondern Regine und eine zweite junge Frau auf der Bank sitzen. Susannes Schwester sang mit hoher, klarer Stimme. Ihr schwermütiges Lied nahm ihm für diesen Tag den letzten Funken Mut.

»*Es geht eine dunkle Wolk herein*
Mich deucht, es wird ein Regen sein
Ein Regen aus den Wolken
Wohl in das grüne Gras.«

Er wartete nicht ab, bis sie zu Ende gesungen hatte. Das Lied endete mit dem Abschied vom Feinslieb, das wusste er auch so. Während er weiterging, überlegte er, wie Susanne klingen mochte, wenn sie sang. Er liebte ihre Stimme, sie war voll und tiefer als die von Regine. Oft klang der Anflug eines Lachens darin mit.

Er war Schmiedegeselle und würde nicht heiraten. Jedenfalls nicht, wenn er in dieser Stadt bleiben wollte. Das war ihm immer klar gewesen. Er würde bald die Kraft finden müssen, Susanne abzuweisen, gleichgültig, was er zu Kathi gesagt hatte.

Neben dem Tor zur Schmiede saß Schmitt auf einem Hackklotz, die Ellbogen auf seine Knie gestützt. Er drehte gedankenversunken einen Kerzenleuchter in den Händen, den Jan nur aus Freude an der Sache entworfen und angefertigt hatte. Es war eine Spirale, in der man die Kerze mittels eines Zapfens höher schieben konnte, je weiter sie abbrannte. Es war erst vor einigen Wochen gewesen, und doch kam es ihm vor, als wäre es ewig her, dass er Muße für solche Spielereien gehabt hatte.

Sein Meister erhob sich schwerfällig, als Jan näher kam, und sah ihm erst dann entgegen. Seine ernste Miene ließ Jan das Schlimmste befürchten. »Guten Abend, Meister. Gibt es noch mehr schlechte Neuigkeiten?«

»Sorgen, Junge. Immer neue Sorgen. Komm, setz dich. Ich muss mit dir reden.«

Er wies mit dem Kerzenleuchter auf den Hackklotz. Jan setzte sich gehorsam und musste zu Schmitt aufschauen, als dieser sich vor ihm aufbaute.

Gebannt heftete er seinen Blick an den Leuchter, den Schmitt wie einen Degen schwenkte, während er sprach. »Susanne Büttner war heute hier und hat nach dir gefragt. Sie glaubt, sie wüsste etwas Neues über Wenzels Mörder.«

Jans Herzschlag stockte, erholte sich dann jedoch. War sie vor ihrem Besuch in Bertholds Haus da gewesen oder danach? Gespannt sah er Schmitt an.

»Sie hat mir auch von verkauften Kindern und vornehmen Herren erzählt und mir erklärt, warum du mich darüber im Dunkeln gelassen hast. Über all diese Dinge werden wir später noch sprechen. Was ich dir jetzt sagen muss, das betrifft dich und Susanne. Ich will von dir kein Leugnen und keine Entschuldigungen hören, sondern nur ein einfaches Versprechen. Bei deiner Ehre als Schmied und mein Geselle ... Versprichst du mir, dass du aufhörst, mit dem Mädchen zu tändeln? Triff sie noch ein letztes Mal und sag ihr klar und deutlich, dass es vorbei ist. Und glaub mir, dass ich das nicht von dir verlange, weil ich dir übelwill. Ich habe zurzeit einen unsicheren Stand vor den Zunftgenossen. Ich bin der Meister mit der Werkstatt voll Verbrecher, weißt du? Das wirft ein schlechtes Licht auf mich. Es gibt keine Gewähr dafür, dass ich dich vor Teer und Federn schützen könnte, wenn du wegen einer Bürgertochter ins Gerede kämest. Dass auch Susanne zuliebe nichts dergleichen geschehen darf, das weißt du selbst. Also reiß dich am Riemen, auch falls es dir schwerfallen sollte. Gib mir dein Wort.«

Jan starrte auf den Leuchter, der nun still in Schmitts Händen lag. Er fühlte, wie sein Herz sich mit einer Eisschicht überzog. Seine Kehle war so eng, dass er glaubte, keinen Laut hervorbringen zu können, dabei musste er nur versprechen, was er doch ohnehin vorgehabt hatte. Es kam nur früher als erwartet. Reiß dich am Riemen. Ein letztes Mal durfte er sie noch sehen. Mühsam schluckte er, dann sah er seinem Meister in die Augen. »Ich gebe Euch mein Wort.«

Schmitt nickte mit ernster Miene. »Das reicht mir, Jan Niehus. Und du sollst wissen, dass das nicht bei jedem so wäre.«

Den jungen Morgen begrüßte Jan im Schmiedehof, nach einer weiteren schlaflosen Nacht. Als er am Abend nach der Aussprache mit Schmitt zu Bett gegangen war, hatte er sich vor Kummer krank gefühlt. Die ganze Nacht über hatte er im Geiste zu Susanne gesprochen und ihr alles erklärt. Je länger er seine Rede probte, desto näher kam er der Einsicht, dass seine Erklärungen es für sie beide nur schlimmer machen würden. Sie gar nicht zu sehen und in Zukunft einfach nicht mehr zu beachten war vielleicht das Beste. Dann könnte sie ihn hassen und würde auf lange Sicht weniger traurig sein. Zu seinem Bedauern brachte er auch das nicht über sich. Nicht nur, dass er es als unehrlich empfunden hätte – er konnte auf diese letzten Minuten mit ihr nicht verzichten. Er musste sie noch ein Mal sehen, um sich ihren Anblick für alle Zeit einzuprägen, damit er wenigstens eine Kleinigkeit von ihr behielt.

Nun, in der kühlen Morgendämmerung, wich seine Verzweiflung Nüchternheit. Worüber hatte er phantasiert? Er musste Susanne nichts erklären, was sie selbst wusste. Nur verabschieden musste er sich. Sie würde es verstehen.

Die folgenden Stunden zogen sich in die Länge. Schmitt war ernst und wortkarg, Rudolf auch deshalb zunehmend schlecht gelaunt. Vor Alberts Verhaftung waren sie trotz aller Anstrengung bei der Arbeit unbeschwert gewesen. Einer von ihnen hatte immer mal ein Liedchen gepfiffen oder einen Scherz gemacht.

Seit dem unglückseligen Ereignis hatten sie nicht mehr zusammen gelacht, doch so bedrückend wie dieser Tag war vorher noch keiner vergangen. Die Stimmung erschien Jan wie ein Vorgeschmack auf den Rest seines Lebens.

Nachdem sie abends endlich die letzten Handgriffe in der Schmiede getan hatten, zogen Schmitt und er sich wortlos um und trafen sich im Hof wieder, um sich gemeinsam zum Goldenen Stern zu begeben. Schmitt wollte sich Rieger und Kowatz zumindest einmal von Jan zeigen lassen, bevor er entschied, was sie weiter tun konnten. Sie standen lange vor der Schenke und unterhielten sich, um nicht aufzufallen. Gesprächsstoff zu finden fiel ihnen leicht. Schmitt hatte es nie unter seiner Würde gefunden, sich mit Jan über die Schmiedekunst auszutauschen.

Viel neues Wissen hatte sein Meister ihm inzwischen nicht mehr zu bieten. Häufig hörte er nun mehr Jan zu, als dass er selbst sprach.

Schmitt war eigentlich kein Schlosser, bekam aber dennoch gelegentlich Anfragen für Truhen- oder Türschlösser, weil der Bedarf in der Stadt groß war. Jan hatte sich viele Gedanken dazu gemacht und war sicher, dass er taugliche Schlösser herstellen konnte. Er erklärte seinem Meister einige seiner Einfälle, hielt aber inne, als er Rieger entdeckte. Der Mann hielt seinen Gehstock anders als sonst. Er trug ihn vor sich und klammerte beide Hände darum, während er sich auf unterwürfige Art halb dem Herrn zuwandte, der neben ihm her spazierte.

Jan gab Schmitt das vereinbarte Zeichen, damit er sich umdrehen und Rieger erkennen konnte, während er selbst sich verbarg, so gut es ging.

Der Herr neben Rieger musste von Waldfels sein. Er schritt förmlich in einer Wolke von Reichtum und adliger Überlegenheit einher. Hinter ihm ging ein Leibdiener, gekleidet in einen Anzug, der allein zwei von Jans Jahreslöhnen kosten mochte. Hinter dem Leibdiener wiederum hielt sich ein vielleicht zehnjähriger Junge, dessen Gewand einfacher, aber immer noch teuer war. Der Kleine trug die gleiche erhabene Miene zur Schau wie der Diener. Er machte den Eindruck eines Pagen am Beginn seiner Ausbildung. Jan hätte gern gewusst, ob von Waldfels diesen Jungen ebenfalls gekauft hatte.

Die Gesellschaft näherte sich und betrat den Goldenen Stern. Rieger hielt seinem Herrn die Tür auf und wandte sich dabei der Stelle zu, wo Jan und Schmitt standen. Zu ihrem Glück hatte er jedoch nur Augen für von Waldfels.

Als sich die Schenkentür hinter dem kleinen Pagen schloss, seufzte Schmitt tief. »Hattest recht, Jan. Das führt zu nichts, wenn wir uns mit denen anlegen. Es bleibt dabei, dass ich an den Rat appelliere, so wie ich es vorhatte. Die hohen Herren werden hoffentlich selbst darauf kommen, an der richtigen Stelle nachzuforschen.«

Jan hielt es für höchst unwahrscheinlich, dass der Rat dies tun würde, wenn er nicht handfeste Hinweise bekam. Doch damit kam er bei seinem Meister nicht weiter. Er würde nicht mit wilden Verdächtigungen vor den Rat treten, hatte Schmitt gesagt. Es blieb also an ihm, die Sache voranzutreiben, und einige Möglichkeiten sah er dazu noch.

Doch zuvor musste er den Abschied von Susanne hinter sich bringen. Sein Gefühl sagte ihm, dass sie auf ihn wartete. Er musste Schmitt nicht sagen, dass er noch etwas vorhatte. Sein Meister nahm es ihm vorweg. »So, ich geh heim. Du hast ja noch was zu tun.«

Jan nickte und blieb noch einen Moment allein vor dem Goldenen Stern stehen. Gerade wollte er sich einen Ruck geben und sich auf den Weg machen, da ging die Tür auf, und Anke kam mit einer Kehrschaufel voll schmutziger Sägespäne aus der Gaststube. »Niehus! Was machst denn du hier draußen? Magst du nicht hereinkommen?« Sogleich machte sie ihm wieder schöne Augen und streckte ihren Busen heraus. Mit einer gezierten Bewegung kippte sie die Späne neben die Treppe.

Er schüttelte lächelnd den Kopf. »Ich würde ja gern,

aber ich muss weiter. Grüß Meta. Sie kann ihr Zeug ab morgen Mittag abholen, wenn sie will.«

»Und darf ich auch wieder mitkommen?«

Herrgott, wie sie mit den Augen plinkerte. Was wollte sie bloß von ihm? Sie musste doch gewiss zahlungskräftigere Freier auftun können. »Nimm es mir nicht übel, aber das kannst du halten wie …« Er verschluckte den Rest. Wieder ging die Tür auf, und heraus kam Kowatz. Jan zögerte nicht. »Gesegneten Abend noch«, sagte er und ging mit langen Schritten Richtung Bäckerstraße davon, ohne sich umzusehen. Ein Zusammenstoß mit dem eifersüchtigen Halunken hätte ihm gerade noch gefehlt.

Susanne hatte den Weg zum schiefen Haus bereits halb zurückgelegt, als sie bemerkte, dass die kleine Asche ihr nachlief. Da das Tier keine Anstalten machte umzukehren, nahm Susanne es schließlich auf den Arm und mit ins Obergeschoss des Hauses. Das Kätzchen sollte nicht mit Schmitts Minka aneinandergeraten, falls diese Jan wieder folgte.

Susanne zweifelte nicht mehr daran, dass er kommen würde. Sie hatte das sichere Gefühl, dass er unterwegs zu ihr war. Die ganze vorherige Nacht hatte sie förmlich gespürt, wie er an sie gedacht hatte. In Gedanken hatte sie mit ihm gesprochen und versucht, ihm und sich selbst Mut zu machen. Es mochte sein, dass sie für den Moment Schmitts Worten Folge leisten mussten und sich nicht mehr sehen durften. Aber sie waren beide jung, und die Zeiten konnten sich ändern. Wer konnte sagen, was in zwei oder drei Jahren sein würde?

Susanne hatte das Kätzchen auf den abschüssigen Boden gesetzt, und nun saß es auf seinen Hinterbeinen und haschte nach der Messerscheide, die wie immer an einem

Riemen von ihrem Gürtel baumelte. Einer verspielten jungen Katze zu widerstehen war kaum möglich. Susanne hockte sich hin, neckte und streichelte das kleine Tier und vergaß darüber für einen Augenblick ihren Kummer. Sie dachte daran, wie entzückt sie von ihrer niedlichen kleinen Schwester in ihren ersten Jahren gewesen war, trotz der vielen Arbeit, die sie ihr gemacht hatte. Im Grunde hatte es nie nachgelassen, weder das Entzücken noch die Arbeit. Es war immer beinahe so gewesen, als wäre Liebhild ihr eigenes Kind. Vielleicht hatte sie deshalb mehr Geduld mit ihr als mit Regine. Ihre Mutter hatte Regine weiter als Kind betrachten können. Ihr dagegen fiel das schwer, sie musste sich immer neu dazu zwingen.

Asche wurde des Spielens mit ihr müde und erkundete stattdessen übermütig den Raum. Die Schwalbe tschilpte aufgeregt in ihrer Ecke, obwohl das Nest nicht in Reichweite der Katze war. Susanne stand auf, um Asche wieder einzufangen. Sie entwischte und floh durch den Türspalt nach draußen. Als Susanne ihr folgte, hörte sie Jans Schritte unten im Flur. Er stieg die Treppe empor wie ein alter Mann und bemerkte sie erst, als er die Katze auf der obersten Stufe sah. Das Tier begrüßte ihn mit einem kratzbürstigen Buckel, und er lächelte freudlos. »Treffen wir uns wieder zu dritt?«

»Hast du Minka heute nicht mitgebracht?«

Er schüttelte den Kopf. »Ich komme vom Goldenen Stern. Schmitt hat sich von mir Rieger zeigen lassen. Was hast du dir dabei gedacht, ihm alles zu erzählen? Das hat ihn nur in neue Gewissensnot gebracht, und tun kann er trotzdem wenig.«

»Ich hatte kaum eine Wahl, Jan. Seit ich Berthold begegnet bin, kann ich es nicht mehr aushalten, nichts zu tun.

Ich glaube, dass er der Mörder ist. Wir müssen einen W… finden, ihn in Verdacht zu bringen.«

Jan ging auf der obersten Stufe in die Hocke und hielt der misstrauischen Katze die Hand hin. Susanne spürte, wie er es vermied, sie anzusehen.

»Du bist Berthold begegnet?«, fragte er, und seine Stimme klang rau.

Asche schnupperte an seinen Fingern und ließ sich gleich darauf kraulen. Susanne sah mit verschränkten Armen zu. »Ich war bei seiner Frau, und er kam früher von der Arbeit als üblich. Seine Frau hat mir einiges über ihn erzählt. Dass er sie und ihre Tochter prügelt, das musste sie mir nicht sagen. Sie sind beide grün und blau. Und dabei ist seine Frau guter Hoffnung. Ich bin gleich gegangen, als er kam, aber er hat es noch fertiggebracht, mir ordentlich Angst zu machen.«

Jan blickte auf und sah ihr endlich in die Augen. »Was hat er getan?«

Sie schüttelte angewidert den Kopf. »Das ist nicht wichtig, und ich mag nicht mehr daran denken. Es ist wichtiger, dass wir ihm beikommen.«

Geschmeidig erhob er sich und kam zu ihr. Sie biss sich auf die Lippe, um ihr Herzklopfen auszuhalten, ohne sich ihm an den Hals zu werfen.

Er strich über ihren Oberarm. »Hat er dich angefasst? Dann schlage ich ihn zusammen.«

»Rede nicht so, sonst bekomme ich Angst um dich.«

Seine Hand verharrte flüchtig in der Luft, dann legte er sie auf ihre Wange, und sie sahen sich in die Augen. Susanne fühlte die harten Schwielen seiner Finger, sah jedoch nur den traurigen Ausdruck seiner schönen Züge. Sie ahnte, was er sagen würde.

…nicht mit uns, Susanne«, flüsterte er. »Ich bin …en, um es dir zu sagen. Wir dürfen uns nicht …en.«

…sannes Hände hoben sich, als hätten sie einen eigenen Willen. Sie trafen sich in seinem Nacken, fuhren ihm ins Haar. »Ich weiß«, sagte sie, zog ihn zu sich und küsste ihn. Sie küsste ihn mit all der Sehnsucht, die sie jemals nach ihm gefühlt hatte, und er bot ihr keine Gegenwehr, sondern schmolz in ihrer Umarmung. Als hätte er mit seinen Worten alle Kraft verbraucht, ihr zu widerstehen, ließ er sich in ihre Zärtlichkeit fallen.

Susanne spürte, wie sie ihn erregte, wie er in ihrem Kuss die Führung übernahm. Die süße Lust, ihm nah zu sein, war mit nichts zu vergleichen. Sie sorgte sich nicht darum, wohin ihre Umarmung sie an diesem Abend führen würde. Dieses eine Mal noch wollte sie die Lust und Freude auskosten, bei ihm zu sein.

Wortlos und ohne sich loszulassen bewegten sie sich in den Raum mit dem Schwalbennest und schlossen die alte Tür hinter sich. Durch den schrägen Spalt, der darunter blieb, schlüpfte die kleine Katze herein. Susanne sah es, während sie mit Jan zu Boden sank. Dann sah sie nichts anderes mehr als ihn und den Ausdruck von Lust in seinem Gesicht, den sie liebte, und das Leid, das sie fortwischen wollte.

Er nahm ihr behutsam ihr Brusttuch ab, dann hielt er inne und wechselte einen Blick mit ihr, als wolle er um Erlaubnis bitten. Sie ergriff seine Hand und legte sie auf die nackte Haut ihres Busens. Er begann zu zittern, hielt sich jedoch nicht länger zurück. Fast hätte sie gewimmert, als die raue Fläche seiner Hand sich unter ihr Mieder schob und über ihre empfindliche Brustknospe rieb. Ihr Schreck brachte ihn dazu, seine Hand wegzuziehen, doch nur, um ihr Mieder aufzuschnüren, das Kleid über die Schultern bis zur Taille herabzustreifen und ihre Brüste mit seinen so viel weicheren Lippen zu streicheln.

Die Welt verschwamm um Susanne, und wenig später wusste sie nicht, wie es gekommen war, dass auch Jan kein Hemd mehr trug, nur noch seinen Schmuck. Sie wusste nur, dass es jeden ihr bekannten Genuss übertraf, seine heiße Brust nackt an ihrer zu spüren und ihn dabei zu küssen.

Doch die Sehnsucht nahm kein Ende. Was sie in sich und ihm entfacht hatte, flammte höher und höher, mit jeder verbotenen Berührung, die sie wagten. Susanne hatte es sich anders vorgestellt. Was Mann und Frau taten, wenn sie sich zueinander legten, das wusste sie so gut wie die Gossenkinder. Auch ihr Instinkt sagte ihr, was geschehen würde, als Jan unbeholfen seine Hose aufnestelte.

Doch sie hatte nicht damit gerechnet, dass sie dabei so verwirrt und begierig danach sein würde.

Mit ihrem Einverständnis überschritt Jan eine letzte Grenze zwischen ihnen. »Ein einziges Mal«, flüsterte er, und sie nickte.

Er war weder geübt noch ruhig, aber er wusste, was er wollte und wie er es anstellen musste. Es tat ihr zuerst weh, doch sie beklagte sich nicht. Er konnte es nicht ganz vermeiden, ihr wehzutun. Auch das hatte sie vorher gewusst. Der Schmerz ließ schnell nach.

Jan wirkte nicht mehr unbeholfen. Sein Körper wusste, wozu die Natur ihn bestimmt hatte, und ließ keine Zeit für Zweifel.

Sosehr Susanne das Wunder ihres Zusammenseins genoss, fühlte sie sich doch bald nüchterner als er. Je mehr er in seiner Lust aufging, desto weiter schien er sich von ihr zu entfernen. Und dann war es zu Ende, und sie bestaunte, wie er das Gesicht verzog. Er ließ sich auf sie sinken, und sie umarmte ihn, weil er plötzlich schwach wirkte, und sie bei aller Ernüchterung vor Zärtlichkeit für ihn überlief.

Das erste Mal war nie das Beste, auch so viel hatte sie den anderen Frauen abgelauscht, wenn sie sich hinter vorgehaltenen Händen unterhalten hatten. Um Hochzeitsnächte war es dabei gegangen. Hochzeitsnacht. Wenn Jan sie tatsächlich nie heiraten wollte oder konnte, dann durfte niemals jemand etwas von dem erfahren, was sie getan hatten. Ihr schlechtes Gewissen setzte mit einem Schlag ein, der sie dazu gebracht hätte, Jan von sich zu stoßen, wenn sie ihn nicht geliebt hätte. So hielt sie ihn bloß noch fester.

Noch immer schweigend half er ihr später dabei, sich wieder anzuziehen, nachdem er selbst nur seine Hose verschnürt und lose sein Hemd übergestreift hatte. »Das wirst du mir nie verzeihen«, sagte er schließlich.

»Jan …« Sie streckte die Hand nach ihm aus, doch er schüttelte den Kopf und entfernte sich von ihr. An die gegenüberliegende Wand lehnte er sich und sah so müde und niedergeschlagen aus, als wäre es nicht schön gewesen, was er gerade erlebt hatte, sondern nur bedrückend.

Susanne richtete den Blick zu Boden, brachte ihr Haar in Ordnung und setzte ihre Haube wieder auf. Neben dem schlechten Gewissen und leiser Scham wuchs ihr Trotz. »Es war schön«, murmelte sie, mehr zu sich selbst als zu ihm. Ohne ihn anzusehen hob sie seinen Gürtel auf, dann sein Wams, schüttelte es aus und brachte es zu ihm.

Sie wünschte, er möge sie wenigstens noch ein Mal umarmen. Stattdessen umfasste er plötzlich fest ihren Arm und legte einen Finger auf seine Lippen.

Vom Hinterhof her drang Hundegebell zu ihnen herauf, dann das herzzerreißende Kreischen einer Katze. Susanne sah sich im Raum um und entdeckte Asche nicht.

Bevor sie ihre Sorge äußern konnte, schob Jan sie hastig in den Winkel hinter der Tür und postierte sich selbst auf deren anderer Seite an der Wand. Da die Tür nicht durch ein Schloss zuhielt, sondern weil sie klemmte, war es unmöglich, sie leise zu öffnen. So warteten sie lautlos, lauschten auf die Tiere, die wieder verstummt waren, und wechselten beredte Blicke. *Da hast du's. Wir haben den Hals in der Schlinge*, sagte Jans Miene. *Ich liebe dich*, sagte ihre eigene, doch sie vermutete, dass er es nicht verstand.

Die Treppenstufen knarrten, dann die Bretter des Treppenabsatzes. Das Licht vor dem Türspalt änderte sich, dann verharrte der Ankömmling so regungslos wie sie. Susanne schloss die Augen und versuchte die Tür mit allen anderen Sinnen zu durchdringen. Wer stand dort? Es war ein Mann – er roch nach altem Schweiß, Bier und Leder. Und nach Hunden. Ruckartig blickte sie zu Jan hinüber. *Kowatz?*, formte sie mit ihren Lippen. Er nickte, als hätte er es längst gewusst. Dann zeigte er auf sein Wams, das sie noch in der Hand hielt, und zog ein unsichtbares Messer. Sie musste schlucken. Ungeduldig winkte er mit der Hand. Sie zögerte nicht länger, sondern zog vorsichtig sein Messer aus der Gürtelscheide. Weit beugte sie sich zu ihm hinüber, damit er es erreichen konnte, ohne vor den Türspalt zu treten, dann nahmen sie ihre Haltung wieder ein.

Erneut warteten sie, bis Susanne glaubte, ihre Nerven würden zerreißen. Jan beruhigte sie mit einer Geste seiner Hand. Er zeigte kein Anzeichen von Nervenschwäche, sondern stand da, als könnte er ewig warten. Sein Blick ruhte auf dem schrägen Stützbalken in der hinteren Ecke des Raumes.

Susanne versuchte, sich seine Ruhe zum Vorbild zu nehmen, doch das scharfe, lange Messer in seiner Hand machte ihren Vorsatz zunichte. Ihr eigenes war ein stumpfer Löffel dagegen. Herrgott im Himmel, lass ihn das Messer nicht benutzen müssen, betete sie stumm.

Ein Knacken im Gebälk des Hauses störte nun auch Jan auf. Angespannt wandte er sich etwas weiter der Tür zu. Über ihnen krachte es beängstigend laut und lange, als würde die Decke herabstürzen wollen. Sie blieb heil, doch Jan nutzte den Schreckmoment und riss die Tür auf, sodass sie Susanne beinah traf. Noch während sie aus ihrem Winkel kam, prallte von der Flurseite aus etwas dumpf gegen die Wand, und ein Mann fluchte lästerlich.

»Was willst du?«, fragte Jan. Seine Stimme war so eisig und ungerührt, dass er die Oberhand haben musste. Susanne verharrte außer Sicht.

»Nimm das Messer weg, du Bruss. Willst du, dass dich der Zwicker holt?« Die tiefe, raue Stimme, die Jan antwortete, klang angewidert, aber nicht weniger eiskalt.

»Besser, der Henker holt mich für was, das sich gelohnt hat, als dass du mich abstichst, du dreckiger Sündfeger. Wenn einer ein Messer wegwirft, dann wohl erst du.«

Jans Gegenüber stieß einen abfälligen Laut aus. »Pah. Wusst ich doch gleich, dass du ein Beseffler bist. Wie kommt ein Dart wie du an einen ehrlichen Meister?«

Susanne schwirrte der Kopf. Jan hatte Kowatz als alten Soldaten beschrieben, und sie konnte sich denken, dass er deren Sprache sprach. »Beseffler« verstand sie, das war ein Betrüger.

Jan schien keine Schwierigkeiten mit den fremdartigen Worten zu haben. »Ich wollte nie etwas anderes als ehrlich sein und habe es bisher ganz gut geschafft. Aber das kann einer wie du wohl nicht verstehen. Jetzt weg mit dem Dolch.«

»Und wenn nicht?« Jan schien darauf wortlos zu antworten, denn das Nächste, was Susanne hörte, war ein »Au, verdammmich« und das Scheppern eines Dolches, der auf die Holzdielen geworfen wurde. »Das wird dir noch leidtun«, knurrte Kowatz.

Jan seufzte. »Mann, wenn du wüsstest, was mir alles leidtut. Da kommt es auf eine Sache mehr gar nicht an. Und jetzt sag mir, warum du hier bist.«

»Jungchen, ich bin zu alt, um zu plappern, weil du mich mit deinem Brotmesser piekst. Siehst du, ich habe meines doch brav abgegeben. Nun nimm deines weg, und dann können wir reden.«

»Erzähl das dem Weißhulm. Ich hab mein Brotmesser da, wo ich es haben will. So können wir lange stehen.«

Nicht ganz so lange, dachte Susanne mit Schrecken. Was würde Jan tun, wenn Kowatz nicht reden wollte?

Kowatz lachte kalt. »So, meinst du?« Dann pfiff er schrill.

Susanne begriff ebenso schnell wie Jan. Sie hörte draußen einen Schlagabtausch und Flüche. Während Kowatz' Doggen die Stiege heraufgestürzt kamen, stolperte zuerst Kowatz zu ihr in den Raum, dann kam Jan ihm nach. Susanne schlug die Tür zu und lehnte sich dagegen. Sie tat es keinen Augenblick zu früh. Kowatz pfiff noch einmal, und die Hunde sprangen mit ihrem ganzen Gewicht gegen das Holz, jaulten aufgeregt und begannen, am Türspalt zu kratzen wie an einem Rattenloch.

Susanne stemmte sich mit dem Rücken gegen die Tür, um sehen zu können, was die Männer taten. Der grauhaarige, grobschlächtige Kowatz war offensichtlich überrascht, als er sie bemerkte. Doch Zeit zum Staunen blieb ihm nicht. Jan, der nun ebenfalls kein Messer mehr in der Hand hatte, schlug ihm die Faust mit solcher Wucht unter das Kinn, dass er ins Wanken kam. Viele andere hätte der Schlag gefällt, vermutete Susanne. Kowatz war allerdings aus härterem Holz. Er riss die Fäuste hoch und griff Jan an, der sich zwischen ihm und ihr postiert hatte. Jan war schmaler als er, vielleicht sogar schwächer, aber schnell und beweglich. Dennoch traf auch Kowatz, und er besaß sichtlich Erfahrung in dieser Art Rauferei.

Eine Pfote kam unter dem Türspalt hindurch und zerkratzte Susannes Ferse. Gleich darauf schob sich an derselben Stelle eine Hundeschnauze herein und schnappte, konnte sie jedoch nicht erreichen. Umso wütender tobten die Hunde draußen weiter. Die Tür ruckte und bebte in Susannes Rücken, während sich vor ihr die beiden Männer prügelten. Was würde sie tun, wenn Kowatz Jan niederschlug? Sie hatte keine Waffe. Und sobald sie die Tür verließ, würden die Hunde hereinkommen, womit Kowatz auf jeden Fall gewonnen hätte. Flüchtig überlegte sie, was wohl geschähe, wenn sie den Stützbalken in der Ecke an sich brächte und als Knüppel benutzte. Würde die Wand einstürzen? Wahrscheinlich nicht sofort. Doch das konnte nur ihr letztes Mittel sein. Fieberhaft rasten ihre Gedanken, dann fing sie einfach an zu reden, ohne weiter nachzudenken. »Kowatz! Was soll das eigentlich? Wir hier sind längst nicht mehr die Einzigen, die über den Mord Bescheid wissen. Die halbe Stadt weiß bald, dass Ihr damit zu tun habt.«

Sie wusste nicht, was genau sie hatte erreichen wollen, aber ihr Erfolg war beeindruckend. Für einen Augenblick zu lange starrte Kowatz sie an, bevor Jan ihn mit einer Dreierreihe gezielter Hiebe zu Boden schickte.

Ohne Bewusstsein war er daraufhin nicht, doch immerhin so benommen, dass es Jan gelang, ihn auf den Bauch zu drehen, sich auf ihn zu setzen und ihm die Arme hinter dem Rücken festzuhalten. Susanne stieß den Atem aus, den sie unbewusst angehalten hatte. Völlig erleichtert konnte sie sich aber nicht fühlen. Auch wenn sie für den Moment die besseren Karten hatten, konnten weder Jan noch sie sich vom Fleck rühren.

Jan sah sie an. Sein rechtes Auge schwoll bereits zu, und aus einem Nasenloch floss ein kleines Rinnsal Blut. »Alles in Ordnung?«

Susanne schnaubte belustigt. »Das fragst gerade du?«

Er zuckte mit den Schultern. »Mir geht es gut.« Mit dem Kopf wies er auf sein Wams, das noch in dem Winkel hinter der Tür lag. Verwirrt sah Susanne auf das Kleidungsstück. Gewiss lag ihm doch gerade jetzt nicht daran, sich fertig anzuziehen?

Er verzog den Mund. »Kalt ist mir nicht.«

Susanne strafte ihn mit einem finsteren Blick dafür, dass er nicht einfach sagte, was er wollte, doch dann fiel es ihr selbst ein. Er wollte seinen Gürtel. Genau danach hätte sie an seiner Stelle verlangt. Zu ihrem Bedauern lag er gerade außerhalb ihrer Reichweite.

Die Hunde widmeten sich inzwischen ganz dem Versuch, unter der Tür hindurchzukriechen. Sie scharrten und bissen in das Holz. Nun, immerhin waren es nur Hunde. Vielleicht konnte sie nun, da sie nicht mehr fürchten musste, dass ihre Stimme vor Angst versagte, etwas bei ihnen erreichen. Energisch stampfte sie mit dem Fuß auf und schlug gleichzeitig mit der Hand gegen die Tür. »Ruhe da! Aus!«

Tatsächlich zogen die Hunde sich etwas zurück, gerade so lange, dass sie sich Jans Wams und Gürtel schnappen und ihren Platz bei der Tür wieder einnehmen konnte. Jan nickte ihr anerkennend zu und fing seinen Gürtel mit einer Hand auf.

Die Hunde gingen derweil mit neuem Schwung an ihr Unternehmen.

»Ich töte die Hunde, wenn sie hereinkommen. Besser, du bringst sie zur Ruhe«, mahnte Jan Kowatz.

»Großkotz«, murmelte dieser, gab aber nach. »Orfus, Hern, aus!« Er musste es nicht wiederholen, die Doggen waren ihm gehorsam. »Nicht so fest, du Dart! Du brichst mir den Arm. Was meint die Kleine? Was wisst ihr über den Mord?«, fragte er.

»Warum bist du hier?«, fragte Jan.

»Weil jemand zu mir sagte, geh ihm nach, er ist nicht sauber. Außerdem tändelst du mit der Anke, und ich hatte dich davor gewarnt. Aber offenbar ist sie nicht deine einzige Buhlschaft.«

»Ich hab nichts mit der Anke, du Blochart. Sie läuft mir nach. Wer ist das, der dich geschickt hat?«

Kowatz stöhnte, als er den Kopf zum Sprechen leicht anhob. »Einer, der dir die Haut abzieht, wenn du dem Wunsch und Wohl unseres gemeinsamen Herrn in die Quere kommst. Du stocherst in seinen Angelegenheiten herum, obwohl es dich nichts angeht.«

»Geht es mich nichts an, wenn ihr meinen Handwerksbruder für etwas an den Galgen bringt, das ihr selbst verbrochen habt?«

»Was haben wir verbrochen? Ich habe den Schmalkachel nicht umgebracht, das hat ein anderer erledigt. Was bist du so sicher, dass es nicht dein Handwerksbruder war? Ihr seid ja scheint's nicht in der Lämmerzunft.«

»Schmalkachel? Wem hat der Wenzel denn übel nachgeredet, dass du ihn so nennst? Deinem Herrn? Hast du ihn deshalb erschlagen?«

»Hörst du schlecht? Ich habe ihn nicht erschlagen. Ich wollte ihn an dem Abend treffen, aber getan hat es ein anderer.«

»Du weißt, dass es nicht der Albert war. Wer war es?«

»Ich werd es dir nicht sagen, so lange, wie mein Herr seine Sache hier in der Stadt nicht geregelt hat. Au! Warte!«

Susanne war kurz davor, Jan zu bitten, dass er Kowatz nicht weiter wehtun möge. Obwohl sie die Antwort selbst hören wollte, hielt sie kaum aus, wie grob er war. Sie spürte noch den Nachhall seiner Zärtlichkeiten und wusste nicht, wie das mit dem Mann zusammenpasste, den sie nun vor sich sah. Nie war ihr so bewusst gewesen, dass sie ihn eigentlich nicht kannte. »Es war der Rote Berthold, nicht wahr?«, sagte sie.

Kowatz zischte durch die Zähne. »Da habt ihr es doch selbst herausgebracht. Wozu musst du mir da noch den Arm brechen?«

Jan stand auf und ließ ihn liegen, die Hände mit seinem Gürtel zusammengebunden. »Ich kann nicht sagen, dass es mir leidtut, wenn du Schmerzen hast, aber ich mache gar nichts. Muss dein Alter sein. Hast du kaputte Knochen?«

Kowatz stöhnte. »Ja.«

Jan beugte sich wieder zu ihm und lockerte den Gürtel ein wenig, woraufhin der ältere Mann erleichtert seufzte.

»Ich bringe dich zum Richter, und du sagst ihm, was du weißt«, sagte Jan.

»Nicht, solange mein Herr in der Stadt ist.«

»Warum?«

»Weil der Rat und die höheren Bürger nichts von den Kindern erfahren sollen«, warf Susanne ein. »Sonst müsste Herr von Waldfels sich vielleicht mit ihnen über seine großen Pläne streiten. Und das möchte er nicht.«

Ein weiteres Mal krachten die Dachbalken, fast so, als wollte das Haus ihre Worte bekräftigen. Vor der Tür wurden die Hunde wieder unruhig, einer von ihnen knurrte, doch Susanne sah nur Jan, der sie mit zusammengezogenen Brauen musterte.

»Feist und vorlaut«, grollte Kowatz.

Zu Susannes Ärger widersprach Jan ihm nicht. Er zweifelte sichtlich an ihren Worten. »Das klingt lächerlich. Er hätte sich doch denken können, dass sein Treiben nicht unbemerkt bleibt.«

Susanne holte Luft, um ihm zu erklären, wie weltfremd der Herr von Waldfels war, doch bevor sie etwas sagen konnte, fühlte sie sich durch den Raum geschleudert und fiel schmerzhaft auf Knie und Hände. Als sie sich umsah, war die Tür weit offen, Rieger stand in ihrem Rahmen, und die Hunde waren bereits hereingestürzt. »Fass!«, brüllte Kowatz.

Während die eine Dogge noch freudig ihren am Boden liegenden Herrn beschnupperte, brachte die andere Jan zu Fall und wollte ihm an die Kehle. Susanne reagierte schneller, als sie es für möglich gehalten hätte. Mit einem Satz sprang sie in die hintere Ecke des Zimmers, riss den Stützbalken an sich und schlug damit nach dem Hund. Sie traf, und die Dogge wich jaulend zurück. Jan rappelte sich auf und ging auf Rieger los, während Susanne den Balken fallen ließ, Kowatz daran hinderte, sich umzudrehen, und sich auf seinen Rücken setzte. Sie bog ihm die gefesselten Arme nach oben. »Ruf die Hunde zurück!«

Er jaulte ähnlich auf wie seine Dogge und gehorchte. »Orfus, Hern, aus!« Die Hunde legten sich hechelnd und vor Aufregung zitternd flach auf den Bauch.

Jan fluchte laut, Susanne blickte auf. Die beiden Männer waren vorübergehend im Flur außer Sicht gewesen, doch nun brachte Rieger Jan wieder herein. Er hielt ihm dabei dessen eigenes Messer an den Hals. »Kowatz, du Hornochse. Wie kannst du dich von solchen Kindern drankriegen lassen?«

»Halt's Maul«, gab Kowatz mit schmerzverzerrter Stimme zurück, obgleich Susanne seine Arme kaum noch berührte.

»Lass ihn aufstehen, du Hexe«, sagte Rieger.

Wut und Angst hielten sich in Susanne die Waage. *Hexe*. Wie konnte er es wagen, sie eine Hexe zu nennen, weil sie sich zur Wehr setzte, so gut sie konnte? Es würde ihm nicht gelingen, sie einzuschüchtern. Sie sah, dass Jan in Gefahr war, doch sie wusste auch, dass es im Augenblick ihr einziger Vorteil war, Kowatz im Griff zu behalten. »So wenig wie ich eine Hexe bin, lass ich ihn los. Wenn Ihr uns ein Haar krümmt, dann wird es nicht nur Herr von Waldfels erfahren. Die ganze Stadt wird hören, welcher Verbrecher der Herr sich bedient, um seine Utopia der guten Menschen aufzubauen. Man wird ihn schmähen, statt ihn zu bewundern, und das wird auf Eure Rechnung gehen.«

»Was für ein unverschämt großes Mundwerk Ihr habt, Jungfer. Oder sollte ich besser ein anderes Wort als Jungfer finden? Eine wichtige Lektion im Leben ist, dass man nur dann auf andere Steine werfen soll, wenn man selbst ohne Sünde ist. Wird Euer Vater glücklich darüber sein, dass Ihr es hier mit dieser Kanaille getrieben habt? Ich denke, er wird mir eher dafür danken, wenn ich ihm abnehme, Euch und Euren Buhlen zu bestrafen. Und wer wird Euch Eure Hirngespinste noch glauben, wenn Ihr vor allen Leuten in Schande und Ungnade seid?«

Jan, der merkwürdig gebeugt dastand und zu Boden blickte, richtete sich auf und zuckte gleich darauf, weil Rieger unsanft das Messer zu seinem Hals nachführte und ihn dabei schnitt. Sofort quoll Blut aus der kleinen Verletzung. »Lasst sie aus der Sache heraus. Ich ...«

Susanne wurde eiskalt vor Angst, doch gleichzeitig trieb die Verzweiflung sie voran. »Oh nein«, fiel sie Jan ins Wort. »So leicht schafft Ihr uns nicht aus dem Weg. Wir sind nicht die Einzigen, die über Eure Machenschaften Bescheid wissen. Man wird uns Glauben schenken, selbst wenn Ihr uns verleumdet und ebenso gewissenlos und ungerecht ins Unglück treibt wie den armen Albert. Und das alles nur, um Eure eigenen Pfründe zu retten. Was seid Ihr für elende Menschen! Und nun ...«

Weiter kam sie nicht, denn zum einen sprangen die Hunde knurrend auf, zum anderen wurde Rieger vom Knauf seines eigenen Gehstocks am Kopf getroffen. Lautlos sackte er zusammen. Jan gelang es, dem Messer auszuweichen und sich von dem Fallenden zu befreien.

Susanne ergriff Kowatz' Arm, doch mehr musste sie nicht tun. »Orfus, Hern!«, befahl er, und die Doggen ließen davon ab, den Neuankömmling anzugreifen. Sie seufzte tief. »Till!«

Jan war bereits dabei, den ohnmächtigen Rieger ganz in den Raum zu ziehen. Erst jetzt sah Susanne, dass Rieger ihn mit dem Messer am Rücken verletzt hatte. Sein Hemd hatte einen Riss und einen großen Blutfleck.

Ihr Bruder stand im Türrahmen und starrte erschüttert auf den Mann, den er so beherzt niedergeschlagen hatte. Seine Wangen waren hochrot, und seine Augen glänzten. Riegers Stock hielt er fest in der Hand.

»Susanne, komm!« Jan hielt ihr die Hand hin. Im Gegensatz zu Till war er inzwischen bleich geworden.

Der Anblick von Jans ausgestreckter Hand weckte Till aus seiner Erstarrung. »Mach, dass du wegkommst«, fuhr er Jan an.

»Geht raus, bevor ich ihn loslasse«, sagte Susanne.

Jan kehrte bei der Tür um und kam zu ihr zurück. »Lass mich das machen.«

Sie nickte und überließ ihm Kowatz, der das Geschehen erstaunlich ruhig beobachtet hatte. »Wenn er bloß meine Arme in Ruhe lässt«, sagte er nun.

»Wenn Ihr bloß die Hunde zurückhaltet«, sagte Susanne, während sie einen Bogen um die Doggen schlug. Sie nahm Jans Wams an sich und ging zur Tür.

Till fasste sie beim Arm und wollte sie gleich die Treppe hinabführen, doch sie sträubte sich und hob auch noch Jans Messer auf, das Riegers Hand entglitten war.

Jan kam ihnen nach, zog die Tür hinter sich zu und ließ sich von ihr seine Sachen geben.

Erneut zerrte Till an ihrem Arm, wütend diesmal. »Herrgott, Suse!«

Wieder befreite sie sich. »Ich kann selbst laufen.«

Zu dritt polterten sie die Stiege hinunter und aus der Hintertür auf den Hof. Jan schloss auch diese hinter sich.

»Hast du unsere kleine Katze gesehen?«, fragte Susanne Till.

Till warf ihr einen verachtungsvollen Blick zu. »Um die hättest du dir auch früher Sorgen machen sollen. Nun musst du es nicht mehr.« Er zeigte in den Winkel neben dem alten Kaninchenstall, wo sie ein lebloses graues Fellhäufchen entdeckte.

Susanne war nicht fähig, Kummer zu fühlen. Sie hob die tote Katze auf und rannte dann mit Till und Jan, bis sie die Gasse erreicht hatten. Sie wollte noch etwas zu Jan sagen, sich verabschieden, und auch er zögerte, doch bevor einer von ihnen den Mund aufmachen konnte, stieß Till Jan grob vor die Brust. »Scher dich weg!«

Susanne hatte die Stimme ihres Bruders noch nie so hasserfüllt gehört. Fassunglos wandte sie sich ihm zu, doch Jan beschwichtigte sie mit einer Geste. »Geh mit deinem Bruder.«

»Aber ...«

Till zog sie energisch mit sich und schritt weit aus. Sie war zu erschöpft, um sich weiter zu sträuben. Als sie sich noch einmal umsah, hatte Jan sein Wams übergezogen. Er blickte flüchtig nach oben, zu den vernagelten Fenstern, hinter denen sie die Männer und die Hunde zurückgelassen hatten. Dann lief er los, so leichtfüßig, als wäre er nicht zerschunden und verletzt.

Bis zur Straßenecke schwieg Till, dann fuhr er sie giftig an. »Höre ich vielleicht noch einen Dank?«

Susanne fühlte sich noch immer entrückt, während sie mit ihm dahineilte, die Straße entlang und vorbei an Mutter Künemanns Utlucht. »Du hast Rieger mit seinem eigenen Stock niedergeschlagen. Meinst du, er ist tot?«

»Nein. Er hat noch geatmet. Was zum Teufel war da los? Ich kann mir denken, was du mit Niehus getrieben hast. Aber warum waren diese Kerle da?«

Susanne betrachtete die tote Katze in ihrer Hand, die unverletzt erschien und noch immer niedlich und warm war. Sie hätte weinen sollen, doch sie fühlte sich innerlich erstarrt. *Warum waren diese Kerle da?*, hallte es in ihren Gedanken nach. Sie blieb stehen. »Till, du bekommst einen vielfachen Dank von mir, wenn du noch etwas für mich tust. Geh mit mir zu Herrn von Waldfels. Ich muss mit ihm sprechen. Vielleicht weiß er gar nicht, was diese Männer in seinen Diensten treiben.«

»Du bist verrückt. Vater hat dich schon vermisst, es ist spät. Wir können außerdem so einen Herrn nicht einfach überfallen.«

»Doch. Je schneller, desto besser. Wir können es sicher zu ihm schaffen, bevor Rieger oder Kowatz ihn aufsuchen. Wenn ich recht habe, retten wir vielleicht Albert damit.«

»Uns wird Vater dann allerdings totschlagen.«

»Wann hast du jemals vor Vater gekniffen?«

»Verdammt, Suse! Von mir ist er nichts Gutes gewöhnt, aber von dir ... Du kannst dich nicht so benehmen, er wird krank davon!«

»Er wird es überleben. Albert dagegen kann es das Leben kosten, wenn wir nicht gehen. Bitte, Till!«

Ihr Bruder seufzte, blieb kurz stehen, nickte schließlich und kehrte, ein paar Schritte entfernt von der Böttcherei, mit ihr um. »Du kannst nicht die tote Katze mitnehmen.«

»Und ob ich das kann«, erwiderte sie.

Till schüttelte erschöpft den Kopf, widersprach aber nicht. »Drei Schwestern sind einfach zu viel«, murmelte er nur.

16

Kurz vor Toresschluss

Jan lief schnell und ausdauernd. Es tat seinem Rücken nicht gut. Dem mäßigen Schmerz nach handelte es sich zwar nur um eine oberflächliche Schnittverletzung, doch das Blut durchnässte bereits seinen Hosenbund. Trotzdem rannte er weiter. Er wollte so schnell wie möglich das Einzige tun, das ihm sinnvoll erschien. Und während er sich beeilte, durfte er sich für kurze Zeit vormachen, dass er einfach vor allem davonlaufen konnte. Seine gleichmäßigen, schwingenden Schritte beruhigten ihn außerdem, er konnte allmählich wieder klar denken.

Rieger und Kowatz würden bald das schiefe Haus verlassen. Höchstens eine Stunde würde vergehen, falls Rieger so lange bewusstlos liegenblieb und es Kowatz nicht gelang, sich selbst zu befreien. Rieger würde sofort auf die schnellste Art sinnen, Susanne und ihn zum Schweigen zu bringen. Vielleicht würde er sie tatsächlich wegen Unzucht anzeigen, auch wenn er sicher nicht wusste, inwieweit das der Wahrheit entsprach. *Denk nicht daran. Noch nicht.* Nur an die möglichen Folgen musste er jetzt denken und versuchen, das Schlimmste zu verhindern.

Je nachdem, bei wem Rieger sie anschwärzte und wie derjenige es aufnahm, würde die Strafe unterschiedlich ausfallen. Kam die Schande vor Gericht, blühten ihnen Pranger, Schläge, Ehrverlust und wer wusste, was noch. Jan konnte sich nicht vorstellen, dass Rieger selbst zur Obrigkeit gehen würde, doch er würde es auf jeden Fall so einzurichten wissen, dass ihnen danach niemand mehr Glauben schenkte. Er war gnadenlos. Jans Arme schmerzten höllisch von den Stockschlägen, die er von seinem Kopf hatte abwehren müssen. Es war nur Glück, dass ihm kein Knochen gebrochen war.

Er lief am Rande des Marktplatzes in Richtung Hafen. Es waren auch Riegers Stockhiebe, die ihn zu der Einsicht gebracht hatten, dass er um jeden Preis die Kinder wiederfinden musste. Nicht nur, weil sie ein Beweis und ein Druckmittel gegen Herrn von Waldfels und seine Handlanger waren, sondern auch, weil kein Kind einem Menschen wie Rieger ausgeliefert sein durfte. Beinah kam ihm Kowatz mit seinen bösartigen Doggen dagegen harmlos vor. Die machten zumindest keinen Hehl aus ihrer Brutalität.

Er würde die Kinder in Sicherheit bringen und dafür sorgen, dass Albert freikam. Und wenn es das Letzte war, was er tat.

Kathi zu finden war nicht schwer. Jeder kannte sie, man brachte ihn schnell auf ihre Spur. Sie kassierte eben auf einem der Ewer ihren Botenlohn von einer hungrigen Bootswache. »Kathi!«, rief er von der Hafentreppe aus. Sie war nicht die Einzige, die sich nach ihm umdrehte.

»Oh, oh. Wen haben wir da?«, hörte er sie sagen. Sie hob ihre Kiepe auf und kletterte über drei nebeneinander liegende Boote zu ihm. »Jan Niehus! In welche Mühle bist du denn gefallen? Oder haben die Brüder von deinem Feinslieb dich im richtigen Moment erwischt?«

Jan fragte sich, wieso er gehofft hatte, dass sie ihm helfen würde. »Hör zu, ich weiß, dass du mich nicht magst. Aber ich muss dich um etwas bitten. Wenn du es nicht für mich tun willst, dann tu's für Susanne und ihren Bruder, für Albert im Turm und die Kinder. Tu's!«

Kathi legte die Stirn in Falten und sah ihm ins Gesicht. »Mein Lieber, wer sagt, dass ich dich nicht mag? Ich hatte schon immer was übrig für dumme Jungen. Was brauchst du denn so dringend?«

»Ich muss die Kinder finden, befreien und verstecken, und zwar jetzt gleich. Ich setze darauf, dass dein Mann und die anderen Schiffer helfen können.«

»Sackerlot, das ist ein großer Gefallen, zumal um diese Zeit am Tage. Du weißt, dass sie bald die Kette bei der Warborch schließen? Die Tore bleiben auch nicht mehr lange offen. Warum ist es plötzlich so eilig? Wenn die Kinder bis heute gelebt haben, dann werden sie es morgen auch noch.«

»Glaub mir einfach, dass es schnell gehen muss.«

Sie musterte ihn flüchtig von oben bis unten, dann nickte sie. »Jockel sitzt im Borstigen Eber.«

Er drehte sich um und ging die Hafentreppe hinauf. Kathi schnalzte hinter ihm mit der Zunge. »Dein Wams hat einen Blutfleck, Jungchen. Was hast du angestellt?«

Er seufzte und blieb stehen. »Wie groß ist der Fleck?«

»Wie eine Faust.«

Sie wartete nicht auf seine Erlaubnis, sondern zerrte energisch sowohl sein Wams als auch sein Hemd hoch, obwohl sie für alle sichtbar dastanden. Dann pfiff sie auch noch laut durch die Zähne. Wütend entwand er sich ihrem Griff. »Jetzt lass uns schon gehen. Wird nicht besser, wenn du uns hier zum Schauspiel machst.«

»Das muss ein scharfes Messer gewesen sein. Ein schöner, glatter Schnitt.« Zu seiner Erleichterung zögerte sie nun nicht länger. Mit langen, geschwinden Schritten ging sie ihm voraus, sodass er beinah wieder hätte laufen müssen, um ihr folgen zu können. »Tja, dumm. Es war mein eigenes«, murmelte er.

»Das, welches du im Hosenbund trägst? Hast du deinen Gürtel verloren?«

»Bis heute habe ich nicht gewusst, dass Mädchen so schnell denken können.«

Sie lachte. »Danke für das Mädchen. Lass dir von mir sagen: Wenn du was verbrochen hast, wofür die Büttel dich suchen, werden die Schiffer keinen Finger krumm machen, um dir zu helfen. So sind sie nicht. Sie werden sich heraushalten. Nur wegen der Kinder wird Jockel sie vielleicht bewegen können.«

»Ich weiß nicht, was daraus wird. Die Diener eines hohen Herrn wollten mir ans Leder, und ich habe mich gewehrt. Mag sein, dass sie es anders darstellen werden. Sie haben auch den Verdacht gegen Albert schüren können.«

»Meinst du diesen Rieger und den alten Sündfeger mit den Hunden? Wie bist du davongekommen, ohne dass sie dich gefressen haben?«

»Das tut nichts zur Sache.«

Sie blieb abrupt stehen und drehte sich zu ihm um. »Oh doch, mein Lieber. Für die Kathi nur die Wahrheit! Ich bitte nicht andere für dich um einen Gefallen, wenn ich nicht weiß, wer du bist.«

»Es wäre aber besser, wenn die Wahrheit sich nicht herumspräche. Reicht es nicht, wenn ich dir sage, dass ich nicht allein war?«

Reglos sah sie ihm in die Augen, und er hielt ihren Blick aus. »Aha«, sagte sie schließlich, und ihre Miene wurde kühl. »Du konntest es nicht lassen. Nun, dann sage ich dir jetzt eins: Ich helfe dir nur weiter, wenn du mir schwörst, dass du Susanne Büttner nie wieder heimlich treffen wirst. Frei offen um sie, wenn du es kannst, sonst lass sie in Ruh. Würde mir das Herz brechen, sie am Schandpfahl zu sehen.«

»Ich habe es schon auf alles geschworen, was mir am heiligsten ist, und ich schwöre es dir noch einmal, wenn du es hören musst: Ich habe sie heute zum letzten Mal getroffen, nur um mich zu verabschieden. Konnte ich ahnen, dass die Kerle mir nachschleichen?«

Kathi schlug sich die Hände vor das Gesicht. »Schafskopf, du. Herrje. Also komm!«

Während er ihr nachhetzte, spürte er zum ersten Mal, dass er fror. Kalt und erschöpft war er, und dass Kathi ihn an seinen verhängnisvollen Abschied von Susanne erinnert hatte, machte es nicht besser. Schafskopf war eine Schmeichelei für ihn. Seine Reue ging so tief, dass er auf der Stelle ins Kloster eingetreten wäre, wenn er damit ihre Schande hätte verhindern können. Selbst auf die Gefahr hin, dass ihn dort umgehend der Blitz erschlagen hätte. Trotzdem wusste er nicht, wie er es aushalten sollte, Susanne nie wieder in die Augen zu sehen.

Der Borstige Eber hieß eigentlich »Zum Wilden Eber« und war das Lieblingswirtshaus der minderen Schiffer, während die Salzfahrer ein besseres Haus bevorzugten. Der Eber war ein schlecht gepflegtes Gebäude mit einer zusammengeschusterten Einrichtung, einem ruppigen Wirt und Schankmägden, die Haare auf den Zähnen hatten. Jan war im Laufe seiner Nachforschungen einige Male dort gewesen und nie lange geblieben. Nicht zuletzt hatte ihn der dicke Tabakrauch vertrieben. Das Tabakrauchen war eine neue Sitte, von der er nicht verstand, warum sie zusehends beliebter wurde. Ihn hatte das teure Kraut bisher nicht verlockt.

Kathi wurde von Schiffern, Schifferfrauen und sogar vom Wirt selbst begrüßt, als sie Jan zu der hinteren Tischrunde führte, in der ihr Mann beim Würfeln saß. »Jockel, hier ist einer, der unsere Hilfe braucht.«

Jockel legte die Würfel in den ledernen Knobelbecher und knallte ihn gut gelaunt vor seinem Nebenmann auf den Tisch. Mit einer besitzergreifenden Geste zog er Kathi auf seinen Schoß und gab ihr einen schallenden Kuss. Sie juchzte und strampelte sich schimpfend wieder auf die Beine. Die Männer am Tisch grinsten und spotteten.

Jans Zweifel an seinem Plan wuchsen. Diese Männer sahen allesamt nicht so aus, als könne man sie bewegen, ihren gemütlichen Feierabend aufzugeben. Kostbare Zeit verstrich ungenutzt. Aber allein konnte er nichts tun.

»Na, dann sprich doch mal. Was brauchst du denn? Außer einem Schnapps natürlich, so wie du aussiehst. Bist käsig um die Nase, Junge. Haste einen Spökegeist gesehen?«

Kathi lachte trocken. »Die Farbe hat er am Rücken statt im Gesicht.«

Bevor Jan es verhindern konnte, hatte sie den Männern am Tisch sein blutiges Hemd gezeigt. Sie war wirklich eine Plage. »Kathi!«, fuhr er sie an und machte ihre Hand von seiner Kleidung los. Verlegen wandte er sich wieder dem Tisch zu. In der Tat sah es nicht so aus, als hätte sie die Männer damit für ihn eingenommen. Das Spiel war zum Erliegen gekommen, die Männer musterten ihn schweigend und mit verschlossenen Mienen.

Selbst Jockel hatte die Brauen skeptisch zusammengezogen. »Jemand hinter ihm her?«, fragte er Kathi leise.

»Nein. Ich …«, setzte Jan an, doch Kathi fiel ihm ins Wort.

»Er hat sich mit Kowatz und Rieger geschlagen.«

Die Männer stießen Laute aus, die Unglauben, Beunruhigung und Abneigung bedeuten konnten. Jan wusste, dass er besser daran tat, der vorlauten, aber offensichtlich beliebten Frau das Wort zu überlassen. Er wünschte allerdings, sie wäre die Sache anders angegangen.

»Und nu?«, fragte Jockel.

»Und nu denkt er, dass er dringend die Kinder zurückholen muss, die ihr reicher Herr aus der Stadt verschifft hat.«

»Denn man tau«, sagte Jockels Nebenmann, schüttelte den Knobelbecher und machte seinen Wurf. Sofort hatten er und das Spiel die Aufmerksamkeit der meisten Männer zurück. Nur drei der Schiffer blieben Jan zugewandt. Außer Jockel war es ein weißhaariger Hüne mit Backenbart und Tabakspfeife im Mund und ein Jüngerer mit dunkelblondem Vollbart.

Der Jüngere sprach als Nächster. »Ärger machen können wir uns selbst, dazu brauchen wir keine Fremden. Am Ende bliebe doch wieder alles an uns hängen.«

Kathi stemmte die Hände in die Hüften. »Hinnerk, das letzte Mal, als was an dir hängengeblieben ist, hast du die Mutter geheiratet. Wie geht's dem Kleinen? Sieht dir ähnlich, der Junge, oder nicht?«

Der junge Mann wurde rot, grinste aber. »Ein Prachtjunge.«

Jan holte tief Luft. »Mann, wenn du ein Kind hast, dann hilf mir, die anderen zu finden. Sie werden sonst leiden.«

»Was gehen mich die Gören der Stadtleute an? Ich würde meinen Sohn nicht verkaufen, eher würde ich mich selbst verkaufen.«

Jockel warf ihm einen spöttischen Blick zu. »Wer würde dich haben wollen, Hinnerk? Und nu sei mal ruhig. Ich will hören, warum der Junge hier plötzlich draufkommt, dass die Kinder wieder her müssen.«

Jan stieß erschöpft die Luft aus. »Ich wusste es auch vorher schon. Hab nur gehofft, es würde sich von selbst erledigen, weil dieser hohe Herr darin verwickelt ist, mit dem ich keinen Streit wollte. Was gehen mich die Kinder von Leuten an, die ihre Kinder verkaufen, dachte ich. Es wird ihnen bei dem Herrn schon nicht schlechter gehen als hier in der Gosse. Aber seit ich heute mit seinen Dienern zu tun hatte, sehe ich es anders. Außerdem haben die beiden noch mehr Dreck am Stecken, und man kann ihnen nur beikommen, wenn die Kinder zurück in der Stadt und in Sicherheit sind.«

»Hast du dich tatsächlich mit beiden geschlagen? Und was war mit den Hunden?« Jockel klang ungläubig, was Jan ihm nicht verdenken konnte.

»Ich …«

Wieder fiel Kathi ihm ins Wort. »Unser Jan hier ist ein flinker Junge und nicht aus der Kälberkompanie. Nun kommt mal in die Strümpfe. Die Kette wird gleich zugemacht. Sabbeln könnt ihr auch noch auf dem Pott.«

Jockel räusperte sich und klopfte zwei-, dreimal auf den Tisch. »Holde Jungfern, wo der Kleine recht hat, hat er recht. Die Kinder können nichts dafür. Ich sage, wir helfen.«

Sein Nebenmann stieß sich resigniert vom Tisch ab und verschränkte die Arme. »Jock, ich wusst es gleich, als deine Kathi den Mund auftat: Mein Feierabend ist hin. Verfluchter Mist, dabei hatte ich noch was Schönes vor.«

»Ich bin dagegen«, sagte Hinnerk und verschränkte ebenfalls die Arme.

Der wesentlich ältere Mann neben ihm schlug ihm zart gegen den Hinterkopf. »Weil du bräsig bist. Hast wohl vergessen, dass deine Ollen auch nich bannig zärtlich an dir hingen, wat? Hätt sich keen anner um dich kümmert, wärst längst Dünger für Kohlköppe.«

Am anderen Ende des Tisches erhob sich der weißhaarige Hüne von der Bank, der bisher kein Wort gesagt, aber auch kein Auge von Jan gelassen hatte. »Hm!«, machte er, und zu Jans Verblüffung kamen daraufhin auch die anderen sieben eilig auf die Beine.

»Besprich die Zeche, Katherl«, sagte Jockel und schloss sich den anderen an, die schon zur Tür strebten.

Nur der alte Hüne blieb noch kurz neben Jan stehen. Er behielt die Pfeife zwischen den Zähnen, während er sprach. »Verdammte Köter ham mein' Terrier totgebissen.« Ruckartig deutete er mit dem Kopf zur Tür.

Jan nickte, als würde das alles erklären, und ging ihm voraus auf die Gasse, wo einige der anderen auf sie warteten.

»Fritz macht die Scholle klar und Jörn Maria«, sagte Jockel zu dem Alten.

Jan beschloss, sich über nichts mehr zu wundern, sondern nur noch dem Himmel zu danken.

Herr von Waldfels wohnte als Gast im Hause des Ratsherrn Fuhrhop, welches ebenso wie das der Familie Lossius am Sande lag.

Es war ein jüngerer Sohn, der Susanne und Till die Haustür öffnete. Er musterte sie erstaunt, als er ihren Wunsch hörte, fühlte sich jedoch offensichtlich weder befugt, sie einzulassen, noch, sie abzuweisen. »Ich werde nachfragen«, sagte er und schloss die Tür vor ihnen wieder.

»Ich hoffe, du weißt, was du sagen willst«, flüsterte Till.

Susanne wusste es ungefähr. Sie hoffte nur, dass Herr von Waldfels ihr lange genug zuhören würde. Die tote Katze hielt sie notdürftig zwischen den Falten ihres Rockes verborgen.

Als Nächster öffnete Ratsherr Fuhrhop selbst die Tür. Er blickte nicht weniger erstaunt drein als sein Sohn, bat sie jedoch herein und führte sie zu seiner Schreibstube, wo er eben mit Herrn von Waldfels bei einem Glas Wein zusammengesessen hatte.

Herr von Waldfels erwartete sie. Er stand mitten in dem edel, aber düster ausgestatteten Raum und hielt mit der einen Hand die andere fest.

Susanne sah ihm an, dass er seine Vermutungen darüber hatte, warum sie ihn sprechen wollten. Dass Herr Fuhrhop sie höflich nickend allein ließ, bestätigte sie darin. Sie knickste tief vor Herrn von Waldfels, Till verbeugte sich, und der Herr erwiderte ihre Gesten auf die abgeschwächte Weise, die seinem höheren Rang entsprach.

Unter seiner weißen Haut errötete er zart. »Die jungen Herrschaften haben ein Anliegen an mich?«, wandte er sich mit leiser Stimme an Till.

Till nickte. »Es betrifft Eure Diener, Euer Hochwohlgeboren. Wir haben eine unerfreuliche Begegnung mit ihnen gehabt.«

»Das ist bedauerlich. Selbstverständlich werden sie einen Tadel erhalten. Es wird doch hoffentlich kein Schaden entstanden sein?«

»Leider doch«, sagte Susanne. »Ich möchte Euch etwas zeigen und Euch bitten, mir zuzuhören, mein Herr. Ihr habt meine kleine Schwester Liebhild kennengelernt und ihr viel

Freundlichkeit erwiesen. Ich glaube, dass sie Euch von ihrer jungen Katze erzählt hat, die sie sehr liebt. Auch ich habe das kleine Tier gerngehabt. Wer könnte sich so etwas reizend Unschuldigem verschließen?« Sie hob die Hand mit der toten Katze Herrn von Waldfels entgegen. »Nun, Euer Diener Kowatz und seine Hunde haben unsere Zuneigung nicht geteilt. Dies ist Liebhilds Katze. Mein Herr, ich würde Euch wegen dieser kleinen Sache nicht belästigen, sosehr sie mich schmerzt. Aber ich versichere Euch, dass Eure Diener für die Menschen, zu denen Ihr sie ausschickt, ebenso viel Liebe übrighaben, wie ihre Hunde für diese Katze und meine kleine Schwester hatten. Ihnen ist jedes Mittel recht, solange sie Euren Auftrag ausführen und Ihr mit ihnen zufrieden seid. Wie könnt Ihr aber glauben, dass Ihr mithilfe solcher Männer eine Utopia der guten Menschen errichten könnt? Kowatz und Rieger gehen so weit, einen Mörder zu decken und einen unschuldigen Mann der Todesstrafe zu überlassen, damit Ihr es mit Eurem Vorhaben bequem habt. Ich will nicht glauben, dass Ihr so roh seid, von ihrem Treiben zu wissen und nicht einzuschreiten.«

»Susanne«, mahnte Till sie leise und legte ihr eine Hand auf den Arm.

Herr von Waldfels starrte sie mit weit aufgerissenen Augen an. Die zarte Röte seiner Wangen war hektischen roten Flecken gewichen. Er räusperte sich. »Mein liebes Kind, ich verstehe, dass Ihr aufgebracht seid, und in der Tat bin ich erschüttert über den Verlust, den Eure Schwester erlitten hat. Selbstverständlich werde ich das Tierchen ersetzen und mich bei ihr entschuldigen. Was den Rest Eurer Vorwürfe betrifft, so fürchte ich, dass Ihr das Gesamte ... den größeren Rahmen nicht begreift. Bedeutende Vorhaben sind niemals ohne gewisse ... gewisse Opfer durchzuführen. Kompromisse, so sagt man. Ein Abwägen kleiner Übel gegen das Gute, aus dem Utopia, die bestmögliche Welt erwachsen kann. Vielleicht übersteigt das Euren ... nun ich will nicht sagen: Euren Verstand, denn Ihr erscheint mir aufgeweckt für eine junge Frau. Nennen wir es also den Horizont Eurer Erfahrung und Bildung, liebes Kind. Ihr habt den Krieg und das Böse, das er geschaffen, die Verderbnis, die er in den Menschen hinterlassen hat, nicht so studiert wie ich. Ich habe mich bemüht, meine Seele rein zu halten, doch angesichts der Greuel des Krieges ist auch mir die Unschuld verlorengegangen. Seht Ihr, meine Annahme ... nein, meine Gewissheit besteht darin, dass nur die nach dem Krieg Geborenen unschuldig genug sind, um zu wahrhaft guten Menschen zu werden. Um diese jungen Geschöpfe zu erretten und in eine bessere Welt zu führen, kann ich, der ich ohnehin bereits verloren bin, mich den Gepflogenheiten der verrohten Welt anpassen und manche Opfer auf mein Gewissen nehmen. Zumal diese Opfer zu den Verderbten gehören. Vielleicht könnt Ihr ... Nein, ich setze mein Vertrauen darein, dass Ihr begreifen werdet, dass am Ende alles dem Wohle der Menschheit dienen wird.«

Susanne ging zu einem mit rotem Brokat gepolsterten Armlehnstuhl und legte behutsam die Katze darauf ab, dann wandte sie sich Herrn von Waldfels wieder zu. »Kinder werden nicht von allein zu guten Menschen. Wen wollt Ihr mit ihrer Erziehung betrauen, wenn doch alle Erwachsenen so verderbt sind, dass es Euch nicht der Mühe wert erscheint, ihr Leben und Glück zu erhalten? Auch Ihr selbst könnt den Kindern Euren eigenen Worten nach ja kein Vorbild sein. Und wenn ich Euch so höre, dann bekomme ich große Angst, dass Ihr auch mich bedenkenlos opfern würdet. Ich bin noch im Krieg geboren, auch wenn ich keine Schlacht und Belagerung gesehen habe. Muss ich Euch also fürchten?«

»Aber liebe Jungfer Büttner, wie könnt Ihr das glauben? Seid gewiss, dass ich Euch und Eurer liebenswerten Familie allen Respekt entgegenbringe. Wir reden hier doch von ganz anderen Subjekten.«

Susanne sah, wie seine bleiche, engelsgleich zarte Gestalt sich ihr verbindlich zuneigte, und fühlte Abscheu. »Nun, so hoffe ich, dass Ihr das Euren Dienern beizeiten mitteilt, denn sie scheinen anderer Ansicht zu sein. Sie sorgen sich darum, dass Euer Unternehmen durch das gefährdet wird, was mein Bruder, ein Freund und ich über Eure Geschäfte und die Todesfälle, die damit zusammenhängen, herausgefunden haben. Sie haben uns tätlich angegriffen, unseren Freund bis aufs Blut verletzt und gedroht, uns durch Verleumdung in Misskredit zu bringen. Wir konnten uns nur mit Mühe zur Wehr setzen. Euer Handlanger Rieger hat Zeugen bezahlt, um den Unschuldigen zu belasten, der wegen Totschlags verhaftet wurde, während der wahre Mörder frei seiner Wege geht. Zu allem muss der gequälte Unschuldige um seine beiden jüngeren Geschwister bangen, die sich wahrscheinlich in Euren Händen befinden. Mein Herr, wenn Ihr das alles duldet und gutheißt, dann seid Ihr wahrhaft kein guter Mensch. Ihr und Eure Männer gehören zum Bösen in dieser Stadt. Bei dem Gedanken an Eure Utopia graust es mich. Sie wird nicht besser sein als Ihr, und ich habe Angst um die armen Kinder.«

»Susanne«, mahnte Till wieder, diesmal lauter. Sein Griff an ihrem Arm wurde fester. »Ihr müsst meiner Schwester verzeihen, Hochwohlgeboren. Sie ist aus verständlichen Gründen aufgeregt. Die Angelegenheit war und ist für uns in der Tat bedrohlich … Mein Herr?«

Hastig ließ er Susanne los und sprang vor, um Herrn von Waldfels zu stützen. Dieser hatte seine Augen wieder weit aufgerissen, während Susanne sprach. Nun zitterte seine Unterlippe, und unter seinem Auge zuckte ein Nerv. »Es geht schon«, sagte er schwach zu Till. »Es geht schon. Mein Gott, hätte ich das gewusst.«

Susanne setzte sich pflichtschuldig in Bewegung und holte ein halbvolles Weinglas vom Tisch. Till half dem erschütterten Herrn beim Trinken.

Herr von Waldfels holte tief Luft. »Ich muss die Herrschaften nun bitten zu gehen. Eure Anwesenheit beansprucht mich zu sehr. Seid gewiss, dass ich meinen Bediensteten bei nächster Gelegenheit einen Tadel aussprechen werde.«

»Seid gewiss, dass ich mich nicht länger scheuen werde, die Angelegenheit dem Rat vorzutragen, wenn sich nicht bald alles aufklärt«, erwiderte Susanne.

Er wedelte mit der Hand, um sie zu entlassen. Sie war mit Till schon bei der Tür, als Herr von Waldfels einen halb erstickten Laut ausstieß. Halb in der Erwartung, ihn ohnmächtig werden zu sehen, drehte Susanne sich noch einmal um.

Er zeigte auf den Lehnstuhl und sagte mit versagender Stimme: »Die Katze.«

»Gebt Euch keine Mühe, sie zu ersetzen.«

Susanne ergriff Tills Arm und verließ zügig mit ihm Fuhrhops Haus. Erst als sie den Platz am Sande halb überquert hatten, ließ sie Till wieder los und stellte fest, dass sie zitterte.

Beinah zärtlich hakte ihr Bruder sie unter. »Du bist verrückt«, sagte er, dann aber lachte er auf. »Andererseits dachte ich da drin für eine Weile, Mutter stünde neben mir und läse Herrn von Waldfels die Leviten. Wir werden sehen, was du damit erreicht hast. Das heißt, wir werden es sehen, falls wir Vaters Zorn überleben.«

Susanne fühlte, wie ihre Knie schwach wurden. Die Aussicht, nach all der Aufregung nun auch noch ihrem Vater die Stirn bieten zu müssen, ließ sie wünschen, einfach im Rinnstein niedersinken und schlafen zu dürfen. Es ergriff sie eine grenzenlose Dankbarkeit dafür, dass sie wenigstens ihren starken Bruder zur Seite hatte. »Till, ich bin froh, dass es dich gibt. Ich danke dir tausend Mal. Und wenn Vater nachher gegen dich … Nun ja. Denk daran, dass Mutter dich nicht nur trotz allem geliebt hat. Sie war auch immer stolz auf dich.«

Till drückte ihren untergehakten Arm an sich. »Nicht so sehr wie auf dich.«

17

Die Kinder der Utopia

Folgte man der Ilmenau flussabwärts, dann passierte man kurz vor dem Ort Bardowick eine Insel, die von ihren alten Armen eingeschlossen wurde. Auf der Insel lagen Gebäude des Gutes Vrestorf. Dorthin führten die Schiffer Jan auf der Scholle, auf der auch Kathi mitfuhr, während die »Maria« ihnen nachgerudert wurde.

Sie hatten nicht suchen müssen, um zu wissen, dass die Kinder dort in Verwahrung gehalten wurden. Einer der ihren hatte es bereits Tage zuvor im Vorüberfahren gesehen und ihnen zugetragen. Die Schwierigkeit bestand nun darin, die Kinder übergeben zu bekommen und sie dabei nicht zu verschrecken.

Kathi hatte es sich nicht nehmen lassen, Jan sein Wams und das Hemd auszuziehen, obwohl er sich gewehrt hatte. Unter viel besorgtem Zungenschnalzen und Beratung mit Jockel und dem zweiten Schiffsführer hatte sie seinen Rücken begutachtet, bis er die Geduld verloren hatte. »Herrgott, Kathi, ich danke dir, aber bind was drum, und dann ist es gut.«

»Wirst schon sehen, was du davon hast.« Kurzerhand hatte sie sein Hemd zum Verband gemacht und ihm statt des blutigen Wamses Jockels Kittel übergezogen.

»War das Rieger, der dich so verdroschen hat?«, fragte Jockel.

»Mit seinem verfluchten Stock. Und als ich ihm den endlich abgenommen hatte, da hat er auf einmal mein eigenes Messer in der Hand gehabt.«

Der zweite Schiffer schnaubte spöttisch. »Warum lässt du Blödbarz ihn dein Messer haben?«

»Kowatz hat es mir aus der Hand geschlagen, als ich eine Wand zwischen die Doggen und ihn und mich bringen wollte. Es musste schnell gehen, da war ich eben für einen Moment blöd.«

»Erzähl mal genau«, sagte Jockel und gab keine Ruhe, bis Jan zumindest die Handgemenge mit Rieger und Kowatz geschildert hatte.

Kurz darauf machten sie am Anleger von Gut Vrestorf fest, und Jan stieg gemeinsam mit Jockel an Land. Ohne Zögern gingen sie zum Gutshaus und klopften an. Ein Pastor öffnete, was Jan kurzfristig etwas aus der Fassung brachte. Umso stärker gab er darauf acht, dass seine Stimme selbstsicher klang. »Herr von Waldfels schickt uns, wir sollen die Kinder abholen. Es eilt.«

Der Pastor sah ihn durchdringend an und beugte sich dabei vor, als wäre er kurzsichtig. »Ich muss der Kinderfrau Bescheid geben. Es wird eine Weile dauern, bis die jungen Zöglinge ihre Sachen bereit haben.«

»Die Sachen sind gleichgültig. Ich sage doch, es eilt. Der Herr möchte eine bestimmte Störung vermeiden. Sagt den Kindern, dass sie noch einen Ausflug machen, und dann bringt sie rasch her.«

Betroffen nickte der Pastor und beeilte sich, ins Haus zurückzukehren.

»Und Lügen kannst du auch«, flüsterte Jockel anerkennend.

»Kein Grund, stolz zu sein«, murmelte Jan.

Nur wenig später trieb eine schwarz gekleidete, hagere Frau acht Kinder vor sich her aus dem Haus. Die Kinder verhielten sich ungewöhnlich brav und still, bis sie in beiden Booten saßen. Dann begannen sie um die besten Plätze zu rangeln. Umgehend wurde deutlich, warum sie vorher so brav erschienen waren. Die Frau löste eine dünne Rute von ihrem Gürtel und verteilte wortlos und mit eisiger Ruhe Hiebe an die Kinder in ihrem Boot, bis sich alle mit ihren Händen über den Köpfen zusammenkauerten und wieder schwiegen. Anschließend nahm sie hinter ihnen Platz.

Jan überlegte, ob die Frau schwimmen konnte oder ob ihre schwarzen Röcke sie behindern würden. Ermorden wollte er sie nicht, aber im Wasser hätte er sie gern gesehen. Andererseits durften sie kein Aufsehen erregen, und außerdem fühlte er sich so erschöpft, dass er am liebsten nur noch geschlafen hätte. Auch die Kälte wurde schlimmer, Jockels Kittel wärmte ihn nicht. Zur Krönung des Ganzen bekam er schlecht Luft, was ihm gar nicht ähnlich sah. Wahrscheinlich atmete er nicht richtig, weil ihm der Schnitt im Rücken nun doch wehtat.

Er setzte sich ruhig hin und bemühte sich, tief Luft zu holen. Um sich von seiner Erschöpfung abzulenken, sah er sich die vier Kinder genauer an, die Kathi und ihm gegenüber in der Scholle saßen. Es waren drei Jungen und ein etwas größeres Mädchen. Er überlegte, ob sie Alberts Schwester war, wagte aber noch nicht, sie anzusprechen, um die Kinderfrau nicht zu alarmieren.

»Die ständigen Störungen sind der Erziehung nicht zuträglich«, beschwerte diese sich eben.

Kathi entfuhr ein erstickter Laut des Hohns, eine andere Antwort bekam die Kinderfrau nicht. Geradezu geisterhaft mutete das Schweigen auf den Booten an, die doch immerhin mit Kindern beladen waren.

Auch über den Ufern des Flusses lag mittlerweile Abendstille. Selbst die Vögel kamen zur Ruhe. Nur dann und wann ließ sich eine Ente oder ein Haubentaucher aus dem Schilf aufscheuchen und floh mit leisem Plätschern und Flügelschlagen.

Gegen den Strom rudernd brauchten sie zurück in die Stadt länger als auf dem Hinweg. Jan kämpfte mit dem Schlaf, der so mächtig nach ihm rief, dass ihm einige Mal schwarz vor Augen wurde. Ein Mal griff Kathi nach seinem Arm und rüttelte ihn, damit er wieder wach wurde. Sie hatte recht, eine Weile musste er noch durchhalten. Die Kinder mussten sicher abgeliefert werden. Er zwang sich, die Augen offen zu behalten, und sah daher sofort, dass die Kette bei der Warborch geschlossen war, als sie dort kurz nach der Maria ankamen. Im Gegensatz zu ihm schienen die Schiffer darüber nicht beunruhigt zu sein. Der alte Hüne, der auf der Maria das Kommando hatte, nahm zum ersten Mal an diesem Abend die Tabakspfeife aus dem Mund. Er ahmte das langgezogene »Kii-witt« eines Kiebitzes nach.

Am Gegenufer der Hude kam ein junger Mann aus den Büschen, machte leise die Kette los und ließ sie so weit in den Fluss gleiten, dass die Boote darüber hinwegfahren konnten. Hinter ihnen zog er die Kette wieder hoch und sicherte sie mit einem großen Schloss an ihrem eisernen Pfosten. Dann winkte er den Schiffern und machte sich flink davon, als hätte er nur eine Gefälligkeit getan, die nicht unüblich war.

Die Schiffer ruderten die Boote leise und gekonnt bis zur ersten Hafentreppe beim Visculenspeicher, wo bereits eine Reihe von Kähnen festgemacht lagen. Die Maria legte als Erstes an. Die Männer vertäuten das Boot, halfen den Kindern auf die Treppe und brachten sie nach oben. Das kleinste Mädchen war eingeschlafen und wurde von dem alten Hünen getragen.

Kathi klopfte Jan aufs Knie, als es an ihnen war, auszusteigen. Jockel hatte die Scholle so gesteuert, dass sie vor den Kindern von Bord mussten. Kathi wechselte auf die Maria und hielt die Scholle von dort aus am Tau fest, während Jan und der zweite Schiffer den Kindern die Hand reichten. Jan fing den letzten Jungen auf, als dieser über ein Paar Riemen stolperte, die im Boden der Maria lagen. Dabei fühlte er sich selbst so wacklig auf den Beinen, dass der Kleine ihn beinah mit umgerissen hätte.

Als er wieder aufsah, bemerkte er, dass Kathi mit ihrem Jockel einen Blick wechselte, der vor Schalk glitzerte. Er war noch nicht so dumm vor Müdigkeit, dass er ihre stumme Absprache nicht mit der Kinderfrau in Verbindung gebracht hätte. Diese schickte sich eben an, die Scholle zu verlassen.

Sie streckte den Arm aus, um sich ebenfalls von dem zweiten Schiffer helfen zu lassen, machte ihren großen Schritt jedoch bereits, bevor dieser zugegriffen hatte. Kathi gab der Scholle einen kräftigen Stoß, und Jan half am Bug nach. Mit einem spitzen Schrei landete die Kinderfrau im Wasser. Jockel und der zweite Schiffer machten sich geflissentlich, aber äußerst umständlich und grinsend daran, sie zu retten, während sie bis zum Kinn im Wasser planschte und nach Luft schnappte.

Kathi stieß Jan an und huschte den Kindern nach, die es inzwischen die Treppe hinauf geschafft hatten. Jan folgte langsamer. Es kam ihm vor, als hätten die Kleinen weniger Schwierigkeiten mit den Stufen gehabt als er, so kurzatmig war er.

Mit den Händen scheuchte Kathi die Schiffer und die Kinder voran. »Los, los! Erstmal außer Sicht!«

Zwei Straßen weiter hielten sie an. Kathis Augen funkelten vor Vergnügen. »Den Trauerschwan hätten wir abgehängt. Was nun?«

Die Kinder teilten Kathis Vergnügen nicht. Bis auf die Kleine, die auf dem Arm des Schiffers schlief, wirkten sie alle verängstigt und verwirrt. Die jüngeren weinten.

Jan wandte sich an das größere Mädchen, das auf der Scholle mitgefahren war. »Sag mal, meine Süße, kannst du mir sagen, wer die Minna Främcke ist? Bist du das vielleicht?«

Das Kind sah sich um, bevor es antwortete, und flüsterte dann: »Nein. Wir haben alle neue Namen bekommen. Ich heiße jetzt Christine.«

Jan neigte sich zu ihr. »Ja, aber vorher?«

Sie antwortete kaum hörbar. »Minna.«

»Und wer ist dein Bruder Paul?«

Sie deutete auf einen Achtjährigen, der nicht weinte, sondern mit großen Augen und hochgezogenen Schultern ins Nichts starrte.

»Minna, hör mal zu. Ich heiße Jan und bin ein Freund von Albert. Er und ich möchten nicht, dass ihr zu dieser gemeinen Frau zurückgeht. Sag den anderen, dass ihr tapfer sein müsst und noch ein Stückchen laufen. Dann seid ihr bald bei freundlichen Leuten.«

Hoffnung leuchtete in ihren Augen auf, und sie griff nach seinem Ärmel. »Kommt Albert auch?«

Jan schluckte und nickte. »So schnell er kann. Aber eine Weile wird es noch dauern.«

Als Minna anfing, zu den anderen zu sprechen, gaben Jans Beine nach. Er hatte noch Zeit festzustellen, dass er sich nie zuvor so merkwürdig gefühlt hatte, dann lag er plötzlich in Kathis Armen. »Holzkopf«, sagte sie.

Er strich ihr benommen eine Haarsträhne aus dem Gesicht, wusste, dass es ihr Gesicht war, obwohl Susannes sich davorschob. »Kathi«, zwang er sich, zu sagen. »Kathi …«

Sie sah ihn nicht länger an, sondern sprach mit einem anderen. »Morten, du musst ihn zu Schmitt in die Schmiede bringen. Der Junge ist fertig für heut. Er hat mir auch noch den Kittel durchgeblutet.«

»Hm-hm. Komm, Jungchen, bis zum Eber schaffst du es noch. Da leihen wir 'ne Schubkarre.« Jan fühlte sich von Männerarmen umschlungen, auf die Beine gezerrt und gleich darauf sanft wieder abgelegt. »Oder ich hol die Karre doch lieber gleich«, hörte er noch.

Dann wurde alles schwarz um ihn.

Susanne und Till standen vor der verschlossenen Hintertür, als sie endlich nach Hause kamen. Till ließ sich mit einem Seufzer auf die Bank sinken. »Wenn er das um diese Zeit schon macht, dann ist er wütend. So spät ist es noch gar nicht. Es hat noch nicht zehn geschlagen.« Er hatte eben zu Ende gesprochen, da schlug es zehn. Nachdenklich sah er die Tür an. »Wie schade, dass es keinen Sinn hat, etwas gegen dein Fenster zu werfen, damit du mich hereinlässt.«

Sosehr Susanne sich auch vor der Begegnung mit ihrem Vater fürchtete, die verriegelte Tür ärgerte sie. Dies war auch ihr Haus. Jahrelang hatte sie Tag für Tag gearbeitet, um es in Ordnung zu halten und für seine Bewohner zu sorgen. Ihr Vater mochte der Hausherr sein, doch sie auszusperren, weil sie für einige Stunden ihrer eigenen Wege gegangen war, das war nicht gerecht. »Ich will zu Bett«, sagte sie verbissen. Sie hob die Faust, um zu klopfen.

Bevor sie die Tür berühren konnte, wurde innen der Riegel zurückgezogen, und Susanne stand ihrem Vater Auge in Auge gegenüber. »Wo warst du?« Er stieß die Worte einzeln hervor. In seiner Miene spiegelte sich neben dem Zorn seine Angst.

Susannes Ärger fiel in sich zusammen. Ihr schlechtes Gewissen drängte sich in den Vordergrund. Auf den Zorn ihres Vaters hatte sie sich vorbereitet, nicht auf seinen Kummer. »Es tut mir leid.«

»Leidtun hat noch kein Kind aus dem Brunnen geholt. Ich dachte, wenigstens du wärest klug genug, das zu wissen. Und jetzt antworte! Wo warst du?«

»Ich …«

Till stand von der Bank auf und stellte sich neben sie. »Nun lass uns doch erstmal herein, damit Suse sich setzen kann. Wir sind weit gelaufen.«

»Du schweigst! Wenn ich von dir etwas wissen will, dann frage ich dich. Aber ich denke nicht, dass du etwas beizutragen hast. Wahrscheinlich bist du der Anstifter. Besser, du gehst mir aus den Augen, bis ich deine Schwester gehört habe.«

»Till kann überhaupt nichts dafür«, sagte Susanne.

»Das wäre was Neues«, erwiderte ihr Vater, aber immerhin ging er nun beiseite. Er führte sie zu seiner Schreibstube, in der Susanne sich sonst nur aufhielt, um zu putzen und aufzuräumen. Till ließ sich nicht abschütteln, bekam jedoch von ihrem Vater die Tür vor der Nase zugeschlagen.

Martin saß mit todernster Miene am Kontor und schien

sie zu erwarten. Allmählich verwirrten sich Susannes Gedanken. Wenn auch Martin so aufgebracht war, dann wusste sie nicht, was man ihr alles vorwerfen würde. Was glaubten die beiden, was sie getan hatte? Sie hätten ja mit einigen schlimmen Anschuldigungen recht gehabt, aber das konnten sie doch nicht wissen.

»Setz dich!« Ihr Vater begann, erregt in der kleinen Stube hin und her zu laufen, während sie gehorchte und sich auf die einzige freie Stelle auf der vollgestapelten Wandbank setzte.

»Ich hätte nicht gedacht, dass ich so etwas einmal mit meiner Tochter erleben muss. Du machst dir keine Vorstellung davon, wie das für einen Vater ist, wenn er friedlich und nichtsahnend am frühen Abend heimkommt, und ihn hält die Nachbarin auf und sagt: ›Büttner, deine Susanne ist ja abends bannig viel allein unterwegs in letzter Zeit. Hast du denn keine Sorge, dass sie sich versteigt?‹ Und ich sage: ›Ach, Mutter Künemann, hör auf. Doch nicht meine Susanne. Die ist grundgut.‹ Und ich geh nach Haus und denke: Was das Klatschweib wieder zu ratschen hat. Aber wo ist dann meine Tochter, na? Hier ist sie nicht! Liebhild plärrt nach ihr, Regine rennt durchs Haus wie eine Haselmaus im Käfig, die Muhme ist bei ihrer Schwester, und Lene nölt mir gleich die Ohren voll, dass ihr alles zu viel ist. Und ich denke: Sie wird wohl gleich wiederkommen, sie weiß ja, wie es ist. Aber sie kommt und kommt nicht. Da gehe ich los und gucke mal hier, mal da und frage, ob dich jemand beim Spazierengehen gesehen hat – das ist es ja, was du den Worten deines nichtsnützigen Bruders nach tust, nicht wahr –, aber siehe da, du machst dich wohl unsichtbar beim Spazieren. Ich komme wieder her, und immer noch bist du nicht hier. Und da frage ich mich nun:

Solltest du denn etwa doch nicht wissen, was du aufs Spiel setzt, wenn du dich nicht benimmst, wie es sich gehört? Also, wo warst du?«

So fühlte es sich also an, stellte Susanne fest. Till hatte ähnliche Reden immer wieder über sich ergehen lassen. Beinah sein Leben lang. Sie selbst war nur sanft von ihrer Mutter gescholten worden, wenn sie in eine Rauferei mit anderen Kindern geraten war.

Am liebsten hätte sie nun einfach die Wahrheit gesagt und alle bösen Worte ausgehalten, die darauf gefolgt wären. Sie hatte sicher die meisten davon verdient. Aber sie durfte weder Jan noch Till verraten. »Vater, du erinnerst dich doch an den Mord und die verschwundenen Kinder, oder? Du wirst es gewiss schwierig finden, mir zu glauben, aber ich bitte dich, mir zuzuhören.«

Obwohl ihr Vater und auch Martin sie oft unterbrachen, erzählte sie ihnen das Wichtigste über die Verbrechen, über Kowatz, Rieger und die Hunde. Es gelang ihr, zu schildern, welchen Anteil sie selbst an der Aufklärung der Sache hatte, ohne zu verraten, was sie mit Jan verband. Den Kampf im schiefen Haus stellte sie als zufälliges Zusammentreffen dar und kam vorerst damit durch.

Als sie zur Rolle des Herrn von Waldfels und ihrem Gespräch mit ihm kam, schlug ihr Vater sich stöhnend die Hände vor das Gesicht, und Martin schüttelte den Kopf. »Warum zum Teufel habt ihr nicht erst mit uns gesprochen?«

»Nun fluch du nicht auch noch. Sonst verliere ich den Glauben an meine Zucht ganz«, tadelte ihr Vater ihn und wandte sich dann wieder Susanne zu. »Aber warum, zum Teufel, habt ihr nicht erst mit uns gesprochen?«

Susanne war zu erschöpft, um zu lächeln. Es musste auf

elf Uhr zugehen, und sie hätte aufrecht sitzend schlafen können. »Es war eilig. Rieger drohte, uns zu verleumden, und ich glaube, er hätte die Gerissenheit und die Mittel dazu. Deshalb wollte ich schnell mit Herrn von Waldfels sprechen, bevor Rieger ihn und andere dazu bringt, mir nicht mehr zu glauben.«

»Was heißt, er wollte euch verleumden? Wen – euch? Womit?« Ihr Vater blieb stehen. Ihm war anzusehen, dass sich ihm vor Sorge die Haare sträubten. Susanne tat es leid, dass sie ihn nicht beruhigen konnte. Herr von Waldfels hatte ihr nicht einmal versprochen, gegen Riegers Plan einzuschreiten. »Jan Niehus und mich. Till hat er ja nicht gesehen.« Sie wusste, dass ihre Wangen rosig glühten.

Ihr Vater legte die gefalteten Hände an seinen Mund, lief weiter auf und ab und murmelte vor sich hin. »Wie konnte ich es so weit kommen lassen? Ursula, verzeih mir. Du hättest besser aufgepasst. Herrje, herrje.«

Plötzlich baute er sich vor Susanne auf. »Kind, du weißt hoffentlich, was dir blüht, wenn er das wahrmacht. Ob du etwas Unrechtes getan hast oder nicht, das wird gleichgültig sein, wenn die Leute anfangen zu reden. Pastor Schwertfeger wird in der Kirche eine Predigt über die Unzucht halten und mich drängen, dich mit dem lumpigen Niehus zu verheiraten, damit du am Ende mit ihm zusammen aus der Stadt gejagt wirst. Und es könnte noch schlimmer kommen. Du hast doch schon Frauen mit kahlem Kopf am Kak stehen sehen. Oder nicht? Willst du so enden? Ohne Ehre? Gerade jetzt, wo alles so gut aussah. Du hattest Aussichten, Mädchen! Aussichten, für die andere sich Zähne ziehen lassen würden. Was glaubst du, wie es dem jungen Lossius gehen wird, wenn er das hört? Wie konntest du so dumm sein, dich in so eine Lage zu bringen? Lässt dich mit so einem Dahergelaufenen sehen und hältst dem Tratsch die Hand hin. Was ist nun zu tun? Martin, was meinst du, können wir bei Herrn von Waldfels noch etwas ausrichten, damit er seinem Schurken den Mund verbietet?«

Martin hatte die ganze Zeit stillgesessen, doch Susanne kannte ihn gut genug, um an kleinen Zeichen zu erkennen, dass er ebenso aufgeregt war wie ihr Vater.

»Wir müssen darüber schlafen und gleich morgen früh etwas unternehmen. Vielleicht können wir das Schlimmste noch verhindern. Wenn es nicht gerade der Niehus wäre. Von dem werden alle nur zu gern das Schlechteste glauben«, sagte er.

»Das ist ungerecht. Er ist anständig.« Susanne versuchte, es mit Überzeugung zu sagen, doch sogar in ihren eigenen Ohren klangen die Worte hohl. Ein halbes Jahr zuvor hätte sie nicht gezweifelt, was anständig war. Seit Kurzem war sie sich darüber nicht mehr sicher. Jan hatte keinen Hehl daraus gemacht, dass er ein Verbrecher gewesen war. Und er hatte ebenfalls betont, dass er aus ihr keine ehrbare Ehefrau machen konnte, wie es nun eigentlich richtig gewesen wäre. Dennoch war sie davon überzeugt, dass er anständiger war als die meisten anderen. Sich selbst hielt sie allerdings nicht mehr für anständig. Im Grunde hatte sie Jan verführt.

Ihr Vater gebot ihr mit erhobener Hand zu schweigen. »Meinetwegen mag er anständig sein, solange er es am anderen Ende der Stadt ist und nicht in deiner Nähe. Er bleibt ein Fremder, ob nun an den Gerüchten über ihn was dran ist oder nicht. Ganz gleich, wie diese Sache ausgeht, du wirst ihn nie wiedersehen. Und du wirst auch nicht mehr allein aus dem Haus gehen. Glaub nicht, dass ich scherze! Ich hätte keine Skrupel, mir einmal wieder eine Haselrute zu schneiden, wenn du nicht gehorchst.«

Der Schmerz, der sich den ganzen Abend über in Susanne verborgen gehalten hatte, kroch hervor. Solange Jan und sie nur selbst beschlossen hatten, einander nicht mehr zu sehen, war es noch nicht ganz wahr gewesen. Nun, da ihr Vater es aussprach, wurde es Wirklichkeit.

Die wunden Stellen ihres Körpers erinnerten sie an Jans Zärtlichkeit. Das Atmen wurde ihr schwer. »Darf ich nun zu Bett gehen? Ich bin sehr müde.«

»Ja, scher dich hoch. Wahrscheinlich musst du das Bett mit der Lene teilen. Sie hat sich zu den Mädchen gelegt, damit sie Ruhe geben.«

Susanne hatte gerade im Halbdunkel ein frisches Hemd für die Nacht angezogen und das getragene wohlweislich unten im Wäschekorb vergraben, als es an der Haustür pochte. Der Besucher klopfte so laut, dass Liebhild erwachte und sich verwirrt aufsetzte. »Suse?«

»Ich bin hier, mein Kleines. Vater wird zur Tür gehen, er ist noch unten. Schlaf schön weiter«, flüsterte Susanne.

»Aber ich habe Durst.«

Susanne hob den Wasserkrug an, den sie sonst für diesen Fall jeden Abend frisch füllte. Sie seufzte. »Der Krug ist leer. Ist es wirklich so dringend?«

»Die ganze Zeit habe ich schon Durst. Aber Lene wollte nichts holen, und selber gehen durfte ich auch nicht.«

»Schon gut, ich hole dir etwas.«

Oben an der Treppe wartete sie ab, ob ihr Vater die unbekannten Besucher hereinbitten oder fortschicken würde. Sie hörte bisher kein Wort von ihm, nur die Stimme einer Frau, die auf ihn einflüsterte.

Dann rief er laut. »Susanne!«

Sie zuckte zusammen. Er klang nicht nur aufgebracht,

sondern verstört. Hastig nahm sie aus dem Schrank im Flur ihren Überwurf und zog ihn auf dem Weg nach unten über ihr Hemd. Als sie den Fuß der Treppe erreichte, blieb sie stehen. Es war eine ganze Gesellschaft, die sich da zu so ungewöhnlicher Stunde eingeladen hatte.

Ein großer, weißhaariger Mann mit einem schlafenden Kind auf dem Arm, eine aufgelöst wirkende Frau, ebenfalls mit einem kleinen Mädchen auf dem Arm, sechs weitere Kinder.

Und Kathi. »Susanne Büttner! Dem Himmel sei Dank! Ich konnte mich deinem Vater nicht so recht verständlich machen. Vielleicht kannst du ihm besser erklären, warum es das Beste ist, wenn ihr diese Kinder aufnehmt.«

Die sonst so forsche Kathi sah ausnahmsweise nicht so aus, als wäre sie ihrer Sache sicher.

Susanne fühlte sich überwältigt, begriff jedoch sofort, um welche Kinder es sich handelte. »Natürlich. Kathi, wie habt ihr das nur geschafft? Warte, wir gehen erst in die Küche, dann mache ich Betten für alle. Habt ihr Hunger, Kinder? Vater, weck doch bitte Lene und lass sie Decken zusammensuchen.«

Unter dem fassungslosen Blick ihres Vaters trieb sie die Kinder und Erwachsenen in die Küche. Der weißhaarige Hüne legte das schlafende Kind in Lenes Bettzeug, das unbenutzt auf der Bank ausgebreitet war. Die Kleine schlief einfach weiter, worüber der Alte zufrieden nickte. Anschließend nahm er eine Pfeife aus der Tasche seines Wamses und klemmte sie sich zwischen die Zähne. »Na denn. G'habt euch.«

Zu Susannes Überraschung hielt er ihr die Hand hin, sodass sie einschlagen musste. Ihre Hand verschwand in seiner Pranke. Wortlos nickte er noch einmal und ging. Von der Diele her hörte sie noch ein »Hm« von ihm, das wohl als Abschiedsgruß an ihren Vater gelten durfte.

»Ich will auch gehen, Jockel wartet«, sagte Kathi und zog Susanne aus der Küche. »Also nur schnell das Nötigste: Ab morgen suche ich die Eltern und frage, ob sie die Kinder zurücknehmen wollen. Ich gebe dir Bescheid, und dann sehen wir weiter. Mit dem Schmied ist in den nächsten Tagen nicht zu rechnen, der hat sich heute übernommen.«

»Jan? Was heißt das? Was ist passiert?«

Kathi zuckte mit den Schultern. »Wenn du klug bist, dann kümmerst du dich darum nicht weiter. Hast doch mit den Kindern genug zu tun. Und damit kennst du dich schließlich aus. Jedenfalls besser als ich.« Sie seufzte und spähte in die Küche. »Die Frau behalt hier. Sie ist die Mutter von dem Mädchen. Wir haben sie an der Bardowicker Mauer getroffen, und nun will sie ihr Kind nicht wieder loslassen, weiß aber nicht, wohin. Vielleicht kann sie dir zur Hand gehen.«

Susanne wollte noch mehr wissen, doch bevor sie eine einzige weitere Frage stellen konnte, war Kathi schon bei der Tür.

»Danke, Kathi!«, rief sie ihr nach.

Kathi winkte ab. »Ich danke dir, Kleine. War mir nicht ganz sicher, ob du mir die Kinder abnimmst.«

Obwohl Susanne noch kurz zuvor geglaubt hatte, dass sie bald vor Erschöpfung ohnmächtig werden würde, fand sie angesichts der müden Kinder ihre Tatkraft wieder. Sie verteilte Becher mit verdünnter Milch und Honigkuchenreste an alle. Auch Liebhild, die aufgeregt im Nachthemd in die Küche kam, erhielt ihren Teil.

Die fremde Mutter sagte kein Wort, sondern saß nur

auf der Bank und hielt ihre Tochter fest, die sich an sie klammerte. Dann und wann atmete die Frau tief ein, so stockend, als würde sie schluchzen. Susanne stellte einen Becher Dünnbier vor sie hin und ließ sie in Ruhe. Die Geschichten mussten warten.

Bald erschien Lene mit vom Schlaf verquollenem Gesicht und meldete, dass sie für alle Schlafplätze und Decken gefunden hatte. Susanne begleitete die noch immer verschüchterten Kinder zum Abtritt, bevor sie ihnen zeigte, wo sie schlafen würden.

Till hatte seine kleine Kammer geräumt und der fremden Frau überlassen, die sich dort mit ihrer Tochter und dem kleinsten der Mädchen niederlegte. Till bezog mit den zwei ältesten Jungen die unbehagliche Rumpelkammer neben seiner. Die zwei kleineren Jungen nahm Susannes Vater bei sich im großen Ehebett auf. Die fürsorgliche Art, auf die er sie beruhigte und zudeckte, versetzte Susanne einen wehmütigen Stich. Ihn einmal wieder von dieser Seite zu sehen machte ihr deutlich, wie viel seine Zuneigung ihr bedeutete. Er war vielleicht manchmal ungerecht, und sie konnte ihm nicht in allen Dingen zustimmen, doch seine Liebe wollte sie nicht verlieren.

Bis auf Paul und Minna waren alle Kinder verteilt.

Regine saß im Alkoven und wunderte sich lächelnd, als Susanne mit den beiden hereinkam. Mit ihren unschuldigen blauen Augen und den offenen blonden Haaren sah Regine im Kerzenlicht hübscher aus denn je. Minna und Paul blieben stehen und starrten sie an. »Ist das eine Prinzessin?«, fragte Paul verstohlen.

Liebhild kicherte, hopste über Susannes Bett in den Alkoven und schlüpfte unter die Decke. »Dann bin ich auch eine Prinzessin.«

»Minna, leg dich zu Regine und Liebhild. Paul hat in meinem Bett Platz.«

Minna nickte, zögerte jedoch. Zaghaft berührte sie Susanne am Ärmel und flüsterte: »Darf ich etwas fragen?«

»Natürlich.« Mit geübten Handgriffen half Susanne Paul aus seinem kleinen Hemd, aus Schuhen und Hose.

»Der Mann, der auf dem Boot bei uns war und der dann umgefallen ist ... Ist der jetzt auch tot?«

»Ein Mann ist umgefallen?«

»Der Freund von Albert. Jan. Er hat gesagt, er möchte nicht, dass wir zu Frau Montag zurückmüssen. Werden wir nun doch wieder zu ihr geschickt?«

Susanne erstarrte in ihrer Bewegung. Was hatte Kathi gesagt? Jan hätte sich übernommen. Grell hatte sie das Blut auf seinem weißen Hemdrücken vor Augen. Wie schlimm war die Wunde gewesen? Ihr wurde kalt vor Angst. Verbissen zwang sie sich zu einer ruhigen Antwort. »Nein, Minna. Jan lebt noch, und außerdem möchte ich auch nicht, dass ihr zu Frau Montag zurückmüsst.«

»Aber sie haben uns gesagt, Mutter und Wenzel sind tot. Wo sollen wir denn hin?« Noch immer flüsterte Minna, und ihre Augen glänzten vor zurückgehaltenen Tränen.

Susanne streichelte ihr die Wange. »Mach dir keine Sorgen. Wir werden gewiss ein gutes Zuhause für euch finden. Und nun zu Bett.« Sie deckte erst Paul zu, dann zog sie Minna behutsam das Kleid über den Kopf. Nur sie selbst spürte, wie ihre Hände zitterten. Die Vorstellung, Jan nicht mehr zu treffen, hatte sie mit Mühe ertragen. Nicht zu wissen, ob sie ihn gerade an den Tod verlor, das war grausam. Wenigstens ein Mal nach ihm sehen musste sie morgen, sonst würde sie verrückt werden.

Endlich war Minna neben Liebhild unter die Decke geschlüpft. Susanne legte ihren Überwurf ab und blies die Kerze aus. Sobald sie im Bett lag, mit Pauls kleinen, kalten Füßen an ihrer Seite, schmerzte ihr Rücken. Ihr fiel ein, dass sie zu allem Überfluss auch noch ihre monatliche Blutung erwartete. Einen Moment lang haderte sie mit dem zusätzlichen Aufwand, den das bedeutete. Dann begriff sie, dass sie dieses eine Mal dankbar dafür sein musste. Solange eine Frau blutete, war sie nicht schwanger. Und zur Frau hatte Jan sie an diesem Tag gemacht. Es kam ihr vor, als läge es bereits unendlich lange zurück. Obwohl es die größte Dummheit war, die sie bisher im Leben begangen hatte, weigerte sie sich, Reue zu empfinden. Andere Frauen mochten ewig die Erinnerung an ihre mehr oder weniger angenehme Hochzeitsnacht bewahren. Sie würde immer an diesen gefährlichen und aufregenden Tag zurückdenken, an dem sie ihren Jungfernkranz aus Liebe verschenkt hatte. Wenigstens diese Erinnerung konnte ihr niemand nehmen. Der Gedanke bewahrte sie nicht vor den Tränen, doch bevor die ersten getrocknet waren, schlief sie bereits ein.

Bis zum nächsten Nachmittag war es Susanne nicht möglich, ihren nun vervielfachten Pflichten im Haus zu entkommen. Erst als sich nach dem Mittagessen die jüngeren Kinder samt der übernächtigten Regine für eine Ruhepause niedergelegt hatten, hielt sie nichts mehr. Gegen das Gebot ihres Vaters stahl sie sich allein aus dem Haus und eilte zur Schmiede.

Ungewöhnliche Stille herrschte dort in der Werkstatt. Vor Angst um Jan gehorchten Susanne ihre Beine kaum. Zögerlich ging sie zur Hintertür und klopfte.

Gertrud Schmitt riss die Tür auf und baute sich vor ihr

auf wie eine wütende Muttergans, die ihre Gössel schützt. »Was willst du hier? Hast du noch nicht genug angerichtet?«

Die Worte trafen Susanne wie Hiebe. Damit hatte sie nicht gerechnet. Sollte denn alles ihre Schuld sein? »Bitte, ich möchte wissen, wie es Jan geht.«

»Er wird es überleben. Und er wird es besser überleben, wenn du dich von ihm fernhältst. Ich kümmere mich schon um ihn.«

»Ich muss ihm noch etwas erzählen. Wegen der Kinder und ... Danach komme ich nicht wieder. Ich verspreche es. Nur dieses eine Mal. Bitte.«

Gertrud verschränkte die Arme und machte sich damit noch breiter. »Du kannst es mir erzählen, ich werde es ihm sagen.«

Susanne hasste das Gefühl von Machtlosigkeit, das sie ergriff. »Ihr versteht nicht. Ich weiß, dass ... Und Jan weiß es auch, und ... Es ist nur dieses eine Mal. Es ist wichtig.«

»Es ist wichtiger, dass er schläft. Was auch immer du zu sagen hast, das wird er früh genug von irgendjemandem hören.«

»Gertrud, wenn ich jetzt zu ihm gehe, muss es niemand erfahren. Aber wenn Ihr mich nicht zu ihm lasst, dann werde ich wieder und wieder kommen, bis ich ihn noch einmal gesprochen habe.«

»Du bist nicht nur ein strohdummes, sondern auch ein selbstsüchtiges Ding. Wenn du dich ruinieren willst, bitte sehr. Aber hast du denn wirklich gar keine Ahnung, welche Scherereien du damit nicht zuletzt meinem Bruder und mir machst? Selbst Alberts Sache schadest du. Glaubst du, Schmitt kann jetzt einen schlechten Leumund brauchen? Gerade heute Vormittag hat man ihn ins Gericht gerufen, und er ist noch nicht zurück. Mir und ihm soll keiner nachsagen, dass wir ein sittenloses Haus führen und unsere Gesellen verkommen lassen.«

Wohl ohne es zu merken war Gertrud lauter geworden. Ein Teil von Susanne gab ihr recht und wollte nach Hause gehen. Doch der harte Kern in ihr, der seit zwei Jahren mit hartgesottenen Marktfrauen und Handwerkern feilschte, um erfolgreich einen Haushalt zu leiten, ließ sich noch nicht erschüttern. »Es wäre nur für einen Augenblick.«

In Gertruds rundem Gesicht verzog sich keine Miene, sie würde sich nicht erweichen lassen. Susanne sah ihre kostbaren, gestohlenen Minuten verrinnen und wurde ärgerlich. Sie holte tief Luft, um noch einmal zu beginnen, da erschien Jan hinter seiner Hausherrin.

»Susanne.« Er klang weder überrascht, noch schien er erfreut zu sein.

Gertrud sah sich über die Schulter zu ihm um, rührte sich aber nicht von der Stelle, sondern machte sich nur umso breiter. »Was soll das? Haben wir dir nicht gesagt, du sollst im Bett bleiben?«

»Ich habe euch von oben gehört«, sagte er.

Susanne stellte sich auf die Zehenspitzen, um ihn über Gertruds Schulter hinweg sehen zu können. Immerhin war er auf den Beinen, sah jedoch sterbenskrank aus. Er blickte zu Boden und stützte sich an der Wand ab, als könne er jeden Moment niedersinken. »Kathi hat die Kinder zu uns gebracht. Das habt ihr großartig gemacht, Jan. Ich war noch gestern Abend mit Till bei Herrn von Waldfels, aber er wollte nicht recht auf uns hören. Aber nun ... Es wird alles in Ordnung kommen, und das ist dein Verdienst. Das wollte ich dir nur sagen und ... Minna hat nach dir gefragt und ... Ich hatte Angst, dass ...«

Sein Mundwinkel zuckte, doch für ein Lächeln reichte es nicht. Flüchtig traf er ihren Blick und senkte den Kopf gleich wieder. »Mach dir um mich keine Gedanken. Mir geht es gut. Du kümmerst dich um die Kinder, ja?«

»Nur um die Kinder!«, fuhr Gertrud dazwischen. »Mein Lieber, du sagst ihr jetzt das, was du mir heute Morgen gesagt hast, sonst kannst du was erleben.«

Er seufzte. »Das habe ich ihr doch schon gesagt.«

»Dann wiederhol es, damit sie es endlich begreift.«

»Das muss er nicht.« Susanne wich zurück. Er sollte nicht neue Worte für den Abschied suchen müssen. »Ich werde nicht wiederkommen.«

Ihr Herz schien nie auf ihre Vernunft zu hören. Während sie sich der Ausfahrt des Schmiedehofs näherte, hoffte sie, Jan noch einmal »Susanne« rufen zu hören.

Noch am Ende der Grapengießerstraße gaukelte ihr Herz ihr vor, er würde gleich hinter ihr sein und sie zurückhalten, obwohl sie genau wusste, dass es unmöglich war.

Ihr Vater packte sie hart am Arm, als sie auf den Hof kam, wo er Ausschau nach ihr gehalten hatte. In der zweiten Hand hielt er eine frisch geschnittene Haselrute. Susanne zuckte nicht, sondern sah ihm in die Augen. »Es war das letzte Mal«, sagte sie.

Ihr Vater ließ die schon halb zum Schlag erhobene Hand sinken und seufzte tief. »Susanne, ich meine es doch nur gut. Sieh mal, ich war heute Vormittag beim Herrn von Waldfels, um zu sehen, was sich noch retten lässt. Und es zeigt sich, dass euer Gespräch ihn mehr bewegt hat, als ihr glaubtet. Er hat schon am Morgen seine beiden Bediensteten entlassen. Wobei er mit Kowatz so einig geworden ist, dass der vor Gericht zu dem Totschlag aussagt. Vielleicht ist Albert also bald frei. Dich zu verleumden wird Rieger keinen Nutzen mehr bringen. Es wird alles wieder gut. Du musst jetzt nur vernünftig sein.«

»Was ist mit den Kindern? Was hat er dazu gesagt?«

»Er sieht ein, dass er die falschen Menschen beauftragt hat, um die Grundsteine für seine Utopia zu legen. Mit den Kindern sollen wir nach unserem Gutdünken verfahren.«

»Er trägt Till und mir nicht nach, dass wir uns eingemischt haben?«

Ihr Vater zögerte. »Nun, sagen wir, er hatte Verständnis. Allerdings fand er es ebenso befremdlich wie ich, dass du deinen Ruf derart leichtfertig aufs Spiel setzt. Sei die Sache, der du gedient hast, auch löblich.«

»Vater …«

»Nein. Was du mir jetzt vielleicht sagen möchtest, das will ich nicht hören. Du hast in bester Absicht gehandelt. Deine Unbedachtheit war eine einmalige Verwirrung und wird nicht wieder vorkommen. Dein Ruf und unsere Ehre sind intakt. So wird es bleiben, und zwar bis zu deiner Hochzeit. Bald bist du eine ehrbare Ehefrau, der niemand etwas Übles nachsagen wird. Darauf vertraue ich völlig.«

»Aber du hast doch gesagt, ich müsse mich noch nicht entscheiden.«

Die Stimme ihres Vaters wurde nun wieder eine Spur schärfer. »Das war, bevor du mich darauf gestoßen hast, dass das Gegenteil der Fall ist. Wenn Lenhardt fragt, dann gebe ich meine Einwilligung lieber heute als morgen. Und ich rate dir, dasselbe zu tun.«

»Ich verstehe dich nicht. Es ist noch nicht lange her, da hast du selbst gesagt, dass Lenhardt einen schlechten Leumund hat. Nun rätst du mir, ihn zu heiraten. Und Jan …«

Ruckartig griff ihr Vater wieder nach ihrem Arm und drückte ihn schmerzhaft. »Susanne, dir ist vielleicht nicht deutlich geworden, wie sehr ich mich beherrschen muss, um geduldig mit dir zu sein. Ich sage es dir noch einmal in einfachen Worten: Für mich gibt es zwischen dir und dem fremden Habenichts keinerlei Verbindung, und das wird so bleiben. Ich will seinen Namen aus deinem Munde nicht mehr hören. Was Lenhardts Leumund betrifft, so ist dieser nicht ungewöhnlich für einen jungen Edelmann. Der größte Teil besteht aus Missgunst und Übertreibung. Zudem stößt sich ein jeder Mann nach seinem Rang und Stand die Hörner ab, bevor er ans Heiraten denkt. Wovor man eine Jungfer warnen muss, darüber kann sich eine Ehefrau später freuen. So ist es gewiss auch bei ihm.«

18

Erst Asche, dann Salz

Die fremde Frau, die am Abend so fest ihre Tochter umschlungen gehalten hatte, hieß Anje. So viel brachte Susanne ohne Schwierigkeiten aus ihr heraus. Jedes weitere Wort allerdings musste sie der Frau einzeln entringen, während sie gemeinsam im Haus arbeiteten. Anje wurde rot, senkte den Blick und hauchte einsilbige Antworten, wenn sie angesprochen wurde, dagegen half alle Freundlichkeit nicht. Immerhin konnte Susanne sich schließlich zusammenreimen, dass Anje bei ihrem Bruder und dessen Frau in einer Bude an der Bardowicker Mauer lebte, seit sie verwitwet war. Die beiden hatten ihre Tochter Nelli gegen ihren Willen verkauft, als Anje todkrank im Bett gelegen hatte. Erst vor Kurzem hatte sie sich wider Erwarten so weit erholt, dass sie sich überhaupt nach dem Verbleib ihres Kindes erkundigen konnte. Es war Zufall gewesen, dass die Schiffer ihr auf dem Weg durch ihre Gasse begegnet waren, oder vielleicht ein Zeichen Gottes, wie Anje glaubte.

Als Susanne diese Geschichte den Männern erzählte, kamen sie gemeinsam zu dem Schluss, dass Anje nicht mit Nelli in die Bude ihres Bruders zurückkehren sollte. Kurzentschlossen bot Susannes Vater ihr die Stelle im Haushalt an, die er ohnehin hatte vergeben wollen. Obwohl Susanne über seinen Plan anfänglich nicht begeistert gewesen war, nahm sie die Hilfe nun froh an. Mit neun

Kindern und Regine im Haus gab es für sie keine Atempause. Umso weniger, als die zunächst noch eingeschüchterten Kinder allmählich auftauten. Minna war mit ihren acht Jahren die Älteste, die beiden jüngsten waren vier.

Liebhild war selig über die neuen Spielgefährten. Sie mochte nicht nur Minna besonders gern, sondern auch einen Jungen in ihrem Alter, der Jost hieß. Jost wiederum hatte sich zum Beschützer des kleinsten Jungen namens Hinner aufgeschwungen, der ihm denn auch nicht von der Seite wich.

Es war nicht einfach, die Kinder zu beschäftigen, weil sie das Haus vorerst nicht verlassen sollten. Nur unter Susannes Aufsicht durften sie für eine Weile im Garten spielen und ihr bei den Hühnern helfen.

Kathi ließ sich am ersten Tag nicht wieder blicken, sodass Susanne sich auf eine längere Zeit mit den Kindern einstellte. Sie räumte die letzte freie Kammer im Obergeschoss auf, fegte sie aus und versah sie mit Strohsäcken, damit Till sein eigenes Bett wiederbekam.

Sie war dankbar für die Beschäftigung und die lebhafte Gesellschaft im Haus. Weder um sich zu bemitleiden, noch um sich Gedanken um Albert, den Mörder, Herrn von Waldfels oder Lenhardt zu machen, hatte sie Muße. Und als abends im Bett die Sehnsucht nach Jan und der Kummer sich mit Klauen und Zähnen auf sie stürzten, da drehte sie sich vorsichtig auf die andere Seite, um Paul nicht zu wecken, und überließ es wieder dem Schlaf der Erschöpfung, ihre Tränen zu trocknen.

Am nächsten Morgen kam Kathi. Sie konnte die Eltern jedes Kindes benennen und wusste so viel über deren Beweggründe für den grässlichen Handel, dass sie es gewiss nicht an einem einzigen Tag herausgefunden hatte. Susanne fragte sie nicht danach, sondern notierte nur sorgfältig alles, was sie über die Eltern wissen musste.

Eines der Paare wollte seinen Sohn reumütig zurücknehmen, so viel konnte Kathi ihr ebenfalls schon sagen. Für den Rest würden sich andere Lösungen finden müssen.

Es gab noch immer einiges, das Susanne gern von Kathi gehört hätte, vor allem über die abenteuerliche Bootsfahrt nach Bardowick zu den Kindern, doch ihr Vater hatte darauf bestanden, zugegen zu sein, wenn Kathi kam. Er ließ sie nicht einen einzigen Augenblick allein. Susanne hatte allerdings den Eindruck, dass Kathi ihr auch sonst zumindest über Jan nichts erzählt hätte.

Immerhin hatte sie einen Teil der Geschichte inzwischen von Minna und den anderen Kindern erfahren.

Bereits am Nachmittag desselben Tages erschienen überraschend Herr Lossius, Lenhardt und Herr von Waldfels in der Böttcherei. In Windeseile richtete Susanne die Dornse her und war ein weiteres Mal froh über Anje, die mit Lene und der Muhme Kinder und Küche in Schach hielt, obwohl der Anblick des hohen Besuches sie beinah in hasenhafte Panik versetzte.

Auch Susanne fühlte sich unwohl, doch da sie sich kaum noch daran erinnern konnte, was Unbeschwertheit war, war es kein großer Unterschied. Sie richtete ihre Haube, band sich eine saubere Schürze um und stellte sich den Herren, als wäre nichts Ungewöhnliches vorgefallen. Lenhardts warmes Lächeln war zweifellos ehrlicher als ihres und drang dennoch kaum zu ihr durch.

Herr von Waldfels vermied es, sie anzusehen, grüßte sie nur mit einem Kopfnicken und zeigte allgemein Zeichen von Verlegenheit.

Herrn Lossius war es zu verdanken, dass keine peinliche

Stille entstand. Er tätschelte Susannes Schulter. »Nun, mein Mädchen, du musst ja tüchtig erschrocken sein, von diesen Überfällen auf deinen feinen, kleinen Haushalt. Da wird es dich vielleicht trösten, dass wir dir ein bisschen was abnehmen möchten. Herr von Waldfels hat uns über sein zu seinem Leidwesen misslich verlaufenes Vorhaben aufgeklärt. Und weil Frau Lossius, Lenhardt und ich uns ja schon in beinah familiärer Weise mit dem Hause Büttner verbunden fühlen, möchten wir unser Bestes tun, um von Nutzen zu sein. Gerade in so einer Sache der christlichen Nächstenliebe! Ich höre von seiner Hochwohlgeboren, dass es wenigstens zwei verwaiste Kinder unter den armen Kleinen gibt, derer du dich so beherzt angenommen hast. Nun, ich darf dir mitteilen, dass meine Frau höchst beglückt wäre, wenn sie die beiden langfristig in unser Haus aufnehmen dürfte.«

Susanne war mittlerweile zu misstrauisch, um sich über diese großmütige Geste vorbehaltlos zu freuen. Noch konnte sie sich nicht vorstellen, welche Pläne Herr von Waldfels bezüglich der Kinder hatte. Gab er seine teuer erkauften Ansprüche an sie auf? Würde er womöglich das Geld zurückverlangen, das Rieger in seinem Namen gezahlt hatte? Oder hielt er an seiner Utopia fest und hoffte, die Kinder doch noch mitnehmen zu können? »Ihr sprecht von Paul und Minna? Dann müsst Ihr wissen, dass sie die Halbgeschwister von Albert sind, der bisher noch unschuldig im Turm sitzt. So gern ich sie Euch überlassen möchte, möchte ich doch zuvor sein Einverständnis hören.«

Ihr Vater räusperte sich verärgert. »Er wird dankbar sein und dieses überaus großzügige Angebot demütig annehmen. Was sollte ein junger Mann, der noch nicht einmal zum Gesellen freigesprochen ist, mit zwei Kindern anfangen? Mit Freude werden wir die zwei zu Euch bringen, Hinrik.«

Beinah zuckte Susanne zusammen. *Hinrik*. So weit war das familiäre Verhältnis also bereits gediehen. Und ihr Einspruch zählte nichts. In dieser Sache so wenig, wie er auch später zählen würde, wenn es um ihre Heirat ging. Sie fühlte sich, als würde ihr die Luft abgeschnürt.

Lenhardt schien ihre Betroffenheit bemerkt zu haben und bewies erneut seine Liebenswürdigkeit. »Mach dir keine Sorgen, Susanne. Paul und Minna sind bei Mutter gut aufgehoben, bis sich die Verwirrung um ihren Bruder gelegt hat. Sollte er dann andere Wünsche für sie äußern oder eine bessere Bleibe für sie finden, dann werden wir ihn darin unterstützen. Bis dahin wird Mutter sich freuen, wenn du oft zu uns kommst und dich überzeugst, dass es den beiden gutgeht.«

Susanne bemühte sich für ihn um ein herzliches Lächeln. »Ihr dürft nicht glauben, dass ich daran den geringsten Zweifel habe. Mir ist bewusst, dass die Kinder es nicht glücklicher treffen könnten. Ich denke nur auch an Albert, der eine schlimme Zeit hinter sich hat und besorgt um seine Geschwister ist. Entscheidungen über sie sollten nicht ohne ihn gefällt werden.«

Lenhardt nickte ihr zu. »Darin sind wir uns einig.«

»Gesetzt den Fall, dass Alberts Name von jedem Vorwurf reingewaschen wird«, wandte Susannes Vater ein. Seine Miene war so grimmig, dass ihr das Herz noch schwerer wurde. Schon wieder hatte sie ihn enttäuscht.

Nun klärte Herr von Waldfels seine Stimme. »In diesem Punkt kann ich Euch beruhigen, Meister Büttner. Bereits gestern war ich mit meinem ehemaligen Knecht Kowatz im Gericht. Was er auszusagen hatte, belastet einen anderen Mann schwer. Ich bin untröstlich, dass mir der Zusammenhang zwischen meinen Bediensteten und dieser unglückseligen Angelegenheit nicht früher deutlich geworden ist. Es ist vor allem Eurer Familie zu verdanken, dass sich alles aufklärt, Meister Büttner. Und natürlich jenem jungen Schmied, nicht wahr?«

Verlegenes Schweigen fiel über die Gesellschaft. Susanne hielt den Atem an und hoffte, dass jemand an ihrer Stelle etwas zu Jans Gunsten sagen würde, doch alle Anwesenden pressten die Lippen aufeinander. Das konnte nur bedeuten, dass alle wussten, wie heikel diese Wendung des Gespräches war. Sie würde nichts besser machen, wenn sie sich dazu äußerte. Mit einem Gefühl von Bitterkeit beschloss sie, in anderer Hinsicht das Beste aus diesem Besuch zu machen. »Das sind gute Neuigkeiten, Euer Hochwohlgeboren. Ich danke Euch von Herzen für Eure Mühe. Möchtet Ihr vielleicht die Kinder sehen? Dem Lärm nach zu urteilen sind sie alle gerade in der Küche.«

Der hohe Herr lauschte und zog bestürzt seine dünnen Brauen zusammen. »Sie lärmen doch nicht ständig so?«

Susanne lächelte. »Doch. Wenigstens wenn sie alle zusammen sind. Das ist für Kinder ganz gewöhnlich. Unsere Mutter musste sich früher dann und wann die Ohren zuhalten.«

Er sah sie verblüfft an. »Nun. Das ist … erstaunlich. Ich … ich bin sicher, dass die Kinder ein erfreulicher Anblick sind. Jedoch … Zu meinem Bedauern hat mich ein leichtes Unwohlsein ergriffen, und ich fürchte … Nun, lieber nicht.«

Susanne nickte verständnisvoll. »Wie Ihr wünscht. Darf ich Euch etwas gegen das Unwohlsein bringen? Vielleicht einen Aufguss aus Kamillenblüten oder etwas Gebäck?«

»Das hättest du längst tun sollen«, warf ihr Vater ein.

»Verzeih, Vater. Ich beeile mich.«

Der kleine Triumph, den sie fühlte, weil sich für Albert und für die Kinder allmählich alles zum Besseren wendete, wurde gleich darauf von ihren eigenen Sorgen wieder überschattet. Auf dem Weg in die Küche traf sie auf Anje und Regine, die einen ähnlich lächerlichen Ringkampf ausführten, wie sie ihn auch selbst schon mit ihrer Schwester erlebt hatte. Diesmal allerdings weinte Regine dabei. »Anje, was ist denn? Gine, was hast du?«

Anje schrak zusammen und ließ Regine los, die sich in Susanne Arme flüchtete und schluchzte. »Ich will zu euch hinein.«

»Aber das geht doch nicht«, brach es aus der sonst so stillen Anje heraus. »Sie stört ja nur.«

Anje meinte es gut, das wusste Susanne. Dennoch ärgerte es sie, dass die ihnen noch fast fremde Frau sich in dieser Weise einmischte und ihre Schwester verletzte. »Regine stört nicht. Sie stört uns nie. Wir sind froh, wenn sie bei uns ist. Gine, hör auf zu weinen, natürlich darfst du zu uns herein.« Sie schob sie etwas von sich weg und trocknete ihr mit einem Schürzenzipfel die Wangen. »Komm, du kannst mir helfen, das Gebäck zu tragen. Es werden sich alle freuen, dich zu sehen.«

Albert wurde am Sonntag aus dem Turm entlassen, vier Tage nachdem Jan mit den Schiffern die Kinder aus Bardowick geholt hatte.

Als die Bewohner der Schmiede an diesem Abend um den Tisch herumsaßen, konnten sie sich nicht darüber einigen, wer von beiden bleicher aussah, Jan oder Albert.

Dabei fühlte Jan sich schon wieder recht gesund. Nicht

gerade stark genug, um einen Tag durchzuarbeiten, aber so ausgeruht, dass er sich danach sehnte. Wäre das doch besser gewesen als das erzwungene Stillsitzen und Nachdenken. Er hatte sein Bestes gegeben, um Albert zu helfen, und es war ihm geglückt. Sein Verstand war zufrieden damit, doch sein Herz kannte nur noch Unruhe.

Die Stadtwache hatte den Roten Berthold verhaftet, nachdem Kowatz ausgesagt hatte, ihn am Tatort gesehen zu haben. Zudem hatten sich Zeugen gefunden, bei denen er mit den brandenburgischen Münzen bezahlt hatte, die Wenzel von Herrn von Waldfels erhalten hatte. Herr von Waldfels war mit beim Richter gewesen, nicht jedoch Rieger, über dessen Verbleib niemand etwas wusste.

Schmitt meinte, dass der Richter über die verkauften Kinder im Bilde gewesen wäre, aber nicht über die Sache gesprochen hätte. Es blieb daher ungewiss, in welcher Lage die Kinder bei den Büttners waren und was mit ihnen geschehen würde.

Selbst was Minna und Paul betraf, herrschte in der Schmiede Ratlosigkeit.

Jan hatte das Gefühl, dass Schmitt kurz davor stand, die Kinder in der Schmiede aufzunehmen. Doch besonders glücklich schien er mit der Aussicht nicht zu sein, und Gertrud äußerte sich zu diesem Punkt ungewöhnlich wortkarg. Soviel Jan wusste, hatten ihr Kinder nie gefehlt, und immerhin war es eine erhebliche Verantwortung und Belastung, die Zukunft der beiden zu sichern.

Albert stellte in der Angelegenheit keine große Hilfe dar. Er saß geduckt auf seinem Platz und war schreckhaft, als könnte jeden Augenblick wieder jemand anklopfen, um ihn festzunehmen. Sein Verhalten wirkte so schuldbewusst, als glaubte er, zu Unrecht entlassen worden zu sein.

Jan gab sich Mühe, nicht ebenso zu wirken, obwohl er sich grauenhaft schuldig fühlte. Wenn es herauskam, dass er Susanne ihre Jungfernschaft geraubt hatte, würde die Hölle losbrechen. Dass er Kowatz mit dem Messer bedroht hatte, war dagegen eine Lappalie, obgleich ihm auch das noch zu schaffen machen konnte. Jedenfalls fürchtete er auch Kowatz' Rache. Der Halunke hatte ihn im Hemd allein mit Susanne erwischt und vermutlich Lust, ihn bloßzustellen, nachdem er von ihm im schiefen Haus in so eine beschämende Lage gebracht worden war.

Die allerschlimmste Last für Jan war jedoch die Sorge, ob Susanne nun ein Kind erwartete. Ganz gleich, ob man sie zwänge, einander zu heiraten, und ihn dafür aus der Schmiedezunft verstieß, ob man Susanne der Schande lediger Mutterschaft überließ oder sie rasch mit einem anderen verheiratete – er wäre an ihrem Unglück schuldig. Auch wenn er sich noch so oft sagte, dass bei diesem einzigen Mal nichts passiert sein würde, ihm blieb das Gefühl, dass er sich in seiner Unbeherrschtheit an dem Menschen vergangen hatte, den er am meisten liebte. Warum hatte er sich derart gehen lassen? *Weil du das Süßeste erleben wolltest, was das Leben dir bisher zu bieten hatte.* Sie war so schön und so zärtlich gewesen, und er hatte auf einmal geglaubt, dass es ihm nach ihr niemals vergönnt sein würde, ein Mädchen zu lieben, das ihn wiederliebte.

Wahrscheinlich hatte er damit recht gehabt. Er konnte sich auch jetzt am hellen Tage und mit klarem Kopf nicht vorstellen, dass er noch einmal für einen Menschen etwas so Starkes empfinden würde. Allerdings war es zweifellos gesünder für ihn, wenn es so kam. Seine Sehnsucht nach ihr quälte ihn jede Stunde des Tages und ließ ihn nachts nicht schlafen.

Es war hart gewesen, sie erst an der Tür zu sehen und sie dann davongehen zu lassen und zu verleugnen, was er empfand. Das widersinnige Gefühl, ein Recht auf sie zu haben. Bei aller Schwäche wäre er ihr vielleicht nachgelaufen, wenn Gertrud Schmitt nicht energisch die Tür geschlossen und ihm einen sanften Schlag hinter die Ohren verpasst hätte. »Mädchenblick zieht wie ein Strick«, hatte sie geknurrt und ihn wieder ins Bett geschickt.

Er sah seine Hausherrin quer über den Tisch an und fragte sich, ob sie je etwas für einen Mann übriggehabt hatte. War sie mit ihrer Ehelosigkeit so zufrieden, wie sie immer tat? Vermissten Frauen die körperliche Lust gar nicht? Auch diese Frage machte ihm zu schaffen. Wie hatte Susanne die Dummheit, die sie gemeinsam begangen hatten, empfunden? Sie hatte sich zwar nicht beklagt, aber er hatte ihr vermutlich wehgetan.

»Jan Niehus, was starrst du mich so an? Sind mir neue Barthaare gewachsen?« Gertrud erhob sich und wandte sich brüsk ab, um sich ihren Haushaltsverrichtungen zu widmen.

Er nahm seinen Mut zusammen. »Albert könnte zu den Büttners gehen. Paul und Minna wären erleichtert, ihn zu sehen.«

Langsam und bedrohlich steif drehte Gertrud sich wieder zu ihm um. »Ja. Aber den Weg findet er ganz allein. Dazu braucht er dich nicht.«

Jan wich ihrem Blick aus und sah stattdessen Albert an.

Der verstörte Lehrling war sichtlich erschrocken über die strenge Erwiderung der Hausherrin. »Muss ich heute gehen?«, fragte er.

»Minna hat nach dir gefragt«, sagte Jan.

Albert zögerte, zog die Schultern hoch und blickte auf seine Finger mit den abgekauten Nägeln, die er unruhig verflocht und wieder voneinander löste. »Warum kann Jan nicht mit? Er kennt die Büttners doch besser.«

Gertrud lachte höhnisch auf. »Oh ja.«

Meister Schmitt warf ihr einen tadelnden Blick zu. »Nun lass gut sein. Der Junge hat mir längst sein Wort gegeben. Du musst nicht immer neues Salz in die Wunde reiben. Albert, Jan soll der Böttcherei fernbleiben, damit es kein Gerede wegen der Töchter gibt. Ich geh mit dir hinüber. Aber ab morgen herrschen hier wieder andere Sitten. Dann wird gearbeitet, sonst bringt ihr mich noch endgültig an den Bettelstab. Du kannst doch arbeiten, Jan?«

Jan fühlte eine Welle von Dankbarkeit für seinen Meister und nickte. »Denke schon. Darf ich Euch nur noch um eine Sache bitten?«

»Hm.«

»Die junge Katze von ... Nun, die Hunde haben sie totgebissen. Glaubt Ihr, die Kleine würde sich über eine neue freuen? Dann könntet Ihr ... Müsst ja nicht sagen, dass ich ...«

Schmitt sah ihn kurz an, und in seinen Augen stand Mitgefühl. »Schon recht. Fang uns eine, dann nehmen wir sie mit.«

Meister Schmitt begrüßte Susanne mit nüchterner Höflichkeit, als sie ihm und Albert die Haustür öffnete. Er zeigte ihr die junge weiße Katze im Deckelkorb und fragte, ob sie Verwendung für das Tier hätte.

Sie fühlte einen beklemmenden Druck in ihrer Brust, als sie nickte, dankte und ihm den Korb abnahm. Schmitt musste ihr nicht sagen, dass die Katze Jans Einfall war. Er hatte Liebhild trösten wollen, ihr kam es jedoch vor, als sei das Tier ein Abschiedsgeschenk. Weiß wie Schnee und Eis.

Ihr Vater kam aus der Schreibstube, um Schmitt und Albert zu begrüßen, bevor sie ihn rufen konnte. Er hatte ein scharfes Auge auf alle Besucher, die in diesen Tagen erschienen.

Albert sagte nichts zu ihr, kein Wort über seine Freilassung oder die Sache mit den Kindern. Seinen Dank dafür, dass sie Paul und Minna aufgenommen hatten, richtete er an ihren Vater. Susanne war es recht, dass ihr Anteil an der Angelegenheit nicht mehr zur Sprache kam. Sie wusste ohnehin wenig zu erwidern. Schweigend nahm sie das weiße Kätzchen auf den Arm und ging auf die Suche nach den Kindern. Minna fand sie in der Küche und schickte sie gleich in die Dornse zu den Gästen. Paul und zwei von den anderen Jungen spielten oben mit Tills und Martins altem Spielzeug. Sie spannten abgegriffene kleine Holzpferde mit Wollgarn vor Wagen, die sie sich aus Holzresten gebaut hatten. Regine half ihnen dabei.

Paul ließ Pferde und Fahrzeuge liegen, als Susanne Alberts Namen nannte, und polterte ungestüm die Wendeltreppe hinab. Die anderen Jungen schlossen sich ihm aus Neugier an.

Regine schien traurig darüber zu sein, doch als Susanne ihr die Katze zeigte, lächelte sie wieder. »Ist die für mich?«

»Meister Schmitt hat sie für Liebhild mitgebracht, aber am Ende gehört sie ja doch uns allen und schläft auf deinem Bett, nicht wahr?«

»Ich hätte sie gern für mich. Weiß ist so hübsch.«

»Ach Gine, es ist doch egal, wem sie gehört. Weißt du, wo Liebhild ist?«

Regine schüttelte den Kopf und verfiel von einem Moment zum anderen wieder in ihre stumme, undurchdringliche Träumerei.

Seufzend ließ Susanne sie allein. Wenig später stöberte sie Liebhild auf, die sich mit ihrem neuen Freund Jost und dem kleinen Hinner hinter dem Hühnerstall versteckte.

»Du bist ein Spielverderber, Suse. Hier ist doch unser heimliches Versteck«, empörte ihre kleine Schwester sich.

»Das war auch schon mein Versteck, Liebchen. Sieh mal, was ich hier habe. Gine ist ganz neidisch, weil sie für dich sein soll.«

Liebhild kam mit den Jungen hinter dem Stall hervor, und alle drei spielten eine Weile fröhlich mit der Katze, während Susanne sich mit dem Gemüsegarten beschäftigte. Dann brachte Liebhild das Tier zu ihr zurück. »Gine kann sie haben. Mir läuft sie bestimmt wieder davon.«

Susanne musste schlucken, lächelte aber. »Das ist nett von dir. Hast du ihr trotzdem schon einen Namen gegeben?«

»Ja. Salz. Sie kann nur Salz heißen.«

Erst Asche, dann Salz. Es lag auf der Hand. Warum hatte sie gefragt?

19

Der Donner warnt

Unbemerkt von Susanne hatte Martin seine Werbung um Dorothea Marquart wieder aufgenommen. Ausgerechnet in dem Durcheinander, in das die Kinder den Büttnerschen Haushalt seit einer guten Woche versetzten, erschienen Marquarts zu einem Besuch.

Gerade an diesem Nachmittag hatte Susanne Paul und Minna zu Lossius' bringen wollen. Die Ordnung im Haushalt war bei den Vorbereitungen vollends auf der Strecke geblieben.

Dennoch kam Susanne ihrer Pflicht nach und sorgte für die Bewirtung der Gäste, konnte aber nicht mehr verhindern, dass Dorothea und ihr Vater schon beim Eintreten einen Blick auf Spuren der Unordnung erhaschten.

Noch ärger wurde es, als Susanne auf die unbedachte Anordnung ihres Vaters hin Dorothea durch das Haus führen musste, während er sich in der aufgeräumten Dornse mit Herrn Marquart und Martin zusammensetzte.

Dorothea war groß und grobknochig, und ihr Rücken so steif wie ihre Art. Susanne war ihr stets nur beim Kirchgang begegnet, wenn alle sich aufrechter hielten und würdevoller benahmen als alltags. Dorothea änderte auch nun ihre Haltung nicht. Susanne entschuldigte sich für die Unordnung und erntete von Dorothea nur Schweigen dafür. Abschätzend musterte Martins Auserwählte jeden Raum und jedes Stück der Einrichtung, als entschiede sie soeben, ob das Haus es wert war, von ihr in Besitz genommen zu werden.

Susanne wurde klar, wie unbedarft sie gewesen war, als sie hoffte, in Martins Frau eine Freundin zu finden, mit der sie Hand in Hand arbeiten konnte. Dorothea sah in ihr nicht die bisherige Herrin des Hauses, sondern nur eine jüngere Schwester des zukünftigen Hausherrn. Auch wenn ihre Geringschätzung Susanne einen Stich versetzte, musste sie der wenig älteren Frau zugestehen, dass sie damit recht hatte. Gleichgültig, wen Martin heiratete, seine Schwester würde sich danach in die Rolle finden müssen, die ihr von der neuen Hausherrin zugesprochen wurde. Susanne konnte nur raten, wie diese Rolle aussehen würde. Jedenfalls wollte sie keinen Kampf um die Macht im Hause führen.

Während sie langsam mit Dorothea alle Stockwerke besichtigte, zog sich draußen ein Gewitter zusammen. Donnergrollen und die ersten Regentropfen trieben die Kinder aus dem Garten in die Küche, wohin Susanne Dorothea als Nächstes führte.

Sogar die Kinder betrachtete Dorothea, als ob sie Möbelstücke wären, deren Wert sie abschätzen wollte. Und endlich stellte sie Susanne einmal eine Frage. »Wie viele von ihnen bleiben hier? Ja wohl nicht alle?«

Sie fragte so laut, dass die Kinder es hören konnten, und prompt brachte es den quirligen Haufen zum Schweigen.

»Warum denn nicht alle?«, fragte Liebhild. »Es ist so lustig, wenn wir alle zusammen spielen.«

Susanne gab sich Mühe, fröhlich zu wirken. »Aber es gibt noch andere Leute, die gern Kinder aufnehmen möchten. Und wir wollen doch nicht so gemein sein, euch alle für uns zu behalten.«

»Lieber doch«, sagte der kleine Hinner, und alle murmelten zustimmend.

»Ihr könnt auch später noch zusammen spielen, wenn alle ein gutes Zuhause haben.«

»Bei euch ist es gut«, sagte Jost.

»Danke, Jost. Das freut mich. Aber nun sagt auf Wiedersehen. Ich gehe mit Jungfer Marquart in die Dornse, und dort werden wir von euch ja nichts mehr hören und sehen, nicht wahr?«

Lene schwang spielerisch den langen Kochlöffel und stolperte beinah über das neue Kätzchen, das ihr um die Füße strich. »Dafür sorge ich schon.« Noch wenige Tage zuvor wäre es undenkbar gewesen, dass die Kinder daraufhin nur lachten. Sie hätten sich in Erwartung der Schläge ängstlich geduckt. Es war vor allem Liebhild zu verdanken, dass sie ihre Angst verloren hatten.

Nachdem Susanne Dorothea in die Dornse zurückgeführt hatte, wurde sie von ihrem gut gelaunten Vater umgehend wieder hinausgeschickt, um eine Flasche von dem Wein zu holen, den er für besondere Gelegenheiten aufbewahrte. Über den Anlass gab es keinen Zweifel, auch wenn Martins und Dorotheas ernste Mienen eigentlich nicht darauf hindeuteten, dass es einen Grund zum Feiern gab.

Auf dem Weg in den Keller und zurück war es Susanne so, als hätte sie etwas Wichtiges vergessen, doch sie kam nicht darauf, was es sein konnte. Mittlerweile regnete es stetig, und der Himmel war so dunkel geworden, dass sie zunächst einmal Lichter in der Dornse anzünden musste, ehe sie den Wein eingießen konnte.

»Kerzen am Tage«, bemerkte der alte Marquart mit deutlicher Missbilligung.

Susannes Vater lachte und schlug sich auf seinen Bauch.

»Ach was, dafür sind wir allemal gut genug gestellt, Marquart. An einem solch glücklichen Tag sitzen wir nicht im Dunkeln. Susanne, nimm dir auch ein Glas. Wir stoßen an.«

Susanne ließ den roten Wein in die Gläser fließen und vergoss ein wenig, als ein besonders starker Donnerschlag dröhnte. Es war nicht das Erschrecken vor dem lauten Geräusch, das schuld daran war. Auf einmal wusste sie, was sie vergessen hatte: Bei ihrer ganzen Führung durch das Haus waren sie Regine nicht begegnet. Auch in der Küche war sie nicht gewesen. Unterbewusst hatte Susanne die ganze Zeit angenommen, dass ihre Schwester hier bei den Männern in der Dornse saß. Nun jedoch blieb nur die kleine Hoffnung, dass sie sich bei Till in der Werkstatt aufhielt.

Der Regen wurde heftiger. Selbst nach den wenigen Schritten über den Hof würde sie bereits durchnässt sein.

Susanne schalt sich innerlich für ihre Unaufmerksamkeit. Vor den Marquarts konnte sie ihre Sorge nicht offen äußern. Ja, sie konnte nicht einmal sogleich auf die Suche gehen, wenn sie nicht wieder alle vor den Kopf stoßen wollte. Zuerst musste sie den Trinkspruch hören, einen Schluck Wein trinken und gratulieren. Eilig verteilte sie die Gläser und lauschte mit eingefrorenem Lächeln, wie Marquart umständlich eine Verlobung bekanntgab, die für niemanden im Raum mehr überraschend war. Nach besten Kräften bemühte sie sich anschließend um einen von Herzen kommenden Glückwunsch für ihren großen Bruder und seine Braut.

Dann jedoch verließ sie die Dornse beinah im Laufschritt. Ein weiteres Mal hastete sie durch alle Stockwerke des Hauses und suchte ihre Schwester, nahm dabei jedoch schon ihren eigenen und auch Regines Lodenüberwurf aus dem Schrank. Wie befürchtet wusste in der Küche niemand von Regines Verbleib. Warum hatte sie keine von den Frauen besonders mit der Aufsicht über Regine betraut? Alle waren so beschäftigt mit den Kindern und der Küchenarbeit, dass sie sich nicht einmal auf ihre Nachfrage hin beunruhigt zeigten.

Der Regen fiel hart und dicht, die Tropfen schienen vom Boden wieder hochzuspringen. Der Lodenstoff ihres Umhanges schützte Susannes Oberkörper, doch ihre Füße waren nass, als sie in der Werkstatt ankam. Till und Thomas arbeiteten gemeinsam daran, die Dauben eines großen Pökelfasses zusammenzuziehen. Von Regine keine Spur.

Wieder donnerte und blitzte es. Fieberhaft überlegte Susanne, wann sie Regine das letzte Mal gesehen hatte, und kam darauf, dass es eine Stunde zurückliegen musste.

Es dauerte einen Moment, bis Till von der Arbeit ablassen und aufblicken konnte. »Und? Wird geheiratet?«

»Sie sind verlobt. Hast du Regine gesehen?«

Till kam näher und warf einen besorgten Blick durch das Tor der Werkstatt nach draußen. Ein ungewöhnlich böiger Wind blies den Regen waagerecht über den Hof. »Herrje, sag nicht, sie ist bei diesem Wetter weggelaufen. Hast du schon überall nachgesehen?«

»Ja. Till, ich gehe sie suchen. Sagst du es Vater und Martin, wenn Marquarts fort sind?«

Er seufzte. »Als könnte ich mich nicht allein in genug Schwierigkeiten bringen. Natürlich suche ich mit dir, was denkst du denn? Thomas kann es Vater sagen.«

»Dann mach schnell.«

Der böige Wind wuchs sich zum Sturm aus, während sie zum Fluss unterwegs waren. Gnadenlos wurde ihnen der

Regen in die Gesichter getrieben. Das eisige Wasser lief ihnen in den Kragen und peitschte ihnen um die Beine, selbst der dichte Loden bot kaum noch Schutz.

Susanne mochte nicht daran denken, wie es Regine ging, wenn sie tatsächlich hier draußen war, ohne Mantel und vermutlich ohne Schuhe.

Keine Menschenseele war noch auf der Straße, als sie den Hafen erreichten. Die sonst so friedliche Ilmenau brodelte bedrohlich. Flussaufwärts musste bereits viel Regen gefallen sein, denn der Pegel war erheblich gestiegen.

»Zwischen die Mühlen oder gleich zur Bleiche?«, rief Till ihr zu.

»Wir trennen uns.«

»Kommt nicht infrage.«

»Aber das ist doch Unsinn.«

»Nicht heute, Suse.«

»Also zur Bleiche. Zwischen die Mühlen will sie seltener.«

Susanne hatte gedacht, es könne an einem Junitag nicht mehr dunkler werden als bisher, doch als sie an dem misstrauischen Wächter beim Roten Tor vorbei waren und die Felder vor der Stadt erreichten, war der Himmel beinah schwarz geworden. Der Donner war furchteinflößend laut, und die Blitze zeichneten sich deutlich ab, obwohl das Unwetter noch immer nicht direkt über ihnen war.

Inzwischen trug Susanne ihre Holzschuhe in der Hand. Sie liefen so geschwind durch den Schlamm der aufgelösten Wege wie in Kindertagen, wenn auch weniger leichtherzig. Bald hatten sie den Weg zu den halb überschwemmten Bleichwiesen zurückgelegt, nur um festzustellen, dass auch dieser Ort verlassen dalag. Susanne begann zu rufen, für den Fall, dass Regine im Buschwerk der Auwiesen Schutz vor dem Wetter gesucht hatte. Kurz liefen sie nun doch auseinander, näher zu den möglichen Schlupfwinkeln, doch alles Rufen brachte Regine nicht zum Vorschein. Zügig bewegten sie sich in Richtung Sülztor, um von dort aus den Stadtgraben abzusuchen. Ein Donnerschlag, nah gefolgt vom Blitz, ließ sie beide zusammenschrecken. Der Sturm zerrte an Susannes Rock und war so laut, dass sie Till kaum noch verstehen konnte. Er winkte ihr. »Wir müssen uns unterstellen.«

Wieder rannten sie. Susanne wollte weiter zum Tor, doch nach kurzer Zeit schlug der Regen in Hagel um. Till ergriff ihren Arm und schlug stattdessen den Weg zur Reeperbahn ein. Die Buden der Seilschläger, die dort in einer Reihe standen, boten einen Schutz, der näher lag als die Stadttore. Ohne viel Federlesens öffnete Till mit seinem Messer anstelle des fehlenden Riegelhebers die Tür des ersten Schuppens und schlüpfte Susanne voran in den nach Hanfstroh duftenden, engen Raum.

Der Sturm heulte um die Bretterbude, und Hagelkörner prasselten mit ohrenbetäubendem Lärm auf das Dach. Es war nicht mehr möglich, sich mit Worten zu verständigen, deshalb bewahrte Susanne ihre Frage für später auf. Sie wusste, dass Till geschickt war, dennoch hätte sie schwören können, dass er nicht zum ersten Mal in eine Bude wie diese einbrach.

Seite an Seite beobachteten sie durch den Türspalt, wie die beeindruckend großen Hagelkörner auf den Boden auftrafen und dort mitten im Juni eine Eisschicht bildeten.

Als der Hagelschauer vorüberging, legte sich auch der Wind ein wenig. Es schien heller zu werden, und sie waren schon bereit, den Schuppen zu verlassen, da belehrte sie ein weiterer Donnerschlag eines Besseren. Als hätte das Unwetter nur kurz Atem geschöpft, tobte es mit neuer Macht los. Hagelkörner, so groß wie Kinderfäuste, trieben sie zurück in ihren Unterschlupf. Ängstlich musterten sie in der Dunkelheit das Dach über sich.

Es kam Susanne vor, als würden Stunden vergehen, bevor der Sturm sich legte und sie sich tatsächlich auf den Rückweg machen konnten. Till verschloss die Tür der Bude ebenso geübt, wie er sie geöffnet hatte.

Mittlerweile war Susanne in Gedanken nur noch bei Regine. Wo war sie hingegangen? Hatte sie bei jemandem Schutz gesucht? An wen würde sie sich wenden?

Gerade kam sie zu dem Schluss, dass es sich lohnte, bei Lossius' nachzufragen, da blieb Till neben ihr stehen. »Verfluchter Katzendreck. Ich hab's geahnt.«

Susanne ersparte sich, ihn für seinen Fluch zu rügen. Beim Anblick des geschlossenen Sülztores pflichtete sie ihm innerlich bei.

So plötzlich, wie Till stehengeblieben war, rannte er nun los, schlug gegen das Tor und rief laut. Nichts regte sich, auch nicht, nachdem Susanne sich seinen Bemühungen angeschlossen hatte. »Oh nein. Was nun? Meinst du, das Rote Tor ist noch offen? Oder ein anderes?«

Till schüttelte den Kopf. »Am längsten bleibt das Bardowicker Tor offen, wegen der Hude. Aber bis wir um die Stadt herumgestolpert sind, ist auch das längst geschlossen. Lass uns zum Roten Tor zurückgehen. Wenn wir Glück haben, hat der Wachmann uns noch im Sinn gehabt und wartet.«

Sie hatten kein Glück. Das Rote Tor blieb ebenso fest verschlossen wie das Sülztor.

»Vielleicht, wenn ich um Hilfe schreie?«, schlug Susanne zaghaft vor. Allmählich nahmen Wind und Regen wieder zu und riefen ihr ins Bewusstsein, wie kalt eine Nacht im Freien in ihrem durchnässten Zustand sein würde. Gar nicht zu reden von ihrer Gewissensnot. Nun hatte ihr Vater nicht nur um Regine Sorge, sondern erneut auch um Till und sie.

Till schüttelte den Kopf. »Hört bei dem Wetter niemand. Außerdem wäre es peinlich. Wenn du willst, gehen wir für die Nacht zu den nächsten Bauern oder in die Gertrudenkapelle auf den Friedhof. Wenn es nach mir ginge, würden wir allerdings einfach in der Seilerbude schlafen. Und sobald morgen früh das Tor aufgeht, sehen wir zu, dass wir nach Hause kommen.«

»Das passiert dir nicht zum ersten Mal, oder?«

»Nein. Aber das macht es nicht angenehmer. Wird kalt heute Nacht.«

Es wurde die längste Nacht in Susannes bisherigem Leben. Während Till auf dem feuchten Boden zwischen Hanf, Seilen und Seilerwerkzeug einschlief, saß sie wach und frierend da und behielt die Angst vor dem nächsten Tag nur mühsam im Griff. Sie weckte Till lange vor der Zeit und wanderte mit ihm bei Sonnenaufgang durch die schneidend frische Morgenluft um den Kalkberg herum zum Neuen Tor, von wo der Weg nach Hause am kürzesten war.

Weiß ragte der Berg mit der herzöglichen Festung darauf neben ihnen in die Höhe und gab Susanne das Gefühl, von strengen Blicken beobachtet zu werden. Hinter den Stadtmauern krähten die Hähne, und die ersten Sonntagsglocken läuteten. Eine Weile mussten sie noch vor den verschlossenen Torflügeln warten, bevor sie von einem missmutigen Torwächter eingelassen wurden.

Angespannt und schweigend eilten sie zur Böttcherei.

Ebenso schweigend öffnete ihr Vater ihnen die Haustür,

bevor sie zum Hof einbiegen konnten. Susanne versuchte, den Ausdruck seines blassen, unrasierten Gesichtes zu deuten, scheiterte jedoch. »Regine?«, fragte sie.

»Wurde eben gebracht«, antwortete er mit müder Stimme.

Susannes Herzschlag stockte. Angstvoll fasste sie nach dem Arm ihres Vaters und sah ihm in die Augen. Sie verrieten kein Mitgefühl. Er entzog ihr seinen Arm. »Sie war bei Lossius'. Schon gestern Abend erreichte mich ein Bote. Ich wusste somit, dass ich mich um sie nicht sorgen muss.« Sein von Schlaflosigkeit gezeichnetes Gesicht sprach den Vorwurf gegen sie deutlicher aus, als alle Worte es gekonnt hätten.

»Es tut mir leid, Vater. Wir haben sie bei der Bleiche gesucht, und als wir zurückkamen, waren die Stadttore geschlossen. Wir waren ausgesperrt.«

Eine kleine Regung in seiner Miene ließ sie hoffen, dass er sie verstehen würde, doch die Hoffnung zerschlug sich sofort.

»Wie seltsam, dass ihr außerhalb der Stadt gesucht habt, obwohl es einen viel wahrscheinlicheren und naheliegenderen Ort gab. Bist du sicher, dass ihr den Weg nicht vollends verloren hattet?« Er machte eine Pause und sah sie mit einem so verwundeten Ausdruck an, dass sich Susannes Herz zusammenzog. »Ach, Susanne. Gut, dass eure liebe Mutter das nicht mehr erleben muss.«

Auf einmal fühlte sie, wie Till ihr mit ruppigen Bewegungen ihren Überwurf abnahm. »Mutter hätte es verstanden. Noch mehr: Mutter hätte selbst eine Nacht in der Kälte vor der Stadt verbracht, wenn sie die Hoffnung gehabt hätte, Regine dort zu finden. Susanne hat nichts falsch gemacht.«

Ihr Vater trat einen Schritt zurück und wurde starr wie ein kampfbereiter Kater. »Wenn ich mit dir reden will, dann frage ich dich, Galgenstrick.«

»Was zum Teufel habe ich nun wieder getan? Kannst du nicht einfach glücklich sein, dass du deine Töchter gesund wieder hast, und Susanne erst einmal zu sich kommen lassen? Wir sind nass, frieren und haben Hunger und Durst. Was unterstellst du uns? Dass wir das getan haben, um dich zu ärgern?«

Die Hand ihres Vaters schoss mit erhobenem Zeigefinger vor. »Pass auf deinen Ton auf. Und geh nach oben, mit dir werde ich später reden. Susanne, du kommst mit in die Dornse. Lenhardt ist hier und außer sich vor Sorge um dich. Ebenso deine völlig verstörte Schwester.«

Tatsächlich hatte Susanne Lenhardt Lossius noch nie in so schlechtem Zustand gesehen wie an diesem Morgen. »Susanne!« Hastig stand er von der Bank auf und kam ihr entgegen. Regine war noch schneller bei ihr. Zitternd fiel sie ihr in die Arme, kaum dass sie den Raum betreten hatte.

»Ist gut, Gine, alles ist gut«, murmelte Susanne, obwohl sie spürte, dass nichts mehr gut war, nichts mehr so wie früher. Regine sagte kein Wort, klammerte sich nur an sie wie ein verängstigtes Kleinkind.

Lenhardt sah aus, als ob er darunter litt, sie nicht ebenfalls in die Arme schließen zu dürfen. Sein Anblick in diesem Moment war es, der Susanne zum ersten Mal in ihrem Entschluss wanken ließ, ihn nicht zu heiraten. Sie konnte sich wehren, doch gleichzeitig sagten Vernunft und Gefühl ihr, dass diese Lösung am Ende ihre Familie und vielleicht auch sie selbst am zufriedensten machen würde. Es wurde nun einmal selten aus Liebe geheiratet, und sie wusste allzu genau, wie viel schlechter eine Frau es treffen konnte.

Jan konnte und wollte nicht um sie freien. Er wollte es um ihretwillen nicht und um seiner selbst willen. Damit sie beide nicht alles aufgeben mussten, was ihnen etwas bedeutete. Gerade weil sie ihn liebte, musste sie sich damit abfinden.

Lenhardt schien ihr anzumerken, dass etwas in ihr vorging, das ihn betraf. Vielfältige Gefühle wechselten sich auf seinem Gesicht ab. Ernst, Zuneigung, Zweifel, Sehnsucht. »Susanne, ich möchte dir eine Frage stellen. Ich weiß, dies ist nicht der beste Zeitpunkt, aber vielleicht willst du mich trotzdem anhören?«

Nein. Susanne scheute vor ihrer eben errungenen Einsicht zurück, als die Frage nahte, die sie so lange befürchtet hatte. Sie wollte ihn nicht anhören und ihm nicht antworten müssen. Nicht schon jetzt.

Ihr Vater stieß einen Laut der Ungeduld aus. »Natürlich will sie. Komm, Regine, mein Mädchen, Lenhardt und Susanne haben etwas zu bereden.«

Regine wollte sich nicht hinausführen lassen, klammerte sich erst an Susanne und streckte dann die Hand hilfesuchend nach Lenhardt aus, als Susanne sie bat, mitzugehen. Lenhardt lächelte betreten, näherte sich ihr aber nicht. »Geh schon, Regine. Susanne wird gleich wieder bei dir sein. Ich nehme sie dir nicht weg.«

»Regine wird lernen, ohne ihre Schwester zurechtzukommen. So wie ich das sehe, ist es höchste Zeit dafür. Und nun Schluss mit den Dummheiten.« Ihr Vater nahm seinen strengen Tonfall an, und schließlich gehorchte Regine, wenn auch mit Tränen auf den Wangen.

Lenhardt atmete sichtlich auf, als die Dornsentür sich

hinter ihnen schloss. »Sie hat ständig nach dir und eurer Mutter gefragt.«

Erleichtert, wie er nun zu sein schien, musste Regine eine Last für ihn gewesen sein. Neue Zweifel erwachten in Susanne. Würde er fähig sein, ihre Schwester mit in seine Familie aufzunehmen? Anders war es für sie nicht vorstellbar. »Es war sehr freundlich, dass Ihr Euch um sie gekümmert habt. Sie hat Euch gern. Wo habt Ihr sie gefunden?«

»Musst du immer weiter so förmlich mit mir sein? Und müssen wir jetzt über deine Schwester sprechen? Ich meine, sie ist ... Sie ist etwas Besonderes, und du darfst mir glauben, dass ich sie ... Ich schätze sie. Aber ... Aber es ist in diesem Moment wichtiger, dass ich mit dir ... über etwas anderes spreche. Du musst wissen, dass unsere Väter eine weitreichende geschäftliche Zusammenarbeit planen, deren Ansehen und Erfolg gefördert würden, wenn du und ich ... Nun, ich habe genug Achtung vor deinem Verstand, um anzunehmen, dass du diese Möglichkeit längst erwogen hast. Der Einfluss unserer Väter bei den Sülfmeistern, im Rat und in der Böttchergilde wird, gepaart mit ihrem Vermögen und Geschick, zweifellos gewinnträchtige Ergebnisse erzielen. Gemeinsam werden unsere Familien die größte Böttcherei der Stadt und, so Gott will, des Landes aufbauen. Das Salzgeschäft wird die Anfänge sichern. Sollte es aber so kommen, dass es tatsächlich verebbt, werden die kleinen Betriebe weit früher aufgeben müssen als Büttner und Lossius. Man könnte gar ein Verlagswesen aufbauen wie die Tuchhändler. Aber das ist nicht, was ich dir erklären wollte, sondern ... Es liegt mir am Herzen, dass du erfährst, wie ich über die Ehe denke. Ich habe immer gesagt, ich würde nie eine Frau nehmen, die mir nicht gefällt. Und ganz gleich, wie klug die geschäftliche Verbindung zwischen unseren Vätern erdacht und ausgemacht ist, ich würde dich nicht fragen, wenn ich es nicht durch und durch wünschenswert fände, dich als meine … Also, wirst du mir sagen, wie du dazu stehst?«

Susanne hätte nicht sprechen können, selbst wenn sie gewollt hätte. Sie hatte Lenhardt vor Augen, wie er bei seinem ersten Besuch mit ihr gescherzt und sie verblümt um ihr Vertrauen gebeten hatte. Jede Begegnung mit ihm ging ihr durch den Sinn. Nie hatte er sich anders als freundlich und gewinnend verhalten. Sie mochte ihn, sie vertraute ihm. Warum konnte aber dieses Gefühl nicht einmal für einen Moment Jans Bild aus ihrem Kopf vertreiben? Jan, wie er sie ansah, bevor sie sich küssten, wie er sie von sich stieß und dann doch wieder festhielt. Lenhardt wollte sie nicht auf dieselbe Art. Und sie verspürte nicht den Wunsch, ihn zu küssen. Dennoch würde es sie nicht abstoßen, wenn es dazu käme.

Es war in der Tat nicht der richtige Zeitpunkt für sie, Lenhardt ihr Einverständnis zu geben. Sie dachte an einen anderen, während sie ihm gegenüberstand. Und wenn sie ehrlich zu sich war, dann war ihr letzter Hoffnungsfunke noch immer nicht erloschen. Vielleicht ergab sich doch eine Möglichkeit, Jan wieder näher zu sein. Es musste sich nur erst die Aufregung um sie beide legen. Und wenn sie ihn auch nur in aller Sittsamkeit dann und wann sehen und sprechen konnte. War das nicht besser als ein Leben ganz ohne ihn?

Andererseits war die Hoffnung winzig gegen die Enttäuschung, die sie ihrer Familie zufügte, wenn sie Lenhardt ablehnte. Sie dachte an ihre Zukunft in einem Haus mit ihrem enttäuschten Vater und Bruder und Dorothea Marquart. Dachte daran, wie viel mehr sie für Regine und

Liebhild würde tun können, wenn sie als Lenhardts Frau im Haushalt der großherzigen Frau Lossius lebte.

Lenhardt beobachtete sie, als würde er versuchen, in ihr wie in einem Buch zu lesen. Er wartete geduldig, bis sie ihm wieder in die Augen sah. »Lenhardt, Ihr habt recht. Es ist nicht der richtige Zeitpunkt. Ich habe in der letzten Nacht nicht geschlafen, und mir geht viel durch den Sinn, worüber ich nachdenken muss. Ich schäme mich zu zögern, aber ich möchte Euch meine Antwort bei klarem Verstand geben. Könnt Ihr ein wenig warten?«

Er lächelte gequält. »Und du kannst nicht wenigstens ›du‹ sagen, um mir ein kleines Zeichen dafür zu geben, dass du mich nicht grässlich findest?«

Susanne sah hinter ihm aus dem Fenster, wo die ersten Sonnenstrahlen die nasse Welt zum Glitzern brachten, als hätte es nie ein Unwetter gegeben. Wie groß war das kleine Zeichen, das er verlangte? Sie seufzte. »Hat der Hagelschlag bei euch am Hause einen Schaden angerichtet? So große Körner habe ich im Leben noch nicht gesehen. Und so lauten Donner habe ich noch nie gehört. War Regine bei dir, als es besonders schlimm gewesen ist?«

Seine Miene wurde wieder ernst. »Ja, das war sie. Auch das solltest du wissen, Susanne. Deine Schwester könnte immer bei uns sein. Solange ihr beide das wünscht.«

Es war gut, dass sie ihn bereits um den Aufschub gebeten hatte, denn nun hätte sie es vielleicht nicht mehr getan. Unwillkürlich hielt sie ihm ihre Hand hin. »Danke.«

Sanft nahm er ihre Geste an und strich mit dem Daumen über ihre Finger. »Ich danke dir. Für das ›du‹. Und: nein, bei uns hat der Hagel nichts angerichtet. Aber das Hochwasser hat in der Nacht Buden vom Heringssteg mitgerissen. Unser Pastor hat es erzählt. Wir sind ihm vorhin begegnet, als er auf dem Weg in die Kirche war. Sobald Regine wach war, hielt es sie nicht mehr bei uns. Sie wollte zu dir. Willst du mir erzählen, was du erlebt hast?« Er deutete lächelnd auf die Bank.

Die letzte Anspannung fiel von Susanne ab, und sie bemerkte, wie gern sie von den Erlebnissen der vergangenen Nacht erzählen wollte. Selbst ihre Müdigkeit trat dahinter zurück.

Lenhardt setzte sich neben sie, hörte ihr zu und tröstete sie mit liebevollen Worten. Es war wohltuend, so mit ihm dazusitzen, weit angenehmer, als sich dem zu stellen, was vor der Tür auf sie wartete.

Ihr Vater unterbrach ihre Zweisamkeit schließlich, als seine Ungeduld siegte. Lenhardt kam seiner Frage zuvor, indem er sogleich von dem Aufschub berichtete. Zärtlich, doch züchtig strich er ihr über den Arm und erklärte, wie großzügig er es fände, dass sie seinem Ansuchen Gehör geschenkt hätte, obwohl sie so erschöpft sei und sich eigentlich erst von der schlimmen Aufregung der vergangenen Stunden erholen müsse. Er sei glücklich, dass er nun voller Hoffnung auf den Tag warten dürfe, an dem sie ihm ihre Antwort geben würde. Er sprach in so zuversichtlichem Tonfall, dass Susannes Vater nicht anders konnte, als sich mit dem Ausgang des Gesprächs zufriedenzugeben, und dafür war Susanne Lenhardt ein weiteres Mal dankbar. Noch mehr, als er ihrem Vater riet, sie an diesem Sonntage ausnahmsweise vom Kirchgang zu befreien, damit Regine und sie etwas Schlaf nachholen konnten.

20

Jeder tanzt, wie er kann

Im Verlauf der nächsten Woche besuchte Lenhardt das Büttnersche Haus noch zwei Mal. Er brachte dabei nicht nur Paul und Minna mit, die inzwischen zu den Lossius' übergesiedelt waren, sondern auch kleine Geschenke für Susanne, Regine und die anderen Kinder. Mittlerweile waren noch drei bei den Büttners: Anjes Tochter Nelli, Jost und Hinner. Ein Junge war zu seinen Eltern zurückgekehrt, ein weiterer vom Pastor der Nicolaikirche aufgenommen worden, und das dritte Mädchen war bei dem alten Schiffer untergekommen, der es ins Haus getragen hatte. Zwar konnten er und seine Frau von ihrem Alter her eher die Großeltern des Kindes sein, doch Susanne zweifelte keinen Augenblick daran, dass die Kleine es bei ihnen gut haben würde.

Was Jost und Hinner betraf, die niemand zurücknehmen konnte oder wollte, hatte Susannes Vater kurzerhand erklärt, dass er sie im Haus behalten würde, bis sie alt genug waren, Lehrjungen in seinem wachsenden Betrieb zu werden. So war auch Liebhild glücklich, weil sie nicht auf alle ihre neuen Spielgefährten wieder verzichten musste.

Es erschien Susanne so, als hätte das Unwetter viel Ärger davongespült. Ihr Vater sprach zwar kaum ein Wort mit Till, war zu ihr jedoch nicht unfreundlich und allgemein guter Stimmung. Auch Martins Laune hatte sich erheblich aufgehellt.

Regine hielt sich viel in Susannes Nähe auf und machte vorerst keinen Versuch mehr fortzulaufen. Wenn Lenhardt kam, war sie besonders fröhlich und freute sich über seine Gaben. Einzig wenn Susanne bei diesen Gelegenheiten den Raum verlassen wollte, verhielt sie sich ängstlich. Doch selbst das ließ bald nach.

Lenhardt bedrängte Susanne nicht nach der Antwort auf seinen Antrag. Wonach er sie zu ihrer Belustigung allerdings bedrängte, war ihre Einwilligung, am folgenden Sonntag auf dem Schützenfest seine Tänzerin zu sein. Er nötigte sie sogar, mit ihm auf ihrer Diele zu üben, und ließ auch Regine daran teilhaben.

Am Samstagnachmittag legte Susanne nicht nur den üblichen Sonntagsstaat für die Kirche bereit, sondern auch die farbenfrohe und einfachere Kleidung, die sie für den Rest des Sonntages auf dem Festplatz beim Schießgraben tragen würden. Ihr gestreifter Rock und das blaue Mieder vom Vorjahr passten ihr noch. Auf Geheiß ihres Vaters hatte sie die Stücke anschaffen müssen, obgleich sie zuerst gar nicht zum Fest gewollt hatte. Auch dieses Mal musste sie wieder an ihre Mutter und das Schützenfest denken, welches zu ihrem Todestag geworden war. Traurig stellte sie fest, dass gerade in den vorangegangenen Wochen die Erinnerung an sie verblasst war. Sie konnte sich immer weniger vorstellen, wie ihre Mutter sich zu all den Veränderungen in ihrer Familie verhalten hätte.

Sie hatte Lenhardt zugesagt, dass sie mit ihm tanzen würde. Seine einzige Begleiterin wollte sie allerdings nicht sein, um nicht allen Beobachtern das Gefühl zu geben, die Sache zwischen ihnen sei schon entschieden.

Vor allem Jan sollte es nicht glauben, wenn er sie sah. Nachdenklich strich sie über den weichen Samt der kleinen blauen Haube, die zum Festtagskleid gehörte. Am Sonntagmorgen würde ihr ausnahmsweise Lene die Haare einflechten und so aufstecken, dass es zu den breiten Schleifenbändern der Haube passte und beim Tanzen hielt. Eine schöne Frau sei sie, hatte Till gesagt. Das hatte sie überrascht. Jan hatte davon nie gesprochen, sondern nur erwähnt, dass ihr Lachen ihm gefiel.

Nach Lachen war ihr weniger denn je zumute. Je näher das Fest rückte, desto lieber wollte sie ihm fernbleiben. Aber sie hatte versprochen zu gehen, und es war immerhin eine der wenigen Gelegenheiten, Jan überhaupt noch zu begegnen.

Da Martin und ihr Vater wie die meisten waffenfähigen Vollbürger der Stadt zur Schützengesellschaft gehörten, oblag es ihnen, den festlichen Umzug von Anfang an mit anzuführen und den Schützenkönig des Vorjahres abzuholen. Susanne schloss sich mit Till, ihren Schwestern, Lene und ihrem Gesellen Thomas dem Zug erst später auf dem Marktplatz an.

Alle Sackpfeifer, Trommler, Drehleierspieler und Fiedler, die die Stadt zu bieten hatte, begleiteten die fröhliche Menschenmasse und machten einen Heidenradau. Hinter den Schützen, die ihren König ehrenvoll auf einem Pferdewagen durch die Straßen kutschierten, marschierten zwischen Fahnenschwingern die Repräsentanten des Rates und der Sülfmeister, dann kamen die Abgeordneten der zahllosen städtischen Gilden und Brüderschaften in ihren festlichen Trachten. Das Volk schloss sich am Schwanz des Zuges an. So bewegte man sich durch das Altenbrücker Tor vor die Stadt. Dort im Schießgraben würden die besten Schützen, die man bereits in den Vorwochen ermittelt hatte, die letzte Entscheidung austragen.

Anschließend fand das Preisschießen auf den Papagoy statt, an dem jeder teilnehmen durfte, der eine Waffe zur Hand hatte. Alle, die das Ziel trafen, kamen in die nächste Runde, bis der letzte Rest des aus Lumpen und Federn nachgebildeten Vogels von der Stange fiel. Für gewöhnlich gab es nur wenige Treffer, denn der Papagoy war klein und auf einem hohen Pfahl befestigt.

Mit dem Ausschießen der Besten hatten die Büttners in diesem Jahr nichts zu tun. Weder Martin noch Susannes Vater hatten in den Vorwochen den entsprechenden Ehrgeiz entwickelt. Doch auf den Papagoy wollten sie alle ihren Schuss abgeben.

Lenhardt stieß mit seinen Freunden am Sande zum Umzug und winkte Susanne aus der Ferne zu.

Till verdrehte daraufhin die Augen. Er war zur Abwechslung einmal wieder so übermütig wie früher und hatte auf dem Hof bereits mit einer Flagge aus Besen und Hemd eine Vorführung im Fahnenschwingen dargeboten. Lenhardts Anblick jedoch schien seine Stimmung zu trüben. »Geck«, sagte er und verzog das Gesicht.

Susanne neigte sich zu seinem Ohr, damit er sie im Trubel verstand. »Er ist nicht mehr Geck als alle seines Standes. Und du bist heute auch nicht schlecht herausgeputzt.«

»Dank meines fleißigen Schwesterchens. Wirst du also tatsächlich bald Lossius seine tausend Röcke ausbürsten? Ach nein, das tun ja die zwanzig Mägde. Die Mägde ausbürsten, das machst dann du.«

»Kannst du nicht aufhören zu sticheln?«

»Nein. Ich finde es zu gemein, dass du ihn als Tänzer nimmst. Was mache dann ich?«

»Tu nicht so, als ob du kein Mädchen finden könntest, das mit dir tanzen möchte.«

»Kann ich, will ich aber nicht. Die lustigen und schönen sind mir zu gefährlich, und die anderen machen mir keinen Spaß.«

»Ach, du Possenreißer. So wählerisch darfst du eben nicht sein. Und lustig fühle ich mich auch nicht.«

»Selbst als Trauerkloß bist du noch lustiger als Dorothea Marquart und ihresgleichen. Und würdest du mit mir tanzen statt mit dem Gecken, dann würde dir schon lustig werden.«

»Nun hör auf. Ich werde gewiss einmal mit dir tanzen. Und Lene ist doch auch noch da.«

Till sah sie entsetzt an und sprach dann in ihr Ohr. »Lene? Du lieber Gott, die ist kein Mädchen. Die ist meine Base. Und sie tritt mir auf die Zehen.«

Susanne musste lachen und gab ihm einen zärtlichen Stoß. »Du hast recht, das wird nichts. Mit so einem Flegel wird sie nicht tanzen wollen.«

Er grinste, lüftete seinen Hut und kämmte mit gespreizten Fingern seine blonden Locken. »Meinen Läusen wird jetzt schon heiß. Hoffentlich gibt es Schatten auf dem Festplatz.«

Kopfschüttelnd wandte Susanne sich von ihm ab, lächelte jedoch. Seit der Nacht im Seilerschuppen war ihr Verhältnis zu ihrem frechen Bruder beinah wie früher. Mochte er mit ihr auch noch so uneins sein, er stand zu ihr so wie sie zu ihm.

Die Verkaufsstände und Tische auf der Schützenwiese ließen die Schießbahnen mit den verzierten hölzernen Zielscheiben frei. Auch die Stange mit dem Papagoy war so aufgestellt, dass vom Festplatz weg geschossen wurde.

Eine Stunde Büchsenknall, Schwefelgestank, Jubel und Gestöhn dauerte es, bis der neue Schützenkönig und sein

Hofstaat gefunden waren. Vor allem die Bäcker- und Riemenschneidergilden, zu denen die Sieger gehörten, waren im Anschluss in bester Feierlaune. Es spielte keine Rolle, dass die Sieger sich bloß dadurch ausgezeichnet hatten, dass sie im Gegensatz zu den Verlierern überhaupt die Scheiben getroffen hatten. Alle waren fern davon gewesen, die aufgemalten Wildschweine ernstlich zu gefährden.

Es folgten die Ansprachen des Ratsobersten und des Oberbürgermeisters, die beide betonten, wie wertvoll die Wehrhaftigkeit der Bürger in all den Jahrhunderten für die Stadt gewesen sei. Danach eröffnete der Schützenälteste das allgemeine Vergnügungsfest.

Susanne fand es kurzweilig genug, Zuschauerin zu sein. Till dagegen war schon am Anfang des Wettkampfes verschwunden.

Da das Papagoyenschießen erst etwas später beginnen würde, strömten die Leute nun überwiegend zu den Garküchen, Bäcker- und Bierbuden, um ihren Mittagshunger zu stillen. Die Musik- und Tanzbegeisterten versammelten sich allerdings bereits in der Nähe der Musikanten beim Tanzboden, der aus einem kleineren Brettviereck und einem größeren, sauber eingeebneten und eingegrenzten Rasenstück bestand. Vom Gras würde am Ende des Festes nichts mehr übrig sein. Susanne schlenderte mit Regine, Lene und Liebhild zu einem Bäcker und gab sich redlich Mühe, nur ja nicht so zu wirken, als würde sie jemanden suchen. Nur dann und wann warf sie einen Blick auf das schmuck gekleidete Volk, als würde sie das farbenprächtige Bild genießen.

Du wirst sie weder suchen noch ansehen, hatte Jan sich geschworen. Er hatte nicht die Wahl gehabt, ob er zum

Schützenfest gehen wollte oder nicht. Meister Schmitt hatte klargemacht, dass der ganze Haushalt dort auftreten würde, und das mit Stolz. Nur indem sie niemandem auswichen, konnten sie Alberts Ehre und damit den Ruf des Hauses Schmitt völlig wiederherstellen.

Dass es dabei nicht zuletzt auch um Jan ging, hatte Schmitt nicht ausgesprochen. Ein vielsagender Blick hatte genügt. Mit seinem Erscheinen und seiner Haltung musste Jan jeden Verdacht darauf zerstreuen, dass er sich bei der Aufklärung von Alberts Fall oder in sonst einer Angelegenheit im Geringsten unehrenhaft verhalten hatte. Und das alles, ohne aufzufallen. Je vollendeter es ihm gelang, Susanne nicht zu beachten, desto weniger herrschte die Gefahr, dass er auffiel.

Als sie am Ende des Zuges den Festplatz erreichten und Stellung neben einer der Bierbuden bezogen, war Susanne das Erste, was Jan sah. Zwischen den unzähligen mit Miedern, Röcken und Hauben so ähnlich ausgestatteten Frauen sprang sie ihm ins Auge. Dabei stand sie sogar mit dem Rücken zu ihm. Auch sie hielt sich mit ihren Schwestern am Rande der Menge auf und blickte nach vorn zu den Schützen.

Sie zu sehen versetzte Jan einen schmerzhaften Schlag. In diesem Aufzug wirkte sie noch anziehender und frohsinniger als sonst. *Nicht für dich*. Entschlossen drehte er sich zu Albert um. »Magst du schon ein Bier? Ich geb's dir aus.«

Albert, der es nicht fertigbrachte, sich so unbefangen zu benehmen, wie Schmitt es sich gewünscht hatte, lächelte verkniffen. »Das wäre wohl eher an mir.«

Jan schlug ihm auf die Schulter. »Ach was! Du willst doch für die Kinder sparen.« Er bezweifelte zwar, dass

Alberts kürzlich gefasster Vorsatz lange anhalten würde, wusste aber, dass der Einfall ihm gutgetan hatte. Es war dem Jungen unangenehm, dass seine Geschwister im Sülfmeisterhaushalt untergebracht waren wie Vollwaisen.

Jan dachte lieber nicht darüber nach, wie er es empfand, dass die Büttners, die Schmiede und das Haus Lossius nun durch diese Gefälligkeit miteinander verbunden waren.

Er stellte sich nicht in die Schlange des Bierausschankes neben ihnen, weil sie ihm bereits zu lang war. Zu spät bemerkte er, dass er sich stattdessen an den Ausschank des Goldenen Sternes verlaufen hatte, wo ihm ein bekanntes Frauengesicht entgegenlächelte. »Was darf's denn sein?«, fragte sie, stemmte die Hände in die Seiten und streckte ihren Busen heraus. Es war Kowatz' angebetete Anke. Die hatte ihm gerade noch gefehlt. Mühsam rang er sich ein höfliches Nicken ab. »Mach mir zwei Bier.«

»Ich mach dir alles«, sagte sie leise. »Musst es dir nur abholen.« Unter halb gesenkten Lidern hervor sah sie ihn verführerisch an, während sie zwei Krüge für ihn füllte. Er fragte sich, was sie tun würde, wenn er darauf einging. In welchen alten Gänsestall würde sie ihn locken? Ob Kowatz wusste, dass sie so freigiebig mit ihrer Gunst war? Jedenfalls glaubte er nicht, dass sie nur ihn so ermutigte. Einen Augenblick stellte er sich tatsächlich vor, wie es mit ihr wäre. Ein paar derbe Worte, ein kurzes Gerangel, und die Leere danach. Eine Leere, die sich anfühlte wie der Tod.

Er zählte ihr die Münzen für das Bier auf den Tisch, und sie stellte ihm die Krüge hin. »Nichts für ungut. Aber das Bier reicht mir.«

Eilig kehrte er zu den anderen zurück, die nun mit weiteren jungen Zunftgenossen zusammenstanden. Die Lehrlinge und frischen Gesellen versuchten, mit Albert und ihm wieder ins Gespräch zu kommen, ohne geradeheraus die Fragen zu stellen, auf deren Antworten sie brannten. Wie war es im Turm? Was wisst ihr über den Totschlag? Wie hat man Berthold überführt?

Jan stellte sich neben Albert, um ihm den Rücken zu stärken, dabei achtete er darauf, dass er nicht in Susannes Richtung blickte und dass auch sie keinen freien Blick auf ihn hatte. Er beteiligte sich auf seine übliche zurückhaltende Art an der Unterhaltung über die Anwärter auf Schmiedezunftämter und über die jüngsten Forderungen des Herzogs Christian an die Stadt, die der Rat wieder einmal widerspruchslos nickend bewilligt hatte. Dabei litt er zunehmend. Es fiel ihm schwer, nicht wenigstens nachzusehen, ob Susanne noch da war. Doch er bestand seine Willensprobe. Nachdem das Königsschießen beendet war, machte er sich mit den jungen Schmieden, von denen keiner eine Waffe für einen Schuss auf den Papagoy besaß, auf den Weg zur Kegelbahn und sah Susanne nicht mehr.

Bevor er sich einer der Mannschaften anschließen konnte, die sich bei der Holzdielenbahn allmählich zum Kegeln zusammenfanden, rief ihn Schmitt zu sich, der etwas hinter ihnen zurückgeblieben war.

Jan zog seinen Hut, noch bevor er wusste, in wessen Gesellschaft sein Meister sich befand. Nur ja keinen Grund zum Tadel geben. Es kam ihm vor, als balancierte er den ganzen Tag auf einem Seil. Er entspannte sich ein wenig, als er den Waffenhändler Spornmaker erkannte. Der drahtige Mann bildete mit seinen großen goldenen Ohrringen und der teuren Kleidung einen auffälligen Gegensatz zu Schmitt.

»Verzeiht, mein junger Freund, wenn wir Euch von Eurem Vergnügen abhalten, aber ich wünsche mir noch immer, Eure fachkundige Ansicht zu meinen neuen Schießrohren zu hören. Freundlicherweise erhielt ich vom Stadtrat die Genehmigung, die Schießbahnen nach dem Königsschießen für eine Ausstellung und Demonstration meiner Waren zu besetzen. Was hieltet Ihr von einigen Probeschüssen und einem kleinen Plausch mit meinen Büchsenmachern aus Perleberg? Sie sind seit einer Woche bei mir zu Gast und beginnen sich zu langweilen.«

Spornmaker hatte bei ihren Begegnungen stets den Eindruck eines gerissenen Mannes auf Jan gemacht. Es erschien ihm unwahrscheinlich, dass der Waffenhändler ausgerechnet ihn rief, nur damit seine Gäste mehr Kurzweil hatten. Er wechselte einen raschen Blick mit Schmitt, der ihm mit einem Nicken seine Erlaubnis gab.

Die beiden Büchsenmacher Kienzle und Schwalbach entpuppten sich als lebhafte Gesprächspartner, denen – zu Jans Überraschung – tatsächlich an seinen Ansichten gelegen war. Sie beobachteten zufrieden, wie er eine ihrer neuen Schnappschloss-Musketen mit den langen, gezogenen Läufen nach kurzer Einweisung selbst lud. Er hatte mit dem Laden von Feuerwaffen Erfahrung, denn damit hatten ihn damals auch die faulen Halsabschneider gern betraut. Mit dem Schießen sah es anders aus, dazu war er nur wenige Male gekommen, und das gestand er auch gegenüber Spornmaker, Kienzle und Schwalbach ein. Spornmaker winkte ab, erklärte ihm Kimme und Korn und wies auf das zweihundert Schritt entfernte Ziel, das er treffen sollte. Jan lachte und schüttelte den Kopf, doch sein Ehrgeiz war geweckt, auch angesichts der Schaulustigen, die sich langsam versammelten.

Während Spornmaker ihm noch einige Hinweise gab, schossen sein Gehilfe und die beiden Perleberger Büchsenschmiede zu seiner rechten Hand bereits auf die Scheiben. Sorgsam brachte Jan die sechzehn Pfund schwere Muskete auf dem Gabelstock ins Gleichgewicht. Auch ihr Kolben war eine Neuerung und erstmals so geformt, dass er gegen die Schulter gestemmt werden konnte. Jan visierte die gemalte Wildsau am anderen Ende der Bahn an. Die anderen hatten ihn vor dem starken Schlag des Schnappschlosses gewarnt, sodass er die Waffe im Moment des Zündens nicht verriss. Auch auf den derben Rückstoß war er gefasst. Ob er getroffen hatte, wusste er dennoch so wenig wie seine Mitschützen.

Spornmakers Lehrjunge lief nach vorn zu den Scheiben, um es herauszufinden. Von rechts nach links schritt er die Scheiben ab. »Lauf, Ohr, Blatt, Schinken«, rief er ihnen zu, bevor er die Einschusslöcher für die nächste Runde verschmierte. Die Zuschauer spendeten Beifall, Spornmaker schlug ihm auf die Schulter. »Habe ich es mir doch gedacht, dass Ihr einen Adlerblick habt. Nun zeigt es noch einmal, damit wir wissen, dass es nicht nur Glück war.«

»Sicher war es nur Glück«, sagte Jan, doch er nahm die Büchse freudig vom Stock, um sie neu zu laden.

Spornmaker wandte sich von ihm ab und klatschte in die Hände. »Was sehe ich? Da ist ja ein weiterer zukünftiger Meisterschütze. Kommt nur näher, junger Herr Büttner. An Büchse und Bahn soll es nicht mangeln.«

Jan schloss für einen Moment die Augen und fluchte stumm. Das Schicksal wollte diesen Tag schwierig für ihn gestalten. Er stellte die Muskete auf dem Kolben ab und sah sich um. Es war Till, der da Spornmakers Hand schüttelte. Mit Bedauern lehnte Jan die Muskete und den Gabelstock in den Waffenständer.

»Na, na, nicht kneifen, Niehus«, sagte Kienzle, der auf

einmal neben ihm stand. »Der Büttner kocht auch nur mit Wasser.«

Jan zuckte mit den Schultern. »Es tut mir leid, aber ich muss zum …«

»Das soll warten«, sagte Spornmaker. »Für einen Schuss wird noch Zeit sein. Seht Ihr, Herr Büttner, so eilt Euch der Ruf des guten Schützen voran, dass ein Konkurrent schon bei Eurem Anblick die Bahn freimachen will.«

»Tja. Wenn das nicht seltsam ist«, sagte Till spöttisch. »Dabei will ich doch nur auf die Scheibe schießen und nicht auf ihn. Niehus, komm, wollen sehen, was du kannst.«

Jan seufzte und ergab sich. Wenn er sich der Aufforderung entzog, würde es nicht weniger Aufsehen erregen, als wenn er blieb und schoss. Was auch immer Till Büttner ritt, er sah ohnehin nicht aus, als würde er ihm eine Wahl lassen.

»Was ist, kannst du den öffentlichen Wettkampf nicht aushalten?«

Erneut mischte Spornmaker sich ein. »Herr Büttner, nehmt zur Kenntnis, dass Euer Konkurrent zuvor kaum jemals ein Schießrohr abgefeuert hat. Allein, sein Sachverstand ist ausgezeichnet, und das verlockte mich, ihn auf die Probe zu stellen. Ihr fordert also mehr mich und meine Büchse heraus, die ich ihm anvertraue. Geht sein Schuss daneben, ist es mein Versagen.«

»Und trifft er, ist es Euer Verdienst? Wo bleibt da für ihn der Reiz?«

Jan nahm die Muskete wieder an sich und begann, sie zu laden. »Ist schon gut. Ich stehe dafür ein, wenn mir ein Schuss danebengeht, und meine Treffer rechne ich auch lieber mir selbst an.« Er vermied es, Till anzusehen, als der sich neben ihm eine Waffe auswählte.

Till schnaubte verächtlich. Während er sein Wams auszog und es neben das von Jan hängte, sprach er leise weiter. »Kannst mir nicht in die Augen sehen, was?«

»Ich habe meinem Meister geschworen, dass ich mich vom Haus Büttner fernhalte, damit es kein Gerede gibt. Und ich würde meinen Schwur gerne halten. Ich will keinen Streit mit dir.«

»Du streitest lieber mit Schwächeren, nicht wahr? Ich weiß nicht, warum meine Schwester sich etwas von dir hat gefallen lassen, aber ich sage dir, wenn du noch einmal Hand an sie legst, dann sorge ich dafür, dass du geteert und gefedert aus dieser Stadt fliehst.«

Spornmaker trat näher und beglückwünschte Till zur Wahl seiner Waffe, nicht ohne deren Vorzüge auch für das Publikum zu rühmen. Das ersparte Jan, auf Tills Vorwurf antworten zu müssen. Es war besser, wenn er sich auf diese Auseinandersetzung nicht einließ, auch wenn Tills Worte ihn verwirrten. *Hand an sie legen.* Was genau warf Susannes Bruder ihm vor? *Denk nicht darüber nach, sondern schieß.* Flüchtig ging ihm durch den Sinn, absichtlich danebenzuschießen und Till seinen Triumph zu gönnen, damit er sich verabschieden konnte. Doch bereits als er mit dem langwierigen Ladevorgang fertig war, wusste er, dass er es nicht über sich bringen würde. Er konnte seinen Ehrgeiz nicht verleugnen. Auch die anderen Schützen hatten neu geladen und legten bereits an.

Die Muskete zügig in Stellung zu bringen gab ihm ein ähnliches Gefühl der Zufriedenheit, wie er es oft bei der Arbeit empfand. Es war, als wäre er auch dafür geboren, mit dieser Art Waffe umzugehen. Zuversichtlich stemmte er sich den Kolben gegen die Schulter, visierte und korrigierte dabei nach links, um mit dem nächsten Schuss nicht nur den Schinken, sondern das Schulterblatt zu erreichen, was als bester Treffer galt. Sein Atem ging ruhig, bis durch den Schlag des Schlosses eine Wolke von Schwefelgestank frei wurde, dann hielt er die Luft an und fing standfest den Rückstoß ab. Diesmal war er überzeugt, dass er gut getroffen hatte.

Wieder rannte Spornmakers Lehrjunge los und begann bei Jans Scheibe, um bei der von Till zu enden. »Blatt, Lauf, Blatt, nichts, Blatt.« Der Beifall war laut, allen voran Spornmakers.

»Wer nicht trifft, scheidet aus«, sagte Kienzle.

Mit einem gutwilligen Lachen stellte Spornmakers Gehilfe seine Waffe weg.

Jan hörte den Wortwechsel gedämpft, als hätte er noch die Wachswolle in den Ohren, die er manchmal verwendete, wenn er unter dem Lärm in der Schmiede litt. Seine ganze Aufmerksamkeit galt dem Nachladen der Muskete. Noch ein Mal, und er würde den Vorgang im Schlaf beherrschen. Lumpenwickel um die Kugel, Stopfen, Ladungspulver, Zündpulver auf die Pfanne, Muskete auf die Gabel, Atmen, Visieren, Abzug, Luft anhalten, Knall, Schwefelwolke, Treffer. Blatt, er wusste es sicher. Staunend stellte er das Schießrohr auf dem Boden ab und blickte zu den Zielscheiben, ohne sie zu sehen. Der Beifall und Schwalbachs Fluchen, als die Ergebnisse ausgerufen wurden, drangen nur wie aus der Ferne zu ihm. Blatt, Blatt, nichts, Blatt. Es musste an der Waffe liegen, dass ihm das Treffen so leichtfiel.

Till Büttner schien ähnlich zu denken. »Wie wäre es mit den Pistolen, Spornmaker? Lasst Ihr uns die auch probieren?«

»Sinnlos auf diese Entfernung«, sagte Kienzle.

»Dann gehen wir weiter vor. Auf die Hälfte.«

Jan sah sich nach Spornmaker um, der inzwischen in Gesellschaft eines Mannes dastand, dessen prachtvolle Kleidung ihn als hochgestellten auswärtigen Offizier auswies. »Nur zu, nur zu«, sagte der Waffenhändler und lud sie mit einem Winken ein, sich Pistolen auszuwählen.

Erneut zögerte Jan. Die meisten Männer meinten, es wäre unmöglich, mit einer Pistole gezielt zu treffen, und er hatte es noch nie versucht.

Kienzle ließ ihm keine Zeit, sich zu verabschieden. »Nicht schwach werden. Ich erkläre dir, wie du es anstellen musst, und du bekommst einen Probeschuss, damit du weißt, was dir blüht. Es ist nicht wahr, dass man mit den kurzen Rohren nicht zielen kann. Nur haben die wenigsten die Nerven dafür. Unser Böttcher hier, der hat sie. Solange sein alter Herr nicht hinter ihm steht, heißt's. Wollen sehen, ob du sie auch hast.«

»Es stört mich auch nicht, wenn mein alter Herr hinter mir steht. Es sei denn, er redet auf mich ein. Was er bei solchen Gelegenheiten für gewöhnlich tut«, sagte Till auffahrend.

Kienzle schnaubte spöttisch. »Wo ist er jetzt?«

»Wie alle wackeren Schützenbrüder lässt er hinten beim Tanzplatz den neuen König hochleben.«

»Ums Feiern scheint es den Lüneburgern Schützen mehr zu gehen als ums Schießen. Ich habe selten gesehen, dass Zielscheiben so geschont werden wie hier.«

»Sucht Ihr Streit, Kienzle?«, fragte Till, doch sein belustigter Tonfall verriet, dass er es ähnlich sah.

»Ach wo. Man sieht es ja den ehrwürdigen Hakenbüchsen und Donnerrohren an, dass damit das Treffen ein Hasardspiel ist. Wer behält da schon die Freude am Zielen?

Was, Niehus, mit den neuen Liebchen hier ist es was anderes. Dich hat die Leidenschaft fürs Scharfschützentum doch schon gepackt. Das sehe ich deinen Augen an.«

Jan zuckte mit den Schultern. »Es reizt mich mehr, als ich glaubte. Aber für mich wird es wohl bei dieser einen Probe bleiben. Ich bin Schmied, kein Waffenträger.«

»Ja, Spornmaker sagte so was. Aber weißt du, ich war auch einmal Schmied, bevor ich zur Büchsenmacherei gekommen bin. Glaube mir, ich habe den Schritt nicht bereut. Schwalbach und ich hatten immer Arbeit und gute Bezahlung. Und Freiheit noch dazu. Kannst du das von dir sagen?«

Till hielt seine Pistole mit dem ausgestreckten Arm in Richtung Scheiben und zielte probeweise. »Ja, Niehus – ist das nicht ein guter Einfall? Verschwinde aus der Stadt, und lass dich als Büchsenmacher anlernen«, murmelte er.

Bedachtsam schloss Jan das silberbeschlagene Pulverhorn, hängte es zurück an den Waffenständer und seufzte. »Wenn du keine Ruhe gibst, werde ich es wohl müssen.«

Zum ersten Mal seit Tills Erscheinen suchte er dessen Blick. Susannes Bruder betrachtete ihn mit Abscheu. »Geschähe dir mehr als recht.«

Kienzle legte ihnen beiden eine Hand auf den Arm. »Holla. Hätt ich gewusst, dass ihr zwei euch nicht grün seid, dann hätte ich die Sache nicht begonnen. Nun beruhigt euch mal.«

Jan beachtete ihn nicht. »Ich hatte nie die Absicht, der Ehre eures Hauses zu nahe zu treten. Es tut mir leid, falls es geschehen ist. Wenn du willst, werde ich dafür um Verzeihung bitten. Dich, deinen Bruder, deinen …«

»Was die Ehre betrifft, streite dich mit Vater darum, sobald er darauf kommt, was du verbrochen hast. Aber dass du Susanne geschlagen hast, dafür stehst du mir gegenüber gerade.«

Jan blieb die Luft weg. »Was? Sie geschlagen? Hat sie das gesagt?«

»Das musste sie nicht. Ich habe die Spuren an ihr gesehen.«

Jan verbarg unwillkürlich sein Gesicht in der Hand und schüttelte den Kopf. Die blauen Flecken, der Bluterguss im Gesicht. »Sie ist gestürzt«, sagte er, doch Till lachte nur höhnisch.

Dann kam Spornmaker mit dem fremden Offizier heran. »Könnt Ihr Euch nicht einigen, oder braucht Ihr noch etwas Beratung bei den kurzen Waffen? Lasst Euch gesagt sein, mit diesen Nürnbergern macht Ihr nichts falsch. Schlicht sind sie, aber sie liegen gut in der Hand, und die Radschlösser sind unübertroffen.«

»Es juckt mich in den Fingern, sie selbst zu probieren«, bemerkte der Offizier. »Allein die Freude am Zusehen hält mich ab.«

Jan fing Spornmakers aufmunternden Blick auf und nickte. »Dann wollen wir mal sehen, wie schnell sich so etwas lernt.«

Die Wirkung der Pistole überrumpelte ihn trotz aller Vorwarnung, sodass der erste Schuss fehlging.

Mit dem zweiten ließ Kienzle ihn bereits allein, um zwischen ihm und Till selbst auf die Scheiben anzulegen. Jan pflanzte seine Füße rechtwinklig zum Ziel in den Boden, um zu stehen wie ein Baum, wenn der Rückstoß kam. Nichts von der Kraft in seinem Arm war vergeudet, als er ihn mit der Waffe ruhig ausstreckte und das Ziel anvisierte. Aber sie reichte aus, nichts bebte und wankte. Wieder durchströmte ihn die Gewissheit, dass er treffen würde. Fast gleichzeitig knallten drei Schüsse, und diesmal waren sie den Zielscheiben nahe genug, um sehen zu können, dass keiner von ihnen das Schulterblatt seiner Sau verfehlt hatte.

Kienzle lachte begeistert. »Teufelskerlchen. Einen Riecher hatte der Spornmaker wieder mit euch. Na los, ein Mal noch.«

Es bestätigte sich für Jan zusehends, dass sich dieses Wettschießen nicht völlig zufällig ergeben hatte. Doch was auch immer Spornmaker und seine Gäste im Schilde führten, es würde sich nicht dadurch ändern, dass er jetzt aufhörte.

Kienzle reichte ihm eine Kugel und küsste eine weitere, bevor er sie in den Lauf seiner Pistole schob. »Lass mich zwischen diesen beiden jungen Heißspornen hier nicht im Stich.«

Sein ganzes Leben lang hatte Jan sich nicht gefühlt wie ein Heißsporn. Gerade dass er für gewöhnlich einen kühlen Kopf bewahrte, hatte ihn manche brenzlige Lage überleben lassen. Zudem hatte er sich immer nach Frieden gesehnt und nicht nach Aufregung. Hätte ihn allerdings in diesem Moment jemand gefragt, wonach er sich am meisten sehnte, so wäre seine Antwort nicht Frieden gewesen. Es war ihm, als würde sich sein Herz mit jedem Schlag in seiner Brust wunder stoßen. Sein Wunsch, den Frieden zu wahren, verblasste gegen den Schmerz. *Ruhig atmen.* Er hob die Pistole, zielte, traf. Er wartete nicht das Ergebnis der anderen ab, sondern drehte sich um und ging zu Spornmaker, um ihm die Waffe auszuhändigen und dann zu flüchten. Der Waffenhändler erging sich in einem Loblied, doch das konnte nicht übertönen, was die am nächsten stehenden Zuschauer in ihren Beifall mischten. Verhexte Kugeln, flüsterten sie. Freikugeln. Er hatte geahnt, dass dieser Tag nichts auslassen würde, was zu Ärger führen konnte. »Ich muss wirklich aufhören. Habt Dank für die Gelegenheit, es war mir eine Ehre.« Mit dem Hut in der Hand verbeugte er sich gegen Spornmaker und seinen vornehmen Bekannten.

»Nicht so schnell, junger Freund«, sagte dieser. »Herr Spornmaker hat mir von Euch berichtet. Ich habe Euch und dem vortrefflichen Herrn Büttner dort ein Angebot zu machen.«

Jan konnte sich nicht verkneifen, den Herrn misstrauisch zu mustern. Genau wie Spornmaker trug der Offizier seinen Bart fein gestutzt und geschwungen, und Straußenfedern zierten seinen breitkrempigen Hut, ganz à la mode. Er war aber einen Kopf größer und wesentlich massiger als der Waffenhändler. Über seinem Waffenbandelier prangte eine grüne Schärpe mit verschiedenen Ehrenzeichen. Die Beschläge seiner Pistole und der Degengriff blitzten in der Sonne, selbst in seinen polierten dunkelbraunen Stiefeln spiegelte sich das Licht. Dennoch war seine Kleidung nicht nur vornehm, sondern auch zweckmäßig, im Gegensatz zu der vieler Stutzer, die sich die Soldatenmode nur aneigneten, um Eindruck zu machen.

Jan spürte, wie Spornmaker ihm beruhigend die Hand auf den Rücken legte. »Du stehst vor dem Herrn Oberst Graf von Torgewalk. Er ist im Auftrag des Kurfürsten Friedrich Wilhelm auf Reisen, um Waffen für das brandenburgische Heer anzuschaffen, und nebenbei hält er die Augen nach fähigen Männern offen. Du weißt doch, dass der Fürst derzeit zwischen Schweden und Polen steht, nicht wahr? Seine Armee ist eine prachtvolle Macht, dem die

Besten aller Handwerke dienen. Du solltest dir das Angebot des Herrn Oberst gut überlegen.«

Liebhild wollte unbedingt dem Treiben auf den Schießbahnen zusehen und zog Susanne und Regine dorthin. Als Susanne sah, wer dort schoss, zwang sie ihre Schwestern, in einiger Entfernung stehenzubleiben und nicht näher heranzugehen.

»Aber das ist Till. Und Jan Niehus aus der Schmiede«, protestierte Liebhild.

Susanne hielt ihre Hand umso fester. »Ja, genau. Und wir wollen sie auf keinen Fall ablenken. Sonst schießen sie daneben und sind dann böse auf uns. Du kannst auch von hier aus zusehen.«

Sie beobachtete, wie Till und Jan mit einem Fremden ein Stück die Bahnen hinuntergingen, um dann Pistolen anzulegen. Alle drei hatten ihr Wams ausgezogen und standen in Hemden da. Es war ihr gleichgültig, wie sie schossen. Allein Jan so aus der Ferne zu sehen machte ihre Knie schwach. Sie liebte seine Art, sich zu bewegen. Ruhig und sicher, voller Vertrauen in seine Fähigkeiten. Gerade deshalb hatte es sie umso tiefer berührt, ihn zitternd im Arm zu halten. Sie musste nur daran denken, und ein Widerhall des beglückenden Gefühls breitete sich in ihrem Bauch aus, ließ ihr Herz schneller schlagen.

Die Leute klatschten Beifall, als ein Junge von den Zielscheiben her die Treffer ausrief.

»Das kann gar nicht mit rechten Dingen zugehen«, sagte vor ihr ein Mann zu seinen Begleiterinnen. »Entweder sind sie in Wahrheit alle zu Scharfschützen ausgebildet, oder Rohre und Kugeln sind verhext. Diesem Wenden wäre es zuzutrauen, dass er vom Teufel erfahren hat, wie man Freikugeln gießt. Man sieht doch von Weitem, dass es mit dem nicht geheuer ist.«

Während die erste junge Frau ihm mit großen Augen fasziniert lauschte, gluckste die zweite belustigt. »Kauf dir doch einfach selbst so eine Zauberbüchse von ihm. Vielleicht triffst du dann auch mal. Und wenn nicht, dann hat halt der Zauber versagt, und nicht du.« Sie lachte, und auch die erste Frau kicherte nun.

»Glaubst du, das stimmt?«, fragte Liebhild Susanne flüsternd.

Sie schüttelte den Kopf. »Ach was. Du weißt doch, wie geschickt Till ist. Warum sollte er nicht gut schießen können? Vater kann es schließlich auch.«

Jan hatte seine Waffe abgegeben und unterhielt sich mit zwei Herren. Till und der andere Schütze luden ihre Pistolen. Ihr Bruder legte bei den nötigen Handgriffen eine Geschmeidigkeit an den Tag, die Susanne entgegen ihren eigenen Worten staunen ließ. Wie viel Zeit hatte Till mit der Handhabung von Feuerwaffen verbracht? Er hatte doch nicht einmal Interesse daran gezeigt, wie Martin und ihr Vater in die Schützengesellschaft aufgenommen zu werden. Eine weitere Eigenwilligkeit von ihm, die ihren Vater ein ganzes Jahr lang geärgert hatte, bevor er seine Erwartung aufgab.

Ihr Bruder zielte und traf abermals, ebenso wie der Mann neben ihm. Sie schienen nicht aufhören zu wollen. Jan dagegen verabschiedete sich. Kurz verlor Susanne ihn zwischen den Grüppchen von Zuschauern aus den Augen, bevor sie merkte, dass er auf sie zukam. Ihr Herzschlag stolperte. Er musste sie gesehen haben. Doch er näherte sich nicht, sondern bahnte sich bloß zielstrebig seinen Weg in Richtung der Bierbuden.

Susanne brachte es nicht fertig, sich zu rühren. Endlich blickte er doch noch auf. Kaum merklich stockte sein Schritt, dann grüßte er mit einem Nicken, das nicht mehr war als höflich, und ging weiter. Kein Lächeln, keine warme Geste. Kein Erkennen über das Notwendigste hinaus. Was hatte sie erwartet? So war es doch vernünftig. Dennoch schmerzte es. Auf einmal hatte sie wieder den Wunsch, das Fest zu verlassen und nach Hause zu gehen.

»Wird Till auch auf den Papagoy schießen?«, fragte Liebhild.

»Ja. Er sagte, Herr Spornmaker leiht ihm dazu eine Büchse.«

»Da ist Lenhardt«, sagte Regine, lächelte froh und winkte.

Ebenfalls winkend kam Lenhardt heran. »Ich habe euch gesucht. Susanne, komm, die Musik fängt an. Wir tanzen einen kleinen Warmmacher, bevor das Papagoyenschießen eröffnet wird.«

Obwohl Susanne sich anfänglich nur mühsam zwingen konnte zu lächeln, verflog ihre Schwermut beim Tanz. Lenhardt war ein gewandter Tänzer und konnte ihre Unsicherheiten überspielen. Außerdem war seine gute Laune ansteckend. Nach einer Weile scherzte und lachte sie mit ihm, als wäre sie tatsächlich unbeschwert. Auch konnte sie sich nicht eines gewissen Stolzes erwehren, als er sie schließlich an den anderen Paaren, beobachtenden Männern und tuschelnden jungen Frauen vorbei zu ihrem Vater und ihren Schwestern zurückführte.

Dann allerdings kam ein Moment, den sie gefürchtet hatte. Lenhardt reichte der vor Freude strahlenden Regine die Hand zum Tanz. Neidlos beobachtete Susanne, wie bewundernd die Umstehenden nun ihre bildschöne Schwester betrachteten. Lenhardt brachte sie zum Rande des Tanzbodens und fügte sich mit ihr in einen Reigenkreis ein. Er hatte Susanne versichert, dass er in der Lage war, Regine durch die Schritte und Figuren zu führen, auch wenn sie nicht weiterwusste. Es wurde rasch deutlich, dass er sich überschätzt hatte. Solange der Reigen sich gemeinsam drehte, hielt Regine mit, doch als sich die Paare einander zuwandten, blieb sie stocksteif stehen und starrte nur noch auf die Füße der anderen.

Lenhardt sprach einen Moment lang auf sie ein, legte dann aber rasch den Arm um sie und führte sie wieder zu ihrer Familie. Besorgt musterte Susanne die Miene ihrer Schwester. Zu ihrer Erleichterung wirkte Regine nicht unglücklich. »Das kann ich nicht. Das geht zu schnell«, sagte sie.

Lenhardt strich ihr über den Arm, bevor er sie losließ. »Das macht ja nichts. Tanzen wir eben wieder auf eurer Diele, da geht es ja.« Er sah Susanne an, als würde er um Verzeihung für seinen Irrtum bitten, doch sie warf ihm nichts vor. Sein warmherziges Bemühen um Regine tat ihr so wohl, dass sie nicht anders konnte, als ihn dafür zu lieben. Er warb nicht nur um ihre Zuneigung, er bewies wieder und wieder, dass er sie verdiente. Sie erwiderte sein Lächeln und fasste den Entschluss, ihm am Ende des Tages seine Antwort zu geben. Geschah bis zum Abschied nichts, was sie davon abbrachte, wollte sie es als Zeichen dafür nehmen, dass sie damit die richtige Entscheidung traf.

Nach einem weiteren lustigen Tanz spielten die Musikanten zu einer Sternpolka auf, und Susanne ließ sich von Lenhardt im Kreis schwingen wie die anderen Mädchen von ihren Kavalieren. Und wie die anderen juchzte sie und fühlte sich von dem Leuchten in den Augen ihres Tänzers geschmeichelt.

Anschließend trat der Festredner der Schützengesellschaft zu den Musikanten, ließ die Schellen an seinem Stab klingen und rief unter allerlei Scherzen zum Schuss auf den Papagoy auf. Sogleich gingen die Männer, um ihre Waffen zu holen.

Susanne wanderte zum Zeitvertreib mit Liebhild und Regine an den Attraktionen vorbei, mit denen der Schützenfestplatz sich allmählich gefüllt hatte. Neben der Garküche hatte ein Puppenspieler seine kleine Bühne aufgebaut, der sich gleichzeitig als Sterndeuter anpries. Gleich daneben verkaufte ein Mann bebilderte Zeitungsbögen, die Susanne näher betrachtete. Sie nahm sich vor, ihrem Vater den Hinweis zu geben, dass wenigstens eines der Blätter wegen seiner kunstvollen Bilder von Interesse für seine Sammlung war. Die Worte zu lesen war kaum nötig, da der Verkäufer den Inhalt ununterbrochen mit den Umstehenden besprach. Es ging um die Entwicklung des Krieges zwischen Schweden und Polen.

Ein Stück weiter konnte man gegen einen geringen Einsatz Ringe über ein Gestell mit hölzernen Hahnenköpfen werfen. Es war eine Erinnerung an das ältere Spiel, bei dem die Teilnehmer lebende Hähne im Sand eingruben und mit kurzen Knüppeln nach ihren Köpfen warfen. Susanne hatte dieser Quälerei nie zusehen mögen. Selbst Hahnenkämpfe bereiteten ihr im Gegensatz zum Rest ihrer Familie wenig Vergnügen, und sie war heilfroh, dass man keinen lebenden Vogel mehr als Papagoy auf die Stange setzte, so wie es früher einmal üblich gewesen war. Nur Regine war da ihrer Ansicht, und damit war sie auch ihre beste Entschuldigung, solche Spektakel zu meiden. Lieber hätte sie einen Tanzbären gesehen, wie einige Jahre zuvor auf dem Martinimarkt. Doch einen Bärenführer konnte sie dieses Mal unter den wenigen Gauklern nicht entdecken, die zwischen den Leuten ihre Vorstellung gaben. Während Liebhild und Regine einen von ihnen dabei bestaunten, wie er seine Bälle jonglierte, betrachtete sie, was die Höker laut rufend unter die Leute bringen wollten. Sie boten vorwiegend Hübsches zu kleinen Preisen: Bänder, Tüchlein mit und ohne Spitzen, Broschen und Ringe aus billigem Metall. Viele junge Männer konnten sich ein Stück von diesem Tand leisten, um ihn ihrem Mädchen als Erinnerung an den Festtag zu schenken. Und manch eine würde diesen Tand vielleicht ihr Leben lang aufbewahren, so wie ihre Mutter den großen Salzstein, den sie als Mädchen von ihrem zukünftigen Gatten geschenkt bekommen hatte. Was hatte sie damals für ihn gefühlt? Quälende Sehnsucht oder freundliche Zuneigung? Es war eine sinnvolle Heirat gewesen, zwischen der allein erbenden Böttchertochter und dem aufstrebenden jungen Böttchermeister. Susanne konnte sich nicht vorstellen, dass etwas so Unvernünftiges wie hitzige Liebe im Spiel gewesen war. Dennoch waren sie glücklich miteinander geworden.

Liebhild zerrte an ihrer Hand, wollte hierhin und dorthin, während Regine den Eindruck machte, als würde ihr bald alles zu viel. Immer wieder hielt sie sich die Ohren zu.

Endlich dröhnte der erste Schuss und rief alle zu der Stange mit dem Papagoy, wo sich die Schützen versammelt hatten. Ein Drittel von ihnen trug keine Feuerwaffen, sondern Armbrüste, so auch Martin. Bei den Musketenträgern standen Lenhardt und ihr Vater beieinander. Till war nirgends zu entdecken.

Als die ersten drei Schützen ihre Schüsse abgegeben und einhellig verfehlt hatten, schob sich eine Gruppe junger Männer in den Reihen der Schaulustigen nach vorn. Jan und Albert waren unter ihnen. Sie standen auf der anderen Seite des Halbrundes, Susanne gegenüber. Jan hätte sie sehen können, wenn er ein einziges Mal in ihre Richtung geblickt hätte, doch er beobachtete nur die Schützen.

Susannes Vater verfehlte den Vogel, Martin riss ihm mit seinem Armbrustbolzen zumindest ein paar Federn aus und kam damit in die nächste Runde. Nun erschien auch Till, noch immer in Begleitung von Spornmaker und seinen fremden Bekannten.

Er hatte es offensichtlich mit seinem Schuss nicht eilig, das Gespräch mit den Fremden schien ihn mehr zu fesseln. Als er schließlich mit einer Pistole an den Holzpflock trat, unterstützte ihn der Waffenhändler mit Ratschlägen, die dem Anschein nach den steilen Winkel betrafen, in dem geschossen werden musste. Till lachte und probierte zur Belustigung der Umstehenden etliche lächerliche Posen aus. Das Gelächter schwang in Jubel um, als er schließlich stillstand und als Erster ein Loch in den Vogel schoss. Unter begeistertem Schulterklopfen ließen die Männer um Spornmaker ihn hochleben, bevor sein Vater und sein Bruder auch nur die Gelegenheit bekamen, zu ihm vorzudringen.

Susanne sah ihrem Vater an, dass der Zorn den Stolz auf seinen Sohn übertraf. Er machte keine Anstalten, Till aufzusuchen, und dieser blickte sich nicht einmal nach seinem Vater um.

Liebhild drängte darauf, Till zu gratulieren, und auch Susanne hätte es gern getan, doch die vielen fremden Männer um ihn her schreckten sie ab. Außerdem schlug sie der

Anblick des nächsten Schützen in Bann. Ihr Puls fing an zu rasen, als sie in ihm Kowatz erkannte. Auch er trug eine Pistole und nahm sich Zeit, bevor er anlegte. Sein Narbengesicht war grimmig, während er den Blick über die Zuschauer wandern ließ. Er hielt inne, als er Jan in der Menschenmenge fand, neben dem inzwischen eine junge Magd stand. Die Frau redete auf Jan ein, obwohl er sie kaum beachtete.

Mit kaltem Grausen beobachtete Susanne, wie Jan Kowatz in die Augen sah und dieser, wie spielerisch, mit der Pistole auf ihn zeigte. Sie hörte sich »Nein« rufen, doch ihr Schrei ging im beunruhigten Raunen der anderen Zuschauer unter. Kowatz lachte höhnisch, hob den Arm höher und feuerte auf den Papagoy. Er schoss ihm den Kopf ab, doch dieser Erfolg schien ihm gleichgültig zu sein. Ohne Lob oder Tadel abzuwarten, hinkte er durch die ihm ausweichende Menge davon.

Die Frau neben Jan hatte sich die Hand vor den Mund geschlagen und lief fort. Jan stand starr da und sah Kowatz nach. Dann traf sein Blick den von Susanne. Seine Miene verriet keine Überraschung darüber, sie dort vorzufinden, und auch kein anderes Gefühl. Er sah sie an, sah wieder fort, sagte ein paar Worte zu Albert und verließ dann in dessen Begleitung den Platz bei den Schießbahnen.

Kurz darauf schossen nacheinander die Patriziersöhne. Ihr Ehrgeiz bestand überwiegend darin, sich gegenseitig vom Zielen abzulenken, was in fast allen Fällen Erfolg hatte, auch bei Lenhardt. Er ließ sich die Laune nicht trüben, sondern winkte Susanne und ihren Schwestern fröhlich.

Ein halbes Dutzend Tänze, ein warmes Essen und einen Krug Bier später fragte Susanne Lenhardt, ob es ihm mit seiner Frage an sie noch ernst sei. Er beteuerte, sehnlichst auf ihre Antwort zu warten. Sie gab sie ihm und staunte, wie leicht es ihr fiel. Ja, sie würde Lenhardt Lossius heiraten. Selbst der kurze Kuss, mit dem sie es besiegelten, fühlte sich nicht falsch an.

Wenn auch nicht mehr als das.

21

Scheidewege

Susannes Vater und Martin waren am Abend nach dem Schützenfest in Hochstimmung. Sie lobten Susanne begeistert für ihre kluge Entscheidung, während sie »zum Abkühlen« in der Dornse saßen. Bierselig fabulierten sie von einer doppelten Hochzeit und malten sich das Wachstum der Fassmacherei Büttner und Lossius in den schönsten Farben aus.

»Mit Marquarts Werkhof und den beiden, die Lossius und ich letzten Monat gekauft haben, gehört uns die halbe Böttcherstraße. Du wirst mit den vornehmsten Frauen der Stadt in einem Atemzug genannt werden, Susannchen.«

»Ich wusste nicht, dass du so viel Geld hast«, sagte Susanne.

»Ja, wofür haben wir denn all die Jahre sparsam gelebt?« Ihr Vater lachte zufrieden.

Es war Susanne tatsächlich nicht bewusst gewesen, wie lange und begehrlich er von einer solchen Möglichkeit für sein Geschäft geträumt hatte. Im Nachhinein bezweifelte sie, dass er je vorgehabt hatte, ihr die freie Wahl zu lassen, ob sie Lenhardts Antrag annahm.

Die Schwärmerei dauerte an, bis Till nach Hause kam. Seinen Bewegungen und dem Geruch nach hatte auch er reichlich Starkbier getrunken. Zu seinem zweiten Schuss auf den Papagoy war er gar nicht erst erschienen. Seinem

Gesang nach war er noch immer fröhlich, zumindest bis er die offene Dornsentür erreichte und zu ihnen hereinblickte.

Schlagartig verflog der Frohsinn auf beiden Seiten.

»Beehrt uns der Herr auch einmal mit seiner Anwesenheit? Was ist, haben deine neuen Bekannten kein Bett für dich? Man sollte meinen, sie würden für dich ein bisschen zur Seite rücken.«

Till nahm den Hut ab und fuhr sich mit unsteter Hand durch die Haare. »In der Tat hat man mir für die Zukunft Kost und Logis angeboten. Der Kurfürst von Brandenburg sucht gute Handwerker für sein Heer. Jemand, der Pulverfässer und Büchsenkolben machen und gleichzeitig schießen kann, der wäre dort hochwillkommen.«

»Das wirst du nicht wagen.«

»Warum nicht? Ich käme aus dem verstaubten Starrsinn dieser Stadt heraus, und du wärest endlich von meinem Anblick befreit.«

»Ich sage, du wagst es nicht! Du erhältst von mir keinen Gesellenbrief und keine Empfehlung. Du bist ein Nichts, wenn du dich diesem welschen Gesindel anschließt. Bist du taub? Hast du nicht gehört, wie die Leute über Spornmaker reden? Mit dem Teufel im Bund sei er! Ein Freikugelgießer! Man hält dich für einen Narren, dass du ihm so auf den Leim gehst. Wie kannst du deinen guten Namen so in Verruf bringen?«

Till lachte. »Soll man reden. Ich weiß, wie man trifft, auch ohne verhexte Kugeln und Rohre. Und ich weiß, dass mich hier nichts mehr hält. Ich will etwas von der Welt sehen, und dies ist ein guter Anfang.«

»Wenn du das tust, brauchst du nicht mehr wiederzukommen. Wie kannst du mir ins Gesicht sagen, dass dich hier nichts hält? Mein Leben lang habe ich für zwei Söhne gearbeitet und darauf gebaut, dass zwei Söhne eines Tages mein Werk weiterführen. Wenn du nicht hierbleibst und deinen Mann stehst, dann hast du später kein Erbteil verdient. Und es wird dir leidtun, gerade jetzt, wo auch noch Susannes Heirat uns vorwärtsbringen wird wie nie zuvor. Du bleibst!«

»Also habt ihr Suse so weit? Na, dann habe ich ja noch einen Grund zu gehen. Nimm den Lossius als zweiten Sohn. Musst ihm nur das Böttchern beibringen. So schwer ist es ja nicht.«

»Hast du vor gar nichts Respekt? Nicht einmal vor deinem eigenen Handwerk? Habe ich meine Pflicht so schlecht an dir getan? Herrgott, wie du dich heute aufgeführt hast! Machst den ersten Schuss und hörst dann auf, als wären deine Gegner nicht der Mühe wert. Das ist es, was du den Leuten mit deiner ewigen Missachtung der alten Sitten zeigst: deine Überheblichkeit. Kein Respekt für die alten Werte, für das Gerüst der Gemeinschaft, das unsere Vorfahren aus dem Besten ihrer Erfahrungen und ihrer Weisheit errichtet haben. Das heißt auch, du hast keinen Respekt für die Gemeinschaft und ihre Angehörigen an sich.«

Till schwankte ein wenig und lehnte sich gegen den Ofen. »Spar dir deine Rede. Das habe ich alles schon gehört. Ich denke, der Respekt für die alten Gebräuche macht dich blind. Und nicht nur dich. Seit hundert Jahren murren die Bürger, dass sie kein Mitreden im Rat haben. Dann haben sie endlich ein Mitreden und lassen sich aus Angst und aus Respekt zu nickenden Affen machen. Nichts ändert sich. Die Stadt dreht sich im Kreis. Unfähig, zu lernen und sich wieder unabhängig vom gnädigen Herrn Herzog zu machen. Unfähig, zu sehen, dass sie aus der Bredouille nie wieder aufsteigen wird, wenn sie sich nicht von den alten Gebräuchen trennt.«

Martin erhob sich von der Bank und griff seinen Bruder energisch beim Arm. »Kleiner, du hattest drei Maß zu viel über den Durst. Hört man das auf der Straße, sperrt der Rat dich in den Turm, und Vater wird nicht in der Laune sein, dich herauszukaufen.«

Auch Susanne erhob sich rasch und hielt die Tür auf, damit Martin Till in seine Kammer bringen konnte. Sie erschrak, als ihr Vater den Tisch beim Aufstehen so heftig fortschob, dass ein Zinnkrug umfiel und auf die Steinfliesen knallte.

»Diesmal nicht! Ich habe seine Unarten lange genug geduldet. Er wird mir geloben, dass er diesen Sommer über keinen Abend mehr allein aus dem Haus geht, sonst ist dies für ihn die letzte Nacht unter meinem Dach. Wenn er gehen will, soll er gehen. Ich sehe nun ein, dass nichts Gutes daraus entstehen kann, einen Knaben mit so missratenem Verstand im Hause zu behalten.«

Sein Gesicht war rot vor Wut, und Susanne glaubte, seine Schläfen anschwellen zu sehen. Besorgt ließ sie die Tür los und hob beschwichtigend die Hand. »Vater, ich bitte dich. Redet morgen in Ruhe darüber.«

Prompt meldete Till sich wieder zu Wort. »Als hätten wir das jemals getan!«

Susanne hätte ihn am liebsten getreten. »Heute Abend halt jedenfalls den Mund und geh schlafen.«

»Ach, übst du wieder, die Hausherrin zu sein? Aber du bist nicht Mutter, Schwesterchen, auch wenn du es noch so sehr versuchst. Solange du schön brav warst, da haben sie dich machen lassen, nicht wahr? Da durftest du spielen. Aber jetzt, jetzt musst du kneifen und den Gecken zum

Mann nehmen, damit du für sie wieder jemand bist. Ich habe dir doch gesagt, dass es so kommen würde.«

»Halt's Maul«, fuhr Martin ihn an und zerrte ihn endlich aus der Tür und über die Diele.

Susanne wusste, dass er nicht unrecht hatte, und fühlte sich dennoch verletzt. Doch ihr Schmerz rückte in den Hintergrund, als sie ihren Vater ansah. Er stützte sich auf den Tisch und litt so sehr unter Atemnot, dass seine Augen hervortraten. »Ach Vater, warum regst du dich über ihn auf? Du kennst ihn doch. Im Grunde ist er gut und will niemandem einen Schaden antun. Ihr seid einfach wie Feuer und Wasser.«

Er keuchte, richtete sich behutsam auf und ließ sich von ihr wieder auf seinen Sitzplatz helfen. »Du hast ihn immer verteidigt. Vielleicht ist es deshalb erst so weit mit ihm gekommen, Ursula. Weil er immer unter deinem Schutz stand. Nun siehst du, wie es endet, wenn man mit schwacher Hand erzieht.«

»Vater, ich bin nicht …«

Er lehnte sich zurück, mit dem Kopf an die Wand, schloss die Augen und atmete tief durch. Susanne entschied, ihn erst einmal zur Ruhe kommen zu lassen. Müde besprach sie in der Küche mit Lene die Pflichten des nächsten Tages und half ihr dabei, ihr Lager herzurichten.

Als sie wieder auf die Diele kam, hatte Martin ihren Vater bereits die Treppe hinaufbegleitet und brachte ihn zu Bett. Mit schmerzenden Füßen folgte Susanne ihnen und schlüpfte in ihre Kammer, wo Regine und Liebhild bereits schliefen. Hübsch und friedlich sahen sie beide aus.

Selbst bei diesem Anblick fühlte Susanne Schmerz. Warum musste sich alles verändern? Sie hatten es doch nicht schlecht gehabt.

Der Montag nach dem Schützenfest war ein schwüler, heißer Tag. Dennoch wünschte Jan sich nichts anderes, als einen Tag mit seiner gewöhnlichen Arbeit verbringen zu dürfen.

Er hatte Schmitt nicht erzählt, dass der Abgesandte des Kurfürsten ihn anwerben wollte. Er musste erst selbst darüber nachdenken, was er von dem Angebot hielt. Zweifellos würde er zu den Handwerkern eines Heeres besser passen als in die redliche Gemeinschaft einer ordentlichen Stadt. Andererseits würde er tagtäglich mit Soldaten umgehen müssen, die ihm zuwider waren. Außerdem hatte er sich geschworen, dass er sein Bestes geben würde, um seinen Platz in der sicheren Stadt zu finden und zu behaupten. Für das Heer zu arbeiten würde das Gegenteil bedeuten. Auch wenn er diesmal unter angesehener Fahne diente, würde er herumziehen, verludern und ein Werkzeug des Totschlags sein.

Für einige Stunden am Morgen, während sie endlich wieder zu viert werkten und ihnen die Arbeit leicht von der Hand ging, fühlte es sich an, als wäre alles wie früher.

Doch noch vor dem Mittag betrat Herr von Waldfels den Hof der Schmiede und störte die Ruhe. Er kam in Begleitung seines Pagen und eines zweiten Knaben, der dem Äußeren nach ein Patriziersohn war.

Der bleiche, zarte Herr bewegte sich zaghaft über den Hof, bis Meister Schmitt ihm entgegenschritt und ihn mit einer besonders respektvollen Verbeugung begrüßte.

Albert und Rudolf beobachteten das Zusammentreffen staunend, während Jan sich ahnungsvoll sein Hemd überzog und ordentlich zuband, um sich dem unerwarteten Besucher stellen zu können. Doch vorerst ließ dieser weder nach ihm noch nach Albert schicken, sondern ging mit Schmitt und seinem Pagen ins Haus. Der Patriziersohn blieb auf dem Hof und lehnte sich gelangweilt gegen die Hauswand, ohne den Männern in der Schmiede Beachtung zu schenken.

»Wer ist das?«, fragte Albert.

»Herr von Waldfels. Den kleinen Junker kenne ich nicht.«

Rudolf schnaubte verächtlich. »Zu vornehm, um zu grüßen. Aber so sind sie, das ändert sich nie.«

Unwillig, im Hemd weiterzuarbeiten, sah Jan sehnsüchtig zur Esse. »Ich weiß nicht. Vielleicht kommt er ja, um Albert zu entschädigen. Zieh dir lieber mal auch ein Hemd an, Albert.«

Albert stöhnte. »Mir wäre lieber, ich müsste nicht mit ihm reden.«

»Sei nicht blöd. Du bist im Recht. Brauchst doch nur höflich abzuwarten, was er zu dir sagt.«

»Der kleine Laffe pullert an Schmitts Gemüse«, bemerkte Rudolf. »Ob der das zu Hause auch macht?«

»Geht uns nichts an«, sagte Jan, schlug die Ärmel hoch und griff nun doch wieder zu Zange und Werkstück. Was auch immer die vornehmen Söhne der Stadt taten, durfte ihn nicht kümmern. Nicht, ob sie tanzten, nicht, ob sie heirateten oder an Schmitts Gemüse pullerten. Wie falsch es auch sein mochte.

Herr von Waldfels blieb lange mit Schmitt im Haus, und am Ende war es Jan, der hineingerufen wurde. Schmitts Miene war aufgewühlt, als er ihm zur Tür der Dornse entgegenkam. »Der Herr möchte dich sprechen«, sagte er und schloss die Tür von außen.

Herr von Waldfels nickte freundlich und winkte Jan näher, doch seine Umgänglichkeit ging nicht so weit, dass er ihm einen Sitzplatz anbot. Auch sein Page stand, würdevoller, als Jan es bei einem Jungen für möglich gehalten hätte, der kaum älter als zehn Jahre sein konnte.

»Ich habe mir erklären lassen, welche Rolle Er bei der Aufklärung jener unglücklichen Verwicklungen gespielt hat, die zur Inhaftierung Seines Hausgenossen führten. Man versicherte mir, dass Er eigene Opfer nicht gescheut hat, um der Gerechtigkeit und Seinem mitfühlenden Gewissen zu dienen. Auch wenn ich keineswegs zufrieden mit der Wendung bin, die mein lang erträumtes Unternehmen dadurch erfahren hat, muss ich Ihm meinen Respekt zollen. Ihm wird vielleicht bekannt sein, dass ich als Folge dieser Katastrophe die beiden Bediensteten verloren habe, die ich als meine rechte und linke Hand betrachtete. Ich gestehe, dass mir der nun eingetretene Zustand höchste Unannehmlichkeiten bereitet. Nicht nur in Hinsicht auf meine Pläne, die der vollständigen Überarbeitung bedürfen, sondern auch in alltäglichen Belangen. Um ein Vielfaches schwerer wird es mir, die Situation zu remedieren, weil ich in meinem Urteilsvermögen so traurig fehlging, was diese beiden betrifft. Wie soll ich den Mut finden, sie zu ersetzen? So fragte ich mich. Bis mir einfiel, dass sich mir eine Möglichkeit anbietet. Wer könnte besser geeignet sein, mir zur Hand zu gehen, als Er, der Er den genannten Übeltätern konträr gegenüberstand? Ich befragte daher Meister Schmitt über Seinen Leumund und muss sagen, dass ich ein gewinnendes Zeugnis erhielt. Meister Schmitt ist überdies der Ansicht, Ihm aufrechte Anständigkeit bescheinigen zu können, obgleich Er vom Kriege nicht ungezeichnet wäre. Letzteres weckte meine Aufmerksamkeit in besonderem Maße. Beschreib Er mir doch einmal, welche Art Begegnung Er mit dem Krieg hatte.«

Jan war zu verblüfft, um gleich antworten zu können. Der Herr war noch verrückter, als er angenommen hatte, und obendrein anmaßend. Warum glaubte der Mann, dass er ausgerechnet zu ihm von Dingen sprechen würde, über die er noch nie gesprochen hatte? »Ich bitte um Verzeihung, Euer Hochwohlgeboren, aber ich habe beschlossen, den Krieg zu vergessen. Es sind die Albträume eines Kindes. Ich spreche nicht darüber.«

Der Herr spielte mit seiner zerbrechlich wirkenden Hand an der Rüsche seines Ärmels und betrachtete Jan nachdenklich. »Und suchen Ihn diese Albträume heute niemals heim? Ist das möglich? Ist Er nicht gebeutelt von Hass und Angst? Kennt Er nicht diesen Zwiespalt zwischen Seinem Wunsch nach Frieden und der inneren Unruhe? Ist Er nie schlaflos von Schreien, die in Seinem Kopf widerhallen, von grässlichen Bildern und der Erinnerung an Seine Furcht? Denn auch wenn ich damit eine Blöße zeige, ich möchte Ihm anvertrauen, dass es bei mir so ist. Ich war ein zehnjähriger Knabe, als 1631 Magdeburg brannte. Mein Vater war unter Tilly Marschall und beschäftigt, die Stadt zu plündern, während meine Mutter und die anderen Damen des besseren Trosses gemeinsam mit uns Kindern betrachteten, wie die Toten die Elbe hinabtrieben. Es war weder das erste noch das letzte Mal, dass ich Ähnliches sah, doch es war eindrucksvoll. Mich quälen diese Bilder. Aber in meinem tiefsten Inneren – und das würde ich nicht aussprechen, wenn ich nicht fühlte, dass Er es vielleicht nachfühlen kann – in meinem tiefsten Inneren ist eine böse Sehnsucht danach, in dieses Grauen zurückzukehren, als wäre ich ein Teil davon. Dieses Böse in mir hat der Krieg gesät, und ich bin überzeugt, dass nur die nach ihm Geborenen frei davon sein können. Wenn Er dergleichen erlebt hat und doch ohne Zerrissenheit lebt und ohne Anstrengung ein guter Mensch sein kann, so möchte ich Ihn doppelt bitten, dass Er mir Seine Geschichte erzählt. Womöglich vermag ich eine Lehre daraus zu ziehen.«

Als wäre es gestern gewesen, sah Jan seine Mutter in die Schmiede seines Stiefvaters kommen. Sie lächelte und lobte ihn für seinen Fleiß. Sein Stiefvater machte einen gutmütigen Scherz darüber. Voller Stolz hatte er daraufhin mit der ganzen Kraft eines Zwölfjährigen weiter den Blasebalg der Esse bedient.

Dann läutete die Glocke Alarm. Sein Stiefvater und der Geselle rannten zum Dorfplatz. Jan musste zurückbleiben, um auf das Feuer und die Frauen achtzugeben, auf seine Mutter und seine ältere Stiefschwester. Sie waren nicht gut vorbereitet. Der Krieg war zu Ende, seit Jahren war nichts vorgefallen. Doch die herrenlosen Söldner und ihr skrupelloses Gefolge waren noch da. Sie waren nicht plötzlich aus dem Land verschwunden, nur weil die hohen Herren in ihren Schlössern einen Frieden verabschiedet hatten. Und an jenem Tag waren sie eben ins Dorf gekommen. In die Schmiede. Ins Haus. In die Kammer, in der er sich mit den Frauen versteckt hatte.

Danach war seine Mutter tot. Seine Stiefschwester. Sein Stiefvater. Alle. Die Schmiede brannte, so wie der größte Teil des Dorfes.

Jan hatte einen Mann mit dem Hammer erschlagen, die Frauen damit jedoch nicht gerettet. Am Ende hatten die Galgenstricke ihn mitgezerrt, damit er für sie arbeitete. »Aus dem kann was werden, der passt zu uns«, sagten sie, als sie ihn auf den Erntewagen warfen, mit dem sie ihre Beute aus dem Dorf fuhren.

Ja, Herr von Waldfels hatte recht. Tief im Innersten war er von jenem Tag an überzeugt gewesen, dass er zu den Halsabschneidern und damit zum Bösen gehörte. Warum hatte er sonst überlebt? Doch er hatte sich mit seinem Willen dagegengestemmt und beschlossen, dass er friedlich leben wollte, wenn Gott ihm eine Gelegenheit dazu gab. Später hatte er nicht mehr an Gott gedacht, sondern nur noch an den Zufall oder an sein Schicksal. Und als ihm dieses Schicksal in Person von Meister Schmitt die Hand hingestreckt hatte, da hatte er sich errettet gefühlt. Schmitt ahnte, dass etwas mit ihm im Argen war, aber er fragte nicht. Er gab ihm Arbeit. Und Arbeit war es, was Herr von Waldfels ihm und auch sich selbst geben wollte, um sich zu erretten. Der Herr mochte verrückt sein, aber vielleicht nicht verrückter als er selbst. »Euer Wunsch ehrt mich, aber ich glaube nicht, dass es Euch helfen wird, meine Geschichte zu hören. Über das, was gewesen ist, hilft mir mein Handwerk hinweg. Ich habe eine Arbeit, die ich liebe. Ihr mögt mir verzeihen, wenn ich offen sage, dass ich nichts anderes tun möchte.«

Herr von Waldfels nickte. »Meister Schmitt deutete bereits an, dass solches der Fall sein könnte. Doch er sagte auch, dass er Ihn mit Freuden ziehen lassen würde, wenn er den Eindruck hätte, Er könnte dadurch Seine Aussichten in der Welt verbessern. Ich versichere Ihm, Seine Aussichten würden verbessert. Es stünden vielfältige Aufgaben bevor, die Ihm sicher das eine Handwerk ersetzen könnten. Und sei es auch nur vorübergehend. Auch die Städte und Dörfer, die vor meinem inneren Auge bereits gegründet und zur Blüte gelangt sind, werden die Schmiedekunst benötigen. Will Er nicht darüber nachdenken?«

Jans Blick blieb an dem Pagen hängen, der noch immer reglos neben Herrn von Waldfels stand. Er fragte sich, welche Aufgaben der Junge wohl hatte. Welchen verschrobenen Einfällen seines Herrn musste er auf ein Wort hin gehorchen? Denn das bedeutete es für den Herrn Grafen gewiss, wenn jemand in seinen Diensten stand. Es verlockte Jan nicht für einen Augenblick, sich ihm anzuschließen. Er nickte und verbeugte sich so respektvoll, wie er es zuwege brachte. »Ich werde es mir überlegen, Euer Hochwohlgeboren. Doch vergebt mir im Voraus, wenn ich nicht zu einem anderen Schluss komme.«

Herr von Waldfels zog die Brauen hoch, nickte und winkte ihn sodann huldvoll hinaus.

Auf der Diele lief Schmitt auf und ab und bedachte ihn mit einem fragenden Blick.

Jan zuckte mit den Schultern. »Er sollte Albert etwas anbieten, nicht mir«, sagte er leise.

»Hat er«, raunte Schmitt und eilte zurück in die Dornse, um den Gast standesgemäß zu verabschieden.

Tatsächlich ließ Herr von Waldfels eine beachtliche Geldsumme zurück, die Albert als Entschädigung für das erlittene Ungemach erhalten sollte. Auf eine Unterredung mit ihm legte er allerdings ebenso wenig Wert, wie es umgekehrt der Fall war. Er gönnte den Schmieden keinen Blick, bevor er ging.

Die Aufregung um den hohen Besuch hatte sich gerade erst gelegt, da erschien der Perleberger Büchsenschmied Kienzle und klopfte mit der Faust an den Rahmen des Schmiedetores. »Gott zum Gruß, Meister Schmitt. Kann ich Euren Gesellen kurz leihen?«

Schmitt rollte die Augen, winkte Jan aber hinaus.

Kienzle bot die Hand zum Gruß, und Jan schlug ein. »Niehus, ich wollte dich erwischen, bevor du zum Herrn

Oberst von Torgewalk rennst und dich auf zweimal lebenslang dem brandenburgischen Heer verpflichtest. Schwalbach und ich glauben, dass du zu schade dafür bist. Er und ich haben die Erfahrung gemacht, dass man sich nicht zu früh an einen Herrn binden soll. Gerade für einen Waffenschmied gilt das doppelt. Es kommt immer noch einer mit einem besseren Angebot. Und nun ist es so, dass Schwalbach und Kienzle keinen schlechten Namen haben. Die Händler geben sich bei uns mitunter schon die Klinke in die Hand. Wenn dir also nach einer Veränderung ist und du das Handwerk lernen willst, dann wärest du uns in Perleberg willkommen. Es gibt nicht zu viel Nachwuchs, der das richtige Rüstzeug mitbringt. Ich verspreche dir, nachdem du bei uns alles gelernt hast, was wir dir zu bieten haben, wirst du dir aussuchen können, mit wem du Geschäfte machst. Was hältst du davon?«

Perleberg. Eine andere Stadt, nah einem anderen, viel größeren Fluss. Die Sterne mussten eine ganz neue Stellung eingenommen haben, dass die Leute sich auf einmal darum rissen, ihn anstellen zu dürfen. Als wollten sie ihn mit aller Macht darauf hinweisen, dass er nicht für das friedliche Leben in Lüneburg bestimmt war, das er sich erträumt hatte. »Euer Angebot verlockt mich mehr als das von Herrn von Torgewalk. Ich bin sicher, dass es für mich ein großer Gewinn wäre, bei Euch zu lernen. Nur müsst Ihr wissen, dass ich kein Lehrgeld zahlen könnte. Und natürlich müsste ich es mit meinem Meister besprechen.«

»Wegen des Lehrgelds brauchst du dir nicht den Kopf zu zerbrechen. Du bist ja eben kein Frischling mehr, der mehr kostet, als er einbringt. Und mit deinem Meister rede ich, falls er sich querstellt.«

Jan schüttelte den Kopf. »Falls er sich querstellt, wird er

einen guten Grund haben, den ich mir durch den Sinn gehen lassen will. Könnt Ihr mir Bedenkzeit geben?«

Kienzle schlug ihm auf die Schulter. »Solange du willst. Wir verabschieden uns in drei Tagen aus dieser hübschen Stadt. Du kannst mit uns reisen oder nachkommen. Spornmaker wird dir sagen, wie du uns findest. Und sag ruhig ›du‹ zu mir. Ich habe dir ja gesagt, dass ich auch nur Schmiedegeselle war, und so lange ist das noch nicht her.«

Jan nickte und erwiderte den Abschiedsgruß verlegen mit einem »Gehab dich wohl«. Kienzles Leutseligkeit war ihm ein wenig verdächtig, doch sie schmeichelte ihm auch.

»Was wollte der nun?«, fragte Schmitt.

Jan betrachtete das Gesicht seines Meisters, als sähe er es zum ersten Mal. Durch den Backenbart wirkte es kantig und klobig wie der ganze Mann. Hinter diesem groben Äußeren verbarg sich einer der besten Menschen, denen Jan bisher begegnet war. Als er es zu Kienzle gesagt hatte, war ihm bewusst geworden, welche große Bedeutung es für ihn hatte, was sein Meister von einer Sache hielt. Und das war nicht nur deshalb so, weil er einen klaren Kopf hatte. Schmitt würde sich nach Kräften bemühen, ihm einen guten Rat zu geben, auch wenn es ihm selbst nicht nutzte. »Ob wir heute Mittag mal reden können?«, fragte er.

Schmitt legte seinen Hammer aus der Hand. »Ob nun heute Mittag oder jetzt gleich. Wir haben ja doch den halben Tag schon wieder vertan. Hol zwei Krüge, dann setzen wir uns in die Sonne.«

Nebeneinander saßen sie kurz darauf auf den Hackklötzen an der Hauswand, jeder einen Krug Dünnbier in der Hand. Jan hatte die Katze auf dem Schoß und kraulte sie, während er Schmitt über die drei Angebote ins Bild setzte, die er bekommen hatte. Schmitt blinzelte in die Sonne und lauschte aufmerksam.

»So sieht es aus«, endete Jan und nahm einen tiefen Zug von Gertrud Schmitts Bier. Es schmeckte ihm besser als sonst. Lag es daran, dass man Dinge erst richtig zu schätzen lernte, wenn bevorstand, dass man sie verlor? Liebte man ein Mädchen stärker, weil man wusste, dass man ihm nur für kurze Zeit nah sein durfte?

Schmitt schwieg eine Weile, trank, schwieg weiter und klärte schließlich seine Stimme. »Du kannst dir denken, dass ich nicht erst seit gestern grübele, was aus dir werden soll. Ich habe mir immer gesagt, tu dein Bestes, dass er hierbleiben kann, solange er es will. Aber, mein Junge, beizubringen habe ich dir schon lange nichts mehr, das weiß ich so gut wie du. Wenn ich gehört habe, wie du mit den Leuten sprichst, wenn ich gesehen habe, wie du eine Zeichnung in den Sand machst, bevor ich begriffen habe, was der Kunde will, dann habe ich bei mir gedacht, der Junge ist zu schade, um sein Leben lang Fassreifen und Radbeschläge zu schmieden. Du bist zu bescheiden, um es überhaupt zu bemerken, aber wann immer in den letzten beiden Jahren etwas Schwieriges zu machen war, haben wir dir doch alle nur noch zugearbeitet. Wenn die Verhältnisse so wären, wie sie sein sollten, würde ich dich auch aus Eigennutz nur mit Widerwillen gehen lassen. Aber wie wir beide wissen, ist die Welt nicht gerecht. Wenn ich mich noch so sehr ins Zeug lege, kann ich aus dir keinen gebürtigen Lüneburger machen, dem die Zunft mit Kusshand seinen Meisterbrief siegelt. Du wirst dein Glück leichter an einem anderen Ort machen. Ich will dir damit nicht zuraten, zum Büchsenmacher umzusatteln oder gar Soldat zu werden. Aber auf die Wanderschaft zu gehen und dich nach Gelegenheiten umzusehen, dazu rate ich dir. In manchen Städten wird ein guter Schmied fehlen, oder eine Meisterwitwe wird dich dankbar zum Meister heraufheiraten. Wenn du dich entschließt, dich dazu auf den Weg zu machen, dann lassen wir beide jede Urkunde ausstellen, die dir helfen könnte, und du gehst mit meinem Segen.«

22

Junge Bräute

Till schenkte Susanne zum Abschied eine Musketenkugel, in die er seine Initialen geritzt hatte. »Solange du die hütest, geht's mir gut«, sagte er.

Er feixte dabei, doch Susanne konnte beim besten Willen nicht lachen. »Ich dachte nicht, dass es wirklich so weit kommt«, sagte sie.

»Ich wusste immer, das es so weit kommen wird. Und was soll das Heulen? Gesellen wandern eben. Martin hat es längst hinter sich. Ich habe mir gewünscht, Vater würde es eines Tages einsehen und mich mit seinem und der Zunft Segen auf den Weg schicken. Aber gegangen wäre ich sowieso.«

Susanne gab ihm einen sanften Stoß. »Ich heule nicht. Aber du wirst mir fehlen.«

»Du mir nicht. Endlich niemand mehr, der mich für die Flecken auf meinem Wams schilt.«

»Du wirst dich hoffentlich trotzdem für sie schämen.«

Sie sahen sich in die Augen und lächelten, dann schwang Till sein Felleisen über die Schulter und ging.

Der Abschied war erschreckend kurz und schlicht. Susanne hatte Mühe zu begreifen, dass ihr Bruder tatsächlich für lange Zeit oder sogar für immer fortging. Erst nachdem sie ihn zwei Tage lang nicht gesehen hatte, begann sie zu trauern. Auch Regine machte die Aufregung um Tills Abreise und seine Abwesenheit offenbar schwer zu schaffen. Sie war lustlos und müde, stocherte nur im Essen oder verzog das Gesicht und schob den Teller von sich. Vielleicht wäre sie auch wieder weggelaufen, doch das gelang ihr nicht mehr, seit Anje dabei half, auf sie aufzupassen.

Ihr Vater zeigte nicht, ob es ihm naheging, wie seine Auseinandersetzung mit Till geendet hatte. Er stürzte sich in die Aufgaben, die seine großen Pläne für die Böttcherei mit sich brachten, und schwärmte von der prachtvollen Doppelhochzeit, die man bald feiern würde. Susanne sah ihn nur noch zu den Mahlzeiten, denn er verbrachte viele Stunden auf den Werkhöfen in der Böttcherstraße, die in Zukunft zu »Büttner und Lossius« gehören sollten.

Besonders an den Abenden bemerkte sie, wie sehr ihn sein großes Unternehmen bereits erschöpfte. Er wirkte so wenig gesund wie Regine. Martin dagegen war guter Dinge. Er verbrachte die Abende oft bei Marquarts und ärgerte Susanne beim nächsten Frühstück unbeabsichtigt damit, dass er weit zu oft Dorotheas Ansichten zitierte. Ansichten, von denen sie zunehmend bemerkte, dass sie sie nicht teilen konnte. So musste sie nicht einmal viel Zeit mit ihrer zukünftigen Schwägerin verbringen, um erleichtert zu sein, dass sie nicht mit ihr zusammen leben und wirtschaften würde. Wenn Dorothea einzog, würden ihre eigenen beiden Truhen bereits in Lossius' Haus geschafft worden sein. Besonders gut gefüllt waren sie nicht. Seit dem Tod ihrer Mutter hatte niemand ihrer Aussteuer etwas hinzugefügt. Regines und ihre eigene Hochzeitstruhe waren gerade einmal halb mit Hanf, Leinen, Wollstoff und etwas Spitze gefüllt. Die liebevoll gefertigten und verzierten Festtagshauben, Schmucktücher und Taufkleidchen, die andere Mädchen darin hüteten, fehlten ganz. Weder Susanne noch ihre Mutter hatten je die Muße gehabt, solche Dinge auf Vorrat herzustellen. Großmütter oder Tanten, die dabei hätten helfen können, hatten sie nicht gekannt, denn bis auf Lenes Mutter waren sie alle an der Pest gestorben. Und Lenes Mutter war nur angeheiratet und hatte mit ihrem eigenen Leben zu tun.

Susanne nahm an, dass es in dem reichen Haus, in das sie einziehen würde, keinen großen Unterschied ergab. Ein Taufkleidchen, das sie zusammen mit ihrer Mutter bestickt hätte, wäre womöglich für die Familie Lossius nicht prachtvoll genug gewesen. Außerdem hatte es ihr den Atem verschlagen, als ihr Vater zum ersten Mal die Höhe ihrer Mitgift genannt hatte. Sie hatte nicht glauben können, dass er eine solche Summe ohne Schwierigkeiten aufbrachte, obwohl doch auch der Ausbau der Böttcherei vorerst hohe Kosten verursachte. Er hatte eingestanden, dass er alles knapp kalkuliert hatte. Andererseits war er überzeugt, auf seinen guten Namen jederzeit Geld leihen zu können, wenn es einmal vorübergehend zu eng werden sollte. Schließlich würden sich auch die Herren Lossius bei dem gemeinsamen Geschäft nicht lumpen lassen und gewiss einspringen.

Die Aussicht, Lenhardts Frau zu werden, machte Susanne bei alldem am wenigsten Sorgen. Er war ein vollendeter Freier. Nie erschien er ohne eine Gabe, und nie vergaß er, auch Regine und Liebhild zu beschenken. Er war unterhaltsam, hatte stets etwas Neues zu erzählen und einen Vorschlag zur Hand, wie man den nächsten Sonntag besonders vergnüglich verbringen konnte.

Lenhardt war es auch, der ihnen Nachricht vom brandenburgischen Heer zutrug. Der schwedische König Karl

Gustav, der Warschau und Krakau besetzt hielt, bat Kurfürst Friedrich Wilhelm von Brandenburg als seinen Verbündeten um Unterstützung gegen den polnischen König Johann Kasimir. Man hielt es für gewiss, dass der Kurfürst sein Heer aufbieten würde, denn er war den Schweden verpflichtet.

Susanne hatte das ungute Gefühl, dass ihr Bruder auf dem Weg in den Strudel dieses Krieges war, auch wenn er nicht offenbart hatte, wohin er wollte. Sie drehte abends in ihrer Kammer die Musketenkugel zwischen den Fingern und wünschte ihm Glück.

Eine ebenso erschreckende Nachricht war die Flucht des Roten Berthold aus dem Turm. In der Hoffnung, ihn rasch wieder einzufangen, hatte der Rat diese Schande zuerst verschwiegen. Erst als deutlich wurde, dass man seiner nicht wieder habhaft werden konnte, wurde die Warnung vor dem Entflohenen an den Bekanntmachungstafeln angeschlagen und ausgerufen.

Die Vorstellung, dass der brutale Verbrecher sich in den dunklen Winkeln der Stadt herumdrückte und auf Rache sann, raubte Susanne mehr als nur eine Stunde Schlaf. Es kam ihr nicht unwahrscheinlich vor, dass Berthold sie mit seiner Verhaftung in Verbindung brachte. Wer wusste schon, wie viel Gisel oder ihre Tochter ihm von ihrem Gespräch berichtet hatten. Da sie allerdings auf Geheiß ihres Vaters ohnehin abends nicht mehr ausgehen durfte, und auch tagsüber nur in Begleitung von Anje oder Lene, war es kaum möglich, dass sie ihm begegnen würde.

Eine Neuigkeit, die sie überhaupt nicht hätte treffen sollen und dennoch erschütterte, überbrachte ihr Martin ganz nebenbei am Mittagstisch. »Ich war bei Schmitt und habe Fassbänder bestellt. Er hat einen neuen Lehrling, der sie bringen wird. Albert ist zum Gesellen freigesprochen, und Niehus ist fort.«

Susannes Mund wurde so trocken, dass sie ihr Brot nicht mehr schlucken konnte. Sie nahm einen Schluck Dünnbier, um es herunterzuspülen. Fort. Wohin fort? Er hatte sich doch so gewünscht, zu bleiben und in Ruhe seinem Handwerk nachzugehen.

»Tja. Fort gehen die Lumpen. Der Stadt tut es keinen Schaden«, sagte ihr Vater und biss grimmig in seine geräucherte Hammelkeule.

Sie alle erschraken, als Regine aufsprang und aus der Küche stürzte. Susanne ließ ihr Brot auf den Tisch fallen und eilte ihr nach. Draußen krümmte sich ihre Schwester und übergab sich zitternd ins Blumenbeet an der Hofseite. Dann fing sie an zu weinen.

Besorgt bemühte Susanne sich darum, sie zu trösten, und brachte sie mit Anjes Hilfe zu ihrem Bett, obgleich sie sich dagegen sträubte.

Anje sah Susanne mit gerunzelter Stirn an. »Schon das dritte Mal«, sagte sie in bedeutungsvollem Tonfall.

Susanne blickte von ihr zu Regine, die gebeugt auf der Kante des Alkovens saß und das Gesicht in den Händen verbarg. »Sie wird sich den Magen verdorben haben. Was meinst du, soll ich den Bader rufen?«

Doch Anje zuckte nur mit den Schultern. Susanne seufzte. Anje nach ihrer Meinung zu fragen erwies sich meistens als sinnlos. So entschied sie allein und bat ihren Vater, auf dem Weg in die Böttcherstraße beim Bader vorbeizugehen.

Als dieser am Nachmittag erschien, ging es Regine längst wieder gut. Sie hatte eine Weile geschlafen und war dann erholt in der Küche erschienen. Es war Susanne etwas peinlich, den Bader dennoch um eine Untersuchung zu bitten, doch andererseits sollte er den Weg nicht vergeblich gemacht haben. Susanne war in der Kammer anwesend, während er Regine etliche Fragen stellte, in ihre Augen und ihren Mund sah. Die entscheidende Frage stellte er zuletzt, und Regine konnte sie nicht ohne Susannes Hilfe beantworten, weil die Antwort zu den Dingen gehörte, die sie grundsätzlich vergaß. Susanne wusste bereits, als sie selbst nach der Antwort suchte, dass ein Unheil nahte, mit dem sie niemals gerechnet hatte. Wann hatte Regine ihre letzte monatliche Blutung gehabt?

Ja, wann? Sie log, ohne zu zögern. »Gerade vier Wochen.«

»Nun, dann würde ich sagen, Ihr müsst abwarten, ob der unwohle Zustand auch nach der nächsten Blutung wiederkehrt, und mich dann rasch rufen, damit ich einen Aderlass vornehmen kann. Vorher finde ich es nicht ratsam, da sich die reinigende Wirkung mit der naturgemäßen Blutung von selbst einstellen mag.«

Susanne stimmte ihm zu und verabschiedete ihn mit einem Lächeln, das sich so falsch anfühlte wie die ganze Situation. Acht Wochen mussten es her sein, dass Regine ihre letzte Blutung gehabt hatte. Etwas in Susanne weigerte sich noch, ihre böse Ahnung in Worte zu fassen. Sie wusste, dass es wenig Sinn hatte, Regine mit Fragen zu bedrängen, doch sie dachte mit Bangen an die Gelegenheit, bei der ihre Schwester in den vergangenen acht Wochen ohne Schutz gewesen war. Während sie mit Till Zeit bei der Suche am falschen Ort vergeudet hatte, konnte Regine viel zugestoßen sein.

Susanne erinnerte sich daran, wie verwirrt ihre Schwester bei ihrer Rückkehr gewesen war. Sie hatte Lenhardt nicht gefragt, wann und wie er Regine gefunden hatte oder wann sie an der Tür des Sülfmeisterhauses erschienen war.

An den folgenden Tagen beobachtete sie Regine genau. Am Ende hätte sie Anjes sprechende Blicke nicht mehr gebraucht, um sich die Wahrheit einzugestehen. Regine war schwanger. Während sie selbst bei voller Schuld von diesem Unheil verschont geblieben war, hatte es ihre Schwester in ihrer Unschuld getroffen.

Susanne fühlte an diesem Tag Regines Übelkeit so heftig, als wäre es ihre eigene. Sie half ihr, tröstete sie, doch dann schlug sie sich die Hand vor den Mund und floh aus dem Haus. Das Gebot ihres Vaters ein weiteres Mal missachtend lief sie allein durch die Straßen. Als sie das schiefe Haus erreichte, blieb sie ungläubig stehen. Das obere Stockwerk war in sich zusammengebrochen wie eine Pastete. Ziegelbrocken und Holz lagen auf der Gasse, dazwischen ein zerdrücktes Schwalbennest. Vor Susannes innerem Auge flammte der Stützbalken auf, den sie von der Wand gerissen hatte. War auch dieses Unheil ihre Schuld? Sie näherte sich dem leeren Nest und hob es zaghaft auf. Es mussten Junge darin gewesen sein, doch die waren längst von Katzen oder Hunden geholt worden.

Sie hatte wahrhaft in kurzer Zeit viel erreicht: durch ihre Eigenmächtigkeiten den Streit zwischen Till und ihrem Vater geschürt bis zum Äußersten, ihren Vater krank vor Ärger gemacht, sich die Feindschaft eines flüchtigen Mörders zugezogen, in der Fürsorge für ihre Schwester so gründlich versagt, wie sie nur versagen konnte, ihr Herz gebrochen, Jan aus der Stadt vertrieben, ein Haus zum Einsturz gebracht. Das Einzige, was noch gut war, waren Lenhardt und Liebhild.

Sie starrte auf die Trümmer des Hauses und dachte an Jan, fühlte seinen warmen Atem in ihrem Ohr, seine Haut, seine Lippen auf ihren. Wie hatte er einfach gehen können?

Am darauffolgenden Sonntag, dem dritten nach dem Schützenfest, brachte Martin nach der Kirche Dorothea mit. Seine Braut wollte mit Susanne über die Gestaltung der Hochzeit sprechen. Susanne bemerkte schnell, dass die acht Jahre ältere Frau sie im Grunde nur darüber unterrichten wollte, welche Gebräuche zu beachten waren und in welchen Fragen man sich unbedingt gegen die Lossius' behaupten musste, die gewiss abweichende Vorstellungen hatten.

Dorothea war sparsam. »Nicht umsonst hat der Rat immer wieder darauf bestanden, allzu ausschweifende Feierlichkeiten zu untersagen. Ich fürchte nur, dein Vater wird sich von den verschwenderischen Gewohnheiten des hohen Standes anstecken lassen. Es ist unsere Pflicht, dagegenzuwirken. Martin sieht das ebenso. Er ist auch der Ansicht, dass dein Vater bei deiner Mitgift jedes vernünftige Maß überschritten hat. Es sollte dir daran gelegen sein, dass dein zukünftiger Ehemann dieses Vermögen dem gemeinsamen Unternehmen wieder zuführt. Du darfst dich nicht verleiten lassen, jetzt Schulden zu machen, um unnützen Prunk für die Hochzeit anzuschaffen. Viele Mädchen tun das und wollen diese Schulden später aus der Mitgift bezahlen. Ich nehme doch an, dass du beizeiten Sorge getragen hast, deine Aussteuertruhe zu füllen? Das sollte für Hochzeitskleid und Wäsche genügen.«

Ausnahmsweise befanden sich nur Frauen in der Dornse. Dorothea hatte ihre jüngere Schwester zur Seite, die ihr als Brautjungfer dienen würde. Susanne hatte Lene gebeten, diese Aufgabe zu übernehmen. Lene fühlte sich geehrt, doch Susanne hätte nicht gewusst, wen sie sonst hätte fragen sollen.

Während Dorotheas unscheinbare Schwester steif dasaß und noch weniger Heiterkeit ausstrahlte als Dorothea, hörte Lene aufmerksam zu. Susanne konnte spüren, wie sehr ihr Dorotheas Predigt missfiel.

Regine saß an ihrem üblichen Platz auf der Ofenbank und stickte weiße Blumen auf ihren grünen Schal. Es fehlte nicht mehr viel, dann würde sie nach all den Jahren das Stück wirklich vollendet haben. Es zerriss Susanne das Herz, wenn sie an den Kummer dachte, der ihr und damit dem ganzen Haus Büttner bevorstand. Sie würde ihr Wissen um Regines Zustand nicht mehr lange leugnen können.

Dorothea schnalzte ungehalten. »Hast du mir überhaupt zugehört, Susanne?«

»Ja, das habe ich. Es wird sich aber nicht umgehen lassen, dass ich Geld für die Hochzeit ausgebe. Regines und meine Truhen sind nicht gut ausgestattet. Wir hatten nie genug Zeit, uns darum zu kümmern.«

»Zeit? Fleiß meinst du wohl. So viel Zeit wird dieser mäßig geführte Haushalt dich wohl nicht gekostet haben. Und nach dem, was Martin mir über die Aufregung erzählte, die du deinem Vater in letzter Zeit zugemutet hast, nehme ich an, dass du schon immer Zeit übrig hattest, die du auf bessere Weise hättest verwenden können.«

Susanne dankte abermals dem Himmel, dass sie nicht das Haus mit ihrer Schwägerin teilen würde. »Das magst du betrachten, wie du willst. Die Schwierigkeit bleibt bestehen. Wenn ich meinen Bräutigam nicht beschämen will, muss ich Geld in die Hand nehmen. Und ich bin sicher, dass auch Vater das nicht anders wünscht.«

Nun tat Dorotheas Schwester den Mund auf. »Das Erste wäre wohl, den Inhalt der Truhen zusammenzulegen. Anders wär's ja Verschwendung. Die da wird doch ohnehin nicht heiraten.« Sie zeigte abfällig auf Regine.

Selbst Lene starrte entsetzt die beiden Frauen auf der anderen Seite des Tisches an. In Susanne kochte die Wut so rasch hoch wie in ihren Kindertagen. »So? Na, das Gleiche habt ihr beide sicher auch getan, nicht wahr?«

Dorotheas Schwester blieb vor Entrüstung der Mund offen stehen, während Dorothea die Lippen kräuselte, als würde sie auf ein Ungeziefer blicken. »Nun, ich habe mir schon gedacht, dass es mit dir nicht leicht werden würde. Aber lass dir gesagt sein, gerade weil du dieses Haus verlässt, werde ich ein scharfes Augenmerk darauf haben, dass du dich nicht auf seine Kosten bereicherst. Es ist Albernheit, zu leugnen, dass deine Schwester eine lebenslange Belastung für Martin und mich sein wird.«

Unwillkürlich sprang Susanne auf. »Rede nicht von Regine, als könnte sie dich nicht verstehen. Sie ist heute keine Belastung, und sie wird auch in Zukunft keine sein. Sie wird ohnehin mit mir gehen.«

Dorotheas Mund blieb gekräuselt. »Wenn du dich da nur nicht irrst. Aber gut wäre es. Schließlich ist dieses Haus klein, und wir werden Raum brauchen, wenn wir, so Gott will, erst eigene Kinder bekommen. Die fremden Jungen werden ja hoffentlich im Werkhof schlafen, wenn sie alt genug zum Lernen sind.«

Lene wechselte mit Susanne einen fassungslosen Blick. Ihr schien soeben bewusst zu werden, dass auch ihr Leben sich bald entscheidend verändern würde.

Regine war es nicht entgangen, dass über sie gesprochen wurde. Sie hatte ihre Stickarbeit im Schoß ruhen lassen und angestrengt den Wortwechsel verfolgt. »Wohin gehen wir denn, Suse? Ich möchte nicht fort«, sagte sie nun.

»Wir gehen zu Lenhardt. Das wird dir gewiss gefallen.«

Regine nickte, sah aber weiterhin nachdenklich aus. Sie zeigte auf Dorothea. »Wer ist sie?«

Susanne hatte versucht, es ihr zu erklären, doch wie alles Neue musste die Erklärung für Regine wiederholt werden, damit sie in ihrem Gedächtnis haften blieb. »Das ist Martins Braut. Sie heiratet Martin. Und ich heirate Lenhardt, und wir beide leben dann bei ihm. Ja?«

Regine sah sie so verdutzt an, als hörte sie das zum ersten Mal. »Ach ja«, sagte sie dann, wurde rot und senkte den Blick wieder auf ihre Stickerei.

Dorothea stieß einen schnippischen Laut aus. »Keine Belastung, nicht wahr?«

Susanne richtete sich auf und sah ihr in die Augen. »Für mich weit weniger, als du eine bist.«

Endlich verlor Dorothea ihre steife Überheblichkeit und schnappte nach Luft. Langsam erhob sie sich. Susanne machte sich auf einen handfesten Streit gefasst, doch in diesem Moment öffnete sich die Dornsentür, und Martin und ihr Vater traten ein. »Nun hattet ihr genug Zeit für eure weiblichen Belange. Wir wollen unseren Sonntagskuchen genießen. Mach mal, Susannchen«, sagte ihr Vater.

Nicht nur Lene folgte ihr, sondern auch Regine, die sonst die Dornse nur verließ, wenn sie dazu aufgefordert wurde.

»Sag, Suse, kann der Sülfmeister nicht auch noch eine Kleinmagd brauchen?«, fragte Lene.

Susanne seufzte. »Lene, vielleicht ist sie am Ende nicht

so schlimm, wie sie jetzt tut. Warte erst einmal ab. Wenn nicht einmal du bleibst, wie kann ich dann Liebhild hierlassen? Und bei aller Großzügigkeit – wir können doch nicht mit dem ganzen Hausstand umsiedeln.«

Während Lene und Regine bei Anje und der Muhme in der Küche blieben, musste sich Susanne notgedrungen wieder zu den anderen in die Dornse setzen. Auch Lenhardt wollte später noch zu ihnen stoßen und über Hochzeitsvorbereitungen sprechen.

Dorothea hatte sich wieder gefangen und brachte nun Susannes Vater gegenüber ihre Vorstellungen von einer angemessenen Hochzeit noch einmal in weit gefälligerer Art vor. Er setzte die höfliche Miene auf, mit der er Menschen zuhörte, die er nicht kränken wollte, deren Ansichten jedoch für ihn bedeutungslos waren.

Susanne schwieg und wartete auf Lenhardt. Ein weiteres Mal in diesem trüben Sommer verdunkelte sich der Himmel. Nicht alle der kleinen, runden Scheiben, mit denen das Fenster verglast war, waren durchsichtig. Dennoch sah sie, dass starker Regen einsetzte. Die Bauern mussten über das Wetter längst verzweifelt sein, und im Herbst würden alle die schlechte Ernte zu spüren bekommen.

Sie wurde unruhig, als sie sich an das Unwetter erinnerte, in dem sie mit Till nach Regine gesucht hatte. Mit einem entschuldigenden Lächeln nahm sie den Mostkrug vom Tisch, obwohl er noch halbvoll war, und verließ den Raum.

Nur Lene und die Muhme waren in der Küche. »Wo ist Regine?«

»Sie ist nach oben zu den Kindern. Anje ist auch dort.«

Doch Anje war allein mit den Kindern. Sie hatte geglaubt, dass Regine wieder in die Dornse gegangen war.

Susanne nahm schicksalsergeben ihren und gleich auch Regines und Martins Lodenumhänge aus dem Schrank. Als sie unten über die Diele ging, klopfte es, und sie öffnete. Lenhardt kam aus dem Regen herein und schüttelte sich lachend. Übermütig umarmte er sie und gab ihr einen Kuss auf die Wange, erst dann bemerkte er die Mäntel über ihrem Arm. »Was ist das? Wer will in dieses Wetter hinaus?«

»Regine ist wieder fort. Ich muss mich beeilen und es Vater und Martin sagen. Martin soll mir suchen helfen.«

Lenhardts Heiterkeit verflog. »Selbstverständlich helfe ich auch.«

Martin lief verärgert, aber pflichtbewusst zum Hafen und an den Fluss zwischen den Mühlen, während Susanne und Lenhardt sich auf den Weg zu Lossius' Haus machten, um zuerst dort nachzusehen und danach bei den Bleichwiesen.

»Warum läuft sie immer fort?«, fragte Lenhardt.

»Bei Regen will sie nachsehen, ob der Fluss Hochwasser führt. Manchmal hat sie einfach Langeweile. Und manchmal möchte sie sich bewegen, wenn sie verstört ist. Ich weiß nicht, was es heute ist. Es geht ihr in letzter Zeit nicht gut.«

»Ja? Und kann sie dir erzählen, woran das liegt?« Er fragte es vorsichtig, als wäre er unsicher, ob sie darüber sprechen wollte.

Wie oft hatte Susanne sich gewünscht, dass Regine ihr hätte erzählen können, warum sie sich unwohl fühlte? Dieses Mal jedoch fragte sie sich, ob es Regine nicht besser bekam, wenn sie sich nicht erinnerte. Die Genugtuung, den Mann zu kennen und anzuklagen, der ihre Hilflosigkeit ausgenutzt hatte, würde Regines Gram über das Erlebnis und die nachfolgende öffentliche Schande nicht aufwiegen. Susanne schüttelte den Kopf. »Das ist schwierig für sie, weil sie so schnell vergisst. Sie fühlt noch, dass etwas sie gekränkt hat, weiß aber nicht mehr, was es war.«

Lenhardt nickte mit ernster Miene. »Und warum hast du solche Angst um sie, wenn sie fortläuft? Ist ihr schon einmal etwas zugestoßen?«

Was würde er sagen, wenn er erfuhr, was Regine zugestoßen war? Würde er weiterhin so freundlich bleiben? Oder würde es ihn abstoßen? Susanne fühlte sich elend und verdrängte mühsam die quälenden Gedanken an die Zukunft. »Früher, als ich noch ein Kind war, haben manche Leute sie verhöhnt und ihr Angst gemacht. Aber sie gibt auch auf Gefahren nicht acht. Sie läuft vor Fuhrwerke, und es zieht sie immer wieder zum Wasser. Es könnte ihr noch einmal das Gleiche geschehen wie damals.«

»Es könnte noch einmal geschehen?«

Er ging noch etwas schneller, als wäre er selbst nun besorgter um Regine. Doch in seiner Frage klang auch etwas mit, das Susanne bekannt vorkam. Sie zuckte mit den Schultern. »Niemand weiß das.«

»Vielleicht wäre sie danach wieder so wie früher. Ich meine, du hast doch gesagt, sie wäre ein gewöhnliches Mädchen gewesen, bevor … Vielleicht würde ein neuer Schlag alles rückgängig machen? Oder kann das nicht sein?«

Susanne sah ihn von der Seite an, während sie sich bemühte, mit der Geschwindigkeit seiner langen Beine Schritt zu halten. Er klang, als ob ihn diese Fragen schon lange beschäftigten.

»Mutter hat das auch gehofft. Sie hat dafür gebetet. Aber ich … Nun, wie viele Menschen kennst du, die durch ein

Wunder geheilt wurden? Ich habe zwar viele Geschichten darüber gehört, doch begegnet bin ich solchen Geheilten nie.«

Das Schloss in der Tür des Sülfmeisterhauses hakte. Lenhardt musste sich mühen, bevor er sie hereinwinken konnte. »Bleib hier. Ich frage nach.«

Einer der Bediensteten hatte die Geräusche an der Tür gehört und kam ihnen diensteifrig entgegen, wusste jedoch nichts von Regine. Er übersah Susanne, die in ihrem dunkelgrünen Umhang im unbeleuchteten Eingangsflur wartete. Tropfend und unbemerkt stand sie dort in dem prachtvollen Gebäude, das bald ihr Heim werden sollte. Sie fühlte sich fehl am Platz und ahnte auf einmal, dass es immer so bleiben würde. Lossius' Vorfahren hatten seit Lüneburgs Gründung zu den reichsten und mächtigsten Bürgern gehört und die Geschicke der Stadt gelenkt. Noch 150 Jahre zuvor, als der Salzhandel die Sülfmeister in scheinbar unendlichem Reichtum schwimmen ließ und sie uneingeschränkt das Sagen im Rat gehabt hatten, wäre wohl keinem von ihnen eingefallen, eine Böttchertochter zu ehelichen. Sie würde sich ihr ganzes Leben lang für die Ehre, die ihr zuteilwurde, zu Dankbarkeit verpflichtet fühlen müssen.

Lenhardt kehrte im Laufschritt zurück. Hinter ihm auf der Diele erschien bereits eine Magd mit einem Lappen und entfernte den Schmutz, den er mit seinen Schuhen und dem nassen Mantel hereingetragen hatte. »Sie war nicht hier.«

Es erschien Susanne wie ein Albtraum, als sie erneut in strömendem Regen die Stadt durch das Rote Tor verließ. Zu ihrem Glück war es diesmal weniger kalt und stürmisch, doch mit jedem Schritt wuchs ihre Furcht.

Tatsächlich lagen die Bleichwiesen verlassen da. Umso größer war ihre Überraschung, als sie näher ans Wasser traten und hinter dem Bewuchs der Böschung auch die nächste Biegung der Ilmenau einsehen konnten. Regine stand mitten im Fluss, bis zur Brust im Wasser, ihre nassen blonden Haare umspielten ihre Gestalt und bewegten sich mit der Strömung. Sie hatte beide Hände vor dem Gesicht und weinte.

Susanne lief am Ufer entlang, um zu ihr zu gelangen, doch ehe sie ins Wasser steigen konnte, sprang Lenhardt schon hinein. Regine schrak zusammen und starrte ihn mit weit aufgerissenen Augen an, streckte ihm jedoch die Arme entgegen, als sie ihn erkannte. Er plantschte gegen die Strömung an, bis er Regine aufheben konnte, und trug sie ans Ufer. Susanne stützte ihn, als er aus dem Wasser stieg, doch er bemerkte sie gar nicht. Er stellte Regine auf die Füße, ohne sie loszulassen. Auch sie hielt sich weiter an ihm fest. Sie hatte die Arme um seinen Nacken gelegt, schmiegte sich an ihn, und er hielt sie in seinen Armen, wie ein Mann eine Frau hielt. Sie waren ein wunderschönes Paar.

Susanne war nicht entsetzt, als sie begriff. Es war ihr, als hätte sie endlich die Lösung eines schwierigen Rätsels gefunden. Ihr Verstand sagte, dass dadurch nichts einfacher für sie wurde. Dennoch war sie erleichtert.

Schließlich erinnerte Lenhardt sich an sie und sah sich zu ihr um. »Sie ist ganz kalt. Wir müssen uns beeilen.«

Wortlos legte Susanne Regine ihren Mantel um, während diese sich noch immer gegen Lenhardt lehnte und sie erst jetzt bemerkte. »Suse. Immer kommst du.« Es hätte ebenso ein Dank sein können wie ein Vorwurf.

»Wir bringen sie zu uns, das ist näher. Ich schicke einen Boten zu eurem Vater.«

Elisabeth Lossius schlug die Hände über dem Kopf zusammen, als sie sah, wie ihnen das Wasser aus der Kleidung rann. »Tantes Kammer, Lenhardt«, wies sie an und nahm eine ihrer Mägde beiseite, um ihr zu sagen, woher sie trockenes Zeug und warme Decken holen sollte.

Lenhardt führte Regine hinauf. Erst in der Kammer machte er sich von ihr los und wandte sich Susanne zu. »Dem Herrgott sei es gedankt. Bist du wohl? Ich werde gleich Mutter sagen, sie soll euch heißen Wein bereiten lassen. Und dann schicke ich unseren Burschen … Ihr zieht euch um, ja? Ich …«

»Warte.« Energisch schloss Susanne die Tür, sodass sie unter sich waren. »Lenhardt, ich werde dich etwas fragen, das dich vielleicht verärgern wird. Aber es muss sein.«

»Aber ihr werdet noch beide krank, wenn ihr nicht …«

Susanne unterbrach ihn mit einer Geste. »In der Nacht, die Regine hier verbracht hat, bist du da allein mit ihr gewesen?«

Lenhardts Miene verschloss sich. »Warum willst du das wissen?«

»Ich will es wissen, weil Regine an jenem Abend oder in jener Nacht etwas zugestoßen ist, worüber du vielleicht mehr weißt als ich. Ging es ihr gut, als sie hierherkam?«

»Ja«, sagte Regine. »Ich komme gern hierher. Es ist ein schönes Haus. Und Lenhardt ist hier.«

Lenhardt breitete die Hände aus. »Das war damals ein schlimmes Unwetter. Sie hatte Angst.«

»Nein. Ich hatte keine Angst. Du warst doch hier.«

Susanne ging zu ihrer Schwester und half ihr, den schweren, nassen Überwurf abzulegen. »Aber später hattest du Angst. Warum denn?«

Regine schüttelte den Kopf. »Ich weiß nicht.«

Lenhardt legte eine Hand auf Susannes Arm, damit sie ihn ansah. »Was soll das? Worauf willst du hinaus?«

Susanne sah ihn nicht an, sondern breitete den Überwurf über einen Stuhl. »Wart ihr allein?«

»Lieber Gott, Susanne!« Seine Stimme bekam einen verzweifelten Unterton.

»Wart ihr?«

»Ja! Aber ... Das ist doch nicht ... Du glaubst doch nicht ...«

»Doch, ich glaube. Sag mir die Wahrheit, Lenhardt. Was ist in jener Nacht gewesen?«

»Was du mir da unterstellst, kann alles zwischen uns zerstören. Überleg es dir gut, bevor du weitersprichst.«

»Bevor ich noch einmal frage, muss ich dir etwas erzählen. Denn was ich dir da unterstelle, hat Folgen, über die ich nicht bestimmen kann. Hör es also, und dann folge deinem Gewissen. Ich bin seit einigen Tagen sicher, dass Regine ein Kind erwartet.«

Regine sah sie mit großen Augen an. »Was? Was heißt das?«

Lenhardt stöhnte und schlug sich die Fäuste gegen die Stirn. Regine ging zu ihm und strich ihm über den Arm. »Ist das etwas Schlimmes?«

»Sie hat Schutz bei dir gesucht. Wie konntest du nur?«, sagte Susanne müde und ließ sich auf der Bettkante nieder.

Er schwieg, das Gesicht in den Händen verborgen. Regine streichelte ihn, und Susanne sah ihr zu. Warum war sie davon ausgegangen, dass ihre schöne Schwester ein Kind bleiben würde? Sie war nicht weniger zur Frau gereift als sie selbst. Vielleicht konnte sie ihre Sehnsucht nicht benennen, aber was Regine für Lenhardt fühlte, war offensichtlich mehr als kindliche oder freundschaftliche Zuneigung. Wie hatte sie das übersehen können? Es nahm Lenhardts Vergehen nicht die Schwere, doch gerade ihr stand es nicht zu, darüber so rasch zu urteilen.

Es klopfte an der Tür, und Elisabeth Lossius trat mit einer Magd im Gefolge ein.

Hastig richtete Lenhardt sich auf und wich von Regine zurück. Mit einem flehentlichen Blick bat er Susanne, zu schweigen.

»Wir müssen Nachricht zu Meister Büttner schicken«, sagte er.

Seine Mutter tätschelte ihm den Arm. »Das habe ich veranlasst. Nun geh du und kleide dich um, mein Sohn. Du siehst ja aus, als wärest du in den Fluss gesprungen.«

Sie ließ Regine und Susanne mit der Magd und den trockenen Sachen allein. Die freundliche Magd ging, nachdem sie ihnen beim Umkleiden geholfen und ausgiebig Regines Haar bewundert hatte. Susanne war erleichtert, dass Regines Bauch sich noch nicht wölbte. Nur wer sie kannte, konnte sehen, dass ihre Taille nicht mehr so schmal war wie noch zwei Monate zuvor.

Frau Lossius hatte Regine, die ihr in der Statur ähnelte, eines von ihren eigenen Kleidern überlassen. Susanne dagegen trug das gute Kleid einer der Mägde, in dem sie sich wohlfühlte. Sie betrachtete mit einer Mischung aus Schmerz und Stolz das Bild, das ihre Schwester abgab, als sie mit ihren offenen Haaren in dem prächtigen Kleid in einem Lehnsessel beim Fenster Platz nahm.

»Warum bist du heute in den Fluss gestiegen, Gine?«

Regine sah sie kummervoll an. »Es ist so schwer mit mir, Suse. Alle haben es schwer mit mir, und mir tut so oft der Kopf weh, weil alles so schwierig ist und ich mich nicht erinnern kann. Und mir ist oft elend und ich bin müde. Das Leben ist nicht schön. Es ist nur gut, wenn Lenhardt kommt oder wenn du mit mir spazierengehst. Aber du gehst nicht mehr mit mir spazieren. Ich glaube, es wird dir zu schwer mit mir. Immer musst du mich vor den anderen in Schutz nehmen. Ich wollte sehen, ob es Hochwasser gibt. Aber als ich zur Bleiche kam, war ich müde. Da fiel mir die tote Frau ein, die im Fluss lag. Ich habe mich erinnert. Du hast gesagt, sie wacht nicht wieder auf. Und ich war so müde. Aber im Wasser hatte ich Angst, und ich habe gehofft, dass du kommst oder Vater oder Lenhardt.«

»Ich dachte, du hättest die tote Frau vergessen.«

»Nein. Alles vergesse ich nicht.«

»Vor allem darfst du nicht vergessen, dass ich furchtbar traurig wäre, wenn ich dich nicht mehr hätte.«

»Aber du willst Lenhardt heiraten, und ich bin so müde.«

»Du hast Lenhardt lieb, nicht wahr? Würdest du ihn gern selbst heiraten?«

»Ich heirate doch nicht. Anje sagt das. Und die Frau in der Dornse hat es auch gesagt. Und Lenhardt will dich heiraten.«

»Kannst du dich gut an die Nacht erinnern, in der du hier bei Lenhardt warst?«

»Ja. Nein.«

Susanne seufzte und setzte sich wieder zurück auf die Bettkante. »Meinst du, Lenhardt hat etwas mit dir gemacht, das du nicht wolltest? Etwas, das du nicht mochtest?«

»Nein. Oder ja. Suse, ich weiß das nicht. Es ist so durcheinander.«

Abermals klopfte es an der Tür. Lenhardt kam erst herein, als Susanne ihn hereinbat, und er blieb mit einem Ruck stehen, als er Regine in ihrem schönen Kleid da sitzen sah. In seinem Gesicht spiegelte sich heillose Verwirrung. Er ging vor Susanne in die Knie und ergriff ihre Hand, die sie ihm regungslos überließ. »Ich weiß, dass du mir das nur schwer verzeihen wirst, denn ich verzeihe es mir selbst nicht. Aber du musst mir glauben, dass ich ihr keine Gewalt angetan habe. Ich könnte es nicht ertragen, wenn du mir das zutrautest. Regine hatte Angst vor dem Unwetter. Sie sollte hier schlafen, doch sie kam in meine Kammer. Sie ist … Deine Schwester ist kein Kind, Susanne, und ich … Es tut mir so leid. Aber es muss nichts verloren sein. Auch wenn du es jetzt nicht glauben kannst, aber ich liebe dich von Herzen. Wir heiraten, Regine bleibt bei uns, und das Kind auch. Wir werden doch einen Weg finden, alles in Ordnung zu bringen. Niemand außer uns muss erfahren, was geschehen ist. Ich wäre untröstlich, wenn ich Unglück über euch gebracht hätte und nichts dagegen tun dürfte.«

»Du liebst mich von Herzen? Und Regine liebst du nicht?« Susanne sah ihm in die Augen und entdeckte erstaunt, dass Tränen darin glänzten.

»Doch. Ich wollte es nicht, aber …«

»Und nun willst du sozusagen uns beide heiraten? Darauf steht der Tod, wenn man es genau betrachtet.«

»Nein. Natürlich nicht! Was glaubst du von mir? Regine wäre meine geliebte Schwägerin, und nie wieder würde ich mich so vergessen wie dieses eine Mal.« Die ersten Tränen lösten sich und rollten ihm über die Wangen.

»Es tut mir leid, Lenhardt, aber das geht nicht. Regine würde das nicht ertragen. Ich glaube, sie liebt dich ebenfalls, und sie wird dein Kind zur Welt bringen. Wenn du also recht handeln willst, dann heirate sie und nicht mich.«

»Aber ... Wie sollte ich das erklären? Und was ist mit dir? Habe ich dich verloren? Ich liebe dich. Wie kann ich ...«

»Wenn du dich weigerst, Regine zu heiraten, werde ich unsere Verlobung nicht lösen. Ich werde dich heiraten, um das Schlimmste für uns alle zu verhindern. Aber du sollst wissen, dass es nicht mehr das ist, was ich mir wünsche.«

Schwerfällig erhob er sich. »Wolltest du mich jemals?«

Susanne nickte. »Ja. Aber nicht so sehr, wie du Regine willst oder sie dich.«

Er ging zum Fenster, wo Regine blass und mit weit aufgerissenen Augen ihre Hände rang. »Stimmt das, was Susanne sagt, Regine? Willst du mich heiraten und mit mir zusammenleben wie Mann und Frau? Willst du jeden Tag mit mir am Tisch sitzen? Für mich singen? Mit mir in der Nacht das Bett teilen und mir meine Kinder zur Welt bringen?«

Nun wurde Regine rot und krampfte die Hände ineinander. »Ich werde nicht heiraten, das sagen alle. Mein Kopf ist nicht wie der von anderen. Anje sagt, ich bin verhext.«

Susanne schloss die Augen. Auch das war ihr entgangen. Ausgerechnet im eigenen Heim hatte Regine sich auch das noch anhören müssen.

Lenhardt ließ sich davon nicht ablenken. »Du bist nicht wie andere, aber der Rest ist Unsinn. Sag mir, liebst du mich so, wie eine Frau einen Mann liebt? Möchtest du mich heiraten?«

Regine senkte verschämt den Kopf und nickte.

»Dann heiraten wir also. Du und ich. Mein Leben lang habe ich dich aus der Ferne gesehen und bewundert. Vielleicht war ich schon immer in dich verliebt.« Er kniete sich zu ihr und nahm sie in die Arme, während sie über seine Schulter hinweg verwundert Susanne ansah.

Susanne nickte ihr ermutigend zu und wischte sich ärgerlich die Tränen fort.

Ohne Klopfen öffnete sich diesmal die Tür, und Lenhardts Mutter kam herein. »Mädchen, der Regen …« Verblüfft blieb sie stehen, als sie Lenhardt und Regine in ihrer Umarmung sah. »Was ist das? Lenhardt, das geziemt sich nicht. Bei aller …«

»Mutter, ich werde deine Hilfe brauchen«, sagte Lenhardt.

Susanne beobachtete das Mienenspiel der vornehmen Frau. Ihr Blick ruhte so liebevoll auf ihrem einzigen Sohn, dass Susanne keine Bedenken mehr hatte. Solange Lenhardt dazu stand, dass Regine sein Glück bedeutete, würde seine Mutter alles tun, um ihm dieses Glück zu ermöglichen und zu erhalten. »Es ist richtig so«, sagte sie daher leise, als Elisabeth Lossius ihr einen fragenden Blick zuwarf.

Und sie wiederholte es auch später, als ihr Vater sie wesentlich entsetzter anblickte.

23

Wohin, Susanne?

Innerhalb der Familien Lossius und Büttner hatte man sich darauf geeinigt, denen gegenüber, die es noch nicht besser gewusst hatten, zu behaupten, dass Regine von Anfang an die Braut gewesen war. In dem weiteren Kreis, den die Neuigkeit der bevorstehenden Hochzeit erreicht hatte, war ohnehin nur vom »Junker Lossius und der Büttnertochter« die Rede gewesen. Die Leute wunderten sich zwar, doch sie alle wussten, dass Regine nicht nur seltsam, sondern auch auffallend schön war und dass der junge Mann sich manche Eigenwilligkeit erlauben durfte.

Im engeren Kreis war es schwieriger zu erklären. Niemand wollte glauben, dass es so gekommen war, weil Lenhardt und Regine ihre große Liebe füreinander entdeckt hatten, obgleich das im Grunde der Wahrheit entsprach.

Hartnäckig versicherte Susanne wieder und wieder, dass es keinen Grund gab, sie zu bedauern, weil sie mit dieser Wendung völlig einverstanden sei. Besonders Lene konnte nicht fassen, dass Susanne nicht entsetzlich darunter litt, ihren Bräutigam und ihre Zukunftsaussichten an ihre Schwester verloren zu haben. Vor allem, da ihnen das Leben unter Dorotheas bedrückender Herrschaft bevorstand.

Susanne verdrängte den Gedanken an alles, was nach der Hochzeit kommen würde. Sie widmete sich den Vorbereitungen für das Fest mit größtem Eifer.

Weder Dorotheas Ermahnungen noch ihre eigene Vernunft konnten dabei verhindern, dass die Ausgaben schwindelerregend anwuchsen. Sülfmeister Lossius hatte in der Tat klare Vorstellungen davon, wie die Hochzeit seines einzigen Sohnes auszusehen hatte, und Susannes Vater hielt aus Stolz und Pflichtgefühl mit. Gerade weil der hochgestellte Bräutigam ihm nun zu denselben Bedingungen die schutzbedürftigere Tochter abnahm. Er hatte nie zu hoffen gewagt, dass Regine gut heiraten würde. Da konnte er sich auf keinen Fall lumpen lassen. Vierhundert Gäste erschienen Lossius nicht zu viel, also würde man vierhundert Gäste laden. Zwei Tage und Nächte sollte das Fest dauern. Am ersten Tag würde man gemeinsam im Haus des Sülfmeisters weilen, am zweiten Tag zöge die kleinere Gesellschaft um Martin und Dorothea in die Böttcherei um, wo Werkstatt und Hof zum Feiern hergerichtet wären.

Susanne arbeitete unermüdlich, und sie bemühte sich, Regine so oft wie möglich zur Seite zu haben und sie an den Vorbereitungen teilhaben zu lassen. Regine ging es dabei besser denn je. Ihre Übelkeit hatte sich gelegt, und auf ihre Müdigkeit nahm Susanne Rücksicht. Regine vergaß nie, dass es ihr Fest war, welches vorbereitet wurde, auch wenn sie nicht immer im Sinn behielt, welche Auswirkungen ihre Hochzeit haben würde. Susanne sprach viel mit ihr darüber, erklärte geduldig jeden Tag aufs Neue, warum sie bald nicht mehr im selben Haus leben würden.

Im Zuge der Vorbereitungen gelang es Susanne, sich eine Frage zu beantworten, die sie schon seit geraumer Zeit quälte. Sie schickte den neuen Gesellen, den ihr Vater als Ersatz für Till eingestellt hatte, zu Bertholds Haus, um bei Gisel Kerzen zu kaufen. Er berichtete ihr später, dass Gisels Tochter ihm geöffnet hatte. Gisel war im Kindbett gestorben. Ihre Tochter bewohnte nun mit ihrem Bruder allein das Haus. Die Salinenverwaltung hatte es ihnen trotz der Schande um ihren Stiefvater gelassen, weil der junge Mann sich in seiner Siederlehre als redlich und vielversprechend erwiesen hatte.

Die Kerzen, die der Geselle mitbrachte, waren von mäßiger Güte. Susanne war es gleichgültig. Sie hatte für das Geld bekommen, was sie gewünscht hatte, auch wenn die Nachricht nicht erfreulich war.

Anfang August, eine Woche vor der Hochzeit, erreichten Neuigkeiten die Stadt, die Susanne ebenfalls bedrückten. Bei Warschau war eine große Schlacht geschlagen worden, deren Ausgang von vielen Lüneburgern bestaunt und bejubelt wurde. Der schwedische König Karl Gustav und sein Verbündeter Friedrich Wilhelm hatten mit einem Heer aus 9500 Schweden und 8500 Brandenburgern eine polnische Übermacht von 40.000 Mann geschlagen. Die ruhmreiche Kampfkraft des kurfürstlichen Heeres war in aller Munde. Von den Toten sprach niemand. Susanne dagegen dachte nur an die Toten und Verwundeten. Wenn Till sich tatsächlich den Brandenburgern angeschlossen hatte, wie sie fest glaubte, warum ließ er jetzt nicht von sich hören?

Auch diese Sorge musste sie für sich behalten, denn weder vor ihrem Vater noch vor Martin durfte sie Till erwähnen.

Am letzten Tag vor der Hochzeit leitete sie bis spät in den Abend die geliehenen und angeworbenen Helfer und Helferinnen an, um die Böttcherei zu einem Schmuckstück zu machen. Mit allem, was ihr zu Gebote stand, sorgte sie dafür, dass ihre Schwester zur schönsten Braut wurde, die Lüneburg jemals gesehen hatte.

Erst als sie an jenem Abend in ihre sommernachtshelle

Kammer kam und sah, wie Regine und Liebhild Seite an Seite schliefen, setzte sie sich auf ihr Bett und ließ den Tränen ihren Lauf. Zum letzten Mal sah sie dieses Bild, zum letzten Mal würde sie am Morgen sehen, wie Regine lächelnd neben Liebhild im Alkoven saß und sich von ihr die Haare durchsträhnen ließ.

Die Paare sprachen ihre Gelöbnisse am Samstagvormittag in der St.-Johannis-Kirche. Regine überstrahlte in ihrer kostbar bestickten grün-goldenen Tracht mit der perlenbesetzten hohen Brautkrone ihren ebenfalls prachtvoll gekleideten Bräutigam. Mehr noch bezauberte sie durch die scheue Anmut, mit der sie ihm die Hand reichte.

Doch auch Dorothea war in ihrem schlichteren bunten Brautkleid hübsch anzusehen, und Martin wirkte stattlich und stolz.

Ratsherr Töbing und der oberste Gildemeister der Böttcher besiegelten im festlichen Ornat die Bündnisse, und der Pastor segnete sie. Susannes Vater hatte sich bei ihr untergehakt, klopfte während der Zeremonie immer wieder gerührt ihren Arm und weinte am Ende, als sein alter Gildemeister seine Freude über die schönen jungen Paare ausdrückte. Susanne hatte früher am Tage geweint, als Regine ihr den grünen Schal geschenkt hatte, den sie mit weißen Blumen bestickt hatte.

Die anschließende Feier ließ nichts zu wünschen übrig. Die Tafeln im Hause Lossius bogen sich unter zahllosen Gerichten. Im großen Saal spielte ein Trio aus Pfeifer, Laute und Trommel, und viele Gäste tanzten schon nach den ersten Gängen. Auch Susanne verzichtete nicht darauf, denn an Partnern gab es keinen Mangel, sie konnte Lenhardt dabei meiden. Sie tat ihr Bestes, um die Hochzeiten ihrer

Geschwister so fröhlich zu feiern, wie sie es unter gewöhnlichen Umständen getan hätte.

Am Sonntagmorgen, bevor sie zur Kirche aufbrachen, überreichte sie Dorothea den Schlüsselbund für die Schränke, Truhen und Türen des Hauses. Ihre Schwägerin nahm ihn mit kühler Miene entgegen und ohne einen Dank. Allgemein wirkte sie jedoch weniger selbstsicher als vor der Hochzeit, beinah ein wenig verstört. Vor allem Martin gegenüber verhielt sie sich steif, und auch dieser schien sich in seiner neuen Rolle noch nicht wohlzufühlen. Die beiden berührten sich im Beisein anderer nur im strengsten Rahmen der Sittlichkeit. Die anzüglichen Scherze der Gäste, die auch an diesem Tag begeistert weiterfeierten, ließen sie beide erröten.

Susanne beobachtete sie und dachte an Jan. Wie lange hätte sie es wohl ausgehalten, ihn nicht zu berühren, wenn sie ihn hätte berühren dürfen? Keine Stunde. Der Verlust schmerzte sie wie am ersten Tag.

Eine ganze Woche dauerte es, bis die Reste und die Unordnung des Festes beseitigt waren.

Zu Susannes Erstaunen stellte sich heraus, dass ihre Freiheit wieder zunahm. Niemand außer Liebhild fragte mehr, wohin sie ging, selbst dann nicht, wenn sie das Haus allein verließ. Es mochte daran liegen, dass alle, einschließlich ihres Vaters, mit ihren eigenen Angelegenheiten beschäftigt waren. Vielleicht lag es aber auch daran, dass sie entbehrlich geworden war und es nicht mehr so schnell auffiel, wenn sie fehlte.

Jeden Tag ging sie mit Liebhild zu Lossius, um Regine zu besuchen und ihr die Umstellung etwas leichter zu machen. Liebhild genoss die Besuche auch, weil sie mit Paul und Minna zusammen sein konnte.

Regine war wieder verwirrter, seit sie bei Lossius' wohnte. Solange Lenhardt bei ihr war, fühlte sie sich wohl, doch in seiner Abwesenheit dauerte es nie lange, bis sie nach Hause wollte. Besonders schlimm war es, wenn Susanne und Liebhild sich von ihr verabschieden wollten, ohne dass Lenhardt im Haus war. Es war dann so schwierig, Regine dort zurückzuhalten, dass Elisabeth Lossius Susanne bat, an solchen Tagen von ihren Besuchen abzusehen oder selbst über Nacht zu bleiben. Letzteres schlug Frau Lossius ihr allerdings nur halbherzig vor. Sie wussten beide, dass Lenhardt mit der Wendung seines Schicksals zu kämpfen hatte und dass es ihm nicht helfen würde, wenn Susanne sich oft und lange in seinem Heim aufhielte.

Schweren Herzens einigte Susanne sich mit Frau Lossius darauf, gegebenenfalls nur Liebhild zu bringen, die mit Freude die eine oder andere Nacht bei ihr verbringen wollte.

Unterdessen übernahm Dorothea Schritt für Schritt die Herrschaft im Büttnerschen Haus.

Zuerst übertrug sie Anje statt der Muhme die Stelle der Köchin. Die alte Frau beschwerte sich nicht, denn immerhin behielt sie vorerst ihre kleine Kammer in der Werkstatt und durfte weiterhin in der Küche sitzen und spinnen.

Lene dagegen beklagte sich bei jeder Gelegenheit darüber, wie schwer Dorothea ihr das Leben durch ihre Sparsamkeit, ihre Genauigkeit und Engherzigkeit machte. Dorothea ging so weit, Lene das tägliche Abendessen mit ihrer Mutter und dem Großvater verbieten zu wollen, weil es zu viel von ihrer Zeit in Anspruch nahm. Nur weil Susanne sie daran erinnerte, dass Lene nicht eine beliebige Dienstmagd war, sondern immerhin Martins und ihre Base, ließ ihre Schwägerin dieses Vorhaben fallen.

Susanne fühlte Dorotheas kalten Blick oft genug auf sich, doch noch ließ ihre Schwägerin sie in Ruhe.

Es fiel ihr nicht so schwer, die Macht über den Haushalt loszulassen, wie sie befürchtet hatte. Da sich für sie ohnehin alles verändert hatte, konnte sie auch diese Veränderung hinnehmen. Schwierig wurde die Sache mit einem Schlag, als Lene verkündete, dass ihre Mutter für sie eine Stellung in einem Patrizierhause gefunden hatte. Susanne hatte den Schreck noch kaum verdaut, da war Lene schon fort, und gleich darauf wurde die Muhme bettlägerig und siechte innerhalb weniger Tage dahin. Ihr Tod kam für niemanden überraschend. Es waren nur Susanne und Liebhild, die über ihren Verlust ehrlich trauerten.

Dorothea schien sich über die neuen Umstände zu freuen. Mit kaum verhohlener Genugtuung begann sie, Susanne Anweisungen zu geben, damit die Arbeit weiterhin nach ihrem Gutdünken erledigt wurde.

Nun zeigte sich, dass es Susanne sehr wohl etwas ausmachte, sich Dorothea unterzuordnen. Jeden Auftrag, mit dem ihre Schwägerin sie zwang, Dinge auf den Kopf zu stellen, die sie selbst stets für völlig in Ordnung befunden hatte, empfand sie wie eine Ohrfeige. Was sie für sauber, gut und tauglich gehalten hatte, wurde nun als schmutzig, schadhaft und unwürdig bezeichnet, musste geschrubbt oder ersetzt werden. Wo Blumen wuchsen, musste Kohl wachsen, und sogar ihre Hühner gehörten auf einmal einer legefaulen Rasse an. Obwohl Susanne sich fest vorgenommen hatte, den Frieden zu wahren, wuchs ihr Unmut, bis sie sich Dorothea schließlich widersetzte.

Die Folge war nicht etwa, dass Dorothea sich darauf einließ, mit ihr zu streiten. Scheinheilig wandte sie sich an Martin und ihren Schwiegervater und behauptete, sie fühle sich nicht wohl dabei, Susanne Anweisungen zu geben, und überhaupt sei die Arbeit nicht zu schaffen.

Kurz darauf zogen zwei neue, junge Mägde ein, die ihr aufs Wort gehorchten. Es blieb Susanne gerade noch genug Zeit, einige der alten Dinge zu retten, an denen Liebhild, Till und sie immer am meisten gehangen hatten: den mit Vögeln bestickten, ausgeblichenen Vorhangstoff von Tills Bett, den kleinen Korb mit Schätzen, die sie als Kinder ihrer Mutter geschenkt hatten, Liebhilds erste Schuhe. Sorgsam verstaute sie alles in der Truhe ihrer Mutter. Diese hatte sie längst in ihre Kammer geschafft und auf den Fleck gestellt, wo früher die von Regine gestanden hatte. Ihr Vater hatte die große, elterliche Kammer an Martin und Dorothea abgegeben und war in Martins Kammer gezogen.

Was sich in den nächsten Wochen im Haus abspielte, konnte Susanne nur ertragen, indem sie sich aus allen Arbeiten so weit wie möglich zurückzog. Dorothea eignete sich ihr Heim nun vollends an und zerstörte damit das von Susanne und Liebhild. Immer häufiger fragte Liebhild bedrückt, warum Dorothea alles anders machen wollte und ob man nichts dagegen tun konnte. Da Susanne sie in dieser Hinsicht nicht trösten konnte, schenkte sie ihr stattdessen viel Zeit. Sie spielte mit ihr und den Jungen, suchte ihr altes Abecedarium heraus und unterrichtete die Kinder im Lesen und Rechnen. Sie gingen zu viert spazieren und unternahmen Ausflüge, für die Susanne früher nie Zeit gehabt hatte. Sogar die Saline ließen sie sich eines Tages von Sülfmeister Lossius zeigen, nachdem Liebhild einmal neugierig nachgefragt hatte, ob das möglich sei. Er führte sie zwischen den dampfenden Siedehütten herum, von denen jede einen eigenen Namen hatte, und erklärte ihnen, wie die Sole vom Brunnen aus über Rohre in die Siedepfannen geleitet wurde.

Am selben Tag machte Herr Lossius ihr einen Vorschlag, den sie nicht ablehnen konnte, der ihr aber ein wenig Kummer bereitete. Er hatte für Paul und Minna einen Hauslehrer eingestellt und wollte gern auch Liebhild und Jost am Unterricht teilnehmen lassen, damit der Aufwand sich lohnte.

Susanne sagte ihm zu, dass sie ihren Vater von dem Plan überzeugen würde, und dachte dabei an die weiteren leeren Stunden, die das für sie bedeuten würde.

Ihr Vater war schnell überredet. »Jost kann bis zum Frühjahr mit unterrichtet werden. Dann fängt der Junge als Laufbursche in der Werkstatt an, damit er sich schon auskennt, wenn seine Lehrzeit beginnt. Und Liebhild ist ja ohnehin ständig in Hinriks Haus.«

Er sagte es in stolzem Tonfall. Susanne musste lächeln, weil ihn seine Verbindung mit dem noblen Haus so glücklich machte. Es war wie bei einem Jungen, der stolz auf seinen neuen starken Freund war. Sie selbst dagegen hatte stets das Gewisper der jungen Frauen im Ohr, die sich nach der Kirche die Mäuler darüber zerrissen, dass der junge Lossius die Geisteskranke geheiratet hatte. Der Mann müsse doch behext worden sein.

Susanne hatte Übung darin, sich zu stellen, als bemerkte sie das Gehetze nicht. Diese Frauen waren nie ihre Freundinnen gewesen und würden es nicht mehr werden.

Doch als eine neue Sensation die spitzen Zungen beschäftigte, war sie in mehr als einer Hinsicht erleichtert: Wie ein Lauffeuer verbreitete sich die Nachricht in der Stadt, dass der Rote Berthold ums Leben gekommen war. Sein Stiefsohn hatte ihn, so hieß es, in Notwehr erschlagen, als er sein altes Haus aufgesucht hatte. So schien denn die furchtbare Geschichte vorüber zu sein, und sie durfte endgültig aufatmen.

An Liebhilds und Josts erstem Unterrichtsmorgen brachte Susanne die beiden aufgeregten Kinder zum Haus des Sülfmeisters. Liebhild hatte darauf bestanden, ihr Abecedarium mitzunehmen, aus dem Jost schon einige Buchstaben gelernt hatte, und trug es stolz unter dem Arm. Der junge Hauslehrer lächelte, als sie ihm das Büchlein gleich nach der Begrüßung entgegenstreckte, was Susanne für ihn einnahm.

Regine schlief noch. Sie hatte eine unruhige Nacht gehabt, und Frau Lossius bat daher Susanne, erst am Nachmittag zu ihr zu kommen.

Nach Hause zurückzukehren und den ganzen Vormittag über Dorotheas Stimme zu hören erschien Susanne unerträglich. Zu besuchen hatte sie niemanden, keinen Großvater, keine Tante, keine Freundin. Eine Weile stand sie da und beobachtete zum ersten Mal in ihrem Leben das morgendliche Treiben auf dem Platz am Sande.

Kutscher und Fuhrknechte kamen aus den nahegelegenen Gasthäusern oder stiegen von den hier abgestellten Wagen, auf denen sie geschlafen hatten. Pferde wurden zur Tränke gebracht oder zurück zu ihren Fuhren. Das noch schläfrig-träge Klopp-klopp, Klopp-klopp ihrer Hufe klang dumpf über den großen Platz. Sie wurden an den langen Anbindebalken festgemacht, bekamen ihre Futtersäcke umgebunden, wurden geputzt und angeschirrt. Unaufgeregt schlugen sie mit ihren Schweifen nach den ersten Fliegen des Tages.

Auch die Menschen waren auf eine geruhsame Art geschäftig. An der Tür eines Gasthauses verabschiedete sich ein Kaufmann mit Handschlag von seinem Wirt und ging dann mit seinem Mantel unter dem Arm zu dem einzigen Fuhrwerk, bei dem Kutscher und Knechte schon anspannten. Freundschaftlich wechselte er mit den beiden Männern ein paar Worte, bevor alle drei aufstiegen und der Kutscher die Zügel auf die Pferderücken klatschen ließ. Die schweren Tiere zogen willig an, und das große Fahrzeug rumpelte zur Straße am Berge, die zum Hafen und zum Kaufhaus führte. Vermutlich wollten die Männer ihre dort gestapelten Waren abholen und anschließend die Stadt verlassen.

Susanne dachte an Jan, wie er am Hafen das Pferd beruhigt hatte. Sie versuchte sich vorzustellen, auf welche Art er wohl die Stadt verlassen hatte, und wie es sich anfühlen mochte, das zu tun. Kurz war sie in Versuchung, an der Schmiede vorüberzuschlendern und auf den Hof zu spähen, doch dann gab sie sich einen Ruck und folgte dem Fuhrwerk.

Am Haus der Druckerei Lampe an der Ecke war eine Bekanntmachung angeschlagen, vor der sie stehenblieb. Das Blatt begeisterte Susanne. Es war so aufwendig mit ausgemalten Initialen und Rankenwerk geschmückt, dass es in die Sammlung ihres Vaters gepasst hätte. »Gesucht werden: geschickte, geduldige, bescheidene und reinliche Lesekundige zur Ausübung der Briefmalerkunst.« Der Briefmaler, der es angefertigt hatte, musste auf jeden Fall ein geschickter und geduldiger Mann sein. Sie dachte an Liebhilds Abecedarium, das so viel schlichter ausgefallen war. Nur drei Farben und die Federkiele ihres Vaters hatte sie zur Verfügung gehabt. Den Tisch der Briefmaler in der Druckerei hätte sie gern einmal gesehen.

Ziellos spazierte sie danach durch die Stadt, blieb stehen, wenn etwas ihre Aufmerksamkeit erregte, und ging weiter, wenn sie selbst zu viele Blicke auf sich zog. Zwei, drei Mal begegnete sie Bekannten, dann grüßte sie und tat, als wäre sie zu einer Besorgung unterwegs. Bereits beim ersten Mal fiel ihr auf, dass es für sie der Vergangenheit angehörte, eigenständig Einkäufe zu tätigen. Sie hatte kaum noch einen Heller in der Tasche, und da die Haushaltsführung ihr nicht mehr oblag, würde sie sich das Geld für jede Anschaffung von Dorothea erbitten und ihr darüber Rechenschaft ablegen müssen.

Beim Hafen dachte sie daran, Kathi zu besuchen, und wagte es dann doch nicht, an ihre Haustür zu klopfen, weil unbekannte Männer auf den Treppenstufen standen und klönten.

Sie fühlte sich so unsicher wie nie zuvor. Solange sie stets unterwegs gewesen war, um eine Aufgabe zu erledigen, hatte sie wenig Scheu gekannt. Es war, als wäre der Boden unter ihren Füßen auf einmal nicht mehr so fest wie früher. Ihre neue Freiheit hatte zwar ihren Reiz, aber sie war auch beängstigend. Als sie nach dem Schlag der Mittagsglocke zu Lossius zurückkehrte und dort von Liebhild und Regine willkommen geheißen wurde, war sie so froh, dass sie Frau Lossius' Einladung zum gemeinsamen Mittagessen annahm. Sie schaffte es sogar, Lenhardts schuldbewussten Blick mit einem Lächeln zu erwidern, was dessen Laune bei Tisch merklich hob. Ihre eigene Stimmung verbesserte der Hauslehrer, denn er lobte mit ehrlicher Anerkennung Liebhilds Abecedarium.

Der September hatte begonnen, und langsam wurde Regine üppiger, dabei aber noch schöner als zuvor. Sie wusste, dass sie ein Kind erwartete, weil mittlerweile alle Frauen um sie her ständig davon sprachen und weil Lenhardt sie deshalb auf Händen trug.

Da auch Frau Lossius in jeder Hinsicht bemüht war, für Regines Wohl zu sorgen, richtete Susanne sich mit ihren Besuchen mittlerweile ganz nach ihren Wünschen. Wenn sie mit Regine zusammen war, nähten sie gemeinsam Säuglingswäsche. Als Susanne versuchte, auch die freien Stunden in ihrer Kammer mit solchen Handarbeiten auszufüllen, musste sie allerdings feststellen, dass ihr rasch die Freude daran verging.

An einem weiteren freien Vormittag, an dem sie stattdessen abermals durch die Stadt schlenderte, begegnete sie schließlich Kathi.

Diese spitzte zuerst missmutig die Lippen. »Wenn du dich schon hier herumtreibst, dann hättest du mich auch mal besuchen können.«

»Das wollte ich, aber da standen so viele Leute vor eurer Tür, dass ich weitergegangen bin.«

Kathi lachte. »Die unerschrockene Susanne. Kämpft gegen Drachen, um ihre Kinderchen zu retten, klopft aber nicht an eine Tür, vor der Leute stehen, um eine Freundin zu besuchen. Sie hätten dich wohl nicht gefressen. Gehst du ein Stück mit mir? Ich habe zu tun.«

Susanne musste lächeln. *Eine Freundin*. Vielleicht war das der wahre Grund gewesen, warum sie Kathi nicht aufgesucht hatte. Sie war sich nicht sicher gewesen, ob Kathi etwas daran lag, sie wiederzusehen.

Doch Kathi freute sich und genoss es sichtlich, sie auf ihren Botengängen dabeizuhaben. Sie lieh ihr die eigene Schürze und ihr Halstuch als Ersatz für die hübsche Haube, damit sie nicht zu sehr auffiel.

Kathi ging ihre Runde, um Bestellungen für das Mittagessen anzunehmen. Sie suchte nicht nur ihre Stammkunden auf, wie die wachhabenden Schiffer und Torwächter, sondern sprach jeden an, der aussah, als könne er seinen Platz nicht verlassen und hungrig oder durstig sein. Fischer, die im Fluss zwischen den Mühlen ihre Leinen hüteten, Fuhrknechte, die bepackte Wagen bewachten, oder den Bauernsohn, der am Ochsenmarkt in der Sonne die drei Schlachtrinder zusammenhielt, während sein Vater nach dem Metzger suchte, der sie ihnen abkaufen würde.

Jeder zahlte Kathi einen kleinen Botenlohn, und die Wirte gaben ihr Nachlässe für den eigenen Bedarf. Für diejenigen Kunden, die es eilig hatten, machte Kathi sofort einen Abstecher ins nächstgelegene der Wirtshäuser, mit denen sie zusammenarbeitete. Sie war bei den Wirten gern gesehen und wurde Susannes Einschätzung nach schneller bedient als die Hungrigen oder Durstigen, wären sie selbst gekommen. Auch ihre Stammkunden liebten Kathi und ließen sie nie weitergehen, ohne kurz mit ihr über Mons, Pons, Fons und die Welt zu plaudern. Susanne wurde von Kathi so selbstverständlich in alle Gespräche mit einbezogen, dass sie bald alle Scheu vergaß, mitredete und mitlachte. Als die Mittagsglocke läutete, schrak sie zusammen.

Kathi tätschelte ihr zum Abschied die Schulter. »War schön mit dir. Aber viel öfter kann ich dich nicht mitnehmen, sonst gucken die Männer bald nur noch dich an und freuen sich nicht mehr, wenn sie meine schiefe Visage sehen.«

Susanne lachte. »Als ob du die hättest! Mich wundert, dass dein Jockel aushält, wie sie alle mit dir schäkern.«

»Er hatte schon Tage, an denen er das nicht gut ausgehalten hat, aber ich habe ihm den Kopf immer schnell wieder gerade gerückt. Ich will keinen anderen. Was ist mit dir? Über dich haben wir gar nicht gesprochen. Hat dein Vater schon einen Bräutigam für dich?«

»Mein Vater hätte zurzeit nicht einmal eine Mitgift für mich. Und das wäre gar nicht schlimm, wenn ich nicht das Gefühl hätte, überflüssig geworden zu sein.«

Kathi sah sie verblüfft an. »Da ist mir wohl einiges entgangen. Was hältst du davon, mich morgen früher zu treffen und mir zu erzählen, was dich so plötzlich überflüssig gemacht hat?«

Susanne zögerte nicht, zuzusagen. Seit vielen Wochen hatte sie sich nicht mehr so lebendig und froh gefühlt wie im Gespräch mit Kathi.

Am nächsten Tag saßen sie zwischen den Mühlen am Ufer der Ilmenau im Schatten und sahen zu, wie das Sonnenlicht auf dem Fluss glitzerte, während Susanne erzählte.

Kathi hörte fassungslos zu, besonders als Susanne zum Ende kam und gestand, dass sie bei aller Leichtigkeit ihres Daseins den Blick auf die Zukunft bedrückend fand. »Wenn ich mir vorstelle, dass ich den Rest meines Lebens unter Dorotheas Fuchtel in unserem Haus verbringen soll …«

»Mein Kind, das ist ja Unsinn. Wenn du willst, bringe ich dir morgen fünf anständige Freier, die dich ohne Mitgift vom Fleck weg heiraten und dir einen eigenen Hausstand verschaffen. Aber wenn ich du wäre, dann würde ich etwas anderes tun. Such dir eine Arbeit für Geld. Du wirst sehen, das wirkt Wunder. Mag deine Familie davon halten, was sie will, aber du wirst dich gleich viel besser fühlen. Jedenfalls, wenn du keine schlechte Arbeit aussuchst.«

»Aussuchst? Du machst Scherze, Kathi. Was soll ich

denn machen? Mich als Magd verdingen oder Kerzen ziehen? Vater und Martin träfe der Schlag.«

»Die Hutmacher und Seidensticker nehmen Frauen sogar zur Lehre an. Überhaupt Sticken und Häkeln und all das Zeug, wofür ich kein Händchen habe. Oder … hast du schon vom Klöppeln gehört? Das ist neu. Ein paar Schifferfrauen machen auf die Art feine Spitze. Damit verdienen sie sich schnell mehr als nur zwei Heller. Oder … du kannst doch lesen, oder nicht? Ich kenne eine Frau, die in ihrem Haus Mädchen gegen kleines Geld das Lesen beibringt. Du musst findig sein! Es muss nur als ehrbar gelten, was du tust, dann wirst du deinen Vater schon überreden. Er muss doch dankbar sein, wenn du dich selbst um deine Aussteuer bemühst.«

Sie rätselten noch eine Weile gemeinsam, was eine unverheiratete junge Frau arbeiten konnte, die sich nicht als Magd verdingen wollte, doch den verwegensten Einfall hatte Susanne später, als sie vom Hafen zurück zu Lossius' Haus ging. Vor der Druckerei blieb sie stehen. Unverändert hing dort das kunstvolle Gesuch nach Bildmalern. Fragen würde nichts weiter kosten als Mut, dachte sie. Und vielleicht bekäme sie auf diese Art immerhin einmal das Werkzeug eines solchen Malers zu Gesicht.

24

Weißdorn und Gallapfel

Hinter der Durchfahrt des Druckereigebäudes erstreckten sich dessen Haupt- und Nebenflügel weit in die Hinterhöfe hinein. »Anfrage im Hinterhaus« hatte auf dem Aushang gestanden, daher ging Susanne am Hauptgebäude entlang, bis der erste Seiteneingang in Sicht kam. Bevor sie die Tür erreichte, kamen jedoch bereits zwei Männer in fleckigen grauen Kitteln aus dem Nebenflügel und grüßten sie. Zwischen sich trugen sie ein schwarzes Eisengestell, das ähnlich aussah wie ein Tisch.

Susanne holte tief Luft. »Ich wollte mich wegen des Gesuches nach Bildmalern erkundigen. Hättet Ihr die Güte, mir zu sagen, an wen ich mich wenden muss?«

Die beiden setzten das Gestell ab und musterten sie überrascht. »Herr Lampe ist gerade hineingegangen, aber er hat heute wenig Zeit. Wir bauen eben eine neue Druckmaschine auf. Vielleicht geht Ihr mal da hinten hinein, wo die Farbkleckser sitzen, und fragt nach seinem Neffen oder seiner Nichte.«

Susanne musste noch zwei Mal fragen, bevor sie den Raum gefunden hatte. Es roch nach Essig, Ruß, Lauch und Wein, fast wie in einer Küche. Nur zwei Männer saßen vor den großen Fenstern an ihren Tischen und beugten sich über ihre Arbeit. Drei weitere hatten sich vor einem Stehpult versammelt und beratschlagten über etwas.

In einer Ecke stand ein alter Mann an einer abgenutzten Werkbank und führte einem Jungen im Lehralter vor, wie man Farben herstellte. Er füllte eben ein rostrotes Pulver aus einem Mörser in eine Glasflasche um.

Aus einem Nebenraum waren noch mehr Stimmen zu hören, die angeregt durcheinandersprachen.

Susanne hatte sich eine Bildmalerwerkstatt ordentlicher und stiller vorgestellt, gerade nachdem sie gelesen hatte, dass ein »reinlicher« Mensch für diese Arbeit gesucht wurde. Nur einer von den sechs Tischen, die offenbar als Arbeitsplätze für die Maler dienten, war so aufgeräumt, dass sie selbst daran hätte arbeiten mögen. Auf den anderen war zwischen verkrusteten Farbbehältern, großen, farbverschmierten Muschelschalen, neuen und abgenutzten Federn, Pinseln, Wischern, Lumpen und Papierknäulen kaum Platz, um einen Bogen Papier auszubreiten.

Dennoch war Susanne von Ehrfurcht überwältigt. Es gab zwei Regale im Raum, und schon in einem davon standen und lagen mehr unterschiedliche Bücher, als sie je auf einem Fleck gesehen hatte. Insgesamt mussten es sicher achtzig sein, und auf den Tischen lagen noch weitere Druckwerke, aufgeschlagen oder mit eingelegten Merkzetteln versehen. Sie fühlte, wie ihr Mut sank. Wie war sie auf den lächerlichen Gedanken gekommen, sie könne hierherpassen? Noch hatte niemand sie bemerkt, sie konnte leise wieder gehen. Sie war kurz davor, sich wieder zur Tür zu wenden, da fiel sie dem alten Mann mit dem Mörser in der Hand doch noch auf. »Holla, Jungfer. Gott zum Gruß. Habt Ihr Euch verlaufen?«

Susanne schlug das Herz bis zum Hals. Stell dir vor, du fragtest für jemand anderen und nicht für dich, befahl sie sich. »Gott zum Gruß. Nein, ich habe mich nicht verlaufen.

Ich habe den Anschlag draußen gelesen und mich gefragt, was ein Bildmaler wohl können muss. Man riet mir, mich hier zu erkundigen.«

Von einem Augenblick auf den anderen hatte sie die Aufmerksamkeit aller Anwesenden und errötete. Mindestens einer der Männer am Lesepult betrachtete sie mit unverhohlener Verachtung, und die beiden Maler an den Tischen senkten nach einer kurzen Musterung ihren Blick wieder auf ihre Arbeiten.

Der Farbenmischer lächelte. »Erkundigt Ihr Euch für einen Verwandten? Dann ist es das Beste, Ihr wartet auf Herrn Stelter. Er ist nebenan.«

Susanne ließ alle Hoffnung fahren. Niemals würde sie hier auch nur einen Pinselstrich versuchen dürfen. Aber jetzt zu fliehen wäre ihr noch weit peinlicher gewesen.

Die Einschätzung, dass sie für einen Verwandten vorsprach, schien alle beruhigt zu haben. Nur der Lehrjunge warf ihr noch hin und wieder neugierige Blicke zu.

Einige Minuten lang hatte Susanne Zeit, ihren unsinnigen Wagemut zu bereuen, bevor zu ihrer Überraschung eine Frau aus dem Nebenraum kam, die ihrer bunt gesprenkelten Schürze nach ebenfalls mit Farben zu tun hatte. Sie war groß und dünn wie eine Zaunlatte. Ihre Nase ragte weit aus dem hageren Gesicht hervor. Ihr Kleid war schlicht, aber aus bestem grauen Leinen geschneidert.

Sie trug einen Stapel Papierbögen und starrte so angestrengt auf das oberste Blatt, dass auch sie Susanne erst einmal übersah. Zielstrebig steuerte sie den einzigen Arbeitstisch an, den Susanne für aufgeräumt befunden hatte, und legte die Bögen dort ab. Erst dann blickte sie auf und bemerkte den Gast. Erstaunt zog sie die Brauen nach oben.

»Möchte sich für einen Verwandten wegen der freien Stelle erkundigen«, erklärte der alte Farbenmischer.

Die Frau ließ die Brauen sinken. »Ach, ja? Was möchtest du denn wissen, Mädchen?«

Susanne war zu verblüfft, um noch an Höflichkeit zu denken. »Was man können muss, wüsste ich gern. Und es ist nicht für einen Verwandten.«

Wieder wandten sich ihr alle Blicke zu, doch darauf war sie diesmal gefasst. Sie sah nur der Frau in die Augen, die nun ihre schmalen Lippen ein wenig spöttisch verzog. »So? Für wen dann? Und warum kommt er nicht selbst?«

Susanne nahm all ihren geschrumpften Mut zusammen. »Nun, ich habe den ausgemalten Aushang mit dem Gesuch gesehen. Und ich habe mich gefragt, ob ich selbst nicht lernen könnte, so etwas zu machen.«

»Hat sich eben doch verlaufen«, sagte der missmutige Mann am Lesepult.

Die Miene der Frau war kaum freundlicher. »Warum glaubst du, dass du das könntest? Wir nehmen keine Frauen in die Lehre. Und überhaupt suchen wir keinen Lehrling, sondern jemanden, der gleich arbeiten kann. Hast du jemals ein Bild gezeichnet oder ausgemalt?«

Susanne griff nach dem nächstbesten Strohhalm. »Ich habe meiner Schwester ein Buch mit Bildern gemacht, als ich sie lesen lehrte, deshalb glaube ich, dass ich es lernen kann. Vielleicht könntet Ihr es mich probieren lassen, bis Ihr einen richtigen Bildmaler für die Stelle gefunden habt.«

»Da wirst du mehr kosten, als du wert bist. Glaube nicht, dass du noch Geld dafür bekämest, wenn du hier Papier und Farbe vergeudest. Für Lehrlinge ist Lehrgeld üblich, und nicht Lohn. Was sagt dein Vormund dazu?«

»Da ich kein Lehrling wäre, würde ich auch kein Lehrgeld zahlen. Ohne Lohn kann ich vorerst bleiben. Bis Ihr seht, ob ich mit der Arbeit zurechtkomme. Meinen Vater werde ich überzeugen, wenn Ihr zustimmt. Er bewundert schönes Druckwerk.«

»Lesen und Schreiben kannst du also, ja?« Sie stand auf und ging zu einem der Regale. Mit beiden Händen hob sie eine ledergebundene große Bibel heraus, schlug sie auf und gab sie Susanne. Sie tippte auf eine Stelle, die mit einer Initiale begann, deren Schönheit Susanne lächeln ließ. »Lies vor.«

Susanne las die sauber gedruckte Bibelseite ohne Schwierigkeiten vor und schlug behutsam die Seite um, weil sie gern die nächsten Bilder sehen wollte. Die Frau ließ sie gewähren, unterbrach sie jedoch, bevor sie weiterlesen konnte. Sie tippte auf die farbig ausgemalten Initialen und die atemberaubende Illustration. »So etwas machen wir für gut zahlende Sammler und Liebhaber der Kunst. Für alle anderen wird nur noch schwarz auf weiß gedruckt. Glaubst du wirklich, du könntest so sauber ausmalen?«

Susanne seufzte. »Zumindest wäre ich stolz, wenn ich es nur halb so gut könnte.«

Die Frau schnaubte. »Als ich den Aushang malte, hatte ich nicht vor, tagträumende Jungfern anzulocken. Aber was ich bisher damit angelockt habe, taugte auch alles nichts. Setz dich da an den Tisch mir gegenüber und mal mir etwas. Meinetwegen eine Abecedarium-Seite für deine kleine Schwester, das ist mir gleich. Ich will sehen, wie du dich anstellst. Mein Name ist Uhrmeister, nebenbei. Du magst namenlos bleiben, wenn du zu schüchtern bist, dich vorzustellen.«

Susanne lächelte mühsam. »Büttner. Susanne Büttner.«

Als sie mit entschlossenen Handgriffen begann, Ordnung auf dem liederlichen Arbeitsplatz zu machen, spürte sie die Blicke der Männer in ihrem Rücken brennen. Trotzig flehte sie zum Himmel, dass ihre Hände nicht zittern und dass sie sich vor der kühlen Frau Uhrmeister nicht blamieren möge.

Eine Stunde später stand Frau Uhrmeister nah am Fenster und hielt das Blatt Papier, das Susanne als Abecedarium-Seite für die Buchstaben S und T gestaltet hatte, nachdenklich ins Licht. Aus dem S hatte sie eine Schlange gemacht, aus dem T einen Tänzer mit ausgebreiteten Armen.

Erst jetzt begannen Susannes Hände schließlich doch noch zu zittern. Die Farben und Pinsel waren ihr so fremd gewesen, dass sie stets erst auf einem Papierrest hatte ausprobieren müssen, wie sie wirkten. Wenn sie an die prachtvollen Bilder dachte, die sie zuvor gesehen hatte, konnte sie sich nicht vorstellen, dass Frau Uhrmeister zu ihren Gunsten entscheiden würde. Mit heißen Wangen versuchte sie, weitgehend erfolglos, die Farbflecke von ihren Fingern zu reiben.

Frau Uhrmeister nickte. »So hast du das also gemacht. Ich bin sicher, deine Schwester hat inzwischen Lesen gelernt. Hat sie dein Büchlein noch? Kannst du es mir morgen einmal mitbringen?«

Susanne erstarrte. »Ich darf wiederkommen?«

»Nun, du stümperst, das war nicht anders zu erwarten. Aber vielleicht haben wir dennoch etwas, an dem du dich versuchen kannst. Ich werde heute Abend mit meinem Bruder und meinem Onkel darüber sprechen, und du kannst morgen wieder nachfragen. Übrigens musst du dir die Hände mit Seife waschen. Manche Farben sind giftig, wie du hoffentlich weißt.«

Susanne konnte sich später nicht daran erinnern, wie sie es geschafft hatte, die Druckerei zu verlassen, ohne gegen Truhen, Türen oder Männer zu laufen, so blind war sie vor Aufregung. Sie konnte nicht fassen, was sie getan hatte, und noch viel weniger glauben, dass ihr Erfolg vergönnt sein würde. Aber sie wusste mit völliger Sicherheit, dass sie etwas gefunden hatte, das sie unbedingt tun wollte.

Seit Dorothea im Haus war, wurde nicht mehr in der Küche gegessen, sondern auf der Diele, wo es weit geräumiger, aber auch ungemütlicher und dunkler war. Die Mahlzeiten waren nicht nur deshalb eine ernsthaftere Angelegenheit geworden, sondern auch, weil die Kinder, nachdem sie reihum lange Gebete vorgesprochen hatten, auf Dorotheas Betreiben hin schweigen mussten. Sie hielt überhaupt nichts von Gesprächen bei Tisch und machte keinen Hehl daraus.

Susanne hatte zunächst gedacht, das drückende Schweigen würde sich im Laufe der Zeit von allein wieder geben, doch zu ihrer Enttäuschung schien es auch Martin und ihrem Vater ganz recht zu sein. Worüber sollten sie auch in der Tischrunde sprechen? Es war, als hätten sie jede Vertrautheit miteinander verloren. Susanne kannte im Gegensatz zu früher die Ansichten und Pläne der Männer nicht mehr.

Doch mit ihrem Vater würde sie sprechen müssen, damit sie in der Druckerei arbeiten konnte. Ein halbes Jahr zuvor hätte sie nicht gezögert, ihn einzuweihen. Sie wäre sicher gewesen, dass sie ihn dazu bringen konnte, Verständnis für ihren Wunsch zu haben. Diese Zuversicht hatte sie verloren. Sie wollte das Gespräch mit ihm nur führen, falls sie am nächsten Tag eine Zusage von Frau Uhrmeister bekam.

Eben legte er den Knochen aus der Hand, den er abgenagt hatte, und wischte sich die Hände sauber. »Susanne, wir bekommen heute Abend noch einen Gast. Ich möchte, dass du dich uns anschließt.«

Der Besucher war ein Gildebruder, der seinen Werkhof ebenfalls in der Böttcherstraße hatte. Herr Lohse war in seinen Dreißigern, ein ehemals fülliger Mann, der seit dem Tod seiner Frau an Gewicht verloren hatte. Susanne kannte ihn vom Sehen recht gut, er war mit seinen beiden kleinen Kindern ein regelmäßiger Kirchgänger und in der Gilde so angesehen wie ihr Vater. Er erwiderte ihren Knicks mit einer Verbeugung, bevor er sich in die Dornse geleiten ließ.

Sie hatte es nicht kommen sehen, doch als ihr Vater »Setz dich« sagte und sie dabei so zufrieden anlächelte wie seit Langem nicht, da begriff sie, warum Herr Lohse sie mit seinem Besuch beehrte. Ihr Vater war offenbar schnell darauf gekommen, welche neuen Möglichkeiten sich daraus ergaben, dass seine ersten Heiratspläne für sie gescheitert waren. Wenn sie Herrn Lohses zweifelnde Blicke und seine Verlegenheit richtig deutete, war er von diesen Plänen bisher nicht so überzeugt wie ihr Vater.

Sie war froh, dass sie so geistesgegenwärtig gewesen war, sich eine Näharbeit mitzubringen. So konnte sie den Blick gesenkt halten, ohne unhöflich oder verschüchtert zu wirken.

Obwohl Herr Lohse noch nicht zu wissen schien, ob er um sie freien wollte, begann er vorsorglich, sich anzupreisen. Susanne musste darüber lächeln, wie er seine Worte vorwiegend an ihren Vater richtete und doch Dinge darlegte, die diesem längst bekannt sein mussten. Er sprach über sein hohes Ansehen in der Gilde, seine vorteilhaften Verbindungen zu hochgestellten Kunden und die gute Auftragslage seiner Werkstatt. Selbst Reparaturen und Verschönerungen seines Hauses erwähnte er, und seine demütige Hochachtung für Kirche und Glauben.

Susanne bemühte sich, gerade so viel Aufmerksamkeit zu zeigen, dass er keinen Grund hatte, beleidigt zu sein. Er wirkte daher zufrieden genug, als er sich nach einer Stunde verabschiedete.

Während Susanne anschließend in der Dornse die Krüge und Teller zusammenräumte, kam ihr Vater von der Haustür zurück zu ihr. »Na, Susannchen, was hältst du von ihm?«

Susanne zwang sich, gelassen zu bleiben. »Ein ehrenwerter, freundlicher Mann.«

»Er wäre der Richtige für dich. Ein Mann mit Erfahrung, der schon eine Stellung in der Welt hat. Der könnte für dich und deine Kinder sorgen, wie ich selbst es täte. Und die Kinder seiner ersten Ehe stören dich doch nicht, du hast doch das große Herz, dich um sie zu kümmern. Da hättest du dann deinen eigenen Hausstand. Ich sehe ja, dass du mit Dorothea nicht gut zurechtkommst. Willst du ihn also in Betracht ziehen?«

Wäre sie noch Jungfrau gewesen, hätte sie unter den herrschenden Umständen über eine Ehe mit Herrn Lohse nachgedacht. Da sie jedoch wusste, was sie erwartete, musste sie nicht überlegen. Sie würde nicht das Bett mit Herrn Lohse teilen.

Mit einem Seufzen setzte sie sich an den Tisch und streckte ihrem Vater die Hand entgegen. »Ich würde gern einmal in Ruhe mit dir reden, Vater.«

Besorgt zog er die Brauen zusammen, setzte sich ihr aber gegenüber und legte seine Hand in ihre. »Was hast du auf dem Herzen, Kind? Ich weiß wohl, dass die vergangene Zeit nicht leicht für dich war. Glaub mir, wenn ich dir Lohse vorschlage, dann, weil ich es ein wenig wiedergutmachen möchte. Ich werde nicht jünger, und du sollst ein gesichertes Leben haben, bevor ich vor unseren Herrgott trete. Lohse nähme dich ohne große Mitgift. Du weißt ja, dass ich zurzeit nicht viel bieten kann.«

Liebevoll tätschelte er ihre Hand und gab Susanne damit den Mut, zu sprechen. »Vater, ich möchte dich um etwas bitten. Es wird dich vielleicht ärgern. Willst du mir dennoch zuhören?«

Er schob die Lippen vor und wollte seine Hand zurückziehen, doch sie hielt sie fest. »Es geht um eine Arbeit«, sagte sie schnell. »Ich war bei Lampe in der Druckerei, weil sie Bildmaler suchen und ich neugierig war. Es arbeitet dort auch eine Frau, die Nichte von Herrn Lampe. Sie ist sehr angesehen und hochgestellt, und sie sagte, dass ich mich vielleicht auch als Bildmalerin versuchen könnte. Bis morgen will sie es besprechen. Ich möchte das so gern, und ich bitte dich von Herzen, mir deine Erlaubnis zu geben. Sieh mal, du hast selbst gesagt, ich bin noch jung. Und du wirst noch lange leben. Heiraten kann ich auch in zwei Jahren oder in drei.«

Sprachlos starrte er sie an. Als sich seine Miene veränderte und er Luft zum Sprechen holte, wusste sie: Er würde ablehnen. Sie drückte seine Hand fester und sah ihn flehend an. »Bitte, Vater. Es würde kein Lehrgeld kosten und über kurz oder lang einen kleinen Lohn einbringen. Du könntest mich begleiten und selbst sehen, dass Frau Uhrmeister eine ehrbare Frau ist. Ich möchte es so gern. Lass es mich versuchen.«

Er entzog ihr seine Hand und stand auf. Mit hinter dem Rücken verschränkten Händen ging er in der Dornse umher. Susanne wagte nicht mehr, sich zu rühren.

»Die Lampes hatten immer eine innige Verbindung zum Herzogshaus. Es gibt viele, die sie dafür verachten, dass sie mehr am Herzog hingen als an der Stadt. Für einige wäre das schon Grund genug, ihrer Tochter die Sache zu verbieten. Aber Herzog Christians Macht über die Stadt ist inzwischen groß, und Lampe prosperiert. Es wird immer mehr und mehr gedruckt. Und wie könnte ich dich dafür tadeln, dass du meine Vorliebe für hübsches Druckwerk teilst? Warum habe ich dich immer darin blättern lassen? Was mich aber wurmt, ist, dass alle denken werden, ich hätte es nötig, eine Tochter außer Haus arbeiten zu lassen. Für die zweite hat es nicht mehr gereicht, werden sie sagen. Und wenn du später heiraten willst, dann wird sich manch ein Mann abschrecken lassen, weil du ein Handwerk treibst. In den Augen vieler steht das einer Frau nicht gut zu Gesicht. Zudem halten einige Bilderdruck für eitlen Tand.«

»Mancher wird sich aber auch freuen, wenn ich selbst etwas verdienen kann.«

Er nickte bedächtig. »Ich gebe dir meine Erlaubnis, und ich werde dich einmal begleiten. Aber morgen will ich mich nicht gleich dort sehen lassen. Du sagst ja, es wäre noch nicht ausgemacht. Bevor du endgültig einschlägst, wirst du mir erzählen, zu welchen Bedingungen sie dich einstellen wollen.«

Susanne sprang auf und fiel ihm um den Hals, was sie seit vielen Jahren nicht mehr getan hatte. Verlegen murmelte er »Na, na« und klopfte ihr auf den Rücken, bis sie ihn wieder losließ und beschwingt das Geschirr in die Küche trug.

Auf dem Stehpult in der Bildmalerwerkstatt lag diesmal Liebhilds Abecedarium. Frau Uhrmeister stand mit ihrem Bruder und dem alten Farbenmischer Engelbrecht davor und schlug schweigend die Seiten um, während Susanne mit zitterndem Herzen auf ein Urteil wartete.

Sie hatte Liebhild damals nicht wie üblich nur anhand von Bibelworten und Gebeten unterrichten wollen, sondern auch Verse gesucht und erdacht, die für Kinder unterhaltsam waren. Auf der Seite mit dem B, die auch Liebhild am schönsten fand, lachte Engelbrecht. *Dem wilden Bär entflieht man kaum durch Klettern auf den nächsten Baum.* Susanne hatte sich viel Mühe gegeben, einen Bären zu zeichnen, der einen Mann auf einen Baum jagte.

Frau Uhrmeister wechselte einen Blick mit ihrem Bruder, und der nickte. »Meinetwegen soll sie es versuchen. Die Worte von diesem übernehmen wir. Dann soll sie ein zweites aufschreiben, für einen Jungen. Bei den Bildern wirst du ihr helfen müssen. Diese sind lustig, aber nicht gut genug als Vorlage für den Formschneider. Falls es dem Herzog genehm ist, dafür zu zahlen, mag sie drei Prozent erhalten.«

Seine Schwester sah ihm kühl in die Augen. »Wie viel sie erhält, entscheide ich, wenn ich gesehen habe, wie sie arbeitet. Drei Prozent mögen zu viel sein. Oder zu wenig.«

»Das wirst du dann mit dem Onkel absprechen müssen«, erwiderte er, nickte Susanne brüsk zu und verließ den Raum.

»Das werde ich dann«, sagte Frau Uhrmeister leise, bevor sie sich Susanne zuwandte und ihr den Tisch zuwies, an dem sie auch am Vortag gesessen hatte.

Die nächsten Tage verbrachte Susanne damit, unter Frau Uhrmeisters Anleitung zwei ABC-Büchlein für die Nichten und Neffen des Herzogs Christian Ludwig zu gestalten. Sie schrieb Verse auf und zeichnete Entwürfe für Bilder, die später von den Schriftsetzern und Formschneidern auf Druckstöcke übertragen wurden. Auch geistliche Inhalte nahm sie auf. Ganz fehlen durften fromme Worte in einem Lehrbuch nicht.

Sechs Exemplare jedes gedruckten Abecedariums wurden anschließend farbig ausgemalt. War der Herzog mit ihnen zufrieden, konnten leicht einfachere Exemplare nachgedruckt und mit Hinweis auf dessen Empfehlung an weniger wohlhabende Kunden verkauft werden.

Susanne arbeitete mit solcher Begeisterung an ihrem Werk, dass sie von der Mittagsglocke jedes Mal überrascht wurde. Dann musste sie sich beeilen, um Liebhild und Jost bei Lossius abzuholen und mit ihnen zur Böttcherei zu laufen, wo das Essen auf sie wartete. Im Anschluss kehrte sie mit den Kindern zurück. Die beiden gingen widerwillig, sie selbst freudig.

Frau Uhrmeister war mit dem Ergebnis zufrieden. »Du verstehst etwas von Kindern, das sieht man. Nun warten wir mal ab, was der Herzog davon hält. Mag sein, dass ihm die Büchlein nicht fromm genug sind.«

Vorerst hörten sie nichts von ihrem adligen Kunden. Susanne bekam neue Aufgaben und sog gierig auf, was es zu lernen gab. Sie eignete sich den Umgang mit den unterschiedlichen Pinseln, Farben und Papiersorten an und studierte immer wieder das große Musterbuch, das als Lehrbuch für Anfänger der Bildmalerei diente. Sie lauschte auf alle Erklärungen, die der Lehrling über die Herkunft und Herstellung der Farben und die Theorien der Farbharmonie und Symbolik erhielt. Sie lernte die Mineralien- und Metallpulver, Pflanzen- und Tierextrakte zu unterscheiden, die Engelbrecht in seinen Mörsern vermischte. Dornen von Weißdornbüschen, Gallapfel, giftige Mennige, Safran, Kermeslaus, Lapislazuli und Lauch nahmen eine neue Bedeutung für sie an.

Man war in der Werkstatt unterschiedlicher Ansicht über die Zukunft der Bildmalerei. Frau Uhrmeister und einige der Männer meinten, die Kunst würde bald aussterben, weil die Leute mit gut gedruckten schwarz-auf-weißen Bildern in billigen Büchern zufrieden wären. Meister Engelbrecht dagegen war fest der Meinung, dass die Menschen sich immer nach farbigen Bildern sehnen würden. Susanne gab ihm innerlich recht, maßte sich jedoch nicht an, etwas dazu zu sagen.

Obwohl Frau Uhrmeister nie sonderlich freundlich zu ihr war, schien sie doch eine gewisse Genugtuung über die schnellen Fortschritte ihres inoffiziellen Lehrmädchens zu empfinden. Und als es dem Herzog nach zwei Monaten schließlich gefiel, einen fürstlichen Preis von zwanzig Talern für die reizenden ABC-Bücher zu zahlen, gab sie Susanne nicht nur einen Taler, sondern die Erlaubnis, auch das Vergolden zu lernen.

Außerdem betrat zum ersten Mal Herr Lampe selbst die Werkstatt und warf einen Blick auf sie. Zwei Tage später bekam sie den Auftrag, ein Gebetsbüchlein für Mädchen zu entwerfen und darüber nachzudenken, ob sie auch zu einem Küchenratgeber beitragen könne. Beides empfand sie als Herausforderung. Auch die freien Stunden am Nachmittag oder Abend verbrachte sie nun damit, Nachforschungen anzustellen und sich Merksprüche und Ratschläge zu notieren, die sie in Erfahrung brachte.

Sie spazierte nun nie mehr ziellos durch die Stadt. Dafür war sie umso häufiger in Gedanken versunken und merkte kaum, wie das Jahr voranschritt. Der Übergang von dem kalten, verregneten Sommer zum Herbst machte sich allerdings auch nur darin bemerkbar, dass die Tage kürzer wurden.

Nur wenige Male wurde sie bis zum Jahresende aus ihrem neuen Alltag gerissen. Beim ersten Mal händigte ihr Frau Lossius einen Brief aus, auf dem ihr Name als Empfängerin stand, der jedoch ans Haus Lossius gesandt worden war. Für einen kleinen, unvernünftigen Moment dachte sie an Jan, dann erkannte sie die großräumige und krakelige Handschrift ihres Bruders – und freute sich dennoch.

Liebe Suse, werte Schwester,
das Leben außerhalb der Mauern ist wild und wunderlich. Es treibt mich von einer Aventüre zur nächsten. Ich stehe in Diensten des Kurfürsten von Brandenburg und habe schon eine Schlacht gesehen. Aber gräm dich nicht, so nah lassen sie mich nicht an das Hauen und Stechen heran. Graf von Torgewalk hat dem Fürsten ein kleines Scharfschützenregiment aufgeschwatzt, zu dem ich gehöre und das reichlich geschont wird und daher bislang zu wenig nütze war. Nebenbei mache ich Fässer und Eimer, die auch hier auf dem Felde dauernd gebraucht werden.
Ich befinde mich also wohl, wie du siehst, und ich vertraue darauf, dass es Dir in Deinem neuen Ehestande und auch dem Rest des ehrbaren Hauses ebenfalls so ergeht.
Leider konnte ich noch nicht herausbringen, wie es möglich wäre, dass du mir zurückschriebest, aber ich gelobe, dass du wieder von mir hören wirst.
Sei umarmt und richte Grüße aus, wie du es für recht hältst,
Dein Bruder
Till

Susanne wusste, dass ihr Vater es nach außen hin ungnädig aufnehmen würde, wenn sie Till erwähnte. Sie tat es dennoch, weil sie annahm, dass er sich trotz allem danach sehnte, von seinem verlorenen Sohn zu hören.

»Galgenstrick«, murmelte er denn auch, konnte dabei seine Erleichterung aber nicht völlig verbergen.

An einem anderen Tag ging sie über den Platz am Sande und blieb wie erstarrt stehen, als sie zwei große Doggen entdeckte, die beim Brunnen schnüffelten und dann einem Mann nachtrabten, der ihnen ein Stück voraushinkte. Kein Zweifel, es war Kowatz, der dem Goldenen Stern zustrebte.

Tagelang beschäftigte diese Entdeckung Susanne. Die Erinnerung an die Aufregungen des Frühsommers kehrte lebhaft zu ihr zurück. Nachts träumte sie so deutlich von Jan, dass sie aufwachte und sich schämte, weil sie in ihrem Traum wieder einmal keine Scham gekannt hatte. Würde es jemals einen anderen geben, für den sie so fühlte? Oder sollte es so weitergehen, bis sie eine alte Frau war? Manchmal versetzte es ihr nun doch einen Hieb, wenn sie sah, wie Lenhardt sich Regine und ihrem wachsenden Bauch immer zärtlicher und fürsorglicher zuwandte. Missgunst kannte sie nicht, aber sie wünschte sich, dass es für sie eines Tages mit einem anderen Mann auch einmal so sein würde.

Kowatz bekam sie im Laufe des Winters noch einige Male zu sehen, doch er bemerkte sie nicht.

25

Rache

Susannes achtzehnter Namenstag, Erntedank, der Martinimarkt, Advent und Weihnachten waren gekommen und gegangen. Sie hatte sie wie üblich mitgefeiert, doch glücklicher machte sie nach wie vor ihr Platz in der Druckerei. Zwar fühlte sie sich von den Männern dort bloß notgedrungen geduldet, doch solange Frau Uhrmeister zufrieden mit ihr war, fühlte sie sich sicher genug. Mit Meister Engelbrecht verstand sie sich zudem gut.

Inzwischen zogen ihr Vater und Martin mit der Werkstatt in die Böttcherstraße um. Im Februar, zu Lichtmess, fing Jost dort seinen Dienst als Laufbursche an. Liebhild sollte zu Susannes Freude weiter bei Lossius zum Unterricht gehen.

Jeden Mittag ließ Susanne sich nun von ihr abholen und sich schon auf dem Heimweg erzählen, was sie Neues gelernt hatte. Nachmittags blieben sie nach Susannes Arbeit, die jetzt im Winter wegen der Dunkelheit früher endete, noch eine Stunde zusammen bei Regine, der bald die Niederkunft bevorstand.

Am letzten Freitag des Februars war es bereits erstaunlich mild und frühlingshaft. Als Susanne mittags aus der Bildmalerwerkstatt kam, wartete zu ihrer Verwunderung Liebhild nicht auf sie.

Ihr erster Gedanke war, dass Regine in den Wehen lag

oder Elisabeth Lossius Liebhild aus einem ähnlichen Grund zurückgehalten hatte. Besorgt hastete sie zwischen Fuhrwerken und Vieh hindurch quer über den Platz zur Haustür des Sülfmeisters.

Die Magd, die ihr öffnete, war überrascht. »Paul und Minna sind schon bei Tisch, und die Lütte ist längst losgelaufen. Sie hat mir noch gewunken. Ist sie vielleicht draußen ins Spielen gekommen? Soll ich Johann ’rausschicken, dass er Suchen hilft?«

Susanne nickte dankbar und sah sich noch von der obersten Stufe der Vortreppe aus auf dem weitläufigen Platz um. Spielende Kinder gab es an jeder Ecke, doch ihre Schwester war nicht darunter, das erkannte sie auch aus weiter Entfernung. Als Johann aus der Tür kam, um mit ihr zu suchen, war sie schon den halben Weg zur Druckerei zurückgegangen.

Schnaufend kam der junge Knecht hinter ihr hergeprescht. »Wollen wir uns aufteilen?«

Eine Stunde später hatten sie nicht nur den Platz abgesucht und in der Druckerei, bei den Kindern und umliegenden Verkaufsbuden nachgefragt, sondern bereits Verstärkung erbeten und einen Boten in die Böttcherei geschickt. Auch dieser kehrte ohne eine erlösende Nachricht wieder.

Anfänglich beschwichtigte man Susanne von allen Seiten, sodass sie an ihren Arbeitsplatz zurückkehrte, um nicht überängstlich zu wirken. Doch als sie nach einem unruhigen Nachmittag bei Lossius eintraf, war es dunkel, und von Liebhild gab es noch immer keine Spur.

Ein Suchtrupp aus Gildebrüdern und Bekannten, den Martin und ihr Vater zusammenriefen, durchstreifte in der Dunkelheit mit Fackeln und Laternen laut rufend die Stadt und ihre nahe Umgebung. Susanne ließ sich nicht nach Hause schicken, sondern beteiligte sich an der Suche. Auch als die Helfer kurz nach Mitternacht auf dem Marktplatz wieder zusammenkamen und meldeten, dass sie durch jede Gasse gegangen waren und besonders alle Stellen abgesucht hatten, die für ein Kind gefährlich waren, wollte sie noch nicht aufgeben. Sie tat es nur, weil sie bemerkte, wie ihr Vater beim Gehen keuchte. Im Laufe der Suche hatte er sich immer häufiger ans Herz gegriffen. Entschlossen hakte sie ihn unter. »Gewiss hat jemand sie aufgenommen, und sie schläft ruhig und friedlich. Morgen wird sie nach Hause kommen, als wäre nichts gewesen. Komm, Vater, wir haben für heute Nacht getan, was wir konnten.«

Auch wenn sie nicht daran glaubte, schienen ihre Worte überzeugend zu klingen. Als der Suchtrupp sich auflöste, protestierten weder ihr Vater noch Martin. Schweigend und niedergeschlagen kehrten sie heim.

Susanne half ihrem erschöpften Vater ins Bett und hätte dann gern noch einige Worte mit Martin gewechselt, doch der hatte sich schon zu Dorothea ins eheliche Gemach zurückgezogen.

Sehnlichst wünschte Susanne sich Till herbei. Er hätte nicht aufgehört zu suchen, sondern wäre mit ihr wieder in die Nacht hinausgegangen. Auch Jan hätte nicht so leicht aufgegeben. Beide hätten Einfälle gehabt, wo man noch suchen und fragen konnte – so wie sie selbst. Doch ohne Begleiter konnte sie vor dem Morgen nichts tun. Sie musste warten, bis die Hähne krähten, bis es so hell war, dass Frauen sich wieder allein auf die Straße wagen durften. Dann würde sie Kathi bitten, sich umzuhören und die Schiffer auf die Suche zu schicken. Und sie würde Kowatz ausfindig machen. Sie wollte einen Knüppel mitnehmen und ein zweites Messer unter dem Rock verstecken. Sollte der Halunke etwas mit Liebhilds Verschwinden zu tun haben, dann würde sie es aus ihm herausbringen.

Sie fluchte auf die kalte, dunkle Nacht, wegen der sie abwarten musste, statt gleich gehen zu können. Jede Stunde konnte Liebhild weiter von ihr fortbringen. Die Angst, dass ihrer Kleinen ein noch schlimmeres Leid geschehen könnte, lag wie eine kalte Hand um ihr Herz, doch sie schob jeden Gedanken daran weit von sich. Sie wollte nur daran denken, Liebhild zu finden und sie wohlbehalten zurückzuholen.

Der Nachtfrost hatte die Dächer mit Reif überzogen, und auch die Morgenluft war noch so eisig, dass Susanne weißer Hauch vor den Lippen stand.

Sie hatte nicht darauf gewartet, dass es hell wurde und die anderen sich von ihren Lagern erhoben. Keine Menschenseele war ihr auf ihrem Weg begegnet. Nun stand sie im überfrorenen Schmutz der leeren Gasse und warf Holzstückchen gegen Kathis und Jockels Fensterladen. Wohlweislich hatte sie eine ganze Schürze voll in der alten Werkstatt aufgesammelt und musste alles hochwerfen, bis oben das Fenster geöffnet wurde und Jockel herausschaute. Er zog den strubbligen Kopf sogleich zurück. »Kathi, die Böttcherdeern! Geh mal hinab. Und sag ihr, sie soll pfeifen lernen.«

Gleich darauf stand Kathi ihr im Nachtgewand und mit unbedeckten Haaren auf der Gasse gegenüber. »Wo brennt es?«

»Liebhild ist seit gestern Mittag fort. Wir haben die ganze Stadt abgesucht. Sie hat sich nicht nur verlaufen, Kathi. Ich weiß nicht warum, aber jemand hat sie gestohlen. Vor einer Weile habe ich am Sande Kowatz gesehen. Vielleicht hat er etwas damit zu tun. Kannst du mir helfen? Du und die Schiffer?«

»Herrje, Mädchen, du siehst aus wie ein Spökegeist. Warte, ich zieh mich an und hole Jockel. Dass du nicht wegläufst!«

Jockel begrüßte sie mit einem Handschlag. Erst danach knöpfte er sein Wams zu. »Morgen hab ich Arbeit auf einer Kalkfuhre bis Lauenburg. Wenn wir was zu klären haben, dann besser heute. Wie sieht sie aus, deine Schwester?«

Gleich nachdem Susanne ihm Liebhild beschrieben hatte, küsste er Kathi und lief los. Ebenso wie für seine Frau schien es für ihn zwischen Stehen und Eile keine Gangart zu geben. Diesmal war Susanne dankbar dafür.

»So, und du und ich, wir gehen erst mal und suchen uns ein Frühstück. Dann machen wir eine Runde und hören uns um.«

»Ich will kein Frühstück. Können wir nicht gleich gehen?«

»Wir werden am Sande frühstücken, mein Hühnchen. Eine heiße Brühe wird dich aufpäppeln, und Neuigkeiten gibt es umsonst dazu.«

Auch die Brühe gab es umsonst, als Kathi der Wirtin erzählte, was Susanne befürchtete.

»Hat mich ja gestern schon einer von Lossius' Leuten nach dem Kind gefragt, aber da dacht ich mir nüscht dabei. Wem laufen nich mal die Kinder weg? Aber die ganze Nacht, na, da kriegt man schon Bange.«

Mitfühlend tätschelte die robuste Frau Susanne die Schulter, während sie zwei Tonbecher Fleischbrühe auf den Tisch stellte und ein Stück Brot für jede dazulegte.

Susanne schloss die kalten Hände um den Becher und

fand das Gefühl tröstlich. Für einen Moment machte sie die Augen zu und überlegte, was die freundliche Wirtin, die Kathi so zielstrebig aufgesucht hatte, Nützliches wissen konnte.

Kathi war schon einen Schritt weiter. »Marie, du kennst jeden, der sich öfter mal hier auf dem Platz herumdrückt. Ist dir gestern Mittag etwas aufgefallen? Oder hat dir einer was erzählt?«

Marie berichtete freigiebig von jeder Kleinigkeit, die ihr am Vortag aufgefallen war, und das waren einige. Doch nichts davon gab Susanne einen Hinweis darauf, wer es in der kurzen Zeitspanne geschafft haben konnte, Liebhild zu ergreifen und fortzuschaffen, ohne dass sie sich auffallend wehrte und schrie. Schließlich verlor Susanne die Geduld.

»Kennst du auch Kowatz, den Narbigen mit den zwei Doggen?«, unterbrach sie Marie.

»Freilich. Der ist seit einer Weile wieder in der Stadt. Man sagt, er macht Geld mit Hunde- und Bärenkämpfen. Wundert einen nicht, wenn man seine Köter sieht. Er ist hinter der Anke aus dem Goldenen Stern her, aber die macht einen Narren aus ihm. Das Luder ist auf einen besseren Fang aus.«

»Weißt du auch, wo er wohnt?«

»Im Stern wollten sie ihn nicht mehr, weil keiner mit ihm und den Viechern Bett und Kammer teilen mag. Ich glaube, der Hirschenwirt hinter der Roten Mauer lässt ihn in der Schankstube schlafen.«

Susanne stand auf. »Vielleicht ist er noch dort. Hab Dank für deine Freundlichkeit, Marie.«

Kathi und die Wirtin streckten gleichzeitig die Hand aus, um sie festzuhalten. Kathi erwischte ihren Rock. »Oh nein, meine Kleine. Da gehst du nicht allein hin. Wenn du Kowatz sprechen willst, dann nimmst du einen Kerl mit, auf den du vertrauen kannst. Außerdem wartest du, bis er herauskommt. Der ›Hirsch‹ hinter der Roten Mauer ist kein Ort für ehrbare Jungfern.«

Susanne machte sanft, aber bestimmt Kathis Hand von ihrem Rock los. »Umso schlimmer, wenn meine Schwester dort ist. Ich warte keinen Moment länger.«

Kathi seufzte tief. »Marie, würdest du deinen kleinen Max zu Jockel in den Borstigen Eber schicken und ihm sagen, was wir vorhaben? Ich muss wohl mit ihr gehen.«

Marie nickte. »Na gut. Max geht zu Jockel, und ich und mein Teigholz, wir geh'n eben mit euch beiden mit. Ist ja nur ums Eck. Vaddern passt auf die Wirtschaft auf.«

Das Tier auf dem Schild der Gaststätte sah aus wie ein springendes Pferd mit einem Geweih. Susanne hatte in ihrem Leben noch keinen echten Hirsch gesehen, dennoch erschien ihr die Darstellung misslungen.

Der Fliehende Hirsch war eine Spelunke, die Susanne unter gewöhnlichen Umständen nicht einmal in Begleitung betreten hätte. Obwohl die Glocken inzwischen längst den Arbeitstag eingeläutet hatten, lagen die schmutzige Schenke und ihre Nachbarhäuser da, als wären die Bewohner ausgestorben. Kurz hatte Susanne Bedenken, ob sie das Richtige tat. Doch da sie sich vor Kathi und Marie nicht die Blöße geben wollte zu zögern, klopfte sie laut an die Tür.

Ein Hund mit tiefer Stimme schlug an und bellte zwei, drei Mal. Trotzdem musste sie noch einmal klopfen, bevor von drinnen schlurfende Schritte, Husten und Ausspucken zu hören waren. Gemächlich hantierte jemand an den Riegeln.

Susanne wich ein Stück zurück. Sie glaubte, auf alles gefasst zu sein, doch als es Kowatz selbst war, der auf einmal mit einer seiner Doggen vor ihr stand, verschlug es ihr die Sprache.

Missmutig starrte er sie aus seinem entstellten Gesicht an, offenbar ohne sie zu erkennen. Auch die beiden Frauen hinter ihr musterte er feindselig. »Was?«, knurrte er.

Susanne holte tief Luft. »Als ich Euch das letzte Mal begegnet bin, hattet Ihr mit einem anderen Mann zusammen Kinder für einen reichen Herrn gekauft. Heute fehlt mir ein Kind, und ich will wissen, ob Ihr Euch nun auf das Stehlen von Kindern verlegt habt.«

Als er ihre Stimme hörte, richtete er sich erstaunt auf. »Die Deubelsdeern. Du hast Courage, dass du mir unter die Augen kommst. Wo hast deinen Buhlen, den kleinen Dart?«

Susanne ballte die Fäuste, damit niemand sah, wie ihre Hände zitterten. »Ich will meine Schwester zurück. Und ich schwöre Euch, dass Ihr keinen glücklichen Tag in Eurem Leben mehr haben werdet, wenn Ihr etwas damit zu tun habt, dass sie verschwunden ist.«

Er sah sie so verdutzt an, dass sein Gesicht auf einmal komisch statt grausam aussah. »Was soll ich mit deiner Schwester? Haben genug Ärger gemacht, die Bälger. Damit habe ich nichts mehr zu schaffen, so wenig wie mit dem Herrn Grafen.«

»Und was ist mit Rieger?«

»Was soll mit ihm sein? Hab ihn seit damals nicht mehr gesehen. Der Herr hat uns entlassen, und Rieger hat sich davongemacht. Hat ihn verbiestert, die Stellung zu verlieren. Nicht dass ich's ihm nicht nachfühlen könnte, auch wenn ich die paar Heller für mich und die Hunde schon zusammenbringe. Nee, ich weiß nichts von deiner Schwester, und ich weiß nichts von Rieger.«

»Rieger? War das der kleine Dicke mit dem Stock?«, fragte Marie. »Den habe ich gerade neulich gesehen. Bei Weitem nicht mehr so fein, der Mann. Stand im Kutscherkittel am Sande und hat Löcher in die Luft gestarrt.«

Kowatz kratzte sich die Bartstoppeln, die spärlich zwischen seinen Narben wuchsen. »Ach? Na, da soll mich doch ...«

Während er selbst für einen Moment in die Luft starrte, tauchte seine zweite Dogge aus der Schenke auf und hob kurz drohend die Lefzen, um sich dann neben ihn zu setzen. »Ein gerissener Luchs ist er, und er hatte eine Wut. Er wird Ranzion für sie wollen, falls er sie hat. Aber von einem, der reicher ist als du und dein Vater, Deern. Frag also am besten den Herrn von Waldfels, ob er schon einen Brief bekommen hat, der ihm deine Schwester zum Kauf anbietet.«

Susanne fühlte, wie nun auch ihre Knie zu zittern begannen. »Wird er ihr etwas antun?«

Kowatz schnaubte. »Der Herr hat mich eingestellt, weil ich ein reuiger Sünder bin. Rieger hat mir gesagt, ich solle das Reuige für den Herrn aufheben, er bräuchte einen Ruchlosen, der ihm zur Hand geht. Der Herr sollte nur das hübsche Gesicht von seinem Wunderwerk sehen und nicht den hässlichen Hintern. Ja, Rieger schneidet einem die Finger ab, wenn es in seinen Plan passt.«

Kathi trat vor. »Wenn du ein reuiger Sünder bist, dann hilfst du jetzt, Susannes Schwester zurückzuholen, damit der Herrgott dir vergibt.«

Wieder machte Kowatz sein verdutztes Gesicht, und die Dogge schüttelte sich. »Wie stellst du dir das vor, Weib? Ich weiß nicht, wo das Aas sich mit dem Kind verkrochen hat.«

»Ihr kennt ihn doch. Überlegt, was Ihr tun würdet, wenn Ihr an seiner Stelle wäret, und sagt es mir«, bat Susanne.

»Ich würde mir einen suchen, der ein Boot hat und mit mir halbe-halbe machen will. So schnell wie möglich aus der Stadt, dann mit dem Boot die Elbe hinauf bis in die Nähe vom Landsitz des Herrn. Und da in einen Unterschlupf. Gibt mehr als einen Ort, der dazu taugte.«

»Ich könnte Euch bezahlen, wenn Ihr mich begleitet. Und ich nehme an, auch Herr von Waldfels würde sich nicht lumpen lassen, wenn Ihr Euch in dieser Sache auf die richtige Seite stellt. Helft mir, Liebhild zu finden.«

Er sah zu Boden und kraulte eine Weile schweigend seine Doggen. »Liebhild heißt sie, ja?«

»Ja.«

»An dem Kind hatte der Herr ja einen Narren gefressen. Da wird Rieger sich ausrechnen, dass er anschließend ausgesorgt hat. Oder wenn nicht, dann bringt er sie um und hat die süffigste Rache, die er sich wünschen kann.«

Susanne wurde schwindlig, sie musste nach Kathis Arm greifen. Mitgefühl schien Kowatz nicht zu empfinden, aber gerade deshalb konnte er bei der Suche nützlich sein. »Bitte«, sagte sie. »Es wird sich für Euch lohnen.«

Kowatz verzog spöttisch den Mund. »Wie viel …«

Doch dann verstummte er und blickte den beiden Männern entgegen, die in vollem Lauf auf den »Hirsch« zukamen.

»Na endlich«, rief Kathi. »Jockel, der Mann hier wird uns helfen, das Kind zu finden! Und er ist noch dazu bescheiden.«

Jockel kam neben ihr zum Stehen. »Brav so. Guter Mann!«

26

Im Exil

Jan fand das Leben in Perleberg nicht schöner als in Lüneburg, obwohl ein junger Mann hier zweifellos weniger strengen Blicken ausgesetzt war. Es gab in der Stadt mehr einquartierte Soldaten als ansässige Bürger, und die Sitten waren entsprechend locker.

Den Gebäuden und Plätzen sah man an, dass schon seit langer Zeit überwiegend Soldaten hier gehaust hatten, und das nicht immer auf friedliche Weise. Nur notdürftig wurden die Lücken gefüllt, die der Krieg gerissen hatte. Manches Viertel bestand nur aus schwarzen Trümmern, über die allmählich Kraut wuchs.

Auch die neue Arbeit gefiel Jan nicht unbedingt besser. Sie schlug ihn allerdings auch noch nach Monaten völlig in ihren Bann. Kienzle und Schwalbach hatten ihn mit offenen Armen empfangen, als er nach der Fahrt auf der Elbe unangekündigt in ihre Büchsenschmiede kam. Seitdem hatte er alles darangesetzt, ihre hohe Meinung von seinen Fähigkeiten nicht zu enttäuschen. In einem guten halben Jahr hatte er mehr dazugelernt als vorher bei Schmitt in der ganzen Lehrzeit: Feinschmieden, Metallgießen und Mechanismen für Schlösser zusammenzubauen. Selbst mit der Anfertigung der hölzernen Kolben hatte er sich beschäftigt. Und nicht zuletzt mit dem Schießen, einer Fertigkeit, mit der er so mühelos Ruhm erntete, dass er ihn als unverdient empfand. Doch Kienzle und Schwalbach liebten ihn dafür. Wie ließ sich auch ein Käufer einfacher von einer neuen Muskete überzeugen, als wenn der Geselle ihm mit größter Leichtigkeit lauter Meisterschüsse damit vorführte?

Außer ihm gab es noch zwei Gesellen, die ähnliche Begabungen hatten. Sie waren umgänglich, wohl auch, weil sie sich nichts neiden mussten. Die Geschäfte gingen bestens, und ihre Brotherren waren in jeder Hinsicht großzügig.

Besonders an den Abenden waren sie so spendabel, dass sich Jan schwertat, mitzuhalten. Im Gegensatz zu Schmitt gaben Kienzle und Schwalbach nicht viel auf einen gesitteten und frommen Lebenswandel. Im Gegenteil meinten sie, dass es dem Geschäft guttat, wenn die Büchsenmacherbande als frohsinnig, trinkfest und verwegen galt. Der Käufer versprach sich mehr von einer Büchse, die halbwegs im Einvernehmen mit dem Teufel geschmiedet worden war.

Jan musste bald einsehen, dass zumindest für ihn dieser Ruf nicht in Einklang mit einem sauberen Handwerk zu bringen war. Kaum etwas schmerzte durchdringender als der stetige Gesang eines Schmiedehammers in einem verkaterten Kopf. Es war schier unmöglich, dabei nicht zu zucken und das Werk zu verderben.

Von da an bestach er oft die gutherzige Schankmagd, ihm das Bier zu verdünnen, wenn der Abend zu lang zu werden drohte.

An eben so einem Abend, als er gerade seiner blonden Retterin nach dem dritten Krug zugezwinkert hatte, begrüßten seine Meister mit Gejohle einen Neuankömmling, der hinter seinem Rücken in die Schankstube eingetreten war. Kienzle und Schwalbach sprangen auf, um dem neuen Gast die Hand zu schütteln.

»Junker Büttner, mir lacht das Herz«, meinte Kienzle. »Dass Ihr den Weg noch gefunden habt! Wie ein wackerer Kriegsmann seht Ihr aus. Habt Ihr die Donnerrohre auf dem Schlachtfeld probiert und studiert statt hier bei uns?«

Till Büttner klopfte ihm und Schwalbach die Schulter und ließ sich dann auf einem freien Platz in der Tischrunde nieder. »So könnte man es nennen. Hab auch probiert und studiert, wie es sich ausnimmt, das Ziel für die Knallbüchsen zu sein, und muss sagen, da gilt es noch etliches zu verbessern. Das Lied, das die Kugeln pfeifen, ist abscheulich misstönend.«

Die Runde lachte, und Schwalbach schlug mit der Faust auf den Tisch. »Bier für unseren jungen Helden!«

Erst jetzt sah Till sich in der Runde um und stutzte, als er Jans Blick traf. »Niehus! Hast du dir meinen Rat zu Herzen genommen und Lüneburg Adé gesagt?«

Jan verzog das Gesicht. »Wie hätte ich einen so gut gemeinten Rat ausschlagen können? Und was ist mit dir, hast du dich auf Pulverfässer verlegt? Oder begräbt man neuerdings die Toten in Tonnen?«

Mit einem bitteren Lachen warf Till seine ledernen Stulpenhandschuhe zwischen die Bierkrüge. »Die Luft über dem Schlachtfeld ist oft so schwarz vor Aasvögeln, dass du die Toten in Tabaksdosen begraben kannst, wenn du endlich dazu kommst.«

Schwalbach neigte sich vor. »Gib mal Zeitung, wie es um das kurfürstliche Heer bestellt ist. Hast du dich anwerben lassen?«

»Ja. Und vorige Woche wieder quittiert. Ist wenig Gaudium bei der Sache, denn mit dem stehenden Heere ist es ebenso, wie es klingt: Vorwiegend steht es herum. Setzen darf es sich nicht, vor allem nicht zwei Mal, denn auf Widersetzen hagelt es Strafen – eine schöner ausgedacht als die andere. Und da ich schon ein Mal gesessen habe, dachte ich, ich gehe lieber, bevor ich mich wieder setzen muss und danach laufen. Durch die Gasse laufen, meine ich.«

Die bierseligen Gemüter am Tisch klopften sich die Schenkel vor Lachen.

»Aber wie ist die Bewaffnung, Junge?« Schwalbach beugte sich noch immer gespannt vor.

Till dagegen lehnte sich seufzend zurück. »Ich weiß, was du hören willst, Schwalbach. Ich habe euer Anliegen nicht vergessen. Und ich schwör dir, ich kann dir jedes einzelne Feuerrohr der Brandenburger und Schweden aufmalen, so genau habe ich sie mir angesehen. Nur wirst du mit den Kessen Greten wohl nichts mehr bei Oberst von Torgewalk. Der Kurfürst hat die Parole ausgegeben, aufs Zielen käme es nicht an, sondern aufs schnelle Laden und auf den Gleichschritt beim Schießen. Er meint, Scharfschützen bekäme er ohnehin nicht so viele zusammen, dass es sich lohnte. Eine Unzahl schlechter Schützen ist ihm nützlicher, solange sie nur wacker voranmarschieren und laden und losknallen und laden, auch wenn die Hälfte von ihnen schon tot geblieben ist. Je billiger die Büchsen, desto besser.«

Auch Schwalbach lehnte sich nun zurück und seufzte. »Ein Jammer.«

Kienzle stieß ihn in die Seite. »Dann bauen wir eben billige Büchsen für die stehenden kurfürstlichen Luftlöchermacher und behalten die Kessen Greten den Könnern vor. Was, Herr Büttner, du willst doch eine haben?«

»Wüsste nicht, wovon ich sie bezahlen und worauf ich schießen sollte.«

Jan konnte sich nicht erklären, woran es lag, dass er auf einmal wütend war. Er sprach, bevor er nachgedacht hatte. »Ziehst halt herum und schießt in den Städten die Papagoyen von den Stangen oder Ratten von den Misthaufen. Vielleicht spendiert dir einer einen Heller für die Kunststücke.«

Till wandte sich ihm zu. »Ich weiß was Besseres. Wir gehen zusammen, und du hältst mir die Zielscheibe fest. Geht es daneben, könntest du vielleicht noch als Krüppel betteln gehen, hättest ausgesorgt und gehörtest einem Stand an, in dem du dich zu Hause fühlst.«

»Du würdest danach wohl auch logieren, wo du hingehörst, Büttner. Mir scheint, du legst es auf einen sicheren Platz in einem dunklen Loch an. Oder willst du deinen Vater stolz machen, indem du gleich am Seil tanzen lernst? Mich würde es nicht wundern, wenn du vor dem Quittieren nicht gefragt hättest.«

Kienzle hob beschwichtigend die Hände. »Nu, nu, Herr Hund und Herr Kater. Was da auch zwischen euch ist, werft mal einander nicht Galgen und Rad vor.«

Till zog ein gefaltetes Blatt Papier aus seinem Koller und warf es auf den Tisch. »War nicht einfach, aber ich habe in Ehren quittiert. Da steht es. Hast du das auch, Niehus?«

Jan sah ihm kühl in die Augen, obgleich es in ihm brodelte. Till schien ihm auf einmal alle Ungerechtigkeit der Welt zu verkörpern. »Wollen wir vor die Tür gehen?«

Till nahm das Papier wieder an sich, nachdem niemand die Hand ausgestreckt hatte, und stand auf. »Mein Pläsier.«

»Keine Waffen«, sagten Kienzle und Schwalbach wie aus einem Munde.

»Wir kommen ohne aus«, sagte Jan. Das Blut rauschte in seinen Ohren, während er sein Wams auszog, es auf das Fass warf, auf dem er gesessen hatte, und seine beiden Messer dazulegte.

Auch Till häufte seine Ausrüstung auf seinen Sitzplatz. »Dass mir einer darauf achtet.«

Nicht nur die Büchsenmacherbande strömte mit auf die Gasse, sondern auch die Schenkengäste, die Zeugen der Herausforderung geworden waren und nun auf Kurzweil hofften.

Draußen zog Jan das Hemd aus und warf es einem seiner Mitgesellen zu. Till folgte seinem Beispiel. Der Anblick ernüchterte Jan ein wenig. Susannes Bruder sah nicht aus wie ein Schwächling, aber er war jünger und kein Schmied. Er wollte sich hüten, ihn zu unterschätzen, aber ein gleicher Kampf war es nicht.

»Seit letztem Sommer wollte ich das schon. Los, mach, was du gern tust, aber glaub nicht, dass ich es einstecke wie eine Frau«, sagte Till, spuckte ihm vor die Füße und hob die Fäuste.

Jan schlug ihm in den Magen, bevor Till zu Ende überlegt hatte, wohin er selbst seinen ersten Hieb setzen wollte. Till krümmte sich zusammen, keuchte und vergaß seine Deckung vollends, doch Jan nutzte es nicht aus. »Ich habe sie nicht geschlagen«, sagte er und wartete, bis Till sich gefangen hatte. Wie ein blindwütiger Ziegenbock ging dieser plötzlich auf ihn los, von Unbedarftheit keine Spur mehr. Mit dem Denken war es vorbei. Schlag, Abwehr, Abwehr, Schlag auf Schlag, Blut, Schmerz, Schlag, das Geraune und Gegröle von Zuschauern, das eigene Keuchen, gezielte Schläge, die Schläge eines Schmieds, und Till ging zu Boden. Jan ließ sich vor ihm auf die Knie fallen, voll Verzweiflung jetzt, alle Wut verrauchte. Er griff Till an der

Schulter und schüttelte ihn. »Ich habe sie nicht geschlagen, hörst du? Nie!«

Till hustete, drehte den Kopf zur Seite und spuckte Blut aus, dann rappelte er sich auf und stieß heftig Jans Hand von sich weg. »Hast sie nicht angefasst, was?«

Jan ließ ihn los und setzte sich erschöpft zu ihm in den Gassendreck. »Zählt das wirklich noch? Ich bin doch gegangen.«

Schwerfällig fuhr Till sich mit der schmutzigen, blutigen Hand durch seine Locken. »Sie war mein Heim, Niehus. Und du hast sie unglücklich gemacht. Wärst du nicht gewesen, hätte Vater sie vielleicht noch nicht verheiratet.«

»Das habe ich als Letztes gewollt.«

Sie sahen sich an, jeder auf seine Weise verbittert, und trotzdem ließ Till sich nun von ihm aufhelfen.

Fröhlich grinsend kam Kienzle auf sie zu und schloss sie beide in die Arme. »So, meine jungen Freunde, nun ist das geklärt, nun gehen wir und binden uns einen wilden Affen an.«

Till schnaubte belustigt. »Das kannst du billiger haben, Kienzle. Lass dir von deinem Gesellen hier eins geben, dann fühlst du dich gleich kanonenduun.«

Niemand trank sein Bier an diesem Abend verdünnt, auch Jan nicht. Und am nächsten Morgen quälte er sich mit Till Büttner aus demselben Bett. Der jüngere Kurt, mit dem er das Lager sonst teilte, lag schnarchend auf dem Kammerboden.

»Ich verzeihe dir nicht«, waren Tills erste Worte, doch Jan erinnerte sich dumpf daran, dass der Böttcher seine Meinung in diesem Punkt im Laufe der Nacht ein Dutzend Mal geändert hatte. Vermutlich würde er es noch ein weiteres Mal tun.

»Dann lass uns vor die Tür gehen«, sagte er.

Till prustete und hielt sich gleich darauf stöhnend den Kopf. »Ich verzeihe dir doch.«

Nach dieser ersten Nacht sprach Jan mit Till nie mehr über Susanne, nicht einmal über Lüneburg, obwohl Till als Gast in der Büchsenschmiede blieb und sie viel Zeit zusammen verbrachten. Der Böttchersohn lernte die Einzelheiten der Büchsenmacherei so eifrig wie er, wenn auch bloß mit dem Kopf und nicht mit den Händen. Es war nicht schwer zu durchschauen, dass Kienzle und Schwalbach ihm den Einblick gewährten, weil sie sich von ihm etwas erhofften. Offenbar sollte er als Kundschafter und Händler in ihre Dienste treten.

Till allerdings verriet vorerst nichts über seine Pläne. Er verschwand zwei Mal für einige Tage, kehrte wieder, brachte Neuigkeiten und unterhaltsame Geschichten mit, wich jedoch mit einem Scherz aus, wenn jemand fragte, wo er gewesen wäre.

Jan hatte im Grunde nichts gegen Tills Gesellschaft, musste aber erdulden, dass damit Susanne machtvoll in seine Träume zurückkehrte, gerade als er geglaubt hatte, die Sehnsucht nach ihr überwinden zu können. Er sah ihr lachendes Gesicht, ihre Augen, mit denen sie ihn willkommen hieß, ihre Brüste, fühlte ihre zärtliche Hand auf seinem Rücken. Und wachte auf, um festzustellen, dass es Tills oder Kurts harte Schulter war. Bald war er derjenige, der auf dem Boden schlief, um mehr Raum für seine Träume zu haben und weniger Scham beim Erwachen.

Einige Tage nachdem Till von seinem zweiten Ausflug zurückgekehrt war, wachte Jan, wie so oft, vor allen anderen auf. Schweißgebadet litt er in der stickigen Kammer, noch halb in Susannes Traumumarmung liegend. Ihre weiche Haut hatte sich so wirklich angefühlt, dass er hätte schreien können, weil der Traum geendet hatte.

Unwillig schlug er mit der Faust auf seinen Strohsack, stand auf und ging leise hinaus in den kleinen Küchengarten, zu dem die Hintertür des Hauses führte. Eisig schnitt ihm die Kälte in die nackten Fußsohlen und in die Lunge, aber die Abkühlung tat ihm gut.

Zu seiner Überraschung folgte ihm Till kurz darauf und setzte sich auf eine umgedrehte Wasserbütte. Übergangslos begann er zu sprechen. »Herr von Waldfels meint, er hätte dich damals gefragt, ob du in seine Dienste treten willst, und du hättest abgelehnt. Weißt du, mich hat er auch gefragt. Sag es nicht Kienzle und Schwalbach, aber ich überlege jetzt, ob ich es nicht doch tun soll. Der Hochwohlgeborene will noch immer eine Utopia bauen. Überleg doch mal, was man da alles erreichen könnte, wenn man ein Mitreden hätte. Ich meine, ich weiß, dass er verrückt ist, aber wenn man es ein bisschen zu lenken vermöchte, es könnte doch etwas Großartiges dabei herauskommen. Glaubst du das nicht?«

»Bist du bei ihm gewesen? Hat er in der Nähe einen Landsitz?«

»Einen Tagesritt von hier. Und nicht weit von dort liegen die zerstörten Dörfer, wo Utopia entstehen soll. Eine friedliche und gerechte Stadt ohne Ratsfilz, wo gute Neuerungen nicht erstickt werden, wo einer für das zählt, was er kann, und nicht für das, was sein Vater in der Gilde darstellt oder in der Geldkatze hat. Niehus, kannst nicht gerade du verstehen, wie gut das wäre?«

Jan puhlte ein Steinchen aus der Erde, traf damit das Aschefass und suchte nach dem nächsten Geschoss. Nichts weiter als sein kleines Stück Frieden wollte er. Ruhige Nächte, gute Arbeit. Musste er dazu Städte bauen? »Sind das die Worte von Hochwohlgeboren, oder sind es deine, Büttner? Es klingt mehr, als hättest du selbst dir etwas ausgedacht. Aber es ist auch gleich. Ich glaube, dass du zwar Menschen finden wirst, um deine neue Stadt zu füllen, aber bald genug wird sie dann wie jede andere sein. Die einen wollen reich sein, die anderen saufen, und die Nächsten über alles bestimmen und besser angesehen sein als der Rest. Und falls alles gut gedeiht, kommt nach einer Weile der gräfliche Erbe, hält die Hand auf und presst die Stadt aus.«

»Ich weiß ja. Aber es wenigstens zu versuchen, lockt dich das gar nicht? Willst du hier als Geselle in der Büchsenschmiede versauern, wie du in Lüneburg versauert wärest? Ich habe gesehen, was mit den Musketen getrieben wird. Und sosehr es mir schmeichelt, dass Kienzle und Schwalbach mich als Kundschafter wollen ... Es kommt mir nicht wie ein lobenswerter Broterwerb vor.«

»Was ist aber nicht lobenswert daran, eine Kesse Grete für die Jagd auf Hirsche zu verkaufen? Und was ist nicht lobenswert an deinem eigenen Handwerk? Warum kehrst du nicht zurück?«

»Es wird dich wundern, weil du deinem Handwerk so mit Herz und Seele angehörst, aber ich hatte nie das Gefühl, dass die Böttcherei mein Handwerk ist. Ich langweile mich damit, dass ich schier platzen könnte. Die Tage scheinen mir so lang, als wollten sie niemals enden. Es war zu ertragen, solange zu Hause alles beim Alten war, aber nun ...«

Jan traf mit dem fünften Steinchen. »Nun musst du entscheiden, ob du ein Heiliger oder ein Halunke werden sollst. Da schlage ich vor, du versuchst es mit dem Heiligen, denn damit wirst du schnell fertig sein, und ein Halunke kannst du danach immer noch werden.«

Till lachte und stieß ihn in die Seite. »Ich hole mir dann bei dir Rat, wie man's anstellt.«

Lichtmess zog vorüber, es ging vom Narrenfest in die Fastenzeit, und Till drückte sich noch immer in Perleberg herum.

Die Morgen des Taumonats waren noch kalt, aber endlich hell, und die Sonne hatte schon wieder Kraft zu wärmen.

An einem solchen frühlingshaften Vormittag kam ein reitender Bote zur Büchsenmacherei gejagt und sprang vom Pferd direkt in die Werkstatt. »Ein Till Büttner hier? Ich habe einen Brief für ihn.«

Jan schüttelte den Kopf. »Er ist im Schießgraben. Ich kann ihm den Brief geben, wenn er nachher kommt.«

»Geht nicht, ich soll auf Antwort warten. Könnt Ihr mir den Weg sagen? Es pressiert.«

Jan tauschte einen Blick mit Schwalbach, und dieser zuckte mit den Schultern. »Geh halt mit.«

Till wurde leichenblass, als er den Brief las. Jan beobachtete genau, wie sich seine Miene verhärtete, während er die Zeilen ein zweites Mal überflog und dann in den Umschlag sah.

»Was steht drin?«

Till hielt ihm das Papier hin. »Lies selbst.«

»Kann ich nicht. Sag schon.«

»Ein Drecksack fordert von Herrn von Waldfels Ranzion für meine Schwester. Hier!« Er zeigte ein Bündel blonder Haare, die mit einer Schnur zusammengefasst in dem Umschlag lagen, und starrte dann reglos ins Leere.

Jan wusste zumindest, dass es nicht Susannes Haare waren. Er betrachtete den Brief und fluchte wieder einmal auf seine Dummheit. Was hatte er nicht alles gelernt – warum nicht endlich das Lesen? »Herrgott, wie kommt das zustande? Nun lies doch vor oder sag es mir genau. Wen hat er in Verdacht? Was will er tun? Willst du zu ihm? Büttner!«

Till wandte sich ihm zu. »Kannst du eigentlich reiten, Niehus?«

»Ich konnte es früher. Werde es wohl nicht verlernt haben. Was hast du vor?«

»Liebhild kennt dich doch, oder?«

»Denke schon.«

»Würdest du mitkommen und mir helfen?«

»Woher nehme ich ein Pferd?«

»Von Waldfels schreibt, ich soll auf seine Kosten beschaffen, was nötig ist.«

»Kienzle wird uns Pistolen leihen.«

»Warum leihen, wenn wir kaufen können? Von Waldfels schmerzt es nicht. Such uns Pistolen aus, jedem eine Kesse Grete, Kugeln und Pulver. Und pack ein, was du brauchst. Ich besorge ein zweites Pferd.« Während Till noch mit dem reitenden Boten sprach, lief Jan bereits los zur Büchsenmacherei.

Eine Stunde später saßen sie auf zwei guten Pferden und trabten aus der Stadt. Mal folgten sie einem Weg, mal kannte Till eine Abkürzung querfeldein. Mehrfach passierten sie die Ruinen von niedergebrannten oder verlassenen Dörfern. Traurig viel ehemaliges Ackerland lag brach. Mit einem beklemmenden Gefühl in der Brust bekämpfte Jan seine dunklen Erinnerungen.

Sie ritten, bis das Licht zu schwach wurde. Dann sattelten sie ab und banden die Pferde an den nächsten Baum. Im Windschutz einer Hecke entfachten sie ein kleines Feuer und verbrachten die dunkelsten Stunden der kalten Nacht in ihre Decken gewickelt.

Nichts an Till erinnerte Jan noch an den fröhlichen Spottvogel von früher. Die Sorge um seine Schwester hatte ihn verstummen lassen. Stundenlang waren sie geritten, ohne ein Wort zu wechseln. In der Nacht blickte er grübelnd ins Feuer, ohne auch nur den Versuch zu machen, sich zum Schlafen niederzulegen.

Jan klopfte ihm auf die Schulter. Die Geste kam ihm selbst unbeholfen vor. »Es wird schon gutgehen. Der Sündfeger will sein Geld, also wird er deiner Schwester nichts tun.«

»Aber das hat er schon. Er hat sie aus ihrer Welt gerissen. Wie ist er auf Liebhild gekommen? Wer wusste, dass sie von Waldfels viel wert sein würde? Wo sind dieser Rieger und dieser Kowatz damals geblieben? Ich hätte da sein und aufpassen müssen.«

»Ich habe auch schon überlegt, ob die beiden dahinterstecken. Wenn es so ist, dann habe ich Mitschuld. Eure Familie hätte nie etwas mit der Sache zu tun haben dürfen.«

»Ich gönne dir gern deine Mitschuld. Aber du hättest Susanne von ihrem Tun gar nicht abbringen können. Wenn es um das Glück von anderen geht, dann ist sie eine Löwin. Ich frage mich, wie es ihr jetzt geht. Ob sie in Lüneburg wissen, was mit Liebhild geschehen ist? Ich muss einen Boten schicken.«

»Wenn es uns so gelingt, wie ich es mir vorstelle, dann kann der Bote deine kleine Schwester gleich zu deinen Leuten zurückbringen.«

Der Herr Graf von Waldfels lag mit einem Schwächeanfall zu Bett, als Jan und Till um die Mittagszeit sein halbfertiges neues Gutshaus an dem kleinen Fluss Karthane betraten. Dennoch ließ man sie sogleich zu ihm vor. Die Tür des Schlafgemachs wurde ihnen von dem halbwüchsigen Pagen geöffnet, der den Herrn auch in Lüneburg bereits begleitet hatte. An diesem Tag wirkte dessen Miene allerdings nicht länger würdevoll, sondern ängstlich.

Herr von Waldfels lehnte matt in seinen Kissen und begrüßte sie beide mit einer schwachen Handbewegung. »Junger Herr Büttner! Ich hatte gehofft, Euch als Boten mit der Ranzion zu entsenden, aber soeben hat der Schurke eine neue Anweisung geschickt. Mein Page muss morgen Mittag das Geld allein überbringen. Wie aber kann ich das zulassen? Ein zweites Kind wäre in Gefahr, und der Ausgang ganz ungewiss. Was soll ich tun?«

Der Junge wandte sich an Till. »Ich will das nicht. Der Mann wird mich auch noch mitnehmen. Ich gehe da nicht hin.«

»Wenn ich dich anweise, dann wirst du gehorchen«, warf Herr von Waldfels überraschend scharf ein, und der Junge biss sich auf die Lippe.

»Wir müssen wissen, wo und wie die Übergabe stattfinden soll, dann reiten wir vor und legen uns auf die Lauer. Der Drecksack soll weder mit einem Kind noch mit dem Geld davonkommen.«

Der Ort der Übergabe lag zwischen den Dörfern Scharleuk und Hinzdorf nahe dem Elbufer. Jan und Till bestiegen ohne Zögern zwei frische Pferde und erreichten kurz vor Einbruch der Dunkelheit die wenigen Gebäude von Scharleuk. Bei einem Pächter des Herrn von Waldfels stellten sie die Pferde ein, bevor sie erneut Dunkelheit und Kälte trotzten. Sie wollten den Treffpunkt ungesehen noch in der Nacht besichtigen, so gut es im matten, unzuverlässigen Mondlicht möglich war.

Da sich die Entführer oder ihre Spießgesellen ebenfalls schon dort versteckt halten mochten, bewegten sie sich vorsichtig an das Wäldchen heran. Es war ein mühsameres Unterfangen, als sie sich vorgestellt hatten. Allein die Reste des abgebrannten Köhlerhauses zu finden, die als Kennzeichen dienen sollten, wurde langwierig.

Lautlos schlichen sie um die Lichtung herum, fanden jedoch keine Spur von den Entführern. Sie entschieden sich mit Bedacht für gute Verstecke, in denen sie die Zeit bis zum nächsten Morgen verbringen wollten. Auch das war nicht einfach. Es sollten nicht die erstbesten sein, die womöglich auch die Entführer wählen würden. Und so viele Möglichkeiten bot der entlaubte Winterwald nicht.

Bevor sie sich schließlich entschieden und einrichteten, nutzten sie einige wolkenlose Minuten, um zu erkunden, von wo aus der Schurke und der Page voraussichtlich die Lichtung betreten würden.

Vom Rande des Wäldchens aus war jenseits von verkrauteten Wiesen die Uferböschung der Elbe zu erahnen. Einhellig vermuteten sie, dass der Entführer ein Boot am Gegenufer des Flusses liegen hatte, auf dem er Liebhild bewachte, bis die Zeit gekommen sein würde.

Der Page mit dem Geld hingegen sollte von der Wegkreuzung bei Hinzdorf kommen, wo der Wagen, der ihn brachte, nach Anweisung des Entführers halten musste.

Nachdem sie sich diesen Überblick über die Umgebung verschafft hatten, kroch Till unter die Trümmer der Köhlerhütte und ließ sich seine Waffen nachreichen. Sorgsam prüfte Jan, ob noch etwas von ihm zu sehen war.

Anschließend ging er ein gutes Stück zurück Richtung Elbe und schaffte sich in dem Gewirr eines umgestürzten und halb überwachsenen Baumes ein Versteck, von dem aus er sowohl den Weg zum Fluss beobachten als auch gerade noch das Geschehen auf der Lichtung verfolgen konnte. Seine Muskete und die Pistolen legte er griffbereit. Eine davon hatte Kienzle ihm mit den besten Wünschen geschenkt und die erste Kugel geküsst, damit sie Glück brachte. Jan hoffte noch, dass er sie nicht brauchen würde, doch er war bereit, sie zu verwenden.

Das Kind machte Rieger wahnsinnig. Einige Mal war er kurz davor gewesen, sie mit seinem Stock zum Schweigen zu bringen. Er hätte es getan, wenn sie nicht so viel wert gewesen wäre. Der Gedanke an das Geld half ihm, sich zu beherrschen. Er wusste, wie schnell es mit einem Menschen vorbei sein konnte, wenn er zuschlug.

Hätte sie doch nur mit dem Summen aufgehört. Aber gleichgültig, wie oft er sie anfuhr, wie oft er sie schüttelte, immer wieder fing sie damit an, ihre Lieder zu summen. Als wäre er nicht gereizt genug auf dieser widerwärtig langsamen Flussfahrt. Seit kurz vor der Flucht aus Lüneburg quälte ihn panische Angst. Er hatte angefangen zu husten, fühlte sich fiebrig.

Fünf Mal hatte er zugeschlagen. Fünf Schläge, bis der Erpresser Wenzel nicht mehr gezuckt und geatmet hatte. Am Stock waren ein paar Tropfen Blut gewesen, die er an der Joppe des schmutzigen Gauners abgewischt hatte.

Dann wollte er gehen, doch er konnte nur gerade noch den dunklen Winkel unter der hölzernen Hoftreppe erreichen, denn ein stämmiger Knecht kam durch das Tor auf den verwinkelten Innenhof. Der Rote Berthold.

Rieger lief noch immer ein Schauder über den Rücken, wenn er daran dachte, wie nah er daran gewesen war, entdeckt zu werden. Das Geschehen lief in seinem Kopf immer wieder so deutlich ab, als würde er es gerade erleben.

»Wenzel?«, rief Berthold halblaut. Vor dem Toten blieb er stehen.

Ihm wurde in seinem Versteck unter der Treppe flüchtig schwarz vor Augen. Ehe er sich erwischen ließ, würde er auch diesen Kerl noch niederschlagen. Er spannte seine Muskeln zum Angriff.

Doch Berthold verhielt sich unerwartet. Er stieß den Toten mit dem Fuß an, dann nahm er ihm eilig den Geldbeutel ab. Anschließend schulterte er den Leichnam und wuchtete ihn in ein riesiges Fass.

Der dumpfe Aufprall war noch nicht verklungen, da hatte sich der kaltblütige Dieb schon davongemacht.

Er selbst hingegen wartete mit angehaltenem Atem unter der Treppe.

Als nichts weiter geschehen war, hatte er den Hof so unauffällig verlassen, wie er ihn betreten hatte.

So war er zum Mörder geworden.

Was für ein Glück er gehabt hatte.

Und das nur, damit später doch noch alles zunichtegemacht wurde! In all der Zeit, die er gebraucht hatte, um seine Rache zu planen, war seine Wut darüber heiß geblieben.

Jahrelang hatte er märtyrerhaft Geduld mit den Hirngespinsten des Grafen von Waldfels gehabt, um sich einen angenehmen Lebensabend zu sichern. Jahrelang hatte er sich die Hände schmutzig gemacht und die Hindernisse aus dem Weg geräumt, die der verblendete Graf nicht sehen wollte. Zum Dank hatte der hohe Herr ihn gänzlich in den

Kot geworfen, nur mit der kleinen Summe in der Tasche, die er von seinem Lohn erspart hatte.

Hatte von Waldfels geglaubt, dass er sich damit abfinden würde? So leicht ließ er sich nicht um seinen Lohn bringen.

Die widerliche Arbeit, die er nach dem Ende seines Dienstverhältnisses in einer Gerberei am Rande Hamburgs gefunden hatte, hatte er gehasst, denn die Gerbertätigkeit galt mit gutem Grund als verachtungswürdig. Doch stinkende Tierhäute abzuschaben und zu waschen, dabei ständig von Milzbrand bedroht, war so unbeliebt, dass ein Aushilfsarbeiter unterkommen konnte, ohne seine Herkunft preiszugeben. Das war ein großer Vorteil, wenn ein Mann für gewisse Zeit verschwinden wollte. Und der Hass hielt seine Wut wach, was ihm dabei half, auszuhalten.

So hatte er in Ruhe seine Vorbereitungen treffen können, während die ehrenwerten Lüneburger und der hohe Herr sich in Sicherheit wähnten.

Wäre nur der Milzbrand nicht gewesen. Er war noch in Hamburg gewesen, als einer der Gerber daran starb.

Nervös befühlte er seine Stirn. Das Kind summte. Vielleicht war es bloß der unterdrückte Ärger, der ihm die innere Hitze verursachte.

So oder so war eine Krankheit nur ein Grund mehr, sich das Geld des Grafen zu holen. Gute Pflege, gute Medizin, gute Unterkunft, dann würde er genesen, selbst wenn es der Milzbrand war. Sobald er die Geldkatze in der Hand hatte, konnte er das unerträgliche Gör noch immer erschlagen.

27

Die Jagd

Susanne war so entschlossen gewesen, sich bei der Verfolgung von Rieger und Liebhild durch nichts aufhalten zu lassen, dass sie tatsächlich ihren Willen durchgesetzt hatte. Umso zermürbender war es für sie, als sie feststellen musste, wie langsam die Reise auf den Flüssen voranging. Nach etlichem Hin und Her, bei dem die Schiffer über Winterhochwasser, Strömung, Windrichtung, Segel, Zustand der Treidelpfade und Verfügbarkeit von Bomätschern und Pferden sprachen, hatte Jockel endlich zwei der Schiffer davon überzeugt, die Fahrt mitzumachen.

Seit vielen Stunden fuhren sie nun mit der Maria auf dem großen Fluß dahin, oft so träge, dass es überhaupt nicht voranzugehen schien und Susanne am liebsten ans Ufer wollte, um zu Fuß zu gehen. Ihr einziger Trost war, dass auch das Boot, auf dem die Schiffer Liebhild vermuteten, nicht schneller vorankam. Der fremde Ewer hatte am Tage der Entführung in Lüneburg bei der Hude gelegen, und seine Führer waren den einheimischen Schiffern gleich merkwürdig vorgekommen.

Vielleicht kamen die Verfolgten sogar langsamer voran, machte Susanne sich Mut. Bessere Bootsführer als Jockel und seine Freunde konnten sie jedenfalls nicht sein. Sie vertraute in jeder Hinsicht auf die Schiffer. Zu Lande wäre es wohl leichter gewesen, die Verfolgten einzuholen, doch die

Männer waren auf dem Wasser zu Hause und würden wissen, was zu tun war, wenn es zum Zusammentreffen kam.

Wäre sie Liebhilds wegen nicht so verzweifelt gewesen, hätte sie die Fahrt auf dem mächtigen Strom genießen können. Es war ihre erste Reise, auch die erste Bootsfahrt. Vieles, was sie am Ufer vorüberziehen sah, während sie sich unter Schichten von warmer Kleidung und Wolldecken zusammenkauerte, war ihr neu. Unberührte Auwiesen und Wälder, Reiher, Störche, Scharen von Gänsen, Windmühlen in der Ferne, Schleusen und Brücken, Fischotter – alles versetzte sie in Erstaunen.

Kowatz beteiligte sich nicht an der Arbeit der Schiffer, sondern saß nur still und ließ sich von seinen Hunden wärmen. Susanne traute den Tieren nicht über den Weg und hielt Abstand von ihnen, so gut es auf dem engen Boot ging. Was ihren Besitzer anging, war sie für den Moment weniger misstrauisch. Er mochte kein ehrenwerter Mensch sein, hegte aber offenbar keinen ernsthaften Groll gegen sie. Solange ihm eine Belohnung für seine Hilfe in Aussicht stand, hatte er daher keinen Grund, sie zu betrügen.

Ihrem Vater hatte sie nicht erzählt, mit wem sie sich auf die Suche machte. Es war für ihn schlimm genug gewesen, dass er zu krank war, um an ihrer Stelle zu gehen. Er hatte verlangt, dass sie Martin schickte, doch sie hatte ihren Bruder gar nicht erst in der Werkstatt aufgesucht. Sie wusste zu gut, wie lange er gezögert hätte. Außerdem war sie der Ansicht, dass sie entbehrlicher war als er, falls es zu einem Unglück kommen sollte. Das musste nicht einmal bei der Begegnung mit Rieger geschehen. Auch die Fahrt auf dem Fluss war nicht ungefährlich. Kenterte das Boot, war sie so gut wie verloren. Außerdem waren sie bei einem ihrer regelmäßigen Landgänge am Ufer auf einen Haufen zwielichtiger Männer gestoßen, die verdächtig mit ihrem Boot liebäugelten. Wohl nur, weil die Schiffer und Kowatz mit seinen Hunden bedrohlich wirkten, hatten sie sich nicht genähert.

»Gibt hier ganze Bomätscherdörfer, die vom Treideln leben«, hatte Jockel ihr erklärt. »Am Ende vom Winter geht ihnen das Ersparte aus. Da werden manche unredlich. Man muss wissen, auf wen man sich verlassen kann.« Er sagte es in gelassenem Tonfall. Doch sie war sicher, dass er ihr damit nur die Angst nehmen wollte. Die Anspannung war auch bei den Schiffern spürbar gewesen.

Obwohl sie die unbeladene kleine Maria ohne die Hilfe der Bomätscher ziehen konnten, ließen sie sich häufig gegen ein geringes Entgelt helfen, weil die Leute die Arbeit so nötig hatten. Die Schiffer pflegten zu vielen von ihnen ein freundschaftliches Verhältnis und tauschten rege Neuigkeiten aus. So erfuhren sie stetig, wie sich der Vorsprung entwickelte, den Riegers Boot hatte. Auch dass ein kleines Mädchen an Bord war, wurde ihnen bestätigt. Das Kind hatte einem Mann am Ufer etwas Unverständliches zugerufen und war von einem der Schiffsführer dafür mit einer Maulschelle bedacht worden. Der Schlag war grob ausgefallen, soweit der Mann es aus der Ferne hatte beurteilen können. Doch mischte man sich ja nicht ein, wenn Leute ihre Kinder züchtigten, schon gar nicht, wenn sie nur auf dem Fluss durchreisten.

Nachdem Susanne diese Neuigkeit gehört hatte, drohten die Ungeduld und die Sorge sie zu überwältigen. Mit zusammengebissenen Zähnen faltete sie die Hände und betete für einen Wind, der das Segel der Maria blähen und sie flussaufwärts tragen würde.

Bei Tagesanbruch war Jan bis ins Mark durchgefroren. Er glaubte, die klammen Finger nicht mehr beugen zu können, um den Abzug einer Waffe zu bedienen. Dass es nicht behaglich werden würde, hatte er gewusst. Doch er hatte nicht mit dem Nebel gerechnet, der ab Mitternacht aufstieg und sich um ihn legte wie eine eiskalte nasse Decke. Die Sicht war miserabel. Möglicherweise würde der Austausch deshalb nicht stattfinden, und sie lagen vergeblich auf der Lauer. Aber solange Till nicht aufgab, würde auch er sich nicht rühren.

Ein Vorteil der Kälte war immerhin, dass er nicht Gefahr lief einzuschlafen. Er vertrieb sich die Zeit damit, sich in Rieger hineinzuversetzen und in Gedanken den Ablauf seines Schurkenstücks durchzuspielen.

Der Sonnenaufgang machte sich nicht darin bemerkbar, dass die Sicht sich verbesserte, sondern bloß darin, dass die graue Farbe des Nebels zu einem graugelblichen Ton wechselte. Daher warnte nur Jans Gehör ihn, als sich jemand auf dem Pfad aus der Richtung des Flusses näherte.

Den schweren Schritten nach war es ein ausgewachsener Mann, er ging langsam und stockend, stolperte und fluchte leise. Erst dort, wo der Pfad Jans Versteck am nächsten kam, konnte er den Mann als verschwommene Form sehen. Er war zu groß, um Rieger zu sein. Eindeutig zu erkennen war außerdem, dass er ebenfalls eine Muskete trug. Dann wurde er wieder vom Nebel verschluckt. Jan lauschte angespannt auf die Geräusche, die der Mann verursachte, und versuchte aus ihnen zu schließen, welches Versteck er wählte.

Eine Weile hörte er ihn noch rumoren. Äste knackten, Vögel strichen ab, dem Klang nach Rebhühner. Laub raschelte, weiter in der Ferne keckerte ein Eichelhäher aufgebracht, und auch dort raschelte und brach es, als hätten sich Tiere aufscheuchen lassen. Vermutlich war es nur ein Sprung Rehe, doch Jans Nerven waren mittlerweile zum Zerreißen gespannt. Wer wusste, wer bei diesem Nebel noch unbemerkt im Wäldchen herumschlich?

Es blieb lange Zeit still. Die gelbliche Farbe des Nebels wich gewöhnlichem Weiß, und Jan schloss daraus, dass nun wolkenverhangenes Tageslicht herrschte. Dennoch konnte er nur fünf Schritt weit sehen und hörte den nächsten Ankömmling, bevor er ihn sah. Zu dünn von Statur, konnte auch dieser nicht Rieger sein. Allmählich begann Jan um Tills gewagtes Versteck zu fürchten. Je mehr Männer beteiligt waren, desto wahrscheinlicher wurde es entdeckt. Wie viel Spießgesellen konnte Rieger haben? Oder steckte am Ende doch eine andere Bande hinter dem Verbrechen?

Der Mann ging weiter zur Lichtung, und die Stille kehrte zurück.

Das Warten wurde unerträglich, alle Muskeln schmerzten Jan. Nicht nur die angespannte Regungslosigkeit zermürbte ihn, sondern auch die Anstrengungen des Vortages forderten ihren Preis. Er war das Reiten nicht gewöhnt. Hinzu gesellte sich nagender Hunger. Eine heiße Suppe erschien ihm verlockender als das Himmelreich. Zu seiner Erleichterung lichtete sich wenigstens der Nebel so weit, dass er die Lichtung sehen konnte.

Endlich näherten sich von ihrer anderen Seite unstete Schritte. Es war nicht von Waldfels' Page, sondern ein untersetzter Herr, der gekleidet war wie ein Advokat. Er stellte sich neben die Trümmer der Hütte und drehte sich im Kreis. »Hallo da? Ich komme wegen des Mädchens.«

Der Dünne, der als Zweiter an Jan vorübergekommen

war, trat hinter einem Baum hervor. »Wo ist der Junge, und wo ist das Geld?«

»Seine Hochwohlgeboren, der Graf von Waldfels, hat mich beauftragt, sicherzustellen, dass das Mädchen unversehrt ausgehändigt wird, bevor die Zahlung der Ranzion erfolgt.«

»Na, und mein gewöhnlich geborener Herr hat mich geschickt, damit ich dafür sorge, dass der Knabe mit der Geldkatze hier auftaucht und kein anderer. Sonst wird der Graf das Kind nur in kleinen Teilen zu Gesicht bekommen. Sag ihm das.«

»Mein Herr, ich verstehe Eure Bedenken, aber ich muss insistieren, das Kind zumindest zu sehen, bevor der Knabe das Geld aushändigt.«

»Institiert nur zu. Das Mädchen wird erst geholt, wenn das Geld hier ist. Allein dafür, dass du hier bist, wird mein Herr ihr vielleicht ein Ohr abschneiden, bevor er sie herbringt. Willst du noch mehr aufs Spiel setzen? Geh und mach dem Knaben Beine.«

Der Advokat zögerte, als wolle er noch etwas einwenden. Jan hoffte inständig, dass Till abgebrüht genug war, um die Nerven zu behalten.

»Nun denn. Ich werde gehen und mit dem Jungen und dem Geld zurückkehren. Gleichzeitig könntet Ihr das Mädchen herbeiholen und ...«

»Vielleicht hackt er ihr auch die Finger ab. Du schickst den Jungen allein mit dem Geld, du Esel!«

Jan sah Liebhilds hübsches Gesicht vor sich und fühlte, wie ihm die Galle aufstieg. Er würde die Kleine aus dieser Sache herausholen. Und die elenden Verbrecher würden nicht davonkommen.

Der Advokat hatte sich endlich überzeugen lassen und

stolperte den Weg zurück, den er gekommen war, während der dünne Gauner wieder Stellung hinter seinem Baum bezog.

Mehr als eine halbe Stunde musste verstrichen sein, als der Advokat wider alle Vorsicht den Pagen auf die Lichtung begleitete. Der Dünne trat vor, entriss dem Jungen die Geldkatze und gab dem Advokaten einen wütenden Stoß. »Klepper! Begriffsstutzig, was? Bleib da stehen, ich muss nachzählen.«

Jan verfolgte das Geschehen nur mit halber Aufmerksamkeit. Er horchte seit geraumer Zeit auf neue schleichende Schritte im Wäldchen. Wieder war jemand vom Fluss gekommen, weit leiser als die beiden vor ihm. Jan wollte wetten, dass es Rieger war. Der Schuft musste nun ein Dilemma auflösen, in dem er steckte. Kein Halsabschneider traute zwei anderen so weit, dass er sie allein einen Sack voll Geld abholen ließ. Ebenso wenig würde er eine wertvolle Geisel einem anderen zur Aufsicht überlassen. Rieger musste kommen und sicherstellen, dass die anderen ihn nicht betrogen. Was tat er so lange mit Liebhild?

Da tauchte er auch schon aus dem Nebel auf, hielt sich abseits vom Pfad, trat behutsam zu, war an Jan vorüber und näherte sich der Lichtung.

Jan schob sich geräuschlos aus seinem Versteck. Noch behutsamer als Rieger schlich er gebeugt und mit der Muskete in beiden Händen dorthin, wo dieser hergekommen war. Er musterte den Boden und sah Spuren, wo das nasse Laub und Moos von einem Fuß zerwühlt, wo Tau vom Gras gestreift war. Bis zum Rande des Wäldchens führte ihn sein Gespür und ein Stück daran entlang. Dort unter dem Gebüsch lag die Kleine, gefesselt und geknebelt, und starrte ihn mit angstvoll aufgerissenen Augen an. Er hängte sich die Muskete um und hob Liebhild auf, ohne ihre Fesseln zu lösen. Weiterhin lautlos eilte er mit ihr auf der Wiese am Waldrand entlang. Der Nebel hatte sich so weit gehoben, dass er bereits bis zur Hecke am Ende der ersten Wiese sehen konnte.

Er kreuzte den Pfad, der zum Fluss führte, und sah gerade, als er das Wäldchen an einer anderen Stelle wieder betreten wollte, wie zwei weitere Männer an jener Hecke im Nebel sichtbar wurden. Rasch duckte er sich mit Liebhild hinter den nächsten Busch und sah sich gehetzt nach einem neuen Versteck für sie um. Er fand es in einer Mulde unter den Wurzeln eines Baumstumpfes. Erst dort schnitt er ihre engen Fußfesseln durch und flüsterte in ihr Ohr. »Ich bin Jan aus der Schmiede. Kennst du mich noch? Dein Bruder Till ist auch hier. Es wird alles gut, du musst nur hierbleiben und dich verstecken, bis einer von uns dich holt. Verstehst du?« Er befreite ihre Hände und streichelte ihre Wange. Dann wollte er sie allein lassen, doch sie schluchzte auf und hielt sich an ihm fest, sodass ihm nichts übrigblieb, als sie für einen Augenblick zu trösten.

Ein Schuss dröhnte und ließ sie beide zusammenschrecken. Jan machte sich von ihr los und legte den Finger auf die Lippen. »Ich hole dich«, sagte er.

Der Page schrie laut und gellend und verstummte abrupt. Männerstimmen stritten, zwei, drei, vier. Jan nahm die Muskete wieder in die Hände und begann zu laufen, solange sie noch lärmten. In Sichtweite verbarg er sich. Vier Männer zählte er, der Page wurde von einem festgehalten, eine Hand auf dem Mund. Der Advokat lag am Boden und rührte sich nicht. Weder von Till noch von Rieger war etwas zu sehen.

Die vier lachten spöttisch, einer gab dem Advokaten einen Tritt. »Wie kann man so strunzdumm sein?«

Sie nahmen den Jungen und die Geldkatze und lenkten ihre Schritte unachtsam auf den Pfad Richtung Fluss. Der mit dem Geld ging voran, der mit dem Jungen als Vorletzter. Jan fasste die Kesse Grete am Rohr und griff an, ohne noch länger zu überlegen. Er zog dem letzten der Kerle den Büchsenkolben über, ließ gleichzeitig die Muskete fallen und entriss dem überrumpelten zweiten den Jungen. Mit einer Pistole im Anschlag wich er dann vor den Männern zurück. Im selben Moment brach Till aus seinem Versteck und war im Nu an seiner Seite, zwei Pistolen in den Händen. »Was ist mit Liebhild?«

»Ich habe sie«, sagte Jan und fluchte innerlich, als daraufhin deutlich zu hören war, wie jemand durchs Unterholz rannte, ebendahin, wo Liebhild vor Kurzem noch versteckt gelegen hatte. »Werft die Waffen weg und legt euch auf den Bauch«, befahl er den drei Männern.

Der Dünne mit der Geldkatze starrte ihn giftig an. »Und wenn nicht?«

Jan zuckte mit den Schultern. »Meine Seele wird nicht schwärzer, wenn ich abdrücke.«

»Na gut. Dann fang.« Der Dünne warf hohngrinsend den schweren Geldbeutel auf ihn. Jan ließ sich davon nicht ablenken, doch der Mann, dem er den Jungen entrissen hatte, fing den Beutel, warf sich damit vom Pfad ins Unterholz, rappelte sich wieder auf und rannte.

Jan wandte sich von den anderen ab, zielte und schoss. Der Flüchtende schrie, und dann geschah alles verwirrend schnell und gleichzeitig. Liebhild kreischte, von Waldfels' Page sprang auf und lief weg, Till rannte los in Richtung des Mädchenschreis, und einer der stehenden Männer legte seine Muskete auf Till an. Jan, der seine zweite Pistole noch nicht in der Hand hatte, blieb nichts anderes übrig, als sich auf ihn zu werfen. Der Schuss ging tief, traf Till aber dennoch. Inzwischen hatte der Kerl, den er als Ersten niedergeschlagen hatte, den Pagen eingeholt und hielt ihn als Schutzschild vor sich.

So viel sah Jan noch, dann lag er unter dem Halunken, der geschossen hatte, wehrte dessen Messer ab und rang keuchend darum, an sein eigenes heranzukommen, während der Dünne versuchte, ihm im Gerangel seine Pistole abzunehmen.

Erneut fiel ein Schuss. Der Dünne stürzte blutend nieder und kam auf Jans Gegner zu liegen. Statt weiter nach seinem eigenen Messer zu angeln, griff Jan nach dem des Toten und stieß es seinem Gegner seitlich in den Hals. Mit aller Kraft befreite er sich von den beiden Leblosen, sprang auf und schnappte seine Kesse Grete.

Als er sich wieder umsehen konnte, sah er, wie Till, der noch am Boden lag, seine Pistole auf den Mann mit dem Jungen anlegte. Er drückte ab und verfehlte, woraufhin der andere herumfuhr, den Jungen weiter vor sich hielt und seine Waffe auf Till richtete.

Dreißig Schritt und schlechtes Licht. Jan brach kalter Schweiß aus, weil der Schuss für ihn so gewagt war, dennoch zögerte er nicht. Seine Kugel war in der Luft, als Liebhild schreiend auf ihn zugelaufen kam. Hinter dem Kind lief Rieger, mit vor Hass verzerrtem Gesicht. Auch er trug eine Waffe, und diese sah Jan auf sich gerichtet. Bevor er sich fallen lassen konnte, wurde er umgerissen.

Mit gefletschten Zähnen verharrte die Schnauze eines knurrenden Riesenhundes dicht über seiner Kehle. Geifer tropfte auf ihn. Wie hatte er so blöd sein können, Kowatz zu vergessen? Riegers Schuss hatte sich noch nicht gelöst. Verzweifelt versuchte er, den Kopf so zu drehen, dass er sehen konnte, was vor sich ging, doch der Hund nahm seine Kehle zwischen die Kiefer. Der stinkende Atem des Monsters ließ ihn beinah würgen. Noch biss die Dogge nicht zu, doch Jan schloss mit seinem Leben ab.

»Aus, Orfus! Aus!«, rief eine wütende Stimme, die nicht Kowatz gehörte, sondern einer Frau.

Der Hund zog den Kopf zurück, ohne seine bedrohliche Haltung wesentlich zu ändern. Immerhin gelang es Jan nun, sich dorthin zu wenden, wo er Till, Liebhild und Rieger vermutete. Er blinzelte einige Male, bevor er glaubte, was er sah. Neben der zweiten Dogge stand Susanne. Sie beugte sich über den am Boden liegenden Rieger und hatte dessen Gehstock in beiden Händen. Offensichtlich hatte sie damit bereits ein Mal zugeschlagen, denn Rieger hielt sich ängstlich die Hände über seinen Kopf.

Liebhild trug soeben Riegers Pistole zu ihrem liegenden Bruder.

Auf dem Pfad kam hingegen Kowatz herbeigehinkt und begutachtete eingehend die beiden Toten, bevor er zu Jan herantrat. Jan war so verblüfft, dass er sich noch immer unter dem Hund nicht rührte. Erst als ihm Sabber ins Gesicht tropfte, gab er angeekelt der Dogge einen Stoß und kam wieder auf die Füße.

»Steckt ein Tier mit Zähnen hinter dem Schmied. Hab ich gewusst«, brummte Kowatz.

Jan konnte sich keinen Reim auf die Sache machen, doch da Kowatz ihm nicht drohte, sah er sich nach den anderen Männern um.

Der Advokat hockte stöhnend auf allen vieren und erbrach sich. Der Kerl, der den Jungen vor sich gehalten hatte, lebte nicht mehr, und der Junge war nirgends zu entdecken.

Der einzige überlebende Gegner außer Rieger war der Mann, der versucht hatte, mit dem Geld zu fliehen. Er war noch ein gutes Stück weitergekrochen, nachdem Jan sein Knie getroffen hatte, hatte dann jedoch aufgegeben und lag nun vor Schmerz gekrümmt da. Nach einem misstrauischen Blick auf Kowatz ging Jan zu dem Verletzten hinüber, nahm die Geldkatze an sich und brachte sie dem Advokaten. Dieser war dabei, sich den Mund mit seinem Schnupftuch zu wischen, aber offenbar noch nicht bereit, aufzustehen.

Sobald Jan das Geld abgelegt hatte, wurde ihm klar, was ihm als Nächstes bevorstand, und seine Knie begannen zu zittern. Er hielt sich mit einer Hand an einer Birke fest. Nun war auf einmal auch noch Kathis Mann auf dem Schlachtfeld erschienen, so überraschend wie die Sonne, die den Nebel und die Wolken doch noch besiegt hatte.

Unter Kowatz' Aufsicht fesselte Jockel Rieger, der von einem Hustenkrampf geschüttelt wurde. Susanne hockte mit Liebhild bei Till und verband notdürftig dessen blutüberströmten Oberschenkel. Jan lehnte sich stärker gegen den Baum. Sie war gekleidet wie eine Schiffersfrau, einfach, warm und mit einem blauen Kopftuch aus Wolle. Aschblonde Haarsträhnen ringelten sich darunter hervor. Ihre Wangen glühten, während sie sich mit höchster Aufmerksamkeit ihrem Bruder widmete. Wunderschön war sie – noch schöner, als er sie in Erinnerung gehabt hatte. Sein Herz zog sich vor Schmerz und Sehnsucht zusammen. Wenn er wenigstens für immer so hätte dastehen und sie ansehen können.

»Mein Herr.« Der Advokat sprach ihn mit sterbensmatter Stimme an. »Ich kann zwar nicht beurteilen, wie es geschehen ist, aber offenkundig ist der Herr Graf von Waldfels Euch zu Dank verpflichtet. Ich wäre es ebenso, wenn Ihr die Güte hättet, mir die Kalesche von der Kreuzung bei Hinzdorf herbeizurufen. Ich fürchte, ich kann nicht so weit laufen.«

Jan konnte seine Augen nicht von Susanne abwenden. Sie war fertig mit Tills Verband, stand auf und wischte sich die blutigen Hände an ihrem Umhang ab. Dann drehte sie sich suchend um sich selbst, entdeckte ihn und lief los. Mit leichten Schritten lief sie, so wie sie auch tanzte, so wie er sie oft im Traum sah. Erst nah vor ihm blieb sie stehen und fasste ihn an beiden Armen, sodass er schließlich glauben musste, dass sie wirklich war. Sie sagte nichts, sah ihm nur in die Augen, als stünde nichts zwischen ihnen, als wäre keine Zeit verstrichen. Genau wie damals raubte sie ihm seine Vernunft und machte ihn wehrlos.

»Susanne«, sagte er leise.

»Danke«, sagte sie. Gerade wollte er darüber verzweifeln, da legte sie ihre blutverschmierten Hände in seinen Nacken und zog ihn zu einem Kuss zu sich herunter, der heißer war als bloße Dankbarkeit. Sein nächster Atemzug war so tief und gut, als hätte er seit Monaten nicht richtig Luft geholt. Er legte seine Arme um sie und fühlte sich ganz.

Sooft er sich gesagt hatte, dass seine Erinnerung dieses Gefühl übertrieb, dass es in Wahrheit nicht so gut war, sooft hatte er sich belogen. Susanne schmiegte sich an ihn und legte den Kopf an seine Brust. Er wollte sie nie wieder loslassen, doch sie war für ihn nicht erreichbarer geworden als vor einem Jahr. Im Gegenteil. Widerwillig zwang er sich, sie behutsam von sich zu schieben. »Was ist mit Till?«

Sie löste sich ganz von ihm und blickte zu ihren Geschwistern. »Er hat geblutet wie ein Schlachtochse. Es geht ihm nicht gut, aber Kowatz sagt, die große Ader ist nicht verletzt, sonst wäre er schon tot. Und die Kugel ist durchgegangen. Du hast ihm zwei Mal das Leben gerettet, meint er.«

»Dann wollen wir mal zusehen, dass es nicht vergeblich war, und ihn aus der Kälte schaffen.«

Erleichterung und Glück verliehen Susanne Flügel.

Während Liebhild bei Till auf dem Waldboden saß und Jan den Mann holte, den er angeschossen hatte, besprach sie mit Jockel und Kowatz die Lage.

Sie hatten bei ihrer Ankunft eine Wache auf Riegers Schiff überwältigt. Außerdem hatten sie ein kleineres Ruderboot vorgefunden, dessen zwielichter Wächter bei ihrem Anblick die Flucht ergriffen hatte. Es galt daher nun, drei Gefangene, den schwer verletzten Till, einen leicht verletzten Advokaten mit schwerem Geldsack, ein kleines Mädchen, einen wiederaufgefundenen Elfjährigen, drei Tote, ein kleines und zwei große Boote sowie zwei Pferde an sichere Orte zu bringen. Nach etlichen Überlegungen beschlossen sie, dass Kowatz den Advokaten und den Pagen, die Gefangenen und Toten mitsamt den Pferden und der Kalesche zu Herrn von Waldfels geleiten sollte.

Till wollte sich lieber auf dem Wasserwege nach Lüneburg als auf dem Landwege auch nur bis zum nächsten Dorf transportieren lassen. Außerdem bestand er darauf, dass Jan sie begleitete, um Jockel und den Schiffern auf den beiden großen Booten zu helfen.

Jockel unterstützte diesen Plan. Er meinte, man müsse andernfalls den zweiten Ewer zurücklassen, weil ein Kahn nur von zwei Mann geführt werden könne und Kowatz dazu etwa so nützlich wäre wie eine Kuh zum Mäusefangen. »Und es wär ein Jammer um den schönen Pott. Wo er doch nu eigentlich herrenlos ist. Ihr könntet ihn verkaufen.«

Susanne umarmte ihn herzlich und gab ihm einen Kuss auf die Wange. »Wenn es nach mir geht, verkaufe ich ihn an dich. Um deinen Lohn für die Tage, die du für uns gearbeitet hast.«

Erschüttert fasste er sich mit der Hand an die Wange. »Oha. Da solltest du dir aber erstmal sagen lassen, was so ein Kahn wert ist, Lütte.«

Jan schlug ihm auf die Schulter. »Wenn sie es nicht weiß, ich weiß es. Und ich sage, sie hat recht. Der Ewer muss dir gehören. Du wirst das Beste daraus machen.«

Jockels Grinsen breitete sich langsam auf seinem Gesicht aus, dafür aber umso strahlender. »Wenn das Kathi hört.« Übermütig warf er seinen Hut in die Luft und fing ihn wieder auf. »Jaha, wenn das meine Kathi hört, dann wird gefeiert!«

Von da an sang, summte und pfiff er den ganzen Weg bis nach Lüneburg, beim raschen Segeln elbabwärts und beim langsamen Treideln die Ilmenau hinauf. Sie fuhren auf der Maria, weil Liebhild nicht auf Riegers Schiff gewollt hatte, doch Jockels Freunde führten sein neues Eigentum nah bei ihnen mit.

Till war im Laufe der Fahrt schwächer geworden. Er fror und schlief viel. Susanne hielt seinen Kopf im Schoß, während Liebhild neben ihm lag und sich an ihn schmiegte.

Susanne hatte sämtliche Decken über die beiden gelegt, und dennoch zitterten sie. Auch sie selbst fror, doch noch immer machte ihr Glück sie stark genug, alles auszuhalten.

Jan bemerkte ihre Erschöpfung allerdings. Er gab ihr seinen Mantel, und wann immer er Jockel nicht zur Hand gehen musste, setzte er sich hinter sie und schloss sie in die Arme. Eine wirksamere Wärme konnte es nicht geben, dachte sie, wenn sie ihren Kopf gegen seine Schulter zurücklehnte. Sein Mantel roch nach modrigem Laub, feuchter Erde, Blut, Pferd und einem Hauch von Tabakrauch. Ihr Liebster hatte sich verändert, war noch ruhiger und seiner selbst noch sicherer geworden, aber auch schweigsamer. Sie fühlte seine Zuneigung in jeder seiner Gesten und spürte gleichzeitig, dass er nicht über das sprechen wollte, was zwischen ihnen war. Er verhielt sich ihr gegenüber wie ein liebevoller Bruder, so wie Till es vielleicht getan hätte, wäre er gesund gewesen. Sie schloss die Augen. »Liebhild glaubt, du bist böse mit ihr«, sagte sie leise.

»Was? Warum denn? War ich grob?«

»Nein. Aber du hast im Wald zu ihr gesagt, dass sie versteckt bleiben soll, bis du sie holst. Und sie hat geschrien, als sie die Doggen gesehen hat. Deshalb hat Rieger sie entdeckt, und dann ist sie vor ihm davongelaufen.«

Sie spürte sein stummes Lachen an ihrem Rücken. Er drückte sie fester an sich. »Das nächste Mal, wenn ich die Köter sehe, dann schreie ich auch. Ich dachte, dieser Orfus beißt mir die Kehle durch. Höllenangst hatte ich vor dem Biest. Wie könnte ich Liebhild böse sein?«

»Lügner«, murmelte Till. »Vor gar nichts hast du Angst. Du bist selbst Höllenbrut, Niehus.«

»Was weißt denn du!«, erwiderte Jan.

Sein Tonfall verriet Susanne, wie zugetan er Till war. »Ich wünschte, ich hätte auch vor gar nichts Angst«, sagte sie müde.

Jan lehnte seinen Kopf gegen ihren. »Das wünschst du

dir nicht. Denn das hieße, du hättest nichts Wichtiges zu verlieren.«

Till stöhnte unwillig. »Heuchler, alle beide. Und Höllenbrut. Suse, du kannst jeden anderen das Fürchten lehren.«

Sie fuhr ihm durch die Locken. »Schweig, kranker Mann. Du musst dich schonen.«

»Ich bin schon gestorben. Das ist nur mein Mundwerk. Du weißt doch, dass Vater schon immer sagte, man müsse es einzeln totschlagen.«

Liebhild fuhr an seiner Seite hoch und starrte ihn an. »Stimmt das? Bist du gestorben?«

Susanne seufzte. »Da siehst du wieder, was dein Mundwerk anrichtet. Kneif ihn in die Seite, Liebchen, dann wirst du schon sehen, dass er lebendig ist.«

Ihre Schwester schmiegte sich beruhigt zurück unter die Decken. Till zog sie an sich und gab ihr einen Kuss, atmete selbst nach dieser kleinen Anstrengung jedoch schwer und flüsterte nur noch. »Ich weiß nicht, es fühlt sich nicht gut an.«

Seit einer Weile schon hatte Jockel das Boot mit der langen Stange gestakt, nun erreichten sie einen Abschnitt der Ilmenau, wo sie schneller vorankommen würden, wenn sie zogen. Jan stand auf Jockels Wink hin auf. »Das wird schon wieder, Mann. Schlafen hilft«, tröstete er Till, bevor er mit der Zugleine ans Ufer sprang.

Susanne sah ihm zu, wie er sich vor den Ewer spannte und sich auf dem Treidelpfad ins Seil legte, während Jockel sie bedachtsam mit Ruder und Stange im freien Wasser hielt.

Weit musste Jan nicht ziehen, bevor ihnen ein Bomätscher mit seinem Pferd entgegenkam und die Arbeit übernahm. Jockel unterhielt sich fröhlich mit dem Mann, mit dem er gut bekannt war. Es war nicht mehr weit bis nach Lüneburg. Susanne musste nicht fragen, um zu wissen, dass Jan sich aus diesem Grund nicht wieder so nah zu ihr setzte wie zuvor. Je näher sie dem Hafen kamen, desto zurückhaltender und in sich gekehrter wurde er.

Jockel dagegen wurde zunehmend lebhafter. Schon von der Hude aus wurden sie im Vorüberfahren überschwänglich und neugierig von Schiffern begrüßt. Als die Leute Liebhild entdeckten, riefen sie ihnen Glückwünsche zu.

Bei der Einfahrt in den Stadthafen richtete Jockel sich auf, brüllte mit voller Lungenkraft »Katharina« und pfiff lang und gellend auf zwei Fingern.

Prompt wartete Kathi bereits oben an der Treppe, als sie anlegten.

»Wir haben hier einen verletzten Büttner, mein Engel«, rief Jockel hinauf.

Schon war Kathi ohne ein Wort der Begrüßung wieder fort, nur ihre Stimme war zu hören. »Leif! In die Böttcherstraße zu Martin Büttner! Er soll ein Holzfuhrwerk für seinen verletzten Bruder schicken.«

Susanne nahm Liebhild an die eine Hand und in die andere das Bündel mit ihrer Reiseausrüstung und ihren Decken. »Dem Herrgott sei Dank, Liebchen. Gleich sind wir zu Hause.« Sie half ihrer kleinen Schwester über die nebeneinanderliegenden Ewer auf die erste Stufe der Treppe und drehte sich erst dort wieder um. Jan betrachtete sie mit einem so schmerzlichen Gesichtsausdruck, dass ihr Herz sich überschlug. »Du kommst mit zu uns, Jan«, sagte sie und hoffte, so entschlossen zu klingen, dass er keinen Widerspruch wagen würde. Er nickte, sah jedoch aus, als hätte sie ihm befohlen, in den Tod zu springen. Sie konnte nicht länger darüber nachdenken, denn inzwischen kam Kathi ihr auf der Treppe entgegen und nahm ihr das Bündel ab.

»Nun komm schon und erzähl schnell. Dein Bruder ist gewiss gleich mit dem Wagen hier.«

Kathi irrte sich. Noch bevor Susanne ihr zusammengefasst hatte, was geschehen war, kam Martin zu Fuß um die Ecke der Böttcherstraße gerannt. Keuchend blieb er vor ihnen stehen. »Suse? Der Junge sagte, Till ... Der Wagen ... Was ist passiert?«

Susanne zeigte nach unten auf die Boote, wo Jan und Jockel eben Till zwischen sich nahmen, um ihn heraufzutragen. Hastig erzählte sie das Wichtigste und war kaum fertig, als die Männer oben ankamen und gleichzeitig der Wagen mit dem neuen Gesellen auf dem Bock heranpolterte. Während Martin, der Geselle und Jockel Till aufluden und Kathi Liebhild scherzend auf die Ladefläche hob, griff Susanne nach Jans Hand.

Überrascht sah er sie an, dann senkte er den Blick auf ihre Hände. »Das kannst du nicht machen, Susanne. Wenn du es unbedingt willst, dann gehe ich mit euch, aber du kannst nicht ...«

»Was?«

Martin, der inzwischen Tills Kopf auf seinen Schoß gebettet hatte, drehte sich auf dem Wagen zu ihnen um. »Nun steig auf, Suse. Falls du nicht ins Warme musst, die beiden müssen es.«

»Jan kommt mit.«

»Ja, zum Teufel, dann bewegt euch.«

»Du sollst nicht fluchen, Martin.«

»Wie soll ein Mann nicht fluchen, der Schwestern hat? Herr Jesus, habe ich mir Sorgen um euch gemacht! Vater hatte gesagt, du sollst mich mitnehmen, und du bist einfach verschwunden.«

»Wer wäre bei Vater und der Werkstatt geblieben? Du siehst doch, es ist gutgegangen, zumindest beinah.«

28

Heimkehr

Jan hatte sich nie verwirrter gefühlt. Er wagte es nicht zu hoffen, doch nichts, was er sah und hörte, wies darauf hin, dass Susanne mit Lenhardt Lossius oder überhaupt verheiratet war. Der Wagen fuhr an, und er sprang im letzten Moment auf, sodass er mit baumelnden Beinen neben Susanne auf der Ladefläche zu sitzen kam. Sie winkte Kathi und Jockel. »Habt tausend Dank! Ich sehe euch morgen.« Dann ergriff sie wieder seine Hand und zog sie an sich. »So. Und nun will ich dir etwas sagen. Es ist nichts mehr so wie noch vor einem Jahr. Und wenn ich deine Hand halten will, dann werde ich es tun, ganz gleich, wer es sieht.«

Martin fasste ihr von hinten an die Schulter. »Susanne, übertreib es nicht. Die Leute werden dir wegen deiner Sorge um Liebhild viel nachsehen, aber nicht alles. Und du weißt, wie Vater darüber denkt.«

»Warum schiebst du Vater vor? Sprich doch von dir.«

Ihr Bruder lehnte sich wieder zurück. »Ich habe gesehen, wie sie einer ledigen Schwangeren, die den Vater nicht nennen wollte, den Kopf geschoren und sie vor dem Rathaus an den Kak gestellt haben. Andere, die angeschwärzt wurden, wurden mit der Peitsche zerschunden. Es macht mich verrückt, wenn ich mir vorstelle, dass dein Dickkopf dich dahin bringen könnte. Da halte ich es mit Vater. Nichts für ungut, Niehus, aber was kannst du ihr bieten?«

Jan spürte Susannes Herzschlag, wo sie seine Hand an sich drückte. Sie war nicht verheiratet. Seine Erleichterung wurde von Ratlosigkeit überschattet. Was konnte er ihr bieten?

Der Weg war so holprig, dass der Wagen bei der Eile ruckte und Till harte Stöße versetzte. Er stöhnte gequält. »Könnt ihr aufhören, euch zu streiten? Ich sterbe, und ihr kümmert euch nur um euch.«

Liebhild, die nicht von seiner Seite wich, gab ihm einen kleinen Schubs. »Du sollst nicht immer so was sagen. Du stirbst gar nicht.«

Susanne wandte sich zu ihnen um. »Wir sind schon beim Rathaus, Till.«

Martin drückte dem Leidenden die Schulter. »Das wirst du doch wohl noch aushalten, alter Holzkopf.«

Jan zog nachdenklich Susannes Hand zu sich herüber und nahm sie zwischen seine schwieligen Handflächen. Er wäre vielleicht damit zurechtgekommen, dass er ihr nichts bieten konnte. Er hätte eben sein Bestes getan. Entscheidend war jedoch, dass er ihr nichts nehmen wollte. Nicht die Liebe ihrer Familie, nicht die Achtung der Gemeinschaft. Niemals würde er es aufwiegen können, wenn sie das verlor.

Susanne war sich Jans Hilflosigkeit bewusst. Sie sprach mit ihren Geschwistern und hörte dennoch sein Schweigen. Vielleicht war es Erschöpfung, vielleicht hielt er es nicht für nötig, Martin zu widersprechen, weil er ihr ohnehin nicht länger nahe sein wollte. Sie wünschte sich nichts sehnlicher, als mit ihm allein zu sein und ihn danach zu fragen. Doch ihrem Vater würden sie schon vorher gegenübertreten müssen.

Dorothea öffnete ihnen die Haustür.

»Wirf die Mägde aus Tills Kammer. Er braucht sein Bett«, befahl Martin ihr.

Grußlos drehte seine Frau sich um und ging ihnen voran über die Diele und die Treppe hinauf.

Susanne hatte mit Liebhild an der Hand die Tür der Schreibstube noch nicht erreicht, als diese sich öffnete und ihr Vater heraustrat. »Martin? Warum bist du schon hier?«

Erschüttert sah Susanne, dass er sich zitternd auf einen Gehstock stützte. Der Stock fiel ihm aus der Hand, als er sie sah. Mit Tränen in den Augen breitete er beide Arme aus, und Liebhild stürzte sich hinein.

Susanne folgte ihr langsamer und legte ihre Arme um beide. »Vater, reg dich nicht auf, aber wir haben auch Till mitgebracht, und er ist verletzt. Sei bitte heute nicht böse mit ihm, es geht ihm nicht gut.«

»Till? Aber … Was hat er? Was ist geschehen? Ist es arg?«

Er machte sich von ihnen los und ging mit unsteten Schritten Jan und Martin entgegen, die Till zwischen sich trugen. »Was hast du wieder angestellt, Spitzbube?«

Martin schüttelte den Kopf. »Lass ihn, Vater. Er hat viel Blut verloren und ist kaum noch bei sich. Er muss ins Bett und braucht den Bader. Ich werde ihn gleich holen.«

Ihr Vater wandte sich wieder Susanne zu. »Herrje, Ursula, hörst du das? Mach ihm schnell eine heiße Brühe, das hilft. Warum haben wir den Jungen Till genannt? Ich habe doch gesagt, das führt zu nichts Gutem.«

Susanne sah ihn fassungslos an, Liebhild dagegen schien sich nicht an seiner Verwirrtheit zu stören, sie lachte. »Das ist doch Suse, Vater! Nicht Mutter. Suse macht uns immer heiße Brühe.«

Zerstreut nickte er. »Ja, ja, natürlich.« Dann folgte er den Männern und stieg schwerfällig hinter ihnen die Treppe hinauf. Zur Verwunderung aller verließ er Tills Kammer an diesem Tag nicht mehr. Er setzte sich auf den unbequemen Holzstuhl neben das Krankenbett und wandte den Blick nicht von seinem jüngeren Sohn ab, nicht einmal, als der Bader kam und das Bein neu verband. Nur mit Mühe ließ er sich spät am Abend überreden, sich in das Bett zu legen, das sonst der zweiten Magd diente.

Auch Liebhild weigerte sich, in einem anderen Raum zu schlafen als Till, und durfte schließlich zu ihrem Vater unter die Decke kriechen.

Susanne hatte geahnt, dass Jan sich überflüssig fühlen würde, nachdem er Till in sein Bett gebracht hatte. Beherzt nahm sie wieder seine Hand, führte ihn in die Küche und sorgte dafür, dass Anje ihnen das Beste zu essen und zu trinken auftischte, was der Haushalt zu bieten hatte. Dorothea missbilligte sichtlich, dass sie es sich derart mit ihm gutgehen ließ, schwieg jedoch.

Beim Essen erzählte sie ihm ungefragt von Lenhardt und Regine, von den Kindern, von Kathi, Martin und Dorothea und ihrer Arbeit als Bildmalerin. Dann und wann vergaß er beim Zuhören zu kauen und zu schlucken, so verblüfft war er.

Später nahm sie ihn mit in die Dornse und fragte ihn darüber aus, was er selbst in den vergangenen Monaten getan hatte. Weit war er mit seinem Bericht noch nicht gekommen, als Dorothea eintrat. »Ich halte es nicht für klug, aber Martin sagt, Herr Niehus kann für diese Nacht Vaters Bett haben.«

Susanne schüttelte den Kopf. »Es ist besser, wenn ich es nehme. Jan schläft in Regines Alkoven.«

»Das ist mir gleich. Ich gehe nun schlafen und rate dir auch dazu.« Mit einem Schulterzucken ging ihre Schwägerin, ließ aber die Tür weit offen stehen.

Susanne tauschte mit Jan einen Blick. Er lächelte schief. »Auch sie mag mich nicht.«

Sie lachte. »Ich weiß nicht, ob es einen Menschen gibt, den sie mag.«

»Deinen Bruder?«

»Wenn es so ist, dann gibt sie gut acht, damit niemand es merkt.«

»Du solltest aber wirklich zu Bett. Du musst todmüde sein.«

»Und du?«

Er nickte.

Susanne zeigte Jan ihre Kammer, dann nahm sie ein sauberes Nachthemd aus ihrer Truhe und ließ ihn allein.

Sie blieb nur so lange in der Kammer ihres Vaters, bis sie sich umgekleidet hatte.

Als sie in Nachthemd und Schultertuch auf den Flur trat, wartete Martin auf sie. Mit verschränkten Armen stand er gegen die Wand gelehnt da, als hätte er genau gewusst, dass sie wieder herauskommen würde. Er sagte nichts, sondern sah sie nur unverwandt an.

Herausfordernd verschränkte sie ebenfalls die Arme und erwiderte seinen Blick.

»Es ist Sünde, Suse«, sagte er schließlich leise. »Sünde und Schande. Du wirst auch ihn unglücklich machen und ihm die ewige Verdammnis bringen. Kannst du nicht daran denken, wenn du schon nicht um dich selbst fürchtest?«

Susanne ließ die Arme fallen und trat nah zu ihm, damit sie noch leiser sprechen konnte als er. »Ich wollte dich schon lange etwas fragen, aber wir reden nur noch so wenig, Martin. Sag mir, bist du mit Dorothea glücklich? Und speis mich nicht ab. Ich möchte es wirklich wissen.«

Sein Blick schweifte von ihr ab und wanderte unruhig umher, als hätte er über die Frage nie nachgedacht. Endlich schüttelte er den Kopf. »Darum geht es nicht. Sie ist eine gute Frau, macht ihre Arbeit, und alles hat seine Ordnung.«

»Ich wünsche dir von Herzen, dass du dein Leben lang damit zufrieden sein und dich nicht nach etwas anderem sehnen wirst. Ich habe gelernt, wie weh solche Sehnsucht tut, und wünsche sie niemandem. Auch Jan ist ein guter Mann, selbst wenn es nicht alles so schön seine Ordnung hat wie bei dir und Dorothea. Er hätte sein Leben für Liebhild gegeben, für Till, und er gäbe es für mich. Ein Mal habe ich ihn schon verloren. Noch einmal will ich das nicht.«

Eine Weile sah er zu Boden, dann wieder in ihr Gesicht. »Meinst du, dass er von der Gilde in Perleberg Erlaubnis zum Heiraten bekommt? Wenn er wenigstens kein Habenichts wäre, dann könnte er das Recht vielleicht auf seine Seite bringen. Vater und ich könnten euch nicht viel geben, das weißt du. Selbst wenn Vater sich überzeugen ließe, was ich nicht glaube.«

»Soll das heißen, du nimmst es hin?«

Ihr Bruder lächelte flüchtig. »Suse, auch du bist eine gute Frau. Du gäbest dein Leben für Liebhild, für Regine, für Till und vielleicht sogar für mich. Ich gehe jetzt zu Bett und nehme an, du wirst es auch. Möge dir über Nacht nichts Böses widerfahren.«

Susanne umarmte ihn und küsste ihm die Wange. »Ich danke dir.«

Jan stand am Fenster, als sie eintrat. Mehr als seine Stiefel hatte er noch nicht ausgezogen. Er sah nicht aus, als wolle er schlafen gehen.

»Hast du etwas vergessen?«, fragte er.

Sie schloss die Tür hinter sich. »Ja. Ich wollte dich noch etwas fragen. Wenn du mich in den letzten Tagen umarmt hast, hast du das als Freund getan? Wie ein Bruder?«

»Wäre es nicht so, dann solltest du nicht in diesem Hemd hier allein mit mir sein.« Er klang heiser und vermied es, sie anzusehen.

Entschlossen stellte sie sich so vor ihn, dass er ihrem Blick nicht ausweichen konnte. »Hast du ein Feinslieb in Perleberg? Eine, mit der alles einfacher ist?«

Stumm schüttelte er den Kopf.

»Hattest du mich vergessen?«

Er legte seine warmen Hände um ihre Oberarme. Ihre Wärme drang durch den dünnen Stoff des Hemdes und ließ sie wohlig schaudern. »Um Himmels willen, Susanne! Dies ist das Haus deines Vaters. Willst du mich in den Wahnsinn treiben?«

Susanne legte ihre Hände um sein Gesicht. »Dies ist meine Kammer.«

Sie spürte, wie sein Atem schneller ging. »Wohin soll das führen? Du sagst, alles hätte sich geändert, aber ich kann noch immer keinen Hausstand mit dir gründen. Du kannst nicht fort von hier, von denen, die du liebst. Und ich kann nicht nach Lüneburg zurück, weil ich hier noch weniger werden kann als anderswo. Bis ich dir etwas bieten könnte, wären wir alt und grau.«

»Willst du dir lieber eine Jüngere nehmen, wenn es so weit ist? Oder suchst du nach einer Witwe oder Meistertochter, um einzuheiraten?«

Ungläubig starrte er sie an. »Wie kannst du so reden? Du hättest beinah Lossius geheiratet. Ich habe hundert Nächte nicht schlafen können deshalb. Nicht einen Tag habe ich daran gedacht, mir eine andere zu suchen. Das wäre eine Untat gegen sie und mich. Ich bin ein Narr, aber darunter sollen nicht mehr Leute leiden als ich selbst.«

»Siehst du, da haben wir jeder auf seine Weise dasselbe begriffen. Ich heirate keinen anderen als dich. Wenn ich dich nicht haben kann, dann bleibe ich ledig. Und du tust gut daran, wenn du mich jetzt nicht wieder behandelst, als wüsste ich nicht, was ich sage, denn ich weiß es genau.«

»Dein Vater …«

»Mein Vater ist mein Vater. Was bist du?«

Seine Hände strichen über ihre Arme, sein Blick wurde sehnsüchtiger und wanderte über ihr Gesicht, ihr unbedecktes Haar und zurück zu ihrem Mund. Atemlos wartete sie auf seine Entscheidung.

Endlich berührte er sanft ihre Lippen mit seinen und seufzte. »Dein Mann?«, fragte er kaum hörbar. »Willst du das? Willst du mich als deinen Mann, in Ehetagen und anderen Tagen, solange wir leben?«

Susannes Herz begann zu rasen. Sie lächelte. »Ja, das will ich. Und du, willst du mir treu sein und zu mir stehen, auch wenn mein Vater ein finsteres Gesicht dazu macht und du fern von mir bist?«

»Ja.«

»Und wirst du da sein und dein Kind anerkennen, falls …«

Heftig zog er sie an sich und küsste sie mit all dem Hunger, den er so geschickt verborgen gehalten hatte. Dann ließ er sie los. Mit beiden Händen streifte er sich die Lederschnur mit dem silbernen Hammer über seinen Kopf und legte sie ihr um. »Ich schwöre, das werde ich.«

Seine Erregung sprang zu ihr über wie eine vom Wind getragene Flamme und ließ ihre Stimme ersterben. »So sind wir einander versprochen«, flüsterte sie.

»Dein Vater wird mich umbringen«, sagte er, doch diese Vorstellung hielt ihn nicht mehr zurück. Ohne sie loszulassen und ohne damit aufzuhören, sie zu küssen, befreite er sich aus seiner Wolljoppe und fummelte ungeschickt an den vielen kleinen Knöpfen seines Wamses, bis sie ihm dabei half, sie zu öffnen. Wams, Hose und Strümpfe fielen. Doch als sie beide im Hemd voreinander standen, spürten sie bei aller heißen Lust die Winterkälte der Kammer so beißend, dass sie sich in den Alkoven und unter die Decke flüchteten.

Jan seufzte tief, als er sich ausstreckte und sie sich an ihn schmiegte. »Das ist wieder nur ein Traum.«

Susanne schob die Hand unter sein Hemd. Sie vermied scheu, seinem Geschlecht zu nahe zu kommen, das sich längst aufgerichtet hatte, strich über seinen flachen Bauch und durch die Locken auf seiner Brust.

Er zog die Luft durch die Zähne ein, hielt ihre Hand fest und brachte sie damit in Verlegenheit. Sie wollte ihn so spüren wie bei ihrem ersten Mal im schiefen Haus, doch damals war alles wie von selbst geschehen. Diesmal kam sie sich unbeholfen vor. Hatte sie etwas falsch gemacht?

Mit der Hand, die er festhielt und auf seinen Brustkorb presste, spürte sie sein stummes Lachen. »Deine Hand ist kalt wie eisgefischter Hering, Frau. Ich glaube, ich wärme dich besser erstmal auf.«

Ehe sie wusste, wie ihr geschah, legte er sich über sie, verschränkte seine Hände mit ihren und begann sie zu küssen. Als er kurz darauf ihre Hände wieder losließ, hatte sie ihre Unbeholfenheit bereits vergessen. Und diesmal trugen Glück und Lust sie auf derselben Woge davon wie ihn.

Als er später, eng verschlungen mit ihr, in ihren Armen einschlief, war sie sich sicherer denn je, dass sie Prügel und Schande eher erdulden wollte, als ihren Mann wieder loszulassen.

Am nächsten Morgen huschte sie ungesehen zurück in die Kammer ihres Vaters und zog sich dort an, bevor sie leise zu Till hineinging. Liebhild saß bereits mit einer Decke um die Schultern an Tills Bett und plapperte auf ihn ein. Ihr Vater saß auf Kissen gestützt, sein Gesicht unter der Nachtmütze sah erschöpft und nachdenklich aus. Sie würde damit warten, ihm von Jan zu erzählen.

Till sah schlecht aus, war aber immerhin wach und hörte Liebhild zu. »Guten Morgen, Suse. Du ahnst nicht, was unser Liebchen alles erlebt hat«, sagte er mit schwacher Stimme. »Sie ist eine mutige Heldin.«

Susanne lächelte. »Und darf ich euch Helden Frühstück bringen?«

Liebhild kicherte. »Till kann nur Brei essen. Er sagt, er ist zu müde zum Kauen. Ich bin gar nicht müde.«

»Das ist gut. Dann kannst du ihm ja seinen Brei holen. Lauf in die Küche!«

Liebhild nickte eifrig und ging, nicht ohne Susanne zuvor fest zu umarmen. Wieder fühlte Susanne die grenzenlose Erleichterung, die Kleine wiederzuhaben. Lächelnd machte sie sich daran, Tills Bettzeug aufzuschütteln und nach dem Verband zu sehen. »Brauchst du etwas? Ich helfe dir, falls du …«

Till griff nach ihrer Hand. »Suse, ich habe mit Vater gesprochen, und ...« Er zögerte und warf ihrem Vater einen Blick zu.

»Ihr habt euch hoffentlich wieder vertragen?«, fragte Susanne.

Ihr Vater gab einen abfälligen Laut von sich und winkte ab. »Es ist doch ohnehin hoffnungslos mit ihm. Was soll ich mich noch länger über ihn aufregen? Mein Sohn bleibt er so oder so.«

Till drückte ihre Hand. »Nein. Es geht um dich. Vater denkt zwar weiterhin ... aber, nun ja, lange Rede ... Er ist bereit, sich Jan mal näher anzusehen, und wenn ihr beide ... Vater, sag du's doch. Meine Zunge ist heute so träge.«

»Das ist etwas ganz Neues, würde ich sagen. Man sollte dich öfter zur Ader lassen. Susanne, dein Bruder meint, Niehus ist kein schlechter Kerl, und du wolltest ihn noch immer haben. Ich werde mit ihm sprechen und hören, ob an dem dahergelaufenen Habenichts tatsächlich etwas Gutes ist. Das kannst du ihm sagen.«

Die Angehörigen des Hauses Büttner hatten sich eben zum Frühstück niedergesetzt, als es laut an der Tür pochte. Ein berittener Bote brachte von Lossius die Nachricht, dass Regine in den Wehen lag.

Susanne sprang auf und war aus dem Haus gewirbelt, bevor Jan auf Wiedersehen sagen konnte. Als sich eine Weile darauf die erste Aufregung beim Rest der Familie etwas gelegt hatte, fand er sich zu seiner Verlegenheit allein mit Meister Büttner in dessen Schreibstube wieder.

Susannes Vater gebot ihm, Platz zu nehmen, und eröffnete das Gespräch. »Gut. Du hast Absichten mit meiner Tochter. Also musst du auch vorhaben, etwas aus dir zu machen. Lass hören, wie du das zu tun gedenkst.«

Jan schluckte, als er daran dachte, wie sich seine Überlegungen im Kreis gedreht hatten, seit Susanne ihn am frühen Morgen im Bett allein gelassen hatte. Als sie die Tür hinter sich schloss, war ihm mit einem Schlag klargeworden, dass er alles daran setzen würde, sie nicht jahrelang nur aus der Ferne lieben zu können. Er wusste, dass seine Mittel dürftig und seine Pläne im Verhältnis dazu verwegen waren. Doch es war alles, was er anbieten konnte, und da Meister Büttner ihn an diesem Tag ohne Abscheu ansah und geduldig auf seine Antwort wartete, legte er ihm schließlich seine vagen Hoffnungen dar und sprach zu ihm von Wunschträumen, von denen er bis zu diesem Morgen selbst nichts gewusst hatte.

Zwei Tage nachdem sein Enkelsohn im Hause Lossius seinen ersten Schrei getan hatte, stand Susannes Vater auf dem Hof seines Hauses und sah gedankenversunken in die alte, nun leerstehende Werkstatt. Von dem Tage an, als er sich mit seiner Ursula hatte verloben dürfen, hatte er die großen Pläne für sein Geschäft geschmiedet, die er im vergangenen Jahr in die Tat umgesetzt hatte. Da lag sie nun, die Werkstatt, in der alles angefangen hatte. Wartete sie auf den nächsten ehrgeizigen jungen Mann?

Er hatte in den letzten Tagen viel darüber nachgedacht, ob sein Schwiegervater ihn eigentlich gemocht hatte. An freundschaftliche Gespräche mit ihm konnte er sich nicht erinnern. Würde er selbst je freundschaftliche Gespräche mit Susannes dahergelaufenem Schmied führen?

Er hatte noch längst nicht alles verdaut, was in den letzten Monaten mit seiner Familie geschehen war, und nicht alles gefiel ihm. Allerdings hatte sich auch seine Sicht auf die Dinge verändert.

Außer seinem Ältesten war keines seiner Kinder so geworden, wie er es sich früher einmal vorgestellt hatte. Doch jedes hatte Seiten, auf die er stolz sein konnte. Warum hatte er seinen Sohn und seine Jüngste erst fast verlieren müssen, bevor er einsah, dass er an seinen Kindern so viel mehr hatte als manch anderer?

Er hörte Dorotheas Stimme vom Flur zwischen Küche und Hoftür. »Da bei der Werkstatt ist er.«

Ulrich Büttner drehte sich um und sah den alten Marquart auf sich zukommen. Dorotheas Vater wirkte grimmig. Da zeigte sich deutlich, von wem die Tochter den verkniffenen Mund geerbt hatte. »Einen gesegneten Abend, Marquart. Was führt dich her?«

»Das solltest du wissen, Büttner. Wenn es stimmt, was Dorothea mir erzählt, dann geht es in deinem Hause nicht mehr ehrbar zu. Als ich deinem Sohn meine Tochter gab, da nahm ich an, sie käme in einen rechtschaffenen Haushalt. Hätte ich gewusst, dass sie unter einem Dach mit Hochmut und Unzucht leben muss, dann hätte ich der Heirat nicht zugestimmt.«

Ulrich Büttner bemerkte auf einmal, dass er Marquart noch nie hatte leiden können. Was fiel dem Alten ein, ihm in seine häuslichen Angelegenheiten hereinzureden? Vermutlich hatte seine Tochter ihm etwas vorgemault. Dabei hatten sie alle Dorothea schon in so vielem nachgegeben. Man hätte meinen sollen, sie würde nun auch einmal über etwas hinwegsehen können. »Was meinst du denn, Marquart? Wem soll hier die Demut fehlen? Jeden Tag sprechen wir Dankgebete für die Genesung meines Zweitältesten, dafür, dass wir unsere Jüngste heil wiederbekommen haben und dass mein Enkel gesund auf die Welt gekommen ist. Ich habe der Armenkasse vor Dankbarkeit ein ordentliches Zugeld gegeben und werde es noch einmal tun.«

»Ebenso sagte es Dorothea. Hier stünde alles auf dem Kopf, sagte sie. Es sei viel geschehen, und deshalb würde nun niemand mehr seinen Platz kennen, und manche täten hier Dinge, die nicht ans Tageslicht kommen dürften. Bist du denn dafür blind?«

Ulrich fühlte, wie seine Wangen vor Ärger heiß wurden. »Blind? Nun, mein Lieber, die Augen zumachen muss ich manchmal, wenn deine Tochter die Nase über Dinge rümpft, von denen sie nicht viel versteht. Dann sage ich mir: Bleib ruhig, sie ist noch jung. Was in meinem Haus geschieht, das geht vor allem mich etwas an. Meine Kinder sind anständige Menschen und nicht weniger gottesfürchtig und fromm als deine. Und ich bin durch mein ganzes Leben gegangen, ohne einen Kratzer an meiner Ehre davonzutragen. Wenn ich also entscheide, dass das, was in meinem Hause vor sich geht, ehrbar ist, dann sollte es dir reichen. Meine Susanne und ihr junger Mann sind einander versprochen. Wenn sie sich an der Hand halten, dann ist das recht. Er hat meinem Sohn das Leben gerettet und ist mein Gast, bis er in einigen Tagen die Stadt wieder verlässt.«

»Einander versprochen? Büttner, hast du den Verstand verloren? Dass der Kerl ein Mal eine gute Tat getan hat, das hat dich wohl verblendet. Er bleibt doch ein Straßenköter. Wenn du dem deine Tochter gibst, dann wirst du sie ewig zufüttern müssen. Da wird dein Vermögen dahingehen.«

»Ach, da läuft der Hase. Sei ganz unbesorgt, für Martins und Dorotheas Kinder bleibt genug. Susannes Jan hat Pläne, die haben Hand und Fuß. Der wird ein Schlosser, bei dem die Leute anstehen werden, warte nur ab. Er wird Hilfe brauchen, damit er heiraten kann. Aber da lasse ich mich so wenig lumpen, wie sich seinerzeit mein Schwiegervater hat lumpen lassen. Er wird es mit Zins zurückzahlen, das kannst du mir glauben.«

»Ha«, sagte Marquart. Seine Miene war noch immer verkniffen, doch die Einwände schienen ihm ausgegangen zu sein. Büttner fühlte Genugtuung. Nun, da er es ausgesprochen hatte, glaubte er schon beinah selbst, dass Niehus einen guten Eidam abgeben würde. »Und weißt du, mein Bester, meine Susanne ist schließlich auch nicht ohne. Die hat einen hellen Kopf auf den Schultern, da kann mancher Ratsherr neidisch sein. Die wird schon darauf achten, dass die Geschäfte laufen.«

Marquart blieb danach nicht mehr lang, und sie sprachen nur noch über das Handwerk und das Wetter. Erst später, als der Alte fort war und Ulrich Büttner Susanne mit ihrem Jan heimkommen hörte, gestand er sich ein, warum er in Wahrheit nichts mehr gegen eine Ehe zwischen den beiden einzuwenden hatte.

Susanne hatte am Vortage in der Küche gesungen. Seit Jahren hatte sie das nicht getan. Er hatte beinah weinen müssen, als er es hörte. Ihre Stimme klang genau wie die ihrer Mutter an den schönsten Tagen ihrer Ehe.

Kleines Nachwort

Abecedarium
Aus dem 17. Jahrhundert sind illustrierte ABC-Lehrbücher erhalten, die im Ansatz bereits kindgerecht gestaltet wurden. Der zitierte Vers »Dem wilden Bär …« ist einer Fibel des 18. Jahrhunderts entnommen. (Susanne war in dieser Hinsicht ihrer Zeit voraus.)

Beseffler, Blochart, Bruss …
sind Begriffe aus der Soldatensprache des Dreißigjährigen Krieges. H. M. Moscherosch hat 1640 in seinem satirischen Roman »Philander von Sittewalds wunderliche und wahrhafftige Gesichte« ein kleines Wörterbuch dieser »Feldsprache« zusammengestellt. Ein kleiner Auszug daraus:

Beseffler	Betrüger
Blochart	Blindgeborener
Bruss	Aussätziger
Dart	Dreck
Schmalkachel	Einer, der übel redet
Weisshulm	Einfältiges Volk
Zwicker	Henker

Druckerei Lampe
Viele Lüneburger kennen den Namen der geschichtsträchtigen Druckerei »von Stern«, die seit Jahrhunderten im

Besitz derselben Familie ist. Die Inspirationsquelle für die »Druckerei Lampe« ist also leicht zu erkennen. Doch da sämtliches Personal des Romans frei erfunden ist, sollte auch die Druckerei nicht mit dem wahren Traditionsunternehmen verwechselt werden.

Mons, Pons, Fons

Wenn die Lüneburger damals über Mons, Pons und Fons gesprochen haben, so ging es dabei um alles, was die Stadt betraf. Denn Mons (der Kalkberg mit der Festung), Pons (die erste Brücke über die Ilmenau) und Fons (die Salzquelle) symbolisieren Lüneburgs Ursprünge. Aus den Anfangsbuchstaben dieser Worte ist das Lüneburger Stadtsymbol zusammengefügt.

Sülfmeister

In der Lüneburger Saline oder »Sülze« wurde das Salz in großen viereckigen Bleipfannen gesiedet, immer vier davon standen in einer Siedehütte. Siedeberechtigt war, wer eine Pfanne (oder einen Teil davon) gepachtet hatte. Ab vier ganzen Pfannen galt ein Pächter als Sülfmeister, was in den guten Zeiten des Lüneburger Salzhandels eine Garantie für Reichtum war. Die Sülfmeister waren über Jahrhunderte hinweg der angesehenste und politisch mächtigste Stand der Stadt.

Strassennamen

Die Häuser der im Roman auftretenden Familien sind erfunden, nicht aber die Straßen, Plätze und öffentlichen Gebäude. Viele dieser Orte kann man noch heute besuchen und einen Hauch vergangener Zeiten spüren.

Da sich viele Straßennamen im Laufe der Jahrhunderte

verändert haben, weichen die Namen, die sich heute im Stadtplan finden, zum Teil allerdings von den genannten ab. Meistens ist die Ähnlichkeit so groß, dass sich auf die richtigen Straßen schließen lässt. Die Wollweberstraße heißt jedoch inzwischen Heiligengeiststraße, und aus der Böttcherstraße ist die Baumstraße geworden.

Historische Zeiten

544 Seiten
ISBN 978-3-442-46581-1

608 Seiten
ISBN 978-3-442-46667-2

576 Seiten
ISBN 978-3-442-46816-4

448 Seiten
ISBN 978-3-442-46971-0

GOLDMANN

Überall, wo es Bücher gibt und unter www.goldmann-verlag.de